©Shane Leonard

조 힐
본명은
티븐 킹
힐이라는 필명으로 활동을 시작했다. 〈포스트스크립트〉, 〈하이 플레이스 문학 리뷰〉 등의 문예지에 중·단편 소설들을 발표하면서 본격적으로 이름을 알렸고, 레이 브래드버리상, A. E. 코퍼드상 등을 휩쓸면서 작품성을 인정받았다. 짧은 경력에도 각계각층의 두터운 팬을 확보한 그는 이때 발표한 작품들을 모아 첫 번째 소설집 《20세기 고스트》를 영국에서 출간하였다. 태어나고 자란 미국이 아닌 영국을 선택한 것은 아버지의 문학적 명성에 기대고 싶지 않았던 조 힐의 작가적 자부심 때문이었다. 총 14편의 중·단편들로 이루어진 이 책은 브리티시 판타지상, 인터내셔널 호러길드상을 받았고, 2006년 세계 최고의 호러소설에 주어지는 브램 스토커상을 수상하였다. 또한 같은 책에 실린 중편 〈자발적 감금〉으로 무라카미 하루키, 조지 손더스와 함께 2006년 월드 판타지상을 수상하면서 조 힐은 또 하나의 화려한 수상경력을 더하게 되었다.

영국에서의 성공으로 스티븐 킹의 아들이 아닌 모던 호러계의 총아로 주목받은 조 힐은 2007년, 단편 하나를 추가한 《20세기 고스트》 미국판을 발표한다. 이 책은 출간 즉시 베스트셀러에 올랐을 뿐만 아니라, 일본에서도 2009년 '이 미스터리가 대단하다!' 4위에 오르며 인기를 얻었다. 조 힐의 장편 데뷔작 《하트 모양 상자》 또한 전미 언론의 열띤 격찬을 받으며 〈뉴욕타임스〉 베스트셀러에 올라 작가적 입지를 더욱 견고히 했다. 이어 발표한 《뿔》은 섬뜩한 호러에 짜릿한 판타지가 더해져 조 힐 문학의 매력을 고스란히 보여준다. 이 작품을 통해 조 힐은 장르문학 작가로서는 물론, 프란츠 카프카와 존 밀턴을 잇는 문학성까지 인정받았다. 《뿔》은 〈해리 포터〉 이후 차기작을 고심하던 배우 다니엘 래드클리프 주연으로 영화화 되었으며 초자연, 심리, 호러, 스릴러적 요소를 복합적으로 갖춘 《하트 모양 상자》 역시 할리우드의 명장 닐 조단 감독에 의해 영화화될 예정이다.

다양한 장르를 통해 독자들에게 가까이 가려는 노력을 게을리하지 않는 조 힐은 그래픽노블 및 만화 작가로도 활동하고 있다. 일러스트레이터 가브리엘 로드리게스와 함께 작업하는 'Locke & Key' 시리즈는 각 권이 출간될 때마다 하루 만에 매진되는 기염을 토하며 독자들의 열렬한 사랑을 단적으로 보여주고 있다.

"내가 악惡을 통해 묻고자 한 진짜 질문은 이것이다. 마지막 순간까지 인간성을 지킨다는 것, 타인을 용서하고 사랑한다는 것이 아직 우리에게 가능한가."

damnably,
Joe Hill

HORNS

Horns

뿔

1판 1쇄 발행 2012년 8월 11일 **1판 3쇄 발행** 2014년 12월 24일

지은이 조 힐 **옮긴이** 박현주
펴낸이 김강유
책임편집 이승희 **편집** 장선정 김은영 박은경
책임디자인 조명이
저작권 차진희 박은화
책임마케팅 김용환 박제연
책임제작 김주용 안해룡 박상현 이종문 **경영지원** 김혜진 송은경
제작처 코리아피앤피 정문바인텍 대양금박 금성엘엔에스

발행처 도서출판 비채
주소 서울특별시 종로구 북촌로 63-3 (110-260)
등록 2005년 12월 15일 (제300-2005-212호)
주문 및 문의 전화 031)955-3200 **팩스** 031)955-3111
편집부 전화 02)3668-3295 **팩스** 02)745-4827 **전자우편** viche@vichekorea.com
비채 카페 http://cafe.naver.com/vichebooks
트위터 @vichebook **페이스북** http://www.facebook.com/vichebook

ISBN 978-89-94343-70-9 03840 책값은 뒤표지에 있습니다.

뿔

조 힐 장편소설

박현주 옮김

비채

악마는 우리 사이에 있다.
아담과 이브보다 훨씬 우리와 가깝다.

마이클 셰이본, '데몬과 먼지에 관하여'

H O R N S

차
례

지옥 ·· 9

체리 ·· 83

불의 설교 ······································ 187

교정자 ··· 329

믹과 키스의 복음성가 ····· 403

작가의 말
감사의 말, 후기 혹은 고백
·· 498

옮긴이의 말
사랑을 위해 악마가 된 남자
·· 500

지옥

HELL

1

　이그나티우스 마틴 페리시는 밤새 부어라 마셔라 들이켜고 온갖 추잡한 짓거리를 해댔다. 아침에 지끈거리는 머리로 일어나, 관자놀이에 손을 대보니 익숙하지 못한 무엇이 느껴졌다. 끝이 뾰족한 혹 같은 것. 속이 너무 쓰리고 눈도 침침한데다 기운도 하나 없어서 처음엔 아무 생각도 할 수 없었다. 숙취가 너무 심해서 아무 생각도, 걱정도 들지 않았다.

　하지만 변기 앞에 흔들흔들 서서 세면대 거울에 비친 자기 모습을 본 순간, 자는 동안 머리에 뿔 두 개가 자라났다는 것을 알았다. 그는 놀라서 움찔했고 열두 시간 만에 두 번째로 다리에 오줌을 지렸다.

2

이그는 카키색 반바지를 추켜올리고(아직도 어제 옷을 그대로 입고 있었다), 좀 더 자세히 보기 위해 세면대 위에 몸을 숙였다.

딱히 대단한 뿔이라고 하기는 어려운 것이, 양쪽 다 길이가 넷째 손가락만 했다.

뿌리 쪽은 두꺼웠지만 갈고리처럼 위로 구부러지면서 끝이 점점 좁아져 뾰족했다. 뿔은 끄트머리만 빼고는 아주 창백한 살갗으로 덮여 있었는데, 피가 몰린 듯 빨개서 흉했고 양쪽 뿔 끝이 살을 막 뚫고 나오려는 듯했다. 한쪽을 만져봤더니 끝에 감각이 있고 약간 쓰렸다. 손가락으로 양쪽을 쓸어보고 쪽 잡아당기며, 매끈한 살갗 아래 뼈의 밀도가 얼마나 되는지 더듬어보았다.

가장 먼저 떠오른 생각은 자업자득이라는 것이었다. 이그는 어젯밤 늦게, 옛날 주물공장 너머 숲 속까지 들어갔었다. 메린 윌리엄스가 살해된 곳이었다. 껍질이 벗겨져 속살이 다 드러나고 거멓게 죽은 벚나무 아래 사람들이 추모의 의미로 가져다놓은 기념품들이 있었다. 메린도 발견되었을 당시 비슷한 모습이었다. 옷이 벗겨져 속살이 다 드러났었다.

나뭇가지 사이에 메린의 사진이 얌전히 놓여 있었고, 보드라운 버들개지가 꽂힌 꽃병 한 개와 비바람에 노출되어 일그러지고 얼룩진 홀마크 카드들이 있었다. 누군가가(아마 메린의 엄마일 테지만), 노란 나일론 장미꽃을 스테이플로 박은 장식 십자가와 정신지체아처럼 행복한 백치 미소를 짓고 있는 플라스틱 성모상도 놓아두었다.

이그는 그 멍청한 웃음을 참을 수 없었다. 메린이 머리를 얻어맞고 피를 흘리며 죽어간 자리에 꽂아둔 십자가도 참을 수 없었다. 노란 장미꽃들이 달려 있는 십자가라니. 별 염병할 걸 다 보겠네. 꽃무늬 방석을 깐 전기의자랑 뭐가 다른가. 뭐 이리 썰렁한 농담이. 누군가 이곳에 예수님을 모시고 오고 싶어 했다는 사실이 거슬렸다. 1년이나 늦어서 아무짝에도 소용없건만. 메린이 간절히 바랐을 때 예수는 곁에 없었다.

이그는 장식 십자가를 뜯어내 흙바닥에 짓밟았다. 오줌이 마려워 성모상에 대고 누다가 술 취한 바람에 자기 발에 지렸다. 어쩌면 신성모독을 저지른 것만으로도 이처럼 변신하고도 남을 죄인지 모른다. 하지만 아니다. 그것 말고 뭔가 더 있었을 것이란 느낌이 있었다. 뭔지는 기억나지 않았다. 코가 비뚤어지도록 마셨으니까.

머리를 이리저리 돌려 거울에 비친 자기 모습을 찬찬히 살피면서 이따금 손으로 뿔을 건드려보았다. 이 뼈는 대체 얼마나 깊숙이 박힌 거람? 뿔도 뿌리라는 게 있어서 뇌까지 밀고 들어가는 거 아냐? 이 생각을 했을 때 머리 위의 전구가 잠깐 침침해진 것처럼 욕실이 어두워졌다. 하지만 어둠은 조명이 아니라 눈 뒤, 머릿속에서 솟아오르는 것이었다. 이그는 세면대를 잡고 어지럼증이 지나가기를 기다렸다.

그때 알았다. 그는 죽을 것이다. 물론 죽겠지. 뭔가 뇌 속으로 밀고 들어오는 마당에. 종양이. 진짜 뿔이 난 게 아니었다. 뿔은 그저 은유, 상상이었다. 종양이 뇌를 파먹고 있어서 헛것이 보이는 것이었다. 이처럼 헛것이 보이는 지경이라면 이미 살아남기에는 늦었을 것이다.

죽는다는 생각을 하니 안도감이 밀려들면서 신체에 어떤 감각이 느껴졌다. 물밑에 너무 오래 있다가 수면 위로 올라와 공기를 맛보았을 때의 감각. 어릴 때 익사 직전까지 갔고 천식으로 고생한 적이 있었던 이그에게 행복감이란 숨 쉴 수 있는 상태처럼 아주 소박한 것이었다.

"나 아프군." 이그는 나직이 말했다. "죽어가고 있어."

소리 내서 말하니 기분이 좋아졌다.

이제 환각이라는 걸 알았으니까 뿔이 사라졌기를 바라면서 거울 속에 비친 자기 모습을 살폈다. 그런데도 별 소용이 없었다. 뿔은 그대로 있었다. 의사를 만나러 갈 때까지만이라도 머리카락으로 어떻게 가려볼까 싶어 짜증 내며 머리를 잡아당겼지만, 자기 눈에만 보이는 걸 감출 생각을 한다는 게 참으로 멍청한 짓임을 깨닫고 그만두었다.

부들부들 떨리는 다리로 침실에 돌아왔다. 침대보는 양쪽으로 젖혀져 있고, 바닥에 깐 시트에는 아직도 글레나 니콜슨의 풍만한 육체의 흔적이 구깃구깃 남아 있었다. 어쩌다 함께 침대에 쓰러졌는지 전혀 기억이 없었다. 집에 온 것조차 기억나지 않았다. 어젯밤 사건 중에서 잃어버린 부분이 또 있었다. 바로 이 순간까지도 자기 혼자 자고, 글레나는 다른 곳에서 밤을 보냈다고 생각하고 있었다. 다른 사람과 함께.

두 사람은 어젯밤 같이 외출했지만, 술을 좀 들이켜자 이그는 자연스레 메린을 떠올리게 되었다. 메린의 1주기가 며칠 앞으로 다가온 탓이었다. 술을 마시면 마실수록 메린이 그리웠다. 또 글레나와 메린이 전혀 닮은 구석이 없음을 점점 더 절실히 깨달았다. 문신과 인조손톱, 책장에 가득한 딘 쿤츠 소설들, 담배와 랩 악보. 글레나는 메린의 반대항이었다. 테이블 건너편에 글레나가 앉아 있다는 사실에 심기가 거슬렸다. 글레나와 함께 있는 게 배신처럼 느껴졌다. 배신의 대상이 메린인지, 자기 자신인지는 알 수 없었지만. 결국 도망쳐야 했다. 글레나가 연신 손을 뻗으며 한 손가락으로 이그의 손가락 관절을 쓰다듬는데, 애정의 표시인 줄은 알았지만 무슨 이유엔가 열불이 뻗쳤다. 그는 화장실로 가서 20분간 숨었다. 돌아왔을 땐 자리가 비어 있었다. 앉아서 한 시간 정도 술을 마셔도 글레나는 돌아오지 않았지만 별로 아쉽지는 않았다. 하지만 어젯밤 어느 시점에서 두 사람은 여기 같은 침대에 들었던 것 같다. 지난 석 달 간 함께 썼던 침대에.

옆방에서 주절대는 텔레비전 소리가 어렴풋이 들려왔다. 글레나가 아 직 미용실에 안 가고 아파트에 있다는 뜻이었다. 글레나에게 부탁해서 병원에 태워달라고 해도 될 것 같았다. 죽는다는 생각에 안도했던 감정 은 짧게 지나가버리고 벌써 앞으로 다가올 날들이 두려워졌다. 아버지는 울지 않으려고 애쓰실 테고, 엄마는 억지로 환한 얼굴을 하고 있겠지. 정 맥 주사, 치료, 방사선, 쏟아지는 구토, 병원밥.

이그는 옆방으로 기어 들어갔다. 거실 소파에 건스앤로지스 탱크톱과 빛바랜 파자마 바지를 입은 글레나가 앉아 있었다. 글레나는 구부정하게 몸을 숙인 채 커피 테이블에 팔꿈치를 괴고서 도넛 꽁다리를 입안에 쑤 셔 넣고 있었다. 앞에는 사흘 묵은 슈퍼마켓 도넛 상자와 다이어트 코크 2리터 병이 놓여 있었다. 보고 있는 프로그램은 대낮 토크쇼였다.

글레나는 이그가 들어오는 소리를 듣고 눈꺼풀을 내리깔더니 못마땅 하다는 시선으로 흘끔 쳐다보다가 텔레비전으로 시선을 돌렸다. '내 친 한 친구가 소시오패스라니!' 가 오늘의 주제였다. 살이 축 늘어진 백인들 이 서로에게 의자를 던질 태세였다.

글레나는 뿔을 알아채지 못했다.

"몸이 안 좋은 것 같아."

이그가 말했다.

"나한테 투덜대면 뭐 어쩌라고. 나도 속 쓰려."

"아니, 내 말은…… 나 좀 봐. 나 괜찮아?"

이그는 확인하고자 물어보았다.

글레나는 그를 향해 고개를 천천히 돌리더니 속눈썹 아래로 쳐다보았 다. 지난밤 발랐던 마스카라가 그대로 남아 약간 뭉쳤다. 글레나는 매끈 하고 기분 좋게 둥근 얼굴에, 매끈하고 기분 좋게 풍만한 몸매였다. 플러스 사이즈 모델이 있다면 해도 될 만했다. 몸무게는 이그보다 22킬로그램이나 더 나갔다. 글레나가 기괴하게 뚱뚱하다기보다 이그가 이상할 정도로 삐쩍 마른 탓이었다. 글레나는 올라타는 체위를 좋아하는데, 팔꿈치로 그의 가슴을 누를 때면 몸속 공기가 전부 빠져나갔다. 자기도 모르게 질식섹스를 하고 있는 것이다. 이그는 숨이 막힌 적이 많았기 때문에 질식섹스를 하다가 죽은 유명인은 죄다 꿰고 있었다. 뮤지션들의 종말로는 꽤 흔했다. 케빈 길버트. 어쩌면 히데토 마쓰모토도. 마이클 허친스* 역시. 딱히 지금 떠올리고 싶은 사람은 아니었다. 내 안의 악마. 우리 모두의 마음속에 있다.

"아직도 술 안 깼어?"

글레나가 물었다.

이그가 대답하지 않자 글레나는 고개를 절레절레 젓고는 다시 텔레비전으로 시선을 옮겼다.

그렇다면 이걸로 됐다. 글레나가 뿔을 봤더라면 비명을 지르며 펄쩍 뛰고도 남았을 것이다. 하지만 글레나는 뿔을 보지 못했다. 없는 걸 볼 재주는 없으니까. 뿔은 이그의 마음속에만 존재했다. 어쩌면 세면대 거울에 비친 모습을 보았을 때 뿔을 실제로 본 것이 아닐 수도 있었다. 하지만 창문에 반사된 모습을 보니 뿔은 아직도 그 자리에 있었다. 창문에 비친 유리 같고 투명한 형체는 악령처럼 보였다.

"병원에 가볼 필요가 있어."

이그가 말했다.

"내가 필요한 건 뭔지 알아?"

"뭔데?"

"도넛 하나 더."

* 그룹 인엑시스(INXS)의 리더. '내 안의 악마The Devil Inside'라는 곡을 발표했다.

글레나는 열린 상자 속을 들여다보려고 앞으로 몸을 숙였다.

"도넛 하나 더 먹어도 괜찮을까?"

이그는 거의 알아들을 수 없는 무미건조한 목소리로 대꾸했다.

"누가 말린대."

"벌써 하나 먹었고, 배도 안 고프거든. 그냥 먹고 싶어."

글레나는 고개를 돌려 이그를 쳐다보았다. 번득이는 눈은 갑자기 겁을 집어먹은 듯도 했고, 간청하는 듯도 했다.

"상자를 통째로 먹고 싶네."

"상자를 통째로."

이그가 되풀이했다.

"손도 쓰고 싶지 않아. 얼굴을 처박고 먹고 싶어. 추해 보이겠지만."

글레나는 손가락으로 도넛 하나하나를 찍으면서 세었다.

"여섯 개네. 내가 도넛을 여섯 개나 더 먹어도 괜찮을 것 같아?"

경계심과 압박감, 관자놀이의 무게를 무시하고 제대로 생각하기가 힘들었다. 글레나가 횡설수설하는 것도 가뜩이나 부자연스럽고 악몽 같은 아침에 한몫했다.

"나랑 떡 치고 싶은 거라면 그러지 마라. 나 기분이 안 좋아."

"도넛 하나 더 먹고 싶어."

"맘대로 해. 먹든 말든."

"그래, 좋아. 괜찮다고 생각한다 이거지."

글레나는 도넛 하나를 집어 세 조각으로 나누더니, 씹던 걸 채 삼키기도 전에 계속 덩어리를 밀어 넣었다.

순식간에 도넛 한 개가 글레나의 입속으로 들어가 볼이 미어졌다. 글레나는 약간 컥컥거리더니 콧구멍으로 숨을 훅 들이마시면서 삼키기 시작했다.

이그는 혐오감을 느끼며 쳐다보았다. 글레나가 이런 짓을 하는 걸 본 적이 없었다. 학교식당에서 지저분한 짓을 해서 다른 애들 기를 죽이려고 했던 중학교 시절 이후로 이런 짓을 하는 녀석도 없었다. 글레나는 입 속의 것을 다 먹어치운 다음 고르지 못한 숨을 몇 번 헐떡이더니 어깨너머로 돌아보며 불안하게 힐끔거렸다.

"맛도 없네. 배 아파. 하나 더 먹어도 될까?"

"배도 아픈데 왜 먹겠다는 거야?"

"정말 뚱뚱해지고 싶거든. 지금처럼 뚱뚱한 거 말고. 네가 나랑 아무 짓도 안 하고 싶을 만큼 뚱뚱해지고 싶어."

글레나의 혀가 삐죽 나오더니 끝으로 윗입술을 건드렸다. 골똘히 생각에 잠긴 몸짓이었다.

"어제 나 정말 역겨운 짓을 했거든. 너한테 말하고 싶은데."

이 모든 일들이 현실이 아니라는 생각이 다시 한번 들었다. 그러나 열에 들뜬 꿈치고는 아주 끈질겼고 세세한 부분까지 진짜 같았다. 파리 한 마리가 텔레비전 화면 위로 기어갔다. 차 한 대가 길 위를 쌩 달려갔다. 한순간 이후에 자연스럽게 다른 순간이 따라왔고, 그런 식으로 하나하나 더해져 현실이 이루어졌다. 이그는 덧셈 하나는 타고나게 잘했다. 학교 다닐 땐 진짜 과목으로 칠 수도 없는 도덕 다음으로 수학을 제일 잘했다.

"어젯밤에 네가 뭔 짓 했는지 알고 싶지 않은데."

이그가 말했다.

"그래서 내 입으로 직접 말해주려 하는 거야. 너를 역겹게 하려고. 떠날 이유를 주려고. 네가 이제까지 겪어온 일이나 사람들이 너에 대해 수군대는 말은 안됐지만, 이젠 아침에 네 옆에서 깨고 싶지 않다고. 네가 떠나길 바랄 뿐이야. 내가 한 짓, 그 역겨운 짓을 말한다면 넌 떠나고 난 다시 자유로워지겠지."

"사람들이 나에 대해 뭐라고 수군대는데?"

멍청한 질문이었다. 그도 벌써 답을 알고 있었다.

글레나는 어깨를 으쓱했다.

"네가 메린한테 한 짓, 네가 얼마나 변태 같은지."

이그는 꼼짝도 못하고 글레나를 쳐다보았다. 어쩌면 입을 열 때마다 더 심한 말을 할 수 있는지, 그러면서 저처럼 편안하게 술술 할 수 있는지 놀라웠다. 부끄러움이나 어색함 따위는 전혀 없었다.

"그래서 나한테 하고 싶은 말이 뭔데?"

"어제 네가 나를 놔두고 사라진 다음에 리 토르노랑 만났어. 너도 기억하지, 나랑 리가 고등학교 때 그렇고 그런 사이였다는 거."

"기억나."

리와 이그는 예전에는 친구 사이였지만 이젠 모두 지난 일로, 그들의 우정 또한 메린과 함께 죽어버렸다. 강간살인범이라는 의심을 받으면서 우정을 유지하기란 어려운 일이다.

"지난밤에 '스테이션 하우스'에서 뒷자리에 앉아 있더라. 네가 사라진 후에 나한테 술을 한 잔 사주더라고. 리랑 마지막으로 얘기한 게 한 백만 년 되었나. 걔가 그렇게 편한 애였는지 까마득하게 잊었어. 너도 알잖아. 리, 걘 남을 깔보지 않거든. 정말 나한테 잘해주더라고. 네가 한참 오지 않으니까 주차장에 가서 같이 찾아보자고 하면서. 네가 가고 없으면 나를 집에까지 태워주겠다나. 하지만 밖에 나가자 갑자기 불이 붙어서 뜨거운 키스를 했지. 옛날처럼, 우리가 사귈 때처럼. 그래서 정신이 홱 돌아가지고 걔 입으로 해줬지. 다른 남자 두엇이 구경하고 있는데 말이야. 열아홉 살 때 스피드 먹은 이후로 그렇게 미친 짓은 처음 해봐."

이그는 도움이 필요했다. 아파트를 나가야만 했다. 공기가 너무 답답했고 허파가 꽉 조여서 뒤틀리는 느낌이었다.

글레나는 도넛 상자 위로 다시 몸을 숙였다. 하찮은 사실을 말했던 양 평온한 표정이었다. 우유가 떨어졌어, 뜨거운 물이 또 안 나와, 하는 말을 전하듯이.

"정말 내가 하나 더 먹어도 괜찮을 것 같아?" 글레나가 물었다. "속이 훨씬 편해졌어."

"맘대로 하시지."

글레나는 고개를 돌리고 그를 쳐다보았다. 창백한 눈이 부자연스럽게 흥분하여 번득였다.

"진심이야?"

"네가 뭔 지랄을 하든 말든." 이그가 말했다. "꾸역꾸역 처먹어라."

글레나는 볼에 보조개가 쏙 들어가도록 미소 짓더니 탁자 위로 허리를 숙이며 한 손으로 상자를 잡았다. 그러고는 상자를 끌어안고 얼굴을 들이밀며 먹기 시작했다. 글레나는 씹으면서 쩝쩝 소리를 냈고 입술을 쪽쪽 빨면서 이상하게 숨을 쉬었다. 그러더니 도넛이 목에 걸리자 어깨를 들썩이며 컥컥거렸지만 손으로 계속 입에 쑤셔 넣었다. 볼이 미어져 터지려는데도 아랑곳하지 않았다. 성난 파리 한 마리가 머리 위를 빙빙 돌았다.

이그는 소파를 지나 문으로 향했다. 글레나는 몸을 약간 일으키면서 헉헉거리더니 그를 향해 눈알을 굴렸다. 시선은 공포에 질렸고 볼과 젖은 입은 설탕으로 번들거렸다.

"음." 글레나는 신음했다. "음."

기뻐서 그러는지, 불행해서 그러는지 알 수 없었다.

머리 위를 돌던 파리가 그녀의 입가에 내려앉았다. 이그는 그 모습을 잠깐 보고 있었다. 글레나의 혀가 쑥 나오더니 동시에 손으로 파리를 쳤다. 손을 내리자 파리는 가고 없었다. 턱이 위아래로 움직이며 입속에 든 모든 것을 곤죽으로 만들었다.

이그는 문을 열고 슬쩍 빠져나갔다. 문을 닫았을 때 글레나는 상자 속으로 머리를 들이밀고 있었다. 허파에 공기를 채우고 깊은 바닷속으로 뛰어드는 잠수부처럼.

3

이그는 차를 몰고 메디컬 프랙티스 클리닉으로 향했다. 예약 없이 진료받을 수 있는 곳이었다. 작은 대기실에는 사람이 가득했고 너무 더웠으며 빽빽 울어대는 아이도 하나 있었다. 여자애 하나가 방 한가운데에 누워 숨을 헐떡이면서 요란하게 끽끽 울어댔다. 엄마는 벽에 기댄 의자에 앉아 아이 위로 몸을 굽히고 작은 목소리로 화를 내면서 미친 듯이 애를 달랬다. 으름장도 놓고 욕설도 퍼부었으며, 지금이라도 울음을 그치면 뭘 해주지 하면서 어르기도 했다. 엄마가 딸의 발목을 잡으려 하자, 여자애는 버클이 달린 검은 구두로 엄마의 손을 차버렸다.

대기실에 있는 다른 사람들은 맘먹고 그 장면을 무시하기로 한 듯, 잡지나 소리를 줄여놓은 구석의 텔레비전만 멍하니 바라보았다. 여기도 '내 친한 친구가 소시오패스라니!'를 틀어놓았다. 이그가 들어서자 몇몇 사람이 흘끔 쳐다보았다. 몇몇은 혹시나 여자애를 데리고 나가 엉덩이를 쳐줄 아빠가 오지 않았나 기대하는 눈빛이 간절했다. 하지만 그를 쓱 훑자마자 도와줄 사람이 아닌 걸 알고 눈길을 돌려버렸다.

이그는 모자를 쓰고 올 걸 그랬다고 후회했다. 환한 빛에 눈이 부셔 그러는 양 한 손으로 이마를 덮으며 뿔을 가려보려 했다. 그가 이상하다는 것을 알아챈 사람이 있는지는 모르겠지만 아무도 티를 내지 않았다.

대기실 맨 끝 벽에는 창구가 하나 있었고, 그 너머에는 한 여자가 컴퓨터 앞에 앉아 있었다. 접수원은 우는 아이의 엄마를 쳐다보고 있다가, 이그가 나타나자 고개를 들고 입술을 실룩여 억지 미소를 지었다.

"무슨 일로 오셨어요?"

여자는 벌써 진료 접수서류가 붙어 있는 집게판으로 손을 뻗고 있었다.

"어떤 일 때문에 의사 선생님을 보고 싶은데요."

이그는 손을 살짝 들어 뿔을 보였다.

접수원 여자는 눈을 가늘게 뜨고 쳐다보더니 안됐다는 듯 입을 삐쭉거리다 다물었다.

"어머, 이상하네요."

접수원 여자는 컴퓨터 쪽으로 빙그르르 돌았다.

이그가 어떤 반응을 기대했든(반응을 기대했는지조차 알 수 없었지만), 이건 아니었다. 여자는 뿔을 보고도 부러진 손가락이나 뾰루지를 본 듯 행동했다. 하지만 중요한 건 반응을 보였다는 사실이었다. 뿔이 눈에 보이는 모양이었다. 눈으로 직접 봤다고 해야 말이 되지, 여자가 그저 입술을 삐쭉거렸거나 고개를 돌려버린 행동이 전부 머릿속의 상상이라고 치부할 순 없었다.

"몇 가지 질문 좀 드릴게요. 성함이?"

"이그나티우스 페리시요."

"나이는요?"

"스물여섯."

"주치의가 있으세요?"

"몇 년 동안 병원에 온 적 없어요."

여자는 고개를 들고 찬찬히 쳐다보더니 얼굴을 찡그렸다. 그는 정기검진을 받지 않았다고 혼나기 직전이리라 생각했다. 여자애는 이전보다 더 빽빽댔다. 이그가 뒤를 본 순간 아이는 빨간 플라스틱 소방차로 엄마의 무릎을 내리쳤다. 대기실에서 아기들이 갖고 놀라고 놔둔 장난감 중 하나였다. 아이 엄마는 소방차를 아이 손에서 빼앗았다. 여자애는 또다시 뒤로 벌러덩 누워 허공에 발길질을 하고 성을 내며 울부짖었다. 뒤집힌 바퀴벌레 꼴이었다.

"쟤 엄마에게 딱한 아이 입 좀 닥치게 하라고 말해주고 싶네요." 접수원 여자가 밝게, 지나가는 투로 말했다. "그러면 어떨까요?"

"펜 있어요?" 입이 바짝 마른 이그는 물어보고 나서 집게판을 들어 보였다. "이거 작성하게요."

접수원 여자의 어깨가 축 늘어지고 미소가 사라졌다.

"물론이죠."

여자는 대답하며 펜을 내밀었다.

이그는 등을 돌리고 집게판에 붙어 있는 접수 신청서를 내려다보았지만 눈이 흐렸다.

여자는 뿔을 보았지만 특이하다 생각지 않은 것이다. 그러고는 울고 있는 아이와 어찌할 줄 모르는 엄마에 대한 얘기도 했다. 쟤 엄마에게 딱한 아이 입 좀 닥치게 하라고 말해주고 싶네요. 그런 다음 이그가 어떻게 생각하는지 물었다. 글레나가 도넛 상자에 얼굴을 박고 우리 속 돼지처럼 우걱우걱 먹어도 괜찮을지 물어본 것처럼.

이그는 앉을 자리를 찾았다. 아이 엄마의 양쪽에 하나씩 빈자리가 있었다. 그가 다가가자 여자애가 허파 속 깊숙한 곳에서부터 창문이 떨어져나가도록 날카로운 비명을 질러대는 통에 대기실에 있던 몇몇 사람이 움찔했다. 그 소리가 나는 곳으로 다가가는 건 흡사 무릎까지 빠지는 늪으로 걸어 들어가는 듯했다.

이그가 자리에 앉았을 때 아이 엄마는 의자에 웅크리고 앉아 둥글게만 잡지로 다리를 툭툭 쳤다. 하지만 엄마가 치고 싶은 건 자기 다리가 아닐 듯했다. 여자애는 울다가 지쳤는지 벌겋고 못생긴 얼굴 위로 눈물만 흘리면서 벌러덩 누워 있었다. 아이 엄마도 얼굴이 벌겠다. 엄마는 가련한 눈을 굴리면서 이그를 슬금슬금 쳐다보았다. 여자의 눈길이 이그의 뿔에 잠시 머물렀다가 곧 다른 곳으로 옮겨갔다.

"소란 피워서 죄송해요."

아이 엄마는 사과의 뜻으로 이그의 손을 살짝 건드렸다.

여자의 손이 닿고 피부끼리 스쳤을 때, 이그는 여자의 이름이 앨리 레터워스이며 지난 넉 달 동안 골프 강사와 바람이 나서 골프장 아래에 있는 모텔에서 몰래 만났다는 걸 알았다. 지난주에 앨리는 그 강사와 격렬히 섹스한 후 휴대폰도 꺼놓고 잠이 드는 바람에 딸이 여름학교 캠프에서 미친 듯이 전화를 해댔는데도 받지 못했다. 깜박해서 아이를 데리러 가는 것도 잊고 말았다. 두 시간 늦게야 가보니, 딸아이는 발작을 일으켜 얼굴이 벌게지고 콧물도 질질 흘리면서 눈이 충혈됐을 정도였다. 결국 앨리는 아이를 진정시키고 입을 막기 위해 60달러짜리 웹킨즈 인형과 바나나 스플릿을 사주어야 했다. 남편에게 들키지 않으려면 다른 도리가 없었다. 애라는 게 이처럼 성가실 줄 알았더라면 애초에 낳지도 않았을 텐데.

이그는 손을 뺐다.

아이는 징징대면서 발로 바닥을 쿵쿵 굴렀다. 앨리 레터워스는 한숨을 쉬며 이그를 향해 몸을 숙였다.

"어떻게든 쟤 버릇없는 엉덩이를 발로 차주고 싶네요. 하지만 내가 아이를 때리면 여기 사람들이 뭐라고 할지 걱정이 돼서. 혹시 어떻게 생각하시는지⋯⋯."

"안 돼요."

이그가 잘라 말했다. 이그는 이 여자의 사연을 어떻게 알아냈는지 알 수 없었지만, 그저 알았다. 자기 휴대폰번호나 주소를 아는 것과 같았다. 또 앨리 레터워스가 낯선 사람과 버릇없는 딸의 엉덩이를 발로 차는 얘기를 할 사람이 아니라는 것도 확실히 알았다. 그녀는 마치 혼잣말하는 사람처럼 말했다.

"안 되겠죠."

앨리는 되풀이하며 잡지를 폈다가 저절로 접히게 놔두었다.

"그럴 순 없겠죠. 일어나서 그냥 떠나야 할지도 모르겠어요. 애를 여기 놔두고 차를 타고 가버리는 거예요. 마이클과 같이 살면서 세상으로부터 숨는 거죠. 진을 마시면서 늘 섹스나 하고. 남편이 아동유기로 나를 고소할지도 모르지만 뭐 그런다고 꿈쩍할 것 같나? '저런 거' 부분양육권이라도 갖고 싶겠어요?"

"마이클이 그 골프 강사인가요?"

이그가 물었다.

앨리는 꿈꾸듯 고개를 끄덕이며 미소 지었다.

"마이클이 검둥이란 걸 미리 알았더라면 그 사람 강습을 신청하지 않았을 테니 세상일 참 묘하죠. 타이거 우즈 이전에는 골프장에 검둥이라고는 찾아볼 수 없었거든요. 골프채나 들고 심부름이나 하면 모를까. 흑인들 꼴을 안 볼 수 있는 곳이라고는 골프장뿐이었죠. 대부분의 흑인들이 어떤지는 아시죠. 항상 휴대폰 들고 쌍욕이나 하고. 게다가 백인 여자가 지나가면 훑어보는 꼴이란. 하지만 마이클은 교육을 잘 받았죠. 꼭 백인들처럼 말해요. 하지만 검둥이 물건에 대해서 사람들이 하는 말은 진짜더라고요. 같이 자본 백인 남자가 한 트럭은 될 텐데, 마이클 같은 물건을 달고 있는 남자는 하나도 못 봤어요." 앨리는 코를 찡긋했다. "우리는 그걸 5번 아이언이라고 부르죠."

이그는 벌떡 일어서서 접수창구로 갔다. 서둘러 몇 가지 질문에 대답을 끼적이고 접수원 여자에게 집게판을 도로 내밀었다.

뒤에서 여자애가 소리를 질러댔다.

"싫어, 싫단 말이야! 앉기 싫어!"

"정말 저 애 엄마에게 한마디 해줘야 할 것 같아요."

접수원 여자는 서류에는 신경도 쓰지 않고 이그를 넘어 여자와 딸을 쳐다보았다.

"애가 저렇게 울보 떼쟁이인 게 애 엄마 잘못은 아니지만 정말 한마디 하고 싶네요."

이그는 여자애와 앨리 레터워스를 쳐다보았다. 앨리는 딸에게 몸을 숙이고 둘둘 만 잡지로 아이를 찌르면서 속삭이고 있었다. 이그는 접수원에게 시선을 돌렸다.

"그러시죠."

이그는 시험 삼아 허락을 내렸다.

여자는 입을 열었지만 잠시 망설이더니 걱정스럽게 이그의 얼굴을 들여다보았다.

"하지만, 내가 먼저 야단법석을 피우고 싶진 않은데."

뿔 끄트머리가 갑작스럽게 불쾌한 열기로 쿵쿵 뛰었다. 이그의 한 부분은 접수원 여자가 자신의 허락에 즉시 따르지 않았다는 데 놀랐다. 벌써부터, 뿔이 생긴 지 아직 한 시간도 되지 않았는데.

"무슨 뜻이죠? 먼저라니?"

이그는 기르고 있던 작은 염소수염을 초조하게 잡아당겼다. 이제 여자를 움직일 수 있는지 알아보고 싶다는 호기심이 일었다.

"요새 부모들이 애 기르는 꼴을 보면 참 기가 차죠? 그런 생각을 하면 부모들이 제대로 가정교육을 못 시켰으니 애한테 뭐라고 할 수도 없다니까요."

접수원 여자는 미소를 지었다. 거친 미소였지만 고마워하는 빛이 있었다. 그 모습을 보니 또 다른 감각이 뿔까지 치솟는 느낌이었다. 얼음 같은 전율.

접수원 여자는 일어나더니 이그 너머 여자와 아이를 보았다.

"손님?" 접수원 여자가 불렀다. "저기요, 애기 엄마?"

"네?"

앨리 레터워스는 딸이 들어갈 순서가 되었다는 줄 알고 반색하며 고개를 들었다.

"애 기분이 아주 좋지 않다는 건 알겠는데, 애를 조용히 시키지 못할 거면 다른 사람 생각을 눈곱만큼이라도 해서 재까닥 일어서야 하는 거 아니에요? 다른 사람이 당신 애 뻑뻑대는 소리를 듣지 않게끔 데리고 밖으로 나가야 하는 거 아니냐고요."

접수원 여자는 만들어 붙인 듯한 미소를 그대로 띤 채 말했다.

앨리 레터워스의 얼굴에서 핏기가 싹 빠져나가면서 하얀 뺨에 뜨거운 홍조만 몇 점 남았다. 앨리는 아이의 손목을 잡았다. 이제 여자애의 얼굴은 끔찍한 선홍색이었고, 엄마의 손아귀에서 빠져나오려고 발버둥을 치며 손톱으로 할퀴었다.

"뭐?" 앨리가 물었다. "뭐라고 했어요?"

"내 머리가 말이에요!" 접수원 여자는 웃음을 싹 지우고 오른쪽 관자놀이를 마구 두드리며 소리쳤다. "당신 애새끼가 입 닥치지 않으면 내 머리가 폭발하기 직전이라고!"

"미친년!"

앨리 레터워스는 비틀비틀 일어섰다.

"게다가 다른 사람 생각을 조금이라도 한다면······."

"네 앞가림이나 잘해!"

"뻑뻑 울어대는 저 돼지 새끼를 머리끄덩이라도 잡고 질질 끌어내라고······."

"쭈글쭈글한 할망구가!"

"그런데 엄마라는 년은 빈둥빈둥 앉아서 저 혼자 재미나 보고 있고······."

"가자, 마시."

앨리는 딸의 손목을 잡아챘다.

"싫어!"

아이가 앙탈을 부렸다.

"엄마가 가자고 했지!"

아이 엄마는 딸을 문까지 질질 끌고 갔다.

거리로 나가는 문간 앞에서 앨리 레터워스의 딸이 엄마의 손아귀에서 손목을 휙 빼냈다. 아이는 방 안으로 튀어 들어왔지만 소방차에 걸리는 바람에 철퍼덕 엎어졌다. 아이는 아까보다 훨씬 끔찍하게 귀가 찢어져라 비명을 질러대면서 피가 철철 나는 무릎을 붙잡고 옆으로 뒹굴었다. 엄마는 신경도 쓰지 않았다. 앨리는 가방을 던지더니 접수원을 향해 소리를 질렀고, 접수원 역시 소리를 지르며 맞받아쳤다. 이그의 뿔이 기묘하게 만족스러운 쾌감과 무게로 고동쳤다.

아이에게 가장 가까이 있는 사람은 이그였고, 애 엄마는 아이를 보살피러 오지도 않았다. 이그는 아이의 손목을 잡아 일으켜주었다. 손을 대는 순간 아이의 이름은 마르시아 레터워스이고, 오늘 아침 일부러 엄마의 무릎에 아침식사를 던져버렸다는 걸 알았다. 엄마가 사마귀를 태워서 떼어버리자며 병원에 가자고 했지만 너무 아파서 가고 싶지 않았고, 엄마는 못됐고 멍청하기 때문이었다. 마르시아는 얼굴을 들어 이그를 향했다. 눈물이 그렁그렁한 아이의 눈은 맑았다. 토치램프처럼 강렬한 푸른색이었다.

"엄마가 싫어요." 아이는 이그에게 말했다. "침대에 누워 있는 엄마한테 성냥불을 붙이고 싶어요. 엄마가 타 죽어버렸으면 좋겠어요."

4

　이그의 몸무게와 혈압을 잰 간호사는 전남편이 스포티한 노란 사브를 모는 여자와 데이트한다는 이야기를 했다. 그 여자가 어디에 주차하는지 알고 있으며, 점심시간에 가서 열쇠로 차 옆구리를 죽 그어놓고 싶다고 말했다. 또 운전석에 개똥을 발라놓고 싶다고도 했다. 이그는 진찰대에 꼼짝도 않고 누워 주먹을 불끈 쥔 채 아무 의견도 내지 않았다.

　간호사가 혈압측정기를 풀 때 그녀의 손가락이 맨살을 스쳤다. 이그는 간호사가 이전에도 여러 번 남의 차를 긁은 적이 있다는 걸 알았다. 부정행위를 했다고 낙제점을 주었던 선생님, 비밀 얘기를 남에게 퍼뜨리고 다닌 친구, 전남편을 변호하는 게 죄인 변호사. 이그의 머릿속에서 열두 살 소녀가 아버지의 검은 올즈모빌 옆을 손톱으로 죽 긋는 광경이 그려졌다. 차 옆구리에 흉측하게 하얀 줄이 났다.

　진찰실은 너무 추웠다. 에어컨에서 찬바람이 쌩쌩 나왔다. 이그는 의사가 올 때까지 추위와 긴장감에 몸을 떨었다. 머리를 숙여 의사에게 뿔을 보여주었다. 또한 뭐가 현실이고 아닌지 구분할 수 없게 되었다고 말했다. 망상이 보이는 것 같다고도 했다.

　"사람들이 자꾸 제게 말을 걸어요. 끔찍한 얘기들이죠. 자기가 하고 싶은 일, 누구도 하고 싶다는 걸 인정하지 않을 만한 일들을 얘기해요. 어떤 꼬마 애는 방금 자기 엄마를 침대에서 불태우고 싶다고 말하더라고요. 여기 간호사는 불쌍한 여자의 차를 망가뜨리고 싶다고 털어놓았죠. 좀 겁이 나요. 내가 어떻게 된 건지 모르겠어요."

의사는 뿔을 관찰했다. 걱정스러운 듯 이마에 주름이 파였다.

"이거 뿔이네요."

"뿔이라는 건 나도 알아요."

레널드 의사는 고개를 절레절레 흔들었다.

"끝이 충혈된 것 같네요. 아픕니까?"

"죽겠어요."

"하." 의사는 한 손으로 입을 문질렀다. "한번 재볼까요."

의사는 줄자로 둘레와 밑동을 재고, 관자놀이에서 뿔까지, 그리고 양쪽 뿔 사이를 쟀다. 의사는 차트에 숫자 몇 개를 적더니 못이 박힌 손끝으로 뿔을 훑었다. 의사는 무엇을 생각하는 듯 집중한 표정이었다. 그때 이그는 알고 싶지 않은 사실을 알았다. 며칠 전 레널드 의사는 어두운 침실에서 커튼을 살짝 들추고 창밖을 내다보며, 열일곱 살 난 딸의 친구들이 수영장에서 노는 광경을 쳐다보며 자위를 했다.

다시 물러선 의사의 늙은 회색 눈에는 근심이 떠올랐다. 결정을 내리려는 듯했다.

"내가 뭘 하고 싶은지 압니까?"

"뭔데요?"

"옥시콘틴*을 갈아서 휙 흡입하고 싶어요. 일터에서는 절대 흡입 안 하기로 마음먹었는데. 그랬다간 머리가 멍해질 테니까. 하지만 여섯 시간이나 기다릴 수 있을지 모르겠습니다."

이그는 잠깐 멍했지만 의사가 이 문제에 대해 자신의 의견을 기다리고 있다는 것을 깨달았다.

---

* 마약성 진정제의 이름.

"내 머리에 난 이것 얘기만 하면 안 됩니까?"

의사의 어깨가 축 처졌다. 고개를 돌린 그는 화가 끓어오르는지 천천히 숨을 내쉬었다.

"저기요." 이그가 말했다. "부탁입니다. 도움이 필요해요. 누가 나를 도와줘야 한다고요."

레널드 의사는 마지못해 그를 올려다보았다.

"이게 진짜인지 아닌지도 모르겠어요. 내가 미쳐가는 것 같단 말이에요. 사람들은 뿔을 보고도 왜 모른 척 행동하죠? 내가 뿔이 있는 사람을 봤더라면 다리에 오줌을 지렸을 텐데."

사실 그 말 그대로였다. 거울에 비친 자신의 모습을 보았을 때 이그도 그렇게 하지 않았던가.

"그거, 기억하기 힘들어요." 의사가 말했다. "고개를 돌린 순간 뿔이 있다는 사실을 잊어버려요. 왜 그런지는 모르겠지만."

"하지만 지금은 보고 있잖아요." 이그의 말에 레널드는 고개를 끄덕였다. "이런 것 처음 보지 않아요?"

"옥시콘틴 좀 흡입해도 괜찮겠습니까?" 의사가 환한 얼굴로 물었다. "나눠줄게요. 같이 혼이 빠지도록 해봅시다."

이그는 고개를 저었다.

"이봐요, 제발."

의사는 얼굴을 찡그렸지만 고개를 끄덕였다.

"왜 여기 다른 의사들을 불러 모으지 않는 거죠? 왜 이 문제를 좀 더 진지하게 받아주지 않는 겁니까?"

"솔직히 말해서," 레널드가 대답했다. "환자분 문제에 집중하기가 힘듭니다. 가방 속에 들어 있는 알약과 내 딸애와 어울려 다니는 여자애 생각만 나요. 낸시 휴스라고. 세상에, 걔 엉덩이 한번 따먹어봤으면. 하지만 그 생각을 하면 약간 역겹기도 하죠. 걔 아직 교정기 낀 어린애인데."

"부탁 좀 합시다." 이그가 말했다. "선생님의 의학적 의견을 요구하는 거라고요. 도움 말입니다. 내가 뭘 하면 됩니까?"

"썹할 환자들. 하나같이 지 생각들밖에 못하지."

5

이그는 차를 타고 달렸다. 어디로 간다는 생각도 없었다. 잠깐 동안은 아무 상관없었다. 그저 움직이는 것만으로 충분했다.

이그에게 자기만의 공간이라고 부를 만한 곳이 남아 있다면 이 차, 1972년형 AMC 그렘린이었다. 아파트는 글레나 것이었다. 그녀가 이그보다 먼저 살았고 두 사람이 찢어지면 글레나가 계속 살게 될 터였다. 그리고 지금은 사실상 찢어진 상황이었다. 메린이 죽은 직후에는 잠깐 동안 부모님 집에 들어가 살았다. 하지만 전혀 편안함을 느낄 수 없었고, 더는 집 같지도 않았다. 이제 남은 것은 차뿐이었다. 이동수단이긴 했지만 또한 거주공간이기도 했다. 좋든 나쁘든 평생 대부분을 살아온 곳.

좋았던 점: 그 안에서 메린 윌리엄스와 사랑을 나누었다. 머리는 천장에, 무릎은 기어에 계속 부딪쳐가며. 뒤쪽 완충장치가 약간 뻑뻑해서 차가 위아래로 튈 때마다 끽 소리를 냈다. 그 소리가 날 때마다 메린은 웃지 않으려고 입술을 깨물었다. 이그가 그녀의 다리 사이에서 움직일 때조차도.

나빴던 점: 오래된 주물공장 옆에서 메린이 강간당하고 살해되던 밤, 그는 이 차 안에서 술에 취한 채로 잠들어 그녀를 미워하는 꿈을 꾸고 있었다.

차는 아무 데도 갈 곳이 없을 때, 무슨 일이 생기길 바라면서 기드온 근처를 배회하는 것 말고는 할 일이 없을 때 친구와 함께 놀았던 곳이기도 했다. 이그는 메린이 일하거나 공부해야 하는 밤에는 가장 친한 친구, 키가 크고 마르고 한쪽 눈이 안 보이는 리 토르노와 함께 돌아다녔다. 모래톱까지 내려가면 가끔 모닥불, 아는 사람들, 강둑에 세워놓은 트럭 두어 대, 코로나 맥주가 가득 든 아이스박스가 있었다. 두 친구는 차 후드 위에 앉아 밤하늘을 떠가다 사라져가는 불티, 까맣고 빠르게 움직이는 강물 위에 비친 불꽃을 쳐다보았다. 둘은 고통스럽게 죽는 방법에 대해 이야기를 나누었다. 차를 놀스 강가에 그처럼 가까이 세웠으니 자연스러운 주제였다. 이그는 익사가 고통스럽다고 주장하며 자기 경험을 근거로 내세웠다. 언젠가 강이 그를 삼켰고 아래로 끌어당겼으며 목 안으로 밀고 들어왔던 적이 있었다. 물속에서 이그를 끄집어낸 사람이 리 토르노였다. 리는 익사보다 고통스러운 죽음은 훨씬 많으며 이그의 상상력이 부족한 거라고 말했다. 리는 어떤 경우에는 익사가 불에 타 죽는 것보다 더 끔찍할지 모르겠지만, 불타는 차에 맞부닥뜨린 불운한 경험으로 봐서 보통은 타 죽는 게 훨씬 고통스럽다고 주장했다. 둘 다 자기들이 직접 겪은 일은 잘 알았다.

무엇보다 그렘린에서 보냈던 최고의 경험은 리와 메린 둘 다 있을 때였다. 천성적으로 기사도 정신이 있는 리는, 메린을 이그와 함께 앞좌석에 앉도록 양보하고 자기는 좌석을 밀고 뒷좌석으로 들어가 손등을 이마에 대고 길게 뻗었다. 절망에 빠져 긴 의자에 누운 오스카 와일드 같은 꼴이었다. 세 사람은 같이 파라다이스 드라이브인 극장에 가서 맥주를 마시며 하키 마스크를 쓴 미친놈이 반 벌거숭이인 고등학생들을 쫓아다니는 영화를 보았다. 그러다 애들이 사슬톱 밑에서 썰리면 환성을 지르거나 경적을 울리곤 했다. 메린은 이를 '더블데이트'라고 부르곤 했다. 이그는 메린과 데이트했고, 리는 자기 오른손과 했다. 메린은 이그, 리와 함께 데이트하는 재미의 반은 리를 놀리는 데 있다고 했지만, 리의 어머니가 돌아가신 날 아침에 가장 먼저 찾아가서 울고 있는 리를 안아준 사람은 메린이었다.

일순간 이그는 지금 리를 찾아가볼까 생각했다. 이전에도 그를 물에서 끄집어내주었으니 다시 그를 구해줄 수 있을지도 몰랐다. 하지만 한 시간 전에 글레나가 했던 이야기가 기억났다. 도넛을 먹으면서 고백했던 끔찍한 이야기. 정신이 확 돌아가지고 갤 입으로 해줬지. 다른 남자 두엇이 구경하고 있는데 말이야. 이그는 당연히 느껴야 할 감정, 즉 두 사람에 대한 미움을 느끼려고 해보았다. 하지만 아주 저급한 혐오감마저 느껴지지 않았다. 다른 걱정거리가 있었다. 이 빌어먹을 것들이 머리에서 자라나고 있으니.

게다가 리가 이그의 등에 칼을 꽂은 것도 아니잖나. 애인을 빼앗아 잔 것도 아니니까. 이그는 글레나를 사랑하지도 않았고, 그녀가 자기를 사랑하거나 사랑했다고 생각하지도 않았다. 반면 리와 글레나는 과거가 있었고 아주 오래전이긴 해도 연인 사이였다.

그래도 친구 사이에 할 만한 짓은 아닐지 모르지만, 리와 이그는 더는 친구도 아니었다. 메린이 살해당한 후에 리 토르노는 아무렇지도 않게, 잔인함을 노골적으로 드러내지 않고 이그를 자신의 삶에서 잘라내 버렸다. 메린의 시체가 발견된 직후에는 말없이 진심으로 동정을 표하기는 했지만, 옆에 있어주겠다는 약속도 하지 않았고 만나자는 말도 없었다. 그 이후로 몇 주 몇 달 동안, 전화를 하는 쪽은 자기뿐이고 반대의 경우는 없었다는 사실을 눈치챘다. 또한 리가 대화를 이어나가려고 애쓰지 않는다는 사실도 깨달았다. 리는 항상 감정적으로 초연한 척했기 때문에, 이그가 완전히 절교당했다는 사실을 즉시 이해하지 못했을 가능성도 있었다. 하지만 얼마가 지난 다음에는 찾아오지도 않고 만날 수도 없는 습관적인 핑계가 더해지고 더해졌다. 이그는 눈치가 별로 없는지 모르지만 수학만은 항상 잘했으니까. 뉴햄프셔 의원의 보좌관인 리가 강간살인

사건의 핵심적인 용의자와 관계를 유지할 순 없었다. 싸우지도 않았고, 두 사람 사이에 얼굴 찌푸릴 일도 없었다. 이그는 이해했다. 앙심을 품지 않고 그냥 친구관계가 끝나도록 놔두었다. 리, 불쌍하고 상처가 많고 성실하고 외로운 리에게는 미래가 있었다. 이그에겐 없었다.

모래톱을 생각했기 때문에 결국 올드페어 로드 다리 밑에 있는 놀스로드에 차를 세우게 된 건지도 모른다. 익사할 곳을 찾으려면 이보다 안성맞춤인 곳도 없었다. 모래톱은 흐르는 물속에 30미터 정도 뻗어 있었고, 그 아래로는 깊고 빠르고 푸른 물로 뚝 떨어졌다. 주머니에 돌을 채우고 물속으로 걸어 들어갈 수 있다. 아니면 다리 위로 올라가서 뛰어내릴 수도 있었다. 다리도 웬만큼 높았다. 한 번에 제대로 죽으려면 물 대신에 바위를 노리면 된다. 효과를 생각만 해도 몸이 움찔했다. 이그는 차 밖으로 나와서 후드에 기대앉아, 머리 위의 남쪽으로 흘러가는 트럭이 내는 웅웅 소리를 들었다.

여기 한두 번 온 게 아니었다. 17번 국도에 있는 오래된 주물공장처럼 이 모래톱 또한 목표도 없을 만큼 어린 젊은이들이 목표로 삼고 올 만한 곳이었다. 이곳에 메린과 함께 왔던 날을 기억했다. 갑자기 비를 만나 다리 밑에서 비를 그었다. 고등학교 때였다. 둘 다 운전하지 않을 때라 차에서 피할 수도 없었다. 눅눅해진 조개 튀김을 나눠 먹으며 다리 밑 잡초가 무성한 조약돌 비탈길에 앉았다. 얼마나 추웠는지 입김이 훤히 보였다. 그는 메린의 차갑게 젖은 손을 꼭 잡아주었다.

이그는 이틀 묵은 얼룩투성이 신문을 찾았다. 두 사람이 신문을 읽지도 않으면서 보는 데 지치자 메린은 그걸로 뭔가 세상에 용기를 주는 일을 해야 한다고 말했다. 빗속에서 강을 내다보는 사람들의 기운을 다 돋울 만한 일. 두 사람은 가랑비를 뚫고 언덕까지 튀어 올라가 세븐일레븐에서 생일 촛불을 사서 다시 뛰어왔다. 메린이 신문지로 배 접는 법을 알려주었고, 두 사람은 촛불을 붙여 배에 실은 다음 빗속으로 하나씩 떠나

보냈다. 작은 불꽃을 실은 종이배들은 긴 사슬처럼 줄줄이 이어져 뉘엿 뉘엿 지는 햇빛을 받으며 비에 젖은 어둠 속으로 평온히 떠갔다.

"우린 함께 용기를 주는 일을 한 거야."

메린이 차가운 입술을 이그의 귀에 바짝 갖다 대는 바람에 몸이 파르르 떨렸다. 조개 냄새가 나는 입김. 메린은 터져나오는 웃음을 참느라 몸을 연신 떨었다.

"메린 윌리엄스와 이기 페리시, 더 나은 세상을 만들다. 더 훌륭한 곳으로 만들다. 종이배 하나씩 띄울 때마다."

메린은 배들이 빗물에 젖어 백 미터도 가지 못하고 깜박깜박하는 촛불과 함께 물에 가라앉으리라는 사실을 알아채지 못했거나 모르는 척했다.

두 사람이 함께 보낸 시간이 어떠했는지, 그때 자기가 어떤 사람이었는지 기억하고 있으려니 머릿속에서 고삐 풀려 휘몰아치던 미친 생각이 뚝 그쳤다. 이그는 어쩌면 오늘 하루 중 처음으로 지금 일어나고 있는 상황을 꼼꼼히, 겁에 질리지 않고 생각해볼 수 있게 되었다.

다시 한 번 자신이 현실과 단절되는 병에 걸렸고, 오늘 온종일 겪었던 일은 오직 상상일 가능성을 생각해보았다. 이그가 환상과 현실을 혼동한 건 처음이 아니었고, 경험으로 보아 실제로 있을 법하지 않은 종교적 망상에 특히 취약하다는 사실 또한 알고 있었다. 마음속의 나무 오두막에서 보냈던 오후는 잊을 수 없었다. 물론 그 나무 오두막이 환상이라고 해도(말이 되는 설명은 그것뿐이었다), 그 환상을 본 사람은 혼자가 아니었다. 이그와 메린이 그 장소를 함께 발견했고, 그때 일어났던 일은 두 사람을 단단히 묶어주는 비밀의 끈이 되었다. 차를 타고 가면서 지루해지거나, 천둥번개가 쳐서 한밤에 잠이 깨고 두 사람 모두 다시 잠에 들 수 없었을 때 그 수수께끼를 함께 풀기도 했다.

"사람들이 같은 환각을 보는 경우도 있다고 하더라고." 메린은 이렇게 말한 적도 있었다. "내가 그런 유형이라고 생각하진 않았는데."

머리에 난 뿔이 단지 유달리 끈질기게 지속되는 무시무시한 망상이며, 오랫동안 찾아오고 있던 광기로 뛰어든 결과라는 결론의 문제점은, 이그가 오로지 앞에 놓인 현실만을 다룰 수 있다는 것이었다. 현실에서 계속 일어나고 있다면 그저 머릿속에 있다고 해봤자 아무짝에도 소용없었다. 그의 믿음이 필요한 문제가 아니었다. 불신도 전혀 중요하지 않았다. 손을 대보면 뿔은 항상 그 자리에 있었다. 만지지 않을 때도 쓰리고 민감한 뿔 두 개가 차가운 강바람 속에 솟아 있다는 느낌이 있었다. 뿔은 확실했고 말 그대로 딱딱한 뼈였다.

생각에 빠져 있던 이그는 경찰차가 언덕을 내려와 그렘린 뒤에 멈추고 짧게 경적을 울릴 때까지도 미처 알아채지 못했다. 심장이 아프게 덜컥 뛰었다. 그는 재빨리 돌아보았다. 경찰관 한 명이 순찰차 조수석에서 몸을 내밀었다.

"무슨 일이야, 이그?"

그냥 여느 경찰이 아니라, 스투츠라는 경찰이었다.

스투츠는 햇볕에 지속적으로 노출되어 금갈색으로 그을린 팔뚝을 자랑하는 짧은 소매를 입고 있었다. 셔츠는 몸에 딱 달라붙었고 얼굴도 잘생겼다. 짧게 깎아 이마 쪽으로 눕힌 노란 머리와 반사 선글라스 뒤에 가려진 눈을 보면 길거리 담배 광고에 나와도 될 만한 외모였다.

운전대를 잡은 파트너 포사다가 비슷한 표정을 지으려 했지만 그다지 비슷하지 않았다. 그는 체격이 지나치게 왜소했고 후골이 지나치게 돌출되었다. 둘 다 콧수염을 기르고 있었지만, 포사다가 기르는 수염은 가냘프고 약간 웃겨서 케리 그랜트의 코미디 영화에 나오는 프랑스 수석 웨이터 수염 같았다.

스투츠가 씩 웃었다. 스투츠는 항상 이그를 보면 반가워했다. 이그는 어떤 경찰도 반갑지 않았지만 특히 스투츠와 포사다를 피했다. 이들은 메린의 죽음 이후로 이그 괴롭히기를 취미로 삼아, 조금만 속도위반을 해도 잡아 세우거나 차 수색을 했고, 쓰레기를 버리거나 쓸데없이 배회하거나 살아 있다는 이유만으로 딱지를 끊었다.

"아무 일 없어요. 그냥 서 있을 뿐이지."

이그가 대답했다.

"30분도 넘게 서 있던데." 두 경찰이 차에서 내릴 때 포사다가 말했다. "혼잣말하면서 말이야. 저기 위에 사는 여자가 너 때문에 겁을 집어먹고 애들을 다 집으로 데리고 들어갈 정도였어."

"얘가 누군지 알았다면 그 여자가 얼마나 더 겁에 질렸을까." 스투츠가 말했다. "친절한 이웃이자 변태, 살인용의자잖아."

"밝은 면을 봐야지. 애들을 죽인 적은 없잖아."

"아직은 아니지."

스투츠가 대답했다.

"갈게요."

이그가 말했다.

"꼼짝 마."

스투츠가 명령을 내렸다.

"뭘 하고 싶은데?"

포사다가 스투츠에게 물었다.

"이 새끼를 무슨 죄로 잡아넣고 싶어."

"뭘로 잡아넣게?"

"모르겠어. 아무 죄라도. 뭐라도 심어놓지. 코카인 봉지라거나, 등록 안 된 총이라든가. 뭐든. 아무것도 없다는 게 아쉽네. 정말 저 자식이랑 떡 한번 치고 싶은데."

"네가 더러운 말을 할 때마다 입이라도 맞추고 싶다니까."

포사다가 말했다.

스투츠는 칭찬에 꿈쩍도 하지 않고 고개를 끄덕였다. 그때 이그는 비로소 뿔이 생각났다. 의사나 간호사, 글레나와 앨리 레터워스처럼 또다시 시작되었다.

"내가 정말 원하는 건 무슨 죄목으로든 체포하려고 하면 저 자식이 저항을 하는 거야. 그러면 저 못난 입에서 강냉이를 다 털어버릴 핑계가 되잖아."

스투츠가 말했다.

"아, 그래. 나도 그 장면 좀 보고 싶은데."

포사다도 맞장구쳤다.

"당신들 지금 무슨 얘기하는지나 알아요?"

이그가 물었다.

"아니."

포사다가 대답했다.

"대충." 스투츠는 대답하고, 마치 저 멀리 서 있는 게시판의 글자를 읽는 듯 실눈을 떴다. "우리는 그냥 재미로 너를 체포할지 말지 얘기하는 건데. 근데 이유는 모르겠네."

"나를 왜 체포하려고 하는지 모른다고요?"

"아니, 너를 체포하고 싶은 이유는 알지. 하지만 그런 얘기를 왜 너한테 하는지는 모르겠다고. 평소에 그런 얘기는 입 밖에 잘 내지 않는데."

"날 왜 체포하려고 하는데요?"

"항상 얼굴에 호모 새끼 같은 표정을 짓고 다니니까. 호모 표정이 날 열받게 해. 난 호모를 별로 좋아하지 않거든."

스투츠가 말했다.

"내가 체포하고 싶은 이유는 네가 저항하면 스투츠가 널 후드 위에 엎드리게 하고 수갑을 채울 거니까." 포사다가 말했다. "그러면 오늘 밤 딸딸이를 칠 거리가 생기잖아. 너희 둘 다 홀딱 벗은 모습을 그려보면서."

"그러면 내가 메린을 죽이고도 빠져나갔다고 생각해서 체포하고 싶은 건 아니란 말이군요?"

이그가 물었다.

"그건 아니지. 네가 했다고 생각하지도 않는데. 넌 너무 계집애 같아. 했다면 자백을 했겠지."

스투츠가 대답하자, 포사다는 웃었다.

"차 지붕 위에 두 손 올려. 널 좀 수색해봐야겠어. 어디 등으로도 표정을 지어보시지."

스투츠가 말했다.

이그는 두 사람 꼴을 보지 않는 것만으로도 반가워서 팔을 지붕 위에 뻗었다. 이마는 운전석 차유리에 댔다. 차가운 느낌이 위로가 되었다.

스투츠는 해치백으로 돌아갔다. 포사다가 이그 뒤에 섰다.

"저 녀석 열쇠가 필요해."

스투츠가 말했다.

이그는 오른손을 지붕에서 내리고 주머니를 뒤지려 했다.

"손은 지붕 위에 그대로 둬." 포사다가 명령했다. "내가 뒤질 테니까. 어느 주머니야?"

"오른쪽이요."

포사다는 손을 이그의 앞주머니에 넣고 한 손가락으로 열쇠고리를 걸었다. 그는 쨍그랑거리며 열쇠고리를 꺼내 스투츠에게 던졌다. 스투츠는 손으로 탁 쳐서 잡고 해치백을 열었다.

"네 주머니에 또 손을 넣고 싶은데." 포사다가 말했다. "계속 꽂아두고 싶어. 재미 좀 보는 데 경찰이라는 지위를 이용하지 않기가 얼마나 힘든지 넌 모를 거다. 농담 아니야. 경찰 노릇이 이렇게 수갑을 채우고 끼우고 반쯤 벗은 남자들 보는 일이라는 걸 전혀 몰랐다니깐. 인정해야지. 내가 항상 착하게 살았던 것만은 아니야."

"포사다." 이그가 말했다. "언젠가는 스투츠에 대한 마음을 꼭 고백해

봐요."

그 말을 하자마자 뿔이 쿵쿵 뛰었다.

"그렇게 생각해?" 포사다가 물었다. 놀란 목소리였지만 한편으로는 호기심도 보였다. "가끔 그런 생각을 안 한 것도 아닌데…… 그러다 저 친구가 나를 먼저 나도록 때릴지도 몰라서."

"그럴 리가요. 저 친구도 당신이 고백해오기를 기다리고 있다고 장담하죠. 스투츠가 왜 셔츠 맨 위 단추를 저렇게 풀고 다닌다고 생각해요?"

"나도 저 친구가 단추를 잠근 걸 본 적이 없다고는 생각했어."

"스투츠의 바지 지퍼를 내리고 입으로 해줘요. 놀라게 해줘요. 전율을 느끼게 하라고요. 아마도 당신이 먼저 접근하기를 기다리고 있을 거예요. 하지만 내가 가기 전까지는 하지 말고요. 알았어요? 그런 건 말이지, 사적으로 하고 싶을 것 아니에요."

포사다는 두 손을 모아 입에 대고 숨을 내뿜어 자기 입 냄새를 확인했다.

"젠장. 오늘 아침에 양치질 안 했는데." 포사다는 손가락을 꺾었다. "하지만 앞좌석 보관함에 구강청정제가 있을 거야."

포사다는 몸을 휙 돌리더니 혼자 중얼거리며 순찰차로 갔다.

해치백이 쿵 닫혔다. 스투츠가 이그 옆으로 거들먹거리며 걸어왔다.

"널 체포할 구실을 찾고 싶었는데. 나한테 손이라도 좀 대보지. 그럼 네가 나를 만졌다고 거짓말할 거야. 나한테 수작을 걸었다고. 항상 네가 반쯤 호모 새끼 같다고 생각했거든. 살랑대는 걸음걸이나 늘 울음을 터뜨릴 것 같은 눈이나. 메린 윌리엄스가 너 같은 녀석을 치마 속에 넣어줬다는 게 믿기지가 않아. 메린을 강간한 녀석이 누구든 간에, 그 계집애 인생에서 처음으로 짜릿한 섹스를 했을걸."

이그는 석탄을 삼키다 가슴에 탁 걸린 느낌이었다.

"어떻게 할 건데요?" 이그가 물었다. "남자가 당신을 만지면."

"내 곤봉을 그 자식 엉덩이에 쑤셔 넣어주겠어. 호모 씨가 얼마나 좋아할지 한번 물어보지." 스투츠는 잠깐 생각하더니 말했다. "술 취하지 않았다면 그렇게 할 테고. 술에 취했으면 그 자식이 날 빨아주도록 놔둘지도 모르지."

스투츠는 잠시 생각해보더니 뭔가 바라는 목소리로 물었다.

"너 날 만질 거냐? 그러면 내가 쑤셔 넣어줄 수도 있는……."

"아니요." 이그가 딱 잘랐다. "하지만 게이에 대한 이야기는 맞는 것 같아요, 스투츠. 선을 딱 그어야지. 호모 씨는 당신에게 손을 못 대게 하세요. 자칫하다간 게이들이 당신도 호모라고 생각할 테니까."

"내 말이 맞다는 건 나도 알아. 네까짓 놈한테 그런 말 듣고 싶진 않고. 일은 끝났어. 가봐. 하지만 또다시 이 다리 밑에서 어정거리는 게 내 눈에 띄기만 해봐. 알겠어?"

"알겠어요."

"사실 여기서 어정거리다가 내 눈에 다시 띄었으면 좋겠다 싶은 마음도 있지. 보관함에 마약을 숨겨놓고. 알아?"

"알아요."

"좋아. 그 점만 명확히 해두면 됐어. 그럼 이제 꺼져."

스투츠는 이그의 차 열쇠를 자갈밭에 던졌다.

이그는 스투츠가 멀리 갈 때까지 기다렸다가 몸을 숙이고 열쇠를 주운 후 그렘린 운전석에 올라탔다. 그는 뒷거울을 통해 순찰차를 마지막으로 힐끔 쳐다보았다. 스투츠가 양손에 집게판을 들고 조수석에 앉아 얼굴을 찡그리고 들여다보며 뭐라고 써야 할지 고심하고 있었다. 포사다는 파트너를 마주 볼 수 있도록 좌석에서 몸을 옆으로 돌리고 갈망과 탐욕이 섞인 눈길로 쳐다보고 있었다. 이그가 차를 뺄 때, 포사다가 입술을 핥더니 고개를 숙이고 계기판 아래로 내려갔다. 포사다는 곧 시야에서 사라졌다.

6

계획을 짜려고 강 아래로 내려갔지만, 아무리 생각해도 한 시간 전과 마찬가지로 머릿속이 뒤죽박죽이었다. 부모님한테 가볼까 생각하고 심지어 본가 쪽으로 두어 블록 가기도 했다. 하지만 초조하게 운전대를 꺾어 진로를 바꿔서 옆길을 탔다. 도움이 필요했지만 부모님이 무슨 도움이 되리라는 생각은 들지 않았다. 부모님이 도와주기는커녕 어떤 말을 할지 생각해보니 용기가 사라졌다. 나누고 싶은 비밀스러운 욕망을 털어놓으면. 혹여나 어머니가 남자애들이랑 하고 싶다는 충동 같은 걸 품고 있으면 어쩌려고? 아버지가 그렇다면!

메린이 죽은 이후로 부모님과의 관계도 상당히 달라졌다. 메린이 살해당한 여파로 이그가 겪은 일 때문에 부모님도 상처를 받았다. 부모님은 이그가 어떻게 살고 있는지 궁금히 여기지도 않았고 글레나의 집으로 찾아온 적도 없었다. 글레나는 왜 부모님과 식사하는 일이 한 번도 없느냐고 물으면서 자기랑 같이 있는 게 부끄러워서 그러냐는 뜻을 넌지시 비추었는데, 실제로 이그는 부끄럽기도 했다. 그 사실 또한 부모님에겐 상처이자, 이그가 부모님에게 드리운 그림자였다. 이 동네에서는 이그가 메린 윌리엄스를 강간하고 살해했지만, 부유하고 인맥도 많은 부모님이 연줄을 이용해서 청탁을 넣고 수사를 방해하고 협박한 덕분에 빠져나왔다는 소문이 자자했다.

이그의 아버지는 소소하지만 한동안 유명인이었다. 프랭크 시내트라와 딘 마틴이 음반을 낼 때 같이 연주한 적도 있었다. 1960년대 후반부터 1970년대 초반에는 블루 톤 레이블에서 본인 음반을 넉 장 냈고, 그중 'Fishin' With Pogo'라는 몽환적이고 세련된 재즈곡으로 빌보드 100위 안에 들기도 했다. 라스베이거스 출신의 쇼걸과 결혼한 후 텔레비전 버라이어티쇼와 몇 편의 영화에 출연했는데, 뉴햄프셔에 정착하는 바람에 이그의 어머니는 가족들 가까이에 살 수 있게 되었다. 그 후에 버클리 음대에서 인기 교수가 되었고, 이따금씩 보스턴 팝스 오케스트라와 공연했다.

이그는 아버지의 연주를 듣고 보는 게 항상 즐거웠다. 아니, 아버지가 연주했다는 표현은 맞지 않았다. 종종 그 반대로 보였다. 아버지가 트럼펫을 연주하는 게 아니라 트럼펫이 아버지를 연주했다. 볼이 부풀어 올랐다가 트럼펫 안으로 빨려 들어가는 것처럼 다시 움푹 들어가는 모습. 황금색 키들이 마치 쇳가루를 끌어당기는 자석처럼 아버지의 손가락을 잡아채서 기대도 못한 놀라운 열정으로 뛰고 춤추는 모습. 아버지가 눈을 감고 고개를 기울이며 엉덩이를 앞뒤로 흔드는 모습. 윗몸은 흡사 나사송곳 같아서 존재 한가운데로 깊이 더 깊이 파고 들어가 명치로부터 음악을 길어 올리는 듯했다.

이그의 형 테리는 독한 각오로 가업을 이었다. 그는 음악 코미디 심야쇼 〈핫 하우스〉를 진행하는 스타로 매일 밤 텔레비전에 나왔다. 무명으로 지내다 혜성처럼 등장해 다른 심야 진행자들을 깡그리 눌러버린 것이다. 테리는 죽음과 맞서는 상황에서 트럼펫을 연주했는데, 앨런 잭슨과 함께 불꽃 고리 안에서 'Ring of Fire'를 연주하기도 하고, 노라 존스와 물로 가득 찬 탱크 안에서 'High & Dry'를 공연하기도 했다. 말만 들어서는 괴상하지만 썩 멋진 텔레비전쇼였다. 테리는 요새 떼돈을 벌고 있었다.

또한 형은 아버지와 다른 독자적인 연주 방식을 가졌다. 가슴이 한껏 팽창하는 연주법이라 언제라도 셔츠 단추가 툭 떨어져 튀어오를 듯했다. 눈알은 눈구멍에서 튀어나와 항상 놀란 사람 같았다. 또 메트로놈처럼 허리를 앞뒤로 굽혔다 폈다 했다. 얼굴에는 행복감이 번들거렸고, 가끔 트럼펫이 웃음으로 비명을 지르는 듯 들렸다. 형은 아버지의 가장 귀중한 재능을 물려받았다. 한 가지를 연습하면 연습할수록, 연습을 덜한 것처럼 더 자연스럽고 예측할 수 없으며 생생하게 들렸다.

이그는 10대 시절에는 형의 연주를 듣기 싫어했고, 부모님이 형의 연주회에 가자고 하면 핑계를 대면서 빠졌다. 질투 때문에 소화불량에 걸렸고, 형이 학교에서 중요한 무대에 서거나 졸업 후에 지역 클럽에서 연주회를 하는 전날 밤에는 잠도 이루지 못했다. 특히 형의 연주를 메린과 함께 보는 일이 싫었는데, 메린의 얼굴에 서린 기쁨을 보는 것, 형의 음악에 메린이 꼼짝도 못하고 빠진 모습을 지켜보는 게 괴로웠다. 메린이 형의 음악에 맞춰 몸을 흔들 때면, 이그는 형이 보이지 않는 손으로 메린의 엉덩이를 만지고 있다고 상상했다. 하지만 이제 그런 감정은 극복했다. 오래전에 극복했고 〈핫 하우스〉를 보면서 형의 연주를 듣는 일은 즐거운 하루 일과였다.

이그도 연주를 했을지 몰랐다. 천식만 아니었다면. 그는 트럼펫 소리를 길게 뽑을 만큼 가슴에 공기를 담을 수가 없었다. 아버지가 자기도 연주하길 바란다는 걸 알았지만, 아무리 노력해도 산소가 딸렸고 가슴이 아프게 조여왔으며 시야 끄트머리에 암흑이 일었다. 가끔 지나치게 밀어붙이다 기절한 적도 있었다.

트럼펫으로는 성공 못할 게 확실해지자 피아노를 시도해보았지만 결과는 좋지 않았다. 아버지 친구인 피아노 선생님은 눈이 빨개져라 술을 들이켜는 주정뱅이에 파이프 담배 냄새를 풀풀 풍겼고, 복잡한 곡을 이그 혼자 연습하라고 놔두고 자기는 옆방에 가서 낮잠을 잤다. 그 후에 엄마는 베이스를 치면 어떻겠느냐고 했지만 이미 악기에는 관심이 뚝 떨어졌다. 관심은 메린에게 쏠렸다. 메린과 사랑에 빠지자마자 가족들의 관악기가 더는 필요하지 않았다.

언젠가 가족을 만나기는 해야 했다. 아버지와 어머니, 테리 형도. 형도 고향에 왔다. 내일 할머니의 팔순잔치를 맞아 야간 비행기로 이미 도착했을 터였다. 〈핫 하우스〉는 여름 휴식기였다. 메린이 죽은 이후로 형이 기드온에 온 일은 처음이었고, 내일 할머니 생신잔치 이후에는 곧 돌아갈 터라 오래 머무르지도 않을 것이었다. 그렇게 금방 떠난다고 뭐라고 할 순 없었다. 쇼가 막 뜨기 시작한 직후에 스캔들이 터지는 바람에 하마터면 형도 엄청난 손해를 볼 뻔했다. 테리 형이 기드온에 오기만 해도 구설수에 휘말렸고, 자칫하면 강간살인범 동생과 함께 사진을 찍힐 위험도 있었다. 〈엔콰이어러〉에 가져가면 1,000달러는 받을 수 있는 사진이었다. 그래도 테리 형은 이그가 범인이라고 절대 믿지 않았다. 테리는 누구보다 목소리를 높여 열렬하게 동생을 변호했다. 방송국에서는 형이 "노코멘트"라고 말하고 모른 척 지나치길 원했겠지만 형은 그때도 이그 편이었다.

당분간 가족들을 피할 순 있었지만 조만간 마주칠 위험을 무릅써야 했다. 어쩌면 가족들은 상황이 다를지도 몰랐다. 가족들은 그에게 면역이 되어 있어서 비밀이 그대로 남아 있을 수도 있었다. 가족들은 이그를 사랑했고 그도 가족들을 사랑했다. 사랑은 중요한 가치가 있는 것이 아닌가. 어쩌면 이 능력을 조절하는 법을 배워서 이게 뭐가 되었든 쓸 수 있게 될 수도 있었다. 어쩌면 뿔이 없어질지도 모르지. 아무 예고 없이 나타났으니, 똑같이 사라지지 말란 법도 없지 않은가?

한 손으로 관자놀이와 점점 숱이 적어지는 머리카락을 눌렀다. 스물여섯에 머리숱이 적어지다니! 그러고는 손바닥으로 머리를 꽉 눌렀다. 미친 듯 질주하는 생각들이 싫었다. 한 생각이 솟아나면 바로 꼬리를 물고 다른 생각이 죽어라 따라왔다. 손가락이 뿔에 닿자 공포에 질려 소리를 질렀다. 이 말이 목구멍까지 나왔다. 하느님, 제발. 하느님, 이것 좀 없애주세요…… 하지만 곧 자제하고 아무 말도 하지 않았다.

소름이 팔뚝에 오소소 돋았다. 이제 악마가 된 건지도 모르는데, 하느님의 이름을 아직도 입에 올릴 수 있나? 번개가 쾅 쳐서 하얀 섬광을 일으키며 몸이 산산조각 나지 않을까? 불벼락을 맞을까?

"하느님."

이그는 속삭여보았다.

아무 일도 일어나지 않았다.

"하느님, 하느님, 하느님."

머리를 기울이고 귀를 기울이며 어떤 반응이라도 각오했다.

"제발, 하느님. 이것 좀 없애주세요. 어젯밤 화나게 해드렸다면 죄송합니다. 술에 취했거든요. 화가 났었어요."

이그는 숨을 멈추고 눈을 들어 뒷거울에 비친 자기 모습을 보았다. 뿔은 그대로였다. 그는 이제 뿔의 모습에 익숙했다. 뿔은 점점 얼굴의 일부가 되어갔다. 이런 생각을 하니 섬뜩한 기분에 몸이 떨렸다.

시야의 한끝, 오른쪽으로 하얀 것이 휙 지나쳐가서 운전대를 꺾은 다음 그 옆에 차를 댔다. 별 생각 없이 운전하고 있었고, 어디 있는지 어디로 가는지 알지도 못했다. 그럴 마음도 없었는데, 성심 성당에 오고 말았던 것이다. 인생의 3분의 2가 넘는 시간 동안 가족과 함께 다녔고, 메린 윌리엄스를 처음으로 보았던 곳이다.

바짝 마른입으로 성심 성당을 쳐다보았다. 메린이 죽은 이후로는 한동안 저기에, 아니 어떤 성당도 가지 않았다. 대중의 일부가 되고 싶지 않았고, 다른 교인들이 쳐다보는 눈길도 견디기 어려웠다. 하느님과의 관계를 바르게 하고 싶은 마음이 없어서는 아니었다. 하느님 쪽에서 자신과의 관계를 바르게 해야 한다고 생각했다.

어쩌면 저 안으로 들어가서 기도를 올리면 뿔이 사라질지도 모른다.

아니, 혹여나 물드 신부님은 해결 방법을 알지도 몰랐다. 한 가지 생각이 떠올랐다. 물드 신부님은 뿔의 영향력에 면역이 있을지도 모른다. 뿔의 힘에 저항할 수 있는 사람이 있다면 성직자가 아니고 누구겠는가? 하느님과 한편이고 하느님의 집에서 보호를 받는 사람이다. 어쩌면 퇴마의식을 할 수 있을지도 모르지. 물드 신부님이 내가 연락해볼 만한 사람을 알고 있을지도 몰라. 성수 한 방울 맞고, 하늘에 계신 우리 아버지라고 기도 몇 마디만 하면 정상으로 돌아갈지도 모르잖아.

이그는 차를 길옆에 세우고 콘크리트길을 걸어 성심 성당 안으로 들어갔다. 막 문에 손을 대려 한 순간, 멈칫하고 손을 도로 뗐다. 만약 이 빗장에 손을 댔다가 불이라도 붙으면? 안으로 들어갈 수 없으면 어쩌지? 문 안으로 발걸음을 떼었는데 검은 힘이 밀어내서 뒤로 나가떨어지면? 본랑本廊을 비틀비틀 걸어가면서, 셔츠 옷깃에서 연기가 피어오르고 만화에 나오는 사람처럼 눈알이 튀어나오는 모습을 그려보았다. 자기도 모르게 목이 막히고 몸이 찢어질 것 같은 고통을 상상했다.

그래도 억지로 손을 뻗어 빗장을 열었다. 열린 문 한쪽이 손에 닿았다. 손에 불이 붙지도 않았고 찌릿하지도 않았으며 어떤 아픔도 느껴지지 않았다. 침침한 성당 안을 들여다보며 짙은 니스를 칠한 신도석 위를 둘러보았다. 성당에서는 잘 마른 나무와, 표지가 볕에 바래고 책장이 바삭한 오래된 찬송가책 냄새가 났다. 항상 그 냄새가 좋았고, 아직도 그 냄새가 좋다는 걸 깨닫고 놀랐다. 또 그 냄새를 맡았는데도 숨이 막히지 않는다는 사실도 놀라웠다.

문 안으로 들어서서 팔을 뻗고 기다렸다. 셔츠 커프스에서 연기가 스멀스멀 나오지 않는지 한 팔을 쭉 훑어보다가 다른 팔을 보았다. 아무런 연기도 없었다. 그는 손을 들어 오른쪽 관자놀이 위에 솟은 뿔을 만져보았다. 아직도 있었다. 뿔에 간질간질한 감각이 일기를 기다렸으나 아무 느낌도 없었다. 성당은 고요하고 어두운 동굴 같았고, 오로지 스테인드글라스 창문으로 새어 들어오는 희미한 파스텔 빛만이 안을 밝힐 뿐이었다. 십자가에 매달린 예수 발밑에 서 있는 성모. 강가에서 예수님에게 세례를 주는 요한.

제단으로 다가가 무릎을 꿇고 하느님께 제발 해결책을 내려달라고 부탁해야 한다고 생각했다. 입술에 기도문이 맺혔다. 제발 하느님, 이 뿔 좀 없어지게 해주세요. 항상 주님을 섬기겠습니다. 성당에도 다시 나오고 사제도 되고 주님의 복음을 전하겠습니다. 나병이 창궐하는 제3세계 열대지방에 가서 복음을 전하겠습니다. 아직도 나병이 있는지는 모르겠지만요. 제발, 이 뿔 좀 없애주세요. 하지만 실제로 기도문을 읊을 순 없었다. 이그가 한 발 내딛기도 전에 금속끼리 쨍강 부딪치는 소리가 들려와 고개를 돌렸다.

그는 여전히 중이층으로 들어서는 입구에 서 있었는데, 왼쪽에 있는 문이 살짝 열려 있었고 그 안으로는 계단이 들여다보였다. 아래에는 교인들의 다양한 회합을 위해 쓸 수 있는 작은 강당이 있었다. 다시 금속이 쨍강 부딪치는 소리가 들렸다. 손을 대니 문은 쉽사리 뒤로 밀리면서 좀 더 열렸고, 컨트리 음악이 한 줄기 흘러나왔다.

"저기요?"

이그는 문간에 서서 외쳤다.

또다시 금속이 쨍강 하는 소리와 숨을 헉 들이마시는 소리가 들렸다.

"네?" 몰드 신부의 목소리였다. "누구시죠?"

"이그 페리시입니다."

잠시 침묵이 뒤따랐다. 지나치게 긴 침묵이었다.

"내려오게."

몰드 신부가 말했다. 이그는 계단을 내려갔다.

지하층 맨 끝에 한 줄로 죽 붙은 형광등 불빛이 푹신한 바닥 매트, 거대한 풍선 공, 평형대 등 아이들의 체조 수업에 쓰는 도구들을 비췄다. 하지만 계단 바로 옆은 전구 몇 개가 나가서 어두웠다. 벽에는 유산소 운동을 할 수 있는 기구들이 놓여 있었다. 계단 발치에는 역기 의자가 있었고, 몰드 신부가 그 위에 누워 있었다.

몰드는 40년 전에 시러큐스 하키팀에서 윙맨으로 뛰다가 해군에 입대해 베트남 철의 삼각지대에서 복무했다. 그래서 아직도 하키 선수의 위압적인 체격과 군인의 자신감 있는 권위를 갖추고 있었다. 천천히 걸었고, 마음에 드는 사람을 만나면 안아주었으며, 올라가면 안 되는 가구에 올라가서 자는 늙고 착한 세인트버나드 개처럼 사랑스러웠다. 신부는 회색 운동복과 낡아 빠진 아디다스 운동화 차림이었다. 신부의 십자가가 역기 한쪽 끝에 걸려 있어서 신부가 역기를 내렸다가 다시 무겁게 들어 올릴 때마다 살짝 흔들렸다.

베네트 수녀가 역기 의자 옆에 서 있었다. 수녀도 하키 선수처럼 체격이 좋아서 어깨가 떡 벌어졌고, 엄한 얼굴은 남성적이었다. 짧은 고수머리를 보라색 머리띠로 넘겼고, 그 머리에 어울리는 자주색 운동복을 입고 있었다. 세인트 주드 학교에서 윤리학을 가르쳤던 베네트 수녀는, 칠판에 도표를 그리며 어떤 결정을 내리면 반드시 구원에 이르는지(천국은 직사각형 안에 몽실몽실한 구름이 잔뜩 떠 있었다), 지옥에 떨어지는지(지옥은 불꽃이 가득한 직사각형이었다) 즐겨 설명했다.

테리 형은 수녀를 가차 없이 흉내 내서 같은 학급 친구들을 웃기곤 했다. 형은 자기 나름대로 도표를 그려 베네트 수녀가 레즈비언들과 그로테스크한 연애를 한 끝에 마침내는 지옥에 가게 되는 과정을 보여주었고, 거기 가서도 악마와 흉측한 성행위를 벌일 수 있으니 기쁘기 짝이 없을 것이라고 했다. 이런 장난 덕분에 테리 형은 세인트 주드 학교식당에서 유명해졌고 일찍이 인기의 맛을 보았다. 또한 형이 첫 번째로 악명을 얻은 사건이기도 했는데, 결국에는 선생님들에게 걸리고 말았기 때문이었다(누가 익명으로 학교 측에 찌른 모양이지만 아직까지 누구인지는 알려지지 않았다). 테리는 몰드 신부님 사무실로 불려갔다. 사무실 문은 닫혀 있었지만 그렇다고 물드 신부님이 막대로 테리 형의 볼기짝을 후려치는 소리, 나아가 형이 스무 번쯤 얻어맞고서야 터뜨린 비명까지 죽이진 못했다. 그 소리는 오래된 환풍구를 타고 전 교실로 퍼져나갔다. 이그는 의자에 앉아 몸을 뒤틀며 테리 형과 같이 아파했다. 그 소리를 듣지 않으려고 손가락으로 귀를 틀어막기까지 했다. 테리 형은 몇 달씩이나 연습했던 학년 말 학예회에서 연주할 기회를 잃었다. 또 윤리학에서는 낙제를 당했다.

물드 신부는 일어나 앉더니 수건으로 얼굴을 훔쳤다. 계단 발치가 어두워서 물드 신부가 뿔을 제대로 볼 수 없을 거라는 생각이 이그의 마음속을 스쳐갔다.

"안녕하세요, 신부님."

이그가 인사했다.

"이그나티우스. 정말 오랜만이로구나. 이제까지 어디 숨어 있었던 게냐?"

"시내에서 살았습니다."

이그의 목소리는 감정에 북받쳐 쉬었다. 물드 신부의 염려하는 말투, 편안하고 자상한 애정에는 미처 마음의 대비를 하지 않았다.

"그렇게 멀지 않은 곳입니다. 언제 한번 찾아뵈야겠다 생각은 했지만……."

"이그, 괜찮으냐?"

"모르겠습니다. 이게 무슨 일인지 도통 모르겠어요. 머리 말인데요. 제 머리 좀 봐주세요, 신부님."

이그는 앞으로 나오며 빛을 향해 머리를 살짝 숙였다. 머리가 시멘트 바닥에 그림자를 드리우면서, 관자놀이에서 튀어나온 끝이 갈고리처럼 뾰족한 뿔 두 개가 보였다. 이그는 물드 신부의 반응을 보기가 두려워 그의 모습을 슬쩍 훔쳐보았다. 예의 바른 미소는 사라지고 유령 같은 표정만이 몰드 신부의 얼굴에 어려 있었다. 당황해서 멍하니 뿔을 살펴보던 신부는 생각에 잠겨 눈살을 찌푸렸다.

"간밤에 술에 취해서 끔찍한 짓을 저질렀습니다." 이그가 고백했다. "일어나보니까 이런 꼴이 되어 있었어요. 어찌해야 할지 모르겠습니다. 제가 뭐가 되어가고 있는지 모르겠어요. 혹시 신부님이 어떻게 하면 좋을지 말씀해주실까 싶어서 왔어요."

입을 떡 벌린 몰드 신부는 어안이 벙벙해서 또 한 번 한참 동안 쳐다보기만 했다.

"그래, 얘야." 마침내 신부는 입을 열었다. "내가 어떻게 하면 좋을지 말해줬으면 좋겠다고? 집에 가서 당장 목을 매다는 게 좋을 게다. 그게 너나 네 가족, 사실 모든 사람에게 최선의 방법일 거야. 성당 뒤 창고에 밧줄이 있다. 그게 너를 바른 방향으로 인도해줄 것 같으면 내가 가져다주마."

"왜……?" 이그는 말을 시작했지만 목이 막혀서 말을 잇기 전에 헛기침을 했다. "어째서 저보고 자살하라고 하시는 겁니까?"

"네가 메린 윌리엄스를 죽였는데도 네 아비가 고용한 거물 유태인 변호사가 빼줬기 때문이지. 내가 그 애를 얼마나 좋아했는데. 가슴은 변변찮았지만 작은 엉덩이 하나는 괜찮았지. 넌 감옥에 갔어야 해. 네가 감옥에 가길 바랐다. 자매님, 날 좀 도와줘요."

신부는 역기 운동을 한 세트 더 하려고 도로 몸을 뻗고 누웠다.

"하지만 신부님." 이그가 항변했다. "제가 하지 않았어요. 메린을 죽이지 않았단 말입니다."

"아, 헛소리 말고."

몰드 신부는 머리 위의 역기에 손을 대면서 말했다. 베네트 수녀가 역기대 머리맡에 자리를 잡았다.

"네가 한 짓이라는 건 다들 안다. 그러니 네 손으로 목숨을 끊는 게 좋을 거야. 어쨌든 넌 지옥에 떨어질 테니까."

"벌써 제 인생이 지옥입니다."

몰드는 끙끙거리면서 역기를 가슴으로 끌어내렸다가 들어 올렸다. 이그는 베네트 수녀가 신부를 쳐다보고 있다는 것을 알았다.

"자살한다고 널 책망하진 않을 거야." 수녀가 밑도 끝도 없이 말했다. "요새 나도 점심시간까지는 자살하고 싶은 마음이 들거든. 사람들이 나를 쳐다보는 눈길이 싫어. 내 뒤에서 레즈비언 어쩌고 하는 농담을 하는 것도 싫고. 네가 싫다면 창고의 밧줄은 내가 쓰마."

몰드는 숨을 내뱉으며 역기를 들어 올렸다.

"난 메린 윌리엄스 생각을 항상 한다. 보통은 걔 엄마랑 빠구리 뜰 때. 메린 엄마는 요새 성당에 와서 나를 위해 봉사를 많이 해주거든. 대부분은 엎드려서." 신부는 그 생각을 하면서 씩 웃었다. "불쌍한 여자 같으니라고. 우리는 거의 매일 같이 기도하지. 대개는 네가 죽으라고."

"신부님은…… 신부님은 순결서약을 하셨잖아요."

이그가 말했다.

"순결서약은 개뿔. 주님은 내가 복사 애들만 안 건드리면 그것만으로도 감지덕지하실 게다. 내 보기엔 그 자매님은 누구에게서든 위안을 받아야 해. 하지만 남편인 궁상스런 안경잡이 녀석은 전혀 위안을 주지 못할걸. 어쨌든 제대로 된 위로는 못할 게다."

"난 다른 사람이 되고 싶구나. 도망치고 싶어. 나를 좋아해주는 사람이 있었으면 좋겠어. 넌 나를 좋아한 적 있었니, 이기?"

베네트 수녀가 말했다.

이그는 침을 꿀꺽 삼켰다.

"뭐…… 그랬던 것 같아요. 어느 정도는요."

"난 누구랑 자고 싶어." 베네트 수녀는 이그에게서 아무런 대답도 받지 못한 양 자기 말만 계속했다. "밤에 침대 속에서 누가 나를 안아주었으면 좋겠어. 남자든 여자든 상관없어. 상관없지. 더는 외롭고 싶지 않아. 난 성당 수표첩도 가지고 있어. 계좌를 다 털어서 돈을 들고 도망가고 싶어. 가끔은 그런 나쁜 짓을 하고 싶어."

"정말 놀랄 일이지." 물드가 말했다. "이 마을 사람 누구도 네가 메린 윌리엄스한테 한 죄를 징벌하러 나서지 않다니 말이다. 네가 그 애한테 한 것처럼 쓴 맛을 보여줘야 할 텐데. 어느 날 밤 관심 있는 시민들이 너를 찾아와서 시골 구경 좀 시켜줄 만한데. 네가 메린 윌리엄스를 죽인 나무로 끌고 가서 묶어야지. 네가 점잖게 제 목을 매지 않는다면 그게 차선의 방법이겠지."

이그는 자기도 모르게 느긋해진 것을 깨닫고 놀랐다. 주먹에서 힘이 풀리고 숨도 고르게 되었다. 물드 신부는 흔들흔들 역기를 들었다. 베네트 수녀는 역기를 붙잡아 받침대 위에 쿵 내려놓았다.

이그는 수녀 쪽으로 시선을 들었다.

"어째서 망설이세요?"

"뭘?"

수녀가 물었다.

"돈을 들고 떠나는 거요."

"주님, 난 주님을 사랑하니까."

수녀가 대답했다.

"주님이 해준 게 뭐가 있다고요?" 이그가 따져 물었다. "사람들이 수녀님 뒤에서 수군댈 때 상처를 가볍게 해주셨나요? 그게 아니라면 하느님 덕분에 이 세상에서 더 외로워진 것 아니겠어요? 지금 연세가 어떻게 되시죠?"

"예순하나란다."

"예순한 살이면 늙었어요. 너무 늦을 뻔했다고요. 거의요. 하루라도 더 기다릴 수 있겠어요?"

수녀는 목을 만졌다. 휘둥그레 뜬 눈에 놀란 빛이 떠올랐다.

"가봐야겠어."

수녀는 몸을 돌리고 이그를 지나쳐 계단으로 서둘러 향했다.

물드 신부는 수녀가 떠났다는 사실도 알아채지 못한 듯했다. 그는 이제 일어나 앉아 손목을 무릎 위에 올려놓았다.

"역기 운동은 다 끝난 겁니까?"

이그가 물었다.

"한 세트 남았는데."

"도와드리죠."

이그는 역기대 뒤로 돌아갔다.

물드에게 역기를 건네줄 때 이그의 손가락이 그의 주먹을 스쳤다. 이그는 보았다. 스무 살 시절의 물드를. 그와 하키팀의 다른 청년들은 스키 마스크를 쓰고, 시러큐스에서 열리는 회합에 시민권이라는 주제로 연설하러 뉴욕에서부터 온 네이션 오브 이슬람 애들이 탄 차를 추격했다. 물드와 친구들은 애들을 길로 끌어낸 다음 야구방망이를 들고 숲 속으로 도망친 애들을 쫓았다. 그들은 이슬람 아이들 중 가장 늦게 도망간 아이를 잡아 다리를 여덟 군데 부러뜨렸다. 그 아이가 목발의 도움 없이 걷게 된 것은 그로부터 2년이 지나서였다.

"신부님하고 메린의 어머니가, 정말로 내가 죽으라고 기도했어요?"

"대충은." 물드가 대답했다. "솔직히 말하자면 그 여자가 주님에게 애원할 땐 대개 나와 떡을 치고 있을 때라."

"어째서 주님이 불벼락을 내리지 않았는지 알아요?" 이그가 물었다. "어째서 주님이 당신네들의 기도에 응답을 주지 않았는지 아느냐 말입니다."

"어째서인데?"

"주님 같은 건 없기 때문이죠. 당신들 기도는 빈방에 대고 속삭인 거나 다름없어요."

물드는 역기를 들었다. 이번에는 힘을 많이 줘야 했다. 그러다 내려놓고 말했다.

"헛소리 마."

"그건 다 거짓말이에요. 저 위엔 아무도 없어. 창고에 있는 밧줄을 써야 할 사람은 당신이라고."

"아니야." 물드가 거절했다. "나한테 그런 짓을 시킬 순 없어. 난 죽고 싶지 않다고. 난 내 삶을 사랑해."

그렇군. 이그는 사람들이 애초에 원하지 않는 일을 하도록 시킬 순 없었다. 아마도 그렇지 않을까 생각했다.

물드는 얼굴을 찡그리고 끙끙거렸지만 다시 역기를 들 수 없었다. 이그는 역기대에서 몸을 돌리고 계단 쪽으로 걸어갔다.

"야." 물드가 불렀다. "여기로 와서 좀 도와라."

이그는 주머니에 손을 넣고 '성자들이 행진할 때'를 휘파람으로 불기 시작했다. 그날 아침 처음으로 기분이 좋았다. 물드는 뒤에서 헐떡거리며 발버둥을 쳤다. 하지만 이그는 뒤도 돌아보지 않고 계단을 올랐다.

이그가 중이층 안으로 들어갔을 때 베네트 수녀가 지나쳐갔다. 수녀는 빨간 바지와 데이지꽃 장식이 있는 민소매 셔츠를 입었고 머리를 빗어 올렸다. 수녀는 그의 모습을 쳐다보다가 가방을 떨어뜨릴 뻔했다.

"이제 근무 끝나셨어요?"

이그가 물었다.

"난…… 난 차가 없어." 수녀가 말했다. "성당 차를 가지고 가고 싶지만 잡힐까 겁나."

"어차피 은행계좌에서 돈을 전부 찾았잖아요. 그런데 차 한 대가 무슨 대수겠어요?"

수녀는 잠시 쳐다보더니 이그 쪽으로 몸을 숙이고 입가에 살짝 뽀뽀했다. 수녀의 입술이 닿자 이그는 수녀가 아홉 살 때 어머니에게 했던 끔찍한 거짓말과 자기가 가르치는 여학생, 얼굴이 예쁜 열여섯 살의 브릿에게 충동적으로 키스했던 끔찍한 날, 그리고 오래 간직했던 영적 신앙을 이미 남들 모르게 포기해버렸다는 사실을 알게 되었다. 이그는 이 모든 일들을 보았고, 이해했고, 신경 쓰지 않았다.

"주님이 너를 축복하길."

베네트 수녀가 속삭였다.

이그는 웃음밖에 나오지 않았다.

7

이제 집으로 가서 부모님을 만나보는 것 이외에는 다른 도리가 없었다. 차를 집 쪽으로 돌렸다.

차의 정적이 불안했다. 라디오를 켰지만 오히려 신경을 긁어 고요보다 더 기분이 나빴다. 부모님은 차로 15분 떨어진 교외에 살고 있었기 때문에 생각할 시간이 너무 많았다. 이그는 메린의 강간살해 혐의를 받고 끌려가 감옥에서 하룻밤을 보낸 날 이후로 부모님에게 무엇을 기대해야 할지 알 수 없었다.

카터라는 담당 형사가 심문을 시작하면서 가운데 놓인 탁자 위로 메린의 사진을 밀어 보냈다. 그 후 유치장에 혼자 갇혔을 때, 눈을 감으면 거기서 기다리고 있었다는 듯 나타나는 사진을 볼 수 있었다. 갈색 나뭇잎 위에 누운 메린은 하얬다. 바닥에 등을 대고 누운 메린은 다리는 모으고 팔은 옆으로 내렸으며 머리카락은 펼쳐진 모습이었다. 얼굴만은 땅보다도 더 까맸고 입에는 나뭇잎이 가득 들어 있었다. 말라붙어 검붉어진 피가 이마 끝에서부터 쭉 흘러서 얼굴 옆을 타고 내려 광대뼈 모양이 드러났다. 메린은 여전히 이그의 넥타이를 갖고 있었는데, 넓은 쪽 끝이 왼쪽 가슴을 조신하게 덮고 있었다. 이그는 이 영상을 머릿속에서 몰아낼 수가 없었다. 메린의 모습을 떠올렸더니 머리가 아프고 배가 조이듯 아파서, 결국(얼마나 오랫동안 지속되었는지는 모른다. 감옥에는 시계가 없었으니까) 스테인리스 스틸 변기 앞에 무릎을 꿇고 토하고 말았다.

다음 날 아침 어머니 얼굴을 보는 게 두려웠다. 인생 최악의 밤이었다. 아마 어머니에게도 최악의 밤이었으리라. 이그는 한 번도 문제를 일으킨 적이 없었다. 어머니는 한숨도 못 잔 얼굴이었다. 이그는 잠옷을 입은 어머니가 차갑게 식어버린 허브티 한 잔을 놓고 충혈된 눈과 얼굴로 밤새도록 부엌에 앉아 있는 모습을 상상해보았다. 아버지도 한숨도 못 자고 어머니 곁에 앉아 있었겠지. 이그는 궁금했다. 아버지 역시 어머니와 함께 조용히 앉아서 두려워하며 속수무책으로 기다리고만 있었을까. 아니면 데릭 페리시는 분통을 터뜨리면서 부엌을 서성거리며 어머니에게 무엇을 하고 어떻게 이 일을 해결해야 하며 누구를 잡아 족칠지 떠들어댔을까.

이그는 어머니 모습을 봐도 울지 않겠다고 굳게 다짐했고 그 다짐을 지켰다. 어머니도 울지 않았다. 어머니는 대학 이사회 점심 정찬에라도 가는 차림새였는데, 마르고 갸름한 얼굴은 정신을 바짝 차렸고 침착해 보였다. 되레 울었던 얼굴을 하고 있는 사람은 아버지였다. 데릭은 제대로 눈을 맞추지 못했다. 입 냄새가 났다.

"변호사 말고는 아무하고도 얘기하지 마." 어머니 입에서 나온 첫 마디였다. "아무것도 인정하면 안 돼."

아버지도 따라했다.

"아무것도 인정하면 안 돼." 그러면서 아들을 안아주더니 눈물을 흘리기 시작했다. 흐느끼는 와중에 데릭이 불쑥 말했다. "무슨 일이 있었어도 상관없어."

그제야 부모님도 자기가 범인이라고 믿고 있다는 사실을 알았다. 그때까지는 한 번도 해보지 못했던 생각이었다. 심지어 자기가 그 짓을 저질렀더라도, 만약에 현장에서 잡혔더라도 부모님만은 자신의 결백을 믿어줄 거라 생각했었다.

이그는 그날 오후 기드온 경찰서에서 풀려났다. 비스듬하게 비치는 강한 10월 햇살에 눈이 부셨다. 그는 고발되지 않았다. 그 이후로도 고발된 적은 없었다. 하지만 혐의가 완전히 벗겨지지도 않았다. 이날까지 '관심 인물'이었다.

경찰이 자세한 정보를 외부에 흘리지 않았기 때문에 확신할 순 없었지만 현장에서 수집된 증거 가운데, DNA 증거도 있었을 것이다. 그래서 이그는 일단 증거만 분석되면 공식적으로 자기의 혐의가 모두 벗겨지리라고 굳게 믿었다. 하지만 콩코드에 있는 과학연구소에 불이 나는 바람에 메린의 시체에서 채취한 증거들이 전부 없어졌다. 이 소식이 이그를 강타했다. 이 정도 되니 미신을 믿지 않을 수 없었다. 자신을 음해하는 검은 힘이 있다는 느낌마저 들었다.

이그의 행운은 외려 독이 되었다. 유일하게 남은 법의학 증거는 굿이어 타이어 흔적이었다. 이그의 그렘린은 미쉐린 타이어였다. 하지만 이것은 유불리를 떠나 결정적인 증거가 되지 못했다. 이그가 범죄를 저질렀다는 확증은 아니었지만 혐의를 완전히 벗겨줄 만한 반증도 아니었다. 알리바이라고 해봤자, 사람 없는 동네 한가운데 버려진 던킨 도너츠 가게 뒤에 차를 세우고 술을 마시다 혼자 잠들었다는 것뿐이었기 때문에, 자기가 듣기에도 필사적이고 허술한 거짓말 같았다.

집으로 들어가고 다섯 달 동안은 다시 아이가 된 양, 감기에 걸려 집에 누워 있는 애처럼 세심한 보살핌을 받았다. 부모님은 수프와 책을 가져다주면서 아들의 병간호를 해주었다. 부모님은 당신들 집인데도 슬금슬금 기어 다녔고, 일상적으로 하는 일들과 소음이 아들의 기운을 꺾을까 두려워하는 듯했다. 부모님도 메린을 꽤 예뻐했었기에, 아들이 그 여자애에게 그런 끔찍한 짓을 저질렀을 수도 있다고 생각하면서도 그처럼 아들을 배려한다는 건 참으로 이상한 일이었다.

하지만 수사가 흐지부지되고 기소될 위험이 지나자 부모님은 서서히 멀어져가며 자신들의 삶으로 틀어박혔다. 부모님은 아들이 살인죄로 재판받을 것 같았을 때는 아들을 사랑했고 온갖 사람들에게 맞서 싸울 태세를 갖추었지만, 감옥에 가지 않는다는 사실을 알게 되자마자 아들을 쫓아버려야 안심이 되는 것 같았다.

부모님 집에서 아홉 달을 살았건만, 글레나가 자기랑 같이 살면서 집세를 나눠 내자고 했을 때는 두 번 생각해볼 필요도 없었다. 나간 후에는 가끔 집에 갈 때만 부모님을 뵐 뿐이었다. 시내에서 만나 점심을 하는 일도 없었고 영화를 보거나 쇼핑을 하는 일도 없었으며 부모님이 아파트로 찾아오는 일도 없었다. 가끔 집에 들를 때면 아버지는 재즈 페스티벌 참석차 프랑스에 갔거나, 영화음악 작업을 위해 로스앤젤레스에 가고 없었다. 아버지의 계획을 미리 들은 적도 없었고, 아버지가 전화해서 출장 갈 거라고 알려준 적도 없었다.

이그는 일광욕실에서 어머니와 시시하고도 안전한 잡담을 나누었다. 메린이 죽었을 당시 이그는 영국에서 직장을 다니려고 하던 참이었지만 그 사건으로 인해 삶은 궤도에서 벗어났다. 그는 어머니에게 다시 학교에 다니고 싶고, 브라운 대학과 컬럼비아 대학의 지원서를 받았다고 했다. 그 말은 사실이었다. 지원서는 글레나의 아파트 전자레인지 위에 놓여 있었다. 하나는 피자 조각을 놓는 종이받침으로 썼고, 다른 하나 위에는 커피 잔을 놓는 바람에 초승달 모양의 갈색 자국이 났다. 어머니는 기꺼이 장단을 맞춰주며 격려하고 찬성해주었지만, 언제 면접 보러 학교에 가느냐, 입학허가를 기다리는 동안 직업을 구할 생각이 있느냐 하는 불편한 후속 질문들은 묻지도 않았다. 두 사람 모두 상황이 정상으로 돌아가서 모든 일이 잘 풀리고 삶을 계속 이어갈 수 있으리라는 연약한 허상을 깨고 싶지 않았다.

이따금 집에 갈 때도 베라 외할머니와 함께 있을 때만 진정으로 편안함을 느꼈다. 외할머니는 부모님과 함께 살았다. 손자가 강간살인범으로 체포되었다는 사실을 할머니가 기억하고 있는지도 알 수 없었다. 할머니는 고관절 수술을 받은 이후에도 이유 없이 상태가 호전되지 않아 대부분 휠체어 신세를 졌다. 이그는 할머니를 모시고 자갈길을 걸어 부모님 집 북쪽 숲을 지나 퀸스페이스가 내려다보이는 곳까지 산책을 나가곤 했다. 퀸스페이스는 행글라이더를 띄울 수 있는 높은 낭떠러지였다. 7월에 날씨가 따뜻하고 바람이 불면 행글라이더 대여섯 대가 상승기류를 타고 날아올랐고, 멀리서는 열대의 화려한 색깔을 띤 연들이 흔들흔들 하늘 위로 떠올랐다. 할머니와 함께 행글라이더가 퀸스페이스에 부는 바람을 타고 나는 광경을 보노라면, 이그는 메린이 살아 있을 때의 자신, 다른 사람에게 베풀기를 좋아했고 야외의 공기를 즐겼던 사람으로 돌아간 듯한 기분이 들었다.

집으로 이어지는 언덕배기를 올라가면서 이그는 휠체어를 탄 베라 할머니가 앞마당에 나와 있는 모습을 보았다. 옆에 놓인 탁자에는 아이스티 주전자가 놓여 있었다. 할머니는 머리를 약간 구부러진 각도로 떨구고 있었다. 햇볕 아래서 꾸벅꾸벅 졸다가 잠드신 듯했다. 어머니도 방금까지 할머니와 함께 앉아 있었던 것 같았다. 잔디 위에 구깃구깃한 격자무늬 천이 깔려 있었다. 햇빛이 아이스티 주전자에 꽂혀 주전자 테두리가 은색 후광 같은 고리로 변했다. 더할 나위 없이 평화로운 장면이었지만 이그는 차를 세우자마자 배가 뒤틀리기 시작했다. 꼭 성당 같았다. 집에 도착하니 차에서 나가고 싶지 않았다. 앞으로 만나게 될 사람들이 두려웠다.

이그는 차에서 내렸다. 다른 도리가 없었으니까.

누구 건지 모르는 검은 벤츠가 차도 한옆에 세워져 있었다. 알라모 번호판이 붙어 있었다. 테리 형이 렌트한 차인 듯했다. 이그가 공항으로 마중 나가겠다고 했지만, 테리는 쓸데없는 소리라며 일축했었다. 늦게 도착할 예정이고 혼자 쓸 수 있는 차도 필요하니 다음 날 보면 된다고 했다. 그래서 이그는 대신 글레나와 외출했고, 술을 들이켜고 옛날 주물공장에 홀로 가게 된 것이었다.

모든 식구 중에서 테리 형을 만나는 일은 그래도 그렇게 겁나지 않았다. 형이 무어라 고백하든, 어떤 비밀스러운 강박이나 수치가 있든 이그는 형을 용서할 준비가 되어 있었다. 적어도 형에게는 그만한 마음의 빚을 졌다. 어쩌면 어느 차원에서 테리 형은 정말로 만나봐야 하는 사람일 수도 있었다. 이그가 인생에서 가장 심각한 문제에 휘말렸을 때, 테리 형은 매일 신문에 나와 동생이 뒤집어쓴 혐의는 다 음모이며 완전한 헛소리라고 주장했다. 자기 동생은 사랑하는 사람을 상처 입힐 성격이 아니라고 말했다. 이그는 지금 자기를 도와줄 사람이 있다면 다름 아닌 테리 형이리라 생각했다.

이그는 잔디밭을 터벅터벅 걸어 베라 할머니 곁으로 다가갔다. 어머니는 할머니가 탄 휠체어가 잔디가 자란 긴 언덕을 향하도록 세워두고 갔다. 언덕 발치에 있는 오래된 통나무 울타리까지 쭉 떨어지는 언덕이었다. 할머니는 귀를 어깨에 대고 눈을 감고 있었으며 부드럽게 쌕쌕 숨소리를 냈다. 할머니가 쉬고 있는 모습을 보니 이그의 몸에서도 긴장이 쫙 빠져나가는 느낌이었다. 적어도 할머니와는 말을 할 필요가 없었다. 할머니가 비밀을, 가장 무서운 충동들을 웅얼거리는 소리를 들을 필요가 없었다. 이것만 해도 특별했다. 야위고 세파에 닳아 주름진 할머니의 얼굴을 쳐다보았다. 할머니에 대한 애정 때문에 속이 울렁거릴 정도였다. 할머니와 함께 차를 마시며 땅콩버터 쿠키를 먹고, 〈이것이 적정가격〉이라는 프로그램을 보던 아침들이 떠올랐다. 할머니는 머리를 뒤로 넘겼지만 핀에서 몇 가닥이 빠져나와 달빛 같은 기다란 머리카락이 한 줌 할머니의 뺨 위에서 떠돌았다. 이그는 할머니에게 살짝 손을 댔다. 손이 닿으면 어떻게 되는지 순간 잊어버리고서.

그때 알게 되었다. 할머니는 허리가 전혀 아프지 않았지만 사람들이 휠체어에 태우고 여기저기 다니는 게 좋았고, 손과 발이 되어 시중 들어

주는 것이 기뻤다. 자신은 여든 살이고 대접을 받을 자격이 있었다. 할머니는 특히 딸을 이리저리 휘두르는 일이 좋았다. 딸아이는 제 어머니 똥에서 냄새가 난다고 생각하지 않을 테니까. 그 애는 20달러짜리 지폐를 휴지로 쓸 만큼 부자이고 한때는 거물이었던 사람의 아내이며 연예계 사기꾼과 불량한 성범죄자의 어머니이니까.

베라 할머니는 예전의 리디아보다는 이쪽이 낫다고 생각했다. 과거에는 싸구려 창녀였던 계집이 운 좋게 감상적인 기질이 있고 조금 유명세도 있는 봉을 하나 잡아서 팔자 고쳤다고 생각했다. 딸이 남편과 신용카드가 가득 든 가방 덕분에 라스베이거스 쇼걸 생활을 청산했다는 것은 아직도 베라 할머니에게는 놀라운 일이었다. 징역 10년형이나 불치의 성병을 얻어 인생 종 칠 줄 알았는데.

이그는 자기 엄마의 과거를 알고 있었다고 베라 할머니는 은밀히 믿고 있었다. 자기 엄마가 싸구려 창녀였다는 사실을 알고 아이가 병적으로 여자를 증오하게 되었는데, 그게 바로 메린 윌리엄스를 강간하고 살해한 이유라고. 이런 행위는 항상 프로이트적이다. 물론 그 까불거리는 윌리엄스네 딸은 돈 많은 남자 만나 한몫 챙기려는 속셈이 훤히 보였고, 첫날부터 남자 얼굴에 작은 꼬리를 흔들면서 이그에게 반지를 얻어내고 이그 집안의 돈을 노렸던 애이긴 했다. 미니스커트와 몸에 딱 붙는 톱을 입고 다녔던 메린 윌리엄스도 창녀나 다름없다고 베라 할머니는 생각했다.

이그는 외할머니의 손이 예상하지 못한 전기가 흐르는 철조망이라도 되는 양 움찔하며 확 놓고 비틀비틀 뒤로 물러섰다. 할머니가 휠체어에서 꿈틀하더니 한쪽 눈을 떴다.

"아." 할머니가 말했다. "너구나."

"죄송해요. 깨울 생각은 없었는데."

"깨우지 말지. 더 자고 싶었는데. 잘 때가 더 행복하니까. 내가 너 같은 걸 보고 싶었을 것 같니?"

냉기가 가슴뼈 뒤로 스며드는 느낌이었다. 할머니는 머리를 돌렸다.

"널 보면 차라리 죽고 싶어."

"그러세요?"

"이제 친구들도 만날 수 없어. 성당도 못 가. 사람들 눈총이 이만저만 하지 않으니. 다들 네가 뭔 짓을 했는지 알지. 그래서 죽고 싶은 거야. 그런데 넌 뻔뻔하게 여기 와서 산책이나 가자고 하고. 네가 산책 나가자고 할 때마다 얼마나 싫은지. 사람들이 우리가 함께 있는 걸 볼 텐데. 널 싫어하지 않는 척하는 게 얼마나 힘든지 아니. 늘 너한테는 뭔가 잘못된 점이 있다고 생각했지. 항상 너는 뛰고 나면 비명을 지르듯이 숨을 쉬잖아. 개새끼처럼 입으로 쌕쌕 숨 쉬었지. 특히 여자애들이 곁에 있을 때는. 게다가 참 늦됐어. 네 형보다 얼마나 늦됐던지. 리디아에게 말을 해주려고 했어. 몇 번인지도 모르게 네가 이상하다고 말했단다. 그런데 네 어미는 들은 척도 안 하고. 이제 무슨 꼴이 됐는지 봐라. 우리 모두 이런 몰골로 살아야 해."

할머니는 눈에 손을 올렸다. 턱이 부르르 떨렸다. 이그가 마당으로 물러섰을 때 할머니가 울음을 터뜨리는 소리가 들려왔다.

이그는 앞포치로 걸어가서 열린 문으로 들어가 현관의 동굴 같은 어둠 속에 섰다. 옛날에 쓰던 침실로 올라가 눕고 싶은 마음이었다. 그늘지고 시원한 방, 콘서트 포스터와 어린 시절에 읽던 책으로 둘러싸인 공간에서 홀로 시간을 보내고 싶었다. 하지만 어머니의 서재 앞을 지나쳐가면서 서류를 넘기는 소리가 들려오자, 반사적으로 몸을 돌려 어머니가 있나 들여다보았다.

어머니는 책상 위에 몸을 숙이고 한 움큼 되는 서류를 손가락으로 넘기고 있었다. 가끔 그중 한 장을 빼서 부드러운 가죽 서류가방에 넣었는데, 몸을 숙일 때마다 가는 줄무늬 치마가 엉덩이에 딱 달라붙었다. 라스베이거스에서 무용수로 일할 때 아버지와 만났다고 하는 어머니는 아직도 쇼걸다운 뒤태를 유지하고 있었다. 이그는 딸 리디아가 창녀였다는 할머니의 은밀한 믿음을 퍼뜩 떠올렸지만 재빨리 망령 난 할머니의 망상으로 치부해버렸다. 어머니는 뉴햄프셔 주 예술위원회에서 일했고 러시아 소설들을 읽었다. 쇼걸이었을 때조차 적어도 타조 깃털은 걸쳤을 것이다.

어머니는 이그가 문 앞에서 쳐다보고 있는 것을 보고 무릎에 놓인 가방을 떨어뜨릴 뻔했다. 기울어지는 가방을 잡으려 했지만 너무 늦었다. 서류가 우르르 바닥으로 쏟아졌다. 종이 몇 장이 서로 사락사락 스치며 느긋한 눈송이처럼 목적 없이 떨어졌다. 이그는 또다시 행글라이더를 떠올렸다. 사람들도 퀸스페이스에서 뛰어내린다. 자살 장소로 인기 있는 곳이었다. 어쩌면 자신도 다음에는 그곳에서 차를 몰고 뛰어내릴지도 모른다.

"이기." 어머니가 말했다. "네가 오는 줄 몰랐구나."

"네. 그냥 여기저기 차를 좀 타고 다녔어요. 달리 어디로 가야 할지 몰라서요. 아침 내내 지옥 같았거든요."

"어머, 아들."

어머니는 동정하듯 눈살을 찌푸렸다. 동정하는 표정을 본 게 얼마 만인지 몰랐다. 이그는 동정을 너무도 갈망했던 나머지 몸이 떨렸고 실제로 그런 눈길을 받고 있으니 마음이 약해졌다.

"끔찍한 일이 생겼어요, 엄마."

이그의 목소리가 갈라졌다. 아침 내 처음으로 눈물이 터져나올 것만 같았다.

"오, 아들." 어머니가 말했다. "다른 데 가지 그랬니?"

"네?"

"네 문제를 더 듣고 싶지 않단다."

눈알 뒤에서 찌르는 느낌이 찾아들었고, 울고 싶다는 충동은 생겼을 때처럼 빠르게 사라졌다. 뿔은 살짝 쓰린 통증과 함께 쿵쿵 뛰었지만 이제 불쾌하지만은 않았다.

"하지만 어려운 사정에 처했는데요."

"듣고 싶지 않아. 알고 싶지 않다고."

어머니는 바닥에 주저앉더니 서류를 주워 가방에 쑤셔 넣기 시작했다.

"엄마."

"네가 말할 때마다 노래를 부르고 싶어!"

어머니는 소리를 지르며 가방을 내려놓고 손으로 귀를 막았다.

"랄랄라라! 네가 말하면 듣고 싶지 않아. 네가 갈 때까지 숨을 꼭 참고 싶어."

어머니는 숨을 한껏 들이쉬더니 멈췄다. 볼이 빵빵해졌다.

이그는 방 안으로 들어가 엄마 앞에 주저앉아 억지로 눈을 맞췄다. 귀를 틀어막은 엄마는 웅크리듯 앉았고 입을 꼭 다물었다. 이그는 어머니의 가방을 주워 서류를 그 안에 담기 시작했다.

"나를 볼 때마다 항상 그런 기분이었어요?"

어머니는 격렬하게 고개를 끄덕였다. 환히 빛나는 눈이 그를 보았다.

"그러다 숨 막혀 죽어요, 엄마."

어머니는 더 오랫동안 이그를 쳐다보다가 입을 열고 긴 휘파람 같은 숨을 내쉬었다. 어머니는 서류를 가방에 담는 그를 쳐다보았다.

어머니는 입을 열고 작고 새된 목소리로 빠르게 지껄였다. 단어들이 우르르 쏟아져나왔다.

"특별 주문한 편지지에 아주 예쁜 손글씨로 너에게 다정한 편지를 써주고 싶었단다. 아빠와 내가 얼마나 너를 사랑하는지, 네가 행복하지 않아서 우리가 얼마나 마음이 아픈지, 네가 그냥 떠나주면 우리 모두가 얼마나 더 좋아질지 말하고 싶었어."

이그는 마지막 서류를 넣은 가방을 무릎 위에 놓고 주저앉았다.

"어디로요?"

"너 알래스카에 등산 가고 싶다고 하지 않았니?"

"메린이랑 함께라면요."

"비엔나 보고 싶다고 하지 않았어?"

"메린이랑 함께라면요."

"중국어 연수는 어때? 베이징에?"

"메린과 베트남에서 영어를 가르치면 어떨까 하는 얘기를 한 적 있어요. 하지만 둘 다 진심은 아니었을 거예요."

"네가 어딜 가든 상관없단다. 일주일에 한 번 너를 만나지 않아도 된다면 말이야. 네가 다 괜찮다고 스스로 다짐하는 말을 듣지 않아도 된다면 말이지. 괜찮지 않으니까. 다시 괜찮아질 리가 없잖니. 너를 보고 있으면 내가 너무 불행해. 난 그저 다시 행복해지고 싶단다, 이그."

이그는 어머니에게 가방을 건넸다.

"네가 더는 내 자식이 아니었으면 좋겠어." 어머니가 말했다. "너무 힘들어. 그냥 테리만 내 자식이었다면 얼마나 좋을까."

이그는 몸을 앞으로 숙이고 어머니의 볼에 키스했다. 그 순간 어머니가 자기를 낳고 배에 임신선이 생겼다며 몇 년 동안이나 말없이 미워했다는 사실을 알았다. 이그 때문에 〈플레이보이〉 모델 같던 엄마의 몸매가 망가졌다. 테리는 작은 아기였고 배려도 깊어서 몸매와 피부가 온전했지만 이그 때문에 다 망쳤다. 아기를 갖기 전의 어머니는 라스베이거스에서 늙은 아랍 재벌에게 하룻밤에 5,000달러를 제의받기도 할 정도로 잘나가던 여자였다. 그때는 그런 시절이었다. 어머니가 벌었던 돈 중에 가장 쉽고 큰돈이었다.

"너한테 이런 얘기를 왜 하는지 모르겠다." 리디아가 말했다. "내 자신이 싫구나. 난 한 번도 좋은 엄마였던 적이 없어."

그때 어머니는 키스를 받았다는 사실을 깨달은 듯 뺨을 만지며 한 손바닥으로 부드럽게 문질렀다. 어머니는 쏟아지는 눈물을 깜박거리며 삼켰다. 하지만 피부에 키스를 느꼈을 때는 미소 지었다.

"엄마 볼에 뽀뽀한 거니. 그러면…… 그러면 떠나는 거지?"

어머니의 목소리는 희망으로 흔들렸다.

"전 여기 온 적도 없어요."

이그가 말했다.

8

이그는 또다시 현관 앞으로 나가 포치로 이어지는 방충문과 그 너머 햇빛이 환한 세계를 보고 가야겠다, 이제는 가야겠다고 생각했다. 다른 사람, 그게 아버지든 형이든 마주치기 전에 나가야 했다. 이그는 테리형을 찾아보겠다는 마음을 고쳐먹고 피하기로 결심했다. 어머니가 한 말을 생각해보면 다른 가족에 대한 자신의 사랑을 시험해보지 않는 편이 나을 듯했다.

그래도 앞문으로 나가는 대신 몸을 돌려 계단을 올랐다. 여기까지 왔으니 방을 둘러보고 집을 떠날 때 챙겨갈 물건이 있나 확인해야겠다고 생각한 것이다. 그런데 어디로 떠난다지? 아직 알 수 없었다. 돌아오게 될지도 확신할 수 없었다.

백 년도 더 된 집이라 계단을 오르자 삐걱거리며 끅끅 소리가 났다. 계단 꼭대기에 이르자마자 복도 반대편, 오른쪽에 있는 문이 덜컥 열리더니 아버지가 머리를 내밀었다. 수백 번 본 모습이었다. 천성적으로 산만한 아버지는 누군가 계단을 지나가면 내다보지 않고는 못 배겼다.

"아." 아버지가 말했다. "이그, 네가 올 줄은 몰랐는……."

하지만 아버지의 목소리는 잦아들었다. 아버지의 눈길이 이그의 눈을 떠나 뿔에 머물렀다. 아버지는 흰 민소매 셔츠 차림에 줄무늬 멜빵을 맸고 맨발이었다.

"그냥 말씀하세요." 이그가 말했다. "이제 아버지가 오랫동안 마음속에 숨기고 있었던 끔찍한 얘기를 할 대목이잖아요. 아마도 나에 대한 거겠죠. 그냥 말해버리세요. 그런 후에 치워버리면 되니까."

"스튜디오에서 중요한 일을 하고 있는 척할 걸 그랬다. 너랑 말할 필요도 없게."

"뭐, 그 정도는 나쁘지 않은데요."

"너를 보는 게 너무 힘들어."

"알겠어요. 이건 엄마랑 벌써 다 끝낸 얘긴데."

"메린이 생각나. 걔가 얼마나 착한 애였는지. 나도 나름대로 메린을 사랑했다. 너를 질투도 했지. 난 너희 둘이 사랑하는 것처럼 다른 사람을 사랑해본 적이 없으니. 네 어머니는 확실히 아니지. 출세에만 눈이 뒤집힌 년. 내가 저지른 최악의 실수다. 내 인생에서 생긴 온갖 재수 없는 일은 다 결혼으로 생겨난 거야. 하지만 메린은, 메린은 정말 다정한 애였지. 걔가 웃는 소리를 들으면 저절로 미소가 떠오르곤 했지. 네가 그 애를 강간하고 죽인 걸 생각하면 정말 토하고 싶다."

"전 메린을 죽이지 않았어요."

이그는 바짝 마른입으로 대답했다.

"게다가 무엇보다 최악인 건 말이지." 데릭 페리시가 말했다. "메린은 내 친구였고 나를 존경했는데도, 나는 네가 벌을 받지 않고 빠져나오게 도왔다는 거다."

이그는 가만히 쳐다보았다.

"주립 법의학 실험실에 있는 사람을 한 명 알아. 진 리라고. 그 사람 아들이 몇 년 전에 백혈병으로 죽었는데, 그 애가 꽥 죽기 전에 내가 폴 매카트니 공연 티켓도 구해줬고, 무대 뒤 분장실에서 그 부자가 매카트니와 만나게도 해주었지. 네가 체포된 후에 진이 연락을 해왔더라. 네가 정말 범인이냐고 물었지. 난 말했다. 이랬어. 솔직한 대답을 할 순 없다고.

그런데 이틀 후 콩코드에 있는 주립 연구소에서 불이 났다더라. 진은 거기 책임자가 아니야. 맨체스터에서 일하니까. 하지만 난 그렇게 짐작했지……."

이그는 속이 뒤집히는 기분이었다. 현장에서 수집한 법의학 증거가 파괴되지만 않았더라도 무죄를 입증할 수 있었을 것이다. 하지만 증거는 모두 불꽃 속에서 사라졌다. 마음속에 품고 있었던 모든 희망처럼, 삶에 있었던 모든 좋은 일들처럼. 편집증에 시달리던 시절에는 분명히 자신을 비난하고 파괴하려는 정교하고 비밀스러운 음모가 있다고 상상했다. 드디어 자기 생각이 맞았다는 것을 알았다. 분명 비밀단체가 활동하고 있었던 것이다. 다만 그를 보호하고자 하는 사람들의 음모였다.

"어떻게 그런 짓을 할 수 있어요? 어쩌면 그렇게 멍청할 수 있냐고요?"

충격이 지나치다 못해 거의 증오심의 경계선을 넘어갈 듯한 감정으로 숨도 쉴 수가 없었다.

"나도 그걸 나에게 항상 묻는다, 매일. 세상이 칼을 빼들고 자식들에게 다가오면 가로막는 게 아비 된 도리지. 다 아는 사실이야. 하지만 이건, 이건 말이지. 메린도 내 자식이나 다름없었다. 메린은 10년 동안 내 집에 매일 왔어. 나를 신뢰했다. 영화 보러 가서는 걔에게 팝콘을 사주기도 했고, 걔가 하는 라크로스 경기에 가기도 했고, 같이 카드놀이도 했지. 메린은 정말 아름다웠고 너를 사랑했어. 그런데 넌 그 애의 머리를 박살 냈지. 너를 감싸주는 건 옳지 않다. 그런 짓을 했는데 감싸주다니. 감옥에 갔어야 마땅해. 너를 이 집에서 볼 때마다 뚱한 표정을 짓고 있는 네 멍청한 얼굴을 한 대 갈겨주고 싶었어. 네 주제에 슬퍼할 일이 있다는 양. 말 그대로 살인죄를 짓고도 빠져나간 주제에. 그런데 나까지 끌고 들어갔지. 너만 보면 내가 불결한 사람 같은 기분이 들어. 너만 보면 목욕을 하고 강철 수세미로 빡빡 문지르고 싶어. 네가 말을 걸면 소름 끼쳐.

네가 어떻게 메린한테 그럴 수 있었니? 내가 아는 사람 중에 가장 착한 애였다. 네까짓 것한테 그나마 탐탁했던 점이 있다면 그 애를 사귄다는 것뿐이었는데."

"나도 그랬어요."

이그가 말했다.

"서재로 돌아가야겠다." 아버지는 입을 벌리고 숨을 거칠게 뱉었다. "너를 보니 사라지고 싶을 뿐이야. 사무실로. 라스베이거스로. 파리로. 어디든. 가서 영영 돌아오지 않고 싶다."

"그럼 아버지는 내가 정말로 메린을 죽였다고 생각하는 거군요. 진이 태워버린 증거가 나를 구해줬을지도 모른다는 생각은 안 해봤어요? 내가 저지른 짓이 아니라고 누누이 말했잖아요. 어쩌면, 혹시라도 어쩌면 내가 결백하다는 생각을 가끔이라도 해보지 않았나요?"

아버지는 잠깐 동안 빤히 쳐다보면서 아무런 대답을 하지 못했다. 그러다가 말했다.

"아니. 안 해봤지. 솔직히 말하자면 더 일찍 그런 짓을 저지르지 않은 게 놀라웠지. 난 항상 네가 약간 괴상한 새끼라고 생각했으니까."

9

이그는 침실 문간에서 1분 가까이 서 있기만 하고 마음먹었던 것과는 달리 안으로 들어가서 눕지 않았다. 머리, 뿔 밑동이 박힌 관자놀이가 아팠다. 뿔 뒤에서 압력이 점점 쌓여가는 느낌이 들었다. 어둠이 심장 박동에 맞추어 시야 가장자리에서 꿈틀거렸다.

무엇보다 쉬고 싶었다. 더는 광기를 원치 않았다. 누군가 차가운 손을 이마 위에 얹어주었으면 싶었다. 메린이 돌아오기를 바랐다. 메린의 무릎에 머리를 묻은 채 울고 싶었고, 메린이 손가락으로 목덜미를 쓰다듬어주었으면 했다. 평화로운 생각들은 모두 메린의 안에 둘둘 싸여 있었다. 모든 편안한 기억들에는 메린이 들어 있었다. 산들바람이 부는 7월 오후, 강둑 위 풀밭에 누웠던 기억. 비 내리는 10월, 메린네 집 거실에서 함께 사과주를 마시며 편물 이불을 덮고 껴안았던 기억. 메린의 차가운 코가 귀에 닿던 기억.

방을 두리번거리며 여기 살았던 삶의 파편을 생각해보았다. 옛날 트럼펫 케이스가 침대 밑에서 삐죽 나와 있기에 꺼내서 매트리스 위에 올려놓았다. 그 안에는 예전에 불던 은색 트럼펫이 들어 있었다. 열심히 쓴 것처럼 빛이 흐려졌고 키가 닳아서 반들반들했다.

정말로 그랬다. 폐가 약해서 트럼펫을 불어서는 안 된다는 사실을 알았을 때도, 자기 자신조차 이해 못할 이유로 계속 연습했다. 부모님이 자라고 들여보낸 다음에도 이불 밑에 똑바로 누워 어둠 속에서 손가락으로 키를 누르는 연습을 했다. 마일스 데이비스, 윈튼 마셜리스, 루이 암스트롱을 연주했다. 하지만 음악은 머릿속에만 있었다. 잠깐 동안은 마우스피스를 입에 대보기도 했지만 감히 불 수 없었다. 갑자기 어지럼증이 밀려오고 머릿속에서 검은 눈이 휘몰아칠까 겁났기 때문이었다. 이젠 그게 다 터무니없는 시간 낭비, 그 모든 연습이 무용지물로 여겨졌다.

이그는 불쑥 화가 솟구쳐 케이스를 거꾸로 털어 트럼펫과 나머지 부속품들, 납관이나 밸브 오일, 마우스피스 여분 등을 내던져버렸다. 마지막으로 손에 잡힌 건 무광 구리로 만든 크리스마스 장식품처럼 생긴 것, 톰 크라운 약음기였다. 그것도 방 저편으로 던져버릴 작정이었고 심지어 동작까지 취했지만, 차마 손가락이 풀리지 않았고 그냥 던져버릴 수는 없었다. 금속으로 만든 약음기는 아름다운 물건이었으나 그래서 애착을 가지는 게 아니었다. 어째서 애착을 가지는지 스스로도 알 수 없었다.

약음기는 트럼펫 나팔 부분에 넣어 소리를 죽이는 기능을 하는 기구이다. 제대로만 쓰면 도발적이고 치맛자락도 홀러덩 뒤집을 만큼 센 백 소리가 났다. 이그는 얼굴을 찡그리며 약음기를 내려다보았다. 명확히 알 수 없는 생각이 의식을 잡아당겼다. 생각이라고 할 만한 것도 아니었다, 아직은. 생각의 형체를 아직 갖추지도 않았다. 그건 떠다니는 혼란스러운 개념에 지나지 않았다. 뿔에 대한 무엇. 뿔이 작동하는 방식에 대한 무엇.

마침내 이그는 약음기를 옆으로 내려놓고 다시 트럼펫 케이스를 보았다. 발포 패드를 빼낸 다음 갈아입을 옷가지를 채워 넣고 여권을 찾았다. 이 나라를 떠나야겠다고 생각해서가 아니라 나중에 또 올 필요가 없도록 중요한 건 다 싸들고 가고 싶어서였다.

여권은 서랍장 맨 위 서랍의 세련된 성경 속에 꽂혀 있었다. 하얀 가죽 표지에 예수님의 말씀을 금박으로 인쇄한 킹 제임스 성경이었다. 테리 형은 이그의 닐 다이아몬드 성경이라고 불렀다. 어린 시절 주일학교에서 성경 퀴즈 대회에 나가 받은 상품이었다. 성경에서 나온 퀴즈라면, 이그는 무엇이든 정확한 답을 알고 있었다.

이그는 성경에서 여권을 꺼내다가 잠시 머뭇거리며 면지에 연필로 흐릿하게 써놓은 점과 선의 줄을 쳐다보았다. 모스 부호 해독표였다. 이그가 직접 닐 다이아몬드 성경 뒷장에 적어놓은 것이었다. 10년도 전이었다. 그때 이그는 메린 윌리엄스가 자신에게 모스 부호로 신호를 보냈다고 믿고는 같은 방식으로 답변을 보내기 위해 2주 동안 골몰했었다. 그가 만들어낸 답변이 아직도 거기에 점과 선으로 죽죽 그려져 있었다. 이 성경 안에서 그가 가장 좋아하는 기도문이었다.

성경도 트럼펫 케이스 안에 던져 넣었다. 그 안에는 뭔가 있을 것이다. 상황을 해결할 만한 유용한 도움말이. 악마에 씌었을 때 치료할 수 있는 민간요법이.

이제 가야 할 때, 다른 사람을 만나기 전에 나가야 할 때였다. 하지만 계단 바닥에 이르러서는 입이 마르고 꺼끌꺼끌해서 침도 제대로 삼킬 수 없었다. 부엌으로 돌아나가 싱크대에서 물을 받아 마셨다. 손을 모아 얼굴에 물을 끼얹은 다음, 물방울이 뚝뚝 떨어지는 얼굴로 싱크대 옆을 붙잡고 서서 개처럼 몸을 털었다. 행주로 얼굴을 대충 문지르면서 냉기에 놀란 맨 얼굴에 닿는 행주의 거친 촉감을 즐겼다. 이그가 행주를 던지고 돌아서니 뒤에 형이 서 있었다.

10

테리는 양쪽 여닫이문 바로 안쪽 벽에 기대 서 있었다. 그다지 멀쩡한 모습은 아니었다. 어쩌면 시차 때문일 수도 있었다. 면도도 해야 할 것 같았고, 알레르기로 고생하는 사람처럼 눈두덩이 푸석푸석하고 부어 있었다. 형은 알레르기가 많고도 많았다. 꽃가루 알레르기도 있었고, 땅콩버터 알레르기도 있었다. 한번은 벌에 쏘여 죽을 뻔한 적도 있었다. 형은 살이 좀 빠졌는지 몸에 걸친 검은 실크 셔츠와 트위드 바지가 헐렁했다.

두 형제는 서로를 쳐다보았다. 이그와 테리는 메린이 죽은 그 주 이후로는 같은 방에 있었던 적이 없었다. 형은 그때도 꼴이 엉망이었고 메린 때문에, 또 동생 때문에 슬퍼하느라 제대로 말하지 못했다. 테리는 그 후에 금방 서부로 떠나버렸다. 말로는 리허설이 있어서라고 했지만, 이그는 폭스 방송국의 간부들이 피해 대책회의를 하려고 형을 부른 게 아닐까 짐작했다. 형은 그 이후로 한 번도 돌아오지 않았다. 놀랄 일도 아니었다. 살인사건 이전에도 기드온을 그다지 좋아하지 않았던 형이었기 때문이었다.

테리가 입을 열었다.

"네가 여기 있는지 몰랐다. 들어오는 소리 못 들었는데. 너 뿔 길렀냐? 내가 없는 사이에?"

"외모를 바꿀 때가 된 듯해서. 마음에 들어?"

형은 고개를 저었다.

"너한테 하고 싶은 말이 있어."

테리의 후골이 목 위아래로 실룩였다.

"형도 한몫하겠다 이거군."

"너한테 하고 싶은 말이 있어. 하지만 하고 싶지 않아. 무서워."

"해봐. 쏟아내라고. 그렇게까지 심하지 않을지도 몰라. 이제 형이 하는 말이 뭐든 내겐 별로 상관없을 것 같은데. 엄마는 방금 나를 다시는 보고 싶지 않다고 했는걸. 아빠는 내가 영원히 감옥에 가버렸으면 좋겠다고 했고."

"그럴 리가."

"그랬어."

"아, 이그." 형의 눈에 눈물이 고였다. "너무 속상하다. 죄다. 네가 그렇게 되어버려서. 네가 얼마나 걔를 사랑했는지 알아. 나도 사랑했으니까. 너도 알잖아. 메린은 정말 좋은 애였는데."

이그는 고개를 끄덕였다.

"네가 알아야 할 일이 있어……."

테리는 막힌 목소리로 말했다.

"말해보라니까."

이그는 상냥하게 대답했다.

"난 걔 안 죽였어."

이그는 가만히 쳐다보았다. 핀과 바늘로 찌르는 듯한 느낌이 가슴으로 퍼져나가기 시작했다. 테리 형이 메린을 강간하고 죽였으리라고는 생각한 적 없었다. 있을 수 없는 일이었다.

"물론 형이 그랬을 리가 없겠지."

"너희 둘을 사랑했고 두 사람이 행복해지길 바랐어. 그 애를 상처 입힐 일은 절대로 하지 않았을 거야."

"나도 알아."

이그가 대답했다.

"리 토르노가 메린을 죽일 줄 알았더라면 말리려고 했을 거야. 리가 메린의 친구인 줄 알았어. 너한테 이 말을 얼마나 하고 싶었는지. 하지만 리가 내 입을 막았어. 아무 말도 못하게 했어."

"ㅇㅇㅇㅇㅇㅇㅇ."

이그는 비명을 질렀다.

"그 녀석 무서워, 이그." 테리가 말했다. "너 개의 정체를 모르는 거야. 안다고 생각하겠지만 꿈에도 모르지."

"ㅇㅇㅇㅇㅇㅇㅇㅇ."

이그는 계속 비명을 질렀다.

"리가 너와 나에게 뒤집어씌웠어. 그날 이후로 난 계속 지옥에서 살았지."

테리가 고백했다.

이그는 복도로 뛰어나가 어둠을 뚫고 현관으로 달려갔다. 방충망을 친 문을 쾅 열고 눈이 부실 만큼 쨍한 햇빛 속으로 비틀비틀 나갔다. 눈물로 눈이 흐려지고 걸음이 꼬여서 마당에 넘어지고 말았다. 숨을 헐떡이며 몸을 일으켰다. 잔디 위에 떨어뜨린 트럼펫 케이스를(들고 있었다는 것도 미처 깨닫지 못했다), 도로 집었다.

어디로 가는지 앞도 보지 않고 잔디밭을 가로질렀다. 눈가가 축축해서 지금 울고 있나 싶었지만 손가락을 얼굴에 대보니 온통 피범벅이었다. 양손을 두 뿔 위에 대보았다. 뿔의 뾰족한 끝이 피부를 뚫고 나왔고 피가 얼굴 위로 방울방울 떨어졌다. 뿔 속에서 쿵쿵 뛰는 진동이 느껴졌다. 안이 쓰린 느낌과 더불어 초조한 전율도 관자놀이를 뚫고 흘렀다. 오르가슴과 그다지 다르지 않은 배출의 감각이었다. 그는 비척비척 걸어갔다. 입에서는 욕지거리와 숨 막히게 음란한 말들이 줄줄 쏟아져나왔다. 숨 쉬기가 힘들어서 너무 싫었다. 뺨과 손에 붙은 끈끈한 피가 싫었다. 너무 밝은 푸른 하늘도, 자신의 냄새도 싫었다, 싫었다, 싫었다.

머릿속의 생각에 빠져 있느라 베라 할머니의 휠체어를 못 보고 부딪칠 뻔했다. 이그는 우뚝 멈춰서 할머니를 내려다보았다. 할머니는 콧구멍으로 부드럽게 드르렁 코 고는 소리를 내며 졸고 있었다. 무슨 즐거운 꿈이라도 꾸는지 희미하게 미소를 짓고 있었다. 할머니 얼굴에 떠오른 평화롭고 행복한 표정을 보자 뱃속에 화가 치밀어 휘젓는 것 같았다. 이그는 할머니의 휠체어 브레이크를 밟아 휙 밀었다.

"망할 할망구."

휠체어가 앞으로 구르며 언덕을 내려갔다.

할머니는 어깨에서 고개를 들었다가, 다시 떨어뜨렸다 또 한 번 고개를 들더니 약하게 휘저었다. 휠체어는 잘 손질한 푸른 잔디밭 위를 쿵쿵 굴러갔고, 바퀴 하나가 바위에 부딪치자 심하게 흔들렸지만 계속 나아갔다. 이그는 열다섯 살 때를 떠올렸다. 쇼핑카트를 타고 이벨 크니벨* 길을 내려갔던 그날의 일을.

이그의 인생에서 중요한 전환점이었다. 정말로. 그때도 이처럼 빨랐을까? 정말 대단했다. 휠체어에 속도가 붙는 정도, 인생의 마지막 목표물을 향한 총알과도 같은 형상. 속도를 줄이거나 방향을 바꾸는 건 불가능했고, 총알처럼 무엇을 맞힐지도 알 수 없었다. 다만 그 속도와 효과만 알 수 있을 따름이었다. 베라 할머니는 거의 시속 65킬로미터의 속도로 떨어져서 바닥에 있는 울타리에 쾅 부딪쳤다.

이그는 숨을 고르며 차로 걸어갔다. 가슴을 쥐어짜는 느낌은 생겼을 때처럼 빨리 스러졌다. 신선한 잔디 냄새가 떠도는 공기는 늦은 8월 햇빛과 푸르른 이파리 속에서 따뜻했다. 다음에 어디로 가야 할지 알 수 없

---

* 이벨 크니벨(Evel Knievel, 1938~2007), 미국의 유명한 오토바이 곡예사. 오토바이들을 맞대어놓고 뛰어넘는 묘기로 유명했다.

었다. 다만 간다는 사실을 알고 있을 뿐이었다. 누룩뱀이 뒤의 울타리를 넘어왔다. 검정과 초록색에 축축하게 보이는 뱀이었다. 그 뒤에 한 마리 더, 또다시 세 마리째가 따라왔다. 이그는 미처 깨닫지 못했다.

이그는 그렘린 운전석에 올라타고 휘파람을 불기 시작했다. 정말로 맑은 날이었다. 차도에서 그렘린을 돌려 언덕 아래로 내려갔다. 아까 떠나온 고속도로가 그를 기다리고 있었다.

체리

CHERRY

11

그 여자애가 메시지를 보내고 있었다.

처음에는 그 여자애인지 몰랐다. 심지어 메시지를 받고 있다는 것조차 몰랐다. 신호는 미사가 시작하고 10분 후에 시작되었다. 황금색 빛이 시야 가장자리에 번쩍거렸다. 얼마나 환한지 움찔할 정도였다. 이그는 눈을 문지르며 눈앞에 떠다니는 금색 반점을 물리치려 했다. 다시 시야가 맑아졌을 때 주위를 둘러보며 빛이 어디서 나오는지 찾아보려 했지만 찾을 수 없었다.

그 여자애는 통로 건너편, 이그보다 한 줄 앞에 앉아 있었다. 하얀 여름 원피스를 입은 애였는데, 처음 보는 얼굴이었다. 이그의 시선은 계속 그 애에게 쏠렸다. 걔가 빛으로 장난쳤다고 생각해서가 아니라, 통로 건너편에 볼만한 것이라고는 그 애밖에 없었기 때문이었다. 그렇게 생각하는 사람은 이그 혼자만이 아니었다. 너무 투명해서 하얗게 보이는, 옥수수수염 같은 머리카락을 한 호리호리한 소년이 여자애 뒤에 앉아서 몸을 앞으로 내밀며 어깨너머로 원피스 앞섶을 내려다보고 있었다. 여자애는 처음 보는 얼굴이었지만 남자애는 학교에서 어렴풋이 본 기억이 났다. 자기보다 한 학년 위였던 것 같다.

이그나티우스 마틴 페리시는 빛을 모아 자기 눈알로 반사할 만한 손목시계나 팔찌를 남몰래 찾아보았다. 금속테 안경을 쓴 사람들, 귓불에 귀

고리를 건 여자들을 살폈지만 거슬리게 반짝이는 이 물체가 무엇인지 딱 잡아낼 수 없었다. 그렇지만 주로 여자애를 쳐다보았다. 빨강머리와 하얀 맨 팔. 그 하얀 피부 때문인지 성당 안에 있는 다른 여자들의 드러난 팔보다 훨씬 속살 같은 느낌을 주었다. 빨강머리 여자애들은 보통 주근깨가 있기 마련이지만, 그 여자애는 마치 비누조각을 깎아놓은 듯했다.

빛이 나오는 곳을 찾아보기를 포기하고 얼굴을 앞으로 돌릴 때마다 황금빛이 번쩍여서 눈이 안 보일 정도였다. 짜증이 치밀었다. 왼쪽 눈앞에서 섬광이 번쩍번쩍 불나방처럼 주변을 빙빙 돌면서 퍼덕였다. 심지어 손으로 치면 잡을 수 있을 것 같은 생각이 들어 탁 내려치기까지 했다.

바로 그때 그 애의 속마음이 드러났다. 참지 못하고 쿡 소리를 냈고 웃음을 참느라 몸을 살짝 떠는 바람에. 그러더니 이그를 쳐다보았다. 천천히 곁눈질로. 득의만만하고 재미있어 하는 표정이었다. 여자애는 딱 걸렸으니 이제 감추려 해봤자 소용없다는 것을 알았다. 이그도 애초부터 여자애가 걸릴 작정이었다는 것을, 잡힐 때까지 계속할 마음이었다는 것을 깨달았다. 그 생각을 하니 피가 약간 빠르게 솟구쳤다. 여자애는 이그 또래였는데, 아주 예뻤고 검은 체리색 머리를 하나로 땋았다. 여자애는 목에 건 섬세한 황금 십자가를 만지작거리며 햇빛 속에서 이리저리 돌렸고, 그러면 십자가 모양으로 빛의 불꽃이 일어났다. 여자애는 고백이라도 하듯이 그런 동작을 하다가 십자가를 돌려버렸다.

그 후로 이그는 물드 신부님이 제단 뒤에 서서 하는 말에 전혀 집중할 수 없었다. 여자애가 어떻게든 자기 쪽을 보도록 하고 싶어서 안달이 났지만 여자애는 한참 동안 이쪽을 보지 않았다. 달콤한 거절이었다. 하지만 다음 순간 여자애가 새치름하게 이그 쪽을 천천히 돌아보았다. 이그를 똑바로 보면서 두 번 짧게, 한 번 길게 십자가를 눈을 향해 비추었다. 일순간이 지나자 여자애가 다른 순서로 십자가의 빛을 보냈다. 이번에는 세 번 짧게. 여자애는 십자가를 깜박이는 동안 이그와 눈을 똑바로 맞추며 미소 지었다. 하지만 자기가 뭣 때문에 미소를 짓는지 잊어버린 양 꿈 꾸는 표정이었다. 소녀의 눈길은 너무도 강렬했고 무언가 열심히 알려주려는 듯했다. 십자가로 하는 이 행동이 아주 중요하다는 것을 알려주려는 듯.

"그거 모스 부호 같다."

이그의 아버지가 입을 살짝만 벌리고 낮은 목소리로 말했다. 감옥 마당에서 수감자가 다른 동료에게 말하는 식으로.

이그는 꿈틀했다. 신경반사 작용이었다. 지난 몇 분간 성모 성심 성당은 틀어놓기만 하고 소리는 들리지 않게 볼륨을 줄인 텔레비전 프로그램이었다. 하지만 아버지가 말을 했을 때, 이그는 흠칫 깨어나 지금 어디 있는지 새삼 깨달았다. 또한 놀랍게도 바지 속에서 페니스가 약간 딱딱해져 다리 사이에서 뜨거워졌다는 것도 알았다. 진정시키는 것이 중요했다. 이제 곧 마지막 찬송가를 합창하기 위해 일어설지 몰랐는데, 그랬다간 바지가 불룩 일어설 터였다.

"뭐요?"

이그가 물었다

"쟤가 너한테 말하는 거야. '내 다리 좀 그만 쳐다봐.'" 데릭 페리시는 영화에 나오는 잘난 척하는 인물처럼 입만 오물거리면서 말했다. "'계속 보면 네 눈탱이를 밤탱이로 만들어줄 테니까.'"

이그는 헛기침을 하려고 이상한 소리를 냈다.

이쯤 되자 테리도 쳐다보려 했다. 이그는 통로 안쪽에 앉아 있었고 아버지가 그 오른쪽에, 그 다음으로 엄마, 테리 순이라서 형은 소녀를 보려면 목을 쭉 빼야 했다. 형은 소녀의 장점(여자애가 얼굴을 앞으로 돌렸다)을 보고 크게 휘파람을 불었다.

"미안하다, 이그. 넌 글렀다."

리디아는 찬송가책으로 테리의 뒤통수를 쳤다. 테리가 외쳤다.

"아, 씨. 엄마, 좀!"

어머니는 다시 한 번 찬송가책으로 아들 머리를 쳤다.

"그런 말 여기서 쓰지 말랬지."

엄마가 소곤소곤 나무랐다.

"이그는 왜 안 때리고?" 테리도 소곤거렸다. "저 빨강머리 여자애 힐 끔거린 건 이그라고. 야한 생각이나 하면서. 쟤 넘보고 있었잖아. 이그 얼굴 좀 봐. 얼굴에 딱 써 있지. 저 넘보는 표정."

"넘겨다본다고 해."

데릭이 고쳐주었다.

이그는 어머니가 쳐다보자 뺨이 붉어졌다. 어머니는 이그에게서 소녀에게로 시선을 옮겼다. 여자애는 이쪽에는 아무런 관심이 없는 듯 물드 신부의 설교에만 집중하는 척하고 있었다. 잠시 후, 리디아는 흥 코웃음 치더니 성당 앞쪽을 쳐다보았다.

"그런 건 괜찮아. 이그가 동성애자인가 슬슬 의심하던 차였으니까."

그 순간 찬송가를 부를 때가 되어 다들 일어섰고, 이그는 여자애를 바라보았다. 여자애가 일어서자 머리 위로 햇빛이 네모나게 비쳐서 반들반들 빗질한 빨강머리에 불꽃 왕관을 쓴 듯했다. 여자애는 몸을 돌려 이그를 보면서 노래하려고 입을 살짝 벌렸지만, 대신 작은 비명 소리를 냈을 뿐이었다. 부드러운 소리였지만 똑똑히 들렸다. 여자애가 또다시 십자가를 그에게 비추려 했을 때, 황금 사슬의 고리가 풀려 손 안으로 떨어졌기 때문이었다.

이그는 여자애가 고개를 숙이고 고치려 하는 모습을 바라보았다. 그때 뭔가 기분 좋지 않은 사건이 일어났다. 여자애 뒤에 서 있던 잘생긴 금발 남자애가 앞으로 몸을 숙이더니 머뭇거리면서 여자애 목을 더듬는 동작을 했다. 남자애가 여자애를 위해 목걸이를 채워주려는 것이었다. 소녀는 움찔하더니 남자애에게서 떨어져 놀란, 그렇지만 딱히 반기지는 않는 눈길을 보냈다.

금발 남자애는 얼굴을 붉히지도 않았고 부끄러워하는 기색도 없었다. 소년이라기보다 고전 조각상에 더 가까웠다. 고집 세고 초자연적일 정도로 침착하며 어린 시저의 살짝 뚱한 표정을 짓고 있었다. 엄지손가락 하나만 까닥 아래로 내려 피투성이 기독교인 무리들을 사자 밥으로 던질 수 있는 사람 같았다. 투명한 흰 머리카락을 짧게 쳐서 정수리만 덮은 스타일은 몇 년 후에 에미넴이 해서 유행이 되었지만, 그때만 해도 그저 말쑥하고 눈에 띄지 않는 스타일이었다. 또한 넥타이도 매고 있었는데 그것도 아주 점잖아 보였다. 남자애는 여자애에게 뭐라고 말했지만 여자애는 고개를 저었다. 여자애의 아버지가 몸을 앞으로 숙이더니 소년에게 미소를 지었고, 아버지가 직접 목걸이를 채워주려 했다.

이그는 긴장을 풀었다. 시저는 여자애가 예상하지도 않았는데 몸에 손을 대는 책략적 실수를 저질렀고, 환심을 사는 대신에 화나게 했다. 여자애의 아버지는 잠시 목걸이를 고쳐보려고 했지만, 고칠 수 없다는 듯 웃으며 고개를 절레절레 흔들었고, 여자애도 웃으면서 아빠에게 목걸이를 받아들었다. 여자애의 어머니가 날카롭게 두 사람을 째려보자 아빠와 딸은 찬송을 하기 시작했다.

미사가 끝나고 욕조에 차오르는 물처럼 대화 소리가 점점 커져갔다. 성당은 부피가 정해져 있는 용기 같아서 자연스러운 정적이 금방 소음으로 바뀌었다. 이그가 가장 좋아하는 과목은 수학이었기 때문에 반사적으로 용량, 부피, 변수, 무엇보다 절댓값을 생각했다. 훗날에는 논리윤리학에 소질이 있는 것을 알았지만 그건 오로지 등식을 정확하게 풀고 숫자를 잘 가지고 노는 능력을 확장한 결과에 지나지 않았다.

이그는 여자애에게 말을 걸고 싶었지만 뭐라고 할지를 몰랐다. 그러다 기회를 잃고 말았다. 여자애는 신도석 사이에서 빠져나가 통로에 서면서 이그를 힐끔 쳐다보았다. 갑자기 수줍은 듯했지만 미소 짓는 얼굴이었다. 그때 어린 시저가 여자애 옆에 서더니 위에서 내려다보며 말을 걸었다. 여자애의 아버지가 끼어들어 딸을 팔꿈치로 찌르며 앞으로 가라고 재촉하면서 딸과 어린 황제 사이를 가로막았다. 여자애의 아버지는 남자애를 보며 유쾌하고 반기는 듯한 웃음을 지었다. 하지만 말을 하면서도 앞으로 가라며 딸을 밀었고, 딸의 뒤를 따라가면서 침착하고 합리적이며 고상한 얼굴을 한 소년과 딸 사이의 거리를 벌렸다. 시저는 개의치 않는 듯 재차 여자애에게 접근하려 하지 않으면서 참을성 있게 고개만 끄덕였다. 심지어 여자애의 어머니와 다른 아주머니들(이모들?)이 지나갈 수 있도록 비켜주기까지 했다.

아버지가 딸을 따라다니는 한, 그 애에게 말을 걸 기회는 없었다. 이그는 여자애가 떠나는 모습을 보면서 다시 한 번 돌아보고 자기에게 손을 흔들어주기를 바랐지만 여자애는 그러지 않았다. 물론 그러지 않았다. 그때는 이미 성당을 나가는 사람들이 통로에 빽빽이 들어차 있었다. 이그의 아버지는 아들의 어깨에 한 손을 올리고 사람들이 다 빠져나갈 때까지 기다리자는 신호를 보냈다. 이그는 어린 시저가 나가는 모습을 보았다. 그 남자애도 아버지와 함께 왔다. 금발 콧수염을 구레나룻까지 이어지도록 덥수룩하게 기른 아저씨였다. 클린트 이스트우드 서부영화에 악당으로 나오는 리 반 클리프의 왼쪽에 서 있다가 마지막 결투의 총격전이 시작되면 죽는 사람처럼 생겼다.

마침내 통로로 사람들이 다 빠져나가자, 아버지는 어깨에서 손을 떼고 이제 앞으로 나가자고 했다. 이그는 신도석에서 나와 평소 습관대로 부모님을 먼저 보내드리고 테리 형과 함께 나가려 했다. 이그는 여자애가 앉았던 자리를 아쉽다는 듯 쳐다보았다. 마치 거기 여자애가 다시 나타나기라도 할 것처럼. 그때 오른쪽 눈에 금빛이 번뜩였다. 아까와 같은 신호가 시작된 듯했다. 이그는 움찔하고 눈을 감았다가 여자애가 앉았던 신도석으로 가보았다.

여자애는 자리에 작은 십자가를 놔두고 갔다. 황금 사슬을 모아놓은 자리에, 햇빛이 고여 생긴 빛의 사각형 안에 십자가가 얌전히 놓여 있었다. 어쩌면 거기에 놓아두었다가 아버지가 금발 소년과 떼어놓으려고 재촉하는 바람에 잊어버린 것일지도 몰랐다. 이그는 십자가를 집으면서 차가우리라 생각했다. 하지만 십자가는 뜨거웠다. 온종일 햇볕 속에 놔둔 동전처럼 기분 좋게 뜨거웠다.

"이기?" 어머니가 불렀다. "빨리 오렴."

이그는 주먹에 목걸이를 움켜쥐고 돌아서서 재빨리 통로를 내려갔다. 여자애를 따라잡아야만 했다. 여자애는 좋은 인상을 줄 수 있는 기회를 남긴 것이다. 잃어버린 물건을 찾아준 사람, 관찰력이 있는 동시에 배려가 깊은 사람이 될 수 있는 기회. 하지만 이그가 문 앞에 갔을 때 여자애는 가고 없었다. 나무 패널이 붙은 스테이션왜건 뒷자리에 앉은 여자애의 모습이 언뜻 보였다. 앞좌석에 탄 부모님 뒤에 이모들과 함께 앉은 여자애는 그 차를 타고 막 떠나버렸다.

뭐, 괜찮았다. 다음 주 일요일이 있으니까. 목걸이를 돌려주기 전까지 고쳐놓으면 되고, 그땐 자기를 어떻게 소개해야 할지도 정해놓을 수 있었다.

12

이그와 메린이 처음 만나기 이틀 전, 풀 폰드 북쪽에 사는 퇴역 군인 션 필립스는 새벽 1시에 고막이 터질 듯 강렬한 금속성 폭발음에 놀라 깨어났다. 잠이 덜 깬 필립스는 아직도 자신이 미 해군 항공모함 아이젠하워 호에 있다고 착각하고, 누가 군함을 막 진수했다고 생각했다. 그 다음에는 타이어가 끼익 긁히는 소리와 웃음소리가 났다. 필립스가 바닥에서 일어나(그전에 침대에서 떨어지는 바람에 엉덩이에 멍이 들었다), 창문 커튼을 옆으로 젖히고 내다보았더니 어떤 고물 로드러너가 쭉 미끄러져 나가는 뒤꼬리가 보였다. 필립스의 우편함이 기둥에서 떨어져나가 찌그러졌고 연기를 피우며 자갈길에 뒹굴었다. 소총으로 난사라도 당한 양 우편함에는 구멍이 잔뜩 뚫려 있었다.

다음 날 오후 늦게 또 한 번 폭발이 일었다. 이번에는 울워스 백화점 뒤 쓰레기장이었다. 폭탄은 펑 소리와 함께 터졌고 불붙은 쓰레기가 9미터 높이 위로 날아갔다. 불붙은 신문지와 포장재가 성난 우박처럼 우두둑 떨어져서 주차해 있던 차 몇 대가 피해를 입었다.

이그가 성심 성당의 건너편 통로에 앉았던 소녀와 사랑에 빠졌던(혹은 적어도 육체적 욕망을 느꼈던), 그 일요일에는 기드온에 또 다른 폭발이 일어났다. 티엔티TNT 폭약 4분의 1 정도의 폭발력이 있는 체리 폭탄이 하퍼 스트리트에 있는 맥도널드 화장실에서 터졌다. 변기 뚜껑이 날아가고 도기에는 금이 갔으며 물탱크가 터져 바닥에 넘쳤고 남자 화장실엔 기름진 검은 연기가 가득 찼다. 소방대장이 다시 들어와도 안전하다고 결정을 내릴 때까지 모든 사람들이 건물에서 대피했다. 이 사건은 〈기드온 레저〉 월요일 자 1면에 실렸다. 범인이 누구든 누군가 손가락이나 눈을 잃기 전에 그만두라는 소방대장의 호소가 딸린 기사였다.

몇 주 동안 마을의 온갖 것들이 폭발로 날아갔다. 독립기념일 이틀 전에 처음 시작되었던 폭발사건은 휴일 이후에도 한참 동안 지속되었고 빈도 또한 더욱 잦아졌다. 테리 페리시와 친구 에릭 해니티는 주 용의자는 아니었다. 그들은 자기 물건 말고 남의 재산은 파괴한 적이 없었고, 새벽 1시에 폭주족처럼 차를 몰며 우편함을 폭파하기에는 너무 어렸다.

하지만.

하지만 에릭과 테리는 에릭의 사촌 제레미 리그가 시브룩 해안에 있는 폭탄 창고로 들어가 마흔여덟 개의 체리 폭탄이 든 상자를 가지고 나왔을 때 그 자리에 있었다. 제레미는 청소년보호법에 따라 이런 폭발물이 제한되기 전이었던 호시절에 제조된 폭탄들이라고 했다. 제레미는 그중 여섯 개를 늦은 생일선물이라고 하면서 에릭에게 주었지만 진짜 이유는 불쌍해서였다. 에릭의 아버지는 1년 넘게 일자리가 없었고 몸도 온전치 않았다.

폭발물이 역병처럼 한창 창궐하여 절정에 이르던 시점, 제레미의 인내심은 바닥이 났다. 그 여름에 터졌던 수많은 폭탄 전부가 출처를 추적해 올라가면 제레미에게 닿을 것이기 때문이었다. 어쩌면 제레미가 그 폭탄을 산 건 그저 다른 아이들도 사기 때문에, 그렇게 해야 했기 때문일 것이다. 어쩌면 감염에는 여러 지점이 있었을지도 모른다. 이그는 그 근원들을 전혀 알지 못했고 결국에는 전혀 중요하지도 않았다. 이것은 악이 세상에 어떻게 왔을까, 사람이 죽으면 어떻게 되나 궁금해 하는 것과 같았다. 흥미로운 철학 연습문제이긴 했지만 악과 죽음은 왜,

어째서, 무슨 의미인지와 상관없이 일어나기 때문에 기묘할 정도로 무의미했다. 중요한 것은 8월 초까지 에릭과 테리 둘 다 기드온에 있는 다른 10대 소년들처럼 폭발로 물건들을 날려버리는 데 재미 들렸다는 것뿐.

폭탄은 '이브의 체리'라는 이름으로, 야생능금만 한 크기에 벽돌처럼 결이 고운 빨간 공이었다. 옆에는 알몸이나 다름없는 여자의 실루엣이 찍혀 있었는데, 풍만한 가슴에 몸매 비율이 비현실적으로 소녀 같은 여자의 그림이었다. 젖이 수구 공만 한데도, 말벌 같은 허리는 허벅지보다 얇았다. 여자가 일말의 예의를 차리려는 듯 단풍잎 같은 걸로 가랑이 부위를 가리고 있었기 때문에, 에릭 해니티는 여자가 토론토 메이플 리프스 하키팀 팬이거나 가슴에 불붙여 달라고 부탁하는 헤픈 프랑스계 캐나다 계집이라고 결론을 내렸다.

에릭과 테리는 에릭네 차고에서 처음으로 폭탄을 썼다. 둘은 쓰레기통에 체리 폭탄을 하나 던져 넣고 내뺐다. 뒤따른 폭발에 쓰레기통이 넘어져 콘크리트 바닥 위를 데굴데굴 굴렀고 뚜껑은 지붕 서까래까지 날아갔다. 뚜껑이 땅으로 떨어졌을 때는 모락모락 연기가 피어올랐고 흡사 누가 반으로 접으려고 했던 것처럼 가운데가 구부러졌다. 그 자리에 없던 이그는 테리 형으로부터 자초지종을 들었는데, 귀가 너무 울려서 서로 고함치는 소리도 못 들을 정도였다고 했다. 연쇄폭파의 희생물들이 뒤따랐다. 사람 크기의 바비 인형, 폭탄을 구멍 안에 테이프로 붙여 넣고 언덕 아래로 굴렸던 폐타이어, 수박. 이그는 문제의 폭파가 있었던 날에 한번도 그 자리에 있지 않았지만, 항상 형이 장황하게 얘기해주며 빠진 부분을 전부 채워주었다. 가령 바비 인형을 폭파했을 때는 까맣게 그을린 발만 남았고 그 발이 하늘에서 떨어져 에릭네 집 까만 아스팔트 위로 덜거덕 구르며 몸도 없이 탭댄스를 추었다든가, 타이어 타는 냄새가 너무 지독해서 맡은 사람들 전부가 어지럽고 속이 메슥거렸다든가, 에릭 해니티가 수박 옆에 지나치게 가까이 서 있었던 탓에 폭발 후에 수박 비를 뒤집어썼다든가 하는 얘기들이었다. 세세한 부분이 무척 짜릿하고 괴로울 정도로 자극적이어서, 8월 중순쯤 되자 이그는 자기도 뭔가 공중으로 날아가는 모습을 보고 싶어 필사적이었다.

어느 날 아침 식품 저장고에 들어갔던 이그는 테리 형이 12킬로그램이나 나가는 냉동 버터볼 칠면조를 학교 배낭에 쑤셔 넣고 지퍼를 올리려 낑낑대는 모습을 보자마자 무슨 용도일지 직감했다. 이그는 데려가달라고 조르지도 않았고, 데려가지 않으면 엄마에게 이를 거라는 협박으로 협상을 시도하지도 않았다. 대신 테리가 배낭에 칠면조를 쑤셔 넣느라 애쓰는 모습을 바라보다가 칠면조가 들어가지 않을 게 확실해지자 보통이를 만들어야 한다고 말했을 뿐이었다. 이그는 옷 걸어두는 방에서 윈드브레이커 점퍼를 가져왔고 칠면조를 그 안에 넣은 다음 돌돌 말아서 팔소매를 형과 각각 한 짝씩 들었다. 칠면조를 사이에 두고 앞뒤로 서서 나르니 훨씬 수월하게 들고 갈 수 있었고, 덕분에 이그도 자연스레 같이 가게 되었다.

보통이는 동네 숲 가장자리까지만 들고 갔다. 옛날 주물공장으로 이어지는 오솔길에 도착하자마자 이그는 길옆의 늪에 반쯤 빠져 있는 쇼핑카트를 발견했다. 오른쪽 앞바퀴가 심히 삐걱거리고 녹이 슬어 껍질이 벗겨져 풀풀 날렸지만, 칠면조를 싣고 2.5킬로미터 정도는 너끈히 갈 만했다. 테리는 이그에게 뒤를 밀도록 했다.

오래된 주물공장은 길게 뻗은 중세 본성처럼 생긴 검은 벽돌 건물로, 한쪽 끝에는 배배 꼬인 거대한 굴뚝이 솟아 있었고, 벽에는 한때 창문 역할을 했던 구멍들이 스위스 치즈처럼 송송 뚫렸다. 주변에는 옛날 주차장 자리가 몇 천 제곱미터씩 뻗어 있었고, 머캐덤 포장도로는 거의 분해될 정도까지 금이 가서 그 사이로 무성한 풀숲이 자라나 있었다.

그날 오후에는 그곳이 북적댔다. 폐허 속에서 스케이트보드를 타는 아이들이 있고, 저 뒤 쓰레기통에서는 불이 타올랐다. 10대 부랑아 한 무리(남자애 둘과 못난이 여자애 한 명)가 불꽃 주변에 서 있었다. 그중 한 명은 막대기에 이상하게 생긴 비엔나소시지 같아 보이는 걸 꿰어 들고 있었다. 그것은 검게 그을려 휘었고 달콤한 파란 연기를 쏟아냈다.

"저거 봐라."

여자애가 말했다.

엉덩이가 보일 정도로 청바지를 내려 입고, 여드름이 다닥다닥 난 통통한 금발 여자애였다. 이그도 아는 애였다. 같은 학년이었다. 글레나인가 뭔가 하는 이름이었다.

"여기 저녁거리가 오네."

"씹할 추수감사절인가 보네."

'지옥으로 가는 고속도로'라고 쓰인 티셔츠를 입은 남자애가 말했다. 남자애는 쓰레기통에서 타는 불 근처를 대충 가리켜 보였다.

"맛깔난 고깃덩어리 저기 던져 넣어."

이그는 고작 열다섯 살이었고 나이가 더 많은 낯선 애들 사이에 있으려니 어쩔 줄 몰라 아무 말도 할 수 없었다. 벌써 천식 발작이 일어난 것처럼 기도가 오그라들었다. 하지만 테리는 태연했다. 이그보다 두 살 많고 연습면허증도 갖고 있었던 테리는 벌써부터 청중을 웃길 줄 아는 약삭빠르고 우아한 태도와 진지한 쇼맨십을 지니고 있었다. 테리는 두 사람의 대표로 말을 했다. 언제나 테리가 대표였다. 그것이 테리의 역할이었다.

"저녁거리가 다 됐나 본데." 테리는 막대기에 낀 것을 고갯짓으로 가리켰다. "너희 핫도그가 타겠다."

"이거 핫도그 아냐!" 여자애가 뺵 소리를 질렀다. "이거 똥이야. 게리는 개똥을 굽고 있다니까!"

그러더니 허리를 굽히고 악을 쓰듯 웃었다. 여자애의 청바지는 낡아서 해졌고 너무 작은 홀터넥 티셔츠는 케이마트에서 반값 할인하는 물건이었지만, 그래도 그 위에는 몸에 달라붙는 근사한 검은 가죽 재킷을 입었다. 다른 옷이나 날씨와는 어울리지 않아서 이그의 머릿속에 가장 먼저 떠오른 생각은 훔친 물건이리라는 것이었다.

"한입 먹을래?"

'지옥으로 가는 고속도로'라는 글씨가 쓰인 티셔츠를 입은 남자애가 물었다. 그 애는 불 속에 넣었던 막대기를 획 들어 테리 방향으로 내밀었다.

"아주 잘 익었어."

"아서라." 테리가 말했다. "난 고등학생인데 아직 동정이고, 관악대에서 트럼펫을 연주해. 게다가 내 거시기는 쪼만해. 그것만으로도 평생 먹을 똥 다 처먹은 거야."

부랑아들은 까르르 웃음을 터뜨렸다. 말의 내용이 웃겨서라기보다는 그 말을 한 사람이 테리였기 때문이었다. 날씬하고 잘생긴 아이, 성조기 문양이 있는 빛바랜 두건으로 덥수룩한 검은 머리를 넘긴 소년. 게다가 테리는 자기가 아니라 남 이야기를 하듯 명랑하고 쾌활한 어조로 말해서 한층 더 웃겼다. 테리는 다른 사람의 에너지를 자기 자신에게 돌리는 방식의 일환으로 유도에서 던지기를 하듯 농담을 던졌고, 유머가 향할 적당한 목표물을 찾지 못하면 기꺼이 자기를 향해 방아쇠를 당기곤 했다. 몇 년 후, 〈핫 하우스〉에서 인터뷰를 할 때 매우 효과를 볼 기술이었다. 테리는 클린트 이스트우드와 인터뷰하면서 자기 얼굴을 한 대 갈기고 부러진 코에 사인해달라고 농담을 쳤다.

'지옥으로 가는 고속도로'는 테리 너머, 깨진 아스팔트를 지나 이벨 크니벨 길 맨 꼭대기 위에 있는 소년을 쳐다보았다.

"어이, 토르노. 네 점심 다 됐다."

웃음이 더 터졌지만 여자애, 글레나만은 갑자기 불편해 보였다. 선로 맨 꼭대기에 있는 남자애는 이쪽에는 눈길 하나 보내지 않고 언덕 위를 내려다보면서 한쪽 겨드랑이에 낀 커다란 마운틴보드*를 꼭 붙잡고 있었다.

"너 내려올 거냐?" 대답이 없자, '지옥으로 가는 고속도로' 가 소리를 질렀다. "아니면 불알 두 쪽도 요리해주랴?"

"와, 리!" 여자애가 격려하듯 한 주먹을 허공으로 번쩍 쳐들면서 외쳤다. "휙 내려와!"

선로 꼭대기에 서 있던 남자애는 경멸하는 표정으로 짧게 여자애를 쳐다보았다. 그 순간 이그는 소년이 누군지 알아보았다. 성당에서 봤던 애였다. 어린 시저. 성당에서 맸던 넥타이를 여전히 매고 있었다. 거기에 칼라에 단추가 달린 셔츠와 카키색 반바지를 입었으며, 맨발에 컨버스 하이톱 운동화를 신었다. 마운틴보드를 든 덕분에 그 의상이 모호하게 획기적으로 보였다. 넥타이를 매고 있다는 것 자체가 역설적인 가장처럼 느껴졌고, 마치 펑크 밴드의 리드 싱어가 입을 만한 의상 같았다.

"쟨 못 내려와." 쓰레기통 옆에 서 있던 다른 소년, 머리가 긴 남자애가 말했다. "염병할, 글레나. 쟤가 너보다도 더 구멍이 헐렁할 거다."

"좆 까."

글레나가 대꾸했다. 쓰레기통 옆에 모여 있는 무리에게 글레나 얼굴에 떠오른 상처 입은 표정은 그저 웃길 따름이었다. '지옥으로 가는 고속도로' 는 얼마나 웃어댔는지 그 바람에 막대기가 흔들렸고 익어버린 똥이 불길 속으로 떨어졌다.

테리는 이그의 팔을 슬쩍 쳤고 두 소년은 계속 갔다. 이그는 이 자리를 뜨는 게 그다지 아쉽지 않았다. 거기 모인 아이들에게는 참을 수 없이 슬픈 게 있다는 생각이 들었다. 그 애들은 아무 할 일이 없었다. 이들의 여름날이라는 게 모아봤자 고작 이게 다라니, 끔찍한 일이었다. 태운 똥과

---

* 산악용 스케이트보드.

상한 마음뿐이라니.

두 소년은 호리호리한 금발 소년(아마도 리 토르노라는 이름일 아이)에게 다가갔다. 이벨 크니벨 길 꼭대기에 올라갈 때는 속도를 줄였다. 여기서부터 언덕은 급격히 가파르게 떨어지며 검은 소나무들 사이에 진청색으로 넘실대는 강으로 이어졌다. 한때는 흙길이었지만 사람이 차를 몰고 내려간다는 것을 상상하기 힘들 정도로 가파르게 깎여서 공중제비를 하기에는 이상적인, 아찔한 비탈이었다. 녹이 슨 하수관 두 개가 땅 위로 반쯤 드러났는데, 그 사이로 땅이 꽉꽉 밟혀 다져진 홈이 나 있었다. 산악자전거 수천 대와 맨발 수만 개가 어찌나 눌러놨던지 반들반들할 정도였다. 사람들이 강에 뭘 던져 넣든 상관하지 않았던 30년대와 40년대에는 주물공장에서 이 하수관을 찌꺼기를 흘려보내는 용도로 사용했다고 베라 할머니는 말했다. 하수관은 석탄차나 롤러코스터가 없다 뿐이지, 광산 선로나 열차궤도 같기도 했다. 하수관 양쪽은 햇볕에 익은 진흙이 부서지고 돌과 쓰레기가 삐죽삐죽 솟아난 길이었다. 하수관 사이 꽉꽉 다져진 길은 쭉 타고 내려오기에 아주 좋았고, 이그와 테리는 리 토르노가 내려오기를 기다리며 걸음을 늦추었다.

하지만 리는 내려오지 않았다. 당최 내려오려 하질 않았다. 리는 보드를 땅에 놓고(코브라가 그려진, 크고 두꺼우며 우둘투둘한 타이어가 달린 보드였다) 잘 굴러가나 보는 것처럼 한 발을 대고 앞뒤로 밀기만 했다. 리는 주저앉더니 보드를 들고 한쪽 바퀴의 회전을 확인해보는 척했다.

부랑아 아이들만 리를 못살게 구는 건 아니었다. 에릭 해니티와 삼삼오오 흩어져 있는 남자애들이 언덕 발치에 서서 리를 샛눈으로 보면서 이따금 비아냥대는 고함을 질렀다. 누가 리를 향해 남성용 탐폰이라도 넣고 가라고 소리를 질렀다. 쓰레기통 너머에서 글레나가 다시 한 번 소리를 질렀다.

"타고 내려와, 카우보이!"

하지만 떠들썩한 응원 뒤에는 왠지 필사적인 기색이 느껴졌다.

"뭐," 테리가 리 토르노에게 말했다. "뭐 이런 거야. 평생 절름발이로 살든가, 얼간이로 살든가."

"그게 무슨 뜻이야?"

리가 물었다.

테리는 한숨을 쉬었다.

"너 내려갈 거냐고?"

이그는 산악자전거를 타고 그 길을 여러 번 내려간 적이 있었다.

"괜찮아. 무서워할 것 없어. 하수관 사이 길이 아주 매끄럽거든, 그러니까……."

"무서워서 그러는 거 아냐."

리는 이그가 자기를 비난이라도 한 양 반박했다.

"그럼 내려가봐."

테리가 말했다.

"바퀴 하나가 안 돌아가."

리는 대답했다.

테리는 웃었다. 그것도 얄밉게.

"가자, 이그."

이그는 카트를 밀고 리 토르노 옆을 지나쳐 하수관 사이의 도랑으로 들어갔다. 칠면조를 본 리는 말하진 않았지만 궁금하다는 듯 눈썹을 찌푸렸다.

"우리 이거 터뜨릴 거야." 이그가 말했다. "와서 구경해."

"쇼핑카트에 애기 앉는 자리도 있다. 타고 싶으면 타든가."

테리가 덧붙였다.

너무 야비한 말이었기 때문에 이그는 리가 안쓰러워 그 애를 보며 얼굴을 찡그렸지만, 리는 엔터프라이즈 호의 선교에 선 스팍*처럼 무표정했다. 리는 보드를 가슴에 끌어안은 채로 옆으로 비켜서서 지나가는 두 형제를 쳐다보았다.

언덕 발치에 서 있는 남자애들은 그들을 기다렸다. 여자애들도 두 명 껴 있었다. 나이가 좀 많은 누나들, 대학생은 될 법한 여자애들이었다. 여자애들은 남자애들이랑 있지 않고 비키니 브라와 무릎께에서 자른 청바지 차림으로 코핀록 위에서 일광욕을 하는 중이었다.

코핀록은 해변에서 120미터 떨어진 곳에 있는 넓적하고 흰 바위로, 햇빛을 받아 타오르고 있었다. 강 상류로 가면서 점점 줄어드는 모래톱 위에 여자애들의 카약이 정박되어 있었다. 바위 위에 길게 누운 여자애들의 모습을 보니 이그는 세상을 다 사랑할 수 있을 것 같았다. 갈색머리에 보기 좋게 그을린 몸, 다리가 긴 여자애 둘(자매 같았다)은 소곤거리며 남자애들을 흘끔흘끔 쳐다보았다. 비록 이그는 등을 돌리고 있었지만 강둑에 떨어지는 빛의 원천이 태양이 아니라 그 여자애들인 것인 양 의식이 되었다.

이 광경을 구경하러 모인 소년들은 여남은 명이었다. 소년들은 물 위에 드리워진 나뭇가지 위나 산악자전거에 걸터앉았고, 혹은 넓적한 바위 위에 올라가 무심한 척했다. 아이들은 모두 냉담하고 기분 나쁜 표정을 지으려 애썼다. 바위 위에 있는 여자애들이 일으킨 또 다른 부작용이었다. 남자애들은 모두 다른 애들보다 어른인 척하려고 했다. 그 자리에 있기에는 너무나 어른인 척. 그렇게 뚱한 표정과 무심한 태도로, 그 자리에 와 있는 까닭은 그저 남동생을 돌봐야 하기 때문일 뿐이라는 인상을 주려 했다.

테리는 정말로 남동생을 돌보는 중이라고 해도 무방했기 때문에 유쾌한 표정을 지어도 되었다. 테리는 냉동 칠면조를 카트에서 꺼내 에릭 해니티 쪽으로 가지고 갔다. 에릭은 근처 바위에 앉아 있다가 엉덩이를 털

* 〈스타트렉〉 시리즈의 등장인물.

며 일어났다.

"그 망할 것 구워버려."

해니티가 말했다.

"이게 진짜 칠면조 다리지."

테리의 말에 몇몇 소년들이 자신도 모르게 웃음을 터뜨렸다.

테리 또래의 에릭 해니티는 입이 거칠고 버릇없고 퉁명스러운 불량아였지만, 손 하나는 재서 미식축구도 잘하고 낚싯대도 잘 던지고 작은 모터도 잘 고쳤으며 남을 납작하게 눌러주는 솜씨도 끝내줬다. 에릭 해니티는 슈퍼영웅이었다. 덤으로 아버지가 전직 주 경찰관이었는데, 실제로 총을 맞은 적도 있었다. 물론 총싸움을 하다가 맞은 건 아니고 막사에서 사고를 당했다. 근무 사흘째 되는 신참 경관이 장전된 .30-06 스프링필드 소총을 떨어뜨리는 바람에 총탄이 브렛 해니티의 복부에 박혔다. 현재 에릭의 아버지는 야구카드를 취급하는 사업을 하고 있었지만, 근처에서 오래 산 이그는 에릭 아버지의 진짜 사업이 보험회사와 10만 달러짜리 보험금을 두고 싸우는 일이라는 것을 감 잡았다. 언젠가는 받게 될 그 보험금은 아직 모습을 드러내지 않았다.

에릭과 테리는 냉동 칠면조를 오래된 나무 둥치까지 질질 끌고 갔다. 가운데가 썩어서 축축한 구멍 같은 게 생긴 나무였다. 에릭은 한쪽 발을 칠면조 위에 올려놓고 발로 밀었다. 칠면조는 꽉 꼈고 기름과 껍질이 구멍 가장자리에 쏠려 뭉쳤다. 두 다리의 생살 속에 싸인 분홍색 뼈가 억지로 끼어 들어가면서 칠면조의 텅 빈 속이 하얀 항문처럼 오므라졌다.

에릭은 주머니에서 마지막으로 남은 체리 폭탄 두 개를 꺼내더니 하나는 옆으로 밀어두었다. 그는 옆에 놓은 폭탄을 집은 소년과 주변에 모인 다른 소년들을 무시하고 자기 손의 폭탄을 빤히 내려다보며 감상하는 듯한 소리를 냈다. 이그는 에릭이 여분의 체리 폭탄을 내려놓은 것은 정확히 이런 반응을 얻기 위해서라는 인상을 받았다. 테리는 다른 폭탄을 받아 칠면조 안에 쑤셔 넣었다. 대략 15센티나 되는 도화선은 칠면조의 꽁무니, 오므린 구멍에서 음란하게 삐죽 튀어나왔다.

"너희 어디 숨는 게 좋을걸." 에릭이 말했다. "아니면 저녁식사로 칠면조를 흠뻑 뒤집어쓰게 될 테니까. 다른 폭탄 내게 돌려줘. 어떤 놈이든 내 마지막 체리를 가지고 도망가려고 했다간 똥구멍에 폭탄이 박히는 게 칠면조만이 아닐 거다."

소년들은 흩어져서 강둑 바닥에 웅크리거나 나무 밑동 뒤로 피신했다. 아무리 무심한 척하려고 안간힘을 써도, 이제 소년들 머리 위에는 초조한 기대감이 헬륨 가스처럼 공중에 떠 있었다. 바위 위의 여자애들도 뭔가 일어나기 직전이라는 걸 알았는지 흥미를 보였다. 그중 한 명은 무릎을 꿇고 한 손으로 눈을 가리면서 테리와 에릭을 쳐다보았다. 이그는 찌르르한 갈망을 느끼면서 그 여자애가 형 대신 자기를 쳐다볼 핑계라도 있기를 바랐다.

에릭은 한쪽 발을 나무 둥치에 올려놓고 라이터를 꺼내더니 손목을 휙 꺾어 불을 켰다. 도화선에 하얀 불이 붙어 타다닥 타오르기 시작했다. 에릭과 테리는 정말 불이 붙을지 의심스러운 것처럼 곰곰이 내려다보며 그 자리에 잠깐 서 있었다. 그런 후에 전혀 서두르지 않고 천천히 물러섰다. 그 모습이 썩 괜찮아 보이는 게 약간 공을 들여 연기하는 티가 좀 났다. 에릭은 다른 사람들에게 피하라고 말했고 모두들 그 말을 따라 도망쳤다. 그 덕에 에릭과 테리는 외려 강철 같고 담대해 보였다. 폭탄에 불을 붙이기 위해 뒤에 남았다가 폭파지점에서 서두르지 않고 천천히 물러서는 모습이. 두 소년은 스무 발짝 정도 걸었지만 몸을 웅크리지도 뒤에 숨지도 않았다. 고깃덩어리에서 눈을 떼지 않고 바라볼 따름이었다. 도화선은 3초쯤 바작바작 타오르다가 뚝 멈췄다. 그런 다음에는 아무런 일도 벌어지지 않았다.

"제길." 테리가 욕설을 내뱉었다. "젖어서 그런가 봐."

테리는 나무 밑동 쪽으로 한 발짝 도로 다가갔다.

에릭이 팔을 잡았다.

"잠깐 있어봐. 가끔은……."

하지만 이그는 뒷말을 듣지 못했다. 아무도 듣지 못했다. 리디아 페리시의 12킬로그램짜리 버터볼 칠면조는 폭발로 산산조각이 났다. 소리가 어찌나 컸던지, 어찌나 갑작스럽고 거셌던지 바위 위에 누웠던 여자애들은 비명을 질렀다. 이그도 소리 지를 뻔했지만 폭발 때문에 약한 폐에서 공기가 다 빠져나가 식식 소리만 날 뿐이었다.

칠면조는 활활 타오르는 불꽃 속에서 산산이 찢어졌다. 나뭇등걸 반도 폭발로 떨어져나갔다. 연기가 풀풀 오르는 나무조각들이 공기 중에서 소용돌이쳤다. 하늘이 맑아지더니 고깃덩어리가 비처럼 쏟아졌다. 덜렁대는 분홍색 살조각이 그대로 붙어 있는 뼈들도 가랑비처럼 내리며 나뭇잎 사이로 우르르 떨어졌고 땅에 부딪쳐서 통통 튀었다. 칠면조 부위가 강속으로 퐁당퐁당 떨어졌다. 남자애들은 나중에 이 이야기를 전하면서 코핀록에 앉아 있던 여자애들이 생칠면조 고깃덩어리를 뒤집어썼고, 그 섬뜩할 〈캐리〉에 나오는 여자애처럼 피를 흠뻑 맞았다고 우겼지만 이 말은 허풍이었다. 아무리 멀리 날아간 고기조각이라도 바위에서 6미터는 족히 넘는 자리에 떨어졌을 것이다.

이그는 귀에 이불솜을 틀어막은 느낌을 받았다. 누가 흥분해서 소리를 질러댔지만 저 멀리 떨어진 자리였다. 적어도 이그에게는 그렇게 들렸다. 하지만 어깨너머로 돌아보니 비명을 지른 여자애가 바로 뒤에 서 있었다. 근사하게 근사한 가죽 재킷과 가슴 윤곽이 다 드러나는 탱크톱을 입은 글레나였다. 글레나는 리 토르노 옆에 서서 소년의 손가락 두 개를 한 손으로 잡고 있었다. 다른 손은 공중으로 높이 쳐들고 주먹 관절이 하얘지도록 꽉 움켜쥐었다. 승리의 제스처치고는 촌스러웠다. 리는 글레나가 하는 짓을 알아차리자 아무 말 없이 손가락을 슬그머니 뺐다.

다른 소리들이 적막 속으로 밀려들었다. 함성, 야유, 웃음. 칠면조조각이 마지막 하나까지 떨어지자 소년들은 피난처에서 나와 주위를 뛰어다녔다. 몇몇은 부서진 뼈를 집어 하늘 높이 던진 다음 웅크리는 척하며 폭파 순간을 재현했다. 다른 소년들은 방금 지뢰를 밟아 공중으로 날아가는 흉내를 내며 낮은 나뭇가지 위로 뛰어올랐다. 소년들은 나뭇가지를 앞뒤로 흔들면서 깔깔 웃어댔다. 한 소년은 춤을 추고 돌아다니면서 괜히 기타 치는 흉내를 냈다. 자기 머리에 칠면조 생살이 붙어 있다는 사실은 전혀 모르는 듯했다. 마치 자연 다큐멘터리에 나오는 한 장면 같았다. 바위 위에 있는 여자애들에게 좋은 인상을 주겠다는 생각은 적어도 그 순간만큼은 중요하지 않았다. 어쨌든 대다수의 소년들에게는 그랬다. 칠면조가 폭발하자마자 이그는 여자애들이 괜찮은지 보려고 바위 쪽을 살폈다. 이그는 아직도 그쪽을 쳐다보았다. 여자애들은 일어서서 웃으며 조잘댔다. 그중 한 명이 강 하류를 보면서 고개를 끄덕였고 모래톱에 정박된 카약을 향해 걸어갔다. 이제 곧 그 자리를 뜰 것 같았다.

이그는 여자애들을 그 자리에 머무르게 할 묘책을 생각해내려 했다. 앞에 쇼핑카트가 있어서 그걸 길 위 몇 미터까지 끌고 올라갔다가 카트 뒤에 타고 언덕 아래로 내려왔다. 몸을 움직여야 더 좋은 생각이 나기 때문에 그동안이라도 시간을 때우자는 생각이었다. 몇 번씩 이렇게 반복했지만 머릿속 생각에 깊이 빠져 자기가 무엇을 하는지도 몰랐다.

에릭과 테리, 다른 소년들은 폭발 피해가 얼마나 되는지 보려고 나뭇등걸 주위로 삼삼오오 몰려들었다. 에릭은 마지막 남은 체리 폭탄을 한 손으로 잡고 굴렸다.

"이젠 뭘 또 날려버리려고?"

누군가 물었다.

에릭은 생각에 잠겨 얼굴만 찌푸렸을 뿐 대답하지 않았다. 주변의 소년들은 여러 제안을 내놓기 시작했고 마침내는 자기 목소리가 묻히지 않게 악까지 썼다. 누구는 햄을 가져와서 날려버리자고 했지만 에릭은 고개를 저었다.

"고기는 벌써 해봤잖아."

다른 소년은 체리를 자기 여동생의 더러운 기저귀에 넣어야 한다고 주장했다. 세 번째 소년이 꼬마가 그 기저귀를 차고 있으면 하자고 해서 다들 와르르 웃음을 터뜨렸다.

질문이 되풀이되었다. 이제 뭘 날려버리지? 이번에는 에릭이 마음을 정하는 동안 잠시 적막이 흘렀다.

"아무것도 안 해."

에릭은 대답하고 체리 폭탄을 주머니에 넣었다.

모여든 소년들은 실망해서 소리를 질렀지만, 테리는 이 장면에서 자기역할을 잘 알고 찬성하는 뜻으로 고개를 끄덕였다.

그러자 소년들은 꼬드기며 거래를 시도했다. 한 아이는 아버지의 포르노랑 바꾸자고 했다. 다른 아이는 아버지가 직접 찍은 섹스 비디오와 바꾸자고까지 했다.

"진짜, 우리 엄마는 그거 할 때 보니까 좆나 화끈한 거 있지."

소년이 말하자 다른 아이들은 하나둘씩 참지 못하고 웃음을 터뜨렸다.

"그런다고 내가 마지막 폭탄을 넘겨줄 것 같냐." 에릭이 말했다. "너희 호모 새끼들이 저 쇼핑카트에 올라가 벌거벗고 언덕에서 내려오면 모를까."

에릭은 엄지로 어깨너머 이그와 쇼핑카트를 가리켰다.

"내가 언덕에서 타고 내려올게." 이그가 말했다. "벌거벗고."

모든 사람의 고개가 돌아갔다. 이그는 에릭 주변에 아이들이 모여 있는 곳에서 몇 미터 떨어진 자리에 있었기 때문에 처음에는 아무도 누가 말했는지 알지 못했다. 그런 후에는 웃음이 터졌고 몇몇은 못 믿겠다는 듯 야유를 보냈다. 어떤 아이가 칠면조 다리를 이그에게 던졌다. 이그가 고개를 수그리자 다리는 머리 너머로 날아갔다. 이그가 고개를 들자 에릭 해니티가 마지막 체리 폭탄을 이 손에서 저 손으로 던지면서 자기를 뚫어져라 쳐다보고 있는 모습이 보였다. 테리는 에릭 바로 뒤에 서 있었다. 형은 돌처럼 굳은 얼굴로 남들이 알아채지 못하게 살짝 고개를 흔들었다. 아니, 하면 안 돼.

"진심이냐?"

에릭이 물었다.

"내가 옷을 안 입고 언덕에서 저거 타고 내려오면 폭탄 줄 거야?"

에릭 해니티는 실눈을 뜨고 잠깐 재보았다.

"곧바로 내려와야 해. 벌거벗고. 카트가 바닥에 닿지 못하면 아무것도 못 줘. 네 등짝이 뽀개지든지 말든지 그런 건 좆나 상관없고."

"야." 형이 말했다. "네가 하도록 가만두고 볼 것 같냐. 네 하얀 엉덩이가 까지기라도 하면 엄마한테 뭐라고 하나?"

이그는 흥에 젖은 고함들이 잦아들기를 기다렸다 간단하게 대답했다.

"저 언덕에선 안 다칠 거니까 괜찮아."

에릭 해니티가 말했다.

"너 거래한 거다. 나 이 꼴을 꼭 봐야겠어."

"잠깐, 잠깐만. 잠깐만 기다려."

테리는 웃으면서 한 손을 허공에 흔들었다. 형은 이그가 있는 마른땅으로 걸어와서 카트를 돌아 동생의 팔을 잡았다. 테리는 싱긋 웃는 얼굴이었지만 이그의 귀에 몸을 바짝 붙이고 말할 때의 목소리는 낮고 매서웠다.

"너 죽을래? 네 거시기를 펄럭이면서 언덕을 내려올 수 있을 거 같아? 그랬다간 우리 둘 다 저능아처럼 보일 거야."

"왜? 여기서 발가벗고 다이빙한 적이 처음도 아니고. 얘들 반이 내가 옷 안 입은 모습 본 적 있고. 나머지 반은," 이그는 아이들이 모여 있는 쪽을 흘끔 쳐다보았다. "자기들이 이제까지 못 본 걸 아쉬워하겠지."

"이걸 타고 언덕 아래로 제대로 내려갈 가능성은 전혀 없어. 이거 쇼핑 카트라고, 이그. 이렇게 바퀴가 달렸잖아."

테리는 엄지와 집게손가락을 구부려 오케이 사인을 했다.

이그가 대답했다.

"난 할 수 있어."

테리는 화나고 좌절한 나머지 비웃는 표정을 지었다. 입술이 벌어지고 이가 드러났다. 하지만 눈은, 눈만은 두려운 빛이 역력했다. 테리의 마음 속에서는 이그가 언덕 옆에 처박혀 얼굴 반이 날아가거나, 언덕 반쯤 내려 오다 말고 넘어져서 팔다리가 이리저리 얽힌 채로 울부짖는 꼬락서니가 펼쳐지는 모양이었다. 이그는 형에게 애정 어린 동정 비슷한 기분을 느꼈 다. 테리는 침착한 인간이었다. 언제나 이그보다 침착했지만 이번에는 무 서움을 느꼈다. 공포 때문에 시야가 좁아져서 자기가 잃게 될 것 이외에는 아무것도 보지 못했다. 이그는 애초부터 그렇게 생겨 먹지 않았다.

에릭 해니티가 직접 앞으로 나섰다.

"하고 싶은 대로 하게 놔둬. 네 엉덩이가 까지는 것도 아니잖아. 쟤 엉 덩이야 까질지도 모르지. 하지만 네 건 아니잖아."

테리는 이그와 말씨름이 아니라 눈싸움을 벌이며 좀 더 말리려 했다. 하지만 테리는 옆에서 슬며시 코웃음 치는 소리에 시선을 돌렸다. 리 토 르노가 몸을 돌려 한 손으로 입을 가리고 글레나에게 속삭이고 있었던 것이다. 하지만 웬일인지 그 순간 언덕 일대가 영문 모르게 조용해서 리 의 목소리는 3미터 반경에 있던 모든 사람에게 똑똑히 들렸다.

"구급차가 와서 저 굼벵이를 싣고 갈 때 옆에 있으면 곤란하잖아……."

테리가 리를 향해 빙그르르 돌았다. 분노 때문에 얼굴이 일그러졌다.

"야, 넌 어디 갈 생각 마. 쫄아서 타고 내려오지도 못하는 그 잘난 마운 틴보드 들고 거기 꼼짝 말고 서서 쇼나 구경하라고. 진정한 남자 물건이 어떻게 생겼는지 보고 싶을 테니까. 똑똑히 봐둬."

　그 자리에 모인 소년들은 깔깔 웃음을 터뜨렸다. 리 토르노의 뺨이 달아오르다 못해 시뻘겋게 되었다. 이그는 사람에게서 그런 얼굴색은 처음 보았다. 디즈니 만화영화에 나오는 악마 얼굴색이었다. 글레나는 남자친구를 못마땅해 하는 것 같기도 하고 약간 역겨워 하는 것 같기도 한 표정으로 쳐다보더니, 지질한 태도가 전염이라도 될지 모른다는 듯 리에게서 한 발짝 떨어졌다.

　그 뒤에 이어진 떠들썩한 소란 속에서 이그는 테리에게 붙들렸던 한 팔을 슬며시 빼고 카트를 언덕 위로 밀고 올라갔다. 이그는 길옆에 난 잡초 사이로 카트를 밀고 들어갔는데, 뒤에서 비탈을 올라오는 소년들이 자기가 알고 있는 것을 알아내거나, 본 것을 보기를 원하지 않았기 때문이었다. 이그는 에릭 해니티가 물러설 기회를 주고 싶지 않았다. 관중들은 밀치락달치락 고성을 질러대며 서둘러 뒤따라왔다.

　얼마 가지 않아 카트의 작은 바퀴가 풀숲에 걸려 한쪽으로 휙 휘었다. 이그는 제대로 돌리려고 애썼다. 뒤에서는 또 새로이 흥에 겨운 탄성이 터졌다. 테리가 씩씩하게 이그 쪽으로 걸어오더니 고개를 절레절레 저으며 카트 앞을 잡아서 똑바로 돌려주었다. 테리 형은 숨을 죽이고, '젠장' 하며 욕설을 내뱉었다. 이그는 카트를 밀면서 계속 걸어나갔다.

　몇 걸음 더 걸어가니 언덕 정상에 이르렀다. 이미 해치우기로 작정했기 때문에 망설이거나 창피해 할 이유가 없었다. 이그는 카트를 놓고 바지 고무줄을 잡아 팬티와 함께 휙 내리면서 언덕 아래에 있는 소년들에게 야위고 흰 엉덩이를 내보였다. 충격과 과장된 혐오감이 동시에 섞인 소리가 터져나왔다. 몸을 쭉 폈을 때 이그는 씩 웃었다. 심장 박동이 빨라졌지만 빨리 걷다가 가볍게 뛰는 걸음으로 바꿨을 때처럼 아주 조금뿐이었다. 다른 사람보다 먼저 택시를 잡으려고 서두르는 사람 정도. 이그는 운동화를 벗지 않은 채로 반바지에서 다리를 빼고 셔츠도 벗어버렸다.

"뭐," 에릭 해니티가 말했다. "이제 부끄러워할 것 없어."

테리가 웃었지만 그 웃음에선 약간 쳇소리가 났고 시선은 다른 곳에 두었다. 이그는 돌아서서 관중들을 마주 보았다. 벌거벗은 열다섯 살 소년, 물건을 그대로 드러냈고 어깨는 오후의 태양에 빨갛게 익었다. 대기 중에 쓰레기통에 붙은 불에서 올라온 연기 한 줄기가 실려왔다. '지옥으로 가는 고속도로'는 장발 친구와 함께 아직도 쓰레기통 옆에 서 있었다.

'지옥으로 가는 고속도로'가 한 손을 들더니 새끼손가락과 집게손가락을 폈다. 악마의 뿔을 나타내는 보편적 상징이었다. 그는 외쳤다.

"씹할 새끼, 엿이나 먹어! 스트립쇼나 해라!"

웬일인지 이 말은 이제까지 했던 어떤 말보다 소년들에게 효과가 있었다. 몇몇은 공기로 전달된 독약에 대한 반응이라도 보이는 것처럼 배를 잡고 숨을 헐떡였다. 하지만 이그 본인은 테니스화 외에 아무것도 걸치지 않았는데도 이렇게 편안할 수 있다는 것에 스스로 놀라고 있었다. 다른 소년들 앞에서 옷을 벗고 있어도 전혀 거리낌이 없었고, 강으로 뛰어들기 전에 코핀록에 앉아 있는 여자애들이 아주 살짝이라도 볼지 모른다는 생각을 해도 전혀 걱정되지 않았다. 사실 그 생각을 하니 기분 좋은 흥분감이 명치까지 깊숙이 느껴지며 간질간질했다. 물론 벌써 보고 있는 여자애도 한 명 있었다. 글레나. 그 애는 군중들 뒤에 까치발로 서서 놀라움과 들뜸이 섞인 표정을 띠고 입을 떡 벌렸다. 남자친구 리는 옆에 있지 않았다. 다른 사람을 따라서 언덕 위로 올라오지 않은 걸 보니 진짜 남자의 물건이 어떻게 생겼는지 보고 싶지 않은 모양이었다.

이그는 카트를 앞으로 밀어 제자리에 맞추면서 올라탈 준비를 하기 위해 혼돈의 순간을 이용했다. 조심스레 쇼핑카트를 반쯤 묻힌 하수관에 맞추는 것을 아무도 유심히 보지 않았다.

언덕 발치에서부터 짧은 거리를 쇼핑카트를 타고 내려오면서 알아낸 사실은, 흙길 사이에 삐쭉 드러난 녹슨 하수관 두 개 사이의 너비가 대충

45센티미터이고, 쇼핑카트의 작은 뒷바퀴들이 거기 딱 들어맞는다는 것이었다. 양쪽으로 대략 0.5센티미터의 여유가 있어서 앞바퀴 한쪽이 흔들려 카트가 궤도에서 어긋나려 하면 하수관과 부딪쳐 다시 제자리로 돌아온다는 것도 깨달았다. 아주 가파른 둔덕길에 이르면 돌에 부딪쳐서 뒤집힐 가능성도 있었다. 하지만 궤도에서 벗어나 데굴데굴 구르지는 않을 것이다. 물론 벗어나지 않을 수도 있었다. 철로 위의 열차처럼 그 하수관 사이 안쪽을 쭉 내려갈 수도 있었다.

이그는 한쪽 겨드랑이 아래에 옷을 끼고 있다가 뒤를 보고 테리 형에게 던져주었다.

"옷을 가지고 어디 가면 안 돼. 곧 끝날 거니까."

"내 말이 그 말이야."

에릭이 말하자 또 키득대는 소리가 퍼져나갔다. 하지만 생각만큼 그렇게 대단한 환성을 이끌어내지는 못했다.

이제 결정적 순간이 되자, 이그는 카트 손잡이를 잡고 밀어낼 준비를 했다. 그때 구경하는 몇몇 소년들 사이에서 경계하는 표정을 보았다. 좀 더 나이가 많고 철이 든 아이들은 수수께끼 같은 미소를 살짝 띠었고 눈에는 걱정스러운 깨달음이 떠올랐다. 이 짓이 도를 넘어서 애가 심하게 다치기 전에 말려야 한다는 불편한 생각이 처음으로 든 듯했다. 이그는 지금 당장 가지 않으면 누군가 분별력 있게 항의를 할 것 같다는 예감이 들었다.

"이따가 봐."

이그는 누가 말리기 전에 선수를 쳤다. 그런 후에 카트를 앞으로 밀며 뒤에 가볍게 올라탔다.

원근법 습작으로 그릴 만한 장면이었다. 하수관 두 개가 언덕 아래로 내려가면서 점점 좁아져 한 점으로 모아졌다. 카트 위에 올라선 순간부터 이그는 거의 행복한 정적 상태에 뛰어들었다. 들리는 것이라고는 바퀴가 끽끽 긁히는 소리와 강철 몸체가 드르륵, 쿵 부딪치는 소리뿐이었다. 몸을 위로 들자 햇볕을 받아 다이아몬드가 반짝이는 듯한 놀즈 강의 검은 수면이 보였다. 바퀴는 하수관에 걸려 왼쪽, 오른쪽으로 덜거덕 굴러갔고 궤도를 벗어나지 않았다. 예상한 그대로였다.

순간 쇼핑카트에 속력이 붙어 꼭 붙잡을 수밖에 없었다. 멈출 수도 내릴 수도 없었다. 이렇게 빨리 가속이 붙을 줄은 미처 예상하지 못했다. 바람이 맨살을 에어 불에 타는 듯했다. 떨어질 때는 불붙은 이카로스가 된 기분이었다. 카트가 뭔가 네모진 돌에 부딪쳤고 왼쪽이 땅으로 기울어졌다. 이게 끝이었다. 이제 이그가 달리던 그 어마어마하고 치명적인 속도에서 카트는 뒤집히고, 벌거벗은 몸은 손잡이 위로 획 넘어가 땅에 피부가 쓸릴 것이며, 칠면조 뼈가 산산조각 났던 것처럼 온몸의 뼈도 갑자기 콱 터지듯 부서지리라. 하지만 왼쪽 앞바퀴가 하수관의 위쪽 곡선을 긁었고 다시 궤도 안으로 내려섰다. 점점 더 빨리 돌아가는 바퀴 소리가 미친 듯한 무음의 휘파람으로 커졌다가 광인의 피리 소리가 되었다.

고개를 들자 궤도 끝이 보였다. 하수관이 좁아져서 한 점으로 모이고 흙 경사로를 따라 강 속으로 곤두박질치기 직전이었다. 여자애들은 모래톱의 카약 옆에 서 있었다. 한 명이 이그를 가리켰다. 이그는 사람들 머리 위로 날아가는 상상을 했다. 헤이 디들디들 고양이와 바이올린과 이그가 달을 뛰어넘었네.*

카트는 하수관 사이에서 끽끽 비명을 질러댔고 발사대에서 솟구친 로켓처럼 경사로에서 획 떨어졌다. 카트가 먼지투성이 비탈길에 부딪힌 순간 이그는 공기 속으로 획 떠올랐다. 드넓은 하늘이 펼쳐졌다. 공이 글러브 속으로 쏙 들어가듯 이그는 햇빛 환한 한낮의 대기 속으로 들어갔고, 한순간 하늘이 부드럽게 그를 잡았다. 쇼핑카트가 덜커덕거리며 뒤로 팅

* 마더구스 라임. 원래 가사는 '헤이 디들디들 고양이와 바이올린과 소가 달을 뛰어넘었네.'

112

기자 강철 몸체가 얼굴에 부딪쳤고, 하늘은 이그를 떨어뜨리며 캄캄한
암흑 속으로 던져 넣었다.

13

물속에 있던 순간에 대해서는 파편적인 기억만 띄엄띄엄 떠오를 뿐이었다. 하지만 나중에 생각해보니 그 기억조차도 가짜였다. 무의식 상태였는데, 어떻게 기억이 남아 있겠는가?

기억나는 것이라고는 온통 컴컴한 암흑과 포효하는 잡음, 빙빙 도는 감각뿐이었다. 영혼들의 격류 안으로 쏟아졌다가 땅바닥과 어떤 질서의 감각으로부터 튕겨나와 또 다른 더 오래된 혼돈으로 빠져들었다. 이그는 죽음 뒤에 기다리고 있는 게 이것일지도 모른다는 생각에 소름이 끼쳤고 두려웠다. 지금 저 멀리 쓸려가는 느낌이었다. 삶에서뿐만 아니라, 하느님에게서, 하느님이라는 사상으로부터, 혹은 희망이나 이성, 상식적인 생각으로부터, 원인 다음에 결과가 오는 논리로부터 멀어지는 느낌. 이럴 리는 없을 거야. 이그는 느꼈다. 죽음이 이럴 리는 없을 거야. 어떤 죄인이라 할지라도.

이그는 격렬하게 흘러넘치는 소음과 허무 속에서 싸웠다. 암흑이 부서지면서 벗겨져나가더니, 흐린 하늘이 흘끔 보이는 듯했지만 다시 닫혔다. 몸에서 기력이 빠져나가고 점점 잠기는 느낌이 들자 무언가에 붙잡혀 끌어당겨지는 것 같았다. 그때 갑자기 뭔가 좀 더 굳건한 것이 아래에 나타났다. 진흙 같은 감촉이었다. 다음 순간 저 멀리에서 외침이 들렸고 등에 무언가 부딪쳤다.

부딪친 힘은 충격적이었고 이그에게서 어둠을 밀어냈다. 눈을 번쩍 떴더니 아프도록 환한 빛이 들어왔다. 헛구역질이 났다. 강물이 입에서, 콧구멍에서 쏟아져나왔다. 이그는 진흙 위에서 옆으로 몸을 틀어 귀를 땅에다 댔다. 그 바람에 쿵쿵 뛰어오는 발소리인지, 심장이 뛰는 소리인지 모를 소리가 들렸다. 이그는 이벨 크니벨 길에서부터 하류로 밀려갔지만, 처음에 의식이 흐릿하게 떠오른 순간에는 얼마나 멀리 떠내려온 건지 알지 못했다. 8센티미터 앞에서는 썩은 검정 소방호스가 물렁물렁한 땅 위를 꼬불꼬불 기어갔다. 그게 사라지고 난 후에야 이그는 사실은 진짜 뱀이 자기 몸을 타고 넘어 강둑으로 내려갔다는 사실을 깨달았다.

환한 하늘을 배경으로 한들한들 흔들리는 나뭇잎들이 서서히 또렷해졌다. 누군가 옆에서 한 손을 어깨에 대고 무릎을 꿇고 있었다. 이그를 보고 풀숲을 헤치며 서둘러 달려오는 소년들이 시야에 밀려들었다.

옆에 무릎 꿇고 있는 아이가 누군지 볼 수는 없었지만 이그는 테리라고 확신했다. 테리 형이 물속에서 자기를 꺼내 인공호흡을 해준 거라고. 도로 바로 누워 형의 얼굴을 들여다보았다. 얼음 같은 금발머리에 마르고 혈색이 누르께한 소년이 무표정하게 마주 보았다. 리 토르노가 가슴에 늘어진 넥타이를 건성으로 판판하게 폈다. 카키색 반바지는 흠뻑 젖어 있었다. 이그가 굳이 이유를 물을 필요도 없었다. 리의 얼굴을 들여다보던 이그는 그 순간 자기도 넥타이를 매고 다녀야겠다고 결심했다.

테리가 덤불을 헤치고 와서 이그를 보더니 우뚝 멈췄다. 바로 뒤따라오던 에릭 해니티가 테리의 뒤에 세게 부딪치는 바람에 하마터면 나가떨어질 뻔했다. 이제 거의 스무 명은 될 소년들이 모였다.

이그는 일어나 앉으며 무릎을 가슴께로 끌어모았다. 리를 보고 무어라 말하려 입을 열었지만 막상 말하려 하니 코가 죄다 부러진 양 쓰라린 고통이 느껴졌다. 이그는 몸을 웅크리고 코를 팽 풀어 빨간 피를 흙 위에 뱉어냈다.

"실례." 이그가 말했다. "피 튄 것도 미안."

"너 죽은 줄 알았어. 반쯤 죽은 사람 같더라. 숨도 안 쉬었어."

리가 몸을 부르르 떨었다.

"뭐," 이그가 대답했다. "지금은 숨 쉬잖아. 고마워."

"쟤가 뭘 했는데?"

테리가 물었다.

"나를 물에서 건졌어." 이그는 리의 젖은 바지를 가리켰다. "인공호흡
도 해줬고."

"너 쟤 구하려고 물속에 뛰어들었어?"

테리가 말했다.

"아니야."

리가 대답했다. 테리가 대단히 어려운 질문이라도 한 것처럼 리는 어
쩔 줄 몰라 하며 눈을 깜박거렸다. 이를테면 아이슬란드 수도가 어디냐,
쓰는 화폐가 뭐냐 같은.

"내가 봤을 땐 이미 얕은 웅덩이 위로 올라와 있었어. 내가 들어가서
데리고 나온 것도 아니고…… 뭐 그런 건 없었어. 앤 벌써……."

"얘가 나를 끄집어냈어."

이그는 리가 겸손하게 웅얼대는 소리를 막았다. 분명히 물속에 누군가
와 함께 있었던 감각이 기억났다. 누가 자기에게 가까이 다가온 기억도
있었다.

"난 숨이 끊겼었어."

"입으로 인공호흡 해줬냐?"

에릭 해니티가 못 믿겠다는 기색을 역력히 드러내며 물었다.

리는 여전히 당황해 하며 고개를 저었다.

"그런 거 아냐. 내가 한 거라곤 얘 등을 쳐준 것뿐이야. 얘가……."

리는 어떻게 말을 이어가야 할지 모르겠다는 듯 우물거렸다. 이그가

대신 말을 이었다.

"그래서 물을 토해낼 수 있었던 거야. 강물을 많이 마셨거든. 가슴 한 가득 물이 차 있었는데, 얘가 쳐준 덕분에 뱉어냈어."

이그는 이를 악물며 말했다. 콧속의 고통이 너무 심해서 날카롭고 쓰라린 충격이 이어지는 듯했다. 전기충격을 계속 받는 것처럼. 충격은 색깔까지 띠었다. 눈을 감으면 형광노란색 불꽃이 튀었다.

모여든 소년들은 어안이 벙벙해서 말없이 이그와 리 토르노를 쳐다보았다. 방금 벌어진 일은 공상이나 텔레비전에서나 일어날 법한 사건이었다. 누가 죽을 뻔했다, 그런데 다른 사람이 구해냈다. 이제 구조된 사람과 구조한 사람은 그들이 주인공인 영화 속에서 특별한 인물, 스타로 표시되고 나머지는 엑스트라, 기껏 해야 조연일 뿐이었다. 실제로 다른 사람의 목숨을 구했다는 건 대단한 인물이 된다는 뜻이었다. 이제는 그냥 평범한 사람이 아니라, 벌거벗은 이그 페리시를 거의 빠져 죽기 직전에 놀스 강에서 끄집어낸 평범한 사람이었다. 평생 그런 사람으로 기억될 것이었다.

이그는 리의 얼굴을 올려다보며 일종의 애착이 마음속에서 꽃봉오리를 맺는 것을 느꼈다. 누군가 자기를 구해주었다. 막 죽기 직전에 이 머리색이 옅고 질문을 담은, 푸른 눈을 가진 소년이 꺼내줬다. 신교 정통파에서는 강물에 몸을 담갔다가 일어서면 새 삶을 얻게 된다고 한다. 이그는 리가 이런 식으로 자기 목숨을 구해준 것만 같았다. 이그는 리에게 무언가 사주고 싶었고, 자기와 같은 록 밴드를 좋아하는지 알고 싶었다. 리의 숙제까지 대신 해주고 싶었다.

누가 골프카트라도 몰고 오는 것처럼 숲 속에서 우당탕탕 소리가 들렸다. 곧 글레나가 모습을 드러냈다. 숨이 턱까지 찼고 얼굴에는 얼룩이 묻었다. 글레나는 허리를 굽히고 한 손을 허벅지에 댄 채 숨을 헐떡거렸다.

"세상에. 쟤 얼굴 좀 봐." 글레나는 시선을 리에게로 옮기며 눈살을 찌푸렸다. "리? 너 여기서 뭐해?"

"쟤가 이그를 물속에서 꺼냈어."

테리가 대답했다.

"날 숨 쉬게 해줬어."

이그가 말했다.

"리가?"

글레나는 전혀 못 믿겠다는 티를 내며 얼굴을 찡그렸다.

"난 아무것도 안 했어."

리는 또다시 고개를 저었고, 이그는 그를 좋아하지 않을 수 없었다.

콧대를 쿵쿵 치는 듯한 고통이 점점 만개해서 이마 뒤, 눈 사이까지 퍼졌고 뇌 깊은 속까지 뚫고 들어갔다. 눈을 뜨고 있으면 형광노란색 불꽃이 보이기까지 했다. 테리가 옆에 한쪽 무릎을 꿇고 앉아서 한 손을 동생 팔에 댔다.

"네 옷을 입힌 다음에 집으로 데려가야겠다." 테리의 목소리는 일면 숙연해서 이그가 아닌 자신의 바보 같은 무모함에 책임을 느끼는 듯했다. "너 코가 부러진 것 같아."

테리는 리 토르노를 올려다보며 감사의 뜻으로 고개를 까닥했다.

"야. 아까 언덕에서는 내가 개똥 같은 소리 너무 많이 한 거 같다. 몇 분 전에 했던 말 미안해. 동생 꺼내줘서 고맙다."

리가 말했다.

"됐어요. 대단한 일도 아니고."

이그는 그 침착한 냉정, 다른 사람의 감사에 쉽사리 휩쓸리지 않는 태도에 몸이 떨릴 지경이었다.

"우리랑 같이 갈래?" 이그는 아픔 때문에 이를 악물고 리에게 물었다. 이그는 글레나도 돌아보았다. "너희 둘 다 말이야. 부모님에게 리가 해준 일을 말씀드리고 싶어."

"야, 이그. 우리가 한 짓 말하면 안 돼. 엄마랑 아빠에게 이 사건을 알리고 싶냐. 넌 그냥 나무에서 떨어졌다고 하자. 알겠지? 나뭇가지 중에 미끄러운 게 있어서 얼굴을 처박은 거야. 그게, 그게 더 간편할 거야."

테리 형이 말했다.

"형. 부모님에게는 말해야 해. 얘가 날 꺼내주지 않았으면 빠져 죽었을 거라고."

이그의 형은 반대하려고 입을 열었지만 리가 선수를 쳤다.

"아냐."

리는 날카롭다 싶을 정도로 잘라 말하며 눈을 둥그렇게 뜨고 글레나를 쳐다보았다. 글레나도 거의 똑같은 표정으로 리를 돌아보며 이상하게 자기의 검은 가죽 재킷을 움켜쥐었다. 그러다 리가 일어섰다.

"난 여기 있어선 안 돼. 어쨌든 난 아무것도 하지 않았어."

리는 서둘러 작은 공터 저편으로 가더니 글레나의 통통한 손을 잡고 나무 사이로 끌어당겼다. 다른 손으로는 새 마운틴보드를 들고 있었다.

"잠깐만."

이그는 말하면서 일어서려 했다. 일어나자 환한 형광 불빛이 눈 뒤에서 번쩍이며 코에 깨진 유리가 가득한 느낌이 들었다.

"난 가야 해. 우리 둘 다 가봐야 해."

"그래. 그럼 언제 우리 집에 놀러올래?"

"한번 갈게."

"어딘진 알지? 고속도로 있는 데인데, 바로……."

"너희 집이 어딘진 누구나 알아."

리는 이렇게 대답하고는 글레나를 잡아끌며 나무 사이로 염소처럼 껑충껑충 뛰어 사라졌다. 글레나는 마지막으로 의기소침한 눈길을 소년들에게 던지고 끌려갔다.

이그 콧속의 고통은 더욱 극심해졌고 일정하게 밀려오는 파도처럼 느껴졌다. 이그는 잠깐 두 손으로 얼굴을 감쌌다가 뗐다. 손바닥이 선홍색으로 물들었다.

"자, 이그." 테리가 말했다. "가는 편이 좋겠다. 의사 선생님에게 가서 얼굴 진찰을 받아야겠어."

"형도 같이 받아야 할걸."

이그가 대꾸했다.

테리는 빙그레 웃고는 둘둘 말아 들고 있던 옷뭉치에서 셔츠를 빼주었다. 이그는 그때까지 발가벗고 있었다는 사실을 까맣게 잊었던 터라 옷을 보고 움찔 놀랐다. 테리는 열다섯 살이 아닌 다섯 살 동생 옷을 입혀주듯 셔츠를 동생 머리 위로 뒤집어씌웠다.

"내 엉덩이에 엄마 발이 박히면 떼어낼 의사가 필요할지도 모르겠다. 엄마가 네 얼굴을 보면 날 죽이려고 할 테니까."

이그가 머리를 셔츠 위로 내밀었을 때, 형은 근심이 역력한 얼굴로 그를 쳐다보고 있었다.

"아무 말 안 할 거지? 정말이야, 이그. 네가 저 카트 따위를 타고 언덕을 내려오도록 가만 놔둔 걸 알면 엄마가 날 죽일 거야. 가끔은 말하지 않는 게 더 나은 일도 있어."

"아, 형. 난 거짓말을 잘 못하잖아. 엄마는 언제나 눈치챘다고. 엄마는 내가 입을 열자마자 알아채잖아."

테리 페리시는 안심한 표정이었다.

"누가 너보고 입을 열래? 넌 아프잖아. 그냥 가만히 서서 울어. 거짓말은 내게 맡겨둬. 그거야 내가 전문이니까."

14

이틀 후에 이그가 리 토르노를 다시 보았을 때, 리는 흠뻑 젖어서 부들부들 떨고 있었다. 리는 똑같은 넥타이를 매고 똑같은 반바지를 입었으며 겨드랑이 밑에 마운틴보드를 낀 것도 똑같았다. 그동안 전혀 몸을 말리지 않은 것처럼, 놀스 강에서 걸어나온 그대로의 몰골이었다.

갑자기 비가 오는 바람에 쫄딱 맞을 수밖에 없었다고 했다. 하얀색에 가까운 머리카락이 젖어서 머리에 찰싹 붙었고 코도 훌쩍거렸다. 어깨에는 젖은 천가방을 멨다. 그 덕에 옛날 〈딕 트레이시〉 만화에 나오는 신문팔이 소년처럼 보였다.

이그는 집에 혼자 있었다. 드문 경우였다. 부모님은 보스턴에 사는 존 윌리엄스의 저택에서 열리는 칵테일파티에 참석하러 갔다. 윌리엄스가 보스턴 팝스 오케스트라를 지휘하는 마지막 해였기 때문에 데릭 페리시는 송별 음악회에서 오케스트라와 협연할 예정이었다. 부모님은 테리에게 동생을 잘 보라고 부탁하고 떠났다. 테리는 아침 내내 파자마 차림으로 MTV 채널을 보면서 전화통을 붙들고 마찬가지로 심심해 죽으려고 하는 친구들과 수다를 떨었다. 처음에 테리의 목소리는 명랑하게 나른했으나, 곧 바짝 정신을 차리고 호기심 어린 투로 바뀌었다. 그러다가 마지막에는 가장 심한 경멸을 나타낼 때 쓰는 간결하고 단조로운 어조로 뚝 떨어졌다. 이그는 거실 앞을 지나다 형이 방 안을 서성거리는 모습을 보왔다. 형이 심란하다는 확실한 증거였다. 마침내 테리는 전화를 내려놓고 계단을 올라갔다. 도로 내려왔을 때는 외출복을 입은 상태였고, 한 손으로는 아버지의 재규어 자동차 열쇠를 던졌다 받았다 했다. 형은 에릭의 집에 갈 거라고 했다. 그 말을 할 때 윗입술이 삐죽였는데, 뭔가 지저분한 짓을 해야 하는 사람, 집에 와서 보니 쓰레기통이 넘어져 쓰레기가 마당 여기저기 흩어져 있는 것을 본 사람이 지을 법한 표정이었다.

"운전면허증 있는 사람이랑 같이 가야 하지 않아?"

이그가 물었다. 테리 형은 연습면허증밖에 없었다.

"그거야 내가 경찰한테 걸렸을 때 얘기고."

테리는 문을 열고 나갔고 이그가 닫았다. 5분 후, 누가 문을 두드렸다. 형이 뭔가 잃어버리고 가서 되돌아왔을지 모른다고 생각했지만 열어보니 형이 아니라 리 토르노였다.

"코는 어때?"

리가 물었다.

이그는 콧대 위에 붙인 반창고를 건드리고 손을 내렸다.

"애초부터 그다지 잘생긴 얼굴도 아니었는걸. 들어올래?"

리는 문 안으로 한 발 들이밀다가 멈췄다. 발아래 물웅덩이가 고였다.

"너, 물에 빠진 사람 꼴이구나."

이그가 말했다.

리는 웃지 않았다. 어떻게 웃는지 모르는 사람 같았다. 그날 아침 처음으로 얼굴이 생겨서 어떻게 사용하는지 모르는 사람.

"넥타이 멋지네."

리가 말했다.

이그는 넥타이를 맸다는 사실조차 잊고 있었다가 내려다보았다. 테리 형은 이그가 화요일 아침 목에 파란 넥타이를 매고 아래층으로 내려오자 눈알을 굴렸다.

"꼬락서니가 그게 뭐냐?"

테리는 비웃듯 물었다.

바로 그때 아버지가 부엌으로 어슬렁어슬렁 들어오다 이그를 보았다.

"고상한데. 너도 가끔 매고 다녀라, 테리."

이그는 그날 이후 매일 넥타이를 맸지만 아무도 그 문제를 더 거론하지 않았다.

"너, 뭘 팔아?"

이그는 천가방을 향해 고갯짓하며 물었다.

"이건 6달러야."

리는 가방 뚜껑을 젖히더니 잡지 세 권을 꺼냈다.

"골라봐."

처음 잡지는 단순히 〈진실!〉이라는 제목이었다. 표지에는 넓은 성당안 제단 앞에 무릎 꿇은 신랑신부가 그려져 있었다. 두 사람은 기도하듯 손을 맞잡았고, 스테인드글라스 창문으로 비스듬히 비쳐 들어오는 빛 속에 얼굴을 들어 올렸다. 얼굴 표정으로 봐서는 둘 다 웃음 가스라도 흡입한 듯했다. 둘 다 똑같이 광적인 환희를 느끼는 표정을 지었는데, 회색피부의 외계인이 그들 앞에 서 있었다. 키가 크고 벌거벗은 모습이었다. 외계인이 손가락이 세 개밖에 없는 손을 신랑신부에게 각각 올린 게 두 사람이 기뻐하는 원인인 듯했다. 외계인이 그들의 두개골을 박치기해 부수고 죽이기 직전 같은데도. '외계인 주례!' 라는 제목이었다. 다른 두 잡지는 〈현재 세금 개혁〉과 〈현대 미국 시민군〉이었다.

"세 권 하면 15달러야." 리가 말했다. "기독교 애국 푸드뱅크에 기부하려고 모금하는 거야. 〈진실!〉은 아주 좋아. 유명인이 등장하는 재미있는 과학기사가 많아. 어떻게 스티븐 스필버그가 진짜 에이리어 51*을 견학

---

* 네바다 주에 있다고 하는 비밀 공군기지로 외계인 연구를 한다는 소문이 있다.

할 수 있었는지에 대한 기사도 있고. 밴드 키스의 멤버들이 비행기를 타고 가다가 번개를 맞아서 엔진이 꺼져버렸다는 기사도 있어. 모두 예수님에게 살려달라고 기도했는데, 폴 스탠리가 비행기 날개 위에 앉은 예수님의 모습을 보자마자 엔진이 되살아났고 기장은 곤두박질치던 비행기를 끌어올릴 수 있었대."

"키스 멤버들은 유태인인데."

이그가 딴지를 걸었다.

리는 이 소식에도 전혀 꿈쩍하지 않았다.

"그래. 나도 여기 나온 기사 대부분이 헛소리라고 생각해. 그래도 얘기는 재밌잖아."

이 말은 이그에게 아주 세련된 의견처럼 들렸다.

"세 권 다 해서 15달러라고 했냐?"

리가 고개를 끄덕였다.

"많이 팔면 경품에 응모할 수 있어. 그래서 이 마운틴보드를 경품으로 탄 거야. 나는 쫄아서 타고 내려오지도 못하지만."

"야."

이그는 리가 겁쟁이라는 것을 차분하고 단호하게 인정하는 데 놀랐다. 언덕 위에서 테리 형이 그 말을 했을 때보다 리가 스스로 그 말을 하니 훨씬 무안했다.

"아니야." 리는 전혀 마음 상하지 않은 듯 말했다. "네 형이 제대로 본거야. 난 글레나와 개 무리들 앞에서 으스대면서 멋진 모습을 보여주려고 했는데, 막상 언덕 위에 올라가니까 차마 못 하겠더라고. 네 형하고 또 마주쳐도 그걸 가지고 꼬투리나 잡히지 않았으면 할 뿐이다."

찰나지만 이그는 형에게 강렬한 증오를 느꼈다.

"형이 그런 얘기할 여유나 있냐. 내가 무슨 일 있었는지 집에 와서 엄마에게 다 일러바칠까 봐 겁나서 바지에 지릴 뻔했는걸. 우리 형으로 말하자면 하나는 확실해. 어떤 경우라도 자기 앞가림이 최우선이고 다른 사람들 걱정은 뒷전이라는 거. 들어와. 위층에 돈이 있어."

"하나 사려고?"

"세 개 다 살 건데."

리는 한쪽 눈을 가늘게 떴다.

"〈현대 미국 시민군〉은 볼만한 것 같아. 총에 대한 기사도 많고 첩보 위성이랑 일반 위성을 구분하는 법도 알려주니까. 하지만 〈현재 세금 개혁〉도 정말 살 거야?"

"그럼. 언젠가 나도 세금을 낼 거 아냐."

"이 잡지 읽는 사람들 대부분은 안 내려고 하는 사람들일걸."

이그를 따라 방으로 온 리는 복도에 서서 조심스럽게 안을 들여다보았다. 이그는 자기 방이 특별히 인상적이라고 생각해본 적이 없었다. 2층에서 가장 작은 방이었다. 하지만 부잣집 아이의 방이 리에게 어떻게 보일지, 혹시 탐탁지 않게 보일지 궁금했다. 주변을 슬쩍 둘러보면서 리의 눈에 어떻게 비칠지 상상했다. 가장 먼저 눈에 들어오는 건 창문 밖의 수영장과 그 선명한 파란색 표면 위에 떨어지는 빗방울이었다. 그 다음에는 침대 위에 붙은 마크 노플러의 사인 포스터가 들어왔다. 아버지는 지난번 다이어 스트레이츠 앨범에서 트럼펫을 연주했다.

이그의 트럼펫도 열린 케이스 안에 든 채로 침대 위에 놓여 있었다. 트럼펫 케이스 안에는 종합 선물세트처럼 다른 보물들도 들어 있었다. 돈뭉치, 조지 해리슨 쇼의 표, 카프리 팬츠를 입은 어머니 사진, 빨강머리 소녀의 망가진 십자가 목걸이. 이그는 스위스 군용칼로 목걸이를 고쳐보려고 했지만 말짱 허사였다. 결국 십자가는 옆에 놔두고 다른, 하지만 관련 있는 작업으로 시선을 돌렸다. 테리 형에게서 브리태니커 백과사전 M권을 빌려 모스 부호의 해독법을 찾기 시작했다. 아직도 빨강머리 소녀가 쏘아 보냈던 짧고 긴 빛의 신호 순서가 정확히 기억났다. 하지만 이

암호를 해석하자 가장 먼저 떠오른 생각은 자기가 틀렸을지도 모른다는 것이었다. 간단하지만 충분한 메시지, 아주 짧은 단어였지만 너무 충격적이어서 등줄기에 차가운 소름이 돋아 머리가 쭈뼛했다. 이그는 적당한 대답을 만들어보려고 닐 다이아몬드 성경의 면지에 이런저런 답변에 해당하는 점과 선을 연필로 살짝 써보았다. 당연히 평범한 말로 대답해서는 충분하지 않았기 때문이었다. 그 여자애가 빛을 이용해서 말을 걸었으니 같은 식으로 대답해야만 할 것 같았다.

리는 이 모든 것을 구경하면서 시선을 여기저기 던지다가 마침내 벽 앞에 서 있는, 시디가 가득 든 크롬꽂이 네 개를 바라보았다.

"음반이 많네."

"들어와."

리는 물이 뚝뚝 떨어지는 천가방의 무게 때문에 허리를 살짝 굽히고 느릿느릿 들어왔다.

"앉아."

이그가 권했다.

리는 이불을 적시면서 침대 가장자리에 앉았다. 그는 머리를 비틀어 어깨너머로 시디꽂이를 쳐다보았다.

"이렇게 많은 음반은 처음 봐. 레코드 가게 말고는."

"누구 들어?"

이그가 물었다.

리는 어깨를 으쓱했다.

불가해한 대답이었다. 모두들 누구의 음악이든 듣기 마련이니까.

"무슨 음반 있어?"

이그가 물었다.

"없어."

"하나도 없어?"

"음악에 그렇게 관심이 없어서 그런가 봐." 리는 침착하게 말했다. "시디는 비싸지 않나?"

이그는 당황했다. 음악에 관심이 없는 사람도 있다니. 그건 마치 행복에 관심이 없다는 것과 같다. 하지만 그 다음에 리가 덧붙인 말을 이해했다. 시디는 비싸지 않나? 처음으로 리가 음악이나 다른 것에 돈 쓸 만한 여유가 없다는 생각이 떠올랐다. 이그는 리의 새 마운틴보드를 떠올렸지만 자선 모금으로 탄 상이라고 방금 말하지 않았나. 리는 넥타이를 매고 반소매 셔츠를 입고 다녔지만, 그건 아마도 잡지를 팔러 다닐 때 좀 더 단정하고 책임감 있게 보이라고 어머니가 입혀준 걸지도 몰랐다. 종종 가난한 아이들이 더 차려입는 법이니까. 오히려 부잣집 아이들은 육체노동자들이 입는 의상을 고의적으로 조합해서 수수하게 입었다. 전문적으로 물을 빼고 찢은 80달러짜리 브랜드 청바지, 애버크롬비 앤드 피치의 판매대에서 막 가지고 온 낡은 티셔츠. 게다가 리는 트레일러 야영지에서 사는 분위기가 풀풀 풍기는 글레나와 그 친구들 무리와 어울린다. 컨트리클럽에 다니는 집안의 아이들은 여름 오후에 똥이나 태우면서 주물공장 주변에 나돌아 다니지 않는다.

리가 한쪽 눈썹을 치켰다. 그러니 정말로 〈스타트렉〉의 스팍 같은 분위기가 풍겼다. 이그의 놀라움을 감지한 모양이었다.

"넌 누구 듣는데?"

"잘 모르겠어. 이것저것. 최근엔 비틀스에게 홀딱 빠졌어."

'최근'이란 지난 7년을 의미하는 것이었다.

"너도 비틀스 좋아해?"

"잘 몰라서. 무슨 음악인데?"

세상에 비틀스를 모르는 사람도 있다는 충격에 이그는 휘청거렸다.

"글쎄, 비틀스 같은 음악이지 뭐. 존 레논과 폴 매카트니."

"아, 그 사람들."

리는 대답했지만 말하는 모양으로 봐서 창피한 나머지 아는 척할 뿐이라는 인상이 풍겼다. 그렇지만 그렇게 애써 아는 척하는 것도 아니었다.

이그는 아무 말하지 않고 시디꽂이로 가서 비틀스 컬렉션을 훑었다. 먼저 〈Sgt. Pepper's Lonely Hearts Club Band〉를 생각하고 꺼냈다. 하지만 정말 리의 마음에 들지, 관악기와 아코디언 연주가 정신없다고 할지, 여러 스타일이 미친 듯 뒤섞여서 록 즉흥연주가 영국 술집의 합창으로 바뀌었다가 멜로우 재즈로 바뀌는 식의 전개에 흥미를 잃어버릴지 알 수 없었다. 어쩌면 소화하기에 조금 더 쉬운 것, 명확하고 귀에 쏙쏙 들어오는 선율이나 로큰롤이라고 딱 들으면 알 수 있는 그런 음악들을 좋아할지도 모른다. 그러면 〈White Album〉. 다만 〈White Album〉으로 비틀스에 입문한다는 건 20분 지난 영화를 보러 들어가는 거나 비슷했다. 액션은 있지만 인물이 누군지, 왜 그 인물들에게 관심을 가져야 하는지 알 수 없다. 정말로, 비틀스는 이야기가 있었다. 비틀스를 듣는 건 마치 책을 읽는 것 같았다. 그렇다면 〈Please Please Me〉로 시작해야 한다. 이그는 그 선반에 꽂힌 음반 전체를 꺼내서 침대 위에 늘어놓았다.

"이거 들으려면 꽤 많겠는데. 언제까지 돌려주면 돼?"

리가 물어볼 때까지만 해도 음반을 주려는 마음이었다는 걸 깨닫지 못했다. 리는 이그를 포효하는 암흑 속에서 꺼냈고 가슴에 숨을 다시 불어넣어줬는데도 아무런 대가를 바라지 않았다. 시디 100달러어치가 뭐 대수인가. 아무것도 아니다.

"가져도 돼."

이그의 말에 리는 당황한 표정을 보였다.

"잡지 값으로? 그건 현금으로 내야 해."

"아니. 잡지 값이 아냐."

"그럼 뭐야?"

"내가 물에 빠져 죽지 않게 해줘서."

리는 시디 더미를 쳐다보더니 그 위에 머뭇머뭇 한 손을 얹었다.

"고마워." 리가 인사했다. "뭐라고 말해야 할지 모르겠네. 네가 미쳤는지도 모른다는 말 말고는. 이런 거 줄 필요도 없는데."

이그는 입을 열려고 했지만 감정이 밀려와서 금방 다물었다. 리 토르노가 너무 좋아서 간단한 대답 한마디도 할 수 없었다. 리는 당황과 호기심이 섞인 눈길로 이그를 쳐다보다가 재빨리 시선을 돌렸다.

"너도 네 아버지처럼 연주하니?"

리는 트럼펫을 케이스에서 꺼냈다.

"형이 연주해. 나도 부는 법은 알지만 제대로 하진 않아."

"왜?"

"숨을 못 쉬거든."

리는 얼굴을 찡그렸다.

"내 말은, 천식이 있다는 거야. 연주를 하려고 하면 숨이 막혀."

"넌 절대 유명해지진 못하겠다."

리의 말투는 퉁명스럽지 않았다. 그냥 무심한 발언일 뿐이었다.

"우리 아빠도 유명하진 않아. 재즈를 연주하실 뿐이지. 재즈를 연주해서는 유명해질 수 없어."

이제는. 이그는 마음속으로 덧붙였다.

"너희 아빠 음반도 들어본 적이 없어서. 재즈도 잘 모르고. 그거 옛날 갱영화 보면 꼭 배경으로 깔리는 음악 아니냐?"

"보통 그렇지."

"그럼 나도 좋아할 것 같은데. 갱이랑 짧은 일자치마 입은 여자들이 나오는 장면에 나오는 음악이라면. 그런 거 플래퍼*라고 하잖아."

"맞아."

---

* 1920년대 짧은 머리의 현대적 여성들을 가리키는 말로 '왈가닥'이라는 뜻에서 유래했다. 플래퍼는 넓은 개념으로 그 시대의 스타일 전체를 의미하기도 한다.

"그러다가 킬러들이 따발총 들고 나오지."

리를 만난 후 처음으로 신이 난 얼굴이었다.

"중절모를 쓴 킬러들이 나오잖아. 그래 놓고 그 자리에 총을 갈기는 거야. 샴페인 잔이랑 부자들이랑 옛날 갱들이랑 다 날려버리지."

리는 그렇게 말하면서 기관총 쏘는 흉내를 냈다.

"그런 음악은 나도 좋아할 것 같아. 사람들을 죽일 때 나오는 음악."

"그런 음악도 있어. 잠깐만."

이그는 글렌 밀러와 루이 암스트롱의 시디를 꺼냈다. 이그는 그것들을 비틀스 음반 옆에 함께 놓았다. 암스트롱 음반이 AC/DC 음반 밑에 있어서 이그는 물었다.

"너 〈Back in Black〉 좋아했어?"

"그것도 음반이냐?"

이그는 〈Back in Black〉도 꺼내서 점점 늘어가는 시디 더미 위에 올려놓았다.

"'Shoot to Thrill'이라는 노래가 있어. 총싸움이랑 격파 장면에는 최고지."

하지만 리는 열린 트럼펫 케이스 위에 허리를 굽히고 이그의 다른 보물을 쳐다보고 있었다. 리는 빨강머리 소녀가 걸었던, 가는 황금 사슬에 걸린 십자가에 손을 대려 했다. 리가 십자가를 만지는 모습을 보자 이그는 기분이 언짢아졌고 트럼펫 케이스를 쾅 닫고 싶은 충동에 사로잡혔다. 그러면 리는 놀라서 손을 빼다가 손가락을 찧고 말겠지. 그러다 이그는 손바닥에 떨어진 거미를 떨치듯 그 생각을 획 치워버렸다. 아무리 잠깐이라도 그런 감정을 느낀 자신에게 실망했다. 리는 홍수에 휩쓸린 어린아이 같았다. 차가운 물이 아직도 코끝에서 뚝뚝 들었다. 이그는 부엌에 들러 코코아를 타올걸 하고 후회했다. 리에게 뜨거운 수프 한 잔과 버터 바른 토스트를 주고 싶었다. 리에게 주고 싶은 것이 많고도 많았다. 하지만 그 십자가만은 아니었다.

이그는 참을성 있게 침대 옆으로 돌아가 케이스 안에 든 돈 더미를 그러모으면서 어깨를 돌렸다. 그 바람에 리는 허리를 펴고 십자가에서 손을 뗄 수밖에 없었다. 이그는 5달러짜리 한 장과 1달러짜리 열 장을 셌다.

"잡지 값이야."

이그가 말했다.

리는 돈을 접어 주머니에 쑤셔 넣었다.

"너 조개 사진 좋아하나?"

"조개?"

"보지 말이야."

리는 어색한 기색도 없이 말을 꺼냈다. 아직도 음악 이야기하는 것처럼. 이그는 어딘가 삼천포로 빠진 느낌이었다.

"그럼. 싫어하는 사람도 있냐?"

"잡지 배급소장은 별의별 잡지가 다 있거든. 창고에서 이상한 것 많이 봤어. 머리가 획 돌아버릴 만한 것 있잖아. 임신한 여자들만 있는 잡지도 있어."

"웩!"

이그는 역겨우면서도 신이 나서 외쳤다.

"우린 미친 세상에 살고 있지." 리는 딱히 비난하는 기색도 없이 말했다. "할망구들만 있는 잡지도 있다. 〈아직도 달아올라〉라는 잡지가 대단해. 예순 살 넘은 여자들이 자기 거기를 만지는 사진들이 있어. 너 포르노 갖고 있어?"

대답이 이그의 얼굴에 쓰여 있었다.

"어디 한번 보자."

리가 말했다.

이그는 벽장에 쌓아놓은 게임세트 여남은 개 사이에서 〈캔디 랜드〉*를 꺼냈다.

"〈캔디 랜드〉네. 멋진데."

이그는 처음에는 무슨 뜻인지 몰랐지만 곧 깨달았다. 이그는 별 생각 없이 자위용으로 쓰는 책들을 거기에 꽂아놓았다. 이제는 아무도 〈캔디 랜드〉를 하는 사람이 없어서이지 상징적 의미가 있어서는 아니었다.

이그는 게임을 침대 위에 놓고 뚜껑을 열어 판과 조각들이 들어 있는 플라스틱 판을 꺼냈다. 그 아래에는 빅토리아 시크리트 카탈로그와 데미 무어 누드가 표지로 나온 〈롤링 스톤〉이 들어 있었다.

"이거 너무 얌전하네." 그다지 면박을 주는 말투는 아니었다. "이런 걸 굳이 숨길 필요나 있는지 모르겠다, 이그."

리는 〈롤링 스톤〉을 옆으로 치우다가, 그 아래에 〈언캐니 엑스맨〉 만화책이 한 권이 있는 걸 발견했다. 검은 코르셋을 입은 진 그레이가 나온 호였다. 리는 차분하게 웃었다.

"이거 좋지. 피닉스는 아주 다정하고 착하고 자상하다가 갑자기 빵! 터지잖아. 검은 가죽 옷을 입고 나와서. 너 이런 취향이냐? 귀엽지만 마음속에 악마를 숨긴 여자들?"

"나 취향 없어. 저게 어떻게 여기 들어갔는지도 모르겠어."

"누구나 취향은 있어."

리는 말했다. 물론 그 말이 옳았다. 이그는 리가 어떤 음악을 좋아하는지 모르겠다고 했을 때 똑같은 생각을 했었다.

"그래도 만화책 보고 딸딸이를 치다니…… 그건 건강하지 않은데."

리는 침착하게, 어떤 불길한 기운을 띠면서 말했다.

"누가 너한테 해준 사람 없었어? 딸딸이 쳐준 사람?"

---

* 어린아이들이 하는 단순한 보드게임. 여러 색깔의 판 위를 옮겨가며 숫자 세기 등의 단순한 과제를 수행한다.

순간적으로 이그 주변의 방이 확 넓어진 것 같았다. 마치 공기로 불룩해진 풍선처럼 팽창한 느낌이었다. 리가 자기에게 손으로 해주겠다는 말을 하고 있는지도 모른다는 생각이 스쳐갔다. 만약 그렇게 된다면(생각만 해도 끔찍하고 병적인 일이지만), 게이를 반대하진 않지만 자기는 아니라고 말해야 할 것 같았다.

　하지만 리는 말을 이었다.

　"월요일에 같이 있었던 여자애 기억나? 걔가 나한테 해줬거든. 내가 끝나자 살짝 비명도 지르더라고. 이제까지 들어본 소리 중에 제일 웃겼어. 녹음해둘걸."

　"진짜야?" 이그는 안심도 되고 충격도 받았다. "걔랑 오래 사귀었어?"

　"우린 그런 사이 아냐. 남자친구, 여자친구 관계 같은 건 아냐. 가끔 와서 남자애들 얘기하고, 학교에서 자길 괴롭힌 사람들 흉보고. 내가 항상 받아준다는 걸 아니까."

　이그는 마지막 말에 웃음을 터뜨릴 뻔했다. 뭔가 역설적인 말이라고 생각했기 때문이었지만 꾹 참았다. 리는 순수하게 말 그대로의 뜻이었다.

　"나를 손으로 해줄 때는 대가를 갚는 거지. 좋은 일이야. 그런 것도 없었다면 걔를 죽도록 패줄 테니까. 늘 재잘재잘 떠들어서 미칠 것 같거든."

　리는 〈언캐니 엑스맨〉을 상자 안에 조심스레 넣었고, 이그는 〈캔디 랜드〉를 재조립해서 벽장에 도로 넣었다. 이그가 침대로 돌아오자, 리는 십자가를 트럼펫 케이스에서 꺼내 한 손으로 들고 있었다. 그 광경에 이그의 심장은 엘리베이터를 타고 땅 밑으로 뚝 떨어지는 듯했다.

　"이거 예쁘네." 리가 말했다. "네 거냐?"

　"아니."

　"아니구나. 그럴 줄 알았어. 이런 거 여자애들이나 할 만한 거잖아. 어디서 났어?"

　가장 쉬운 건 거짓말로 얼버무리면서 엄마 거라고 하는 거였다. 하지만 이그는 거짓말을 하려 할 때면 혀가 진흙으로 변해버렸고, 어쨌거나 리는 생명의 은인이었다.

"성당에서."

그렇게만 말하면 리가 나머지는 다 알아서 짐작할 줄 알았다. 그렇게 사소한 진실을 말해버리는 게 왜 세상이 무너질 듯 잘못한 일처럼 느껴지는지 알 수 없었다.

리는 황금 사슬 양쪽을 자기 집게손가락에 감아 십자가가 손바닥 위에 대롱대롱 매달리도록 했다.

"망가졌네."

"그래서 내가 주운 거야."

"이거 빨강머리 애가 걸고 있지 않았나? 우리 또래인 애?"

"걔가 놓고 갔어. 고쳐서 걔한테 주려고."

"이걸로?"

리는 이그가 황금 사슬의 고리를 구부리고 뒤틀기 위해 썼던 스위스 군용칼을 주먹으로 쳤다.

"이걸로는 못 고쳐. 이런 건 바늘코 집게가 있어야 해. 알겠지만 우리 아빠가 정밀한 연장을 좀 가지고 있거든. 나라면 5분 안에 고칠 수 있어. 나 그런 거 잘해. 고치는 것."

리는 마침내 시선을 이그에게 향했다. 이그한테 자신이 원하는 게 뭔지 알아달라고 대놓고 부탁할 필요가 없었다. 이그는 십자가를 리에게 준다는 생각만 해도 속이 아팠고 천식 발작이 시작될 때 그러듯이 목이 설명할 수 없이 조였다. 하지만 품위 있고 이타적인 사람이라는 자긍심을 유지하기 위해서는 딱 한 가지 대답밖에 할 수 없었다.

"그래." 이그가 말했다. "집에 가져가서 고칠 수 있는지 한번 해보면 어때?"

"그래. 내가 고쳐서 일요일에 걔한테 줄게."

"그럴래?

이그는 물었다. 매끄러운 나무관 하나가 뱃속 깊은 곳까지 이어져 있고 맨 끝에 손잡이가 달려 있는데, 누가 그걸 돌려서 창자가 뒤틀리는 느낌이었다.

리는 고개를 끄덕이더니 다시 십자가를 쳐다보았다.

"고마워. 그렇게 할게. 너한테 취향이 뭐냐고 물었잖아. 그러니까 어떤 여자애 좋아하냐고. 걔가 내 취향이야. 걔한텐 뭔가 특별한 점이 있어. 딱 봐도 자기 아빠 말고는 다른 어떤 남자 앞에서도 벌거벗은 모습을 보인 적 없게 생겼잖아. 내가 이거 떨어질 때 본 거 알아? 목걸이 말이야. 나 바로 걔 뒤의 신도석에 있었거든. 내가 도와주려고 했어. 걘 귀엽지만 좀 콧대가 높더라. 예쁜 애들은 대부분 따먹힐 때까지는 콧대가 높지. 걔들이 가진 것 중에 가장 소중한 게 그거니까. 그것 때문에 남자애들이 항상 냄새 맡고 꾀여들어서 자나 깨나 걔들 생각만 하니까. 자기가 첫 남자가 되고 싶어서. 하지만 누가 따먹으면 그런 여자애들도 풀어져서 보통 여자애들처럼 행동해. 어쨌든 이거 줘서 고맙다. 이거라면 접근할 좋은 핑계가 되겠어."

"별거 아냐."

이그는 황금 십자가 목걸이보다 더 특별한 것을 주어버린 느낌이었다. 공정한 행동이었다. 리는 이그의 생명을 구하고도 아무런 대가를 원하지 않았으니 받을 자격이 있었다. 하지만 어째서 공정하지 않게 느껴지는지 이그는 알 수 없었다.

이그는 비가 오지 않을 때 수영하러 오라고 말했고, 리는 알았다고 대답했다. 이그는 자기 목소리가 방 안 다른 곳, 라디오 같은 데서 들려오듯 동떨어진 느낌을 받았다.

리가 가방을 어깨에 둘러메고 문으로 반쯤 향했을 때, 이그는 리가 시디를 놓고 간 것을 깨달았다.

"음반 가져가야지."

이그는 리가 간다고 해서 기뻤다. 잠깐 침대에 누워 쉬고 싶었다. 배가 아팠다.

리는 음반을 쳐다보더니 말했다.

"가져가봤자 들을 기계가 없어."

이그는 다시 한 번 리가 얼마나 가난한지 궁금했다. 아파트에 살까, 트레일러에 살까. 밤이면 비명 소리와 문 두드리는 소리에 깨는 게 아닐까. 옆집에 사는 주정뱅이가 여자친구를 또 패서 경찰들이 잡으러 오는 동네에 살고 있을까. 그렇다면 리가 십자가를 가져갔다고 억울해 하면 안되는 이유가 하나 더 생긴다. 이그는 기뻐해줄 수 없다는 것이, 호의를 베풀고도 기뻐할 수 없다는 것이 싫었다. 하지만 기쁘지 않았다. 질투가 났다.

부끄러운 마음에 이그는 몸을 돌려 책상 속을 뒤졌다. 이그는 크리스마스 선물로 받은 워크맨과 헤드폰을 들고 일어났다.

"고마워."

이그가 시디 플레이어를 건네자 리는 인사했다.

"이런 것 내게 줄 필요 없는데. 나는 아무것도 안 했어. 그냥 거기 서 있었을 뿐이야…… 너도 알듯이."

이그는 마음속 강렬한 반응에 자기도 놀랐다. 심장이 환히 빛났고, 미소가 서투른 말라깽이 창백한 소년에 대한 애정이 밀려왔다. 이그는 구조를 받았던 순간을 기억했다. 지금부터의 삶은 매 순간이 리가 준 선물이었다. 그러자 배에서 긴장이 풀리면서 편하게 숨 쉴 수 있었다.

리는 시디 플레이어와 헤드폰, 음반을 가방에 집어넣고 영차 들어 올렸다. 이그는 위층 창문으로 리가 마운틴보드를 타고 언덕을 내려가는 모습을 지켜보았다. 가랑비 사이로 두꺼운 바퀴가 반짝이는 아스팔트에서 수탉 벼슬 같은 물보라를 일으켰다.

20분 후, 이그는 재규어가 근사한 소리를 내면서 멈추는 소리를 들었다. 액션영화에서 나오는 것처럼 부드럽게 미끄러지는 소리였다. 다시 위층 창문으로 가서 검은 차를 내려다보았다. 문이 열리고 테리와 에릭 해니티, 여자애들 몇몇이 웃음과 담배 연기를 몰고 나타날 거라 기대했다. 하지만 테리는 혼자 내렸다. 테리 형은 잠시 재규어 옆에 서 있더니 등이 뻣뻣한 사람처럼, 그냥 동네를 배회한 게 아니라 몇 시간 동안이나 운전을 한 나이 든 사람처럼 느릿느릿 현관으로 걸어왔다.

　이그가 계단을 반쯤 내려갔을 때 테리 형이 들어왔다. 뒤엉킨 검은 머리에서 물방울이 반짝였다. 형은 이그가 내려다보는 걸 보고 피곤한 미소를 지었다.

　"안녕, 동생아." 테리가 말했다. "너한테 뭐 가져왔다."

　그러면서 검고 둥근, 꽃사과만 한 물건을 던졌다.

　이그는 두 손으로 받아 사타구니를 단풍잎으로 가린 벌거벗은 여자의 하얀 윤곽선을 쳐다보았다. 폭탄은 생각보다 무거웠고 까끌까끌했으며 표면은 차가웠다.

　"네 상품이다."

　테리 형이 말했다.

　"아. 고마워. 그런 일이 생기는 바람에 에릭 형이 까먹고 안 주는 줄 알았지."

　며칠 전 이그는 에릭 해니티가 상품을 주지 않으리라는 사실을 아무렇지도 않게 받아들였다. 에릭은 공짜로 콧대를 꺾을 인간이 아니었으니.

　"그래, 뭐. 내가 기억을 되살려줬지."

　"괜찮아?"

　"이제 걔가 대가를 치렀으니 괜찮은 거지." 테리 형은 한 손을 계단 난간 기둥에 대고 말했다. "네가 언덕을 내려올 때 운동화를 신고 있었기 때문에 무효라나 뭐라나 헛소리를 하면서 넘기지 않으려고 뻗대더라."

"뭐, 그건 핑계치고 약하다. 내가 들어본 소리 중에 제일 약하다."

테리 형은 대답하지 않고 그 자리에 서서 엄지를 난간 기둥에 문지르기만 했다.

"그래도 형들은 정말 그런 장난에 홀딱 빠져 있었던 거야? 그저 장난감 화약일 뿐이잖아."

"아냐, 그렇지 않아. 너도 칠면조가 어떻게 됐는지 봤잖아."

이 대답은 이그에게는 요점에서 어긋난 이상한 말처럼 들렸다. 테리는 이그에게 죄책감과 미안함이 섞인 미소를 지어 보였다.

"에릭이 그걸로 뭔 짓을 할지 넌 몰라. 학교에서 에릭이 좋아하지 않는 아이가 있어. 같은 밴드에 있어서 나도 아는 애야. 좋은 애지. 벤 타운센드라고. 그런데 봐, 벤의 엄마가 보험 일을 하시거든. 전화 상담이라나 뭐라나. 그래서 에릭이 벤을 싫어하게 된 거야."

"엄마가 보험 일을 한다는 이유만으로?"

"너도 에릭 아빠 몸이 좋지 않은 건 알지? 걔네 아버지는 물건도 못 들고 일도 못하고 문제가 있어…… 똥 싸는 데 문제가 있대. 정말 슬픈 일이야. 그래서 보험금을 받아야 하는데 아직 못 받았어. 아마 영원히 못 받을 것 같아. 그래서 에릭은 누구에게라도 복수하려고 벤을 찍은 거야."

"그 형네 엄마가 에릭 아빠를 엿 먹인 보험회사에서 일한다는 이유만으로?"

"아니야!" 테리가 외쳤다. "그게 바로 가장 거지 같은 부분이지. 걔네 엄마는 다른 보험회사에서 일해."

"그럼 말이 안 되잖아."

"안 되지. 전혀 안 돼. 걜 이해하려고 아까운 시간 버리지 마라. 아무 소용없을 테니까. 에릭은 이걸 사용해서 벤 타운센드와 관련된 뭔가를 날려버리려고 했어. 그래서 나도 끼지 않겠느냐고 전화한 거야."

"뭘 날려버리려고 했는데?"

"벤네 고양이."

이그는 자기가 약간 폭발한 느낌, 경외감과 맞닿은 공포심으로 터져버린 느낌이 들었다.

"아니, 에릭 형은 그냥 말만 그렇게 한 거지. 실은 형에게 뺑친 거겠지. 말도 안 돼, 고양이를?"

"내가 얼마나 열받았는지 보여주니까 뺑치려 한 척하더라. 내가 걔네 아버지한테 우리가 어떤 짓거리를 하고 다녔는지 이르겠다고 하니까 그제야 체리 폭탄을 줬어. 내 머리를 향해 던지면서 꺼지라고 하던데. 에릭 네 아버지가 걜 혼낼 때 경찰 고문기술을 여러 번 쓴 걸 확실히 알았지."

"똥을 쌀 수 없는데도 그렇게 해?"

"똥은 쌀 수 없지만 허리띠는 휘두를 수 있거든. 에릭이 경찰이 되지 않기를 간절히 빌어. 걔나 걔 아빠나 똑같거든. 묵비권을 가질 수 있다고 하면서 목에다 발길질을 해대겠지."

"정말 에릭 형 아빠에게 이를 건……?"

"뭐? 아니, 그럴 리가 없지. 나도 꼈는데 에릭이 폭탄 던지고 다녔다고 어떻게 부냐? 그냥 협박의 제1규칙 같은 거야." 테리 형은 잠시 아무 말 없다가 입을 열었다. "우린 어떤 사람을 잘 안다고 생각하지. 하지만 그저 알고 싶은 것만 아는 거야."

테리는 이그를 맑은 눈으로 올려다보았다.

"질 나쁜 녀석이야, 에릭은. 나도 걔랑 함께 있을 때면 질 나쁜 인간이 되는 기분이 들어. 넌 밴드 활동을 안 하니까 모르지, 이그. 최고기술이라고 해봤자 트럼펫으로 〈아름다운 미국〉을 부는 것 정도라면 여자애들이 줄줄 따르고 남자애들이 무서워하겠냐. 사람들이 나를 쳐다보는 눈길이 좋았어. 그게 에릭이랑 다녀서 내게 유리한 점이었어. 하지만 걔한테 무슨 유리한 점이 있었는지는 모르겠다. 내가 돈을 다 내고 우리가 유명한 사람들하고 좀 아는 사이라는 게 좋았는지는 모르겠지만."

이그는 무슨 말이라도 해야 할 것 같았지만 어떻게 말해야 할지 알 수 없어 손 안에서 폭탄만 굴렸다. 마침내 떠오른 말은 구제불능일 정도로 어울리지 않았다.

"내가 이걸로 뭘 터뜨렸으면 좋겠어?"

"모르겠어. 하지만 날 빼고 하지는 마. 알겠지? 몇 주 동안 가만 놔둬. 면허증을 따면 애들 몇 명이랑 케이프 코드로 차를 타고 갈 거야. 해변에서 모닥불을 피울 테니까 거기서 뭔가 찾을 수 있겠지."

"여름의 마지막 대폭발이 되겠네."

"그래. 이상적으로는 지구의 위성궤도에서 훤히 보이는 폭파 흔적을 남기고 싶어. 그러지 못한다면 적어도 절대 대체할 수 없는 귀중하고 아름다운 걸 파괴하도록 해보자."

테리가 말했다.

15

성당까지 가는 내내 이그의 손바닥에는 땀이 났고 끈적끈적하며 낯선 감각이 들었다. 속도 뒤집혔다. 이유도 알고 있었고 우스꽝스럽기까지 했다. 이그는 그 애의 이름도 몰랐고 말 한 마디 나눠본 적 없었다.

그 애가 신호를 보냈다는 것 이외에는. 성당에는 사람이 가득했고 대부분 그 애 또래였다. 그런데도 그 애는 이그를 똑바로 보면서 타오르는 황금 십자가로 신호를 보냈다. 이그는 지금도 어째서 그 애를 그냥 보냈는지, 어떻게 야구카드나 시디를 줘버리듯 그 애를 줘버릴 수 있었는지 알 수 없었다. 이그는 자신을 다독이며 리는 기댈 사람이 필요한 트레일러 야영지의 아이고, 세상일은 전부 이치대로 풀리기 마련이라고 되뇌었다. 자기가 한 일에 자부심을 느끼려고 해봤지만, 대신 그 안에서 두려움의 검은 우물이 솟아올랐다. 무엇에 몰려 리가 그 애의 십자가를 가져가는 걸 허락하도록 놔두었는지 알 수가 없었다. 리는 오늘 그 십자가를 가지고 오겠지. 그 애에게 되돌려줄 테고, 그 애는 고맙다고 인사하며 두 사람은 미사가 끝나고 이야기를 나누겠지. 이그의 마음속에서 두 사람은 벌써 함께 걷고 있었다. 빨강머리 소녀는 지나가면서 이그 쪽을 쳐다봤지만 전혀 알아본 기색 없이 자기를 쓱 비껴갔다. 고친 십자가는 그 애의 목 오목한 자리에서 반짝였다.

리는 똑같은 자리에 앉아 있었고 그 애의 십자가를 목에 걸고 있었다.

이그의 눈에 가장 먼저 들어온 것은 그 십자가였고 몸의 반응은 단순하고 생화학적이었다. 아프도록 뜨거운 커피 한 잔을 한 번에 꿀꺽 삼킨 느낌이었다. 속이 꼬이고 타올랐다. 카페인 때문에 쿵쿵 뛰듯이 피가 솟구쳤다.

미사가 시작되기 직전까지도 리의 앞자리는 비어 있었고, 마지막 순간에야 뚱뚱한 아주머니 세 사람이 여자애가 지난주에 앉았던 자리를 차지했다. 처음 20분 동안, 리와 이그 둘 다 목을 쭉 빼고 소녀를 찾았지만 나타나지 않았다. 그 빨강머리, 총총 땋은 구릿빛 머리카락을 놓치려야 놓칠 수가 없었다. 마침내 리는 통로 건너편에 앉은 이그를 쳐다보고 우스꽝스럽게 어깨를 으쓱했고, 이그 역시 과장되게 어깨를 으쓱해 보였다. 모스 부호의 소녀에게 접근하려는 리의 음모에 동참이라도 하듯이.

하지만 이그는 공모자가 아니었다. 주기도문을 외울 시간이 되자 이그는 고개를 숙였지만 기도 내용은 보통의 주기도문에는 포함되어 있지 않은 바람이었다. 십자가를 돌려받고 싶었다. 올바른 바람이 아니라도 좋았다. 무엇보다도, 검은 물과 포효하는 영혼들이 죽음처럼 밀려들었을 때 다시 숨 쉬기를 간절히 바랐던 것 이상으로 그 십자가를 원했다. 그애의 이름도 몰랐지만 둘이 재미있게 지낼 수 있다는 것은, 같이 있으면 좋으리라는 것은 알았다. 여자애가 십자가로 이그의 얼굴에 빛을 비추던 그 10분은 성당에서 누렸던 가장 행복한 10분이었다. 아무리 은혜를 입은 은인에게라도 절대 줄 수 없는 것이 있는 법이다.

미사가 끝나자 이그는 아들의 어깨에 손을 얹은 아버지와 함께 서서 줄지어 지나가는 사람들을 바라보았다. 사람이 많은 곳에서 이그 가족은 언제나 가장 늦게 나갔다. 성당, 영화관, 야구장. 리 토르노가 지나가며 체념하는 투로 머리를 살짝 끄덕였다. 이길 때도 있고 질 때도 있는 거지.

통로에 사람이 모두 빠져나가자 이그는 여자애가 지난주에 앉았던 자리로 가서 한쪽 무릎을 굽히고 신발 끈을 묶었다. 아버지가 돌아보았지만 이그는 먼저 가면 따라간다는 뜻으로 고개를 끄덕였다. 이그는 가족들이 성당을 빠져나가는 모습을 보고 신발 끈을 놓았다.

모스 부호 소녀가 앉았던 자리를 차지한 건장한 아주머니 세 명은 가방을 챙기고 여름 숄을 어깨에 두르느라 아직 나가지 않았다. 아주머니들을 올려다보다가 이그는 전에 이들을 본 기억을 떠올렸다. 지난 일요일에 소녀의 어머니와 함께 수다를 떨면서 어울렸던 사람들이다. 그때는 소녀의 이모들이 아닐까 생각했다. 이중 한 명이 미사 후에 소녀와 같이 차를 타고 가지 않았나? 이그는 확실하지 않았다. 그렇게 생각하고 싶었지만 마음의 바람이 커서 기억에 색을 덧입혔을 수도 있었다.

"죄송한데요."

이그가 입을 열었다.

"무슨 일이니?"

가장 가까이에 있던 아주머니가 물었다. 덩치가 크고 금속성 갈색으로 머리를 물들인 여자였다.

이그는 한 손가락으로 자리를 가리키며 고개를 저었다.

"여기 여자애가 한 명 있었는데요. 지난 일요일에요. 뭔가 놓고 가서 돌려주려고요. 빨강머리 애였는데?"

여자는 대답하지 않았지만 그 자리에 가만히 있었다. 이제 통로에 사람이 죄다 빠져서 나갈 수 있었는데도. 마침내 이그는 아주머니가 눈을 마주치기를 기다리고 있다는 사실을 깨달았다. 이그는 눈을 맞추었지만 아주머니가 알겠다는 듯 가늘게 눈을 뜨고 바라보는 통에 맥박이 콩닥콩닥 뛰었다.

"메린 윌리엄스와." 아주머니는 말했다. "걔 부모는 새 집 계약하러 지난 주말에 이 동네에 막 왔단다. 내가 그 집을 판 사람이라 사정을 잘 알지. 그래서 성당도 구경시켜줬던 거고. 지금은 로드아일랜드에 짐 싸러 돌아갔어. 그 애는 다음 주 일요일에 돌아올 거야. 난 금방 그 집 식구들을 만날 것 같은데, 원한다면 메린이 놓고 간 게 뭐인지는 몰라도 내가 전해줄 수 있어."

"아니에요. 괜찮아요."

"그래." 여자가 대답했다. "그 애에게 직접 건네주는 편을 더 좋아할 것 같네. 얼굴에 다 써 있어."

"뭐, 뭐라고요?"

이그가 물었다.

"말할 순 있지만," 여자가 말했다. "여긴 성당이니까."

16

리가 집에 놀러와 수영장 얕은 물에서 농구를 하고 있는데, 엄마가 접시에 그릴에 지진 햄-브리 치즈 샌드위치를 담아 가지고 왔다. 리디아는 다른 엄마들처럼 노란 미국 치즈로 햄치즈 샌드위치를 만들지 않았다. 샌드위치 하나도 가문을 보여줘야 하고, 엄마 자신의 더 세련되고 세속적인 입맛을 표현해야 했다. 이그와 리는 등받이 긴 의자에 앉아 샌드위치를 먹으며 발로 물장구를 쳤다. 어찌된 영문인지 둘이 함께 있으면 한 명이라도 꼭 물을 뚝뚝 떨어뜨리는 꼴이 되는 것 같았다.

리는 이그의 엄마에게 예의 바르게 굴었지만 어머니가 사라지자 토스트를 벗겨서 햄에 녹아 붙은 우윳빛 치즈를 쳐다보았다.

"누가 내 샌드위치에다 싸놓았네."

이그는 한입 먹다 말고 웃음이 터져 사레에 걸렸다가 기침 발작을 일으켰다. 발작이 심해서 가슴이 아팠다. 리는 자동적으로 이그의 등을 쳐서 구해주었다. 그건 일종의 습관, 두 사람 관계에서 필수불가결한 부분 같았다.

"보통 사람들은 그냥 점심 한 끼 먹는 건데. 너는 또 죽을 고비냐."

리는 햇살 속에서 눈이 부신지 실눈을 떴다.

"넌 내가 아는 사람 중에서 가장 죽음을 당하기 쉬운 인간 같다."

"나 보기보다 그렇게 쉽게 안 죽어." 이그가 말했다. "바퀴벌레 같지."

"AC/DC 좋더라." 리가 말했다. "누군가 쏴 죽이려거든 그 노래 들으면서 하고 싶을 것 같아."

"비틀스는 어땠어? 그걸 들으면서도 누굴 쏴 죽이고 싶었어?"

리는 잠깐 진지하게 생각했다.

"날 죽이고 싶었어."

이그는 다시 웃었다. 리의 비밀은 일부러 웃기려 하지 않고, 자기가 한 말이 재미있다는 것도 모르는 듯하다는 거였다. 리는 억제된 느낌, 유리처럼 잔잔하고 쉽게 뒤집히지 않는 냉정함을 풍기고 있어서 이그는 리를 보면 영화에서 폭탄 탄두를 제거하는 비밀요원이 생각났다. 아니면 폭탄을 설치하는 요원이거나. 다른 때는 그저 백지 같았다. 리는 자기가 한 농담이건, 이그가 한 농담이건 결코 웃지 않았다. 리는 인간 감정을 연구하러 지구에 온 외계인 과학자 같았다. 모르크*처럼.

웃으면서도 이그는 풀이 죽었다. 비틀스를 좋아하지 않는다는 건 아예 모르는 것보다 더 나빴다.

리는 이그의 얼굴에서 아쉬워하는 표정을 보고 말했다.

"돌려줄게. 네가 다시 가져."

"아니야. 가지고 있다가 좀 더 들어봐. 마음에 드는 곡도 있을 거야."

"어떤 곡은 마음에 들었어." 리는 말했지만 이그는 거짓말이라는 것을 알았다. "그 노래 있잖아."

리의 목소리가 잦아드는 바람에 이그는 예순 곡 중에서 무슨 노래를 말하는 걸까 짐작해야 했다.

그렇지만 이그는 짐작할 수 있었다.

"'행복은 따뜻한 총이다Happiness is a Warm Gun'?"

---

* 1970년대 미국 공상과학 드라마 시리즈 〈모르크와 민디〉의 주인공. 모르크는 외계인 과학자로 지구에 와서 민디라는 여성 룸메이트와 함께 인간 행동과 미국 문화를 연구한다. 당시에는 무명이었던 로빈 윌리엄스가 모르크 역을 맡았다.

리는 손가락으로 이그를 가리키며 엄지로 장전했다가 쏘는 시늉을 했다.

"재즈는 어땠어? 마음에 드는 곡 있어?"

"대강. 잘 모르겠어. 재즈곡은 잘 들을 수 없었어."

"무슨 뜻이야?"

"음악이 돌아가고 있다는 걸 자꾸 잊어버리게 돼. 슈퍼마켓에서 나오는 음악 같아서."

이그는 몸을 떨었다.

"그럼 넌 커서 킬러가 될 거냐?"

"왜?"

"사람을 죽일 때 배경으로 쓰는 음악만 좋아하니까."

"아냐. 그냥 그 장면에 맞아야 한다는 거지. 음악이라는 게 그런 쓸모 아니야? 일하면서 배경으로 깔아놓는 것."

이그는 리의 말을 반박하진 않았지만 그런 무지는 고통스러웠다. 희망하기로는, 오랫동안 친한 친구로 지내다 보면 리도 음악에 대한 진실을 깨닫게 될지 모른다. 음악은 인생에 제3궤도와도 같다. 지루하게 늘어지는 시간에 충격을 주어 빠져나오기 위해, 무언가 느끼기 위해, 학교 갔다 텔레비전 보고 저녁 먹고 설거지거리 식기세척기에 넣는 단순한 일상에서 경험할 수 없는 온갖 경험으로 타오르기 위해 음악을 붙든다. 이그는 리가 트레일러 야영지에서 자라났기 때문에 많은 좋은 것들을 놓치고 살았으리라 짐작했다. 몇 년이면 따라잡을 수 있을 것이다.

"그래서 어른이 되면 뭘 할 건데?"

이그는 물었다.

리는 남은 샌드위치를 다 쑤셔 넣고 우물우물 대답했다.

"국회에 들어갈 거야."

"진짜로? 뭐하러?"

"약을 하는 무책임한 쌍년들을 불임으로 만드는 법을 만들어서 제대로 돌보지도 않을 애들을 낳지 못하게 할 거야."

리는 열도 내지 않고 말했다.

이그는 그동안 왜 리가 어머니 얘기를 하지 않는 건지 궁금했었다.

리의 손은 목걸이에 걸려 쇄골에 얹힌 십자가를 향했다. 잠시 후, 리가 말했다.

"계속 그 애 생각을 했어. 성당에서 만난 애 말이야."

"그랬겠지."

이그는 재미있다는 투로 말하려 했으나 자기 귀에도 약간 거세고 언짢은 듯 들렸다.

리는 눈치채지 못한 것 같았다. 눈은 저 먼 곳을 보듯 아련했다.

"이 근처 사는 애가 아닌가 봐. 이전에는 성당에서 한 번도 본 적 없었어. 아마도 가족끼리 방문을 했거나 그랬겠지. 다신 걜 볼 수 없을 거야." 리는 말을 끊었다가 이었다. "떠나버린 사람이야."

신파적인 말투는 아니었고, 세상 물정 다 안다는 식의 유머감각을 담은 말이었다.

진실은 내려가지 않은 샌드위치 덩어리처럼 이그의 목에 걸렸다. 바로 거기 입 밖으로 나가기를 기다리며 걸려 있었다. 그 애는 다음 주 일요일에 돌아올 거야. 하지만 그 말을 할 수가 없었다. 그렇다고 거짓말을 할 수도 없었다. 그럴 배짱은 없었다. 이그만큼 거짓말을 못하는 사람도 없었다.

대신 이렇게만 말했다.

"십자가를 고쳤네."

리는 내려다보지도 않고 수영장 표면 위에서 춤추는 빛을 바라보며 십자가를 한 손으로 천천히 들어 올렸다.

"그래. 항상 가지고 다녀. 잡지 팔러 다니다가 우연히 만날 경우를 대비해서." 리는 잠깐 멈추었다 말을 이었다. "내가 말한 야한 잡지 알지?

배급소장이 저장고에 숨겨두고 있다는 거. 거기 〈체리스〉라는 잡지가 있어. 열여덟 살 처녀들만 나오는 잡지야. 내가 제일 좋아하는 잡지지. 동네 소녀 같은 애들만 나와. 이런 애의 첫 남자가 되면 어떨까 상상하면서 여자를 갖고 싶게 만드는 잡지야. 물론 〈체리스〉에 나오는 여자애들이 진짜 처녀는 아냐. 딱 보면 알지. 엉덩이에 문신이 있거나 눈 화장이 너무 진해. 이름도 스트리퍼 같고. 그냥 화보를 찍으려고 청순하게 입는 거야. 다음 화보에는 섹시한 여순경이나 치어리더로 변신하겠지. 그것도 역시 가짜일 테고. 하지만 성당에서 만난 여자애는 진짜야."

리는 십자가를 가슴에서 들어 엄지와 검지로 문질렀다.

"이걸 걸고 다니는 이유는 진짜인 것을 본다는 생각이랑 관련이 있어. 보통 사람들은 자기들이 느끼는 척하는 것의 반도 실제로는 느끼지 못해. 특히 여자애들은 사귈 때 외모를 꾸미듯 태도도 꾸미고 다니지. 남자 관심을 계속 끌려고. 글레나 같은 애들은 내 관심을 끌려고 가끔씩 손으로 해주는 거야. 손으로 하는 걸 좋아해서가 아니고, 외로운 걸 좋아하지 않기 때문에. 여자애가 순결을 잃으면 아프긴 해도 그건 진짜지. 진짜 중의 진짜일 수도 있어. 다른 사람에게 보일 수 있는 가장 사적인 것. 그 순간에, 마침내 모든 가식을 다 통과하고 들어갔을 때 그 여자가 어떤 사람일지 궁금하지 않냐. 성당에서 만난 여자애를 생각할 때마다 난 이런 생각을 해."

이그는 샌드위치 반쪽을 먹어버린 걸 후회했다. 리의 목에 걸린 십자가는 햇빛 속에서 빛났고 이그는 눈을 감았지만 아직도 그 십자가와 그 뒤로 연속해서 이어지는 빛의 잔상, 무서운 경고를 담은 신호를 볼 수 있었다. 두통이 밀려오는 기분이었다.

이그는 눈을 뜨고 말했다.

"그래서 정치가가 안 되면 직업 킬러가 될 거야?"

"그럴 것 같아."

"어떻게 할 건데? 네 수법은 뭔데?"

어떻게 하면 리를 죽이고 십자가를 빼앗아올 수 있을지 궁금했다.

"우리 누구 얘기하는 거야? 도박 빚을 안 갚은 쌍년? 아니면 대통령?"

이그는 길고 천천히 숨을 내쉬었다.

"너의 진실을 알고 있는 사람. 주요 증인. 그 사람이 살아 있으면 네가 감옥에 갈 수도 있다고 한다면."

"차에 가두고 불을 질러 태워 죽일 거야. 폭탄으로 해치우지. 나는 건너편 보도에 서서 그 사람이 운전석에 올라타는 걸 볼 거야. 그가 차를 움직이는 순간 리모컨 버튼을 눌러. 그러면 폭발 후에 불덩이가 된 차가 데굴데굴 구르겠지."

이그가 말했다.

"야, 잠깐만. 나 보여줄 게 있다."

이그는 리가 보인 당황스러운 표정을 무시하고 일어서서 집 안으로 터덜터덜 들어갔다. 3분 후, 이그는 오른손을 움켜쥐고 돌아왔다. 이그가 수영장 의자에 다시 앉았을 때, 리는 눈썹을 찌푸린 채 위를 올려다보았다.

"이거 확인해봐."

이그는 오른쪽 주먹을 펴서 체리 폭탄을 보여주었다.

리는 폭탄을 쳐다보았다. 얼굴은 플라스틱 가면처럼 무표정했지만 무관심한 척하려 해도 이그의 눈을 속일 순 없었다. 이그가 손을 펴서 그 안에 있는 게 무엇인지 봤을 때, 리는 자기도 모르게 일어나 앉았다.

"에릭 해니티가 갖았어." 이그가 말했다. "이건 내가 카트를 타고 언덕을 내려온 대가야. 너 그 칠면조 봤지?"

"한 시간 동안 추수감사절 비가 내리더라."

"차에다 이런 걸 꽂아 넣으면 멋지지 않겠냐? 어딘가 폐차를 발견하면 말이야. 이걸로 후드는 충분히 날려버릴 거야. 테리 형 말로는 이런 것들은 요새 청보법의 대상이 된대."

"청보법이 뭐야?"

"청소년보호법. 요새 만드는 폭탄은 욕조에서 방귀 뀌는 것처럼 시시하고. 이런 건 아니지."

"법에 어긋나는지 알면서 어떻게 팔았지?"

"새 폭탄을 제조하는 것만 법에 저촉되는 거야. 이건 옛날 상자에서 꺼내온 거고."

"이걸로 뭘 할 건데? 폐차를 찾아서 날려버리려고?"

"아냐. 형이 케이프 코드에 갈 때까지 기다리랬어. 노동절 주말에. 운전면허 따면 데려가준다고."

"내가 상관할 바는 아니지만," 리가 말했다. "네 형이 무슨 권리가 있다고 이래라저래라 하는지 모르겠는데."

"아냐, 기다려야 해. 에릭 해니티는 내가 언덕에서 내려올 때 운동화를 신고 있어서 무효라며 폭탄을 안 주려고 했어. 홀딱 벌거벗은 게 아니라고. 하지만 테리 형이 헛소리하지 말라고 해서 에릭이 마지못해 내놓게 된 거야. 그러니까 형이 한몫했지. 그런 형이 케이프 코드 갈 때까지 기다리라고 하니까."

두 사람의 짧은 우정 중 처음으로 리는 언짢아 보였다. 얼굴을 찡그리더니 뭔가 갑자기 등을 파고들기라도 하듯이 수영장 의자에서 꼼지락거렸다.

"이브의 체리라는 이름은 약간 멍청해. 이브의 사과라고 해야지."

"왜?"

"성경에 그렇게 나오니까."

"성경에는 그냥 선악과라고만 되어 있어. 사과라고는 한 적 없지. 그러니까 체리일 수도 있어."

"난 그 얘기 안 믿어."

"나도 그래." 이그가 인정했다. "공룡은 어쩌고."

"예수님이 있었다고 믿냐?"

"그럼? 시저에 대한 기록이 있듯이 예수님에 대한 기록도 있잖아."

이그는 리를 곁눈질로 쳐다보았다. 리의 옆모습은 월계관만 없다 뿐이지 은동전에 찍혀 있는 시저와 똑 닮았다.

"예수님이 기적을 행하셨다는 얘기도 믿어?"

리가 물었다.

"그럴 수도 있지. 잘 모르겠어. 나머지 말이 사실이라면 그 부분이 문제가 될까?"

"나도 한번 기적을 행한 적 있어."

이그는 이 말이 그다지 놀랍지 않은 만큼 인정하지 못할 것도 없다고 생각했다. 이그의 아버지는 언젠가 네바다 사막에서 밴드 칩 트릭의 드러머와 술을 마시다가 유에프오를 본 적이 있다고 했다. 리가 어떤 기적을 행했는지 물어보는 대신에 이그는 이렇게만 물었다.

"근사했어?"

리는 고개를 끄덕였다. 새파란 눈이 먼 곳을 보듯 아련해졌다.

"달을 고친 적이 있어. 어렸을 때. 그때 이후 다른 것도 잘 고치게 됐지. 내가 제일 잘하는 기술이야."

"어떻게 달을 고쳤는데?"

리 토르노는 한쪽 눈을 가늘게 뜨면서 한 손을 하늘을 향해 들어 엄지와 검지로 가상의 달을 집어 반 바퀴 돌렸다. 그러면서 부드럽게 딱 소리를 냈다.

"훨씬 낫지."

이그는 종교 이야기를 하고 싶지 않았다. 파괴 이야기를 하고 싶었다.

"도화선에 불을 붙이면 정말 기적 같을 거야." 이그가 말하자 리의 시선은 이그의 손에 들린 체리 폭탄으로 돌아왔다. "뭔가 하느님에게 돌려

보내고 싶어. 뭐가 좋을까?"

리가 체리 폭탄을 바라보는 표정에는 바에 앉아 술을 마시면서 무대에서 팬티를 내리는 여자를 바라보는 사내의 모습을 떠올리게 하는 구석이 있었다. 친구가 된 지는 별로 오래되지 않았지만 두 사람 사이에는 일정한 패턴이 굳어졌다. 이제 이그가 뭔가 주겠다고 할 시점이었다. 리에게 돈과 시디와 메린 윌리엄스의 십자가를 주었듯이. 하지만 이그는 주지 않았고, 리는 부탁하지 않았다. 이그는 폭탄을 주지 않는 이유가 지난번에 시디 선물을 줘서 리를 무안하게 했기 때문이라고 자신을 설득하려 했다. 하지만 진실은 달랐다. 이그는 무언가로 리를 위협하고 싶은 야비한 충동을 느꼈다. 자기가 직접 걸고 다닐 수 있는 십자가. 나중에 리가 집으로 돌아가고 난 후에는 이런 충동이 부끄러울 것이다. 수영장도 있는 부잣집 아이가 트레일러 야영지에서 외부모와 함께 사는 아이에게 자기 보물을 자랑하다니.

"그거 호박에 꽂아도 되겠다."

리가 말하자 이그가 대답했다.

"칠면조 같은 건 너무 야단스럽지."

수영장에서 떠나 뛰어가면서 리는 여러 방법을 제안하고, 이그는 생각해보는 놀이를 계속 반복했다.

둘은 폭탄을 강에 던지면 물고기가 죽나 안 죽나 볼 수 있고, 옥외 변소에 던져버리면 똥 온천이 솟나 볼 수도 있고, 새총으로 쏴서 성당 탑에 던지면 폭발할 때 어떤 소리가 나는지 들을 수 있다는 갖가지 이점에 대해 의견을 나눴다. 동네 밖에는 〈와일드 배스* 상점 – 낚시 및 보트 도구 전문점〉이라고 쓰인 커다란 게시판이 하나 있었다. 리는 폭탄을 글자 B에 테이프로 묶어서 터뜨리면 아주 신날 것 같다고 말했다. 그러면 〈와

---

* Wild Bass, 천연 농어.

일드 애스* 상점)이 될 테니까. 리는 생각이 무궁무진했다.

"넌 내가 어떤 음악을 좋아할지 계속 생각해봐." 리가 말했다. "내가 좋아하는 소리를 말해줄게. 뭔가 터지고 유리를 땡땡 울리는 소리야. 내 귀에 맞는 음악은."

* Wild ass. 거친 엉덩이.

17

이그가 미용실 의자에서 자기 차례를 기다리고 있을 때 뒤에서 똑똑 두드리는 소리가 들렸다. 어깨너머로 돌아보니 보도에 선 글레나가 창문 밖에서 코를 바짝 갖다 대고, 이그에게서 몇 센티미터 떨어지지 않은 자리에서 쳐다보고 있었다. 어찌나 가까웠는지 둘 사이에 유리가 없었더라면 글레나의 숨결이 이그의 목덜미에 닿을 것만 같았다. 대신 입김을 유리에 불어 그 부분만 하얗게 변했다. 그 위에 글레나는 글씨를 썼다. **네 거시기 봤다.** 그 아래에다가 만화처럼 달랑거리는 불알을 그려놓았다.

이그는 심장이 덜컥 내려앉았다. 어머니가 보고 있진 않은지, 눈치를 채지는 않았는지 재빨리 둘러보았다. 하지만 리디아는 저 멀리 건너편 의자 뒤에 서서 미용사에게 이런저런 요구사항을 말하느라 정신이 팔렸다. 테리는 목에 천을 두르고 앉아 참을성 있게 예쁜 외모로 다듬어지기를 기다리고 있었다. 이그의 헝클어진 머리카락을 자르는 일은 모양이 이상한 울타리를 다듬는 것과 비슷했다. 아무리 다듬어도 예뻐지진 않고 그저 봐줄 만한 정도였다.

이그는 글레나를 돌아보며 격렬히 머리를 흔들었다. 가버려. 글레나는 멋들어진 가죽 재킷 소맷부리로 유리에 쓴 글씨를 지웠다.

글레나는 혼자가 아니었다. '지옥으로 가는 고속도로'도 거기 있었고, 주물공장에서 봤던 부랑아 무리 중 10대 후반에 머리가 긴 애도 같이 있었다. 두 소년은 주차장 반대편에 서서 쓰레기통을 뒤지는 중이었다. 쟤들은 어째서 쓰레기통에 집착하는 걸까?

글레나는 손톱으로 창문을 긁었다. 얼음색으로 칠한 손톱은 길고 뾰족하게 다듬어 마녀 손톱 같았다. 이그는 어머니를 돌아보았지만 한눈으로 보기에도 어머니는 이쪽에 신경을 쓰지 않는 것 같았다. 리디아는 자기말에 열중한 채 허공에 뭔가 그리고 있었다. 아마도 완벽한 헤어스타일이라든가, 상상의 공, 마법의 수정구인 듯했다. 그 공 안에는 열아홉 살짜리 미용사가 그 자리에 서서 고개만 끄덕이고 껌을 짝짝 씹으면서 리디아가 마음대로 지시를 내리도록 놔두는 대가로 두둑한 팁을 받게 된다는 미래가 나타나 있을 것이었다.

이그가 밖으로 나오자, 글레나는 창문을 등지고 단단하고 둥그런 엉덩이를 유리에 딱 대고 있었다. 글레나는 '지옥으로 가는 고속도로'와 긴 머리 친구를 쳐다보고 있었다. 쓰레기통을 사이에 둔 두 소년은 쓰레기봉투를 활짝 펼쳐놓았다. 긴 머리 소년은 계속 '지옥으로 가는 고속도로'의 얼굴을 만지려 했다. 다정하다 싶은 태도였다. '지옥으로 가는 고속도로'는 남자애가 어루만질 때마다 큰 소리로 멍청하게 깔깔 웃었다.

"너 왜 리한테 그 십자가 줬어?"

글레나가 따졌다.

이그는 움찔 놀랐다. 글레나가 다른 어떤 말을 했어도 그렇게 놀라진 않았을 것이었다. 자기 자신도 일주일 내내 했던 질문이었다.

"걔가 고치겠다고 했어."

"고쳤잖아. 그런데 왜 안 돌려준대?"

"그거 내 거 아냐. 그건…… 성당에서 만난 여자애가 떨어뜨린 거야. 난 고쳐서 돌려주려고 했는데 못 고쳤고, 리가 자기 아버지 연장으로 할 수 있다고 했어. 자선 모금하러 집집마다 다니면서 걔를 우연히 다시 만날까 봐 걸고 다니는 거래."

"자선 모금 좋아하네."

글레나는 콧방귀를 뀌었다.

"너 그거 돌려달라고 해. 시디도 달라고 하고."

"걘 음반이 하나도 없대."

"걘 음반 하나도 필요 없어. 필요했다면 자기가 샀겠지."

"몰라. 시디는 아주 비싸니까……."

"그래서? 리 그렇게 돈 없지 않아." 글레나가 말했다. "걘 하몬 게이츠에 살아. 우리 아빠가 걔네 정원 일을 하고. 그래서 걔랑 알게 된 거야. 어느 날 아빠가 나보고 걔네 집에 혼자 가서 모란을 심으라고 하더라. 리의 부모님은 돈이 많아. 자기가 시디 살 돈 없다고 제 입으로 그러디?"

이그는 갈피를 잡을 수 없었다. 리가 하몬 게이츠에 살고, 정원사를 따로 두고 있고, 어머니가 있다는 사실에. 특히 엄마가 있다니.

"리네 부모님 같이 사셔?"

"가끔은 그렇지도 않은 것 같더라. 걔네 엄만 엑세터 병원에서 근무하는데, 통근거리가 아주 길어서 여기 자주 오지 않거든. 그게 더 나을지도 몰라. 리와 엄마는 그렇게 사이가 좋지 않으니까."

이그는 고개를 흔들었다. 글레나는 아주 딴 사람, 이그가 전혀 모르는 사람에 대한 이야기를 하는 것 같았다. 이그는 리 토르노의 삶에 대해 아주 명확한 그림을 굳혀놓고 있었다. 픽업 트럭을 모는 아버지와 함께 트레일러에 살고, 마약을 피우던 어머니는 어렸을 때 사라져서 보스턴의 사창가에서 몸을 팔고 있다는 그림. 리는 한 번도 자기가 트레일러에 살거나 엄마가 마약중독창녀라고 말한 적 없었지만, 이그는 리의 세계관과 절대 말하지 않는 화제로 미루어 그런 암시가 있었다고 느꼈다.

"물건 살 돈이 없다고 걔가 그랬어?"

글레나가 물었다.

이그는 고개를 저었다.

"그런 줄 알았지."

글레나는 잠깐 땅에 떨어진 돌멩이를 신발코로 툭툭 차다가 고개를 들었다.

"걔 나보다 예뻐?"

"누구?"

"성당에서 만났다는 애. 그 목걸이 주인."

이그는 할 말을 궁리하며 우아하고 배려 깊은 거짓말을 찾아 마음속을 휘저어보았다. 하지만 이그는 거짓말을 전혀 못하는 사람이었기 때문에 침묵 그 자체만으로 일종의 대답이 되었다.

"그래." 글레나는 서글프게 미소 지었다. "그럴 줄 알았어."

이그도 그런 슬픈 미소와 눈을 마주하는 것이 우울해서 시선을 피해버렸다. 글레나는 괜찮은 애 같았다. 직설적이고 헛소리를 하지 않았다.

'지옥으로 가는 고속도로'와 긴 머리 소년은 쓰레기통 앞에서 웃어대고 있었다. 크고 날카로운 까마귀 울음소리. 이그는 왜 그러고 있는지 알 수 없었다.

"너 불 지를 만한 차 알아?" 이그가 물었다. "불 질러도 걸리지 않을 만한 거. 주인이 있는 차 말고. 그냥 폐차 같은 거."

"왜?"

"리가 차에 불을 붙이고 싶어 해서."

글레나는 얼굴을 찡그리며 어째서 이그가 이쪽으로 화제를 돌렸을까 짐작하려 했다. 그때 글레나는 '지옥으로 가는 고속도로'를 보았다.

"게리네 아빠, 우리 삼촌인데 숲 속에 쓰레기를 쌓아두셔. 데리에 있는 집 뒤에. 집에서 자동차 부품 영업을 하시거든. 적어도 자동차 부품 영업을 한다고 말은 하지. 손님이 있는지는 모르겠지만."

"나중에 그 집 얘기를 리에게 꼭 해줘."

이그가 말했다.

뒤에서 주먹이 유리창을 톡톡 두드리는 소리가 들려 두 아이는 뒤를 돌아보았다. 이그의 엄마였다. 리디아는 글레나를 보고 미소 지으면서 한 손을 들어 뻣뻣하게 흔들었다. 그러더니 시선을 이그에게로 옮기고 눈을 엄하게 부릅뜨면서 더 기다리지 못하겠다는 표정을 지어 보였다. 이그는 고개를 끄덕였지만 엄마가 등을 돌렸을 때도 곧장 미용실로 들어가지 않았다.

글레나는 의아하다는 듯 고개를 갸우뚱했다.

"그럼 우리가 불장난을 하면 너도 낄 거야?"

"아니, 그건 아니고. 너희끼리 재미있게 놀아."

"너희끼리라." 글레나는 더 활짝 웃었다. "너 머리 어떻게 할 건데?"

"모르겠어. 아마 매번 하던 대로 하겠지."

"밀어버려야 해." 글레나가 말했다. "빡빡 밀어. 그렇게 하면 멋져 보일 거야."

"그런가? 안 돼. 엄마가 싫어하셔."

"뭐, 적어도 짧게 쳐서 펑크처럼 위로 세울 순 있지. 끝만 탈색하거나 해서. 머리 모양은 사람의 일부잖아. 좀 더 재미있는 사람이 되고 싶지 않아?" 글레나는 손을 뻗어 이그의 머리를 세웠다. "약간만 노력하면 더 재미있는 사람이 될 수 있어."

"내 말이 먹힐지나 모르겠어. 엄마는 한 번 효과를 본 걸 계속 유지하기 원하니까."

"아, 너무 안됐다. 난 약간 미친 것 같은 스타일 좋아하는데."

"그러냐?" 게리, 일명 '지옥으로 가는 고속도로'가 껴들었다. "너 내 엉덩이 좆나 좋아하겠지?"

둘 다 고개를 돌려 쓰레기통을 막 떠나 이쪽으로 오는 '지옥으로 가는 고속도로'와 긴 머리 소년을 쳐다보았다. 두 소년은 쓰레기에서 머리카락 조각을 찾아냈고, 게리의 얼굴에 붙여 반 고흐의 자화상에 나오는 적

갈색 구레나룻처럼 만들었다. 바짝 밀었다가 푸르스름하게 자라난 짧은 머리하고는 어울리지 않았다.

글레나의 얼굴은 고통으로 일그러졌다.

"맙소사. 그거 가지고 참도 남을 속이겠다. 얼간이들."

"네 재킷 줘." 게리가 말했다. "네 재킷 입으면 적어도 스무 살로는 통할걸."

글레나가 대답했다.

"저능아로 통하겠지. 그리고 이 재킷 입으면 체포당할 일 없어."

이그가 말했다.

"정말 멋진 재킷이야."

글레나가 수수께끼처럼 불쌍한 표정을 지었다.

"리가 준 거야. 걘 인심이 아주 후해."

18

리는 입을 열어 무슨 말을 하려다가 마음을 바꿔 다물었다.

"뭐?"

이그가 물었다.

리는 다시 입을 열었다 닫았다가 또다시 열고 말했다.

"그 글렌 밀러 노래 중에 라-아-타-타 하는 부분이 좋더라. 그 노래라면 송장도 일어나서 춤추겠던데."

이그는 고개를 끄덕였지만 대답하지 않았다.

두 소년은 수영장에 있었다. 8월이 돌아왔기 때문이다. 더는 비도, 계절에 맞지 않는 서늘한 날씨도 이어지지 않았다. 섭씨 40도 가까이 됐고 하늘엔 구름 한 점 없어서, 리는 살이 탈까 봐 콧대에 하얀 자외선 차단 크림을 발랐다. 이그는 구멍 튜브를 타고, 리는 공기를 넣는 수영 매트 위에 매달려서 미적지근하고 눈이 아플 정도로 염소 냄새가 독한 수영장 물속을 떠다녔다. 돌아다니기에는 너무 더웠다.

십자가는 여전히 리의 목에 걸려 있었다. 목에서 축 늘어진 십자가가 매트 위에 펼쳐져 이그 쪽을 향했다. 마치 이그의 눈길에 자력이 있어서 자기 방향으로 끌어당기는 듯했다. 햇살이 그 위에 떨어져 황금빛을 이그의 눈에 비추면서 스타카토로 일정하게 신호를 보냈다. 십자가가 보내는 신호를 해독하기 위해 모스 부호를 알 필요는 없었다. 오늘은 토요일이고 메린 윌리엄스는 내일이면 다시 성당에 나올 것이었다. 마지막 기회야. 십자가가 반짝였다. 마지막 기회, 마지막 기회.

리의 입이 살짝 벌어졌다. 좀 더 뭐라고 얘기하고 싶었지만 어떻게 밀고 나가야 할지 모르는 듯했다. 그러다 드디어 말했다.

"글레나의 사촌 게리가 2주 후에 모닥불을 피우겠대. 자기 집에서. 일종의 여름 작별파티랄까. 병 로켓 같은 것도 있대. 맥주도 가져올 거라고 하더라. 너도 올래?"

"언제?"

"이번 달 마지막 토요일."

"못 갈 것 같아. 아빠가 보스턴 팝스 오케스트라에서 존 윌리엄스와 공연하시거든. 개막식 날이야. 우리 식구들은 아빠 개막식 공연에는 항상 갔으니까."

"그래, 이해한다."

리가 말했다.

리는 십자가를 입에 넣더니 생각에 잠겨 십자가를 빨았다. 그러다 십자가를 내려놓고 마침내 하고 싶은 말을 꺼냈다.

"너 그거 팔래?"

"뭘 팔아?"

"이브의 체리. 폭탄. 게리네 고물 자동차가 있대. 게리 말로는 우리가 뭘 버려도 아무것도 신경 쓰지 않을 거라더라. 라이터 액을 폭탄에 부으면 터뜨릴 수 있을지도 몰라." 리는 잠깐 자제하다가 덧붙였다. "그것 때문에 너 오라고 한 건 아니야. 네가 오면 훨씬 재미있을 것 같아서 오라고 한 거지."

"그래, 알아." 이그가 답했다. "하지만 너희에게 팔면 안 될 것 같아."

"뭐, 네가 언제까지나 나한테 계속 공짜로 줄 수만도 없잖아. 만약 팔면 얼마나 필요해? 잡지 팔 때 받은 팁을 좀 모아서 돈이 있거든."

아니면 네 어머니에게 20불을 빌릴 수도 있겠지. 이그는 자기 것이라고는 깨닫지도 못할 만큼 교활하고 비단 같이 매끄러운 목소리로 혼자 뇌까렸다.

"네 돈은 받기 싫어." 이그가 말했다. "하지만 바꿀 순 있어."

"뭐랑?"

"그거랑."

이그는 고개로 십자가를 가리켰다.

됐다. 말해버렸다. 다음 내뱉을 숨은 허파에 갇혀버렸다. 뜨거운 염소 냄새 나는 산소 캡슐. 화학적이고 낯선 느낌이 나는 공기. 리는 생명의 은인이었고, 이그가 의식이 없을 때 강에서 끌어내주고 등을 쳐서 공기를 다시 불어넣었다. 이그는 언제라도 은혜를 갚을 태세가 되어 있었고 리에게 뭔가를, 세상 모든 걸 빚졌다고 느꼈지만 이것만은 아니었다. 그 애는 리가 아니라 이그에게 신호를 보냈다. 이그는 리와 이런 식으로 거래할 권리가 없다는 걸 알았다. 도덕적 변명도 할 수 없고, 품위 있는 사람의 행동이라고 자기를 속여 넘길 도리도 없었다. 십자가를 돌려달라는 말을 꺼내자마자 몸속에서 떨림이 느껴졌다. 이그는 항상 자기 마음속 이야기에서는 착한 사람이었고 확실한 주인공이었다. 하지만 착한 사람은 이런 식으로 행동하지 않는다. 그래도 착한 사람이 되는 것보다 더 중요한 일도 있다.

리는 입꼬리에 슬며시 미소를 띠고 쳐다보았다. 이그는 얼굴이 활활 타오르는 기분을 느꼈지만 아주 미안하지만은 않았고 그 여자애를 위해 창피를 무릅썼다는 게 기뻤다. 이그는 말했다.

"뜬금없이 들리겠지만 나도 걔한테 반했어. 좀 더 일찍 말했어야 했는데 너를 방해하긴 싫었어."

망설임 없이 리는 목 뒤로 손을 뻗어 고리를 풀었다.

"그냥 말만 하지 그랬어. 이건 네 거야. 언제나 네 거였어. 네가 찾았잖

아. 내가 아니라. 내가 한 건 고친 것뿐이야. 그것 때문에 네가 걔랑 이어질 수 있다면, 내가 고쳤다는 게 기쁘다."

"하지만 걔 네가 좋아하는 타입이라고 생각했어. 넌……."

리는 한 손으로 허공을 저었다.

"이름도 모르는 여자애를 두고 친구랑 경쟁하다니. 네가 나한테 준 게 그렇게 많은데. 시디들은 다 어쩌고? 그 음악들이 대부분 후졌더라도 고마워했을 거야. 나 그렇게 뻔뻔한 녀석 아니다, 이그. 걔 다시 보면 이제 네가 맡아. 내가 항상 널 뒤에서 받쳐줄게. 하지만 걔가 돌아올지는 잘 모르겠다."

"올 거야."

이그는 부드럽게 말했다.

리가 쳐다보았다.

이그가 자제하기도 전에 진실이 나와버렸다. 이그는 리가 개의치 않는다는 걸 확인해야 했다. 두 사람은 이제 친구니까. 남은 인생의 평생 친구가 될 테니까.

리가 아무 말하지 않자(그저 길고 좁은 얼굴에 희미한 미소를 띠고 물 위에 떠 있을 뿐이었다), 이그는 말을 이었다.

"걔 아는 사람을 만났어. 걔가 지난 일요일에 성당에 오지 않은 건 그 집 식구들이 로드아일랜드에서 이사 오기 때문에 남은 짐을 챙겨와야 해서라더라."

리는 십자가를 다 풀어 이그에게 툭 던져주었다. 이그는 물 위로 떨어지는 십자가를 받았다.

"용사만이 미인을 얻으리라." 리가 말했다. "이걸 찾은 사람은 너고 어쨌든 걔 나한텐 호감을 보이지 않았으니. 게다가 요새 난 여자 문제는 마음대로 할 수 있으니까. 어제 글레나가 와서 게리의 집에 있는 차 얘기를 해주더라. 일을 마치면서 마지막에는 입에 넣어준 것 있지. 단지 1분뿐이었지만. 하지만 했어."

리는 환히 웃었다. 새 풍선을 받은 어린이 같았다.

"정말 걸레 아니냐?"

"대단하다."

이그는 희미하게 웃었다.

19

이그는 메린 윌리엄스를 보고도 못 본 척했다. 쉽지 않은 일이었다. 심장이 몸속에서 뛰어 성난 술주정뱅이가 유치장 창살을 부수듯 갈빗대에 부딪치는 것 같았다. 이그는 이 순간을 매일 생각했을 뿐 아니라 메린을 본 이후로 매일, 매 시간 생각했기 때문에 신경에 몹시 부담이 갔고 회로에 과부하가 걸렸다. 메린은 마 소재 크림색 바지에 소매를 걷어 올린 하얀 블라우스를 입었고 이번에는 머리를 풀어 내렸다. 그리고 이그가 가족과 함께 통로에 들어서자 그를 똑바로 봤지만, 이그는 메린을 못 본 척했다.

리와 아버지는 미사가 시작되기 몇 분 전에 들어와서 앞에 가까운 이그 쪽 신도석에 앉았다. 리는 고개를 돌리고 메린을 한참 위아래로 훑어보았다. 메린은 알아차리지 못한 듯 이그만 뚫어져라 쳐다보았다. 리는 그 애를 다 살펴보고 나서 어깨너머를 돌아보며 눈을 내리깔고 이그를 쳐다보았다. 리는 짐짓 마음에 들지 않는다는 듯 고개를 젓고 앞으로 돌렸다.

메린은 미사가 시작되고도 5분 동안은 계속 쳐다보았고 그동안 이그는 메린을 똑바로 보지 않았다. 맞잡은 두 손에 땀이 맺혔고, 눈은 몰드 신부에게 고정했다.

메린은 몰드 신부가 "기도합시다"라고 말할 때까지 눈을 떼지 않았다.

메린은 자리에서 내려와 무릎을 꿇으며 두 손을 모았고, 그때 이그는 주머니에서 십자가를 꺼냈다. 손 안에 십자가를 들고 있다가 햇빛을 모아 그 애 쪽으로 돌렸다. 영롱한 빛의 십자가가 여자애의 광대뼈 위에 떠돌며 눈가를 쳤다. 처음 빛을 쏴 보내자 메린은 눈을 깜박였다가 두 번째는 약간 움찔하더니 세 번째는 돌아보았다. 이그가 십자가를 똑바로 들고 있어 순수한 빛의 황금 십자가가 이그의 손 한가운데에서 타올랐고, 거기서 반사되는 빛이 소녀의 뺨에 어렸다. 메린은 의외로 엄숙한 표정으로 이그를 쳐다보았다. 전쟁영화에 나오는, 전우에게서 필사의 신호를 받은 통신병 같은 얼굴이었다.

천천히, 신중하게 이그는 십자가를 이쪽저쪽으로 기울이며 지난주 내내 외운 모스 부호를 쏘아 보냈다. 정확히 하는 게 무엇보다 중요하게 느껴져서 이그는 십자가가 니트로글리세린 통이라도 되듯이 조심스레 다뤘다. 메시지가 완료되자 좀 더 길게 여자애의 눈길을 마주 보고 있다가 손으로 십자가를 감싸고 고개를 돌렸다. 심장이 어찌나 쿵쿵 뛰는지 옆에 무릎 꿇고 있는 아버지에게 들릴 것만 같았다. 하지만 아버지는 두 손을 맞잡고 눈을 감은 채로 기도하고 있었다.

이그 페리시와 메린 윌리엄스는 남은 미사 내내 서로 쳐다보지 않으려고 조심했다. 아니, 좀 더 정확히 말하자면 서로 얼굴을 보지 않으려고 했지만 이그는 메린이 곁눈질을 하는 걸 의식했고, 메린이 등을 돌리고 있을 때는 그 애가 일어서서 노래하는 모습을 즐거운 마음으로 쳐다보았다. 메린의 머리카락은 햇빛 속에서 타는 듯했다.

물드 신부는 모두에게 축복을 내리고 서로 사랑하라고 설교했다. 그게 바로 바로 이그의 목표였다. 사람들이 줄지어서 나갈 때, 이그는 평소처럼 아들 어깨에 손을 올린 아버지와 함께 그 자리에 남아 있었다. 메린 윌리엄스가 자기 아빠 바로 앞에 서서 통로로 나왔을 때, 이그는 메린이 발길을 멈추고 십자가 찾아줘서 고맙다고 인사할 거라 기대했지만 메린

은 쳐다보지도 않았다. 대신 아버지를 올려다보고 바깥으로 나가면서 잡
담을 나누었다. 이그는 말을 걸려고 입을 열었지만 눈길이 그 애의 왼손
에 떨어졌다. 메린은 집게손가락으로 자기 뒤, 아까 앉았던 자리를 가리
키고 있었다. 그냥 팔을 흔드는 듯 무심한 동작이었지만 이그는 그 애가
어디서 자기를 기다려야 할지 알려주고 있다고 확신했다.

통로가 비자 이그는 나가서 옆으로 비킨 다음 아버지와 어머니, 형을
앞으로 보냈다. 하지만 가족들을 따라가는 대신 몸을 돌려 제단과 성가
대석으로 걸어갔다. 엄마가 쏘아보자 이그는 화장실이 있는 뒤쪽 홀을
가리켰다. 신발 끈 매는 척은 너무 많이 했다. 어머니는 테리 형의 팔에
손을 얹고 나갔다. 테리는 수상하다는 듯 실눈을 뜨고 돌아보았으나 엄
마에게 순순히 끌려갔다.

이그는 물드 신부의 사제실로 이어지는 그늘진 홀에서 그 애를 찾아
어슬렁거렸다. 여자애는 금방 돌아왔고, 그때는 이미 성당이 거의 텅 빈
상태나 다름없었다. 그 애는 본랑 쪽을 돌아보았지만 이그를 보지 못했
고, 이그는 어둠 속에서 쳐다보면서 가만히 있었다. 여자애는 수난감실
쪽으로 걸어가 초를 켜고 성호를 그은 다음 무릎을 꿇고 기도했다. 여자
애의 머리카락이 흘러내려 얼굴을 가렸기 때문에 이그는 그쪽으로 걸어
가면서도 자기를 못 볼 거라 생각했다. 그 애를 향해 걸어간다는 느낌도
들지 않았다. 그저 또 한 번 쇼핑카트에 올라탄 것처럼 실려가는 느낌이
었다. 그때처럼 어지럽고 토할 것 같은 느낌이 뱃속에서 올라왔다. 세상
의 끝에서 떨어지는 느낌, 달콤한 위험의 느낌이었다.

이그는 그 애가 고개를 들고 올려다볼 때까지 방해하지 않았다.

"안녕." 여자애가 일어나자 이그가 인사했다. "내가 네 십자가 주웠
어. 놔두고 갔더라. 지난 일요일에 못 봐서 돌려줄 기회가 없을까 봐 걱
정했어."

이그는 십자가를 그 애에게 내밀었다.

여자애는 이그의 손에서 십자가와 가는 황금 사슬을 잡아당겨 손 위에 올려놓았다.

"고쳤네."

"아니야." 이그가 말했다. "내 친구 리 토르노가 고쳤어. 걘 물건을 잘 고쳐."

"아. 그럼 개한테 고맙다고 말해줘."

"리가 아직 이 근처에 있으면 직접 말해. 개도 이 성당 다니거든."

"좀 걸어줄래?"

여자애는 등을 돌리고 머리카락을 들어 올린 다음 머리를 앞으로 숙였다. 하얀 목덜미가 보였다.

이그는 손바닥을 가슴에 문질러 땀을 닦고 목걸이 고리를 풀어 여자애의 목에 부드럽게 걸었다. 손이 떨리는 것을 들키지 않았으면 싶었다.

"너도 리를 만났을 거야." 이그는 아무 말이나 꺼냈다. "이거 망가졌던 날 개가 네 뒤에 있었어."

"개? 이게 뚝 떨어진 후에 나한테 도로 걸어주려고 하더라. 개가 내 목을 조르려는 줄 알았지 뭐야."

"내가 네 목을 조른 건 아니지?"

"아니야."

여자애가 대답했다.

이그는 사슬의 고리를 끼우느라 애를 먹었다. 손이 떨려서였다. 메린은 차분하게 기다렸다.

"누구를 위해서 초를 켠 거야?"

이그가 물었다.

"우리 언니."

"언니가 있어?"

"이젠 없어."

메린은 감정 없이 딱 잘라 말했고, 이그는 메슥거리는 아픔 같은 걸 느꼈다. 묻지 말아야 할 걸 물었다고 생각했다.

"메시지 해독했니?"

이그는 얼른 다른 주제로 대화를 옮겨야 할 것 같은 급한 마음에 불쑥 물었다.

"무슨 메시지?"

"내가 너에게 쏴 보낸 메시지. 모스 부호로. 모스 부호 알지?"

여자애는 웃었다. 예상하지 못한 요란한 소리에 이그는 하마터면 목걸이를 떨어뜨릴 뻔했다. 다음 순간, 이그는 손가락으로 방법을 찾아내서 목에다 사슬을 고정할 수 있었다. 여자애가 몸을 돌렸다. 얼마나 가까이 서 있는지 자못 충격적이었다. 손만 들면 여자애의 엉덩이가 닿을 것 같았다.

"아니. 걸스카우트에 몇 번 가긴 했었지만 재미있는 거 배우기 전에 그만뒀어. 게다가 야영하는 데 필요한 건 모두 알거든. 우리 아빠는 산림감시원이셨거든. 뭐라고 신호를 보냈는데?"

여자애의 말에 이그는 당황했다. 이그는 대화 전체를 섬세하게 미리 계획해두었고, 여자애가 물어볼 말과 술술 대답할 말까지 다 짜놓았었다. 그런데 이제 전부 허사였다.

"하지만 나한테 뭔가 신호 보내지 않았어?" 이그가 물었다. "요전 날에?"

여자애는 다시 웃었다.

"그냥 빛이 어디에서 오는지 네가 알아채기 전에 얼마나 오래 쏠 수 있는지 확인해봤던 거야. 내가 무슨 메시지를 보냈다고 생각했는데?"

이그는 대답하지 않았다. 숨통이 막히고 얼굴에서 무섭게 열이 뻗쳐 처음으로 그 애가 자기한테 애초에 뭐라고 신호를 보냈다고 상상한 게 얼마나 우스꽝스러운 생각이었는지를 깨달았다. 그 애가 쏘아 보낸 말이

'우리'라고 믿었다는 건 둘째 치더라도. 세상에 어떤 여자애가 이전에 말도 한 번 해본 적 없는 남자애한테 그런 신호를 보내겠는가. 이제야 똑바로 보니 너무도 분명했다.

"'이것은 네 것이다'라고 보냈어."

이그는 그 애가 방금 물어본 질문을 무시하는 게 가장 안전하겠다고 결론 내리고 이렇게 대답했다. 더욱이 이 말은 사실처럼 들리긴 했지만 거짓말이었다. 이그도 그 애처럼 짧은 단어를 보냈다. 그 단어는 '그래'였다.

"고마워, 이기."

여자애가 말했다.

"내 이름 어떻게 알아?"

이그는 묻다가 여자애의 얼굴이 갑자기 빨개져서 깜짝 놀랐다.

"누구한테 물어봤어." 여자애가 대답했다. "이유는 잊어버렸지만……."

"그럼 넌 메린이지." 여자애는 눈에 의아하다는 빛을 띠고 이그를 놀란 표정으로 쳐다봤다. "나도 누구한테 물어봤어."

메린은 문을 쳐다보았다.

"부모님이 기다리고 계실 거야."

"그래."

중이층으로 나갈 때쯤에 이그는 둘 다 1교시 영어를 똑같이 듣고, 메린의 집은 클래펌 스트리트에 있으며, 어머니가 시켜서 메린이 그달 말에 성당에서 열릴 헌혈 행사에 자원봉사자로 참가한다는 사실을 알게 되었다. 이그도 그 헌혈 행사에서 일하기로 되어 있었다.

"네 이름 참가자 명부에서 못 봤는데."

메린이 말했다.

세 걸음 더 나아갔을 때, 이그는 이 말인 즉 메린이 명부에서 자기 이름을 찾아봤다는 뜻임을 깨달았다. 이그가 힐끔 쳐다보니 메린은 수수께끼처럼 불가해하게 혼자 웃고 있었다.

문을 나서자 햇빛이 너무 환해 순간적으로 이그는 강한 햇살 속에서 아무것도 볼 수 없었다. 어른어른한 그림자가 훅 날아와 손을 들었더니 미식축구 공이 잡혔다. 시야가 맑아지자 형과 리 토르노, 다른 소년들이 보였고(심지어 에릭 해니티까지), 몰드 신부가 잔디밭 위에서 손을 휘저으며 외치고 있었다.

"이그, 여기로 던져!"

이그의 부모님은 메린의 부모님과 함께 서 있었다. 데릭 페리시는 몇 년씩이나 알고 지낸 친구처럼 메린의 아버지와 활발하게 이야기를 나누고 있었다. 메린의 어머니는 일그러지고 핏기 없는 입술을 한 마른 여자였는데, 한 손으로 눈을 가리고 아픈 사람처럼 딸을 보며 미소를 지었다. 그날은 뜨거운 타맥과 햇볕에 익은 차, 갓 자른 잔디 냄새가 났다. 딱히 운동을 좋아하지 않는 이그였지만 팔을 뒤로 젖히고 공에 완벽히 회전을 주어서 던졌다. 공은 공기를 가르며 날아가 몰드 신부의 못 박힌 큰 손에 정확히 떨어졌다. 신부는 머리 위로 공을 쳐올리며 사제복 차림 그대로 녹색 잔디를 가로질러 뛰어갔다.

풋볼은 30분 정도 지속되었고 아들과 아버지, 신부는 공을 쫓아 잔디밭을 뛰어다녔다. 리는 쿼터백으로 뽑혔다. 리도 그다지 운동신경이 좋진 않았지만 그 자리에 잘 어울렸고, 완벽하게 넥타이를 어깨 뒤로 넘기고 얼음처럼 냉정한 얼굴로 뛰었다. 메린은 신발을 벗어던지고 홍일점으로 뛰었다. 메린의 엄마가 불렀다.

"메린 윌리엄스, 바지에 풀물 들면 절대 안 빠진다."

하지만 메린의 아버지는 허공으로 손을 흔들었다.

"재미있게 놀게 놔둬."

아이들이 한 건 터치 미식축구로, 정식 미식축구처럼 사람을 넘어뜨리는 대신 손으로 치기만 하면 되는 경기였다. 하지만 메린은 매번 이그에게 덤벼들며 발치로 뛰어들었고 사람들은 나중에 이걸 요절복통 개그 소재로 삼았다. 풀잎처럼 하늘하늘한 열여섯 살짜리 소녀에게 받혀 나가떨어진 이그. 하지만 누구보다도 이그 본인이 이 장난이 웃기고 재미있다고 생각했으며, 여느 때와는 다르게 자기를 깔아뭉갤 기회를 그 애한테 주었다.

"센터가 공을 뒤로 던지자마자 넌 땅에 주저앉아야겠다." 메린은 이그를 다섯 번째인가 여섯 번째인가 나가떨어지게 한 후에 말했다. "난 온종일이라도 이렇게 할 수 있으니까. 알아? 뭐가 웃겨?"

이그가 웃음을 터뜨렸기 때문이었다.

메린이 옆에 무릎을 꿇고 있어서 빨간 머리카락이 이그의 코를 간질였다. 그 애에게서 레몬과 민트 냄새가 났다. 목걸이가 목에서 떨어져 또다시 이그의 눈에 빛을 보내며 참을 수 없는 환희의 메시지를 전달했다.

"아무것도 아냐." 이그가 대답했다. "이제 너를 똑똑히 알 것 같아서."

20

남은 여름 내내, 두 사람은 습관처럼 우연히 맞닥뜨리곤 했다. 이그가 어머니와 함께 슈퍼마켓에 가면 메린도 어머니와 함께 있었고, 두 소년 소녀는 부모님 뒤에서 몇 미터 떨어져 함께 걸었다. 메린은 체리 봉지 하나를 집었고 둘은 함께 걸으면서 나눠 먹었다.

"이거 좀도둑질 아니야?"

이그가 물었다.

"증거를 먹어 없애버리면 괜찮을 거야."

　메린은 이렇게 말하며 씨를 손에 뱉어 이그에게 건네주었다. 메린은 먹은 씨를 죄다 건네면서 이그가 치우기를 침착하게 기다렸고 이그는 주머니에 넣어 해결했다. 집에 돌아갔을 때는 이그의 청바지 주머니에 달콤한 향기가 풍기는, 아기 주먹만 한 축축한 덩어리가 들어 있었다.

　또 재규어의 검사를 받으러 매스터스 자동차 수리소에 갈 때도 이그는 아버지를 따라갔다. 메린의 아버지가 거기서 일한다는 사실을 알고 있었기 때문이다. 메린도 가게에 와 있을 거라고 생각할 이유는 하등 없었다. 게다가 화창한 수요일 오후 아닌가. 하지만 메린은 그곳에 있었다. 마치 이그를 기다렸다는 듯, 언제 오나 싶어 안절부절못했던 양 아버지의 책상 위에 앉아 다리를 흔들고 있었다. 두 사람은 자동판매기에서 오렌지 소다를 뽑아 어두운 뒤편 복도로 갔고 윙윙 소리가 나는 형광등 아래에

서서 이야기를 나누었다. 메린은 내일 아버지와 함께 퀸스페이스로 등산 갈 거라고 말했다. 이그는 그 길이 바로 자기 집 뒤에 있다고 말했고, 메린은 같이 갈 수 있느냐고 물었다. 소다를 마신 메린의 입술은 오렌지빛으로 물들었다. 만나기 위해 굳이 애써 노력할 필요가 없었다. 세상에서 가장 자연스러운 일 같았다.

자연스럽게 리도 같이 끼게 되었다. 리는 두 사람 사이가 너무 진지해지지 않도록 유지했다. 퀸스페이스 등산에 따라가겠다고 스스로 나섰다. 말로는 마운틴보드를 탈 만한 길이 있나 확인해보고 싶다고 했다. 그렇지만 보드는 가져오지도 않았다.

메린은 등산하면서 티셔츠 옷깃을 잡아 가슴에 달라붙지 않도록 이리저리 뒤틀면서 부채질하고 짐짓 열 때문에 헉헉대는 척했다.

"너네 강에 뛰어들어 미역 감은 적 있어?"

메린은 나무 사이로 보이는 놀스 강을 가리키며 물었다. 강은 아래 골짜기의 울창한 숲 사이를 구불구불 흘렀다. 등 비늘이 반짝반짝 빛나는 검은 뱀 같았다.

"이그는 항상 뛰어드는데."

리가 말하자 이그는 웃었다. 메린은 눈을 가늘게 뜨고 영문 모르겠다는 표정으로 둘을 쳐다봤지만 이그는 고개를 젓기만 했다. 리가 말을 이었다.

"하지만 이거 하난 말해줄게. 이그네 수영장이 훨씬 좋아. 너 언제 얘 수영하러 오라고 초대할 거야?"

그 생각을 하니 얼굴에 열이 올라 따끔거렸다. 이그도 그런 공상을 한 적이 있었다. 여러 번. 비키니를 입은 메린. 하지만 막상 오라고 하려고 말하기 직전엔 숨이 막혔다.

메린의 언니인 리건 이야기도 했다. 처음 몇 주 동안에는 딱 한 번. 이그가 어째서 로드아일랜드에서 이사 온 거냐고 묻자 메린은 어깨를 으쓱하면서 대답했다.

"리건 언니가 죽은 다음에 부모님이 너무 우울해 하셔서. 엄마는 여기가 고향이거든. 가족들도 여기 있고. 게다가 이젠 집도 옛날 같이 편안하지 않더라. 리건 언니가 없으니까."

리건은 스무 살의 나이에 희귀하고 진행이 빠른 급성 유방암으로 죽었다. 발견하고 나서 죽는 날까지 네 달밖에 걸리지 않았다.

"힘들었겠구나." 이그는 웅얼거렸다. 누구나 할 수 있는 멍청한 말이었지만 가장 안전할 것 같은 말이었다. "테리 형이 죽으면 기분이 어떨지 상상도 못하겠어. 형은 가장 친한 친구니까."

"나도 리건 언니와 내 사이를 그렇게 생각했어."

두 사람은 메린의 침실에 있었다. 메린은 등을 이그에게 돌리고 고개를 숙이고 있었다. 머리를 빗는 중이었다. 이그를 돌아보지도 않고 메린은 말을 이었다.

"하지만 언니는 아프면서 이런저런 말을 했어. 정말 못된 말이었어. 내가 미처 몰랐던 나에 대한 언니의 생각. 언니가 죽었을 때, 정말로 잘 모르는 사람 같은 기분이 들더라. 물론 언니가 부모님한테 한 말과 비교하면 나는 약과지. 특히 아빠한테 한 말을 생각하면 언니를 용서할 수 없을 것 같아."

마지막 말은 별로 중요하지 않은 문제를 논하듯 가볍게 말했지만 그 후에는 조용해졌다.

리건 이야기를 다시 꺼낼 수 있게 된 건 몇 년이 흘러서였다. 하지만 며칠 후에 메린이 자기는 의사가 되고 싶다고 말했을 때, 이그는 전문 분야가 뭔지 묻지 않아도 알 것 같았다.

8월의 마지막 날, 이그와 메린은 성당 건너편에 있는 성심 마을회관에서 열리는 헌혈 행사에 참석하여 탕차가 든 종이컵과 로나 둔 샌드위치 쿠키를 나누어주는 일을 맡았다. 천장 선풍기 몇 대가 방 안에 나른하게 흐르는 뜨거운 공기를 밀어냈고, 이그와 메린은 사람들에게 나눠준 만큼의 주스를 자기들도 마셨다. 이그가 간신히 용기를 내어 메린에게 수영하러 오라고 말했을 때 테리가 들어왔다.

테리는 방 건너편에 서서 이그를 찾았고 이그는 한 손을 들어 신호했다. 테리는 고개를 까닥했다. 이리로 와봐. 이 동작에는 뭔가 딱딱하고 긴장되고 걱정스러운 느낌이 깃들어 있었다. 어떤 면에서는 이곳에서 테리를 봤다는 것만으로도 걱정스러운 일이었다. 테리는 어쩔 수 없다면 모를까 여름 백주에 성당 행사 같은 데 올 애가 아니었다. 이그는 메린이 따라오고 있다는 것도 의식하지 못한 채 바퀴 침대와, 그 위에 주사바늘을 꽂고 누워 있는 헌혈자들 사이를 누비며 나아갔다. 방 안에서는 소독약과 피 냄새가 났다.

이그가 형 앞에 도착하자 테리는 동생의 팔을 아프게 잡았다. 테리는 동생을 문밖으로 끌고 나와 다른 사람이 없는 현관 홀로 데리고 나갔다. 문은 밝고 뜨거우며 사산된 한낮의 거리를 향해 열려 있었다.

"너 걔한테 그걸 줬어?" 테리가 물었다. "걔한테 체리 폭탄 준 거야?"

누구 얘기하는지 물어볼 필요도 없었다. 가늘고 거센 테리의 목소리에 이그는 겁이 덜컥 났다. 바늘 같은 공포가 가슴을 콕콕 찌르는 듯했다.

"리는 괜찮아?"

이그가 물었다.

일요일 오후였다. 리는 어제 게리 집에 갔을 터였다. 그러고 보니 아침에 성당에서 리를 보지 못했다.

"걔랑 다른 새끼들이 체리 폭탄을 폐차 앞유리에 붙여놓고 도망갔대. 그런데 바로 터지지 않은 모양이야. 리는 도화선이 나갔다고 생각했고. 그런 일도 종종 있으니까. 리가 확인해보러 가는데, 앞유리가 폭발해서 유리조각이 사방에 퍼졌다는 거야. 이그, 병원에서 개 왼쪽 눈에서 빌어먹을 유리 파편을 빼냈대. 뇌에 들어가지 않아서 천만다행이라고."

이그는 비명을 지르고 싶었지만 가슴속에서 뭔가 일어나고 있었다. 노보케인을 주입한 양 허파가 얼얼했다. 말을 할 수도 없었고, 목구멍에서 어떤 소리를 밀어낼 수가 없었다.

"이그." 메린이 말했다. "너 흡입기 어딨어?"

메린의 목소리는 차분하고 흔들림이 없었다. 메린은 이그의 천식에 대해 벌써 알고 있었다.

이그는 주머니에서 흡입기를 힘들게 꺼내다 떨어뜨렸다. 메린이 주워주자, 이그는 입에 들이대고 축축한 숨을 길게 빨아들였다.

테리가 말했다.

"야, 이그. 눈만 문제가 아니야. 리 큰 문제에 휘말렸어. 들어보니까 구급차가 올 때 경찰들이 같이 왔대. 걔 마운틴보드 알지? 그거 훔친 물건이었대. 여자친구한테 준 200달러짜리 가죽 재킷도 걸렸어. 오늘 아침에 경찰이 방을 수색할 수 있도록 걔 아버지에게 허가를 요청했대. 방 안에 쌔빈 물건이 잔뜩 있었다더라. 예전에 2주 정도 쇼핑몰에 있는 애완동물 가게에서 일했다는데, 그때 상점들 뒤로 이어지는 통로에 들어갈 수 있는 열쇠를 받았나 봐. 물건 정리를 돕겠다고 자처했대. 리가 판 잡지도 전부 미스터 페이퍼백 상점에서 슬쩍한 건데, 가짜로 자선 모금을 하는 척하면서 사람들에게 팔아 사기를 친 거지. 지금 좆 됐어. 거기 상점 중 하나라도 고발하면 걔 소년재판 받게 될걸. 어쨌든 한쪽 눈이라도 먼다면 가장 잘된 일일 거야. 그러면 불쌍해서라도 봐줄지 모르니까. 그나마 그것도 안 되면……."

"하느님 맙소사."

이그의 귀에는 '한쪽 눈이라도 먼다면'과 '빌어먹을 유리 파편을 빼냈대' 밖에 안 들렸다. 다른 소리는 다 소음일 뿐이었다. 테리가 트럼펫으로 아방가르드한 음악을 부는 것 같았다. 이그는 울면서 메린의 손을 꽉 쥐었다. 언제 메린이 손을 잡았지? 알 수 없었다.

"너 가서 걔랑 얘기 좀 해봐야 할 거야." 테리가 말했다. "말 좀 해보고 확실하게 입 다물게 해야 해. 우리 코가 석 자야. 네가 걔한테 체리 폭탄을 준 게 밝혀지면, 아니 내가 너한테 준 게 밝혀지면. 젠장, 이그. 그럼 나 밴드에서 쫓겨나."

이그는 말이 나오지 않았다. 다시 한 번 흡입기를 길게 빨아들여야 했다. 몸이 떨렸다.

"이그한테 잠깐 시간 좀 줄래요?" 메린이 딱딱거렸다. "숨 좀 쉬게 해 줘요."

테리는 놀라고 의아한 표정으로 메린을 쳐다보았다. 순간 입이 느슨하게 벌어졌다. 하지만 곧 입을 다물고 조용해졌다.

"이리 와, 이그." 메린이 말했다. "밖으로 나가자."

이그는 메린을 따라 계단을 내려가 햇빛 속으로 나갔다. 다리가 후들거렸다. 테리는 뒤에 남아 두 사람이 나가도록 그냥 놔두었다.

공기는 잠잠했고 습기를 머금어 축축했으며 기압이 점점 오르는 느낌이 들었다. 하늘은 아침에는 더 맑았지만 이젠 항공모함 선대처럼 어둡고 드넓은 구름들이 무겁게 끼어 있었다. 뜨거운 바람 한 줄기가 어딘가에서 일어 휘몰아쳤다. 바람에선 뜨거운 철, 햇빛에 익은 철로, 오래된 관 냄새가 났다. 이그가 눈을 감자 롤러코스터 난간처럼 반쯤 묻힌 하수관 두 개가 경사를 이루던 이블 크니벨 길이 떠올랐다.

"네 잘못이 아냐." 메린이 말했다. "리가 네 탓을 하진 않을 거야. 진정해. 헌혈 행사가 거의 끝났다. 물건 챙겨서 보러 가자. 지금 당장. 너랑 나랑."

이그는 메린이랑 같이 간다는 생각에 움츠러들었다. 소년들은 이미 교환했다. 체리 폭탄과 메린을. 메린을 데리고 간다는 건 끔찍했다. 듣기 싫은 소리를 듣게 될 터였다. 리는 이그의 생명을 구했다. 이그는 메린을 빼앗는 걸로 은혜를 갚았다. 그런데 이런 일이 생겼고 리는 한쪽 눈이 멀게 된 것이다. 이그가 저지른 짓이었다. 자신은 소녀와 생명을 얻었다. 그런데 리는 유리 파편과 폐허를 얻었다. 이그는 숨을 쉴 수가 없어 다시 한 번 깊게 흡입기를 빨아들였다.

말할 수 있을 만큼 공기를 들이마시고 나서 이그는 말했다.

"너랑 같이 가면 안 돼."

속죄할 수 있는 유일한 길은 메린과 끝내는 것이다. 마음 한 켠에선 이미 알고 있었지만, 다른 한 부분은(애초에 십자가와 교환해버린 그 부분은), 그럴 수 없으리라는 것을 알았다. 몇 주 전에 결정을 내렸다. 리와 한 것뿐만이 아니라 자기 자신과, 메린 윌리엄스 옆에 선 소년이 되기 위해서라면 뭐든 하겠다고 거래를 해버린 것이었다. 메린을 포기한다고 해서 이제 와서 착한 주인공이 되진 않았다. 착한 사람이 되기에는 너무 늦었다.

"왜 안 돼? 걔도 내 친구잖아."

메린이 말했다. 이그는 이 말이 진실이라는 것을 깨닫지 못했기 때문에 처음에는 메린에게, 그 다음에는 자기 자신에게 놀랐다.

"리가 뭐라고 할지 몰라서. 나한테 화가 났을지도 모르잖아. 어쩌면 말해버릴지도 몰라서. 교환 얘기를."

이 말을 하자마자, 하지 말아야 할 말을 했다는 사실을 깨달았다.

"무슨 교환?"

이그는 고개를 저었지만 메린은 재차 물었다.

"뭘 교환했는데?"

"화 안 낼 거야?"

"모르겠어. 말해준 다음에 보자."

"네 십자가를 주운 다음에 리가 고칠 수 있다고 해서 걔한테 줬었어. 하지만 걔가 계속 가지고 있으려고 하기에 돌려받기 위해서 교환할 수밖에 없었어. 그 대가로 체리 폭탄을 준 거야."

메린은 눈살을 찌푸렸다.

"그래서?"

이그는 메린이 이해해주길 바라면서 하릴없이 얼굴만 바라보았지만, 메린이 이해 못하는 듯하자 말할 수밖에 없었다.

"걘 너를 만날 구실로 삼고 싶어서 그 십자가를 가지려 한 거야."

또다시 한순간 메린의 눈이 흐려져서 속을 알 수 없었다. 그러다 곧 맑아졌다. 메린은 웃지 않았다.

"넌 교환했다고 생각하는구나."

입을 열었다가 갑자기 끊었다. 그러고는 다시 말을 이었다. 메린은 차갑고, 불알이 움츠러들 만큼 침착한 눈길로 쳐다보았다.

"넌 나를 바꿨다고 생각하는 거야, 이그? 그래서 이렇게 된 거라고 생각해? 걔가 너 대신 나한테 십자가를 돌려줬더라면 리와 내가……."

하지만 메린은 그 이상 말하지 않았다. 더 나아갔다면 메린과 이그가 이제 사귀는 사이임을 인정하는 셈이 되기 때문이었다. 두 사람 다 마음속으로는 이해하고 있었지만 아직 입 밖에 내어 말하기는 어려웠다. 메린은 세 번째로 말을 시작했다.

"이그. 일부러 십자가를 자리에 두고 간 거야. 너 때문에."

"일부러 두고 갔다고, 뭘?"

"난 지루했어. 너무나 지루했지. 거기 앉아서 수백 번의 아침을 상상했어. 그 성당에서 햇빛에 익어가면서 몰드 신부님이 내 죄악이 어쩌고 떠드는 동안 일요일 아침마다 내 안에선 조금씩 죽어가겠지 하고. 뭔가 고대할 게 필요했어. 거기 있을 이유. 누가 죄악이 어쩌고 떠드는 걸 듣고 싶진 않았어. 나를 위해 뭔가 하고 싶었어. 그때 네가 새침한 여자애처럼 거기 앉아 있는 걸 보았어. 설교 한 마디 한 마디가 흥미롭다는 듯 집중해 들으면서. 그래서 알았어, 이그. 그냥 알게 된 거야. 네 머리랑 장난치고 있으면 몇 시간 동안 즐겁게 보낼 수 있을 거라는걸."

결국 이그가 찾아갔을 때, 공교롭게도 리 토르노는 혼자 있었다. 메린과 이그가 피자 상자와 빈 주스 병을 치우러 마을회관으로 돌아가려는 순간 우렁찬 우레 소리가 적어도 10초 동안은 울려 퍼졌다. 낮고 일정하게 우르르 쾅쾅 울리는 천둥은 귀로 들었다기보다 몸으로 느껴졌다. 몸속의 뼈가 소리굽쇠처럼 떨렸다. 5분 후, 비가 지붕 위에 후드득 떨어지는 소리가 어찌나 컸던지 바로 옆에 서 있는 메린에게조차 고함을 질러야 들릴 정도였다. 사위는 무척 캄캄했고 물이 엄청난 기세로 흘러내려 열린 문에서 인도가 보이지도 않을 지경이었다. 원래는 리의 집까지 자전거를 타고 가려 했으나 메린의 아버지가 스테이션왜건을 몰고 메린을 마중 나오는 바람에 같이 갈 기회는 사라지고 말았다.

이틀 전 단번에 운전면허를 딴 테리 형이 다음 날 리 토르노의 집까지 데려다주었다. 폭풍우가 몰아친 끝에 나무가 갈라졌고 땅에서 전신주가 뽑혔다. 테리는 부러진 나뭇가지와 뒤집힌 우편함들을 피해 재규어를 몰아야 했다. 땅속에서 거대한 폭발, 마지막으로 강력한 폭탄이 터져 온 마을을 뒤집어놓고 기드온을 폐허로 바꾼 것 같았다.

하몬 게이츠는 복잡하게 얽힌 교외 동네로, 환한 노란색으로 칠한 집들에 차 두 대를 넣을 수 있는 차고가 있었으며 가끔씩 뒤뜰에 수영장이 있기도 했다. 간호사라는 리의 어머니는 50대 여성이었는데, 토르노의 앤 여왕시대 풍 주택 바깥에 주차해놓은 캐딜락에서 나뭇가지를 빼고 있었다. 꽉 다문 입으로 봐서 언짢은 기색이었다. 테리는 이그를 내려주고 집에 돌아올 때 차가 필요하면 연락하라고 했다.

리의 침실은 근사한 지하에 있는 커다란 방이었다. 리의 엄마가 이그를 아래까지 데려다주고 동굴 같은 어둠이 깔린 방 안으로 통하는 문을 열어주었다. 조명이라고는 텔레비전에서 나오는 푸른빛밖에 없었다.

"손님 왔다."

리의 어머니는 단조롭게 말했다.

어머니는 이그를 안으로 들여보내고 아이들끼리만 있을 수 있도록 문을 닫았다.

리는 웃통을 벗고 침대 가장자리에 앉아 침대틀을 붙잡고 있었다. 〈벤슨〉 재방송이 틀어져 있었지만 소리를 몹시 낮춰놓아서 텔레비전은 조명과 움직이는 그림틀 역할밖에 하지 못했다. 왼쪽 눈을 덮은 붕대가 머리에 둘둘 감겨 있어, 머리 대부분이 붕대로 덮여 있는 셈이었다. 블라인드는 내려져 있었다. 리는 이그도 텔레비전도 똑바로 보지 않았다. 시선은 아래를 향했다.

"안이 어둡네."

이그가 말했다.

"햇빛을 보면 머리가 아파."

"눈은 어때?"

"병원에서도 모른대."

"혹시……."

"시력을 전부 잃지는 않을 거라고 했어."

"잘됐다."

이그는 기다렸다.

"얘긴 다 알지?"

"상관없어." 이그가 말했다. "넌 나를 강에서 꺼내줬잖아. 그것만 알면 됐지."

이그는 리가 고통스러운 소리를 꺽꺽 낼 때까지 울고 있다는 것을 몰랐다. 리는 마치 사소한 가학행위를 참는 사람처럼, 손등에 담배가 지져진 사람처럼 울고 있었다. 이그는 한 발짝 다가가다가 리에게 준 시디 더미에 걸렸다.

"도로 가져가고 싶냐?"

리가 물었다.

"아니."

"그럼 뭐야? 돈 도로 줘? 없는데."

"무슨 돈?"

"잡지 산 돈 있잖아. 내가 훔친 잡지."

리의 마지막 말에서는 신랄함이 넘쳐흘렀다.

"아니야."

"그럼 왜 왔어?"

"우린 친구니까."

이그는 한 발짝 더 다가갔다가 살짝 비명을 질렀다. 리는 피눈물을 흘리고 있었다. 피는 붕대를 물들이고 왼쪽 뺨으로 방울방울 흘러내렸다. 리는 두 손가락을 무심하게 얼굴에 댔다. 손도 붉게 물들었다.

"괜찮니?"

이그가 물었다.

"울면 아파. 이런저런 일에 마음 상하지 않는 방법을 배워야 할 것 같아." 리는 거칠게 숨을 내쉬었다. 어깨가 들썩였다. "너한텐 털어놓았어야 했는데. 모든 걸. 거지 같은 짓이었지. 그 잡지들을 네게 팔다니. 목적에 대해서도 거짓말하고. 나중에 너랑 친하게 된 후에는 물리려고 했는데 너무 늦었었어. 친구 사이라면 그런 짓을 하진 않잖아."

"그런 얘기까지 하진 말자. 내가 체리 폭탄을 준 걸 얼마나 후회했는지 몰라."

"됐어." 리가 말했다. "내가 달라고 했잖아. 결정도 내가 내린 거고. 그걸 걱정할 필요는 없어. 그냥 나를 미워하려고 작정하지만 마. 난 아직도 날 좋아해줄 사람이 있었으면 좋겠어."

굳이 부탁할 필요도 없는 일이었다. 붕대 사이로 배어나는 피를 보자 이그의 오금이 저렸다. 폭탄을 가지고 리를 꼬였다는 생각을 떨치려면 여간 힘이 드는 게 아니었다. 폭탄을 가지고 함께 이것저것 날려보자면서 얘기를 꺼냈다. 메린을 리에게서 빼앗아오기 위한 책략이었다. 물에 빠져 죽을 뻔한 자신을 꺼내준 리에게서. 아무리 해도 속죄할 수 없는 배신이었다.

이그는 리 옆에 앉았다.

"이제 나랑 어울려 다니지 말라고 그러겠지."

리가 말했다.

"우리 엄마? 아니, 엄마는 내가 너를 보러 간다니까 기뻐하셨어."

"너희 엄마 말고. 메린."

"무슨 얘기하는 거야? 메린도 같이 오려고 했어. 리, 네 걱정을 하고 있어."

"아, 그래?" 리는 오한이 드는 것처럼 이상하게 몸을 떨었다. 그러더니 말했다. "이런 일이 왜 생겼는지 알아."

"거지 같은 사고일 뿐이야. 그게 다야."

리가 고개를 저었다.

"내게 깨우쳐주려는 거야."

이그는 기다리면서 조용히 있었다. 하지만 리는 말하지 않았다.

"뭘 깨우쳐줘?"

이그가 물었다.

리는 눈물을 삼키려 애썼다. 손등으로 뺨에 떨어진 피를 닦았지만 검붉은 자국이 길게 남았다.

"너한테 뭘 깨우쳐준다는 거야?"

이그가 되물었다. 하지만 리는 흐느껴 울지 않으려고 애써 노력하느라 몸을 떨기만 할 뿐 다시는 말을 꺼내지 않았다.

불의 설교

THE FIRE SERMON

이그는 부모님 집으로부터, 할머니의 박살 난 시체와 휠체어로부터, 테리 형과 끔찍한 고백으로부터 떠나 어디로 가는지도 모르게 차를 몰았다. 하지만 가지 말아야 할 곳은 알았다. 글레나의 아파트와 시내. 또 다른 인간의 얼굴을 보고 싶지 않았고, 또 다른 인간의 목소리는 듣고 싶지도 않았다.

　마음의 문을 닫아 붙들고 정신적으로 온몸의 무게를 다해 막았지만 반대편에서 두 남자가 생각의 문을 밀고 들어오려 했다. 형과 리 토르노. 침입자들이 마지막 은신처로 끼어드는 걸 막으려면, 그들을 머릿속에서 몰아내려면 의지력을 다해야 했다. 그들이 마침내 그 문으로 밀고 들어오면 무슨 일이 벌어질지 알 수 없었고, 자기가 무슨 짓을 할지 자신할 수 없었다.

　이그는 좁은 주 고속도로를 따라가며 햇빛이 비치는 열린 목초지를 가로질렀고, 길 위에 늘어진 나무 아래를 지나 암흑이 깜박거리는 좁은 길로 들어갔다. 길옆 도랑에 뒤집혀 처박힌 쇼핑카트를 보고, 왜 쇼핑카트들이 이따금씩 길을 잃고 홀연히 이런 곳에 나타나는 걸까 의아하게 생각했다. 사람들이 무언가 버릴 때는 나중에 다른 사람이 그걸 어떻게 쓸지 전혀 알 수 없다는 것을 보여주는 증거인 것 같았다. 이그는 어느 날 밤 메린 윌리엄스를 버렸다. 미성숙하고 자기 정의감에 어린 분노에 가득 차 세상에서 가장 좋은 친구를 놔두고 떠나버렸다. 그 결과 지금 어떤 꼴이 되었는가.

이그는 10년 전 쇼핑카트 특급에 올라타 이벨 크니벨 길을 따라 내려오던 생각을 했다. 자기도 모르게 왼손을 들어 그때 부러져 아직도 휜 코를 만졌다. 그의 마음이 멋대로 영상 하나를 던졌다. 집 앞 긴 언덕 위에서 휠체어를 타고 있던 할머니의 모습. 바퀴 자국이 진 잔디 비탈길을 질주하던 검은 고무바퀴. 할머니가 마침내 울타리에 부딪쳤을 때 어디가 부러졌을지 궁금했다. 목이 부러졌길 바랐다. 베라 할머니는 이그를 볼 때마다 죽고 싶다고 했고, 이그는 섬기는 삶을 살았다. 이그는 항상 양심적인 손자였다고 생각하고 싶었다. 만약 할머니를 죽인 거라면 이를 좋은 시작점으로 보게 되리라. 하지만 아직도 할 일은 많이 남았다.

위가 꼬르륵댔지만 단지 불행해서 생긴 증상이라고 치부해버렸다. 하지만 점차 부글부글 끓어오르기까지 하자 배고프다는 것을 인정해야 했다. 인간과 최소한으로만 접촉하고 먹을거리를 살 궁리를 하고 있는데, 그 순간 왼쪽 옆으로 '피트'*라는 식당이 스쳐 지나갔다.

그곳은 메린과의 마지막 밤, 최후의 만찬을 했던 곳이었다. 그 이후로는 한 번도 가본 적 없었다. 가면 반가워나 할까 의심스러웠다. 이 생각만으로도 구미가 당기는 초대였다. 주차장으로 차를 돌렸다.

이른 오후, 점심시간은 끝났고 사람들도 일 끝나고 한잔하러 나타나기 전이어서 식당은 께느른하고 한가했다. 주차한 차들도 몇 대밖에 없고, 대부분은 심각한 알코올중독자들의 차로 보였다. 정문에는 안내판이 붙어 있었다.

닭 날개 10센트, 버드와이저 2달러

* pit에는 지옥이라는 뜻도 있다.

여성 고객의 밤 목요일 우리를 보러 와요 아가씨들
열정 넘치는 기드온 세인츠

이그는 차에서 나와 해를 등지고 섰다. 3미터 길이의 그림자는 흙길 위에 연필처럼 가늘게 늘어지며, 검은 뿔이 양쪽에 달린 성냥개비 모양의 인간 모습을 드러냈다. 머리에 튀어나온 뼈는 '피트'의 빨간 문을 가리켰다.

문으로 들어갔을 때 메린은 벌써 와 있었다. 스포츠를 보러 온 대학생 애들이 많아서 붐볐지만 메린을 금방 알아볼 수 있었다. 둘이 평소 앉는 자리에서 메린은 고개를 돌려 그를 향했다. 메린의 모습은 항상 그랬듯이(특히 같이 지내지 못했던 기간이 한참 길었을 때는), 이그 자신의 몸, 옷 아래 맨살을 떠올리게 하는 기이한 효과를 일으켰다.

만나지 못한 지 3주째였다. 오늘 밤이 지나면 크리스마스까지 만날 수 없을 테지만, 그 사이에는 새우 칵테일과 맥주를 마시고 메린의 침대 위, 갓 세탁해 차가운 시트 위에서 즐거운 시간을 보낼 것이다. 메린의 아버지와 어머니는 위니페소키에 있는 야영장에 갔기 때문에 메린의 집에서 둘만 있을 수 있었다. 이그는 저녁식사 후에 그들을 기다리는 것을 생각만 해도 입이 말랐고, 한편으로는 술과 음식 따위에 방해받아야 한다는 것 자체가 유감스러웠다. 하지만 다른 한편으로는 절대 서두르지 않고 저녁을 여유 있게 보내야만 할 필요성도 느끼고 있었다.

둘이 할 이야기가 없어서는 아니었다. 메린은 걱정하고 있었고, 그 이유를 추측하는 데는 커다란 통찰력이 필요하지 않았다. 이그는 국제 앰네스티*에서 일하기로 해서 내일 아침 11시 45분 브리티시 에어웨이 비

---

*국제사면위원회. 국가권력에 의해 처벌당하고 억압받는 각국 정치범들을 구제하기 위해 설치된 국제기구.

행기를 타고 떠나야 했고, 대서양을 사이에 둔 채 반년이나 떨어져 지내야 했다. 그렇게 오래 떨어지는 일은 처음이었다.

이그는 언제나 메린이 무슨 걱정을 하는지 맞혔고 모든 신호를 감지했다. 말수가 적어졌다. 손으로 자꾸 물건들을 폈다. 냅킨, 치마, 이그의 넥타이. 이렇게 자잘한 물건들을 다림질하면 두 사람 앞에 놓인 미래로 향하는 길도 매끄럽게 닦을 수 있다는 듯. 웃는 법을 잊어버리고, 만사 우스울 정도로 진지해지거나 성숙한 태도를 취했다. 이런 메린의 모습을 보니 재미있다는 생각이 들었다. 엄마의 옷을 차려입은 어린 소녀의 모습이 떠올랐다. 메린의 진지함을 진지하게 받아들일 수 없었다.

메린의 걱정은 논리적으로 합당하지 않았지만, 이그는 걱정과 논리는 함께 다니는 법이 별로 없다는 사실 또한 알고 있었다. 하지만 정말로 메린이 권하지 않았다면, 이그는 런던행을 받아들이지 않았을 것이다. 메린이 받아들이라고 밀어붙이지 않았다면. 메린은 이그가 그냥 넘어가도록 놔두지 않았을 테고 망설이는 모든 이유를 가차 없이 반박했을 터였다. 메린은 여섯 달 정도 시험을 해봐도 손해 볼 건 없지 않느냐고 말했다. 싫으면 집에 올 수 있다. 하지만 싫어하지 않을 거다. 이그가 항상 하고 싶어 하던 종류의 일, 꿈의 직장이고 둘 다 그 사실을 안다. 만약 일이 마음에 들어(분명 그럴 테지만), 런던에 남고 싶다면 자기가 가면 된다. 하버드 대학은 임페리얼 칼리지 런던과 교환학생 프로그램이 있고, 하버드에서는 메린의 지도교수 셸비 클라크가 참가자를 선발한다. 메린이 뽑히리라는 것은 두말할 필요도 없다. 런던에서 아파트를 빌려 같이 살면 된다. 헐렁한 니커스를 입은 채 이그에게 차와 크럼펫*을 갖다줄 테고 그 이후에는 섹스도 할 수 있다. 이그는 넘어갔다. 이그는 항상 '니커스'라는 영국식 표현이 '팬티'라는 말보다 천 배는 섹시하다고 생각했다. 그

* 표면에 작은 구멍이 있는 동글납작한 영국식 팬케이크.

래서 이그는 그 직업을 받아들였고 여름 연수와 오리엔테이션을 받기 위해 3주 동안 뉴욕에 갔었다. 이제 돌아왔는데, 메린은 물건들을 판판히 펴고 있었다. 이그는 놀라지 않았다.

이그는 다른 사람들의 몸을 밀고 헤치면서 메린이 앉아 있는 쪽으로 나아갔다. 칸막이 좌석 반대편으로 들어가기 전에 메린에게 입을 맞추려고 테이블 건너편으로 몸을 숙였다. 메린이 입술을 들지 않아서 관자놀이에 살짝 입 맞추는 걸로 만족해야 했다.

메린은 벌써 앞에 텅 빈 마티니 잔을 두었지만, 웨이트리스가 오자 한 잔 더 주문하며 이그에게는 맥주를 갖다달라고 했다. 이그는 메린의 모습, 목의 매끄러운 선과 낮게 드리운 불빛에 비친 머리카락의 어두운 윤기를 즐겼다. 처음에는 그저 대화를 따라가다가 적절한 부분에서 웅얼웅얼 대답하고 건성으로 들었다. 이그는 대충 듣다가 메린이 런던에서의 시간을 두 사람 관계의 휴식으로 삼자는 말을 꺼냈을 때에야 비로소 집중하기 시작했다. 그때도 메린이 농담하는 거라 생각했다. 다른 사람들과의 시간도 가져보는 것이 둘 다에게 좋을 것 같다는 말을 할 때까지도 진지하게 여기지 않았다.

"옷도 벗고 말이지."

이그가 말했다.

"나쁠 것 없지."

메린은 이렇게 말하면서 마티니 반 잔을 단번에 꿀꺽 마셨다.

메린이 술을 마시는 방식이 이제껏 한 말보다 더 충격적으로 불길한 예감을 느끼게 했다. 이건 용기를 내기 위한 술이었고, 메린은 벌써 이그가 오기 전에 한 잔을(어쩌면 두 잔을) 마셔버린 것이었다.

"내가 몇 달 기다릴 수 없을 것 같아?"

이그가 물었다.

자위에 대한 농담을 할 참이었지만, 가장 재미있는 대사를 말하기 전에 갑자기 이상한 일이 생겨버렸다. 숨이 턱 막혔고 더 말할 수 없었다.

"뭐, 지금부터 몇 달 동안 일어날 일에 대해서는 걱정하고 싶지 않아. 몇 달 후에 네가 어떤 느낌일지 모르잖아. 아니면 내가 어떤 느낌일지도. 네가 단지 우리가 함께 있기 위해서 돌아와야 한다고 생각하기를 원치 않아. 내가 거기로 전과할 거라고 자연스럽게 단정하는 것도 싫고. 그냥 지금 일어난 일만 걱정하자. 이렇게 봐. 너 이제까지 여자애 몇 명이랑 사귀어봤어? 평생 동안?"

이그는 뚫어져라 쳐다보았다. 메린의 얼굴에서 이 같은 찡그림, 예쁘게 집중한 표정을 여러 번 봤지만 지금처럼 두려워한 적은 없었다.

"대답은 네가 더 잘 알잖아."

이그가 대답했다.

"나뿐이지. 다른 사람은 그렇지 않아. 처음 같이 잔 사람하고 평생을 살지 않는다고. 요샌 그래. 지구상에 한 남자도 없을 거야. 다른 연애질이 필요하지. 적어도 두셋은 더 있어."

"그게 네가 표현하는 단어야? '연애질?' 픽이나 당긴다."

"좋아." 메린이 말했다. "다른 사람 몇 명이랑 섹스도 해봐야 한다는 거야."

군중들 사이에서 환호성, 찬성의 함성이 솟았다. 어떤 선수가 포수 태그를 피해 홈으로 슬라이딩한 모양이었다.

이그는 뭐라고 말할 작정이었지만 입이 너무 까칠해서 맥주 한 모금을 들이켰다. 잔에는 오직 한 모금만 남아 있었다. 맥주가 언제 와서, 언제 마셨는지도 기억나지 않았다. 맥주는 바닷물을 들이켠 것처럼 미적지근하고 짭짤했다. 메린은 오늘까지 기다려온 것이었다. 대서양을 건너기 열두 시간 전까지. 이 말을 하려고. 말을 하려고.

"나랑 지금 헤어지려는 거야? 끝내고 싶어? 그래서 이 말하려고 지금까지 기다린 거야?"

웨이트리스가 감자칩 바구니를 들고 딱딱한 미소를 지으며 탁자 옆에 서 있었다.

"주문하실래요? 다른 술을 갖다드려요?"

"마티니 한 잔과 맥주 한 잔 더요."

메린이 주문했다.

"맥주는 됐어."

이그가 말했다. 자신의 탁하고 뚱하고 애처럼 유치한 목소리를 미처 깨닫지 못했다.

"그럼 둘 다 키 라임 마티니로 주세요."

웨이트리스는 가버렸다.

"대체 이게 무슨 짓이야? 비행기표도 사고 아파트도 빌리고 사무실에 출근도 해야 돼. 거기선 내가 월요일 아침부터 일할 준비가 되어 있다고 생각한단 말이야. 그런데 네가 이렇게 재를 뿌려? 여기서 도대체 어떤 결과가 나오길 바라? 내일 전화해서 말해? '다른 700명의 지원자들이 원했던 일자리를 제게 주셔서 감사하지만 전 사양하겠습니다?' 너를 얼마나 귀하게 여기는지 알아보기 위해 시험하는 거야? 너냐, 일이냐? 그것 때문이라면 이건 너무 미숙하고 모욕적이라는 걸 알아둬."

"아니야, 이그. 네가 갔으면 좋겠어. 난 네가……."

"다른 사람이랑 섹스했으면 좋겠다는 거지."

그녀의 어깨가 들썩였다. 이그는 자기 자신에게 약간 놀랐다. 자기 목소리가 그렇게 추하게 들릴지 몰랐다.

하지만 메린은 고개를 끄덕이며 술을 마셨다.

"지금 하든지, 나중에 하든지. 어쨌든 하긴 할 거야."

이그는 비합리적인 생각을 했다. 형의 목소리로. 뭐, 이런 거야. 평생 절름발이로 살든가, 얼간이로 살든가. 테리 형이 정말 이런 말을 했는지도 확실하지 않았고, 완전한 상상이었을 수도 있지만 가장 좋아하는 노래의 가사를 기억하듯이 선명하게 다가왔다.

웨이트리스가 조심스럽게 마티니를 이그 앞에 놓았고, 이그는 잔을 입으로 가져가 한 번에 3분의 1을 꿀꺽 삼켰다. 전에는 한 번도 마신 적 없는 맛. 설탕 같으면서도 거친 타는 맛에 화들짝 놀랐다. 그 느낌은 천천히 목구멍을 타고 내려가 폐 속에서 퍼졌다. 가슴이 용광로 같았고 땀이 얼굴에 맺혀 간지러웠다. 손을 목으로 올려 넥타이 매듭을 찾고서는 한참 씨름하다 느슨하게 풀었다. 어째서 버튼다운 셔츠 같은 것을 입었담? 셔츠를 입은 몸이 타올랐다. 지옥에 있었다.

"그건 항상 널 괴롭힐 거야. 네가 놓치고 산 게 뭔가 생각하면서." 드디어 메린이 말했다. "남자들은 그래. 난 단지 현실적으로 구는 거야. 결혼해서 네가 우리 애들 유모와 중년에 바람피우는 걸 보면서 부부싸움하는 꼴이 되는 걸 가만히 앉아 기다릴 수만은 없어. 네가 후회할 이유가 되진 않을 거라고."

이그는 참을성을 가지려고, 침착하고 유머 있는 어조를 회복하려고 애썼다. 침착함만 간신히 되찾았다. 유머는 찾을 수 없었다.

"다른 남자들이 어떻게 생각하는지 말할 필요 없어. 내가 원하는 건 내가 잘 아니까. 아무리 많은 세월을 몽상만 가지고 산다 해도, 마지막까지 같이하는 삶을 원해. 우리가 애들 이름을 어떻게 붙일지 얼마나 여러 번 이야기했어? 그게 다 헛소리였다고 생각해?"

"그것도 문제였다고 생각해. 넌 벌써 우리한테 애들이 있는 것처럼 살잖아. 벌써 우리가 결혼한 것처럼. 하지만 우린 애도 없고 결혼도 하지 않았어. 네겐 애들이 벌써 존재하겠지. 넌 세상이 아니라 머릿속에 사니까. 하지만 난 애들을 원하는지조차 잘 모르겠어."

이그는 넥타이를 잡아 빼서 탁자 위에 던져버렸다. 목둘레에 무엇이 감긴 느낌을 참을 수가 없었다.

"그럼 날 놀렸던 거겠네. 8000번도 넘게 그런 이야기를 하는 동안 너도 이 생각에 푹 빠져 있는 것처럼 말했잖아."

"난 내가 뭐에 푹 빠져 있는지도 몰라. 우리가 만난 이후로 내 자신의 삶을 생각해볼 기회가 없었어. 단 하루라도……."

"그래서 내가 너를 숨 막히게 하고 있다 이거야? 그런 말을 하고 싶어? 전부 개소리야."

메린은 얼굴을 돌리고 방 저편을 멍하니 바라보며 그의 분노가 잦아들기를 기다렸다. 이그는 휘파람 소리 같은 숨을 길게 들이마시며 소리 지르지 말자고 다짐한 후 다시 이야기를 시도했다.

"나무 오두막에서 보냈던 날 기억나?" 이그가 물었다. "결코 또다시 찾을 수 없었던 나무 오두막 말이야. 하얀 커튼 달려 있었던 집. 넌 이건 보통 연인들에게는 일어나지 않는 일이라고 했잖아. 우린 다르다고. 우리 사랑이 특별하다는 표시라고. 백만 명 중에 두 사람이라도 우리에게 주어졌던 경험을 할 순 없을 거라고. 우리가 서로에게 운명의 연인이라고 말했잖아. 신이 내린 계시를 무시할 순 없다고."

"그건 계시가 아니었어. 그냥 어느 날 오후 누군가의 오두막에서 했던 것뿐이지."

이그는 머리를 천천히 옆으로 저었다. 지금 메린하고 말해봤자 말벌떼 속에서 손을 휘젓는 것과 똑같았다. 아무 소용도 없다. 다만 독침에 쏘일 뿐. 그런데도 멈출 수가 없었다.

"나중에 찾아봤던 것 기억 안 나? 여름 내내 찾았는데도 다시 찾을 수 없었던 건? 그래서 네가 우리 마음속의 나무 오두막이라고 했었던 건?"

"그렇게 말해야 그만 찾을 것 같아서 그랬던 거야. 이게 바로 내가 지금 하고 싶은 얘기야, 이그. 너랑 너의 그 마술적 생각. 한 번 섹스가 그냥 섹스가 아니지. 항상 초월적 경험, 인생을 바꾸어놓는 경험이어야 해. 그거 너무 기분도 처지고 이상해. 이젠 그 생각이 정상적인 양 행동하는 데 물려버렸어. 너도 네가 하는 말 잘 들어봐. 어째서 우리가 지금 섭할 나무 오두막 따위 얘기나 하고 있는 거래?"

"입에 걸레 물었니. 참 역겹다."

"마음에 안 들어? 내가 섹스 얘기하는 게 듣기 싫어? 왜, 이그? 네가 가진 내 이미지를 망칠까 봐? 넌 진짜 사람을 원하는 게 아니야. 생각하면서 딸딸이 칠 거룩한 이상을 원하는 거지."

웨이트리스가 말했다.

"아직도 마음을 정하지 못하셨나 봐요."

웨이트리스는 어느새 탁자 옆에 서 있었다.

"두 잔 더 줘요."

이그가 말하자 웨이트리스는 떠났다.

두 사람은 서로를 쏘아보았다. 이그는 탁자를 붙잡고 뒤집어엎을 듯한 위험한 충동을 느꼈다.

"우리가 만났을 때는 어린애였어." 메린이 말했다. "우린 보통 고등학교 연애보다 좀 더 진지해지도록 그냥 놔두었던 거야. 만약 다른 사람들과 함께 시간을 보낸다면 우리 관계를 균형 잡힌 관점으로 볼 수 있겠지. 어쩌면 또 한 번 만나서 어른이 되어서도 어렸을 때처럼 서로 사랑할 수 있는지 볼 수도 있을 거야. 모르겠어. 시간이 좀 흐르면 우리가 서로에게 뭘 제공해야 하는지 다른 관점으로 볼 수 있을지도."

"서로에게 뭘 제공해야 하는지?" 이그가 말했다. "무슨 대출상담사처럼 말하네."

메린은 한 손으로 목을 문질렀다. 눈은 이제 비참해 보였다. 그제야 이그는 메린이 십자가 목걸이를 걸지 않았다는 사실을 깨달았다. 거기에 무슨 의미가 있을까 궁금했다. 십자가는 약혼반지나 다름없었다. 둘 중 한 사람이 평생을 함께하자는 생각을 말로 하기 전부터 그랬다. 솔직히 말해서 메린이 십자가를 걸지 않은 모습을 한 번도 본 적 없었다. 그 생각을 하니 메스껍고 거센 바람 같은 감각이 가슴속을 채웠다.

"그래서 벌써 누구를 골라놨어?" 이그가 물었다. "우리 관계를 균형 잡힌 관점으로 본다는 명목으로 섹스하고 싶은 사람이 있는 거야?"

"그런 식으로는 생각하지 않아. 다만······."

"그래, 그렇군. 그래서 이런 말을 하는 거였어. 네 입으로 그랬잖아. 다른 사람이랑 섹스할 필요가 있다고."

메린은 입을 열었다가 다물었다 다시 열었다.

"그래. 그런 것 같아, 이그. 그것도 일부분이어야 한다고 생각해. 내 말은, 나도 다른 사람들과 자야만 한다는 거야. 그렇지 않다면 너는 그냥 거기 가서 수도승처럼 살 테지. 나한테 다른 사람이 있다는 걸 알면 너도 앞으로 나아가기 훨씬 쉬울 거야."

"누가 있군."

"누가 있어. 내가······ 내가 데이트했던 사람. 한두 번."

"내가 뉴욕에 있는 동안 말이지." 질문이 아니었다. 그저 대답이었다. "누구야?"

"네가 모르는 사람이야. 그건 중요하지 않아."

"어쨌든 알고 싶어."

"중요하지 않아. 나는 네가 런던에서 뭘 하는지 아무것도 안 물어볼 테니까."

"내가 누구랑 하는지 말이겠지."

"그래. 뭐든. 알고 싶지 않아."

"하지만 난 알고 싶은데. 언제부터였어?"

"뭐가 언제부터야?"

"그 자식 만나고 다닌 게 언제부터였냐고. 지난주? 그놈에게 뭐라고 했어? 내가 런던으로 꺼질 때까지 기다려야 한다고 했니? 아니면 이게 기다려준 건가?"

메린은 대답하기 위해 입술을 살짝 벌렸고 이그는 그 눈에서 뭔가 보왔다. 작고 두려움에 찬 무엇. 따끔한 열기가 밀려들며 알고 싶지 않았던 것을 깨달았다. 메린이 여름 내내 이 순간을 위해 공을 들였다는 것을 깨달은 것이다. 이그에게 런던의 일자리를 받아들이라고 밀어붙였던 때까지 거슬러 올라갈 만큼 오래된 일이었다.

"얼마나 나갔어? 벌써 그놈이랑 한 거야?"

메린은 고개를 저었다. 이그는 그게 아니란 뜻인지, 대답하지 않겠다는 뜻인지 분간할 수 없었다. 메린은 눈을 깜박이며 눈물을 참으려고 했다. 언제 시작된 건지 알지 못했다. 메린을 위로해주고 싶은 마음이 전혀 들지 않는다는 게 놀라웠다. 자기도 이해할 수 없는 무엇의 손아귀에, 분노와 흥분이 혼합된 비정상적인 감정에 사로잡혀 있었다. 마음 한편으로는 부당한 대접을 받으면서 기분이 되레 좋다는 사실을 깨닫고 놀랐다. 메린을 상처 입힐 정당한 명분이 있기 때문이었다. 얼마나 심한 벌을 줄 수 있는지 알아보고 싶었다. 질문을 쏟아부어 고문하고 싶었다. 하지만 동시에 마음속에서 그림이 그려지기 시작했다. 엉켜 있는 시트 속에서 무릎을 꿇고 있는 메린, 반쯤 내린 베니션 블라인드 사이로 들어와 그녀 몸에 어린 빛살들, 메린의 벗은 엉덩이를 만지는 어떤 남자. 그 생각에 흥분이 된 만큼 똑같은 정도로 소름이 끼쳤다.

"이그." 메린이 부드럽게 불렀다. "제발."

"제발이라는 말 좀 그만해. 나한테 아직 털어놓지 않은 게 있잖아. 내가 알아야 할 것. 벌써 그놈이랑 섹스했는지 알고 싶어. 벌써 했는지 말해."

"안 했어."

"좋아. 그때 있었어? 내가 뉴욕에서 전화했을 때, 네 아파트에 함께 있었어? 손을 네 치마 속에 넣고 있었어?"

"아니야. 우린 점심만 먹었어, 이그. 그게 다야. 가끔 이야기를 하고. 주로 학교 얘기야."

"나랑 너랑 할 때도 그 자식 생각을 했어?"

"세상에, 아니야. 어째서 그런 걸 묻는 거야?"

"모든 걸 알고 싶기 때문이지. 나한테 말하지 않은 온갖 거지 같은 자질구레한 것까지 다 알고 싶어. 더러운 비밀 모두."

"왜?"

"그래야 널 미워하기 더 쉬우니까."

웨이트리스는 새로 가져온 술을 놓으려다 얼어붙은 채 탁자 옆에 뻣뻣이 서 있었다.

"뭘 째리고 있는 거야?"

이그가 말하자 웨이트리스는 비틀거리며 한 발짝 뒤로 물러났.

처다보는 사람은 웨이트리스뿐만이 아니었다. 주변의 탁자들에 앉아 있던 사람들도 고개를 돌렸다. 몇몇 구경꾼들은 심각하게 처다보았지만 다른 사람들, 주로 더 젊은 연인들은 초롱초롱한 눈으로 명랑하게 처다보며 웃음을 꾹 참고 있었다. 공공장소에서 소란스럽게 싸우고 헤어지는 연인만큼 재미있는 구경거리는 없으니까.

메린을 돌아보자, 벌써 일어서서 의자 뒤에 서 있었다. 메린은 손에 이그의 넥타이를 들고 있었다. 이그가 내던질 때 주워서 계속 불안하게 접었다 폈다 했던 것이었다.

"어디 가게?"

이그는 물으며 어깨를 잡았지만 메린은 슬쩍 빠져나오려 했다. 메린은 탁자 앞으로 쓰러졌다. 취해 있었다. 둘 다 그랬다.

"이그." 메린이 말했다. "팔 아파."

그제야 메린의 어깨를 너무 꽉 움켜쥐었다는 사실을 깨달았다. 뼈가 느껴질 정도로 손가락이 깊게 파고들었다. 손을 펴기 위해선 의식적인 노력이 필요했다.

"도망가지 않아." 메린이 말했다. "잠깐 씻고 올 시간이 필요해."

메린은 자기 얼굴을 가리켰다.

"이 얘기 아직 끝난 게 아냐. 나한테 안 한 얘기가 많을 테니까."

"말하지 않은 게 있다면 말하고 싶지 않은 거야." 메린이 말했다. "못되게 굴려고 그러는 게 아냐. 그냥 네가 상처받는 걸 보기 싫어."

"너무 늦었어."

"왜냐하면 너를 사랑하니까."

"못 믿겠어."

메린에게 상처 줄 작정으로 이렇게 말했다. 솔직히 메린의 말을 믿는지 아닌지는 이그도 알 수 없었지만, 자신의 의도가 성공한 걸 보니 야만적인 흥분감이 밀려왔다. 메린의 눈에는 맑은 눈물이 고였다. 비틀거리던 메린은 한 손을 탁자에 대고 몸을 지탱했다.

"네게 숨기는 게 있다면 그건 널 보호하기 위해서야. 네가 얼마나 좋은 사람인지 다 알아. 나와 운명을 같이해서 얻을 수 있는 것보다 훨씬 더 좋은 걸 받을 자격이 있어."

"마침내 한 가지는 뜻이 같네." 이그가 말했다. "내가 더 나은 대접을 받을 자격이 있다는 것."

메린은 이그가 좀 더 말하기를 기다렸지만, 이그는 숨이 막혀 말할 수 없었다. 메린은 몸을 돌려 군중들 틈을 헤치고 여자 화장실로 갔다. 이그는 남은 마티니를 마시면서 메린이 가는 모습을 보았다. 하얀 블라우스에 진주빛의 회색 스커트를 입은 메린은 예뻤고, 대학생 남자애들 몇몇이 고개를 돌려 메린을 쳐다보는 모습이 보였다. 개중 한 놈이 무어라 말하니 다른 녀석이 킬킬 웃었다.

피가 탁해지고 느려진 느낌이 들었고 관자놀이가 쿵쿵 뛰는 것을 의식했다. 탁자 옆에 서 있는 남자가 "손님"이라고 말하는 소리도 듣지 못하고 있다가, 그가 허리를 굽히고 이그의 얼굴을 들여다보고 나서야 알아챘다. 보디빌더 같은 체구였고 스포티한 하얀 테니스 셔츠는 어깨에 딱 달라붙었다. 뼈가 툭 튀어나온 이마 아래 작고 푸른 눈이 내다보았다.

"손님." 남자가 재차 말했다. "손님과 아내분이 저희 가게에서 나가주셨으면 합니다. 저희는 직원을 모욕하는 손님을 받진 않습니다."

"저 여잔 내 아내 아닌데요. 그냥 예전에 나랑 떡이나 쳤던 여자지."

덩치 큰 남자(바텐더? 문지기?)는 말했다.

"제 면전에서 그런 말 쓰도록 놔둘 수는 없습니다. 다른 데 가서 하시죠."

이그는 일어나서 지갑을 찾아 20달러짜리 두 장을 탁자 위에 놓고 문으로 향했다. 나갈 때는 자신이 옳다는 감각이 있었다. 그냥 놔두고 가자. 그가 한 생각이었다. 메린의 건너편에 앉아 있을 때는 비밀을 끄집어내고 그 과정에서 온갖 불쾌한 짓들로 괴롭혀주고 싶은 마음뿐이었다. 하지만 메린이 눈에 보이지 않고 숨 쉴 여유를 찾게 되자, 그녀가 자신에게 하기로 한 짓을 정당화할 시간을 주는 건 실수라는 생각이 들었다. 더 여기서 어슬렁거려, 얼마나 너를 사랑하느니 어쩌니 하면서 눈물로 자기의 증오를 희석할 기회를 주고 싶지 않았다. 이해하고 싶지 않았다. 동정하고 싶지 않았다.

메린이 돌아오면 자리가 비어 있는 것을 보겠지. 이그가 그 자리에 없다는 사실은 남아서 입 밖으로 내는 말보다 더 많은 이야기를 해줄 것이다. 자신이 메린을 데려다주기로 했다는 약속은 중요하지 않았다. 걔도 다 큰 어른이니까 알아서 택시를 부르든가 하겠지. 그가 영국에 가 있는 동안 다른 남자랑 자겠다는 게 걔 얘기의 요점 아니었나? 어른으로서 자기의 진정한 모습을 정립하겠다는 게?

평생 이처럼 올바른 일을 하고 있다는 확신을 가져본 적이 없었다. 문으로 가까이 다가가자 이그를 맞아주듯 박수갈채 같은 소리가 솟아올랐고, 마침내 문을 열고 천둥이 내려치는 폭우 속을 내다보았을 때는 아래에서 발을 구르고 손뼉을 치는 소리가 점점 커져갔다.

차에 도착했을 즈음에는 옷이 흠뻑 젖었다. 전조등도 켜기 전에 후진부터 했다. 와이퍼를 켜고 전속력으로 올려 비를 쓱쓱 닦아냈지만, 여전히 물이 홍수처럼 앞유리로 쏟아지며 시야를 일그러뜨렸다. 우지끈 부러지는 소리가 들려 뒤를 돌아보니 후진하다 전신주를 박았다.

나가서 피해가 얼마나 되는지 살펴볼 마음은 없었다. 그런 생각은 꿈에도 들지 않았다. 하지만 차를 빙그르르 돌려 고속도로로 올라서면서 운전석 창밖을 내다보았다. 유리에 구슬처럼 맺힌 물방울 사이로 그녀가 3미터 떨어진 곳에 서 있는 모습이 보였다. 빗속에서 자기 몸을 끌어안고 있었고, 머리카락은 비에 젖어 밧줄처럼 흘러내렸다. 메린은 주차장 너머에서 비참하게 이그를 바라보았지만 멈추라거나, 기다리라거나, 돌아와달라는 손짓은 하지 않았다. 이그는 액셀러레이터를 밟으며 떠나버렸다.

유리창 너머 세상은 흐렸고, 녹색과 검은색이 뒤엉킨 인상주의 그림 같았다. 오늘 늦은 오후에는 온도가 40도에 조금 못 미치는 37도까지 올라서, 에어컨을 '강'에 맞추고 종일 돌아다녔다. 지금은 냉장고 같은 돌풍 속에 앉아서 젖은 옷을 입은 채 부들부들 떨고 있다는 사실을 어렴풋이 인식했다.

감정이 맥박처럼 뛰었다. 날숨일 때는 메린을 미워했고, 그렇다고 얘기해주고 싶었으며, 그 증오가 메린의 얼굴에 가라앉는 것을 보고 싶었다. 들숨일 때는 차를 타고 도망가고 있다는 사실에, 그녀를 빗속에 버려두었다는 사실에 마음을 찌르는 고통을 느꼈으며, 되돌아가서 조용한 목소리로 차에 타라고 말하고 싶었다. 마음속에서 메린은 아직도 그 빗속에 서서 기다리고 있었다. 아직 메린의 모습을 볼 수 있기라도 한 양 뒷거울로 시선을 옮겼으나 '피트'는 벌써 1킬로미터나 멀리 있었다. 대신에 경찰차 한 대가 바로 뒤를 쫓는 걸 보았다. 지붕에 창살을 댄 검은 크루저였다.

속도계를 보니 시속 65킬로미터 제한구역에서 거의 95킬로미터 넘게 속도를 내고 있었다. 허벅지가 고통스러울 정도로 부들부들 떨렸다. 액셀러레이터에서 발을 뗐다. 맥박이 쿵쿵 뛰었다. 길 왼쪽에서 영업 끝내고 문을 내린 던킨 도너츠 가게를 보고 멈췄다.

운전대 앞에서 벌벌 떨며 질주하는 심장이 천천히 뛰기를 기다렸다. 곧 이런 날씨에 이렇게 취해서 계속 운전하는 건 실수일지 모른다는 결정을 내렸다. 비가 멈출 때까지 기다리리라. 벌써 빗줄기는 약해졌다. 다음으로 든 생각은 메린이 집으로 전화를 걸어 무사히 들어왔는지 확인할지도 모른다는 것이었다. 어머니가 이렇게 말한다면 고소할 텐데.

"아니, 메린. 이그 아직 안 왔단다. 아무 일 없지?"

문득 휴대폰이 있다는 게 생각났다. 어쩌면 메린은 이쪽으로 먼저 전화할지 몰랐다. 주머니에서 꺼내 전원을 끄고 조수석 바닥에 던져놓았다. 메린이 전화하리라는 것은 의심하지 않았다. 이그에게 무슨 일이 생겼을지도 모른다고 메린이 상상할 거라는 생각을 하면, 사고를 당했거나 비참한 기분에 차를 나무에 일부러 갖다 박았을지도 모른다고 걱정할 거라는 생각을 하면 기분이 좋았다.

다음으로는 떨림을 멈춰야 했다. 운전석을 뒤로 젖히고 시동을 끈 다음 뒷자리에서 윈드브레이커를 꺼내 다리에 덮었다. 폭풍우의 에너지가 벌써 소진되어 비가 그렘린 천장 위를 천천히, 더욱 천천히 두드리는 소리가 들렸다. 호우의 깊고 널리 울리는 박자에 맞춰 긴장을 풀면서 눈을 감았고, 아침 7시에 햇살이 나무 사이로 쏟아질 때까지 다시 뜨지 않았다.

이그는 서둘러 집에 가서 샤워하고 옷을 입고 짐을 챙겼다. 이런 식으로 이 동네를 떠날 작정은 아니었다. 어머니와 아버지, 베라 할머니는 부엌에서 아침식사를 하고 있었고, 부모님은 아들이 허둥지둥 여기저기 뛰어다니는 모습을 보면서 재미있어 했다. 부모님은 밤새 어디 있었는지 묻지 않았다. 안다고 생각했다. 이그는 실제로 있었던 진실을 털어놓을 용기도, 시간도 없었다. 어머니는 짓궂은 미소를 살짝 지었고, 이그는 어머니가 자기 때문에 편찮아 하시느니 웃는 얼굴을 보면서 떠나는 게 낫다고 생각했다.

테리 형은 집에 있었다. 〈핫 하우스〉는 여름 휴식기였다. 형은 로건 공항까지 태워다주겠다고 약속했지만 아직도 침대에 있었다. 베라 할머니 말로는 밤새 옛날 친구들과 어울려 놀다가 해가 뜰 때까지 집에 오지 않았다고 했다. 할머니는 차가 들어오는 소리를 듣고 내다보니, 때마침 테리가 마당에서 토하고 있더라고 했다.

"로스앤젤레스가 아니라 집에서 그러다니 너무 안타깝지 뭐냐." 할머니가 말했다. "파파라치들이 대단한 사진 하나 놓쳤지. 텔레비전 스타가 장미 덤불에 저녁을 쏟아놓다. 〈피플〉에 날 만한 기사인데. 심지어 나갈 때랑 옷도 다르더라."

리디아 페리시는 흥이 살짝 가신 표정으로 자몽을 불안하게 찔러댔다.

아버지는 의자 등에 기대고 아들 얼굴을 빤히 들여다보았다.

"괜찮니, 이그? 너도 약간 술기운이 있는 것 같은데."

"어젯밤 돈값을 제대로 한 사람은 테리만이 아닌 게지."

할머니가 말했다.

"운전할 수 있겠어? 아버지 10분이면 옷 다 입는다." 데릭이 말했다. "나랑 같이 가든가."

"아침식사나 마저 하세요. 너무 늦기 전에 가는 게 좋겠어요. 형한테 아무도 죽지 않기를 바라고 영국에서 전화한다고 전해주세요."

이그는 가족 모두에게 키스하고 사랑한다고 말한 다음 문밖의 서늘한 아침 공기 속으로 나섰다. 풀잎에 이슬이 반짝였다. 시속 95킬로미터로 로건 공항까지 45분 만에 주파했다. 차들도 하나 없어 쭉 달렸지만, 마지막 몇 킬로미터를 앞두고 서쪽 다운스 경마장을 지나 높은 언덕 꼭대기에 세워놓은 10미터짜리 십자가 옆을 지날 때 차가 막혔다. 잠깐 동안 십자가의 그림자 속에서 줄지어 선 트럭들 뒤에 막혀 꼼짝도 못했다. 사방

어디를 봐도 여름이었지만 거대 십자가가 드리운 깊은 그림자 속은 늦은 가을 같은 느낌이었고 잠시 몸이 떨렸다. 이상하게도 이 십자가가 돈 오르실로 십자가라는 이름이었다고 착각했지만 그럴 리 없었다. 돈 오르실로는 보스턴 레드삭스 중계 해설자이다.

길은 뚫렸지만 브리티시 에어웨이 터미널은 붐볐고, 이그의 비행기표는 일반석이었다. 한참 동안 줄에 서서 기다렸다. 매표대는 메아리치는 목소리와 대리석 바닥에 또각또각 울리는 날카로운 하이힐 소리, 알아들을 수 없는 안내방송 스피커 소리로 가득했다. 이그는 짐을 부친 다음 보안 검색을 위해 다른 줄에 서서 기다렸다. 그때 뭔가 소란이 일어났다는 것을 소리보다 몸으로 느꼈다. 주위를 둘러보니 사람들이 옆으로 비켜나며 방탄조끼와 헬멧, M16 기관총으로 무장한 경찰 분대가 다가올 수 있도록 자리를 내주었다. 그중 한 명이 손짓하며 줄을 가리켰다.

그들에게서 몸을 돌리자, 반대 방향에서 다른 경찰들이 다가오는 모습이 보였다. 경찰들은 양쪽에서 좁혀오고 있었다. 이그는 경찰들이 줄에서 누구 하나를 끌어내려나 보다고 생각했다. 보안 검색을 받기 위해 기다리던 사람 중에 한 명이 빅 브라더의 협박 명단에 올라 있는지도 몰랐다. 이그는 고개를 비틀어 뒤에서 다가오는 경찰들을 어깨너머로 돌아보았다. 경찰들은 기관총 총신을 바닥으로 향하고, 헬멧의 유리를 내려 눈을 가린 채 걸어왔다. 가려진 눈은 이그가 서 있는 쪽을 뚫어져라 보고 있었다. 총도 무시무시했지만 그들의 얼굴에 떠오른 죽은 사람 같은 음산한 표정이 훨씬 무시무시했다.

그때 이그는 또 다른 사실, 이상하기 그지없는 사실을 깨달았다. 지휘관은 부하들에게 사방으로 퍼져서 출구를 막으라는 수신호를 보냈는데, 이 지휘관이 자기를 가리키고 있다는 미친 생각이 든 것이다.

22

이그는 '피트'의 문 안쪽에 서서 동굴 같은 어둠이 눈에 익기를 기다렸다. 그늘진 공간에는 대형 화면 텔레비전과 디지털 포커 기계에서 나오는 불빛뿐이었다. 두 남녀가 바에 앉아 있었는데, 오롯이 어둠으로 이루어진 형체로 보였다. 보디빌더 한 명이 바 뒤로 들어가더니 뒤 카운터 위에 맥주잔을 거꾸로 뒤집어 걸고 있었다. 메린이 살해당하던 밤에 이그를 쫓아냈던 문지기였다.

그 외에는 텅 비어 있었다. 기뻤다. 남들 눈에 띄고 싶지 않았다. 주문도 넣지 않고, 누구와도 말을 나누지 않고 점심을 먹을 수 있기를 바랄뿐이었다. 어떻게 그렇게 할까 궁리하던 참에 휴대폰이 부르르 울렸다.

형이었다. 어둠이 근육처럼 주위에서 휘어졌다. 전화를 받는다, 형하고 이야기한다는 생각을 하자 증오와 공포로 어지러웠다. 뭐라고 말할지, 뭐라고 할 수 있을지 알지 못했다. 손에 든 휴대폰이 손바닥에서 웅웅 울리는 것을 가만히 보고만 있었다. 결국 전화는 끊어졌다.

전화가 조용해지자 이그는 테리 형이 몇 분 전 자신이 고백했다는 걸알고는 있을까 궁금해졌다. 전화를 받았더라면 알아낼 수 있는 사실들이또 있었다. 가령 다른 사람의 마음을 비틀기 위해서는 반드시 뿔을 보여야만 하는가와 같은 것. 전화로라면 정상적인 대화가 가능할 것도 같았다. 또 베라 할머니가 죽었는지, 이제 정말로 모든 사람들이 믿고 있는 것처럼 자기가 살인자가 된 것인지도.

아니, 아직 그건 알아낼 준비가 되지 않았다. 아직은 아니었다. 당분간 은 어둠 속에 홀로 있을, 고립과 무지 속에 틀어박혀 있어야 할 필요가 있었다.

물론이지. 마음속에서 목소리 하나가 말했다. 자기 자신의 목소리였지 만 교활하고 비웃는 듯했다. 지난 열두 달을 그렇게 보냈잖아. 오늘 하루 더 그런다고 뭐 어떻겠어?

'피트' 안, 하품하는 그림자들이 눈에 익자, 빈 구석 자리가 보였다. 누가 피자를, 아마도 아이들과 먹었던 자리 같았다. 구부러진 빨대가 꽂 힌 플라스틱 컵을 보고 짐작했다. 피자 몇 조각이 남아 있었다. 더 중요 한 건 이 특별한 피자파티를 연출한 부모가 페일 비어를 반 잔 정도 남기 고 갔다는 사실이었다. 이그는 의자 겉에 씌운 비닐을 찍찍 비비면서 자 리 안으로 들어가 마음껏 먹었다. 맥주는 뜨뜻미지근했다. 이그가 아는 한 이 맥주 잔을 마지막으로 마시고 갔던 이는 분비액이 새어나오는 궤 양에 걸렸고 치명적인 간 질환을 가지고 있었다. 관자놀이에서 뿔이 나 온 이후로는 세균에 좀 노출된다고 해서 수선을 떠는 일이 약간 어리석 게 느껴졌다.

부엌으로 향하는 양쪽 여닫이문이 열리면서 웨이트리스 한 명이 하얀 타일이 깔리고 형광등 불빛이 환한 공간에서 어둠 속으로 나왔다. 한 손 에 세척액 병, 다른 손에는 걸레를 들고 씩씩하게 방을 가로질러 이쪽으 로 향했다.

이그는 물론 그녀를 알고 있었다. 메린과 함께 왔던 마지막 밤에 두 사 람에게 술을 날라주었던 바로 그 여자였다. 앞가르마를 탄 생머리가 얼 굴을 두르며 길고 뾰족한 턱 아래에서 곱실거려 흡사 〈해리 포터〉 영화 에서 해리를 항상 못살게 굴었던 교수의 여자 버전처럼 보였다. 스네일 교수인가 뭔가 하는. 이그는 메린과 갖기로 계획했던 아이들과 함께 그

책을 읽을 날만을 손꼽아 기다렸었다.

웨이트리스는 부스를 보지 않았고, 이그는 빨간 비닐 천 뒤로 더 깊숙이 움츠러들었다. 눈에 띄지 않고 빠져나가긴 이미 글렀다. 탁자 밑에 숨을까 생각했지만 불쾌할 것 같아 그 생각은 버렸다. 잠시 후, 여자는 탁자 위로 허리를 굽히고 접시를 모았다. 빛이 부스 바로 위에 떨어졌다. 이그는 좌석 맨 뒤에 처박혀 있었지만 여전히 머리와 뿔의 그림자가 탁자 위에 어려 있었다. 여자는 그림자를 먼저 보았고, 그 다음엔 이그를 올려다보았다.

여자의 동공이 수축했다. 얼굴이 창백해졌다. 접시를 탁자에 도로 떨어뜨리는 바람에 충격적인 쨍그랑 소리가 났으나, 더욱 충격적인 건 아무 접시도 깨지지 않았다는 점이었다. 여자는 날카롭게 숨을 들이마시고 울 준비를 하다가 마침 뿔에 눈길이 향했다. 비명이 목 안에서 죽어버린 듯했다. 여자는 그대로 서 있었다.

"편한 자리에 마음대로 앉으라고 안내판에 써 있어서."

이그가 말했다.

"네, 그래요. 제가 탁자를 치울게요. 그리고 메뉴를 가져다드릴게요."

"사실, 벌써 먹었는데."

이그는 앞에 놓인 접시를 가리켰다.

여자의 눈길이 이그의 뿔에서 얼굴로 옮겨갔다. 그렇게 시선을 여러 번 옮겼다.

"당신, 그 사람이군요." 여자가 말했다. "이그 페리시."

이그는 고개를 끄덕였다.

"1년 전에 나와 여자친구의 서빙을 맡았죠. 우리가 같이 보낸 마지막 밤에. 그날 밤 한 말과 행동에 대해서 사과하고 싶군요. 그날 본 게 내 최악의 모습이에요. 지금과 비교하면 아무것도 아니지만."

"전혀 아무렇지도 않아요."

"아, 잘됐네요. 나쁜 인상을 줬을 거라 생각했는데."

"아니." 여자가 말했다. "내 말은, 내가 경찰에게 거짓말했지만 전혀 아무렇지도 않다는 뜻이에요. 경찰들이 내 말을 믿어주지 않아서 아쉬울 뿐이지."

속이 뒤틀렸다. 다시 시작되었다. 여자는 반쯤은 자기 자신에게, 더 정확하게는 자기의 은밀한 악마, 우연히도 이그 페리시의 얼굴을 하고 있는 악령에게 말하고 있었다. 이그가 제어할 길을 찾지 못한다면(뿔의 힘을 끌 수 없다면), 곧 정신이 나가버릴 터였다. 이미 미치지 않았다면.

"무슨 거짓말?"

"경찰에게 당신이 여자를 목 졸라 죽이겠다고 위협했다고 말했어요. 여자를 눌러 앉히려고 하는 모습을 보았다고 했죠."

"어째서 그런 말을 한 거지?"

"그래야 당신이 무사히 도망가지 못할 테니까. 그냥 떠나버릴 수 없을 테니까. 당신 꼴을 봐요. 여자는 죽었는데, 당신은 여기 있잖아요. 어쨌든 빠져나온 거라고. 우리 아빠가 엄마랑 나한테 그런 짓을 하고도 빠져나간 것처럼. 당신이 감옥에 가길 바랐어요." 웨이트리스는 떨어져 내린 머리카락을 떨치려고 무의식적으로 고개를 젖혔다. "또, 신문에 나고 싶었어요. 스타 증인이 되고 싶어서. 당신을 재판에 세우면 나도 텔레비전에 나올 테니까."

이그는 여자를 쳐다보았다.

"난 최선을 다했어요." 여자는 말을 이었다. "그날 밤 당신이 떠나버린 후에 여자친구가 급히 따라나갔죠. 그런데 코트를 놓고 갔어요. 여자에게 돌려주려고 가지고 나갔다가, 당신이 여자를 남겨두고 혼자 가는 모습을 봤죠. 하지만 경찰에는 그렇게 말하지 않았어요. 밖에 나갔을 때 당신이 여자를 차에 억지로 태우고 쌩하니 도망치는 모습을 봤다고 말했죠. 거기서 망한 거죠. 당신, 후진하다가 전신주를 박고 갔더군요. 그런데 손님 한 명이 쿵 부딪히는 소리를 듣고 창문을 내다보면서 무슨 일이 벌어졌는지 목격했대요. 그 사람들이 당신이 여자를 놔두고 가는 걸 봤다고 경찰에게 말했죠. 형사가 내 말이 맞는지 거짓말탐지기로 확인해야겠다고 해서 내 얘기를 물릴 수밖에 없었어요. 그랬더니 내가 한 다른 얘기도 믿지 않더라고요. 하지만 난 무슨 일이 있었는지 알아요. 몇 분 후에 되돌아와서 여자를 데리고 갔겠죠."

"틀렸어. 다른 사람이 데리고 간 거야."

다른 사람이 누군지 생각하니 토할 것 같았다.

하지만 자신이 오해했을지도 모른다는 생각은 적어도 웨이트리스에게는 흥미가 없는 것 같았다. 여자는 이그가 아무 말도 하지 않은 양 말했다.

"언젠가 다시 보게 될 줄 알았죠. 나를 주차장으로 끌고 나갈 거예요? 어디론가 데려가서 뒤치기할 거예요?"

여자의 목소리에는 그러길 바라는 기색이 역력했다.

"뭐? 그럴 리가. 강간을 한다고?"

흥분이 여자의 눈에서 약간 가셨다.

"적어도 날 협박할 거죠?"

"아니."

"그랬다고 말하면 그만이지 뭐. 나보고 밤길 조심하라고 했다고 레지한테 말해야지. 그거 재미있겠는데." 여자의 미소가 약간 시들더니, 바 뒤에 서 있는 보디빌더를 보고 샐쭉한 표정을 지었다. "하지만 내 말 믿지 않을지도 몰라요. 레지는 내가 강박적인 거짓말쟁이라고 생각하니까. 나도 그렇게 생각해요. 난 얘기를 지어내는 걸 좋아하죠. 그래도 남자친구 고든이 쌍둥이빌딩에서 죽었다고 말하지 말걸 그랬어. 여기서 같이 일하는 웨이트리스 사라한테는 고든이 이라크에서 죽었다고 했었거든요. 두 사람이 쪽지를 주고받는다는 걸 감 잡았어야 했는데. 그래도 고든은 어딘가에서 죽었을지도 모르잖아. 나한텐 죽은 사람이니까. 글쎄, 이 메일로 헤어지자고 한 거 있죠. 빌어먹을 개새끼. 그런데 어째서 당신한 테 이 얘기를 하고 있을까?"

"스스로 억누를 수가 없으니까."

"맞아요. 그럴 수가 없네."

여자는 그렇게 말하더니 몸을 떨었다. 분명히 성적 함의가 담긴 대답 이었다.

"당신 아버지가 어머니와 당신에게 어떻게 했지? 아버지가…… 아버 지가 때렸나?

이그는 정말 알고 싶은지도 알 수 없었지만 일단 물었다.

"아빠는 우리를 사랑한다고 했지만 거짓말이었어. 5학년 때 우리 담임 선생님하고 워싱턴으로 도망갔죠. 두 사람은 가정을 이뤘고 다른 딸도 있어요. 나를 좋아한 것보다 그 애를 훨씬 좋아해요. 나를 엄마한테 놔두 지 말고 데려갈 수도 있었는데. 엄마는 기분 잡치고 항상 화만 내는 할망 구야. 아빠는 항상 내 인생의 일부가 되어주겠다고 했지만 개똥 같은 소 리. 난 거짓말쟁이가 싫어요. 다른 거짓말쟁이들 말하는 거예요. 내가 꾸 며낸 얘기는 남한테 해를 입히지 않잖아. 내가 당신하고 여자친구에 대 해서 꾸며낸 얘기 들어볼래요?"

방금 먹은 피자가 무겁고 걸쭉한 덩어리가 되어 위 속에 자리 잡았다.

"별로."

여자의 얼굴은 흥분으로 달아올랐고 미소가 돌아왔다.

"가끔 사람들이 와서 당신이 그 여자에게 어떻게 했는지 물어볼 때가 있어요. 그 사람들이 얼마나 알고 싶어 하는지 딱 보면 감 잡을 수 있죠. 기본만 알고 싶은지, 지저분한 얘기까지 속속들이 알고 싶은지. 대학생 애들은 대개 지저분한 얘기들을 알고 싶어 하더라고요. 그럼 당신이 여 자애 머리를 깨부순 다음에 뒤집어놓고 시체를 뒤치기했다고 말하죠."

이그는 일어서려다가 무릎을 탁자 아래에 찧고 말았다. 동시에 탁자 위에 걸린 스테인드글라스 전등갓에 뿔이 부딪쳤다. 전등이 진자처럼 흔들렸고, 뿔 난 그림자가 웨이트리스 위로 달려들었다가 멀어졌다. 달려들었다가 멀어졌다 했다. 이그는 오금이 저려 다시 앉아야 했다.

"그 여잔 그러지……." 이그는 애써 말했다. "그런 게 아니…… 넌 마음이 병든 미친년이야."

"그래요." 여자는 자랑스러운 듯 고백했다. "난 너무 나빠요. 하지만 이 얘기해줄 때 걔들 얼굴을 당신도 봐야 하는데. 여자들은 특히 그 부분을 좋아하더라. 누군가 훼손되는 이야기를 들으면 항상 흥분해. 사람들은 훌륭한 강간살인범을 사랑하죠. 개인적인 의견으로는 뒤치기를 넣으면 어떤 얘기든 좀 더 재미있어지는 것 같아요."

"지금 내가 사랑했던 사람에 대해 얘기하고 있다는 걸 알아?"

이그가 물었다.

허파가 박박 긁혀 생채기가 생긴 느낌이었다. 숨을 쉬기가 어려웠다.

"그럼요." 여자가 말했다. "그래서 그 여자 죽인 거잖아. 사람들이 보통 그러는 이유가 그것 때문이죠. 증오가 아니야. 사랑이지. 가끔 아빠가 엄마와 나를 너무 사랑해서 우리를 죽이고 자살해버렸으면 좋겠다고 생각해요. 그러면 그냥 흔하고 우울한 이혼 이야기가 아니라 엄청난 비극이 되었을 텐데. 아빠가 모녀 살인을 저지를 배포만 있었더라면 우리 모두가 텔레비전에 나올 수 있었을 거야."

"난 여자친구를 죽이지 않았어."

이그가 말했다.

이 말에 웨이트리스는 마침내 반응을 보였다. 찡그린 얼굴에 당혹스러운 실망감으로 입술을 꽉 다물었다.

"음. 그거 너무 재미없다. 누구를 죽였더라면 훨씬 흥미로운 사람일 텐데. 그래도 머리에서 뿔이 났네요. 그건 재밌어요. 그게 신변이에요?"

"신변?"

"신체 변형의 약자. 직접 한 거예요?"

어제 저녁을 제대로 기억할 수 없었지만(술에 취해 주물공장에서 폭발하기 전까지는 모든 것을 기억했지만 그 이후로는 두려운 백지 상태였기에), 이 질문에 대한 답은 알았다. 이그는 힘도 들이지 않고 곧바로 대답했다.

"그래. 내가 했어."

23

웨이트리스는 누구를 죽였더라면 훨씬 흥미로운 사람이었을 거라고
말했다. 그래서 리 토르노를 죽이지 못할 이유도 없다는 결론을 내렸다.

어디로 가야 할지 안다는 것, 확실한 목적지를 가지고 차에 도로 올라
탄다는 것은 기쁨이었다. 차를 몰고 나가자 타이어 아래에서 먼지가 날
렸다. 리는 뉴햄프셔 포츠머스에 있는 국회의원 사무실에서 일했고, 이
그는 장거리 운전을 하고 싶은 기분이었다. 길 위의 시간은 어떻게 해야
할지 궁리하는 시간으로 쓸 수 있었다.

먼저 손을 쓸까 생각했다. 메린의 목이 졸렸듯 리의 목을 조르는 거다.
리를 사랑했던 메린을. 리의 어머니가 죽었을 때 위로하러 맨 처음 가주
었던 메린을. 이그는 리를 벌써 목 조르고 있는 양 운전대를 꽉 잡았고,
운전대가 덜그럭거릴 정도로 세게 앞뒤로 흔들었다. 리를 향한 증오는
몇 년 만에 느끼는 최고의 기분이었다.

두 번째 생각은 트렁크 안에 타이어 레버가 있을 듯하다는 것이었다.
윈드브레이커를 입으면 된다. 뒷좌석에 놓여 있으니까. 그리고 이 레버
를 소매에 숨긴다. 리가 앞에 오면 꺼내서 머리를 내려친다. 타이어 레버
가 리의 두개골에 부딪치면서 축축하게 '턱' 소리가 날 것을 상상하니
흥분으로 몸이 떨렸다.

걱정되는 점은 타이어 레버가 너무 빨라서 무엇으로 맞았는지도 모르

면 어쩌나 하는 것이었다. 완벽한 세계에서의 이그는 리를 차로 몰아넣고 어딘가 데려가 빠뜨려 죽일 터였다. 머리를 물속에 처박고 리가 발버둥치는 모습을 보겠지. 이그는 콧구멍에서 연기가 피어오르고 있다는 사실도 깨닫지 못한 채 그 생각을 하며 빙그레 웃었다. 밝은 조명이 비치는 차의 운전석 안에서 그 연기는 단지 희미한 여름 안개였다.

왼쪽 눈의 시력을 잃은 리는 조용해졌고 항상 고개를 수그리고 다녔다. 리는 절도를 저지른 모든 상점에서 20시간씩 무급으로 자원봉사를 하라는 명령을 받았다. 30달러짜리 운동화를 훔쳤든, 200달러짜리 가죽 재킷을 훔쳤든 액수와 상관없이 똑같은 시간이었다. 리는 신문에 자신의 범죄를 상세하게 적은 편지를 보내 상점 주인과 친구, 어머니와 아버지, 성당에 사과했다. 리는 말 그대로 종교가 있었고, 성심 성당에서 하는 모든 프로그램에 자원봉사자로 참가했다. 매해 여름마다 이그와 메린과 함께 갈릴리 캠프에서 일했다.

또한 매해 여름에 한 번씩 리는 갈릴리 캠프의 일요 아침미사에서 초대 연사로 연설했다. 연설을 시작할 때마다 자기가 죄인이라는 얘기를 어린이들에게 했다. 절도를 저질렀고 거짓말을 했고 친구들을 이용했고 부모님을 기만했다고. 어린이들에게 한때 자기의 눈이 멀었지만 지금은 똑똑히 볼 수 있다고 말했다. 이 말을 하면서 반쯤 망가진 왼쪽 눈을 가리켰다. 리는 매년 여름 똑같은 도덕 간증을 했다. 이그와 메린은 성당 뒤에서 들었는데, 리가 자기 눈을 가리키며 'Amaging Grace'를 인용할 때면 이그의 등과 팔에는 꼭 닭살이 돋았다. 이그는 리를 알게 되어서 행운이라고 생각했고 그를 안다는 사실이, 리의 이야기에 자그마하나마 일부가 되었다는 사실이 자랑스러웠다.

정말 끝내주는 이야기였다. 특히 여자애들이 좋아했다. 여자애들은 리가 나쁜 소년이었다는 점과 회개했다는 점 둘 다 좋아했다. 또 리는 자기 영혼 이야기를 할 수 있고, 아이들에게 사랑받을 수 있어서 좋아했다. 자기가 한 짓을 어떤 수치심이나 자의식 없이 침착하게 인정하는 태도에는 참을 수 없이 고상한 면이 있었다. 리와 데이트했던 여자들은 자신들이 그에게 아직도 허용되는 한 가지 유혹이 될 수 있다는 사실을 좋아했다.

리는 메인 주 뱅거에 있는 신학대학에 입학허가를 받았지만 어머니가 편찮으시자 신학을 포기하고 돌아와 어머니를 돌봤다. 그때는 부모님이 이혼했고 아버지는 사우스캐롤라이나에서 두 번째 아내와 살았다. 리는 어머니를 치료소에 모시고 다녔고 침대 시트를 깨끗이 바꿔주었으며 기저귀를 갈아주었고 함께 PBS 방송국의 프로그램을 보았다. 어머니의 병상을 지키지 않을 땐 뉴햄프셔 대학에서 언론학을 공부했다. 토요일에는 포츠머스까지 가서 뉴햄프셔의 초선 국회의원 사무실에서 일했다.

무급 자원봉사로 시작했지만 어머니가 돌아가셨을 때쯤에는 정직원이 되었고 국회의원의 종교 지역봉사 프로그램을 맡아서 진행했다. 그 의원이 지난 선거에서 압도적인 표 차로 재선되자 많은 이들은 리야말로 일등공신이라고 생각했다. 국회의원의 경쟁자는 전직 판사였는데, 그는 임신한 중범죄자에게 임신 석 달째에 낙태 수술을 시행하는 권리포기 서류에 서명한 전력이 있었다. 리는 이를 태아에 대한 사형이라고 비난했다. 리는 주 내의 교회 반을 돌아다니면서 이에 대해 연설했다. 넥타이와 빳빳한 흰 셔츠를 입은 리는 연단에서 아주 멋져 보였고, 자기를 죄인이라고 부를 수 있는 기회 역시 놓치지 않았다. 사람들은 모두 좋아했다.

선거본부에서의 일로 리는 메린과 처음이자 마지막 싸움을 벌였다. 하지만 이그는 한쪽이 방어를 하지 않으려고 한다면 과연 싸움이라고 칭할 수 있을까 알 수 없었다. 메린은 낙태 건을 두고 호되게 질책했지만 리는 침착하게 받아들였다.

"네가 일을 그만두라고 하면 내일 당장 사직서를 제출할게. 두 번 생각할 필요도 없는 일이야. 하지만 그 일을 계속하는 한, 그런 일을 하라고 고용된 거니까 임무를 다해야 해. 그리고 아주 잘할 거고."

메린은 리가 수치심도 없다고 말했다. 리가 그것 말고 다른 것인들 있는지 모르겠다고 대답하자 메린은 말했다.

"아, 젠장. 내 말에 그렇게 진지하게 대꾸하지 마."

하지만 그 후에는 리를 가만히 놔두었다.

물론 리는 메린을 쳐다보는 것을 좋아했다. 이그는 메린이 테이블에서 일어나 나갈 때 치마가 다리에 휘감기는 모습을 이따금 리가 쳐다본다는 걸 알고 있었다. 리가 좀 쳐다본다고 한들 이그는 개의치 않았다. 메린은 이그의 여자였다. 자기가 리의 눈에 한 짓을 생각하면(시간이 흐를수록 이그는 리의 반쯤 실명에 개인적인 책임이 있다고 느꼈다), 예쁜 여자를 좀 쳐다본다고 해서 불평할 수는 없었다. 리는 가끔 그 사고로 눈이 완전히 멀어버릴 수도 있었기 때문에 아이스크림의 끝맛을 음미하듯 자기가 볼 수 있는 좋은 것 하나하나를 즐기고 싶다고 말했다. 리는 그따위 거창한 말을 하는 재주가 있어서 기쁨과 실수를 솔직하게 고백했고, 비웃음당할까 봐 두려워하는 법이 없었다. 그렇다고 리가 비웃음당하는 건 아니었다. 오히려 반대였다. 모두들 리를 성원했다. 그의 변화는 사람들에게 영감깨나 주었다. 어쩌면 리 자신도 정치가로 선거에 나설지도 몰랐다. 벌써부터 이런 진로에 대한 말이 떠돌아다녔지만 리 본인은 더 높은 지위를 노린다는 의견들을 웃어넘겼고, 자기 같은 사람을 받아주는 정당이라면 가봐야 변변치 못한 곳이라는 그루초 막스 식의 옛날 농담을 입에 올렸다. 시저도 세 번이나 왕좌를 거절했지. 이그는 떠올렸다.

무언가 관자놀이를 두드렸다. 뜨거운 금속을 두드리는 망치처럼 일정하게 뎅뎅 부딪치는 느낌이었다. 주간州間 고속도로에서 나와 복합 사무지구로 들어섰다. 거기에 리가 보좌관으로 일하는 국회의원의 건물이 있었는데, 사무실은 마치 거대한 유리 탱크의 돌출부처럼 건물 현관에서 밖으로 뻗은 거대한 쐐기 모양의 유리 중이층에 있었다. 이그는 뒤로 돌아 현관으로 갔다.

건물 뒤 아스팔트가 깔린 주차장은 3분의 2가 비어 있었고 오후 열기에 익어갔다. 이그는 차를 세우고 푸른색 나일론 윈드브레이커를 뒷좌석에서 집고 내렸다. 겉옷을 입기에는 너무 더운 날씨였으나 입었다. 얼굴과 머리에 떨어지는 햇빛의 느낌이 좋았고 아래 아스팔트에서 이글이글 피어오르는 열기가 좋았다. 그 열기에 희열이 느껴졌다. 정말로.

해치백을 열고 바닥의 문을 들어올렸다. 타이어 레버는 금속판 아래에 나사로 박혀 있었는데, 나사가 녹에 덮여 있어서 돌려 빼려고 했더니 손가락이 아팠다. 그만두고 사고 긴급도구함을 들여다보았다. 마그네슘 섬광 신호탄과 빨간 종이에 싸인 기름지고 매끈한 튜브 하나. 이그는 싱긋 웃었다. 타이어 레버 따위보다 훨씬 낫지. 리의 예쁜 얼굴을 이걸로 태워버릴 수 있을 것이다. 다른 눈도 멀게 해버릴 수 있겠지. 리를 죽이는 것만큼 즐겁겠다. 게다가 이그는 타이어 레버보다 불에 더 적합했다. 불이 악마의 유일한 친구라는 건 널리 알려진 사실 아닌가?

이글거리는 열기 속 아스팔트를 가로질렀다. 17년 된 매미가 짝을 지으러 나오는 여름이었다. 주차장 뒤의 나무들은 매미 소리, 거대한 기계 허파가 돌아가듯 윙 울리는 깊은 진동 소리로 가득했다. 이 소리가 이그의 머리를 채웠고 두통, 광기, 명확해지는 분노의 소리가 되었다. '요한계시록'의 한 구절이 떠올랐다.

"그리고 그 연기 속에서 메뚜기들이 나와서 땅에 퍼졌습니다."*

리 토르노는 벌레, 매미보다 못한 버러지, 훨씬 비천한 존재였다. 정말로. 붙어먹는 건 했으니, 이제 죽기만 하면 된다. 이그가 도와줄 터였다. 주차장을 가로지르며 코트 주머니 속에 신호탄을 쑤셔 넣고는 오른손으로 붙들었다.

---

* 요한계시록 9장 3절(새번역 성경에서 인용). 매미와 성경에 나오는 메뚜기를 구분하여 표기하지 않고 둘 다 locust로 가리키는 경우도 있다. 아메리카 대륙의 초기 유럽 정착민들의 오해에서 비롯된 용례라고 한다.

이그는 존경하는 뉴햄프셔의 국회의원님 이름이 찍혀 있는 플렉시글 라스 문으로 접근했다. 색을 입힌 플렉시글라스는 거울 같아서 비친 자기 모습을 볼 수 있었다. 윈드브레이커를 목까지 올린, 야위고 땀을 뻘뻘 흘리는 남자. 범죄를 저지르기 위해 온 듯한 기색이 역력했다. 뿔이 있다는 건 말할 필요도 없었다. 뾰족한 양 끝은 관자놀이의 피부를 뚫고 나왔고, 그 아래의 뼈는 피로 붉게 얼룩졌다. 하지만 뿔보다 나쁜 것은 씩 흘리는 웃음이었다. 입장 바꿔서 자신이 문 반대편에 있더라도 자기 같은 사람이 오는 것을 보면 곧장 빗장을 걸고 911에 전화를 걸 것 같았다.

문을 밀어 에어컨 바람이 시원하고 양탄자가 깔린 고요한 공간으로 들어섰다. 정수리를 납작하게 친 뚱뚱한 남자가 책상 뒤에 앉아 명랑하게 통화하고 있었다. 책상 바로 오른쪽에는 보안 검색대가 있어서 방문객들은 금속탐지기를 통과해야 했다. 50대쯤 되어 보이는 주 경찰관이 엑스레이 모니터 뒤에 앉아 껌을 짝짝 씹었다. 안내 직원 책상 뒤에 플렉시글라스로 된 미닫이 창문이 있었고, 그 너머로 작고 황량한 방이 보였다. 뉴햄프셔 주의 지도가 벽에 붙어 있고, 탁자 위에는 보안 모니터가 놓여 있는 방이었다. 거대하고 어깨가 떡 벌어진 또 다른 주 경찰 한 명이 접이 책상에 앉아 고개를 숙인 채 서류를 들여다보는 중이었다. 경찰의 얼굴이 보이진 않았지만 두꺼운 목과 커다랗고 하얀 대머리가 어딘가 모르게 저속해 보이는 사람이었다.

이그는 약간 용기를 잃었다. 주 경찰들, 금속탐지기. 이들을 보니 로건 공항에서 겪었던 나쁜 기억이 떠올랐고 식은땀으로 온몸이 따끔거렸다. 1년 넘게 여기로 리를 만나러 온 적이 없어서 예전에도 보안 검색대를 통과해야 했는지 기억나지 않았다.

안내 직원은 "안녕, 자기"라고 수화기에 대고 말하더니 책상 위의 버튼을 누르고 이그를 쳐다보았다. 크고 둥근 달덩이 같은 얼굴이었다. 아마도 쳇인가, 칩인가 하는 이름이었는데. 네모 안경 뒤에는 실망인지 곤혹인지 모를 표정이 떠올랐다.

"무슨 일이십니까?"

"네, 혹시……?"

하지만 다른 게 시선을 끌었다. 플렉시글라스 창문 반대편 방에 있는 보안 모니터에는 접수대가 어안 렌즈 형태로 보였다. 식물 화분들, 그렇게 거슬리지 않는 플러시 소파, 이그. 하지만 이 모니터에는 뭔가 잘못된 점이 있었다. 이그에게는 분리된 두 인물이 서로 겹쳐 있으면서 계속 통통 튀는 형태로 비쳤다. 영상의 한 부분은 깜박이고 불안정했다. 이그의 원래 이미지는 있는 그대로 보였다. 창백하고 야위었으며 비극적으로 머리가 벗겨진 남자. 염소수염을 길렀고 구부러진 뿔이 달렸다. 하지만 두 번째 그림자 이미지는 어둡고 형태가 없었으며 꿈틀꿈틀 몸속을 드나들었다. 두 번째 이미지에는 뿔이 없었다. 지금 이그의 모습이 아니라 과거의 모습이었다. 이그의 영혼이 자기 육신에 닻을 내린 악마에게서 빠져나오려고 하는 듯했다.

황량하고 환한 방 안에서 모니터를 앞에 두고 앉은 주 경찰도 이상한 점을 눈치챘는지 스크린을 확인하러 사무 의자를 빙 돌렸다. 여전히 주 경찰의 얼굴은 보이지 않았다. 경찰이 몸을 꽤 돌렸지만 이그는 그의 귀와 두껍고 짐승 같은 목에 얹힌 반들반들한 대머리, 대포알 같은 뼈와 피부밖에 볼 수 없었다. 잠시 후, 주 경찰이 손을 뻗더니 주먹으로 모니터를 쾅쾅 내리치며 화면을 고쳐보려 했다. 얼마나 세게 때렸는지 순간적으로 화면 전체가 나가버렸다.

"선생님?"

안내 직원이 불렀다.

이그는 모니터에서 시선을 뗐다.

"혹시…… 혹시 리 토르노 좀 불러줄 수 있습니까? 이그 페리시가 만나러 왔다고 전해주세요."

"안으로 들어가시기 전에 운전면허증을 확인하고 출입증 사본을 드려야 하는데요."

직원은 멍한 눈으로 홀린 듯이 뿔을 바라보며 단조롭게 말했다.

보안 검색대를 확인한 이그는 섬광 신호탄을 들고는 안으로 들어갈 수 없다는 사실을 깨달았다.

"내가 여기서 기다린다고 해요. 나를 만나러 와야 할 거라고."

"그 사람은 나올 것 같지 않은데요." 안내 직원이 말했다. "아무도 그러는 사람이 없을 것 같아요. 당신 아주 끔찍해요. 뿔이 있잖아요. 끔찍해요. 오늘 출근하지 말걸 그랬어요. 당신 모습만 봐도 후회가 돼. 출근 안 할 뻔했었지. 난 한 달에 한 번 정신건강의 날을 잡아 집에서 쉬면서 엄마 속옷을 입고 화끈한 내 모습을 즐겨요. 엄마는 정말이지 할망구치고 야한 속옷들이 많아요. 등에 고래 뼈를 넣고 끈이 많이 달린 검은 새틴 코르셋도 있어요. 정말 죽이지."

남자의 눈이 흐릿해졌으며 입가에는 하얀 침이 맺혔다.

"그걸 정신 건강의 날로 삼다니 그 점이 특히 마음에 드네." 이그가 말했다. "리 토르노나 불러줘요, 네?"

안내 직원은 어깨를 이그쪽으로 돌렸다. 버튼을 누르고 수화기에 무어라 웅얼거렸다. 잠깐 듣고는 "알았습니다"라고 답했다. 그런 다음 뒤돌아 이그를 보았다. 둥근 얼굴이 땀으로 번들거렸다.

"아침 내내 회의가 있답니다."

"그 친구한테 네가 한 일을 내가 다 안다고 해요. 하나도 빼지 말고 전해요. 그 얘기를 하고 싶다면, 주차장에서 딱 5분만 기다릴 거라고."

안내 직원은 멍하니 보다가 고개를 끄덕이고 다시 살짝 뒤돌았다. 수화기에 대고 말했다.

"토르노 씨? 친구 분이 말씀하시길…… 토르노 씨가 한 일을 다 알고 계신다는데요?"

마지막은 질문으로 바뀌었다.

안내 직원이 그 다음에 뭐라고 하는지 이그는 듣지 못했다. 어떤 목소리, 잘 알지만 몇 년 동안이나 듣지 못했던 목소리가 귓가에 울렸기 때문이었다.

"이기 페리시, 이 새끼."

에릭 해니티의 목소리였다.

돌아보니 플렉시글라스 창문 건너편 방에서 보안 모니터 앞에 앉아 있던 대머리 주 경찰이 에릭이었다. 열여덟 살 때의 에릭은 애버크롬비 앤드 피치 화보에 나오는 10대 소년처럼 덩치가 크고 늠름했으며 갈색 고수머리를 짧게 자르고 다녔다. 신발도 신지 않고 셔츠도 입지 않았으며 엉덩이에 청바지를 헐렁하게 걸치고 돌아다니길 좋아했다. 하지만 서른이 된 지금의 얼굴은 예전의 날카로운 선명함을 잃어 살덩어리가 되었고, 머리숱은 점점 옅어져 이길 수 없는 전투를 벌이느니 차라리 밀어버린 모양새였다. 대머리 에릭은 당당해 보였다. 한쪽 귀에 귀걸이만 걸면 텔레비전 광고에 나오는 미스터 클린* 역을 해도 될 것 같았다. 아마도 필연적으로 아버지의 가업, 종종 사람들을 해치더라도 권력과 법이 보호해줄 수 있는 직업을 고른 모양이었다. 이그와 리가 아직 친구 사이로 지내던 시절(친구인 적이 있기나 했다면), 리는 에릭이 의원님 보안을 책임지고 있다는 말을 한 적 있었다. 리는 에릭이 많이 원만해졌다고 했다 같이 한두 번 낚시를 가기까지 했다고.

"물론 에릭은 밑밥으로 시위대의 뱃속에서 끄집어낸 간을 쓰더라." 리가 말했다. "그게 무슨 뜻인지는 네 맘대로 해석해."

"에릭 형." 이그는 책상에서 물러섰다. "잘 지냈어?"

"좋지." 에릭 해니티가 대답했다. "다시 만나니 좋은데. 어떻게 지낫

* 세제 브랜드의 마스코트 격인 대머리 남자.

어, 이그? 요새 어때? 이번 주에도 사람 죽였냐?"

이그가 말했다.

"좋아."

"좋아 보이지 않는데. 약 먹는 거 잊은 사람 같은 얼굴이야."

"무슨 약?"

"뭐, 너 무슨 병이라도 걸렸을 거 아냐. 밖은 37도가 넘는데 윈드브레이커를 껴입고 돼지 새끼처럼 땀을 흘리니. 게다가 머리에 뿔도 났는데, 그게 정상일 리 없잖아. 물론 건강한 인간이었다면 제 여자친구 얼굴을 쥐어 패고 숲 속에 버려두고 가진 않았겠지. 빨강머리 냄비를." 해니티는 즐거운 눈으로 이그를 쳐다보았다. "그 이후로 네 팬이 됐어. 알지, 이그? 헛소리 아니라니까. 너네 열라 부자 가족들은 몇 년 동안 얼굴 들고 못 다닐 거다. 특히 네 형은 떼돈도 벌고 매일 밤 텔레비전에 나와 수영복 입은 모델들을 무릎에 앉히고 노닥거렸잖아. 평생 한 번도 제 손으로 밥 벌어먹은 적 없었던 새끼가. 그런데 네가 이런 짓을 터뜨렸지 뭐냐. 가족 이름에 똥칠을 했지. 네 가족들은 영원히 씻어낼 수 없을 테고. 진짜 좋아. 네가 앙코르로 뭘 더 해줄지 모르겠네. 앙코르로 뭘 할 거야, 이그?"

떨리는 다리를 진정시키느라 애써야 했다. 이그보다 45킬로그램은 더 나가고 15센티미터는 더 큰 에릭이 위에서 내려다보았다.

"그냥 리랑 몇 마디 하려고 온 것뿐이야."

"네가 앙코르로 뭘 할지는 알지." 에릭 해니티는 이그가 대답이라도 한 양 말을 이었다. "머리엔 미친 생각, 겉옷에는 무기를 숨겨서 국회의원 사무실에 나타나는 거지. 너 무기 가지고 있지? 그래서 겉옷을 입은 거야, 무기를 숨기려고. 총을 가지고 있겠지. 나는 널 쏠 테고. 그럼 테리 페리시의 정신병자 동생을 체포했다고 〈보스턴 헤럴드〉 1면에 나겠지. 대단하지 않냐? 마지막으로 너네 형 봤을 때는 로스앤젤레스에 나올 일 있으면 자기 쇼에 오라고 공짜표를 주지 뭐냐. 자기가 얼마나 똥 덩어리 같은 새끼인지 내 면전에 대고 헛소리를 늘어놓더라니까. 난 네가 또 살인을 저지르기 전에 그 빌어먹을 얼굴을 총으로 날려버린 영웅이 되고 싶다 이거야. 장례식에서 너희 형한테 아직도 공짜표를 줄 수 있는지 물어봐야겠다. 걔 꼴 좀 보자. 해봐, 이그. 금속탐지기로 들어와봐. 네 정신나간 엉덩이를 날려버릴 핑계 좀 갖자."

"누구 만나러 들어갈 생각 없는데. 밖에서 기다릴 거야."

이그는 겨드랑이에 식은땀이 송골송골 맺히는 것을 느끼며 벌써 문으로 물러섰다. 손바닥이 미끄러웠다. 한쪽 팔꿈치로 문을 밀 때 신호탄이 스르르 미끄러졌고, 무시무시한 한순간 해니티 앞에서 빠져나와 바닥에 떨어지는 게 아닌가 싶었으나 간신히 엄지로 잡아 도로 제자리에 밀어넣었다.

이그가 햇빛 속으로 나가자 에릭 해니티는 거의 동물과 같은 허기진 표정으로 바라보았다.

사무실의 냉기에서 오후의 익는 듯한 열기로 갑자기 바뀌자 이그는 어지럼증을 느꼈다. 하늘은 환했다가 침침해졌고 또다시 환해졌다.

일단 국회의원 사무실에 가서 어떻게 할지 잘 짜놓았다고 생각했다. 단순해 보였고 당연히 그래야 할 것 같았다. 하지만 이젠 그것이 실수임을 깨달았다. 섬광 신호탄으로 리 토르노를 죽일 수는 없었다(그 자체가 우스꽝스럽고 이상한 생각이었다). 리는 이그와 얘기하러 나오지 않을 터였다.

주차장을 가로지르면서 심장 박동과 함께 걸음걸이도 빨라졌다. 이제 할 일은 떠나는 것뿐이었다. 기드온으로 돌아가는 길을 타자. 혼자 있을 곳을 찾아서 조용히 생각하자. 머리를 정리하자. 이런 날을 겪은 후에는 필사적으로 머리를 정리할 필요가 있었다. 여기 온 건 철저히 무모하고 충동적인 행동이었고, 자신이 그런 짓을 하려 했다는 생각만 해도 덜컥 접이 났다. 마음 한구석에서는 에릭 해니티가 이미 지원군을 불러 모으고 있을 가능성이 있으니, 빨리 가지 않으면 영원히 갈 수 없을지도 모른다는 생각을 하고 있었다(하지만 마음의 다른 부분은 부드럽게 달래기도 했다. 10분만 지나면 에릭 해니티는 네가 여기 와 있었다는 사실도 기억하지 못할 거야. 너랑 말을 한 적도 없는 거야. 자기 마음속 악마와 이야기한 거지).

이그는 섬광 신호탄을 그렘린 뒷좌석에 던져 넣고 해치백을 쿵 닫았다. 운전석으로 돌아가려는데, 문에 닿기도 직전에 리가 부르는 소리가 들렸다.

"이기?"

리의 목소리를 듣자 이그의 몸속 온도가 바뀌었다. 아주 찬 음료를 들이켠 양 온도가 몇 도 뚝 떨어졌다. 이그는 몸을 돌려 쳐다보았다. 아스팔트에서 피어오르는 열기 속에 리의 모습이 보였다. 물결치듯 일그러진 형체가 깜박거리면서 보였다가, 안 보였다가 했다. 영혼일 뿐이지 사람이 아니었다. 짧은 금발머리는 불붙은 것처럼 하얗게 타올랐다. 에릭 해니티가 옆에 서 있었다. 대머리는 번쩍이는 빛을 발산했고, 두 손을 널찍한 가슴 위에서 엇갈리듯 겨드랑이 아래 꼈다.

해니티는 의원 사무실 현관에 남아 있었지만 리는 이그를 향해 걸어왔다. 땅을 딛는다기보다 찌는 열기 속에서 액체처럼 흘러 공기 중에 떠오는 듯했다. 하지만 가까이 다가오자 리의 형태는 좀 더 견고해져서 실체 없이 흐르는 영혼, 열기와 왜곡된 햇빛으로 형성된 물체가 아니라 마침내 땅에 굳건히 발을 내린 사람이 되었다. 리는 청바지에 하얀 셔츠 차림이었다. 정치가 무리라기보다 목수에 가까워 보이는 효과를 주는 노동자 의상이었다. 가까이 오면서 거울 같은 선글라스를 벗었다. 목에는 가는 황금 사슬이 반짝였다.

오른쪽 눈의 파란색은 위에서 타오르는 8월 하늘의 색깔과 똑같았다. 왼쪽 눈에 입은 상처는 망막에 희뿌연 막이 덮이는 보통의 백내장과 달랐다. 피질부 백내장이 생겨 햇볕에 탄 담청백색으로 보였다. 홍채의 검은 부분에는 끔찍한 하얀 별이 뚫렸다. 맑은 오른 눈은 경계심을 품고 이그를 똑바로 바라보았지만 다른 눈은 살짝 안쪽으로 돌아 더 먼 곳을 보는 듯했다. 리 말로는 흐릿하기는 하지만 왼쪽 눈으로도 볼 수 있다고 했다. 흡사 비누칠한 창문으로 보는 것과 마찬가지라고 했다. 리는 이그를 오른쪽 눈으로 받아들이는 듯 보였다. 왼쪽 눈으로 뭘 보는지는 알 수 없는 노릇이었다.

"네 메시지 받았어." 리가 말했다. "그렇군. 알았구나."

이그는 움찔 물러섰다. 아무리 뿔의 영향력이 있다 한들 그처럼 불쑥 인정할지는 몰랐다. 또한 리가 수줍게 미소 지으며 사과의 표정을 짓는 바람에 무장이 해제되었다. 이그의 여자친구를 강간하고 살해한 일이 새 양탄자에 진흙을 질질 묻힌 행위처럼 우아하지 못한 사회적 무례인 양, 다만 창피하다는 표정이었다.

"다 알아. 씹할 새끼."

이그의 목소리가 떨렸다.

리는 창백해졌다. 볼에 홍조가 피어올랐고, 왼손바닥을 들면서 잠깐 기다리라는 신호를 보냈다.

"변명은 하지 않을게. 나쁜 짓이었다는 건 알았어. 술을 너무 많이 마셨고, 걘 친구가 필요한 듯 보였어. 그러다 걷잡을 수 없게 된 거야."

"변명으로 할 말이 고작 그거냐? 씹할, 걷잡을 수 없게 되었다고? 내가 너 죽여버리려고 여기 온 건 알지?"

리는 잠시 쳐다보다가 어깨너머로 에릭 해니티를 보더니 이그에게 시선을 돌렸다.

"네 전력을 생각한다면 농담을 그렇게 쉽게 하면 안 돼지. 메린 일 때문에 온갖 고초를 겪었으니 경찰 앞에서 입조심해야 하지 않겠냐. 특히 에릭 같은 경찰은. 역설 같은 건 모르잖아."

"역설 좋아하시네."

리는 목에 건 황금 사슬을 들어 올렸다.

"이 말을 한다고 도움이 될지는 모르겠다만, 나도 아주 기분이 좋지 않아. 동시에 내 마음속 작은 부분은 네게 들킨 게 다행이라고 생각하고 있어. 네 인생엔 개가 필요 없어, 이그. 개 없이 더 잘 살 수 있다고."

이그는 자기를 억제하지 못하고 낮고 고뇌에 찬 노성을 지르며 리에게 다가갔다. 리가 물러설 거라고 생각했지만 리는 그대로 버티고 선 채 다시 한 번 에릭을 돌아보았고, 에릭은 대답으로 고개를 끄덕였다. 이그도 에릭을 재빨리 쳐다보고 그 자리에 우뚝 멈췄다. 처음으로 에릭 해니티의 총집이 비었다는 사실을 알아챈 것이다. 총집이 비어 있는 이유는 리볼버를 한 손에 들고 겨드랑이 아래 숨겨두었기 때문이었다. 이그의 눈으로 총을 본 건 아니었지만 감지할 수 있었다. 마치 자신이 들고 있는 것처럼 총의 무게를 느낄 수 있었다. 에릭이 총을 쏘리라는 사실에는 의심의 여지가 없었다. 테리 페리시의 동생을 쏘고 신문에 나고 싶어 했다. **영웅 경찰, 강간살인범 용의자 사살.** 이그가 리에게 손이라도 댔다간 에릭으로 하여금 총을 쏠 좋은 구실을 주는 셈이었다. 나머지는 뿔이 알아서 할 터였다. 해니티에게 자신의 가장 추악한 충동을 실행하도록 시킬 것이었다. 뿔이 하는 역할이 바로 그것이었다.

"네가 그렇게까지 신경 쓸 줄 몰랐다." 마침내 리는 천천히 숨을 고르게 내쉬며 말했다. "세상에, 이그. 걘 걸레야. 마음이야 착하지. 하지만 글레나는 언제나 걸레였다고. 네가 개랑 사는 이유는 오직 부모님 집에서 나오고 싶어서 아니었냐."

이그는 리가 무슨 말을 하는지 알 수 없었다. 순간적으로 한낮의 시간이 그대로 멈춘 것 같았다. 톱을 썰듯 울어대던 매미들도 멈추었다. 그때 이그는 깨달았다. 글레나가 아침에 인정했던 사실을 기억해냈다. 뿔이 시킨 첫 번째 고백.

"걔 얘기하는 거 아냐." 이그가 말했다. "어떻게 내가 걔 얘기하고 있다고 생각할 수 있어?"

"그럼 누구 얘기하는 건데?"

이그는 이해할 수 없었다. 다들 말했다. 이그를 보고 뿔을 보자 비밀들이 굴러나왔다. 자기를 억누르지 못했다. 안내 직원은 어머니의 속옷을 입고 싶어 했고, 에릭 해니티는 이그를 쏠 구실을 만들어 신문에 나고 싶어 했다. 이제 리의 순서였는데, 리가 고백한 건 고작 술 취해 오럴섹스를 받았다는 것뿐이었다.

"메린 말이야." 이그는 쉰 목소리로 말했다. "네가 메린한테 한 짓을 말하는 거야."

리는 고개를 아주 살짝 갸우뚱했다. 오른쪽 귀가 하늘을 향했다. 꼭 멀리서 들려오는 소리를 들으려 하는 개 같았다. 그는 부드럽게 한숨을 내쉬었다. 그러더니 아주 살짝 머리를 흔들었다.

"영문을 모르겠네, 이그. 대체 내가 뭘 어쨌다고⋯⋯."

"개새끼. 네가 걔를 죽였잖아. 네가 한 줄 알아. 메린을 죽이고 테리 형 입을 막았지."

리는 한참 동안 이그를 재듯이 쳐다보았다. 그러더니 에릭 해니티를 다시 한 번 돌아보며 확인했다. 이그의 생각에 에릭이 이 대화를 들을 수 있을 만큼 가까이 있는지 확인하려는 듯했다. 그러더니 리는 다시 이그를 마주 보았다. 이그를 쳐다보았을 때 리의 얼굴은 죽은 사람처럼 멍했다. 이 변화가 너무 충격적이라서 이그는 공포심에 소리를 지를 뻔했다. 우스운 반응이었다. 악마가 사람을 무서워하다니. 늘 그 반대임에도 불구하고.

"테리가 그렇게 말하디?" 리가 말했다. "그랬다면 네 형은 새빨간 거짓말쟁이야."

리는 이해할 수 없는 이유로 뿔의 영향을 받지 않았다. 뿔이 뚫고 갈 수 없는 벽이 있었다. 이그는 뿔이 힘을 발휘하도록 애썼고, 잠깐 동안 양 뿔에 열기와 피, 압력이 솟구치는 느낌이 가득 찼지만 오래가진 않았다. 걸레를 쑤셔넣은 트럼펫을 부는 것과 비슷했다. 아무리 공기를 불어넣어도 소리가 나지 않았다.

리가 말을 계속했다.

"네 형이 다른 사람에게는 그런 말 안 했으면 좋겠다. 물론 너도 마찬가지고."

"아직은 아냐. 하지만 곧 네가 한 짓을 모든 사람이 알게 되겠지."

설마 리는 뿔을 보지도 못하는 걸까? 리는 뿔 얘기를 하지도 않았다. 보지도 않는 것 같았다.

"그렇게 안 하는 게 좋을 거야." 리가 말했다. 어떤 생각이 떠올랐는지 입가 근육이 떠올랐다. "너, 이거 녹음하고 있니?"

"그래."

이그는 대답했지만 너무 늦었고, 잘못된 대답이었다. 덫을 놓으려는 사람은 대화를 녹음하고 있다는 사실을 인정하지 않는다.

"안 하고 있구나. 넌 거짓말하는 법을 모르니까, 이그."

리는 미소 지었다. 왼손은 목에 걸린 황금 사슬을 만지작대고 있었다. 다른 손은 주머니에 들어가 있었다.

"하지만 안 됐네. 이 대화를 녹음했더라면 성공했을지도 모르는데. 실은 네가 증명할 수 있을 거라고 생각하진 않아. 네 형이 술 취했을 때 무슨 얘기를 했는지 모르겠지만 테리 형이 뭐라고 했든 네 마음속에서 그 생각을 지워버려. 나는 절대로 그 말을 반복하지 않을 테니까. 우리끼리의 비밀을 누설해봤자 다들 좋을 게 하나 없어. 생각해봐라. 테리 형이 내가 메린을 죽였다는 미친 이야기를 들고 경찰에 갈 수 있을 것 같냐? 형 말이 내 말이랑 다른데다가 1년 동안 입 꾹 닫고 아무 말 안 해놓고? 자기 말을 뒷받침할 증거도 없는데? 그건 애초에 증거란 게 없기 때문이야, 이그. 다 사라졌어. 네 형이 그 얘기를 경찰에게 한다면 최선의 경우에 네 형 직업이 끝장나는 정도겠지. 최악의 경우라면 우리 둘 다 감옥에 가는 정도고. 네 형을 끌어들이지 않고 나 혼자 가는 일은 절대 없으니까 안심해라."

리는 주머니에서 한 손을 꺼내 한참 동안 멀쩡한 눈을 문질렀다. 눈에 들어간 먼지를 닦는 듯했다. 리가 곧 오른쪽 눈을 감아 다친 눈으로만 이그를 보게 되었다. 하얀 바퀴가 뚫린 눈. 처음으로 이그는 그 눈에서 끔찍했던 게, 항상 끔찍했던 게 뭔지 깨달았다. 그 눈이 죽었기 때문이 아니었다. 그 눈은 그저…… 다른 문제들에 골몰하고 있었을 따름이었다. 마치 두 명의 리 토르노가 있는 것처럼. 한 사람은 10년 넘게 이그의 친구였고 어린이들에게 죄인이었다고 인정하며 1년에 세 번씩 적십자에 헌혈하는 사람이었다. 두 번째 리는 주위의 세계를 일말의 동정심 없이 바라보는 사람이었다.

리는 오른쪽 눈에 들어간 게 뭔지 모르지만 꺼내고 난 다음에 손을 옆으로 내렸다. 그는 무심히 그 손을 도로 주머니에 넣었다. 그러면서 앞으로 다가왔다. 이그는 리의 손이 닿을 수 없는 곳까지 물러섰다. 어째서 자기가 뒷걸음치는지, 왜 갑자기 자기와 리 토르노 사이에 적어도 아스팔트 몇 미터 정도의 거리를 두는 것이 삶과 죽음을 가름하는 문제처럼 느껴지는지 알 수 없었다. 매미들이 나무에서 윙윙 울어댔고 사람 미치게 하는 끔찍한 그 소리가 이그의 머리를 채웠다.

"메린은 너의 친구였어, 리." 이그는 차 앞쪽을 돌아 뒤로 물러서며 말했다. "그 애는 널 신뢰했어. 그런데 넌 그 애를 강간하고 죽이고 숲 속에 버려두고 갔지. 어떻게 그럴 수 있지?"

"한 가지 오해하고 있어, 이그."

리는 침착하고 평탄한, 낮은 목소리로 말했다.

"강간이 아니었어. 넌 그렇게 믿고 싶겠지만, 솔직히 나랑 섹스하길 원했던 건 걔야. 몇 달 동안 나를 유혹했어. 메시지도 보냈어. 작은 단어 게임을 했지. 네 등 뒤에서 다른 남자를 꼴리게 하는 짓을 계속했다고. 우리가 할 수 있게 네가 런던에 가는 날만 기다렸어."

"아니야." 역겨운 열기가 얼굴에, 뺨 뒤에 올랐다. "다른 사람이랑 잤을지는 모르지만, 너랑 자진 않았을 거야."

"다른 사람이랑 자고 싶다고 너한테 말했다며. 누구 얘기를 한다고 생각했어? 솔직히 네 여자들 사이에선 계속 돌아가는 주제 같은데. 메린, 글레나. 언제든 걔들은 곧장 내 물건으로 돌아오게 되어 있다고."

리는 입을 벌려 이를 훤히 드러내며 유머라고는 없는 호전적인 웃음을 지었다.

"메린은 저항했어."

"믿고 싶지 않은 마음은 알겠다만, 메린도 원했어. 내가 이끌어주기를 바랐다고. 반항하는 척하면서도 내가 밀어붙이길 바랐지. 어쩌면 필요했는지 몰라. 그래야만 마음속의 억압을 극복할 수 있으니까. 누구에게나 어두운 면은 있어. 그게 걔의 어두운 면이었어. 우리가 섹스했을 때, 걔가 느꼈던 거 알아? 거기 숲 속에서 나랑? 아주 진하게 느끼더라. 그게 걔의 판타지였나 봐. 으슥한 옛날 숲에서 당하는 거. 살짝 긁히고 몸싸움하면서."

"그러고 나서 머리에 돌 맞는 게?" 이제 이그는 그렘린 앞으로 돌아가 조수석까지 이르렀다. 리는 한 발씩 따라왔다. "판타지에 그 부분도 들어 있나?"

리는 걸음을 멈추고 섰다.

"테리에게 물어봐. 그 부분을 한 건 테리 형이니까."

"거짓말이야."

이그가 속삭였다.

"하지만 진짜 진실이란 없어. 아무것도 중요하지 않아."

리가 말했다. 리의 왼손이 셔츠에서 나왔다. 황금 십자가를 걸고 있었다. 십자가는 햇빛 속에서 반짝였다. 리는 십자가를 들어 잠깐 빨더니 도로 떨어뜨렸다.

"그날 밤 무슨 일이 있었는지는 아무도 몰라. 내가 메린을 돌로 쳤는지, 테리 형이 그랬는지. 아니면 네가 그랬는지……. 진짜로 무슨 일이 있었는지는 아무도 모를 거야. 넌 고발도 할 수 없어. 난 네 형제들과 거래하지 않을 테니까. 그럼 이제 뭘 원해?"

"네가 가망 없이 죽어가며 진흙구덩이 속에서 두려워하는 꼴을 보길 원해." 이그가 대답했다. "메린이 그랬던 것처럼."

리는 칭찬이라도 받은 양 미소 지었다.

"그럼 해봐. 와서 해보라고."

리는 한 발 재빨리 앞으로 내디디며 이그에게 덤벼들었다. 이그는 둘 사이의 조수석 쪽 문을 열고 리 앞으로 밀었다.

문은 쿵 소리를 내며 리의 다리에 부딪쳤고 뭔가 아스팔트에 떨어졌다. 달가닥, 덜그럭. 뚝. 이그는 8센티미터 길이의 빨간 스위스 군용칼날이 땅에서 빙그르르 도는 모습을 보았다. 리는 비틀거리더니 숨을 날카롭게 내뱉으며 거세게 헉헉거렸다. 이그는 그 틈을 이용해 차로 뛰어들었고 조수석을 건너 운전대 앞에 앉았다. 조수석을 닫을 겨를도 없었다.

"에릭!" 리가 외쳤다. "에릭 형, 이그가 칼을 가지고 있어!"

때마침 그렘린은 찍찍 긁어대는 폭발음과 함께 살아났고, 이그는 자리에 제대로 앉기 전에 액셀러레이터부터 밟았다. 그렘린은 앞으로 돌진했고 조수석이 쿵 닫혔다. 재빨리 뒷거울을 보니 에릭 해니티가 한 손에 피스톨을 들고 땅을 겨냥한 채 주차장을 가로질러 뛰어오고 있었다.

아스팔트 조각이 뒷바퀴 타이어에서 튀어 햇빛 속에서 금 덩어리처럼 빛났다. 차를 빼면서 다시 한 번 뒷거울을 보니 리와 에릭이 먼지 구름 속에 서 있었다. 리는 멀쩡한 오른쪽 눈을 다시 감은 채 파도처럼 넘실대는 흙 구름을 한 손으로 헤쳤다. 하지만 반쯤 먼 왼쪽 눈은 뜬 채로 낯선 열정을 담아 이그의 뒤를 계속 쳐다보았다.

24

돌아갈 때는 주간 고속도로에서 멀어졌다. 돌아가다니, 어디로? 알 수 없었다. 이그는 방향에 대한 의식 없이 자동으로 운전했다. 방금 무슨 일이 일어난 건지 알 수 없었다. 아니, 무슨 일이 일어났는지는 알았지만 무슨 뜻인지 알 수 없었다. 리가 한 말이나 행동 때문이 아니었다. 하지 않은 말이나 행동 때문이었다. 리에게는 뿔이 아무런 힘을 미치지 못했다. 오늘 이그가 만난 수많은 사람 중에서 오로지 리만이 자기가 하고 싶은 말만을 했다. 그의 고백은 계산된 결정이지 무력한 충동이 아니었다.

가능한 한 빨리 길에서 뜨고 싶었다. 리가 경찰에 신고해 이그가 정신 착란 상태로 와서 칼을 들이댔다고 한다면? 아니, 실은 리가 신고할 거라고 생각하지는 않았다. 리도 피할 수 있다면 경찰을 개입시키진 않을 터였다. 그래도 이그는 제한속도까지 속도를 올렸고 뒷거울로 순찰차가 오지 않는지 살폈다.

이그는 닥터 드레처럼 냉혈한이 되어 냉정하게 상황을 통제하고 도주 계획을 처리하고 싶었지만 신경이 너무 뒤엉켰고 호흡이 짧았다. 마침내 감정적 고갈 상태에 이르기 직전이었다. 주요 시스템이 전부 꺼져버렸다. 이런 식으로는 계속 갈 수 없었다. 지금 벌어지고 있는 일들을 통제해야만 했다. 이 빌어먹을 것을 머리에서 잘라낼 날카로운 톱이 필요했다.

햇빛이 번쩍번쩍 창문을 계속 두드렸다. 반복적으로 반짝이는 빛들은 위로하며 최면을 걸었다. 이미지도 같은 식으로 이그의 마음을 두드렸다. 날이 나온 채 땅에 떨어진 스위스 군용칼. 휠체어를 타고 언덕을 굴러떨어지는 베라 할머니. 10년 전 성당에서 십자가의 빛을 쏘아 보내던 메린. 의원 사무실의 보안 모니터에 비친 뿔 달린 자기 모습. 여름빛을 받아 리의 목에서 반짝이던 황금 십자가. 이그는 움찔 놀랐고 운전대에 무릎을 부딪쳤다. 기이하고 불쾌한 생각이 떠올랐다. 있을 수 없는 일. 리가 그녀의 십자가를 걸고 있다는 생각.

시체에서 십자가를 벗겨내 트로피처럼 가지고 갔다? 하지만 그럴 리 없었다. 메린은 두 사람의 마지막 밤에 그 십자가를 걸고 있지 않았다. 그래도 그 십자가는 메린의 것이었다. 다른 것처럼 단순한 황금 십자가일 뿐이었고, 주인이 누군지 별다른 표시는 되어 있지 않았지만 그래도 처음 만난 날 메린이 걸고 있던 십자가라고 확신했다.

이그는 불안하게 염소수염을 꼬면서 그처럼 간단한 걸까 생각했다. 어떤 식으로든 메린의 십자가가 뿔을 꺼버린(힘을 죽인) 걸까. 십자가는 흡혈귀를 물리치지 않나? 아니, 쓰레기만도 못한 생각, 말도 안 되는 헛소리이다. 아침 일찍 성당에 갔을 때 물드 신부와 베네트 수녀조차 비밀을 털어놓고 죄악을 범해도 된다는 허가를 구했다.

하지만 물드 신부와 베네트 수녀가 성당에 있었던 건 아니었다. 엄밀히 말하면 그 아래에 있었다. 그곳은 성스러운 장소가 아니었다. 체육관이었다. 그들이 십자가를 걸고 있었나? 신앙을 표시하는 어떤 옷을 입고 있었나? 물드 신부의 십자가는 9킬로그램 역기 한쪽 끝에 걸려 있었고, 베네트 수녀도 맨 목에 십자가를 걸고 있었던 게 기억났다. 이건 어떻게 설명할래, 이그 페리시? 이그 페리시는 아무 말도 하지 않았다. 그저 차를 몰았다.

폐업한 던킨 도너츠 가게가 옆으로 휙 스쳐 지나갔다. 지금 마을 숲 가까이, 오래된 주물공장으로 이어지는 길에서 멀지 않은 곳에 있다는 사실을 깨달았다. 메린이 살해당한 장소, 어젯밤에 가서 욕설을 퍼붓고 난동을 피우며 오줌을 싸고 뻗었던 그 장소로부터 1킬로미터도 떨어지지 않은 곳이다. 마치 오늘 하루의 움직임이 시작했던 자리로 언제나, 필연적으로 도로 이어지는 거대한 원을 그렸던 듯했다.

이그는 속도를 줄이고 방향을 틀었다. 그렘린은 양쪽에 나무가 빽빽이 자란 1차선 자갈길을 우당탕 지나갔다. 고속도로에서 1.5킬로미터 떨어진 곳에 이르자 길은 사슬로 막혀 있었고, 비비탄 자국이 있는 '무단침입 금지'라는 표지판이 붙어 있었다. 이그는 길에서 벗어나 차를 돌려 온 길을 되돌아갔다.

곧 주물공장이 나무들 사이로 시야에 들어왔다. 언덕 꼭대기 확 트인 들판에 있었기 때문에, 공장은 햇빛을 잔뜩 받아야 했지만 되레 어두웠고 그림자가 진 듯했다. 어쩌면 구름 한 점이 태양을 지나가며 가렸는지도 몰랐다. 하지만 눈을 가늘게 뜨고 앞유리 너머로 쳐다보니 불가능할 정도로 맑은, 늦은 오후 하늘이 보였다.

이그는 계속 운전해 나가다가 주물공장의 폐허가 남아 있는 주변의 초지 가장자리에 차를 세웠다. 시동은 켜둔 채 내렸다.

어린 시절 이 주물공장은 항상 그림 형제의 동화책에서 빠져나온 성의 폐허처럼 보였다. 사악한 왕자가 순진한 사람을 꾀어 도살해버리는 깊고 어두운 숲 속의 장소. 물론 동화가 아니라 그런 일이 실제로 일어났다는 점이 달랐지만. 어른이 되어서 이곳이 숲과 그렇게 멀지 않고 겨우 30미터 정도 떨어져 있다는 사실을 알고는 놀랐다. 이그는 메린의 시체가 발견되었고 지금은 친구들과 가족들이 추모 기념품들을 놓아둔 자리로 나아갔다. 메린이 죽은 후로 자주 왔었기 때문에 길은 훤했다. 뱀들이 따라왔지만 못 본 척했다.

검은 체리나무는 어제 떠날 때 그대로였다. 어제 이그는 메린의 사진들을 나뭇가지에서 끌어내렸다. 오늘 그 사진들은 잡초와 덤불 사이에 흩어져 있었다. 창백한 비늘 같은 나무껍질은 다 벗겨져 그 아래 썩어버린 붉은 나무가 드러났다. 어제 바지를 끌어내리고 잡초 속, 자기 발 위, 가장 두꺼운 뿌리 사이에 자연스레 생긴 구멍에 넣어둔 플라스틱 성모상에 오줌을 누었었다. 성모마리아의 백치 같은 미소, 아무 의미도 없는 이야기의 상징, 아무 쓸모머리 없는 신의 종복을 멸시했었다. 메린이 여기서 강간당하고 살해당할 때, 비록 소리 내어서는 아닐지라도 마음속으로 하느님의 구원을 애타게 찾았으리라는 데는 전혀 의심의 여지가 없었다. 아마 하느님의 대답은 통화량이 폭주하니 잠시 전화를 끊지 말고 기다려주십시오, 였겠지. 메린이 죽을 때까지.

이그는 성모상을 무심히 힐끔 쳐다보았다. 성모는 마치 불꽃에 휩싸인 듯 보였다. 미소의 오른쪽, 축복을 주는 얼굴은 모닥불에 너무 오래 구운 마시멜로처럼 검게 눌었다. 다른 반쪽은 왁스처럼 흘러내렸다. 찡그린 그쪽 얼굴은 일그러졌다. 성모의 모습을 보자 순간 머리가 띵해져 이그는 비틀거렸다. 그러다 뒤꿈치로 그곳에 굴러다니는 둥글고 매끄러운 물건을 밟았는데 —

— 순간 밤하늘이 보였고 머리 위로 별들이 굴러갔으며 이그는 나뭇가지와 살랑대는 나뭇잎 사이를 쳐다보고 있었다. 그는 말했다. "거기 있는 거 알아." 누구게? 하느님에게? 따뜻한 밤 속에서 뒤꿈치로 까닥이다가……. —

— 흙먼지 속에 엉덩방아를 쿵 찧고 말았다. 발밑을 내려다보고 와인병을 밟았다는 사실을 알았다. 어제 그가 가지고 왔던 병. 허리를 굽혀 병을 들고 흔들어보았다. 병 안의 와인이 출렁거렸다.

이그는 일어서서 머리를 뒤로 젖히고 검은 체리 나뭇가지 사이를 불편하게 쳐다보았다. 이파리들이 위에서 부드럽게 사락거렸다. 까칠하고 쓴 맛이 도는 입안을 혀로 핥은 다음 돌아서서 차로 향했다.

돌아가는 길에 뱀을 한둘 밟았으나 이그는 여전히 무시했다. 코르크를 따서 와인을 한 모금 마셨다. 햇빛 속에 하루 놓아두어 뜨뜻했으나 아무래도 좋았다. 이그가 몸을 포갰을 때의 메린 같았다. 기름과 구리의 맛. 나무 밑에서 하룻밤을 보낸 탓에 어떤 식으로든 여름의 향기를 빨아들인 듯 잡초 맛도 났다.

이그는 웃자란 풀숲 위를 덜컹덜컹 가로질러 옛날 주물공장으로 갔다. 건물에 가까이 가면서 인기척이 있나 살폈다. 어린 시절 여름, 더웠던 8월 밤에는 기드온 아이들 반이 여기로 나와 무언가 찾아다녔다. 담배, 맥주, 키스, 애무, 이벨 크니벨 길에서 맛볼 수 있는 죽음의 달콤한 맛. 하지만 마지막 저녁 빛 속에서 지금 그곳은 텅 비고 외떨어졌다. 어쩌면 메린이 죽은 이후로 아이들이 이 근처에 더는 어슬렁거리지 않는지도 몰랐다. 유령이 나온다고 생각할지도 모른다. 사실 그럴지도 몰랐다.

이그는 건물 뒤로 돌아가 이벨 크니벨 길의 한옆, 참나무 그늘 아래 그렘린이 들어가도록 주차했다. 프릴이 달린 파란 치마와 긴 검은 양말 한짝, 누군가의 코트가 나뭇가지에 걸려 있었다. 마치 나무에서 흰곰팡이가 핀 세탁물이 열린 듯했다. 앞범퍼 너머에는 낡고 녹슨 하수관이 물속으로 뻗어 있었다. 차 시동을 끄고 내려 주위를 둘러보았다.

안에 들어가보지 않은 지는 몇 년 되었지만 기억 그대로였다. 주물공장이 탁 트인 하늘 아래 펼쳐졌다. 벽돌 아치 문과 기둥이 비스듬하게 비치는 붉은 빛 속에 솟아올랐다. 30년 동안 끼적인 낙서들이 벽을 겹겹이 덮었다. 개개의 낙서는 알아보기 힘들었지만, 아마도 개개의 낙서들 자체는 아무런 중요성이 없을 것 같았다. 이 모든 낙서들의 핵심은 같았다. 나는 무엇이다. 나는 무엇이었다. 나는 무엇이 되고 싶다.

한쪽 벽 구석이 무너져 있기에 이그는 벽돌 더미를 돌아 녹슨 연장들이 쌓인 외발 수레를 지나갔다. 커다란 방 저편은 굴뚝이었다. 용광로로 이어지는 철문이 살짝 열려 있었고, 그 안으로 기어들 만한 틈이 나 있었다.

용광로 쪽으로 다가가 들여다보았더니 매트리스와 녹아서 밑동만 남은 빨간 양초들이 잔뜩 놓여 있었다. 한때는 푸른색이었을 더럽고 얼룩진 이불이 매트리스 한쪽에 밀려 있었다. 저 안쪽 굴뚝 바로 아래, 구릿빛으로 둥글게 비치는 빛 속에 모닥불의 그을린 잔해가 있었다. 이그는 담요를 들어 냄새를 맡았다. 쉰 지린내와 담배 냄새가 났다. 담요는 그냥 바닥에 툭 떨어뜨렸다.

술병과 휴대폰을 가지러 차로 돌아가다가 이그는 마침내 뱀들이 자기를 따라오고 있다는 사실을 깨달았다. 소리도 들을 수 있었다. 마른 풀 위를 식식 기어가는 소리. 다해서 여남은 마리였다. 잡초 덤불 사이에서 오래된 콘크리트 덩어리를 집어 들어 뱀들에게 던졌다. 한 마리는 수월하게 싹 빠져나갔다. 어느 것도 맞지 않았다. 뱀들은 마지막 떨어지는 저녁 빛 속에서 가만히 멈춘 채 이그를 쳐다보았다.

뱀들을 쳐다보지 않고 차만 보려 했다. 60센티미터 길이의 구렁이가 참나무에서 뚝 떨어져 작은 땅 소리를 내며 그렘린 후드 위로 내려앉았다. 이그는 비명을 지르며 물러섰다가 이내 덤벼들어 구렁이를 잡고 던져버렸다.

머리를 잡는다고 잡았지만 너무 낮게 몸통을 잡는 바람에 구렁이가 몸을 휙 틀더니 이빨을 손에 박았다. 엄지에 산업용 스테이플이 찍히는 느낌이었다. 이그는 소리를 지르며 뱀을 덤불 속으로 던져버렸다. 이그는 엄지를 입에 대고 피를 빨았다. 독은 걱정하지 않았다. 뉴햄프셔에는 독사가 없다. 아니, 그 말은 정확하지 않다. 데일 윌리엄스는 이그와 메린을 데리고 화이트 산맥으로 종종 등산을 갔었는데, 그때 목재 방울뱀을 조심하라고 했었다. 하지만 이 말을 할 때의 메린 아버지는 너무나 명랑했고 통통한 뺨에 홍조가 떠올라 있었다. 뉴햄프셔에 방울뱀이 있다니. 이그는 다른 사람에게서는 그런 말을 들어본 적 없었다.

그는 자기를 수행하듯 따라오는 파충류들에게로 몸을 돌렸다. 이젠 거의 스무 마리 가까이 되었다.

"나한테서 떨어져!"

이그는 뱀들에게 고함을 질렀다.

뱀들은 꼼짝도 않고 웃자란 풀숲 속에서 금박 같은 실눈으로 그를 열렬히 쳐다보았다. 그러더니 휙 흩어지며 옆으로 기어가 잡초 속으로 들어가버렸다. 몇 마리가 뒤돌아보며 실망한 시선을 던진 느낌도 들었다.

이그는 다시 주물공장으로 걸어가 땅에서 몇 미터 위에 있는 입구로 몸을 들어 올렸다. 거기서 몸을 돌려 깊어가는 해거름을 마지막으로 바라보았다. 뱀 한 마리가 아직도 명령을 따르지 않고 이 폐허까지 계속 따라왔다. 뱀은 바로 아래에서 쉴 새 없이 쉭쉭거렸다. 작고 섬세한 무늬가 있는 가죽 스타킹 끈 같았다. 뱀은 록스타의 발코니 앞에서 눈길이라도 한번 받고 알아봐주기를 바라는 열성 팬처럼 열띤 표정으로 이그를 쳐다보고 있었다.

"어디로든 꺼지란 말이야!"

이그는 고함을 질렀다.

어쩌면 상상일 뿐인지는 모르겠지만, 뱀은 한층 빠르게, 거의 환락에 다다른 양 꿈틀거리는 듯했다. 그 모습을 보니 풀려난 성적 에너지를 싣고 산도를 헤엄쳐가는 정자가 생각났다. 불쾌한 연상이었다. 이그는 휙 몸을 돌려 뛰지 않는 한도 내에서 최대한 빨리 그 자리를 떠났다.

이그는 병을 들고 용광로 안에 앉았다. 한 모금 마실 때마다 주변의 암흑이 열리며 퍼져나가는 듯했고 한층 신선해졌다. 마지막 남은 멀롯 방울이 사라지고 병을 아무리 빨아도 더 나올 게 없자, 뱀에 물려 쓰라린 손가락을 대신 빨았다.

그렘린 안에서 밤을 지새울 생각은 없었다. 마지막에 거기서 잤던 날의 나쁜 기억이 있었고, 앞유리를 담요처럼 가득 덮은 뱀떼를 깨우기도 싫었다.

어떻게든 초를 켤 수 있었으면 좋겠다 싶었지만, 라이터를 가지러 차로 갈 만한 정도는 아니었다. 어둠 속에서 우글우글한 뱀떼를 헤치며 가고 싶지 않았다. 뱀들이 아직 거기 있을 것만은 분명했다.

용광로 어디에 라이터나 성냥갑이 있을지도 모른다는 생각이 들어 주머니 속의 휴대폰을 더듬었다. 액정에서 나오는 빛을 전등으로 써서 성냥을 찾아보려는 것이었다. 하지만 주머니에 손을 넣다가 휴대폰과 함께 들어 있는 뭔가를 발견했다. 얄팍한 마분지 상자, 느낌은 마치…… 그럴 리가 없는데.

성냥갑이었다. 이그는 주머니에서 꺼내 가만히 들여다보았다. 소름이 등줄기에 싹 돋았다. 이그는 담배를 피우지 않기 때문에 어쩌다 이 성냥갑이 주머니에 들어갔는지 알다가도 모를 일이었다. '루시퍼 성냥.' 상자에는 장식적인 검은 글씨로 이렇게 쓰여 있고, 획 뛰어오르는 검은 악마의 실루엣이 그려져 있었다. 머리를 뒤로 젖히고, 턱에는 구불구불한 염소수염. 하늘을 찌르는 두 개의 뿔.

순간 또다시 떠올랐다. 감질날 만큼 가까이. 어제 있었던 일, 그가 저지른 일. 하지만 그 기억을 잡으려 하자 스르르 빠져나갔다. 미끄럽기도 했지만 그만큼 단단하기도 한 기억이었다. 손을 대면 만질 수도 있을 만큼, 숲 속의 뱀들처럼.

이그는 '루시퍼 성냥갑'을 열어보았다. 사악하게 보이는 흑자줏빛 머리가 달린 성냥이 몇 십 개 들어 있었다. 크고 굵은 부엌용 성냥. 성냥에서는 썩어가기 시작하는 달걀 냄새 같은 게 나서, 이그는 아주 오래된 것 같다고 짐작했다. 불이 붙으면 기적일 만큼 오래된 성냥이라고. 이그는 하나를 장판에 대고 그어보았다. 성냥은 단번에 타오르며 불이 붙었다.

초에 하나하나 불을 켰다. 다해서 여섯 개가 반원형으로 놓여 있었다. 초들은 타오르며 순간적으로 빨간 불을 벽돌에 던졌고, 이그는 자신의 그림자가 솟아 저 위 둥근 지붕에 어리는 모습을 보았다. 뿔이 선명한 그림자는 무척 충격적인 모습이었다. 내려다보고 성냥이 손가락까지 타들어 갔다는 것을 깨달았다. 불에 피부가 그을렸는데도 아무런 고통을 느끼지 못했다. 엄지와 검지를 맞대 문지르면서 검게 타버린 성냥 부스러기가 떨어져 나가는 것을 보았다. 구렁이에게 물린 엄지는 더는 아프지 않았다. 빛이 희미해서 상처가 어딘지 보이지도 않았다.

몇 시일까 궁금했다. 시계는 없었지만 휴대폰이 있어서 켜보니 9시가 다 되었다. 배터리는 얼마 남지 않았고, 음성 메시지가 다섯 통 와 있었다. 휴대폰을 귀에 대고 켜보았다.

첫 번째 메시지.

"이그, 테리 형이다. 베라 할머니가 병원에 계셔. 휠체어 바퀴가 고장 나서 언덕으로 굴러떨어져 울타리를 받았어. 천만다행으로 살아 계셔. 얼굴이 완전히 나가고 갈빗대가 두어 대 부러지셨다. 중환자실에 계시니까 아직 술 마시기에는 이르다. 전화해."

뚝 소리와 함께 메시지가 끝났다. 오늘 아침에 부엌에서 만났던 일을 언급하지 않았지만 이그는 놀라지 않았다. 테리 형에게는 일어나지 않았던 일이었기 때문이었다.

두 번째 메시지.

"이그, 엄마야. 테리한테 베라 할머니 얘기 들었지. 할머니는 아직 의식이 없으시고 진정제를 맞고 계시지만 이제 안정을 찾으셨어. 글레나와 통화했다. 걔도 네가 어디 있는지 모른다고 하더라. 전화해. 오늘 아침에 너랑 얘기를 한 것 같은데 머리가 엉망이다. 언제, 무슨 얘기를 했는지 기억 안 나. 사랑한다."

그 말에 웃어버렸다. 사람들이 하는 말들. 얼마나 쉽게 거짓말을 하는지. 다른 이에게, 자기 자신에게.

세 번째 메시지.

"어이, 아들. 아빠다. 베라 할머니가 도주 트럭처럼 울타리 박은 얘기 알고 있겠지. 오후에 낮잠을 한참 잤는데 일어나보니 집 앞에 구급차가 와 있더라. 엄마한테 전화해. 엄마 걱정이 이만저만이 아니다." 약간 뜸을 들인 다음 아버지는 말했다. "너에 대한 아주 이상한 꿈을 꾸었구나."

다음 메시지는 글레나였다.

"네 할머니가 응급실에 계신대. 휠체어가 망가져서 집 앞 울타리에 충돌했대. 너 지금 어딘지, 뭐하는지 모르겠다. 네 형이 너 찾으러 왔었어. 이 음성 메시지 들으면 가족들에게 연락 좀 꼭 해. 병원에 가봐야지." 글레나는 끄윽 트림했다. "아, 미안. 오늘 아침에 슈퍼마켓에서 산 도넛 한 개를 먹었는데, 그게 약간 맛이 갔었나 봐. 슈퍼마켓 도넛도 맛이 가는지는 모르겠지만 말이야. 배가 온종일 아파."

그녀는 잠시 뜸을 들였다.

"너랑 병원에 같이 가줄 순 있는데. 할머니는 한 번도 뵌 적 없으니까…… 너희 부모님도 잘 모르고. 오늘 생각해보니 너희 부모님을 모른다는 게 참 이상하더라. 아니, 이상하지 않은 건가. 어쩌면 이상하지 않을 수도 있겠네. 넌 세상에서 가장 착한 남자야, 이그. 항상 그렇게 생각했어. 하지만 깊이 생각해보면 넌 늘 나랑 같이 있는 게 창피했지. 개랑 그렇게 오랜 시간을 보낸 후라서 그런가. 개는 깨끗하고 착하고 실수라고는 안 하는데, 나는 온통 실수투성이고 나쁜 습관뿐이니까. 네 탓하는 거 아냐. 부끄러운 것도 당연하지. 이런 말해서 무슨 소용 있을까 모르겠다만 내가 봐도 나는 별로거든. 네 걱정이 된다. 할머니 잘 보살펴드려. 너도 잘 있고."

이 메시지에 이그는 울컥하며 긴장이 풀렸다. 어쩌면 긴장이 풀린 건 자기 자신의 반응 때문인지도 몰랐다. 이그는 항상 글레나를 경멸하고 싫어할 준비가 되어 있었지만 어째서 좋아했는지는 미처 기억하지 못했다. 글레나는 아파트와 몸을 스스럼없이 주었고 이그의 자기연민과 죽은 여자친구를 향한 비참한 강박관념을 책망하지 않았다. 그리고 그 말도 사실이었다. 이그가 글레나와 같이 있었던 이유는 어떤 면에서는 자기만큼 망가진 사람, 약간이라도 깔볼 수 있는 사람 옆에 있는 게 도움이 되었기 때문이었다. 글레나는 다정하고 초라한 존재였다. 엉덩이에는 〈플레이보이〉 토끼 문신이 있었지만 언제 했는지도 기억 못했고(너무 취해서), 콘서트에서 싸우다 경찰에게 최루 가스를 맞은 전력도 있었다. 남자를 대여섯 만났지만 모두 쓰레기였다. 유부남, 여자 때리는 마약상, 글레나의 사진을 찍어서 친구들에게 자랑한 놈. 물론 그중엔 리도 끼어 있었다.

이그는 글레나가 오늘 아침 리 토르노에 대해 고백한 말들을 곰곰이 생각해보았다. 리는 글레나의 첫사랑이었고, 글레나를 위해 절도도 했다. 이그는 글레나에 대해 성적인 소유욕을 느낀다는 생각은 하지 않았다. 두 사람의 관계가 잘될 거라거나 어떤 식이든 독점적이라고도 믿지 않았다. 두 사람은 섹스하는 룸메이트 사이이지, 미래가 있는 연인이 아니었다. 하지만 글레나가 리 토르노 앞에 무릎을 꿇고, 리가 개 입에 넣고 했다는 생각을 하자 도덕적 공포감과 거의 맞닿은 혐오감으로 힘이 빠졌다. 리 토르노가 글레나 근처에 얼씬댄다는 생각만 해도 속이 울렁거리고 두려웠다. 하지만 지금은 그런 생각에 빠져 있을 여유가 없었다. 전화가 마지막 메시지에 이르자 즉시 테리 형의 목소리가 또 한 번 이그의 귓가에 울려 퍼졌다.

"아직도 병원이야. 솔직히 할머니보다 네 걱정이 더 된다. 네가 어디 있는지 모르고, 전화를 열라 해도 받지도 않고. 너 찾으러 아파트까지 갔었다. 글레나 말로는 어젯밤 이후로 못 봤다는데. 둘이 싸웠나? 개도 표정이 안 좋더라." 테리는 잠깐 뜸을 들였다. 곧 말을 이었을 때는 목소리에 이전보다 무게감이 실려 있었고 조심스레 단어를 골랐다. "너랑 얘기했다는 건 알아. 내가 집에 온 이후에. 그런데 우리가 어떻게 하기로 했는지는 기억할 수가 없다. 모르겠어. 머리가 이상해. 이 메시지 받으면 전화해라. 어디 있는지 알려줘."

이그는 이게 다라고 생각했다. 테리 형이 전화를 끊을 거라고 짐작했다. 하지만 형은 불안정하게 숨을 들이쉬며 거칠고 두려운 목소리로 말했다.

"마지막에 우리가 나눈 이야기가 뭐였는지 왜 기억이 나지 않는 거지?"

촛불 하나하나가 둥근 벽돌 지붕에 각자 그림자를 드리운 덕분에 특징 없는 악마 여섯이 이그 위에 바글바글 모여 있었다. 관을 내려다보는 상복 입은 사람들처럼. 자기들 귀에만 들리는 장송곡에 맞춰 몸을 옆으로 흔드는 듯했다.

이그는 글레나 걱정을 하면서 턱수염을 잘근잘근 씹었다. 리 토르노가 오늘 밤 자기를 찾아 그녀의 집에 온다면 어떡하나 생각했다. 하지만 글레나에게 전화를 하자 벨도 울리지 않고 음성 녹음으로 전환되었다. 이그는 메시지를 남기지 않았다. 뭐라 해야 할지 몰랐다.

어이, 자기. 오늘 밤 나 집에 못 가…… 머리에 난 뿔을 어떻게 할지 알아내기 전에는 집에 가기 어렵거든. 아, 그건 그렇고 오늘 밤에는 리 토르노를 빨아주지 마. 걘 좋은 사람이 아니야.

글레나가 전화를 받지 않는다면 벌써 자고 있을 것이다. 글레나는 몸이 좋지 않다고 말했다. 그럼, 충분해. 가만 놔두자. 리가 한밤중에 도끼를 들고 글레나의 문으로 쳐들어오지는 않겠지. 리는 최소한의 위험만 무릅쓰는 방식과 협박으로 이그를 제거해버리려 할 터였다.

이그는 병을 입에 가져다 댔지만, 아무것도 나오지 않았다. 다 마신 지 한참 되었고 이제는 텅 비었다. 그 때문에 열이 받았다. 인류로부터 추방당한 것만으로도 충분히 버거운데, 말짱한 정신으로 버텨야만 하다니.

이그는 병을 내던지려고 몸을 돌리다가, 순간 멈칫하고 열린 용광로 문을 바라보았다.

뱀들이 주물공장으로 들어오는 길을 찾아서 수없이 몰려 있었다. 이그의 숨이 턱 막혔다. 백 마리는 되지 않을까? 그럴지도 모른다고 생각했다. 꿈틀꿈틀 얽혀 있는 무리들이 용광로로 통하는 문을 향하고 있었다. 촛불에 검은 눈알이 탐욕스럽게 번득였다. 잠시 망설이다 쳐든 병을 그대로 내던졌다. 병은 뱀들이 몰려 있는 앞바닥에 떨어졌고 유리가 산산이 부서져 튀었다. 대부분의 뱀들이 스르륵 미끄러져 벽돌 더미로 들어가거나 여러 문 중 하나를 통해 시야 저 멀리로 사라졌다. 하지만 몇몇은 조금만 물러섰을 뿐 도로 멈춰 거의 비난하는 눈초리로 쳐다보았다.

이그는 문을 쿵 닫고 더러운 매트리스에 몸을 던진 다음 이불을 뒤집어썼다. 갖가지 생각들이 노호를 지르는 군중이 되었다. 그를 향해 고함을 지르고 죄악을 고백하며 죄를 더 저질러도 되겠느냐고 허락을 구하는 사람들. 좀체 잠을 잘 길이 없을 듯했지만, 결국 잠이 이그를 찾아와 검은 봉지처럼 머리부터 뒤집어씌우더니 질식시켰다. 여섯 시간 동안은 죽을 수 있었다.

25

이그는 용광로에서 낡고 지린내 나는 이불에 둘둘 말린 채 깨어났다. 굴뚝 바닥은 상쾌할 만큼 시원해서 힘이 나고 몸이 좋아진 느낌마저 들었다. 머리가 맑아지자 생각이 하나 떠올랐다. 인생 최고로 행복한 생각. 이건 다 꿈이었던 거다. 어제 일어났던 일들 모두.

비참한 기분으로 술에 취했고 십자가와 성모마리아 위에 오줌을 쌌고 하느님과 자기 인생을 저주했고 모든 걸 파괴시킬 분노에 기진맥진했었던 것. 그래, 그건 진짜 일어났던 일이었다. 하지만 그 후 기억이 안 나는 시간에는 주물공장까지 비틀비틀 걸어와서 기절했던 것이다.

나머지는 특히 생생한 악몽이었으리라. 뿔이 났다는 사실을 발견하고 끔찍한 고백들을 차례차례 듣고, 그중에서도 최악인 테리 형의 끔찍하고 믿기 어려운 비밀을 알게 된 것, 휠체어의 브레이크를 풀고 베라 할머니를 언덕으로 밀어버린 것, 국회의원 사무실에 찾아갔다가 리 토르노와 에릭 해니티를 만났지만 갈피를 잡을 수 없었던 것, 그리고 여기 주물공장에 자리 잡고 자신에게 반해버린 뱀떼를 피해 죽어버린 용광로에 숨었던 것.

안도의 한숨을 쉬며 이그는 두 손을 관자놀이로 올렸다. 뿔은 뼈처럼 딱딱했고 불쾌한 열로 가득 찼다. 비명을 지르려 입을 벌렸지만 다른 사람이 앞질렀다.

철제 해치 문과 둥근 벽돌 벽 때문에 조금 죽긴 했지만, 저 멀리서 날카롭고 고통스러운 비명이 들렸고 웃음소리가 뒤따랐다. 여자애의 소리였다.

"제발!" 여자애는 비명을 질렀다. "제발, 멈추지 마!"

이그는 해치 문을 밀었다. 몸 안에서 맥박이 쿵쿵 뛰었다.

해치 문으로 허둥지둥 뛰어나가자 맑고 깨끗한 8월 아침이 펼쳐졌다. 다시 한 번 떨리는 공포의(고통의) 비명이 왼쪽, 바깥으로 이어지는 문 없는 구멍에서 들려왔다. 정신이 반쯤 나간 상태의 이그는 처음으로 이 비명에 목구멍에서 나는 쉰 소리가 섞여 있다는 걸 느꼈고, 소리를 지른 사람이 소녀가 아니라 소년임을 깨달았다. 소년의 목소리는 공포에 질려 쨍쨍했다. 이그는 속도를 늦추지 않고 콘크리트 바닥을 맨발로 달려 오래되고 녹슨 연장들이 가득 쌓인 외발 수레를 지나쳤다. 여차하면 휘두를 게 필요해 보이지도 않고 아무거나 손에 잡히는 연장을 들었다.

그들은 바깥 아스팔트 위에 있었다. 옷을 입은 세 명과 너무 작고 하얀 팬티만을 입었을 뿐 온몸에 진흙을 바른 한 명. 속옷만 입은 소년은 웃통이 야위고 길었으며 열세 살가량 되어 보였다. 다른 소년들은 좀 더 나이가 많아서 고등학교 2~3학년쯤 된 듯했다.

그중 전구처럼 머리를 밀어버린 소년은 담배를 피우면서 벌거벗다시피 한 소년의 몸통 위에 올라타 있었다. 그에게서 몇 걸음 떨어진 곳에 하얀 민소매 셔츠를 입은 뚱뚱한 아이가 있었다. 땀투성이 얼굴에 희열이 번득였고, 발을 바꿔가며 콩콩 뛸 때는 뚱뚱한 젖통이 철렁였다. 가장 나이 많은 애는 꿈틀거리는 작은 구렁이 꼬리를 잡고 왼쪽에 서 있었다.

이그는 그 뱀을 알아보았다. 믿기진 않지만 사실이었다. 어젯밤 그를 갈망하는 표정으로 쳐다보았던 뱀이었다. 꿈틀거리는 뱀은 잡고 있는 소년을 물 수 있을 정도까지 위로 치켜 올라가려 했으나 역부족이었다. 세 번째 소년은 다른 손에 정원 가위 하나를 들고 있었다. 이그는 애들 뒤에 문간, 땅보다 180센티미터 높은 위치에서 내려다보았다.

"그만둬!" 팬티만 입은 소년이 비명을 질렀다. 얼룩진 얼굴에 눈물이 흐른 자리만 진흙이 지워져서 분홍색 피부가 선명한 줄로 드러났다. "그만둬, 제스! 이제 됐잖아!"

담배를 피우면서 올라탄 아이가 제스인 모양이었다. 제스는 소년의 얼굴에 뜨거운 재를 털었다.

"주둥이 닥쳐라, 찌질아. 됐는지 안 됐는지는 내가 정해."

찌질이는 벌써 담뱃불에 여러 번 덴 듯했다. 이그는 소년의 가슴에서 환하게 빛나는 붉은 불똥 세 개를 보았다. 제스는 찌질이의 피부에서 고작 2.5센티미터 간격만 두고 덴 자리에서 덴 자리로 담배 끄트머리를 옮겼다. 반짝이는 불똥은 대충 삼각형 모양을 이루었다.

"내가 왜 삼각형으로 태웠는지 알아?" 제스가 물었다. "나치들이 호모 새끼들을 이렇게 표시했거든. 그게 네 표식이야. 대강 봐주고 넘어가려고 했는데 네가, 똥구멍에 거시기라도 박힌 양 빽빽 소리를 질러대서 그런 거야. 게다가 네 입에서 좆 내 나."

"하." 뚱보가 외쳤다. "웃긴다, 제스!"

"이 좆 내를 없앨 게 딱 하나 있어." 뱀을 든 소년이 말했다. "쟤 입을 헹궈줄 게 딱 하나 있지."

세 번째 소년은 가위를 벌려 구렁이 머리 뒤로 가져다 댔다. 한 손으로 가위를 철컥 움직여 딱 하는 소리와 함께 뱀 머리를 싹둑 잘라버렸다. 다이아몬드 모양의 머리가 아스팔트 위에 굴렀다. 고무공처럼 단단한 소리가 났다. 뱀의 몸통이 꿈틀대면서 저절로 말리더니 엄청난 발작을 연속적으로 일으키며 쭉 풀렸다.

"으악!" 뚱보가 위아래로 펄쩍 뛰었다. "저 씹할 대가리를 잘랐냐, 로리!"

로리는 찌질이 옆에 주저앉았다. 뱀 목의 잘린 동맥에서 피가 철철 쏟아졌다.

"핥아." 로리는 뱀을 찌질이의 얼굴에 가져다 댔다. "핥기만 하면 제스가 놔줄 거야."

제스는 웃더니 담배를 깊게 들이마셨다. 담배 끝의 불똥은 더욱 강렬하고 유독한 빨강색으로 빛났다.

"그만 됐어."

이그가 말했다. 자기 목소리인데도 낯설었다. 굴뚝 바닥에서 나오는 듯 깊게 울리는 목소리. 이그가 입을 열었을 때, 제스가 입에 문 담배는 폭죽처럼 터지면서 하얀 섬광으로 타올랐다.

제스는 비명을 지르며 찌질이에게서 떨어져 풀밭 위에 굴렀다. 이그는 시멘트 계단에서 잡초 위로 뛰어내리면서 갖고 있던 연장으로 뚱보의 배를 쿡 찔렀다. 흡사 타이어를 찌르는 느낌, 용수철이 튕기는 느낌이 났고 저항 때문에 손잡이까지 떨렸다. 뚱보는 콜록거리며 뒤로 주저앉았다.

이그는 빙그르르 돌아 연장의 앞쪽을 로리라는 소년에게 돌렸다. 로리는 뱀을 떨어뜨렸다. 아스팔트 위에 떨어진 뱀은 아직 살아서 기어가려는 것처럼 필사적으로 몸을 뒤틀었다.

로리는 천천히 일어나 한 발짝 뒤로 물러서다 나무판과 낡은 깡통, 녹슨 철사 등이 야트막하게 쌓여 있는 더미를 밟았다. 쓰레기들이 발밑에서 움직이는 바람에 소년은 비틀거리다가 다시 주저앉았다. 소년은 이그가 가리키는 연장을 쳐다보았다. 녹슬고 휘어진 갈래가 세 개 달린 고물 쇠스랑이었다.

갑자기 이그의 허파가 아프게 당기더니 천식 발작이 찾아올 때처럼 불로 지진 느낌이 들었다. 이그는 가슴의 답답함을 풀기 위해 숨을 뱉어냈다. 연기가 콧구멍에서 솟아올랐다. 시야의 가장자리에 속옷만 입은 소년이 무릎 한쪽으로 일어나 앉아 벌벌 떨면서 두 손으로 얼굴을 닦는 모습이 보였다.

"나 도망가고 싶어."

제스가 말했다.

"나도 그래."

뚱보도 맞장구쳤다.

"로리만 혼자 죽게 놔두고 도망치자." 제스가 말했다. "쟤가 우리한테 해준 게 뭐 있어?"

"저 새끼 때문에 화장실에 물 넘쳤다고 2주 정학 맞았잖아. 내가 변기 막은 것도 아닌데." 뚱보가 말했다. "난 그냥 서 있었어. 씹할 새끼. 난 살고 싶어!"

"그러면 도망가는 게 좋을 거다."

이그의 말에 제스와 뚱보는 몸을 돌려 숲 속으로 튀었다.

이그는 쇠스랑을 내려 끝을 땅에 박고 손잡이에 기댄 채, 쓰레기 더미 위에 앉은 10대 소년을 쳐다보았다. 로리는 일어서려고 하지도 않고 넋을 잃은 큰 눈으로 그를 마주 보았다.

"네가 한 일 중에서 가장 심했던 것 말해봐, 로리." 이그가 말했다. "이게 최저치인지, 더 나쁜 짓을 했는지 알고 싶다."

로리는 자동적으로 대답했다.

"맥주를 사려고 엄마 지갑에서 40달러 훔쳤어요. 엄마가 돈이 어떻게 됐는지 모르겠다고 하니까 존 형이 엄마를 때렸어요. 존 형은 엄마가 복권 사는 데 다 써놓고 거짓말했다고 생각했는데, 난 아무 말도 안 했죠. 형한테 맞을까 무서워서. 형이 엄마를 때리는데 수박을 발로 차는 소리가 났어요. 엄마 얼굴은 이제 다 망가져서 밤에 잘 자라고 엄마한테 키스할 때면 구역질이 나요."

이 말을 하는 로리의 바짓가랑이에 검은 얼룩이 번져갔다.

"날 죽일 거예요?"

"오늘은 아냐." 이그가 말했다. "가라. 놓아준다."

로리의 소변 냄새가 소름 끼쳤지만 이그는 표내지 않으려고 애썼다.

로리는 힘들게 몸을 일으켰다. 다리가 눈에 보이게 후들거렸다. 옆으로 슬금슬금 가더니 나무들이 늘어선 곳을 향해 뒷걸음쳤다. 시선은 이그와 쇠스랑에서 떨어질 줄 몰랐다. 자기 앞도 보지 않고 가다가 찌질이에게 걸려 넘어질 뻔했다. 그 애는 아직도 속옷만 입고 끈이 풀린 테니스화만 신은 채 앉아 있었다. 찌질이는 가슴에 옷을 한 아름 끌어안고 죽고 병든 것, 감염으로 말라비틀어진 시체를 보는 눈빛으로 이그를 쳐다보았다.

"일으켜줄까?"

이그는 소년 쪽으로 다가섰다.

그 말에 찌질이는 벌떡 일어서더니 몇 걸음 뒤로 물러섰다.

"나한테서 떨어져요."

"너한테 손대지 못하게 해."

로리가 말했다.

이그는 찌질이의 시선을 마주 보며 참을성을 있는 대로 그러모은 목소리로 말했다.

"그냥 도와주려고 하는 거야."

찌질이의 윗입술이 역겹다는 비웃음을 띠며 뒤집어졌지만, 눈빛만은 여전히 어지럽고 아련했다. 이제 이그도 익숙해진 표정이었다. 뿔이 힘을 발휘할 때 사람들이 보이는 표정.

"아저씬 도움 안 돼요." 찌질이가 말했다. "아저씨가 다 망쳤어."

"쟤들이 너를 불로 지졌잖아."

"그래서 뭐? 수영팀에 들어가는 신입생들은 죄다 표식이 있어요. 이제 뱀 피 좀 핥고 피 맛 좋다는 것만 보여주면 되는데. 그럼 저 형들하고 친해지는 건데. 그런데 아저씨가 와서 망쳤어."

"여기서 꺼져. 너희 둘 다."

로리와 찌질이 둘 다 도망쳤다. 다른 아이들이 나무 밑에서 기다리고 있었다. 로리와 찌질이가 도착하자 모두 함께 잠깐 동안 전나무 향이 풍기는 나무 그늘에 우뚝 섰다.

"저거 뭐야?"

제스가 물었다.

"무서워." 로리가 말했다. "무시무시해."

"그냥 가고 싶어." 뚱보가 말했다. "이거 다 잊어버리자."

이그는 어떤 생각이 떠올라서 앞으로 나가 애들에게 소리쳤다.

"안 돼, 잊지 마. 여기 무시무시한 게 있다는 걸 기억해. 사람들에게 알려. 옛날 주물공장 근처에 얼씬도 말라고. 이제 이곳은 내 거야."

이그는 새로운 힘의 영역에 사람들로 하여금 잊지 못하도록 만드는 힘도 있기는 한지 궁금했다. 다른 이들은 모두 자신을 잊은 듯했기 때문이었다. 남을 부리는 힘이 있는 듯도 하니, 여기에도 나름의 방식이 있을 것이었다.

아이들은 조금 더 몽롱한 상태로 이그를 쳐다보았고 곧이어 뚱보가 먼저 튀고 다른 애들이 뒤를 따랐다. 이그는 아이들이 갈 때까지 계속 지켜봤다. 그러고는 머리 잘린 뱀을 쇠스랑 끝으로 찍어서(잘린 목에서 피가 뚝뚝 일정하게 떨어졌다), 주물공장으로 가지고 갔다. 거기서 벽돌로 돌무더기를 쌓아 무덤을 만들어주었다.

26

오전 한창 때, 이그는 숲으로 들어가 나뭇등걸 옆에 쭈그리고 앉아 바지를 무릎까지 내리고 똥을 쌌다. 바지를 추켜올리자 30센티미터 길이의 누룩뱀이 박서 팬티 속에 도사리고 있었다. 이그는 비명을 지르며 뱀을 잡아 나뭇잎 사이로 패대기쳤다.

　옛날 신문으로 뒤를 닦았지만 여전히 찝찝해서 이벨 크니벨 길까지 걸어 내려가 벌거벗고 물속으로 들어갔다. 맨살에 닿은 물은 맛깔나게 시원했다. 이그는 눈을 감은 채 강둑을 차고 급류 속으로 미끄러져 들어갔다. 매미들의 맴맴대는, 아프리카 드럼 같은 울음소리는 서로 배음을 이루며 마치 호흡처럼 커졌다 스러졌다, 커졌다 스러졌다를 반복했다. 이그는 숨을 편안히 쉬었지만 눈을 떠보니 물뱀들이 어뢰처럼 그의 아래로 모여들고 있었다. 이그는 비명을 지르며 강둑으로 기어 올라왔다. 강물에 젖어 말랑해진 긴 통나무처럼 보이는 것을 조심스레 타고 넘으려는데, 통나무가 젖은 풀숲 위로 스르르 미끄러져 이그는 펄쩍 뛰면서 몸을 떨었다. 이그의 키만 한 구렁이였다.

　뱀들로부터 벗어나기 위해 주물공장으로 되돌아왔으나 역시 탈출구는 없었다. 용광로 안에 앉아 문 저 너머에 뱀들이 모이는 장면을 바라보았다. 뱀들은 벽돌 사이에 바른 모르타르에 생긴 작은 구멍을 통해 들어오거나, 열린 창문으로 떨어졌다. 마치 용광로 저편의 방에서 누가 욕조에 뱀을 가득 담은 다음 뱀 위에 물을 트는 것 같았다. 뱀들은 그 안에서 넘쳐 바닥으로 쏟아져나왔다. 물결치는 액체 모양의 덩어리처럼 보였다.

이그는 불쾌하게 뱀들을 바라보았다. 매미들이 맴맴 울어대는 소리의 고저와 긴박감에 맞춰 생각들이 신경질적으로 웅웅거리며 돌아갔다. 숲은 매미들의 울음소리로 가득 찼다. 수컷들은 끊이지도 않고 계속되는, 그 미칠 것 같은 하나의 전파를 통해 암컷들을 끌어들였다.

뿔. 뿔도 신호를 발산했다. 매미들의 교미 가락과 같은 신호. 이 신호들은 흡사 스네이크 라디오 네트워크에서 계속적으로 내보내는 듯했다. 다음 곡은 저기 허물 벗는 연인들을 위해 보내드리겠습니다. '튜브 스네이크 부기' 큐. 뿔은 뱀과 죄악들을 그림자로부터 불러냈다. 은신처로부터 나오라고 신호했다.

처음 한 생각은 아니었지만 뿔을 머리에서 톱으로 잘라내버릴까도 생각했다. 외발 수레에는 갈고리 이빨 모양의 녹슬고 긴 톱이 있었다. 하지만 이 뿔은 이그 몸의 일부로 두개골에 붙어 있었고 나머지 뼈 전체와도 연결되었다. 이그는 엄지로 따끔할 때까지 왼쪽 뿔 끝을 눌렀다가 떼어보았다. 루비색의 핏방울이 맺혔다. 그의 뿔은 이제 세계에서 가장 사실적이고 확고한 것이었다. 톱으로 이 뿔을 득득 가는 생각을 해보았다. 피가 튀고 찢기는 듯한 고통이 눈앞에 생생해서 움찔했다. 발목을 톱으로 가는 것과 마찬가지였다. 뿔을 없애려면 독한 마취제와 외과의사가 필요할 터였다.

다만 외과의사가 뿔에 노출되면 간호사에게 독한 마취제를 놓고 그녀가 기절한 동안 수술대에 놓고 강간하겠지. 이그에게는 몸의 일부를 자르지 않고 신호를 끊을 방법, 스네이크 라디오를 끄고 조용히 잠재울 방법이 필요했다.

그런 방법이 없었기 때문에 두 번째로 좋은 방법은 뱀이 없는 곳으로 가는 것이었다. 열두 시간 동안 아무것도 먹지 못했다, 글레나는 토요일 아침마다 미용실에서 머리 손질과 눈썹 다듬는 일을 했다. 글레나가 집에 없을 테니 아파트로 가서 냉장고를 뒤져보면 된다. 게다가 거기에 현금이랑 옷가지도 대부분 놔두었다. 어쩌면 리에 대해 쪽지를 남겨둘 수 있을지도 몰랐다.

글레나에게, 샌드위치 먹고 뭣 좀 가지러 들렀어. 잠깐 동안 떠날 거야. 리 토르노를 피해. 걔가 내 옛날 여자친구를 죽였어. 안녕, 이그.

그렘린을 타고 15분 후에 글레나가 사는 아파트 앞 모퉁이에 내렸다. 열기가 훅 덮쳤다. 구이를 하는 오븐을 활짝 연 느낌이었다. 하지만 괜찮았다.

어제 리 토르노에게 칼을 빼들었다는 이유로 자신을 체포하려고 경찰이 잠복하고 있는 게 아닌가 확인하기 위해 동네를 두어 바퀴 돌아볼까 싶었다. 그러다가 차라리 들어가서 운을 시험해보는 편이 낫겠다고 생각했다. 스투츠와 포사다가 기다리고 있다면, 뿔로 한 대 날려주며 서로를 빨아주라는 명령을 내려야겠다고 결심했다. 그 생각을 하니 웃음이 절로 나왔다.

하지만 발소리가 메아리치는 계단을 올라갈 때 인기척은 없었다. 이그의 그림자 말고는. 3.2미터 키에 뿔이 돋은 그림자가 맨 위층까지 앞서 나갔다. 글레나는 집에 없었지만 평소답지 않게 문을 열어놓고 나갔다. 집을 나서면서 다른 일에 정신을 쏟고 있었던 건지, 이그 걱정을 하고 있었던 건지, 그가 어디 갔는지 궁금했던 게 아닐까 짐작했다. 아니면 그냥 늦잠을 자서 서둘러 뛰어나가느라 잊었는지도 모른다. 그게 가장 그럴듯했다. 보통 이그가 자명종 대신 글레나를 깨웠고 커피를 만들어주었다. 글레나는 아침형 인간이 아니었다.

이그는 안으로 문을 살짝 밀었다. 어제 나갈 때 모습 그대로였지만 지금 이렇게 보고 있노라니 이곳에 한 번도 산 적 없고 글레나의 방을 처음으로 본 듯한 기분이 들었다. 가구는 남의 집 벼룩시장에서 산 싸구려였다. 얼룩이 진 중고 코듀로이 소파, 찢긴 틈 사이로 합성 솜이 비어져나온 콩 모양 의자. 이 집에는 이그의 모습이라고 할 만한 게 하나도 없었다. 사진이나 개인적 물건이나.

단지 책꽂이에 꽂힌 문고본 몇 권과 시디 몇 장, 이름이 적힌 니스 칠한 노가 전부였다. 이 노는 갈릴리 캠프에서 마지막으로 보냈던 여름의 기념품이었다. 이그는 투창을 가르쳤고 그해 최우수 상담교사로 뽑혔다. 그 노에는 다른 상담교사 모두가 이름을 적었고, 이그의 조에 있던 아이들 역시 마찬가지였다. 어쩌다 이 노가 여기까지 왔는지, 이걸로 무엇을 하려던 건지 알 수 없었다.

거실과 부엌 사이 칸막이벽에 뚫린 개구부를 통해 부엌을 들여다보았다. 텅 빈 피자 상자가 부스러기가 흩어진 카운터 위에 놓여 있었다. 싱크대 위에는 이 빠진 접시가 쌓였다. 파리가 그 위를 윙윙 날았다.

글레나는 이따금 새 접시가 필요하다고 말했지만 이그는 눈치채지 못했다. 글레나를 위해 뭐 하나 예쁜 걸 사다준 적 있었나 기억하려 해보았다. 떠오르는 게 고작 맥주뿐이었다. 고등학생 시절의 리 토르노는 적어도 가죽 재킷을 훔쳐다 줄 정도로는 잘해줬다. 그 생각을 하니 속이 뒤틀렸다. 어떤 면에서는 리가 자기보다 더 좋은 남자일 수도 있다니.

이그는 지금 리 생각을 하고 싶지 않았다. 그 자식 생각을 하면 깨끗하지 못한 느낌이 들었다. 아침으로 가벼운 요기를 하고 짐을 싸고 부엌을 청소하고 쪽지를 쓰고 떠날 작정이었다. 순서대로.

누군가 찾으러 올지도 모르는 판에 여기 있고 싶지는 않다. 부모님, 형, 경찰, 리 토르노. 다른 사람과 마주칠 확률이 극히 낮은 주물공장으로 돌아가는 편이 더 안전했다. 어쨌든 아파트의 침침하고 고요한 분위기, 습하고 무거운 공기가 맞지 않았다. 이곳이 이렇게 칙칙하고 작은 곳이라는 생각을 이전에는 한 번도 해보지 못했다. 그때 창문에 블라인드가 내려져 있는 게 보였고, 이그는 이유를 알 수 없었다. 몇 달 동안 한 번도 내리지 않은 블라인드였다.

주전자를 찾아 물을 가득 채워 스토브 위에 올리고 불을 최고로 높였다. 달걀은 두 개밖에 남아 있지 않았다. 남은 두 개를 물에 넣고 익을 때까지 놔두었다. 침실로 향하는 짧은 복도로 향하면서 글레나가 벗어서 던지고 간 치마와 팬티를 비켜 갔다. 침실 블라인드도 내려져 있었다. 물론 정상적인 일이었다. 이그는 굳이 불을 켤 필요도 느끼지 않았고 똑똑히 볼 필요도 없었다. 뭐가 어디 있는지는 전부 알았다.

서랍장으로 몸을 돌리다가 멈춰서 얼굴을 찡그렸다. 서랍이 모두 밖으로 빠져나왔다. 글레나의 것도, 이그의 것도. 이해할 수 없었다. 글레나가 자기 서랍장을 그렇게 열어둔 적이 없었으니까. 누가 물건을 뒤진 걸까 생각해보았다. 어쩌면 테리 형이 동생에게 무슨 일이 생겼는지 알아보기 위해 그랬을지도 모른다는 생각도 들었다. 하지만 그럴 리가 없지. 테리 형은 사립탐정 놀이는 하지 않는다. 이렇게 사소한 점들이 더 큰 그림으로 맞아떨어진다는 느낌을 받았다. 잠기지 않은 현관문, 아파트 안을 들여다볼 수 없도록 내려진 블라인드, 뒤집힌 서랍장. 이 모든 것은 어떤 식으로 맞아떨어졌지만, 무슨 그림인지 그려보기도 전에 욕실에서 변기 물이 내려가는 소리가 났다.

이그는 퍼뜩 놀랐다. 옆 주차장에서 글레나의 차를 보지도 못했을 뿐더러, 어째서 글레나가 지금 집에 있는지도 알 수 없었다. 글레나의 이름을 부르며 자기가 왔다고 알리려는 순간, 에릭 해니티가 화장실 문을 열고 나왔다.

에릭은 한 손으로 바지춤을 추켰고 다른 손으로는 〈롤링 스톤〉을 말아 쥐었다. 그는 시선을 들어 이그를 쳐다보았다. 이그도 마주 쳐다보았다. 에릭은 〈롤링 스톤〉을 스르르 떨어뜨렸고 잡지는 바닥에 굴렀다. 에릭은 바지를 올리면서 허리띠를 채웠다. 어떤 이유인지 파란 라텍스 장갑을

졌다.

"여기서 뭐해?"

이그가 물었다.

에릭은 체리나무 경찰봉을 허리띠에서 쓱 뺐다.

"뭐, 리가 얘기 좀 하자던데. 어제 너는 할 말을 하고 갔지만 자긴 다 못했다고. 리 토르노가 어떤 인간인지 너도 알잖아. 자기가 마지막 말을 하지 않고선 못 배기지."

"리가 보냈어?"

"아파트 좀 감시하라고. 네가 들르나 보게." 에릭은 얼굴을 찡그렸다. "의원 사무실에 네가 왔었다니, 망할. 그 뿔이 내 정신을 개떡으로 만들 어놓았나. 방금까지 너한테 뿔이 달려 있다는 것도 잊고 있었다니까. 리 말로는 너랑 내가 어제 얘기를 했다는데, 무슨 얘기를 했는지 하나도 기 억 안 나."

에릭은 오른손에 쥔 곤봉을 앞뒤로 천천히 흔들었다.

"그게 뭐 중요한 건 아니지. 대부분의 얘기는 개소리니까. 리야 말을 잘하지만, 난 주로 행동에 강하지."

"여기서 뭐하려고?"

"너."

이그의 간이 뚝 떨어졌다.

"소리 지를 거야."

"질러보든가." 에릭이 말했다. "기대하던 바다."

이그는 문으로 튀었다. 하지만 출구는 욕실과 같은 쪽 벽에 있었고, 에 릭이 오른쪽으로 몸을 날려 길을 막았다. 이그는 재빨리 움직여 에릭을 피하면서 앞에 있는 문으로 나가려 했다. 동시에 날카롭고 끔찍한 생각 이 마음속을 스쳐갔다. 안 될 거야. 에릭은 미식축구 공을 높이 던지려는 것처럼 체리 곤봉을 뒤로 높이 치켜들었다.

이그의 발이 뭔가에 얽혔다. 앞으로 한 발짝 나서려 했지만 그럴 수 없었다. 발목이 걸려 균형을 잃고 앞으로 쓰러진 것이다. 에릭이 곤봉을 들고 돌아왔다. 이그는 뒤통수 바로 뒤에서 낮은 휘파람 소리를 들었다. 다음 순간 곤봉이 문틀에 부딪쳐 크게 딱 하는 소리가 나더니 아기 주먹만 한 나무 덩어리가 휙 떨어져나갔다.

이그는 바닥에 넘어지기 직전, 팔뚝을 들어 얼굴을 가린 덕분에 인생에서 두 번째로 코가 깨질 뻔한 부상을 피할 수 있었다. 팔꿈치 사이로 내려다보니 발에 걸린 건 글레나가 벗어둔 팬티였다. 까만 비단으로 만든 팬티로 가운데 빨간 악마 얼굴이 찍혀 있었다. 이그는 팬티를 재빨리 발로 차버렸다. 에릭이 뒤로 다가오는 기척을 느꼈고, 일어서면 뒤통수에 곤봉을 맞을 게 뻔했다. 그래서 이그는 일어서지 않았다. 바닥을 짚고 미친 듯이 앞으로 기었다. 에릭은 330사이즈의 팀버랜드 워커를 신은 거대한 발로 이그의 엉덩이를 찼고 그는 바닥에 턱을 찧었다. 이그의 얼굴은 니스를 바른 소나무 바닥 위로 쭉 미끄러졌다. 벽에 기대놓았던 노가 어깨에 부딪치면서 그의 몸 위로 쓰러졌다.

이그는 정신없이 노를 움켜잡은 채로 구르다가 일어서기 위해 노를 내던지려 했다. 에릭 해니티가 곤봉을 높이 쳐들고 다가왔다. 에릭의 눈은 멀었고 얼굴은 멍했다. 뿔의 힘에 사로잡혔을 때의 얼굴이었다. 뿔은 사람들에게 끔찍한 짓을 하도록 시키는 힘이 있었고, 이그는 벌써 뿔이 에릭에게 최악의 행동을 유도했다는 사실을 깨달았다.

이그는 생각하지 않고 행동했다. 두 손으로 노를 받쳐 들었다. 마치 제물을 바치듯. 이그의 눈은 손잡이에 쓰인 글자에 박혔다.

'이그에게, 가장 친한 친구 리 토르노가. 다음에 시내를 거슬러 올라갈 때 필요하게 될 물건을 준다.'

에릭은 곤봉을 내리쳤다. 곤봉이 노 손잡이의 가장 가는 부분에 맞으면서 노가 두 조각으로 딱 부러졌고, 노의 날이 허공으로 튀면서 에릭의 얼굴을 정확히 맞혔다. 에릭은 신음하며 비틀비틀 물러섰다. 이그는 옹이 진 손잡이를 에릭의 머리를 향해 내리쳤다. 노가 에릭의 오른쪽 눈 위를 맞고 되튀는 바람에 이그는 팔꿈치로 몸을 일으켜 세울 시간을 벌 수 있었다.

그처럼 빨리 정신을 차릴 줄 몰라 이그가 미처 대비도 못한 찰나, 에릭이 일어나서 곤봉을 휘두르며 덤벼들었다. 이그는 뒤로 펄쩍 뛰었다. 곤봉 머리가 아슬아슬하게 스치고 가서 티셔츠 천이 찍 찢어졌다. 곤봉은 휙 지나가 텔레비전 화면을 쳤다. 유리가 산산이 부서졌고 우지끈 소리가 나면서 모니터 안 어딘가 하얀 불꽃이 튀었다.

이그는 커피 테이블 쪽으로 물러서다가 지나치게 가까이 붙는 바람에 테이블이 뒤집어질 뻔했다. 이그는 몸을 돌려 커피 테이블을 딛고 소파로 넘어갔다가, 소파 뒤로 돌아가서 에릭과 대치했다. 이그는 두 발짝 더 나아가 부엌 안으로 들어갔다.

이그는 몸을 돌렸다. 에릭 해니티가 부엌과 거실 사이의 개구부를 통해 쳐다보고 있었다. 이그는 한쪽 허파에 심한 통증이 느껴져 숨을 거세게 쉬며 웅크렸다. 부엌에서 나갈 길은 두 개였다. 왼쪽으로 가든가, 오른쪽으로 가든가. 하지만 어느 쪽이든 에릭이 있는 거실로 돌아가기 마련이었기 때문에 계단까지 가기도 전에 잡힐 게 뻔했다.

"너 죽이러 온 거 아니다, 이그." 에릭 해니티가 말했다. "네 정신머리 좀 차리게 해주려고 온 거지. 리 토르노 옆에 얼씬거리면 좋지 않다고 머릿속에 똑똑히 박아주려고. 근데 정말 짜증 나는 일 아니냐. 네가 메린 윌리엄스 머리를 깨부쉈듯이 나도 네 미친 해골을 깨부수고 싶다는 생각을 떨칠 수가 없다. 머리에 뿔이 난 인간이 세상에 살아 뭣하겠냐. 뉴햄프셔의 발전을 위해서도 그게 낫지."

뿔. 뿔의 힘이 에릭에게도 미치고 있었다.

"나를 해치지 말 것을 명령한다."

이그는 애릭 해니티를 자신의 뜻대로 조종하기 위해 모을 수 있는 모든 집중력과 힘을 뿔에 모았다. 뿔이 쿵쿵 뛰었다. 아프기는 했지만 평소와 같은 전율은 없었다. 그런 식으로는 작동하지 않았다. 그런 음악은 연주하지 않았을 뿐더러, 이그의 생명이 달려 있다고 해도 죄악을 꺾을 수는 없었다.

"명령하긴, 개뿔."

에릭이 말했다.

이그는 개구부 사이로 에릭을 쳐다보았다. 피가 줄달음치고 물이 끓는 것처럼 둔탁한 소리가 귀에서 울부짖었다. 물이 끓는다. 이그는 어깨너머로 스토브 위에 얹어놓은 냄비를 보았다. 달걀이 둥둥 떴고, 냄비 둘레에 하얀 거품이 보글보글 일었다.

"널 죽이고 그 씹할 걸 잘라내버리고 싶어." 에릭이 말했다. "아니면 그걸 잘라내고 널 죽이든가. 부엌에 그만한 식칼은 있겠지. 네가 메린 윌리엄스에게 그런 짓을 한 다음부터 네가 죽는 걸 보고 싶어 하는 사람이 마을에 백 명도 넘을 거다. 난 영웅이 될 거야. 나 말고는 아무도 그 사실을 모르겠지만. 아버지가 자랑할 만한 사람이 되겠지."

"그러시든가." 이그는 또다시 뿔 뒤로 의지력을 모았다. "와서 잡아보지그래. 뭘 하고 싶은지 알잖아. 꾸물거릴 것 없어. 해. 지금 당장 하란 말이야."

이그의 말은 에릭의 귀에는 음악으로 들렸다. 에릭은 거실과 식탁 사이에 있는 조리대를 돌지 않고 곧장 개구부를 통해서 몸을 앞으로 날렸다. 윗입술이 올라가 희번덕거리는 이빨이 드러나며 분노로 찡그린 건지, 흉측하게 웃는 건지 모를 표정이 떠올랐다. 에릭은 한 손을 카운터에 짚고 훌쩍 뛰어올라 머리부터 개구부로 들이밀었다. 그 순간, 이그는 냄비 손잡이를 잡고 획 날렸다.

에릭은 빨랐다. 2리터 가까이 되는 펄펄 끓는 물이 얼굴로 쏟아지자 곤봉을 들지 않은 손을 들어 얼굴을 가렸다. 물은 팔을 적시고 커다란 대머리까지 튀었다. 에릭은 비명을 지르면서 부엌 바닥에 굴렀고, 이그는 재빨리 움직이며 문으로 돌진했다. 아직 해니티에게는 일어나서 곤봉을 던질 시간은 있었다. 곤봉이 작은 테이블 위에 놓인 램프를 내리치자 램프는 폭발하듯 산산조각이 났다. 그때 벌써 이그는 계단을 뛰어 내려가고 있었다. 뿔이 아니라 날개가 돋친 듯, 한 번에 다섯 단씩.

27

이그는 마을 남쪽 어딘가에 이르자 차를 세우고 내려 강둑에 섰다. 몸을 껴안고 떨림이 가라앉기를 기다렸다.

떨림이 격렬해지면서 사지가 아플 정도였지만, 그곳에 서 있으면 있을수록 발작이 점점 멎어갔다. 잠시 후, 발작이 완전히 사라지자 기운이 없고 어지럽기만 했다. 바람개비 모양 단풍잎처럼 가벼운 느낌마저 들었다. 곧이어 바람이 세차게 한 번 불면 곧 빙글빙글 날아갈 듯했다. 매미들은 공상과학 영화에 나오는 소리로 울어댔다. 외계인 살인광선.

이그의 생각이 맞았다. 상황을 정확히 본 것이었다. 리는 뿔의 영향력을 넘어섰다. 다른 사람은 잊었지만 리는 어제 이그와 만났던 일을 잊지 않았다. 이그가 위협이 되리라는 것도 알았다. 그래서 이그가 공격하기 전에 자기가 선수를 쳤다. 이그에게는 계획이 필요했다. 좋지 않은 소식이었다. 이제까지 아침식사 하나 제대로 먹을 만한 계획도 세우지 못했는데. 허기로 머리가 띵했다.

이그는 차로 돌아가 운전대 위에 손을 올려놓고 이제 어디로 가야 하나 생각해보았다. 그때 문득 생각이 떠올랐다. 오늘은 할머니의 팔순 생신날이고, 할머니는 운 좋게 이날을 맞을 수 있었다. 벌써 한낮이 되었으니 온 가족이 병원의 할머니 침대 옆에 둘러앉아 '생일 축하합니다'를 부르고 케이크를 먹을 터였다. 그 말인 즉, 엄마의 냉장고는 무방비 상태라는 뜻이었다. 어디에도 갈 데가 없을 때, 밥을 먹을 수 있는 곳은 집밖에 없는 법이다. 그런 속담 같은 게 있지 않나?

물론 면회시간은 좀 나중이지만, 이미 차를 타고 길 위에 올랐다. 집이 비어 있으리라는 보장은 없었다. 하지만 가족이 집에 있다는 게 무슨 문제가 될까? 가족들이 있어도 쓱 지나치면 그만이고, 가족들도 이그가 떠나자마자 곧 잊을 터였다. 그러자 좋은 질문이 하나 떠올랐다. 에릭 해니티도 방금 글레나의 아파트에서 일어났던 일을 잊었을까? 이그가 얼굴에 끓는 물을 부었는데도? 알 수 없었다.

정말로 가족들을 그냥 스쳐 지나갈 수 있을지도 알 수 없었다. 테리 형을 그냥 스쳐 지나갈 수 없다는 건 알고 있었다. 물론 리 토르노를 처리해야 했지만, 테리 형도 처리할 필요가 있었다. 형이 슬쩍 빠져나가게 두면, 로스앤젤레스의 삶으로 슬쩍 돌아가게 놔두면 실수일 터였다. 테리 형이 로스앤젤레스로 돌아가 〈핫 하우스〉에서 약 올리는 쇼 음악을 연주하고, 영화 스타들에게 윙크한다는 생각만 해도 소름이 끼쳤고 혐오감이 끓어올랐다. 망할 테리 형에게 들어야 할 대답이 몇 개 더 있었다. 형이 집에 혼자 있다면 가장 좋지 않을까? 하지만 너무 많은 걸 바랄 수는 없었다. 그렇다면 악마의 행운이다.

이그는 집에서 500미터 떨어진 소방도로에 주차하고 집 뒤로 돌아가 담 너머로 안을 들여다볼까 생각했지만, 결국 집어치우고 그렘린을 돌려 바로 차도로 들어갔다. 정탐을 하기에는 너무 더웠고, 너무 배가 고팠다.

테리 형이 렌트한 벤츠만이 차도에 있을 뿐이었다.

이그는 벤츠 옆에 차를 세우고 시동을 끈 다음 귀를 기울였다. 반짝이는 먼지 구름이 언덕 위까지 따라와 그렘린 주위에 뿌옇게 맴돌았다. 집의 동태와 덥고 졸리는 이른 오후의 고요를 따져보았다. 테리 형은 차를 놔두고 부모님과 함께 병원에 갔는지도 몰랐다. 그럴듯한 설명이었지만 이그 자신도 믿기진 않았다. 형은 집 안에 있었다.

이그는 굳이 소리를 죽이려고 하지도 않았다. 사실은 차에서 내렸을 때 그렘린 문을 쾅 닫았고, 그 다음에는 망설이면서 집을 쳐다보았다. 2층에서 사람이 움직이는 기척이 났다고 생각했다. 테리 형이 커튼을 젖히고 누가 왔나 내다보았다고. 하지만 안에서는 어떤 인기척도 들리지 않았다.

이그는 안으로 들어갔다. 텔레비전이 꺼져 있었고, 엄마의 서재 컴퓨터도 전원이 켜져 있지 않았다. 부엌에선 스테인리스 스틸 가전제품들이 효율적으로 숨죽이고 있었다. 이그는 의자를 바짝 끌어당긴 다음에 냉장고 문을 열고 곧장 꺼내 먹었다. 차가운 우유 한 곽을 여덟 모금만에 꿀꺽꿀꺽 삼켜버린 후, 필연적으로 찾아오는 우유 두통이 가라앉기를 기다렸다. 뿔 뒤에서 날카로운 고통이 밀려오면서 잠시 시야가 흐려졌다. 두통이 잦아들자 시야가 맑아졌다. 데블드 에그* 한 접시가 랩으로 덮여 있었다. 아마도 어머니가 베라 외할머니의 생신을 위해서 만들어놓았겠지만, 할머니는 먹지 못할 터였다. 베라 할머니는 오늘 오후에 정맥주사로 더 영양가 높은 걸 섭취하시겠지. 달걀을 그냥 하나하나씩 손가락으로 집어 입에 쑤셔 넣고 다 먹어버렸다. 글레나의 집에서 삶았던 달걀을 먹었다고 해도 이 음식이 666배는 더 맛있을 것 같았다.

손에 든 접시를 운전대처럼 돌리면서 혀로 싹싹 핥고 있을 때, 어딘가 위에서 웅얼대는 남자 목소리가 들린 듯했다. 순간 얼어붙어 귀를 기울였다. 곧 그 목소리가 또 들렸다. 이그는 접시를 싱크대 안에 넣고, 벽에 붙은 자석걸이에서 가장 큰 식칼을 빼들었다. 빼면서 금속끼리 부딪치자 음악적인 챙 소리가 부드럽게 울렸다. 식칼로 뭘 하려는지는 자기도 확실히 몰랐지만 들고 있는 게 좋다고 생각했다. 아파트에서 그런 일을 겪고 난 뒤라 무기도 없이 어디를 가는 건 실수라는 예감이 들었다. 계단을

* 달걀을 반 자르고 노른자를 마요네즈나 양념과 섞어 흰자 위에 올려놓은 요리.

올랐다. 형이 예전에 쓰던 방은 긴 2층 복도 맨 끝에 있었다.

이그는 칼을 들고 살짝 열린 문을 잡았다. 몇 년 전에 손님방으로 바뀌어 라마다 호텔의 방처럼 멋졌지만 사람 사는 기운은 없었다. 형은 한 손을 눈 위에 대고 똑바로 누워 있었다. 테리 형은 혐오에 사로잡혀 웅얼거리고 있었고 입술을 쩝쩝댔다. 침대 옆 테이블을 눈으로 훑어보니 베나드릴* 한 상자가 보였다. 이그가 천식이 있다면 형은 온갖 것에 알레르기 반응을 보였다. 벌, 땅콩, 꽃가루, 고양이털, 뉴햄프셔, 무명無名. 웅얼거림과 중얼거림, 그것 또한 알레르기 약물 효과였다. 그 때문에 테리 형은 항상 무겁고 이상할 정도로 불안한 잠에 빠져들었다. 형은 생각에 빠져 홍얼거리는 소리를 냈다. 심각하면서도 중요한 결정을 내려야 하는 사람 같았다.

이그는 칼을 든 채로 침대 옆으로 살살 기어가 침대 옆 테이블 위에 앉았다. 어떤 열기나 분노 같은 것도 느끼지 않고 칼을 테리 형의 가슴에 꽂을까 생각했다. 그 동작을 재빨리, 명확하게 머릿속으로 구상해보았다. 먼저 형의 몸을 한쪽 무릎으로 눌러 꼼짝도 못하게 고정한 다음, 형의 의식이 돌아와 꿈틀꿈틀할 때 갈빗대 사이의 공간을 찾아 두 손으로 칼을 밀어 넣는다.

이그는 테리 형을 죽이지 않을 것이다. 죽일 수 없었다. 리 토르노라고 하더라도 자고 있을 때 찌를 수 있을까 의심스러웠다.

"키스 리처즈." 테리 형이 아주 분명하게 말하는 바람에 이그는 화들짝 놀라 펄쩍 일어섰다. "그 쇼 정말 죽였는데."

이그는 테리 형을 찬찬히 바라보면서 형이 팔을 눈에서 치우고 게슴츠레하게 눈을 깜박거리며 일어나 앉기를 기다렸다. 하지만 형은 깨지 않았고 계속 잠꼬대를 할 뿐이었다. 할리우드와 빌어먹을 일 얘기, 유명한

알레르기 치료제.

록스타들과 어깨를 나란히 하고 작업했던 일, 확 뛰어오른 시청률, 따먹었던 모델들. 베라 할머니는 병원에 입원해 있고, 이그는 행방불명인데도 테리는 〈핫 하우스〉의 땅에서 보냈던 호시절만 꿈꾸고 있다니. 순간 이그는 증오심 때문에 숨이 막혔다. 허파가 산소를 채우려고 몸부림쳤다. 테리는 의심할 여지없이 내일 서부로 돌아갈 터였다. 형은 촌동네를 싫어해서 메린이 죽기 전에도 필요 이상으로 머무르려고 하지 않았다. 이그는 테리의 열 손가락이 온전한 상태로 돌아가게 놔둘 이유를 알지 못했다. 테리는 약에 흠뻑 취해 있었으니, 이그는 형이 깨기 전에 테이블 위에 놓인 오른손, 트럼펫을 연주하는 손을 노려 손가락을 바스러뜨릴 수 있었다. 이그도 가장 사랑하는 대상을 잃고 사는데, 형 역시 그런 사랑을 잃어도 살아갈 수 있을 것이다. 어쩌면 장난감 나팔 같은 걸 연주하는 법을 배울 수 있을지도 모르지.

"네가 죽이게 밉다, 이기적인 새끼."

이그는 속삭이면서 형의 눈을 가린 손목을 들었다. 그 순간……

테리는 몸을 비틀며 일어나 게슴츠레하게 주위를 둘러보지만 어디에 있는지 알지 못한다. 낯선 차, 알아볼 수 없는 도로 위, 와이퍼가 다 닦을 수 없을 정도로 세차게 내리는 비, 몰아치는 폭풍우에 맞은 나무들과 끓어오르는 검은 하늘 너머 밤의 세계. 머리를 맑게 하려고 한 손으로 얼굴을 문지르며 저 너머를 본다. 이유도 모르게 옆에 동생이 앉아 있을 거라고 생각했지만 대신 거기에는 리 토르노가 앉아서 어둠 속을 운전한다.

그날 밤에 있었던 사건들이 서서히 떠오르기 시작하면서, 사건들이 특별한 순서 없이 하나하나 제자리에 맞아 들어간다. 플링코 게임*에서 핀 사이로 떨어지는 칩처럼.

* 텔레비전 게임쇼 〈가격은 얼마〉에 등장하는 보드게임으로 작은 물건의 가격을 맞추면 칩을 받고, 그 칩을 역시 액수가 적힌 여러 개의 슬롯 중 하나에 넣는 방식.

왼손에는 뭔가 들고 있다. 꽉 쥐어 찌그러진 마리화나 담배. 평범하게 만 작은 마리화나가 아니라, 엄지만 하게 두껍게 만 테니시 밸리 마약이다. 오늘 밤에는 술집 두 곳을 갔고 올드페어 로드 다리 아래의 모래톱에서 모닥불을 피우며 리와 나눠 피웠다. 약을 너무 많이 피우고 술도 너무 많이 마셔서 아침이면 후회할 게 뻔하다. 아침에 이그를 공항까지 데려다주기로 했는데. 동생은 해가 지지 않는 신사의 나라, 신이시여 여왕을 지켜주소서의 나라 영국으로 떠나는 비행기를 타야 하기 때문이다. 이제 그 아침은 고작 몇 시간 남아 있다. 테리는 지금 누구를 데려다줄 상태가 아니다. 눈을 감으니 프라이팬에 바른 버터 덩어리가 옆으로 쭉 미끄러지며 뒤집어지듯, 리의 캐딜락이 왼쪽으로 스르르 미끄러지는 듯하다. 차멀미가 치밀어 올라 자다가 깬 것이다.

테리는 일어나서 주변에 집중하려 한다. 마을을 도는 구불구불한 국도 위에 있는 것 같다. 기드온 외곽을 따라 초승달 모양으로 도는 느낌이었지만 말이 안 된다. 여기에는 옛날 주물공장과 '피트' 밖에 없었고 두 곳 모두 지금 갈 이유가 없다. 모래톱을 떠난 후, 테리는 리가 자기를 집에 데려다줄 거라 생각하니 달갑다. 자기 침대, 바삭바삭한 하얀 시트와 폭신폭신한 오리털 이불을 덮고 잘 생각을 하니 좋아서 몸이 떨릴 지경이다. 집에 와서 가장 좋은 것은 옛날 밤, 옛날 침대에서 일어날 수 있다는 것이다. 아래층에서는 커피 내리는 냄새가 올라오고, 블라인드에서는 햇볕이 새어 들어와 또 하나의 밝은 날이 기다린다. 하지만 기드온의 다른 부분은 떠날 때면 언제나 기쁘다는 것이다.

오늘 밤이 바로 그런 경우이다. 한 번도 그리워하지 않았던 일의 완벽한 예. 유리창 너머에서 쳐다보는 것처럼 여기 일부라는 느낌이 전혀 없이 모닥불 앞에서 한 시간을 보냈다. 강둑에는 트럭들이 주차해 있고, 술 취한 친구들이 얕은 물속에서 씨름하면 여자들이 꺅꺅 소리를 질렀다. 휴대용 스테레오에서는 망할 주다스 코인*, 음악적 복잡성이라고는 파워 코드 세 개 대신 네 개를 쓰는 노래라고밖

조 힐의 다른 소설 《하트 모양 상자》에 나오는 주인공.

에 생각하지 않는 녀석의 노래가 흘러나왔다. 백인 촌뜨기들 틈에 껴서 사는 인생. 머리 위에서는 천둥이 울리더니 뜨겁고 커다란 빗방울이 뚝뚝 떨어지기 시작했다. 테리는 이게 빠져나갈 수 있는 절호의 기회라고 생각했다. 아버지가 어떻게 여기서 20년이나 사셨는지 알 수가 없다. 테리는 이곳에서 72시간도 버티기 힘들다.

이런 상황에 대처하기 위해 주로 썼던 물건이 그의 왼손에 쥐여져 있다. 벌써 한계를 초과했다는 사실을 알았지만 마음 한구석에서는 다시 불을 붙여 한 모금 피우고 싶은 생각도 간절하다. 그랬을지도 모른다. 옆에 앉아 있는 사람이 리 토르노만 아니었다면. 리가 불평하거나 째려본다는 의미는 아니다. 리는 마약과의 전쟁을 선포한 의원의 보좌관, 가족주의를 옹호하는 남자였으니 마리화나 연기가 자욱한 차를 타고 가다 경찰 검문에 걸리기라도 하면 낭패일 터이다.

리는 6시 30분쯤 이그에게 작별 인사를 하러 집에 들렀다. 그렇게 어정거리고 있다가 리와 이그, 테리와 데릭 페리시는 카드 놀이를 했고, 이그가 족족 이기는 바람에 세 사람에게서 300달러를 따갔다.

"자." 테리는 동생에게 20달러를 한 움큼 던졌다. "너랑 메린이 그거 하고 나서 샴페인 마실 때면 다 우리 덕이라고 생각해. 돈 낸 사람은 우리니까."

이그는 재미있어 하면서도 한편으로는 부끄러운 듯 웃더니 일어섰다. 동생은 아버지에게 키스하고 테리의 머리 옆에도 키스했다. 기대하지 못했던 행동이라 테리는 움찔 놀랐다.

"혓바닥, 내 귀에 넣지 마."

테리는 말했지만 이그는 웃으며 가버렸다.

"그럼 이제 남은 시간엔 뭐 할 거야?"

이그가 떠나자 리가 물었고 테리는 대답했다.

"모르겠는데. 〈패밀리 가이〉나 보든가. 넌? 요새 동네에 뭐 재미있는 일 있나?"

두 시간 후, 두 사람은 모래톱에 있었고 테리가 이름도 제대로 기억 못하는 고등학교 동창 한 명이 마리화나를 건넸다.

두 사람은 일단 명목상으로는 몇 잔 마시고 옛 친구들하고 회포나 풀자며 집에서 나왔지만, 그곳 모래톱에서 모닥불 뒤에 서 있었을 때 리는 모시는 의원님이 테리의 쇼를 좋아한다면서 언제 한번 만나자고 하셨다고 말했다. 테리는 흔쾌히 받아들이고 들고 있던 맥주병을 리를 향해 기울여 보이며 조만간 자리 좀 만들어보자고 확실히 답했다.

테리는 리가 이런 식으로 출세하려는 건지도 모른다고 생각했지만, 그렇다고 해서 리를 나쁘게 생각하지도 않았다. 리도 다른 사람들처럼, 테리처럼 자기 할 일이 있는 것뿐이다. 게다가 리의 일은 사회에 이득이 되는 일을 포함하고 있다. 테리는 리가 해비타트 운동*에도 관여하고, 여름마다 갈릴리 캠프에서 도시의 불우아동들과 시간을 보낸다는 것도 알았다. 이그도 그 일을 도왔다. 리와 이그 옆에 몇 년씩 있다 보니 테리도 약간 죄책감을 느꼈다. 그는 한 번도 세계를 구하겠다는 소망을 품어본 적 없었다. 테리가 원하는 것이란 트럼펫을 빵빵 불어댄 대가로 돈이나 버는 것이었다. 뭐, 그거랑 파티를 좋아하는 여자. 로스앤젤레스 모델 같은 애들 말고. 휴대폰이랑 차에 붙어 있는 그런 애들 말고. 정말 재밌고 진짜고 섹스할 땐 약간 화끈한 여자. 동부 출신이며, 평범한 청바지를 입고 포리너 시디 몇 장 가지고 있는 여자. 테리는 자기 쇼는 가지고 있으니 행복을 반쯤은 이룬 셈이다.

"젠장, 여기서 뭐하고 있는 거냐?"

테리는 빗속을 들여다보며 묻는다.

"오늘 밤은 다 끝난 거 아니었어."

"5분 전에 벌써 끝난 줄 알았지. 형이 코 고는 소리 듣고 확실히 알았지. 사람들에게 테리 페리시가 내 앞좌석에 침을 질질 흘려놨다고 떠들어야지. 그럼 여자애들이 홀딱 반할걸. 내가 텔레비전에 출연이라도 한 것처럼."

테리는 뭐라도 대꾸하려고 입을 연다. 올해에만 200만 달러 이상의 수입을 올

---

* 무주택 서민의 주거 문제 해결을 목적으로 하는 사회운동.

리게 될 예정인데, 부분적으로는 남의 농담을 말로 끊는 천부적인 재능 덕분이기도 하다. 하지만 지금은 아무런 할 말이 없고, 머리가 텅텅 비어 있다. 대신 가운뎃손가락만 쳐든다.

"이그와 메린이 아직도 '피트'에 있을까?"

테리가 묻는다. 이제 곧 오른쪽에 '피트'를 지나치기 직전이다.

"한번 보자." 리가 대답한다. "곧 도착할 테니까."

"농담해? 걔네들 만나서 뭐하나? 걔네들도 우리 보고 싶지 않을걸. 두 사람의 마지막 밤이잖아."

리는 멀쩡한 눈으로 놀라고 이상하다는 표정을 짓는다.

"어떻게 알았어? 메린이 말했어?"

"뭘 말해?"

"이그랑 헤어지려고 한다는 것. 그래서 마지막 밤이잖아."

이 말에 테리는 약에 절어 생각 없던 상태에서 번쩍 깨어난다. 압정을 깔고 앉은 양 퍼뜩 정신이 든다.

"그 개소리 진짜야?"

"메린은 둘이 너무 어려서부터 사귄 것 같다고. 다른 남자들도 만나보고 싶대."

테리는 그 소식에 깜짝 놀라 움찔하고 당황한다. 아무런 생각 없이 손에 쥐고 있던 마리화나 담배를 입술에 댔다가 불을 붙이지 않았다는 걸 깨닫는다.

"형은 정말 몰랐어?"

리가 묻는다.

"내가 마지막 밤이라고 한 건 이그가 영국으로 떠나기 전날이라는 뜻이었어."

"아."

테리는 빗속을 멍하니 바라본다. 세차게 내리는 비는 와이퍼로도 전부 닦아내지 못해 유리창에 흘러내리는 물이 마치 세차장 안에 있는 듯하다. 테리는 메린 없는 이그를 상상할 수도 없다. 동생이 어떻게 될지 상상하지 못한다. 이 소식에 어지러운 나머지 한참 지나서야 그 뻔한 질문이 머릿속에 떠오른다.

"넌 어떻게 알았냐?"

"메린이 내게 말했거든." 리가 말한다. "메린은 이그에게 상처를 줄까 두려워하고 있어. 나 올해 여름 보스턴에 오래 있었잖아. 의원님 업무 보면서. 메린도 그때 보스턴에 있었으니까 가끔 만나서 얘기도 하고 그랬지. 지난달에는 이그보다 나를 더 많이 만났을걸."

테리는 수중 세계를 내려다본다. 오른편에 빨간 불빛이 어슴푸레하게 다가오는 게 보인다. 거의 다 와 간다.

"왜 지금 거기 들르려고 하는 건데?"

"메린이 집에 갈 때 차가 필요하면 전화한댔어. 그런데 아직 전화를 안 해서."

"그럼 필요 없나 보지."

"기분이 너무 그래서 전화하지 않는 걸 수도 있으니까. 이그의 차가 아직도 거기 있는지만 볼 거야. 앞에 주차했지만. 차를 세울 필요도 없어."

테리는 리의 말을 따라가지 못하고 리가 왜 들러서 이그의 차를 찾아보겠다는지 이해할 수 없다. 또한 만약 두 사람 사이가 나쁘게 끝났다면 메린이 자기들을 만나고 싶지 않으리라는 생각이 든다.

하지만 리는 벌써 속도를 줄이고 테리 쪽으로 머리를 돌려 창문 밖으로 어두운 주차장을 바라본다.

"모르겠어……." 리는 혼잣말을 한다. "그렇지 않을까…… 메린이 이그랑 집에 갔을 것 같진 않아……."

걱정스러운 목소리다. 거의.

테리가 먼저 그녀를 본다. 메린은 길옆 빗속, 가지가 넓게 뻗은 호두나무 아래 서 있다.

"저기다, 리. 저기야."

메린도 동시에 그들을 보고 한 팔을 든 채 나무 아래로 나온다. 조수석 창문에 흘러내리는 물 때문에 테리는 흡사 진주 광택이 도는 유리 너머로 그녀를 보는 듯하다. 한 손을 높이 쳐든 모습이 언뜻 보면 하얀 예배용 양초를 쳐든, 구릿빛 머리카락의 소녀를 그린 인상주의 회화 같다. 차가 끼익 멈추고 메린이 차 옆으로 돌아올 때, 테리는 메린이 나무 밑에서 나오면서 시선을 끌기 위해 한 손가락을 들고 있는 모습을 본다. 메린은 검은 하이힐을 한 손에 들고 빗속을 맨발로 뛰어온다.

캐딜락은 문이 두 개뿐이라서 리가 뒤로 가라고 말하기도 전에 테리는 안전띠를 풀고 앞좌석을 넘어 뒤로 간다. 테리가 뒷좌석으로 막 들어갈 때, 리가 팔꿈치로 엉덩이를 쳐서 테리는 좌석에 안착하는 대신 중심을 잃고 발치로 쿵 떨어진다. 웬일인지 바닥에 금속 연장 상자가 있어 테리는 관자놀이를 부딪치고 날카로운 아픔을 느낀다. 테리는 좌석에 일어나 앉으며 손바닥을 부딪친 머리에 댄다. 아직도 차멀미가 강하게 밀려오는데, 넘어서 가려고 했던 게 실수다. 이제 거인이 천천히 차를 흔드는 양 차 바닥이 들린 듯하다. 주사위를 넣은 컵 같은 느낌이다. 테리는 눈을 감고 무모한 동작 때문에 갑작스레 치미는 욕지기를 억누르려 애쓴다.

주변을 돌아볼 만큼 상태가 진정되었다. 메린은 차에 들어와 있고, 리 토르노는 옆으로 몸을 돌려 그녀를 마주 보고 있다. 테리가 손바닥을 내려다보니 선홍색 핏방울이 묻어 있다. 심하게 긁힌 모양으로, 처음 느꼈던 날카로운 고통은 사라졌지만 뒤통수에 둔탁한 아픔이 남았다. 테리는 피를 바지 자락에 닦고 고개를 든다.

메린이 막 울었던 참이라는 건 쉽게 알 수 있다. 창백하고 몸을 떨고 있다. 흡사 병에서 막 회복되었는데, 방금 다시 병에 걸린 사람 같다. 미소를 지으려고 하지만 보기가 애처롭다.

"태워주러 와서 고마워." 메린이 말했다. "방금 내 목숨 구했어."

"이그는 어딨어?"

테리가 묻는다.

메린은 그를 돌아보았지만 눈을 잘 마주치지 못한다. 테리는 금세 물어본 것을 후회한다.

"나, 난 잘 모르겠어. 갔어."

리가 묻는다.

"말했어?"

메린의 턱에 주름이 지더니 고개를 돌려 앞을 본다. 창문 밖 '피트'를 내다보며 대답하지 않는다.

"걔가 뭐래?"

리가 묻는다.

테리는 유리창에 비친 메린의 얼굴을 볼 수 있다. 그녀가 입술을 깨물며 울지 않으려고 하는 모습이 보인다. 대답은 "그냥 가면 안 돼?"이다.

리는 고개를 끄덕인 다음 깜박이를 켜더니 빗속에서 유턴을 한다.

테리는 메린의 어깨를 다독이며 어떤 식으로든 안심을 시켜주고 싶다. '피트'에서 어떤 일이 있었다고 해도 널 싫어하지도 비난하지도 않겠다고. 하지만 테리는 손대지 않는다. 앞으로도 손대지 않을 것이며, 결코 손대는 일 없을 터이다. 메린을 알고 지내온 10년 동안, 테리는 항상 친근한 거리를 유지했고 상상 속에서조차 성적 환상에 메린을 넣어본 적 없었다. 상상만으로는 해가 될 것이 없겠지만, 그랬다간 뭔가 위험에 처하리라는 것을 감지했다. 어떤 것이 위험에 처할지는 딱 잘라 말할 수 없다. 테리에게 '영혼(소울)'이라는 단어는 제일 먼저 음악 장르를 가리킬 뿐이다.

테리는 대신에 이렇게만 말한다.

"야, 내 코트 입을래?"

메린이 젖은 옷을 입고 속수무책으로 바들바들 떨고 있기 때문이다.

처음으로 리도 메린이 떨고 있는 걸 알아차린 듯하다. 참 이상하다. 리도 메린을 줄곧 쳐다보고 있었는데. 길을 주시하는 것만큼 메린도 주시하고 있었으면서. 리는 에어컨을 끈다.

"괜찮아."

메린이 대답했지만 테리는 벌써 코트를 벗어 앞으로 건넨다. 메린은 다리 위에 코트를 덮는다.

"고마워, 테리 오빠." 메린은 작은 목소리로 말하더니 말을 잇는다. "오빠가 어떤 생각할지는 알지만……."

"아무 생각도 안 해." 테리가 말한다. "그러니 마음 편히 가져."

"이그는……."

"이그는 괜찮을 거야. 걱정할 필요 없어."

메린은 애써 고맙다는 미소를 띠더니 그에게로 몸을 숙이면서 말한다.

"오빠 괜찮아?"

메린은 손을 뻗어 테리의 이마를 가볍게 만진다. 테리가 리의 연장 상자에 머리를 박았던 자리다. 테리는 메린의 손길에 본능적으로 움찔한다. 메린은 손가락을 떼더니 손에 묻은 피를 보고 다시 그를 쳐다본다.

"반창고라도 붙여야 해."

"괜찮아. 걱정할 것 없어."

테리의 말에 메린은 고개를 끄덕이더니 몸을 돌린다. 미소는 곧장 스러지고 눈에는 초점이 사라진다. 다른 사람은 볼 수 없는 뭔가를 보고 있다. 메린이 손으로 뭔가를 자꾸 접었다 폈다 한다. 넥타이, 이그의 넥타이이다. 이것은 메린이 우는 모습보다 더 마음이 좋지 않아서 테리는 시선을 돌려버린다. 약 기운도 더는 기분을 띄우지 못한다. 그저 몇 분만이라도 어딘가 가만히 누워 눈을 감고 싶다. 조금 자다가 일어나면 몸과 마음이 한결 가뿐할 것 같다. 지난밤의 일들은 급격히 악취를 띠기 시작하고 테리는 누군가 비난할 사람이 필요하다. 화낼 사람. 분노는 이그를 향한다.

이그가 메린을 빗속에 버려두고 가버리다니 화가 난다. 너무 유치해서 비웃음만 나온다. 비웃음은 나오지만 놀랍지 않다. 메린은 이그에게는 연인이었고, 따뜻하게 품어주는 담요였고, 안내 상담자였고, 세계로부터 지켜주는 보호막이었고, 가장 좋은 친구였다. 이그가 열다섯 살 이래로 두 사람은 결혼한 듯 보일 때도 있었다. 하지만 그럼에도, 두 사람의 관계는 고등학생다운 연애로 시작했고 언제나 그 상태였다. 테리는 이그가 다른 사람과 자본 건 둘째 치고 키스 한번 해보지 않았을 거라 확신했다. 테리는 가끔 동생이 좀 더 많은 경험을 가지길 바랐다. 동생이 메린과 사귀는 게 싫어서는 아니었다. 왜냐하면…… 음, 그런 이유 때문이다. 왜냐하면 사랑에는 상황이 필요하기 때문이다. 왜냐하면 첫 연애는 본질상 미성숙하기 마련이기 때문이다. 메린은 두 사람 모두 성장할 기회를 갖길 바랐다. 그래서 뭐?

내일 아침 로건 공항으로 갈 때 이그와 단둘만 있게 될 테니, 그때 몇 가지 일을 딱 부러지게 해두어야겠다고 생각한다. 이그에게 메린과 두 사람 관계에 대한 자신의 생각, 메린이 다른 여자애들보다 좀 더 완벽하고, 두 사람의 사랑이 다른 사람들의 사랑보다 좀 더 완벽하고, 둘이서 작은 기적들을 일으킬 거라는 생각은 사람 숨통 막는 덫이라고 말해주어야겠다. 지금 이그가 메린을 증오한다면, 메린이 실수도 하고 필요도 있고 세상에서 살아가야 할 욕구를 가진 진짜 사람이지 꿈에 사는 여자가 아니라는 것을 알아낸 탓이라고. 메린은 이그를 놔줄 만큼 사랑하니까, 이그도 기꺼이 똑같이 해주어야 한다고. 만약 누군가를 사랑한다면 자유롭게 놓아줄 필요도 있다고. 젠장, 이건 스팅 노래 가사로군.

"메린, 괜찮아?"

리가 묻는다.

메린은 아직도 발작적으로 떨고 있다.

"아니. 으응. 리. 잠깐만 차 좀 세워. 저기 차 좀 세워."

마지막 말에는 긴박감이 선명히 서려 있다.

오래된 주물공장으로 가는 길이 오른쪽으로 빨리 다가온다. 너무 빨라서 진입할 수 없을 줄 알았는데, 리는 결국 안으로 들어간다. 테리는 한 손으로 메린의 좌석 등받이를 꽉 잡고 비명이 터져나오는 이를 꽉 악문다. 조수석 타이어가 부드러운 자갈에 걸리자, 자갈은 통 튀며 허공에 끌로 120센티미터짜리 구멍을 그은 양 나무 속으로 날아간다.

풀숲이 범퍼에 긁힌다. 캐딜락은 울퉁불퉁한 땅 위를 덜커덩거리며 나아가지만 아직도 속도가 너무 빠르다. 고속도로가 뒤에서 사라져버린다. 저 앞에 길을 막아놓은 사슬이 보인다. 리는 브레이크를 세게 밟고 운전대를 끝까지 빙글빙글 돌린다. 차는 헤드라이트가 사슴에 닿을 정도에 이르러서야, 거의 그릴이 사슴에 부딪칠 정도로 가까이 다가가서야 멈춘다. 메린은 차 문을 열더니 머리를 내밀고 토한다. 다시 한 번. 또 한 번. 이그 개새끼, 이제는 동생이 정말 싫다.

리도 운전을 그따위로 하다니 마음에 들지 않는다. 차는 완전히 멈추었지만, 몸 일부분은 아직도 움직이는 듯하다. 아직도 마리화나 담배를 들고 있다면 창문 밖으로 내던졌겠지. 그런 걸 입에 물고 있다는 생각만 해도 살아 있는 바퀴벌레를 삼킨 듯 끔찍하다. 다만 그걸 어쨌는지는 모르겠다. 더는 손에 들고 있지 않을 뿐. 긁혀서 물렁해진 관자놀이에 손을 댔다가 움찔한다.

빗방울이 천천히 앞유리에 떨어진다. 다만 이젠 비가 아니라, 그저 위에 걸린 나뭇가지에서 바람에 날려 떨어지는 물방울뿐이다. 채 5분도 지나지 않았는데. 아까는 폭우가 쏟아져 길 위에 빗방울이 튀더니 지금은 여름 소나기가 흔히 그렇듯 갑자기 찾아온 만큼 갑자기 사라져버렸다.

리는 차에서 내려 차 옆으로 돌아가더니 메린 옆에 쭈그리고 앉는다. 리는 차분하고 이성적인 목소리로 무어라 중얼거린다. 하지만 메린의 대답이 마음에 들지 않는 듯하다. 리는 다시 한 번 주장을 반복하고 이번에는 메린의 목소리가 들린다. 그다지 다정하지 않은 말투다.

"아니야, 리. 난 그저 집에 가서 마른 옷으로 갈아입고 혼자 있고 싶어."

리는 일어서더니 뒤쪽으로 돌아가 트렁크를 탁 열고 그 안을 뒤져 뭔가 꺼냈다. 운동복가방이다.

"운동복 있어. 셔츠랑 바지랑. 마르고 따뜻해. 병균 같은 것도 없고."

메린은 리에게 고맙다고 인사하고, 눅눅하고 벌레가 바글바글하며 축축하고 바람이 쌩쌩 부는 밤공기로 나간다. 어깨에는 여전히 테리의 스포츠 코트를 걸치고 있다. 메린이 가방에 손을 뻗지만 리는 놓지 않는다.

"어차피 했어야만 하는 일이야. 미친 짓이었지. 그럴 수 있다고 생각하다니. 너희 둘 하나라도……."

"옷이나 갈아입자, 알겠니?"

메린은 운동복가방을 잡아채더니 길 아래로 내려간다. 전조등 불빛 앞을 지날 때, 치마가 다리에 감기고 강렬한 불빛에 블라우스가 투명하게 비친다. 테리는 깜짝 놀라지 않으려고 마음을 다잡고 억지로 고개를 돌린다. 그 순간 역시 뚫어져라 쳐다보고 있는 리를 본다. 처음으로 테리는 착한 동네친구 리 토르노가 메린 윌리엄스를 약간이라도 짝사랑하지 않았나 의심한다. 하다못해 그녀를 보고 다리 사이가 딱딱해지는 것을 느끼는 게 아닌지. 메린은 계속 길 아래로 내려간다. 처음에는 전조등으로 생긴 터널 속을 걷더니 곧 자갈길로 내려가서 어둠 속으로 사라진다. 테리가 마지막으로 본 메린의 살아 있는 모습이다.

리는 열린 조수석 문 옆에 서서 눈으로 메린을 쫓고 있다. 차로 되돌아가야 할지, 아닐지 모르는 듯하다. 테리는 리에게 앉으라고 말하고 싶지만 그런 의지력도 에너지도 끌어내지 못한다. 테리도 잠깐 동안 메린의 뒷모습을 바라보지만 계속 쳐다볼 수가 없다. 밤이 숨 쉬는 모양, 부풀었다 줄어드는 모양이 마음에 들지 않는다. 전조등은 주물공장 아래 공터 한구석을 비추고, 테리는 젖은 풀들이 끊임없이 불안히 움직이며 어둠을 채찍질하는 모습이 마음에 들지 않는다. 열린 문 사이로 풀 소리를 듣는다. 동물원에 전시된 뱀들처럼 식식댄다. 아직도 옆으로 향하는 움직임, 가고 싶지 않은 어딘가로 무력하게 미끄러져 가는 느낌에 어렴풋하게 속이 뒤집힐 것 같다. 오른쪽 관자놀이의 아픔도 메스꺼움을 잊게 하진 못한다. 테리는 발을 들어 뒷좌석에 눕는다.

좀 낫다. 무늬 있는 갈색 커버 역시 살며시 저은 커피 속의 크림이 파도처럼 천천히 움직이듯 움직였지만 이건 괜찮다. 약에 취했을 때 보기에 좋은 것, 안전한 것이다. 젖은 풀잎들이 어둠 속에서 절정에 젖어 흔들리는 것 같지는 않다.

테리는 뭔가 생각할 게 있었으면 하고 바란다. 위로가 되는 생각. 불편한 마음을 진정하기 위해 꿈꿀 공상. 제작사 쪽에서는 다음 시즌 초대 손님 섭외도 다 해놓았다. 여느 때처럼 지금 뜨고 있는 사람들과 과거에 떴던 사람들, 흑인과 백인, 모스 데프와 데프 레퍼드, 일스와 크로우스 등 동물우화 같은 대중문화 분야에 나타난 모든 동물 이름들을 전부 섞어서 짜놓았다. 하지만 테리가 정말 고대하는 건 키스 리처즈의 출연이다. 다섯 달 전, 조니 뎁과 함께 바이퍼룸*에서 만났을 때 리처즈는 말했다. 테리의 쇼가 좆나 좋고, 자기도 좆나 나가고 싶다. 그래, 좆나 언제든지 불러만 달라. 왜 이렇게 좆나 오래 걸리나? 리처즈를 출연시키다니 정말 죽이겠다. 30분 동안 출연하는 거다. 폭스 방송국의 간부들은 평소의 포맷을 포기하고 이 쇼를 콘서트로 바꾸겠다는 테리의 착상을 싫어했다. 그러면 50만 명의 시청자가 레터맨 쇼로 채널을 바꾼다고. 하지만 테리가 우기는 한 간부들도 키스 리처즈의 닳고 닳은 밑이나 핥아야 했다.

잠시 후 그는 졸음에 빠져든다. 공상 속의 페리시는 키스 리처즈와 열광하는 관중들 앞에서 공연하고 있다. 아마 8만 명은 되는 듯하다. 웬일인지 군중들은 오래된 주물공장에 모여 있다. 두 사람은 '악마에게 동정을Sympathy for the Devil'을 연주하고, 테리가 리드 보컬을 맡았다. 믹 재거가 런던에 있기 때문이다. 테리는 마이크 앞으로 나가 펄쩍펄쩍 뛰는 열광스런 관중들에게 자기는 부와 교양을 갖춘 남자라고 말한다. 노래 가사지만, 또한 사실이다. 그러자 키스 리처즈는 자신의 텔레캐스터 기타를 들어 오래된 블루스를 연주하기 시작한다. 너덜너덜하고 목이 부러진 기타 솔로는 전혀 자장가 같지 않지만 테리 페리시의 마음을 가라앉히고 얕은 잠에 빠뜨릴 만큼 편안했다.

잠깐 깬다. 다시 길 위에 올랐을 때, 캐딜락이 매끄러운 리본 같은 밤길을 달리고 있을 때. 리가 운전대를 잡고 조수석은 비었다. 테리는 스포츠 코트를 도로 덮고 있다. 조심스럽게 무릎과 허벅지에 덮여 있다. 메린이 차로 돌아왔을 때 이렇게 해줬겠지. 평소에 걔가 잘하는 사려 깊은 행동이니까. 하지만 코트는 물에 푹 젖었고 더러우며 뭔가 무거운 게 코트 위에 얹혀 테리의 무릎 위에 올려져 있는 듯하다. 손으로 더듬어보니 타조알만 한 돌이 잡힌다. 철사 같은 풀과 오물이 묻어 있다. 이 돌은 의미가 있다. 메린이 여기 올려놓았다면 이유가 있겠지. 하지만

---

* 로스앤젤레스에 있는 유명 클럽으로 조니 뎁이 운영한다.

테리는 너무 어지럽고 술 때문에 머리가 무거워 이 농담을 이해할 수 없다. 테리는 돌을 바닥에 내려놓는다. 거기엔 마치 달팽이 내장처럼 끈적끈적한 게 묻어 있다. 테리는 손가락을 셔츠에 닦고 허벅지에 놓인 스포츠 코트를 쭉 편 다음 도로 기댄다.

거꾸로 떨어지다가 부딪친 왼쪽 관자놀이가 아직도 쿡쿡 쑤신다. 쓰리고 벗겨진 느낌이 든다. 왼손등으로 상처를 눌렀더니 또 피가 난다.

"메린은 잘 내렸어?"

테리가 묻는다.

"뭐라고?"

리가 되묻는다.

"메린 말이야? 우리가 걔를 잘 챙겨줬나?"

리는 한동안 아무 대답 없이 계속 차를 몬다. 그러다가 말한다.

"그래, 그래. 잘 챙겨줬지."

테리는 만족해서 고개를 끄덕인다.

"좋은 애야. 걔랑 이그랑 잘 헤쳐나가면 좋겠다."

리는 그저 운전만 한다.

테리는 또다시 키스 리처즈와 함께 열광적인 관중 앞 무대에 서 있는 꿈으로 스르르 미끄러진다. 그가 군중들을 위해 연주하듯 군중들도 그들을 위해 연주한다. 하지만 그때 의식의 맨 가장자리에서 비틀거리며 테리는 자기 마음속에 있는지도 몰랐던 질문을 한다.

"이 돌은 뭐야?"

리가 말한다.

"증거."

테리는 고개를 끄덕인다. 그게 합리적인 대답이라도 되듯이.

"잘했네. 가급적이면 감옥은 멀리해야지."

리는 웃는다. 거칠고 축축한 기침 같은 웃음소리. 목에 털뭉치가 걸린 고양이가 낼 법한 소리. 테리는 전에 얘가 이렇게 웃는 걸 본 적이 없다는 생각이 들어 거슬린다. 그때 테리는 무의식 속으로 빠져든다. 하지만 이번에는 꿈이 기다리고 있지 않다. 자면서도 찡그린다. 십자말풀이를 하다가 짜증 나는 실마리를 보고 궁리하는 사람이 지을 만한 표정을 짓는다. 대답을 알아내야 할 무언가가 있다.

한참 후에 눈을 뜨고 차가 움직이지 않는다는 사실을 깨닫는다. 사실 캐딜락은 주차한 지 한참 되었다. 테리가 어떻게 이 사실을 알았는지 모르겠지만, 어쨌든 안다.

빛이 다르다. 아직 아침은 아니지만 밤은 물러가며 벌써 별을 떠서 내다 버렸다. 뚱뚱하고 창백하며 산처럼 거대한 구름들, 지난밤에 불었던 폭우의 자투리들이 어둠을 배경으로 선명하게 떠간다. 테리가 옆 창문으로 올려보니 하늘이 훤히 보인다. 테리는 새벽 냄새를 맡는다. 비에 젖은 풀과 따뜻해진 땅의 향기. 일어나 앉아보고 리가 운전석의 문을 조금 열어놓고 나갔다는 사실을 깨닫는다.

테리는 바닥에 놓인 스포츠 코트에 손을 뻗는다. 여기 어딘가 있어야 할 텐데. 잘 때 떨어뜨린 모양이라고 생각한다. 연장 상자는 있는데 코트는 없다. 운전석이 앞으로 접혀 있어서 테리는 그리로 내린다.

팔을 옆으로 뻗으며 기지개를 켜자 등뼈에서 우두둑 소리가 난다. 그러다 가만히 멈춘다. 보이지 않는 십자가에 못 박힌 남자처럼 밤을 향해 두 손을 뻗은 채로.

리는 어머니의 집 계단에 앉아 담배를 피운다. 이제 얘 집이지. 테리는 기억해낸다. 리의 어머니는 6주 전에 죽어 땅에 묻혔다. 테리에게 리의 얼굴은 보이지 않는다. 다만 윈스턴 담배의 오렌지색 불빛뿐. 이유를 꼭 집어 말할 수는 없지만, 포치 계단에서 자신을 기다리는 리의 모습을 보니 테리는 왠지 불안하다.

"대단한 밤이었네."

테리는 말한다.

"아직 끝나지 않았어."

리가 들이마시자 담뱃불이 환히 타오른다. 순간적으로 테리는 리의 얼굴 한 부분을 본다. 나쁜 부분, 죽은 눈이 있는 부분. 아침 어둠 속에 그 눈은 하얗게 멀어 있다. 연기가 뿌옇게 낀 유리구슬.

"머리는 어때?"

테리는 손을 들어 관자놀이의 상처를 만지다 도로 내린다.

"괜찮아. 별거 아냐."

"나도 사고가 있었어."

"어떤 사고? 괜찮아?"

"난 괜찮아. 하지만 메린은 아냐."

"무슨 말이야?"

돌연히 테리는 축축하고 메스꺼운 숙취의 땀이 몸에서 솟아나는 것을 느낀다. 불쾌한 이슬이 맺히는 감각이다. 자기 몸을 내려다보니 셔츠에 진흙인지 뭔지 모르지만 까만 손자국이 나 있다. 어제 손을 셔츠에 닦았던 기억이 어렴풋이 떠오른다. 리를 돌아보고, 그에게서 무슨 말을 듣게 될지 갑자기 두려워진다.

"정말로 사고였어." 리가 말한다. "얼마나 심각한지 모르고 있다가, 너무 늦어서 메린을 구할 수 없었어."

테리는 결정적 대사를 기다리며 빤히 쳐다본다.

"너무 얘기가 빠른데, 친구. 무슨 일이 있었는데?"

"그걸 알아내야 해. 형과 내가. 형하고 내가. 내가 하고 싶은 얘기가 그거야. 우린 입을 맞춰야 해. 걔가 발견되기 전에."

테리는 여기서 할 수 있는 합리적인 행동을 한다. 즉 웃는다. 리의 유머감각은 건조하고 단조롭기로 유명해서, 만약 해가 중천에 뜨고 테리가 이처럼 상태가 나쁘지 않다면 즐겼을지도 모른다. 하지만 테리의 오른손은 리가 농담하고 있는 게 아니라는 사실을 안다. 오른손이 저절로 움직여 주머니 속을 더듬으며 휴대폰을 찾는다.

리가 부드럽게 말한다.

"테리 형, 정말 끔찍하다는 걸 알아. 하지만 농담 아니야. 우린 지금 진짜 곤란에 처했어. 우리 둘 다 잘못하지 않았어. 사실 누구의 잘못도 아니지. 하지만 지금 우리는 세상에서 가장 곤란한 두 사람이야. 그건 사고였어. 하지만 사람들은 우리가 걔를 죽였다고 하겠지."

테리는 다시 웃고 싶다. 하지만 이렇게 말한다.

"집어치워."

"그럴 수 없어. 형도 이 이야기를 들어야 해."

"걘 안 죽었어."

리가 담배를 빨자 불이 타오른다. 희미한 연기 같은 눈이 테리를 응시한다.

"걔가 취해서 내게 접근했어. 이그에게 복수하려는 방법이었다고 생각해. 옷을 벗더니 내게 안기는 거야. 밀어냈는데, 그럴 작정은 아니었어. 메린은 나무뿌리 같은 것에 걸려 넘어지더니 바위에 부딪쳤어. 난 그 자리를 떴다가 돌아왔는데, 끔찍했어. 형이 이 말을 믿을지 모르지만 내가 고의로 걔를 아프게 했다면 멀쩡한 눈이라도 뽑겠어."

테리가 허파 가득 들이마신 공기는 산소가 아니라 공포로 가득 차 있다. 테리는 마치 가스라도 되듯이, 공기 중으로 전파되는 유독약품이라도 되듯이 가슴 한가득 들이마신다. 위와 머리 양쪽에 빙빙 도는 느낌이 든다. 발밑의 땅이 기우는 느낌이 든다. 누군가에게 전화를 해야 한다. 전화를 찾아야 한다. 도움을 요청해야 한다. 위급 상태를 처리한 경험이 있는 침착한 전문가를 불러야 할 상황이다. 하지만 코트는 생각한 대로 바닥에 있지 않다. 앞좌석에도 있지 않다.

목덜미에 닿은 리의 손길에 테리는 벌떡 일어서며 비명을 내지른다. 부드러운 흐느낌 소리이다. 그러면서 리에게서 떨어진다.

"테리 형." 리가 말한다. "뭐라고 말할지 입을 맞춰야 해."

"맞출 건 아무것도 없어. 내 전화가 필요해."

"필요하면 집에 있는 전화 써."

테리는 리를 옆으로 밀치며 포치로 쿵쿵 걸어간다. 리는 담배를 던지고 별로 서두르는 기색도 없이 따라온다.

"경찰에 전화를 걸겠다면 말리지 않을게. 같이 가서 주물공장에서 경찰과 만나겠어." 리가 말한다. "어디에서 걔를 찾을 수 있는지 알려줄게. 하지만 형이 전화를 들기 전에 내가 경찰에게 뭐라고 말할지 알아두는 게 좋을 거야."

테리는 두 걸음만에 포치를 가로질러 방충문을 확 젖혀 열고 현관으로 들어간다. 어두운 현관 복도에 비틀거리는 발걸음을 내딛는다. 여기 전화가 있는지는 몰라도 온통 그늘이 져 볼 수 없다. 부엌은 왼쪽으로 이어져 있다.

"우리 모두 너무 취했어." 리가 말한다. "우리는 술에 취했고 형은 약에도 취했지. 하지만 걔가 제일 심했어. 가장 먼저 그 얘길 경찰한테 할 거야. 차에 탄 순간부터 우리 두 사람에게 접근했다고. 이그가 메린을 창녀라고 부르는 바람에 걔는 그 말에 따라 행동하기로 했다고."

테리는 건성으로 듣는다. 작은 식당을 재빨리 지나다 등받이가 곧은 의자에 무릎을 부딪쳐 비틀거리지만 참고 부엌으로 들어간다. 리가 뒤따른다. 목소리는 참을 수 없을 만큼 침착하다.

"메린은 젖은 옷 갈아입게 차를 세우라고 했어. 그러더니 전조등 앞에 서서 쇼를 했지. 그동안 형은 아무 말도 안 하고 그냥 쳐다보기만 했어. 이그가 자기를 그렇게 대했으니 복수하겠다고 하는 소리만 들으면서. 잠깐 동안 나를 집적거리더니 형에게로 가서 작업을 걸었지. 너무 취해서 형이 얼마나 화가 났는지 알 수 없었어. 형 무릎에 올라가서 춤을 좀 추다가 갑자기 테리 페리시가 집단섹스를 했다는 이야기를 타블로이드 신문에 팔면 얼마나 큰돈을 만질지에 대해 얘기했어. 이그에게 복수하는 가장 좋은 길이라며. 이그 얼굴을 보려고. 그 말에 형이 걔를 친 거야. 내가 무슨 일이 일어나는지 미처 파악하기도 전에 형이 걔를 때렸어."

테리는 부엌 카운터에 서 있다. 베이지색 전화기 위에 손을 대고. 하지만 들지는 않는다. 처음으로 고개를 들고 키가 크고 마른 리를 쳐다본다. 흰 금발머리와 끔찍하고 신비스러운 하얀 눈. 테리는 리의 가슴에 한 손을 얹고 벽 뒤에 쾅 부딪칠 정도로 세게 민다. 창문이 흔들린다. 리는 화난 기색도 없다.

"아무도 그런 개소리 안 믿어."

"사람들이 뭘 믿을지 누가 알아?" 리 토르노가 말한다. "돌에는 형 지문이 묻어 있는데."

테리는 리의 멱살을 잡고 벽에서 들었다가 한 번 더 내다꽂으며 오른손으로 꼼짝 못하게 누른다. 카운터에서 숟가락 하나가 바닥으로 떨어지며 쨍그랑 소리를 낸다. 리는 평정을 잃지 않고 그를 쳐다본다.

"형은 시체 바로 옆에다, 피우고 있던 두툼한 마리화나 담배도 떨어뜨렸어. 그래서 형의 얼굴을 긁어놓은 거지. 걔가." 리가 말한다. "반항하다가. 걔가 죽은 다음에 형은 걔 속옷으로 몸을 닦았어. 걔 팬티에는 형 피투성이야."

"도대체 무슨 좆 같은 소릴 하는 거야?"

테리가 묻는다. 팬티라는 단어가 숟가락처럼 허공에서 울린다.

"형 관자놀이의 긁힌 상처. 내가 그걸 걔 속옷으로 닦았어. 형이 정신을 잃은 사이에. 형이 이 상황을 이해했으면 좋겠어. 형도 나만큼이나 이 사건에 연루되어 있어. 어쩌면 나보다 더."

테리는 왼손을 들어 주먹을 쥐다가 자제한다. 리의 얼굴에는 진지한 표정이 떠올라 있다. 기대감으로 초롱초롱한 눈, 얇고 빠른 호흡. 테리는 리를 치지 않는다.

"뭘 기다려?" 리가 말한다. "해."

테리는 평생 화났다고 해서 다른 사람을 친 적이 없다. 서른 살이 다 되도록 주먹을 날린 적이 없다. 학교 운동장에서 싸움 한번 해본 적 없다. 학생들 모두가 그를 좋아했다.

"형이 나를 어떤 식으로든 상처 입힌다면, 내가 직접 경찰에 신고할 거야. 그러면 내겐 더 유리하게 보이겠지. 난 메린을 지키려다 형한테 맞았다고 하면 되니까."

테리는 리에게서 비틀비틀 뒷걸음치며 손을 내린다.

"난 간다. 변호사 댈 생각이나 해. 20분 후에 난 내 변호사랑 이야기할 거니까. 내 코트는 어디 있어?"

"돌이랑 같이 있지. 걔 팬티랑. 안전한 곳에. 여긴 아냐. 집에 오는 길에 다른 곳에 들렀어. 형이 나보고 증거를 모아서 없애라고 했지만 난 그러지 않았지……."

"아가리 닥치고……."

"난 형이 내게 뒤집어씌울지도 모른다고 생각했으니까. 계속 해봐, 테리 형. 경찰에 신고하라고. 하지만 형이 내게 똥을 먹인다면 나도 형을 물귀신처럼 끌고 들어갈 거야. 뒤집어씌울 거라고. 형은 지금 막 〈핫 하우스〉로 떴지. 이틀이면 로스앤젤레스로 돌아가서 영화배우들이나 속옷 모델들하고 어울릴 거야. 얼른 올바른 일을 해봐. 양심이야 만족하겠지. 하지만 기억해. 아무도 형 말 안 믿을 거야. 심지어 형 동생조차도 안 믿을걸. 형이 술과 약에 취해서 동생이 세상에서 가장 사랑하는 여자를 죽였다고 미워할 거야. 처음에는 믿지 않을지도 모르지. 하지만 걔한테 시간을 줘봐. 형은 20년 동안 감방에서 썩으면서 올바른 도덕심을 스스로 칭찬이나 해. 아무쪼록 그렇게 해. 걔가 죽은 지 벌써 네 시간은 됐어. 형이 여기서 깨끗한 척하려면 시체가 아직 식지 않았을 때 신고해야지. 적어도 그걸 은폐하려는 생각은 하지 않은 것처럼 보여야 할 테니까."

"널 죽여버리겠어."

테리가 속삭인다.

"그렇게 해." 리가 말한다. "좋아. 그럼 설명해야 할 시체가 두 개가 되겠네. 망해버려."

테리는 몸을 돌려 카운터 위에 놓인 전화를 자포자기의 심정으로 바라본다. 저 전화를 들고 신고하지 않는다면 인생에서 좋은 모든 것이 다 날아가버릴 것만 같다. 그런데도 팔을 들 수 없다. 무인도에 홀로 버려진 표류자가 되어 12킬로미터 상공 위에 반짝이는 한 점으로 날아가는 비행기를 보는 기분이다. 신호를 보낼 길도 없고, 구조를 받을 수 있는 기회는 저 멀리 파도에 휩쓸려 사라진다.

"아니면," 리가 말을 잇는다. "다른 식으로 사건이 일어난 걸 수도 있어. 형도 아니고, 나도 아니고 단지 지나가던 사람에게 살해된 거야. 그런 일은 항상 일어나니까. 뉴스에 매일 나오잖아. 우리가 걔 태운 것 본 사람 아무도 없어. 우리가 주물공장으로 들어가는 것 본 사람도 없고. 세상 사람들에게 형과 나는 모닥불 피운 후에 우리 집으로 와서 카드 좀 치다가 새벽 2시에 스포츠 프로그램 보면서 필름 끊긴 거야. 우리 집은 '피트'와 정반대 방향이니까. 우리가 거기 갔었다고 볼 이유가 없지."

테리의 가슴이 죄어오고 호흡이 가쁘다. 그 순간, 문득 이그가 천식 발작이 일어날 때 이런 기분이겠구나 생각한다. 전화를 집기 위해 팔을 들 수가 없다니 얼마나 우스운 일인가.

"자. 난 내 할 얘기를 했어. 기본적으로 이런 얘기야. 절름발이로 살든가, 겁쟁이로 살든가. 지금부터 무슨 일이 생기는지는 형에게 달렸어. 하지만 내 말 믿어. 겁쟁이가 좀 더 재미있을 거야."

테리는 움직이지도 않고 대답도 않고 리를 볼 수도 없다. 손목에서 맥만 뚝뚝 뛴다.

"이거 하나 말해주지." 리는 위로하듯 합리적인 어조로 말한다. "형이 지금 약물검사 받으면 통과 못해. 이런 식으로 경찰에 가고 싶진 않겠지. 잠도 끽해야 세 시간밖에 못 잤고, 맑은 정신으로 생각도 못해. 메린은 어차피 밤에 죽었어. 아침까지 생각 좀 해보지그래? 걔를 찾으려면 며칠은 걸릴 거야. 돌이킬 수도 없는 일을 서두르지 마. 어떻게 하고 싶은지 확실히 알 때까지 기다려."

무시무시한 이야기다. 걔를 찾으려면 며칠은 걸릴 거라니. 이 말에 메린의 모습이 마음속에 선연히 떠오른다. 양치류와 젖은 풀 사이에 누워 있는 메린. 눈에는 빗물이 고이고 풍뎅이 한 마리가 머리카락 속을 기어 다닌다. 그 다음에는 조수석에 앉은 메린의 기억이 잇따른다. 젖은 옷을 입고 떨면서 그를 수줍고 불행한 눈으로 돌아보던 메린. 태워주러 와서 고마워. 방금 내 목숨 구했어.

"집에 가야겠어."

테리가 말한다. 도전적이고 거칠며 정의감에 찬 목소리를 내려고 하지만 대신 목소리가 갈라져 속삭임이 되어버린다.

"그래." 리가 말한다. "태워다줄게. 하지만 가기 전에 내 셔츠 하나 줄게. 온통 피투성이니까."

리는 테리가 셔츠 앞섶에 문지른 얼룩을 가리킨다. 이제는 진주색 오팔 같은 새벽빛 속에서 마른 피라는 게 역력히 보인다.

손길 한 번에 이그는 다 보았다. 차에 두 사람과 함께 앉아 오래된 주물공장에 갔다 온 것처럼 다 보았다. 그 이상까지도. 30시간 후, 리의 부엌에서 테리가 리와 나누었던 필사적이고 애걸복걸하는 대화도 보았다. 믿기지 않을 정도로 화창하고 계절에 맞지 않게 시원한 날이었다. 아이들이 거리에서 고함을 지르고 몇몇 10대들은 옆집 풀장에서 첨벙첨벙 놀았다. 그 화창한 아침의 일상과 그날 이그는 감옥에 갇혀 있었고, 메린은 어딘가의 시체보관소에서 차가운 냉동 캐비닛에 누워 있었다는 사실을 대조해보면 너무 거슬릴 정도였다. 리는 부엌 카운터에 기대어 무표정한 얼굴로 바라보았고, 테리는 이 생각 저 생각, 이 감정 저 감정을 뛰어다녔다. 목은 가끔은 분노로, 가끔은 비참함에 메이는 듯했다. 리는 테리가 기운을 전부 소진할 때까지 기다렸다가 말했다.

경찰에선 형 동생 놔줄 거야. 침착하게 굴어. 법의학 증거가 맞지 않잖아. 공적으로 걔를 방면할 수밖에 없을 거야.

이 말을 하면서 황금색 배를 한 손에서 다른 손으로 던졌다.

무슨 법의학 증거?

신발 자국. 타이어 자국. 다른 게 또 있을지 누가 알아? 피도 있잖아. 걔가 나를 할퀴었을지도 몰라. 내 피는 이그와 맞지 않잖아. 그렇다고 경찰들이 내 피검사를 할 이유는 없지. 적어도 형은 내가 피검사를 받지 않기를 바라야 할 거야. 기다려. 여덟 시간 안에 이그를 놓아줄 거야. 주말까지는 누명이 풀릴 테고. 형은 조금만 더 가만히 입 다물면 돼. 그럼 형과 이그 둘 다 이 일에서 빠지게 될 거야.

경찰들 말로는 메린이 강간당했다고 하던데. 넌 걔를 강간했다는 얘기는 안 했잖아.

난 안 했어. 걔가 원하지 않았어야 강간이지.

리가 말했다. 그러면서 배를 한입 깨물었다.

그보다 더 나쁜 장면이 이그의 눈에 스쳐 지나갔다. 다섯 달 후에 테리가 시도했던 일. 형은 자기 집 차고에서 바이퍼의 운전석에 앉아 있었다. 창문은 내려져 있었고, 차고 문도 닫혀 있었으며, 엔진은 돌아갔다. 테리는 무의식 상태에서 꿈틀거렸고 연기가 주변에서 피어올랐다. 그때 뒤에서 차고 문이 드르륵 열렸다. 가정부는 한 번도 토요일에 일하러 온 적 없었지만, 그날만은 그 자리에 나타나서 운전석 너머에 있는 테리를 보고 아연실색하며 그의 드라이클리닝 세탁물을 가슴에 꼭 끌어안았다. 가정부는 쉰 살의 멕시코 이민자로 영어를 꽤 잘했지만 테리의 셔츠 주머니에서 삐죽 나와 있는, 접은 쪽지를 읽었을 리는 없었다.

관계자에게

지난해 제 동생 이그나티우스 페리시는 각별한 친구였던 메린 윌리엄스를 폭행하고 살해했다는 혐의로 체포되었습니다. **동생은 모든 혐의에서 무죄입니다.** 내 친구이기도 했던 메린은 리 토르노에 의해서 폭행당하고 살해되었습니다. 제가 이 사실을 아는 것은 저도 현장에 있었기 때문입니다. 저는 그가 범죄를 저지르는 것을 돕지는 않았습니다만 사건 은폐에는 공모했으며 더는 이렇게 살아갈 수……

이그는 더 보지 못했다. 이그의 손이 떨어지자 테리는 마치 전기 충격을 받은 것처럼 반응했다. 테리의 눈이 뜨였고, 홍채가 어둠 속에서 커다랗게 보였다.

"엄마?"

테리는 약에 절은 무거운 목소리로 말했다. 이그는 방이 어두워 테리 앞에 서 있는 어슴푸레한 형체 외에는 아무것도 구분할 수 없을 거라 생각했다. 이그는 칼자루를 쥔 손을 등 뒤로 숨겼다.

이그는 입을 벌려 뭔가 말하려 했다. 테리에게 다시 잠들라고 할 작정이었다. 이그가 할 수 있는 말 중에 가장 어색한 것이었다. 딱 한 가지만 빼면. 하지만 막상 입을 열었을 때는 피가 쿵쿵 뿔로 쏠리는 게 느껴졌다. 이그의 입에서 나온 목소리는 자기 것이 아니라 어머니의 목소리였다. 성대모사나 의식적으로 모방하는 게 아니었다. 어머니 목소리 그 자체였다.

"다시 자렴, 테리."

어머니의 목소리가 말했다.

이그 자신도 너무 놀라 뒷걸음치다 침대 옆 작은 테이블에 엉덩이를 쿵 부딪쳤다. 물잔이 전등에 살짝 부딪쳤다. 테리는 도로 눈을 감았지만 곧 일어나 앉기라도 할 듯 약하게 몸을 뒤척였다.

"엄마. 지금 몇 시야?"

이그는 형을 내려다보았다. 어떻게 엄마의 목소리를 끌어냈는지는 궁금하지 않았지만, 또다시 할 수 있을지는 확실히 알 수 없었다. 어떻게 했는지는 벌써 알았다. 악마는 항상 사랑하는 사람의 목소리로 말하고 그들이 가장 듣고 싶어 하는 이야기를 해주는 법이다. 혀의 선물, 악마가 가장 좋아하는 속임수.

"쉿"

뿔에는 압력이 가득 차고 목소리는 리디아 페리시의 목소리로 변했다. 쉬웠다. 생각할 필요도 없었다.

"쉿, 아들. 아무것도 할 필요 없어. 일어날 필요 없어. 쉬어. 몸이나 잘 챙기렴."

테리는 한숨을 쉬더니 이그에게서 돌아누우며 한쪽 어깨를 보였다.

이그는 각오를 단단히 하고 왔지만, 테리 형에게 동정심을 느낄 줄은 미처 생각지 못했다. 그렇다고 메린이 겪어야 했던 일들이 가벼워지지는 않겠지만 어떤 의미로, 정말 어떤 의미로 이그는 그날 밤 형도 잃어버린 것이었다.

이그는 어둠 속에서 웅크리고 앉아 이불을 덮고 모로 누운 테리를 바라보면서 새로이 나타난 자신의 마력을 생각해보았다. 마침내 입을 열자 리디아가 말했다.

"내일 집으로 돌아가렴. 네 삶으로 돌아가. 리허설도 해야 하잖니. 해야 할 일이 있잖아. 할머니 걱정은 마. 할머니는 좋아지실 거야."

"이그는 어쩌고?" 테리가 물었다. 형은 등을 돌린 채 낮은 목소리로 중얼거렸다. "이그가 어디 갔는지 알 때까지만 여기 있으면 안 되나? 걱정되는데."

"어쩌면 이그는 지금 혼자 있어야 할지도 몰라." 이그는 어머니의 목소리로 말했다. "지금이 어느 때인지 알잖니. 걔는 괜찮을 테고, 네가 일을 잘하길 바랄게 분명해. 네 자신을 좀 생각하렴. 한 번이라도. 내일 곧장 로스앤젤레스로 돌아가, 테리."

명령을 내리고, 뿔 뒤로 의지력을 밀어붙이자 양 뿔 끝이 기쁨으로 간질거렸다.

"곧장 돌아갈게." 테리가 말했다. "그럴게."

이그는 물러서며 햇빛을 향해 나갔다. 문을 나서기 전, 테리가 말했다.

"사랑해."

이그는 문을 잡았다. 목구멍에서 맥박이 이상하게 쿵쿵 뛰었고 호흡이 가빠졌다.

"나도 사랑해, 테리."

이그는 두 사람 사이의 문을 부드럽게 닫았다.

28

오후에 이그는 차를 몰고 작은 동네 식품점으로 가서, 치즈와 페페로니, 브라운 머스터드, 빵 두 덩이, 레드와인 두 병과 코르크 따개를 샀다.

　할아버지 안경을 쓴 가게 주인은 학자 같은 인상을 풍기는 노인으로 스웨터 단추를 전부 잠갔다. 주인은 카운터 뒤에 웅크려서 턱을 주먹에 괴고, 〈뉴욕 리뷰 오브 북스〉를 넘기고 있었다. 그는 이그를 무심히 쳐다보면서 물건을 계산했다.

　주인은 금전출납기의 버튼을 누르며, 이그에게 40년 동안 같이 산 아내가 알츠하이머를 앓고 있는데, 아내를 지하실 계단으로 꾀어내서 밀어버릴까 생각한다고 고백했다. 목이 부러지면 사고로 판정될 거라 확신한다고. 웬디는 몸으로 그를 사랑해주었고, 군대에 있을 때는 매주 위문편지를 썼으며, 예쁜 딸 둘을 낳아주었지만, 이제는 아내가 발광하는 소리를 듣고 씻겨주는 데 지쳤다고 했다. 또 보카레이턴에 사는 옛 친구 샐리와 같이 살고 싶었다. 아내가 죽으면 75만 달러에 달하는 보험금을 챙길 수 있고, 앞으로 여생이 얼마나 될지는 모르겠지만 샐리와 함께 골프와 테니스를 하면서 맛있는 식사를 즐길 수도 있다. 주인은 이그가 어떻게 생각하는지 알고 싶어 했다. 이그는 그랬다간 지옥불에서 활활 탈 거라고 대답했다. 가게 주인은 어깨를 으쓱하더니 물론 그렇겠지, 하고 대답했다.

주인은 러시아어로 말했는데, 비록 러시아어를 할 줄 모르고 공부한 적도 없었건만 이그 또한 러시아어로 대답했다. 하지만 뜬금없이 생겨난 이 유창한 외국어 실력에 크게 놀라지는 않았다. 어머니의 목소리로 테리와 말을 나눈 다음부터는 이 정도는 사소하게 보였다. 게다가 죄악의 언어는 보편적, 본디 에스페란토*였다.

이그는 금전출납기에서 나오면서 자기가 어떻게 테리 형을 속였는지, 마음속의 무엇이 테리 형이 듣고 싶었던 목소리를 끌어낼 수 있었는지 생각했다. 이 힘의 한계가 어디까지인지, 다른 사람의 마음을 엇나가게 할 수 있는지 궁금했다. 이그는 문 앞에 멈춰서 고개를 돌리고 가게 주인을 흥미롭게 바라보았다. 주인은 다시 카운터 뒤에 앉아 잡지를 들여다보고 있었다.

"전화 안 받아요?"

이그가 물었다. 가게 주인은 고개를 들고 이그를 쳐다보았다. 당황해서 미간이 찌푸려졌다. "울리잖아요."

뿔은 압력과 무게로 아주 기분 좋게 쿵쿵 뛰는 느낌이 났다.

가게 주인은 잠잠한 전화를 보고 얼굴을 찡그렸다. 그러고는 수화기를 들고 귀에 갖다 댔다. 방 건너편에서도 다이얼이 뚜뚜 울리는 소리가 똑똑히 들렸다.

"로버트, 샐리예요."

이그가 말했다.

하지만 입술에서 나오는 목소리는 이그의 것이 아니었다. 깊고 쉰 목소리였지만 분명히 여성의 목소리, 브롱크스 억양이 섞여 있었다. 무척 귀에 낯선 목소리였지만 이그는 이게 샐리 아무개라는 여자의 목소리임을 확신했다.

---

* 세계인이 공통으로 쓰기 위해 폴란드인 자멘호프가 1887년에 공표한 국제 보조어.

가게 주인은 영문을 모르겠다는 듯 얼굴을 찡그리더니 빈 전화선에 대고 말했다.

"샐리? 몇 시간 전에 통화했잖소. 장거리 전화요금 아낀다며."

뿔이 관능적인 희열의 상태로 고동쳤다.

"매일 전화할 필요 없으면 장거리 전화요금 아낄 수 있잖아요." 이그는 보카레이턴의 샐리 목소리로 말했다. "언제 여기 올 거예요? 기다리다가 사람 죽겠네."

가게 주인이 말했다.

"지금은 갈 수 없소. 웬디를 양로원에 보내려면 돈이 얼마나 드는지 아나?"

연결도 안 된 전화에 대고.

"우리가 록펠러처럼 살 건 아니잖아요? 굴 요리도 필요 없어요. 참치 샐러드면 충분해. 아내가 죽을 때까지 기다리겠다고 하지만 내가 먼저 가면 어떻게 해요? 그리고 우리 관계는 뭐예요? 더는 나도 젊은 여자가 아니에요. 당신도 젊은 남자가 아니고. 아내를 사람들이 돌봐줄 수 있는 병원 같은 데 집어넣어요. 그리고 비행기 타고 여기 당신을 돌봐줄 사람이 있는 데로 오라고요."

"아내에게 살아 있는 동안은 양로원에 보내지 않겠다고 약속했어."

"당신 아내는 이제 그 약속을 지키든 말든 알지 못해요. 당신이 아내랑 더 같이 있다간 무슨 일을 저지를까 두려워요. 우리 서로를 끌어안고 살 수 있는 죄를 짓도록 해요. 그게 내 부탁이예요. 비행기표 예약하면 연락해요. 그러면 내가 공항에 마중 나갈 테니까."

이그는 통신을 끊어버렸다. 무언가 누르는 듯, 따끔하면서도 달콤한 감각이 뿔에서 새어나갔다. 가게 주인은 귀에서 수화기를 떼고, 영 모르겠다는 듯 입술을 살짝 벌린 채 전화기를 들여다보았다. 단조로운 전화음이 뚜뚜 울렸다. 이그는 문으로 쓱 빠져나왔다. 가게 주인은 고개를 들지도 않았다. 이그에 대해서는 벌써 다 잊어버렸다.

이그는 굴뚝 속에 불을 지피고 첫 와인 병을 딴 다음에 숨 쉴 틈도 주지 않고 쭉 들이켰다. 향이 머리를 채워 어지러웠다. 달콤한 질식, 목을 조르는 사랑스러운 손. 이그는 계획을 세워야 한다고, 이제는 리 토르노를 대적할 적절한 대책을 마련해야 한다고 생각했다. 하지만 불을 바라보고 있는 동안에는 집중하기 영 어려웠다. 불꽃의 열락적 움직임에 마비되어버렸다. 이그는 소용돌이치는 불꽃과 굴러떨어지는 석탄의 오렌지빛에 경탄했고, 페인트 제거 인부가 오래된 페인트를 벗겨내듯 생각을 획 벗겨내는 와인의 씁쓸하고 거친 맛에 경탄했다. 그는 초조하게 염소수염을 잡아당기면서 그 느낌을 즐겼고, 수염이 있어 다행이라 생각했다. 점점 숱이 적어지는 머리도 수염이 있어서 받아들일 만했다. 이그의 어린 시절 영웅들은 모두 턱수염이 있는 사람들이었다. 예수, 에이브러햄 링컨, 댄 해거티*.

"턱수염이라." 이그는 웅얼거렸다. "얼굴 털 하나는 복받았지."

두 번째 와인 병을 기울였을 때 불이 속삭이는 소리를 들었다. 계획과 대책을 제안하고, 부드럽고 식식대는 목소리로 격려를 해주며 신학적인 주장을 늘어놓는 불. 이그는 머리를 비스듬히 기울이고 불의 소리에 귀를 기울였다. 매혹의 상태에 빠져 주의 깊게 귀를 기울였다. 가끔은 동의한다는 뜻으로 고개를 끄덕이기도 했다. 불의 목소리는 무척 합리적인 이야기들을 했다. 그 후 한 시간 동안 이그는 많은 것들을 배웠다.

어두워진 다음에 용광로 문을 열어보니 충성스러운 이그의 추종자들이 저 너머 방에 우글우글 모여서 말씀을 듣기를 기다리고 있었다. 이그

---

* 그리즐리 애덤스라는 캐릭터로 유명한 미국의 영화배우. 전직 사육사 출신으로 동물을 잘 다루어 동물영화에 다수 출연했다.

가 굴뚝에서 나오자, 꾸물거리는 양탄자 같은 뱀떼(적어도 천 마리는 넘는 뱀들이 서로 겹쳐 있거나 미친 듯 얽혀 있었다)들은 그를 위해 바닥 한가운데 벽돌 더미까지 길을 터주었다. 이그는 작은 언덕 위에 올라 쇠스랑과 와인 병을 들고 자리를 잡았다. 그는 낮은 둔덕 위에 앉아 설교를 시작했다.

"영혼이 파괴되거나 소진되지 않도록 보호받아야 한다는 건 신앙의 문제이다." 이그는 뱀들을 향해 말했다. "그리스도는 직접 사도들에게, 그들의 영혼을 지옥에서 파괴할 자신을 경계하라고 경고했다. 나는 너희에게 그런 운명은 수학적 불가능성이라고 충고하겠다. 영혼은 파괴되지 않을 수도 있다. 영혼은 영원히 갈 수도 있다. 숫자 파이π처럼 끊임없이, 혹은 결말 없이 이어진다. 파이처럼 상수이다. 파이는 무리수라서 분수가 될 수 없고, 자기 자신으로 나누어질 수도 없다. 이처럼 영혼도 딱 한 가지만을 표현하는 무리수적이고 나눌 수 없는 등식이다. 파괴될 수 있다면 영혼은 악마에게 아무런 소용이 없다. 흔히 말하듯, 사탄의 보살핌 아래 놓이면 영혼은 잃어버리지 않는다. 항상 악마는 어디에 손을 두어야 할지 정확히 안다."

굵은 갈색 밧줄 같은 뱀 한 마리가 감히 벽돌 더미를 올라오려 했다. 이그는 신발도 신지 않은 왼발 위로 뱀이 지나가는 걸 느꼈지만 신경도 쓰지 않고, 대신 앞에 모인 신도들의 영적 욕구에 주의를 기울였다.

"사탄은 오랫동안 적으로 알려졌지만, 신은 악마보다 여자를 더 두려워하지. 그리고 그럴 만하다. 여자는 생명을 이 세계에 가져올 힘이 있으니 참으로 남자가 아닌 창조자의 형상을 따 만들어졌다. 그리고 어느 모로 보나 여자는 예수 그리스도보다 남자의 숭배의 대상이 될 가치가 있음을 보여주었다. 그리스도는 그저 세상의 종말을 갈망했던 수염 덥수룩한 광신자일 뿐. 신은 인간을 구원하지만, 지금 여기에서가 아니다. 신의 구원은 선불 예약되어 있을 뿐이다. 모든 사기꾼처럼 신 또한 지금 대가를 치르고, 나중에 보상을 받으라는 신앙을 가지라고 한다. 여자는 다른 종류의 구원, 더 즉각적이고 충만한 구원을 준다. 그들의 사랑을 저 멀고 정의하기도 힘든 영원을 위해 미뤄두지 않고, 여기 지금 선물로 선사한다. 종종 그럴 만한 자격이 없는 사람들에게까지 준다. 내 경우에도 그러했다. 많은 사람에게도 그러하다. 악마와 여자는 애초부터, 사탄이 뱀의 형상을 하고 처음 아담에게 진정한 행복은 기도가 아니라 이브의 음부 안에 있다고 속삭였을 때부터 신에 대항하는 동맹군이었다."

뱀들은 몸을 뒤틀며 식식거렸고 이그의 발치 자리를 차지하려 다투었다. 거의 환락에 가까운 상태에서 서로 물어댔다.

발치에 있던 굵은 갈색 뱀이 이그의 발목을 칭칭 감기 시작했다. 이그는 몸을 숙여 뱀을 한 손으로 들어 올린 다음 들여다보았다. 등을 한 줄로 가로지르는 오렌지색 선 이외에는 온통 마르고 죽은 가을 나뭇잎 색깔이었고, 꼬리 끝에 짧고 먼지 낀 방울이 달려 있었다. 클린트 이스트우드 영화 말고 직접 방울뱀을 본 것은 이번이 처음이었다. 뱀은 허공에 들리는 데도 가만히 있으면서 빠져나가려 하지 않았다. 뱀은 황금 눈으로 이그를 쳐다봤다. 길고 찢어진 홍채가 달린 금속 포일 같았다. 검은 혀가 날름거리면서 공기 맛을 보았다. 차가운 피부는 눈 위를 덮는 눈꺼풀 밑의 근육처럼 헐거운 느낌이었다. 꼬리(어쩌면 꼬리라고 표현하는 게 잘 못되었는지도 모른다. 몸 전체가 꼬리고 앞에 머리만 달린 걸지도 모르니까)는 이그의 팔 위로 늘어졌다. 잠시 후, 이그는 뱀을 감아 어깨에 올려놓았는데, 헐렁한 스카프나 매듭짓지 않은 넥타이를 두른 듯했다. 뱀의 방울이 웃통을 벗은 가슴 위에 놓였다.

그는 청중을 쳐다보다가 무슨 말을 하려고 했는지 잊어버렸다. 머리를 뒤로 젖히고 와인을 한 모금 마셨다. 타는 듯한 술이 목구멍을 내려갔다. 삼켜버린 달콤한 불꽃. 그리스도는 적어도 악마의 음료를 사랑했던 것만은 옳았다. 에덴동산의 열매처럼 자유와 지식과 어떤 파괴를 가져다준다. 이그는 연기를 내쉬고 하려던 말을 기억했다.

"내가 사랑하고, 나를 사랑했던 여자가 어떤 종말을 맞았는지 보라. 목에 예수의 십자가를 걸고 있었고 교회에도 성실히 나갔다. 그러나 교회는 모금함에서 그녀의 돈을 갈취하고 면전에 대고 죄인이라고 부르는 것이외에 아무것도 해준 게 없지. 마음속에 예수를 매일같이 모셨고 밤마다 주님께 기도했건만 어떤 은혜를 주었는지 보라. 십자가에 매달린 예수. 수없이 많은 이들이 십자가에 매달린 예수를 위해 울지. 예수만큼 고통받은 사람이 없는 양. 수백만의 사람들이 더 심한 고통을 당하고 기억되지 못한 채 죽어간 적 없는 양. 내가 빌라도의 시대에 살았더라면 주의 옆구리에 직접 기쁘게 창을 꽂고 그의 고통을 자랑스러워 했을 것이다.

메린과 나는 부부나 다름없었다. 하지만 그녀는 나보다 더 많은 것을 바랐다. 자유와 삶, 자기 자신을 발견할 기회를 바랐어. 그녀는 다른 연인을 바라고 나 역시 다른 연인을 만나기를 바랐어. 그 때문에 나는 메린을 증오했지. 신도 마찬가지야. 그녀가 다른 남자에게 다리를 벌릴지도 모른다는 생각만으로도 얼굴을 돌려버렸지. 메린이 강간당하고 살해당하면서 주님의 이름을 애타게 부를 때도 못 들은 척했어. 분명히 이게 그녀가 치러야 할 대가라고 생각했던 거야. 이제 신은 상상력 없는 대중소설가처럼 보인다. 가학적이고 타락한 플롯 주변에 이야기를 만들어놓고, 여성의 힘에 대한 자신의 공포를 표현하기 위해 존재하는 서사를 만들지. 누구를 어떻게 사랑할까를 직접 선택할 수 있고, 신이 정해준 대로가 아니라 자신이 옳다고 믿는 대로 사랑을 정의할 수 있는 힘을 가진 여자가 무서워서. 이 작가는 그의 이야기에 등장하는 인물들을 가질 만한 가치가 없어. 악마는 태초의 문학평론가, 이 재능 없는 낙서꾼에게 응당 받아야 할 혹평을 가한 자이지."

목을 감은 뱀은 머리를 떨어뜨리고 사랑스럽게 이그의 허벅지 위를 기었다. 이그는 뱀을 부드럽게 어루만지며 이제 핵심, '불의 설교'의 정점에 이르렀다.

"오로지 악마만이 있는 그대로 인간을 사랑하고, 서로 해하려는 교활한 계획과 수치 없는 호기심, 자제력 부족, 허가만 내리면 즉시 규칙을 깨고자 하는 충동, 섹스 때문에 불멸의 영혼을 기꺼이 저버리려는 의지를 기뻐하는 법이지. 악마는 사랑을 위해 영혼을 걸 수 있는 용기를 지닌 자만이 영혼을 가질 자격이 있다는 것을 알아. 신은 모르는데도.

그렇다면 신은 어떻게 되는가? 신은 인간을 사랑한다고 우리는 배웠지. 하지만 사랑은 추론이 아니라, 사실에 의해서 증명되어야만 하는 거야. 만약 우리가 배에 타고 있으면서도 빠져 죽는 사람을 구하지 않는다면 분명히 지옥불에 떨어지겠지. 하지만 지혜로운 신은 고통받는 한순간으로부터 누구를 구하기 위해 자신의 힘을 쓸 필요도 느끼지 않는데, 이러한 무위에도 찬양과 숭배를 받지. 거기에 무슨 도덕적 논리가 있는지 알려줘봐. 그럴 수 없을걸. 아무것도 없으니까. 오로지 악마만이 이성을 가지고 활동하지. 감히 사랑하고 감정을 느끼려고 한 사람들에게 이 세상을 지옥으로 만들어버린 자들을 응징하리라 약속하며.

신이 죽었다고 주장하진 않겠어. 신은 아주 멀쩡히 살아 있지만 구원을 줄 위치에 있지 않아. 범죄에 가까운 무관심으로 자기가 저주받을 처지지. 보호를 제공하기 전에 충성의 맹세와 숭배를 요구한 그 순간 신은 잃어버린 거야. 분명히 깡패들이나 할 거래지. 반면 악마는 절대로 무관심하지 않아. 악마는 항상 죄악을 지을 준비가 되어 있는 자들을 도우러 이 자리에 있지. 죄악을 짓는 것을 다른 말로는 '산다'라고 해. 악마의 전화선은 항상 열려 있어. 교환수들도 대기하고 있지."

이그의 어깨를 감고 있는 뱀은 이 말에 찬성하듯 캐스터네츠처럼 방울을 살짝 흔들었다. 이그는 한 손으로 뱀을 들어 차가운 머리에 입을 맞추고 내려놓았다. 이그가 굴뚝으로 돌아가려고 하자 발밑에 들끓던 뱀들은 길을 터주었다. 쇠스랑을 해치 문 바로 바깥벽에 기대놓고 안으로 기어

들어갔지만 휴식을 취하진 않았다. 잠시 불 옆에서 닐 다이아몬드 성경을 읽었다. 이그는 읽기를 멈추고 염소수염을 불안스레 꼬면서 섬유를 혼합해 옷을 만들 것을 금했던 '신명기'의 계율을 생각해보았다. 성경에서 말썽이 되는 부분이었다. 생각이 필요한 문제였다.

"오로지 악마만이, 인간이 넓은 범위 안에서 가볍고 편안한 스타일을 선택할 수 있도록 하지."

이그는 웅얼거리며 새로운 격언을 만들어내려고 했다.

"폴리에스테르에게는 용서가 없을지도 모른다. 이 문제에 대해서 사탄과 하느님은 뜻을 같이한다."

29

이그는 탕 소리와 금속성의 비명에 잠에서 깼다. 숯 냄새나는 암흑 속에 앉아 눈을 비볐다. 불은 오래전에 꺼졌다. 실눈을 뜨고 누가 해치 문을 열었는지 보려다가 강철 렌치를 입에 맞았다. 머리가 옆으로 툭 꺾일 만큼 강한 일격이었다. 혀에 딱딱한 덩어리가 구르는 게 느껴졌다. 이그는 더러운 핏줄기를 찍 뱉었다. 치아도 함께 나왔다. 세 개.

검은 장갑을 낀 손이 굴뚝 안으로 들어와 이그의 머리카락을 잡고 용광로 바깥으로 질질 끌고 나갔다. 나가면서 머리가 철문에 쿵 부딪쳤다. 이그는 콘크리트 바닥에 세게 내던져졌다. 힘들게 윗몸을 일으키려 했으나, 앞코에 금속을 댄 검은 부츠에 옆구리를 맞았다. 팔이 풀리고 앞으로 고꾸라지면서 턱이 콘크리트 바닥에 쾅 부딪쳤다. 이빨이 마치 영화 촬영장의 클랩보드처럼 덜거덕거렸다. 666번 신, 테이크 원, 레디, 액션!

쇠스랑. 쇠스랑을 용광로 바로 바깥 벽에 세워두었다. 이그는 몸을 굴려 쇠스랑 쪽으로 향했다. 손가락이 손잡이를 쳐서 쟁 하는 소리와 함께 쇠스랑이 바닥으로 넘어졌다. 창살을 잡았을 때 리 토르노가 부츠 뒤꿈치로 이그의 손을 밟았다. 뼈가 우두둑 가볍게 부러지는 소리가 났다. 누가 마른 나뭇가지를 한 움큼 꺾는 듯한 소리였다. 고개를 들어 리를 바라보자, 리가 또 렌치를 내려쳤다. 렌치는 정확히 뿔 사이에 맞았다. 하얀 섬광 폭탄이 이그의 머릿속에서 터졌다. 환히 타오르는 인광과 함께 서

계가 사라졌다.

눈을 떠보니 옛날 주물공장 바닥이 이그의 밑에서 미끄러져 가고 있었다. 아니, 리에게 멱살이 잡혀 질질 끌려가고 있었다. 무릎이 콘크리트 바닥에 쓸렸다. 양손은 몸 앞으로 모아 손목 부분에서 묶였다. 테이프 같았다. 일어나려고 했지만 간신히 한쪽 다리를 앞으로 찼을 뿐이었다. 세계는 지옥 같은 매미 울음소리로 가득했는데, 그 소리가 머릿속에서 나는 것임을 깨닫기까지는 한참 걸렸다. 밤에는 매미가 울지 않는다.

옛날 주물공장을 말하면서 안팎을 나누는 것은 의미가 없었다. 주물공장엔 지붕이 없었다. 안이 곧 바깥이었다. 하지만 이그는 문으로 질질 끌려 나가면서, 비록 무릎 밑에 먼지 낀 콘크리트 바닥이 아직 있지만 우리는 바깥의 밤으로 나가는 거라 생각했다. 머리를 들 수는 없었지만 트인 공간의 인상, 모든 벽을 뒤에 놔두고 간다는 인상이 남았다. 어딘가 가까운 곳에서 리의 캐딜락이 공회전하는 소리가 들렸다. 이그는 건물 뒤, 이벨 크니벨 길에서 멀지 않은 곳이라고 짐작했다. 핏속에서 헤엄치는 도마뱀처럼 혀가 입안에서 질척질척 움직였다. 혀끝이 이 빠진 자리에 닿았다.

뿔의 힘을 쓰려면 리가 여기 온 목적을 행하기 전, 지금 써야만 할 터였다. 하지만 입을 벌려 말하려고 하면 온몸을 맷돌로 가는 고통이 검은 충격으로 밀려왔고 비명조차 지를 수 없었다. 턱이 산산조각 난 듯했다. 보글거리는 피가 입술에서 흘러내렸고, 이그는 멍하니 고통스러운 신음을 내뱉었다.

콘크리트 계단 꼭대기에 이르자, 리는 숨을 거세게 쉬었다. 리는 그곳에서 멈췄다.

"젠장, 이그." 리가 말했다. "이렇게 무거운 줄 몰랐잖아. 난 이런 일에는 어울리지 않는다고."

리는 이그를 계단 밑으로 굴렸다. 첫 단에 어깨가 닿았고, 두 번째 단에는 얼굴이 부딪쳤다. 턱이 다시 한 번 부러지는 것 같았다. 이번에는 어쩔 수 없었다. 이그는 소리를 질렀다. 자갈을 긁듯 귀에 거슬리고 목졸린 듯한 소리를. 이그는 바닥까지 계속 굴러 흙구덩이 속에 코를 박았다.

정신이 들었을 때는 완전히 침착함을 되찾았다. 침착하게 가만히 있는 것이 세상에서 가장 중요하게 느껴졌다. 뭉개진 얼굴에서 진동하는 검은 고통이 잦아들기를 기다렸다. 적어도 조금이라도. 저 멀리 부츠 신은 발을 질질 끌며 콘크리트 계단을 내려와 흙바닥을 저벅저벅 걸어가는 소리가 들렸다. 차 문이 열렸다. 차 문이 쾅 닫혔다. 부츠 발이 다시 저벅저벅 걸어왔다. 짤랑하는 소리와 공허하게 철렁대는 소리가 들렸다. 이그는 둘 다 무슨 소리인지 가늠할 수 없었다.

"여기 오면 네가 있을 줄 알았지." 리가 말했다. "더 멀리 갈 수는 없었던 거야?"

이그는 힘겹게 고개를 들어 올려다보았다. 리가 그의 옆에 주저앉아 있었다. 리는 검정색 청바지와 하얀 셔츠 차림이었다. 셔츠를 돌돌 걷어 가늘고 강한 팔뚝이 드러났다. 얼굴은 침착했고, 기분 좋아 보이기까지 했다. 한 손으로는 굽슬굽슬한 금발 가슴털 사이에 놓여 있는 십자가를 멍하니 만지작거렸다.

"두 시간 전에 글레나가 전화했는데, 여기 오면 널 찾을 줄 알았어." 리의 입가에 미소가 번득였다. "아파트에 와봤더니 엉망진창이 되어 있었다는군. 텔레비전은 발로 차서 뒤집혀 있고, 여기저기 쓰레기가 널려 있고. 내게 곧바로 전화했지. 막 울더라, 이그. 아주 비참했어. 어쨌든 네가 우리(이걸 정확히 뭐라고 해야 할까?), 우리의 주차장 밀회를 알아내서 자기를 싫어하게 된 것 같다고. 네가 자해라도 할까 두려워하던데? 난 글레나한테 네가 걔를 해칠까 더 두렵다고 했어. 나랑 같이 밤을 지내는 게 어떻겠냐고. 걔가 날 거절했다는 게 믿어지냐? 글레나가 너는 무섭지 않다고, 나와 걔 사이에 뭔가 더 있기 전에 너랑 얘기를 해야겠다고 하더라. 순진한 글레나, 참 착해. 필사적으로 남의 기분을 맞추려고 해서 그렇지. 너무 빈틈이 많단 말이야. 완전히 걸레고. 내가 이제까지 만난 사람 중에서 두 번째로 쓰고 버리기 쉬운 인간이지. 첫 번째는 너고."

이그는 깨진 턱을 잊어버리고 글레나에게서 손 떼라고 말하려 했다. 하지만 입을 벌리자, 이 모든 말은 또 다른 비명 소리만 될 뿐이었다. 고통이 깨진 턱뼈에서 발산되는 듯했고, 그와 함께 암흑이 밀려오더니 시야 가장자리에 모여들어 주변으로 점점 좁혀들었다. 이그는 숨을 내쉬었다. 콧구멍 사이로 피가 쏟아졌다. 하지만 암흑과 싸우면서 의지력으로 저 멀리 밀어버렸다.

"에릭 해니티는 오늘 아침 글레나의 집에서 무슨 일이 있었는지 기억 못하던데."

리가 어찌나 부드러운 목소리로 말했는지, 하마터면 이그는 그 목소리를 그리워할 뻔했다.

"왜 그런 거지, 이그? 네가 뜨거운 물을 던져서 반 기절했었다는 것 말고는 기억을 못해. 하지만 그 아파트에서 뭔가 있었지. 싸움? 아니면 뭐든지. 에릭을 오늘 밤 같이 데리고 올걸 그랬나. 네가 죽는 꼴을 보면 좋아했을 텐데. 에릭 얼굴에 꽤 심한 화상을 입혔더군. 더 심했더라면 병원에 가서 어쩌다 다쳤는지 거짓말해야 할 뻔했어. 하지만 애초에 글레나의 아파트에 가면 안 됐지. 가끔 그 친구는 법을 존중할 줄 모른다는 생각이 들어." 리는 껄껄 웃었다. "하지만 에릭을 여기 끼워주지 않는 게 가장 좋을 수도 있어. 이런 종류의 일은 증인이 없으면 없을수록 쉬우니까."

리는 두 손목을 무릎 위에 올려놓았다. 오른손에 든 렌치, 5.5킬로그램짜리 녹슨 철 덩어리가 대롱대롱 흔들렸다.

"에릭이 글레나의 아파트에서 있었던 일을 기억 못하는 이유를 알 것도 같아. 머리에 쇠냄비를 맞았으니 사람 기억이 날아갈 법도 하지. 하지만 네가 어제 의원 사무실에 왔을 때 생겼던 일은 어떻게 이해할지 모르겠단 말이야. 네가 들어오는 모습을 세 사람이 봤어. 안내 직원 쳇, 엑스레이 검사하는 캐머런, 그리고 에릭까지. 네가 떠나고 5분 후부터 네가 거기 왔었다는 걸 기억하는 사람이 없어. 오직 나뿐이야. 심지어 에릭은 내가 비디오를 보여주기 전에는 네가 왔었다는 사실 자체를 믿지 않으려 했다니까. 게다가 다른 것도 있어. 그 비디오 말이야. 비디오가 이상하게 보여. 테이프가 고장이라도 난 양……."

그는 말꼬리를 흐렸다. 그러더니 한참 생각에 잠겨 아무 말하지 않았다.

"왜곡된 것 같다는 거지. 오직 네 주변만. 그 테이프에 무슨 짓을 한 거야? 그 사람들에게는 또 무슨 짓을 했고? 그럼 어째서 나한테는 영향이 없지? 그걸 알고 싶어." 이그가 대답하지 않자, 리는 렌치를 들어 그의 어깨를 쿡 찔렀다. "내 말 듣고 있냐, 이그?"

이그는 리가 떠들어대는 동안 한 마디도 놓치지 않고 들으면서 마지막 남은 힘을 끌어모아 준비를 갖추었다. 그는 몸 아래로 무릎을 당겨놓고 숨을 죽이면서 적당한 순간만을 기다렸다. 마침내 때가 왔다. 이그는 벌떡 일어서며 렌치를 한쪽으로 쳐내고, 리에게 덤벼들어 어깨로 리의 가슴을 꼼짝 못하게 밀면서 뒤로 넘어뜨렸다. 이그가 두 손을 들어 리의 목을 조르려는 순간……

둘의 피부가 맞닿은 순간 이그는 비명을 지를 뻔했다. 이그는 리의 머릿속에 들어가 있었다. 다시 한 번 놀스 강 속에 잠겨 있는 기분이었다. 밀려오는 검은 급류에 빠져 차갑고 포효하는 어둠의 장소로 끌려 들어가며 필사적으로 몸부림쳤다. 그 한순간의 접촉으로 이그는 모든 것을 알게 되었다. 알고 싶지 않은 것, 멀리 쫓아 보내고 싶은 것, 몰랐던 상태로 되돌리고 싶은 것.

리는 아직도 렌치를 들고 있었다. 리가 렌치를 휘둘러 이그의 배를 때리자, 콜록콜록 기침이 터져나왔다. 이그는 리의 목을 놓았지만 옆으로 밀리면서 리가 목에 걸고 있던 황금 목걸이를 잡아챘다. 목걸이는 소리도 내지 않고 끊어졌다. 십자가는 멀리 밤 속으로 날아갔다.

리는 이그의 몸에서 꿈틀꿈틀 빠져나와 일어섰다. 이그는 팔꿈치와 무릎을 땅에 댄 채 엎드려 숨을 쉬려고 했다.

"내 목 졸라봐라, 염병할 새끼."

리는 이그의 옆구리를 찼다. 갈빗대가 부러졌다. 이그는 신음하며 얼굴부터 앞으로 쓰러졌다.

리는 곧 두 번째 발길질을 하고, 또다시 발길질했다. 세 번째 발길질은 이그의 허리에 박혔고, 충격적인 고통이 신장과 창자를 따라 퍼져나갔다. 뒤통수에 축축한 게 느껴졌다. 침. 그러다 잠시 리는 잠잠해졌고 둘 다 숨을 돌릴 기회를 얻었다.

마침내 리가 말했다.

"네 머리에 난 그 빌어먹을 거 뭐야?" 순수하게 놀란 목소리였다. "세상에, 이그. 그거 뿔이냐?"

아픔이 파도처럼 밀려오고, 등과 옆구리, 손, 얼굴이 참을 수 없이 쓰려 이그는 몸을 떨었다. 왼손으로 검은 땅을 고랑처럼 파 흙먼지를 그러모으며 멀어지는 의식을 붙들려고, 매 순간 명료한 정신을 찾기 위해 싸웠다. 리가 방금 뭐라고 했지? 뿔에 대해 뭐라고 한 것 같은데.

"그게 비디오에 나왔던 거야." 리는 약간 숨을 헐떡이며 말했다. "뿔. 세상에, 씹할. 테이프가 잘못된 줄 알았지. 하지만 테이프가 잘못된 게 아니었어. 네가 잘못된 거였어. 지금 생각하니 어제 그걸 본 것도 같은데. 내 나쁜 눈으로 봤을 때, 본 것도 같아. 그 눈으로는 모든 게 그저 그림자 같지만 널 보았을 때, 허……."

리는 말꼬리를 흐렸고 두 손가락을 목에 댔다.

"거 참 놀랍군."

이그가 눈을 감자, 환히 빛나는 놋쇠로 된 톰크라운 약음기가 보였다. 소리를 줄이기 위해 트럼펫 속에 넣는 것. 마침내 뿔의 약음기를 찾았다. 메린의 십자가는 신호를 죽이고, 리 토르노 주위에 보호막을 만들어 뿔의 힘이 통과할 수 없도록 막아주었던 것이다. 십자가가 없어지자 리도 마침내 뿔에 노출되었다. 이제 와서 이 사실을 이용하기엔 당연히 너무 늦었다.

"내 십자가." 리는 아직도 목을 만지고 있었다. "메린의 십자가. 네가 망가뜨렸어. 나를 목 조르려다가 망가뜨렸어. 너무 주제넘잖아, 이그. 난 들 네게 이렇게 하고 싶은 줄 알아? 아니야, 아니라고. 내가 이런 짓을 하고 싶은 사람은 옆집에 사는 꼬맹이야. 갠 뒷마당에서 일광욕하기 좋아하는데, 난 가끔 침실 창문으로 훔쳐보지. 성조기 그려진 비키니 입은 모습 보니까 진짜 숫처녀 같더라. 예전에 메린을 생각하던 식으로 걜 생각해. 그렇다고 걜 어떻게 하겠다는 건 아니지. 위험이 너무 크니까. 우린 이웃이니까 자연스레 내가 용의자가 될 거야. 먹는 자리에서 똥 쌀 순 없잖아. 하지만 만약 걸리지 않고 빠져나갈 수 있다고 네가 생각한다면…… 만약…… 넌 어떻게 생각해, 이그? 내가 걜 어떻게 해야 한다고 생각해?"

이그는 부러진 갈빗대 속의 검은 바퀴살 같은 고통과 턱과 손에서 부풀어 오르는 열기를 통해 리의 목소리가 이제는 다르다는 사실을 깨달았다. 리는 꿈꾸듯, 혼잣말하는 어투로 말하고 있었다. 뿔은 이제 리에게도 힘을 발휘하고 있었다.

이그는 고개를 젓고 부정의 의미로 고통스러운 소리를 냈다. 리는 실망한 얼굴이었다.

"역시, 그건 좋은 생각이 아니지? 하지만 이거 알아? 며칠 전 글레나를 여기로 끌고 올 뻔했어. 네가 믿지 않겠지만 그러고 싶었다니까. '스테이션하우스' 술집에서 같이 나올 때, 글레나는 술이 꼭지까지 올랐지. 그러면서 내게 집에 태워달라고 할 참이더라. 대신 나는 여기로 데리고 와서 그 뚱뚱한 젖퉁이랑 한 판 하고 머리를 때린 다음 놓고 가면 어떨까 생각했지. 당연히 의심은 네가 또 받을 테고. 이그 페리시가 다시 발작해서 여자친구를 죽였다고 그러겠지. 하지만 그때 글레나가 획 맛이 가서 주차장에서, 남자 서너 명이 빤히 보는 앞에서 입으로 해주더라니까. 그래서 할 수가 없었지. 너무 많은 사람들이 우리가 같이 있었다고 증언해줄 테니까. 뭐, 하지만 다른 날이 있겠지. 글레나 같은 여자애가 당할 만한 일이지. 랩 악보 갖고 다니고, 문신하고, 술 너무 많이 마시고, 마약 너무 많이 피우고. 그런 애들은 항상 사라지잖아. 여섯 달 지난 후에는 사람들이 이름도 기억 못하지. 하지만 오늘 밤, 이그. 오늘 밤은 말이야. 적어도 널 잡았으니까."

리는 몸을 숙이고 이그의 뿔을 잡아 잡초 숲으로 질질 끌고 갔다. 이그는 발버둥 칠 힘도 없었다. 입에서 피가 떨어졌고 오른손이 심장처럼 고동쳤다.

리는 그렘린 앞문을 열더니, 이그의 겨드랑이에 손을 껴서 들어 올렸다. 이그는 의자에 얼굴부터 처박히며 쓰러졌고 밖으로 손이 축 늘어졌다. 이그를 차에 넣으려고 애쓰다 리도 뒤집어질 뻔했다. 리도 지쳤다는 사실을 이그도 느낄 수 있었다. 리도 그렘린 안으로 반쯤 쓰러질 뻔했다. 리는 이그의 등에 손을, 엉덩이에 무릎을 대고 몸을 지탱했다.

"어이, 이그. 우리가 만났던 날 기억나? 여기 이벨 크니벨 길에서? 생각해봐. 만약 네가 그때 처박혀서 죽었다면 메린이 처녀일 적 따먹은 사람은 나였을 테고, 나쁜 일들은 아무것도 일어나지 않았을걸. 잘은 모르는 일이지만 말이야. 그때도 꽤 콧대 높은 계집아이였으니까.

게다가 네가 알아야 할 게 있어. 몇 년 동안이나 죄책감을 느꼈던 건데. 뭐, 죄책감은 아니지. 웃긴다고 해야 하나. 사실은 이래. 난 정말로. 진짜로. 네가. 물에 빠질 뻔한 걸 구하지 않았어. 몇 번이나 그렇게 말했는데 어째서 네가 안 믿는지 모르겠더라. 너 혼자 헤엄쳐 나온 거야. 너

숨 쉬라고 등 처준 적도 없어. 우연히 너를 발로 찬 거지. 너한테서 빠져나오려고 하다가. 네 옆에 좆 같이 큰 뱀이 하나 있었거든. 난 뱀을 싫어해. 뭐랄까, 혐오감이 있다고 할까. 뭐, 그 뱀이 널 끌어냈는지도 모르지. 엄청 컸으니까. 씹할 소방호스처럼."

리는 장갑 낀 손으로 이그의 뒤통수를 쳤다.

"자, 이제 털어놓으니 후련하네. 벌써 기분이 좋은데. 사람들이 하는 말이 사실인가 봐. 고백이 영혼에 좋다는 말."

리는 일어서서 이그의 발목을 잡고 다리를 차 안으로 밀어 넣었다. 이그의 피곤한 몸 한 부분은 이곳에서 죽을 수 있어 기뻐했다. 인생에서 제일 좋았던 순간들 대부분이 이 그렘린에서 있었다. 여기서 메린을 사랑했고, 가장 행복했던 대화를 나눴다. 어둠 속에서 그녀의 손을 잡고 한참 차를 달리기도 했다. 둘 다 아무 말하지 않고 그저 함께하는 고요를 즐기면서. 메린이 가까이에 있는 느낌이었다. 고개를 들면 조수석에 앉아 상냥하게 자기 머리에 손을 대는 메린의 모습이 보일 것 같았다.

뒤쪽에서 뭔가 바스락대더니 금속에 뭔가 철렁철렁 부딪는 소리가 메아리쳤다. 마침내 이그는 소리의 정체를 깨달았다. 금속 깡통에 액체가 출렁대는 소리. 팔꿈치를 짚고 간신히 일어나려 하는데, 차갑고 축축한 것이 등에 철썩 튀면서 셔츠를 적셨다. 눈물이 날 정도로 독한 휘발유 냄새가 운전석을 채웠다.

이그는 몸을 구르며 일어나 앉으려 했다. 리는 휘발유를 다 끼얹었고 통을 마지막으로 흔든 다음 옆으로 던져버렸다. 이그는 코를 찌르는 냄새에 눈을 깜박였고, 주변의 공기에선 휘발유 냄새가 진동했다. 리는 주머니 속을 더듬더니 작은 상자를 꺼냈다. 주물공장에서 나오면서 이그의 '루시퍼 성냥'을 주워 온 모양이었다.

"항상 이 짓 한번 해보고 싶었지."

리는 성냥을 긋더니 열린 창문 안으로 던져 넣었다.

타오르는 성냥이 이그의 이마에 맞아 툭 튀었다가 떨어졌다. 이그의 두 손목은 테이프로 한데 묶여 있었지만, 묶인 손이 몸의 앞쪽에 있어 성냥이 떨어질 때 붙잡았다. 별 생각 없이 반사적으로 한 행동이었다. 순식간에 이그의 두 손은 테두리에 황금빛이 감도는 불의 잔이 되었다.

곧이어 이그는 불꽃 양복을 입은 인간 햇불이 되었다. 비명을 질렀지만 자기 목소리조차 들을 수 없었다. 탕 소리가 낮고 깊게 울리며 실내가 점화했을 때 공기에서 모든 산소를 빨아들인 듯했다. 리가 비틀비틀 물러서는 모습이 힐끗 보였다. 놀란 얼굴에 불빛이 어른거렸다. 마음은 다 잡았지만 리조차 준비가 안 되어 있었던 모양이었다. 그렘린은 포효하는 불의 탑이 되었다.

이그는 문을 붙잡고 밀어내며 내리려고 했지만, 리가 앞으로 다가와 발로 차서 닫았다. 계기판의 플라스틱이 검게 변했다. 앞유리가 그을리기 시작했다. 앞유리를 통해 밤과 이벨 크니벨 언덕의 낭떠러지가 보였는데, 강은 그 아래 어딘가에 흘렀다. 이그는 보이지 않는 눈으로 불꽃 속을 더듬으며 기어를 찾아 중립에 놓았다. 다른 손으로는 사이드브레이크를 풀었다. 기어에서 손바닥을 들자 끈적끈적한 플라스틱 조각이 피부에 붙어 따라나왔다.

또다시 이그는 열려 있는 운전석 창문을 내다보았다. 리가 물러서는 모습이 보였다. 리의 얼굴은 창백했고, 움직이는 연옥의 휘광에 아연실색한 표정이었다. 곧이어 그렘린이 언덕 아래로 구르기 시작하자, 리는 저만치 물러났고 나무들이 빨리 스쳐 지나갔다. 앞을 보기 위한 전조등이 따로 필요 없었다. 차의 내부가 부드러운 황금빛을 쏟아내, 이제 어둠 속을 향해 불그스름한 빛을 던지며 달려가는 불의 전차가 되었다. 나를 천천히 고향 집으로 데려가네.*

---

* 유명한 흑인 영가 'Swing low, Sweet Chariot'의 한 대목.

나무들이 위에서부터 점점 좁혀 들었고 나뭇가지는 차 옆을 쓸었다. 이그는 10년도 훨씬 지난 옛날에 쇼핑카트를 탔던 그날 이후로 이 궤도를 내려간 적이 없었다. 게다가 밤에, 그것도 차를 타고, 그것도 살아서 타오르는 동안에 탄 적은 한 번도 없었다. 하지만 이그는 창자에서부터 느껴지는 앞으로 돌진하는 감각을 통해 그 궤도를 익히 알고 있었다. 언덕은 점점 가팔라졌고, 마침내 차가 골짜기를 수직으로 떨어지는 느낌이 들었다. 뒷바퀴는 땅에서 들렸다가 금속성으로 부딪치는 소리를 내면서 내려앉았다. 조수석 창문은 불길로 터져버렸다. 상록수들이 채찍질하는 소리가 귀에 들릴 정도였다.

이그는 운전대를 잡고 있었다. 언제 잡았는지조차 알지 못했다. 손아귀에서 운전대가 말랑해지는 것, 달리의 그림에 나오는 시계처럼 녹아서 축 처지는 것을 느낄 수 있었다. 앞좌석의 옆 타이어가 뭔가에 부딪쳤고, 운전대가 손아귀에서 비틀어져 빠져나가면서 타오르는 그렘린이 옆으로 벗어나는 게 느껴졌다. 하지만 이그는 또 한 번 운전대를 당겨 궤도 안으로 유지했다. 숨도 쉴 수 없었다. 사방이 불이었다.

그렘린은 이벨 크니벨 길 바닥에서 약간 경사진 흙 오르막길에 부딪치며 별들 속으로, 물 위로, 불타는 별똥별이 되어 솟아올랐다. 뒤로 흰 연기 꼬리를 남기며 로켓처럼 땅에서 올라갔다. 앞으로 나가는 동작 때문에 보이지 않는 손이 붉은 커튼을 젖히듯 이그의 얼굴 앞에서 불길이 갈라졌다. 강물이 흡사 매끄러운 검은 대리석으로 포장한 도로처럼 자신에게로 밀려드는 것이 보였다. 그렘린은 어마어마한 충격과 함께 수면에 부딪쳤고 그 바람에 앞유리가 깨지면서 물이 뒤따라 들어왔다.

30

강둑에 선 리 토르노는 급류가 천천히 그렘린을 휘감으면서 강바닥으로 가라앉히는 모습을 지켜보았다. 자동차 꼬리만이 물 위에 삐죽 나와 있을 뿐이었다. 불은 꺼졌지만 하얀 연기가 아직도 해치백 가장자리에서 쏟아졌다. 리는 렌치를 들고 서 있었지만 차는 기울면서 물결에 휩쓸려 더 깊이 가라앉았다. 리는 가만히 쳐다보다가 발치에서 뭔가 미끄러지는 움직임이 느껴져 시선을 돌렸다. 리는 내려다보았다가 몸서리치고 작은 비명을 지르면서 펄쩍 뛰며 풀숲의 물뱀을 발로 찼다. 뱀은 리를 스르르 지나 놀스 강으로 퐁당 들어갔다. 리는 혐오감으로 윗입술을 일그러뜨리며 흠칫 물러났다. 두 번째, 세 번째 뱀이 물속으로 스르르 들어가자 강 위에 비친 달빛이 떨면서 은 조각으로 부서지는 듯했다. 리는 마지막으로 가라앉는 차를 흘긋 쳐다본 다음 몸을 돌려 강 위쪽으로 올라갔다.

리가 사라졌을 때쯤 이그가 물속에서 떠올라 강둑을 올라와 풀숲으로 들어갔다. 어둠 속 이그의 몸에선 연기가 피어올랐다. 이그는 부들부들 떨며 흙길 위를 여섯 걸음쯤 걸어갔다가 털썩 무릎을 꿇었다. 양치류 위에 등을 대고 벌러덩 드러눕자 언덕 꼭대기에서 차 문을 쾅 닫는 소리가 들렸고, 곧이어 리 토르노가 캐딜락을 돌려 떠나는 소리가 났다. 이그는 강둑을 따라 서 있는 나무들 아래에 누워 숨을 돌렸다.

이제 이그의 피부는 창백한 물고기 배 같은 하얀색이 아니었고, 니스를 바른 나무처럼 진한 붉은색으로 달아올라 있었다. 지금처럼 숨이 가쁘고 허파가 공기로 가득했던 적은 없었다. 숨을 들이쉴 때마다 갈빗대에서 나는 으르렁 소리가 힘들지 않게 퍼져나갔다. 20분 전쯤 갈빗대 중 하나가 뚝 부러지는 소리를 들었지만 아픔은 느껴지지 않았다. 한참 후에도 한 달은 된 듯한 멍이 옆구리에서 희미하게 변색된 사실을 알아차리지 못했다.

이그가 공격당했다는 사실을 보여주는 증거로 남아 있는 것은 이빨뿐이었다. 이그는 입을 벌렸다 다물며 턱을 움직여보았지만 고통은 없었고, 혀로 빠진 이를 더듬어보니 매끈하고 온전한 치아가 제자리에서 만져졌다. 손을 폈다 접었다 해보았다. 멀쩡했다. 손등의 뼈도 반듯하고 흠하나 없었다. 그때까지만 해도 알아차리지 못했지만, 불속에서 타오르는 내내 전혀 고통을 느끼지 않았음을 깨달았다. 대신에 멀쩡하게 불속에서 나와 온전해졌다. 따뜻한 밤공기는 휘발유, 녹은 플라스틱과 불에 탄 강철 냄새와 뒤섞여 향기로웠다. 이그 안의 무엇을 휘젓는 향기였다. 메린의 레몬과 민트 향, 소녀다운 땀 냄새가 이그의 마음을 휘저었던 것처럼. 이기 페리시는 눈을 감고 편안한 숨을 연이어 내뱉었다. 그런 다음 고개를 들어보니 새벽이었다.

피부는 근육과 뼈에 팽팽하게 달라붙었고 깨끗한 느낌이 들었다. 이렇게 깨끗한 기분이 든 적이 없었다. 침례를 하면 이런 기분일 거라고 생각했다. 강둑에 우거진 참나무들은 귀하고 믿기 어려운 파랑색 하늘 밑에서 넓은 나뭇잎을 퍼덕였고, 잎 가장자리는 황금 초록빛으로 빛났다.

지금과 똑같이 빛나던 나뭇잎 사이에서 메린이 그 나무 위의 오두막을 발견했다. 메린과 이그는 자전거를 밀고 숲 속 오솔길을 따라가던 중이었다. 아침 내내 교회에서 자원봉사 페인트칠을 하다가 돌아오던 중이라 두 사람이 입은 티셔츠와 밑을 자른 청바지에는 하얀 페인트가 여기저기 튀어 있었다. 두 사람은 종종 이 길을 걷거나 자전거를 타고 지나갔지만 이전에는 이 오두막을 한 번도 보지 못했다.

놓치고 가기 십상인 집이었다. 땅에서부터 4.5미터 위, 뭔지 모를 나무의 넓게 뻗은 우듬지 속에 지어졌고, 진녹색의 가는 이파리 수만 개에 가려져 있었으니. 처음 메린이 가리켰을 때, 이그는 거기 위에 무엇이 있다고 생각조차 하지 못했다. 거기 없었으니까.

하지만 다시 보니 있었다. 햇빛이 이파리 사이를 뚫고 하얀 물막이 판자에 비쳤다. 가까이 가서 나무 아래 서자 집은 더 똑똑히 보였다. 창문용으로 네모난 구멍을 뚫은 하얀 상자로, 싸구려 나일론 커튼이 창문에 걸려 있었다. 주말에나 취미로 뚝딱거리는 사람이 아니라, 솜씨가 있는 사람이 제대로 지은 듯해 보였지만 딱히 허세를 부린 기미는 없었다. 올라가는 사다리는 없었지만 필요하지도 않았다. 낮은 나뭇가지들이 자연스럽게 닫힌 트랩 문까지 이어지는 사다리 역할을 했다. 문 아래에는 웃기려는 의도인지 간단한 문장을 하얀 물감으로 써놓았다.

'들어와도 복을 받으리라.' *

이그는 문을 쳐다보느라 잠깐 멈췄다. 트랩 문에 쓰인 글을 보고 살짝 코웃음을 쳤다. 메린은 머뭇거리지 않았다. 자전거를 부드러운 풀이 돋아난 바닥에 세워놓고 곧장 오르기 시작했다. 운동신경에 자신이 있어서 가지에서 가지로 펄쩍 뛰었다. 이그는 아래 서서 메린이 오르는 모습을 쳐다보았다. 메린이 가지 사이를 헤치며 애써 위로 오르는 바람에, 이그는 메린의 갈색 맨다리를 쳐다볼 수밖에 없었다. 봄 내내 축구를 해서 미끈하고 나긋나긋했다. 트랩 문에 이르자 메린은 머리를 돌려 이그를 쳐다보았다. 반바지에서 얼굴로 시선을 돌리자니 갈등과 싸워야 했지만, 결국 그렇게 하자 메린이 그를 보며 생글생글 웃고 있었다. 메린은 아무

---

* 신명기 28장 6절. 네가 들어와도 복을 받고 나가도 복을 받을 것이니라.

말하지 않았지만 쿵 소리를 내며 트랩 문을 위로 밀어 젖혔고, 그 구멍으로 꿈틀꿈틀 기어 올라갔다.

이그가 나무 오두막 안으로 머리를 들이밀자, 메린은 벌써 옷을 벗고 있었다. 바닥에는 먼지 낀 작은 양탄자가 깔려 있었다. 반쯤 녹은 양초 아홉 개가 꽂힌 놋쇠 촛대가 낮은 테이블 위에 놓여 있었고, 작은 도자기 인형이 그 주위를 빙 둘렀다. 이끼색 커버를 덮은, 썩어가는 안락의자가 한쪽 구석에 있었다. 창밖의 나뭇잎들이 흔들리자 잎 그림자도 메린의 살결 위에서 끊임없이 밀려드는 동작으로 흔들렸다. 그동안 나무 오두막은 나뭇가지 요람 위에 얹혀 부드럽게 끽끽 소리를 냈다. 나무 위의 요람에 대한 옛날 동요가 있지 않았나? 이그와 메린이 나무 위에 올라갔다 키. 스. 하. 면. 서. 아니, 그런 노래가 아니었다. 흔들흔들 잘 자라, 우리 아가, 나무 위에서. 잘 자라.

이그는 트랩 문을 닫고, 누가 들어와 놀라는 일이 없도록 의자를 그 위에 갖다놓았다. 이그는 옷을 벗었고, 잠시 동안 두 사람은 함께 흔들흔들 사랑을 했다.

잠시 후, 메린이 물었다.

"저 양초랑 작은 유리 인형들은 다 뭐래?"

이그가 도자기 인형이 놓인 곳까지 기어가려고 두 손 두 발을 짚고 엎드리자 메린이 재빨리 일어나 앉으며 손바닥으로 엉덩이를 찰싹 때렸다. 이그는 웃으면서 펄쩍 뛰어 메린에게서 떨어졌다.

이그는 테이블 앞에 무릎을 꿇었다. 촛대는 더러운 두루마리 조각 위에 놓여 있었고, 그 위에는 고딕체 히브리어 글자가 커다랗게 쓰여 있었다. 촛대 위의 초들은 벌써 많이 녹았고 촛농으로 놋쇠 바닥 주변에 종유석과 석순 같은 레이스 작품을 남겼다. 도자기 성모상(파란 옷을 입은 정말로 매력적인 유태인 여자)은 신이 보낸 천사 앞에 경건하게 한쪽 무릎을 굽혔고, 키 크고 건강한 천사는 토가 패션에 가까운 로브를 둘렀다.

손을 뻗고 있는 성모는 아마도 천사의 손을 잡으려는 의도인 것 같았으나, 약간 자리가 맞지 않는 바람에 성모의 손은 천사의 황금색 허벅지에 닿았고, 곧 천사의 가랑이 사이를 잡을 기세처럼 보였다. 신의 사자는 못마땅하다는 듯 오만하게 내려다보고 있었다. 두 번째 천사는 약간 떨어진 자리에서 하늘을 바라보며, 이 장면에 등을 돌리고 황금 나팔을 구슬프게 불고 있었다.

이 장면에 어느 장난꾸러기가 회색 피부에 파리처럼 다면 눈깔을 가진 외계인 인형을 끼워 넣었다. 마리아 옆에 자리 잡은 외계인은 성모의 귀에 속삭이는 듯 몸을 굽히고 있었다. 이 외계인은 도자기가 아니라 고무로 만들어 자세를 바꿀 수 있었는데, 어떤 영화에 나오는 캐릭터 같았다. 이그는 〈미지와의 조우〉 같다고 생각했다.

"여기 쓰여 있는 글씨가 무슨 말인지 알아?"

메린도 이그의 옆에 무릎을 꿇고 웅크렸다.

"히브리서. 필락터리에 쓰여 있는 말이야."

"피임약 먹고 오길 잘했네. 우리가 방금 할 때, 넌 필락터리 하는 거 까먹었으니까."

"필락터리는 그런 뜻 아냐."

"나도 알아."

메린이 말했다.

이그는 기다렸다. 씩 웃으면서

"그럼 필락터리가 뭔데?"

메린이 물었다.

"유대교인들이 머리에 쓰는 거야."

"아, 그건 야물커라고 하지 않나."

"아냐. 이건 유대인들이 머리에 쓰는 다른 거야. 아니면 가끔은 팔에다 하는 것 같기도 한데. 기억이 안 나네."

"그래서 뭐라고 써 있는데?"

"모르겠어. 성경 말씀이야."

메린은 뿔나팔을 부는 천사를 가리켰다.

"네 형 닮았다."

"아니야, 안 닮았어."

하지만 다시 보니 트럼펫 부는 테리 형과 닮았다. 넓고 시원한 이마와 왕자 같은 외모. 하지만 테리는 이런 로브를 입으라고 하면 차라리 죽겠다고 할 터였다. 토가 파티라도 하지 않는다면.

"이게 다 뭘까?"

메린이 물었다.

"사원인가 봐."

이그가 대답했다.

"무엇을 기리는?" 메린은 고갯짓으로 외계인을 가리켰다. "이티의 성전이라도 되나?"

"모르겠어. 어쩌면 이 인형들은 누군가에게 중요할지도 모르지. 어쩌면 누군가를 기억하기 위한 방법일지도. 누군가 이곳을 기도하기 위한 곳으로 만든 것 같아."

"내 생각도 그래."

"기도할래?"

이그는 자동적으로 물었다. 그래놓고 침을 꿀꺽 삼켰다. 마치 뭔가 음란한 행위, 메린이 불쾌하다고 여길 만한 짓을 요구한 느낌이었다.

메린은 눈을 반쯤 내리깔고 장난기 어린 미소를 지었다. 이그는 처음으로 메린이 자기한테 약간 사이코 기질이 있다고 생각한 게 아닌가 추측했다. 메린은 주변을 둘러보았다. 물결치는 노란 나뭇잎들이 보이는 창문, 비바람에 낡고 오래된 창문을 물들이는 햇빛. 그러더니 이그를 돌아보며 고개를 끄덕였다.

"그래." 메린이 말했다. "교회에서 기도하는 것보다 훨씬 끝내주겠다."

이그는 두 손을 모으고 고개를 숙인 다음 입을 벌렸으나 메린이 끊었다.

"초에 불은 안 붙일 거야?" 메린이 물었다. "경건한 분위기를 만들어야 한다는 생각은 안 들어? 우리는 이제까지 여기를 포르노영화 세트처럼 취급했잖아."

얕은 서랍 속에 얼룩지고 찌그러진 성냥갑이 있었고, 그 안에는 이상한 검은 머리가 달린 성냥이 들어 있었다. 이그가 하나를 그어 켰더니, 식 하는 소리와 함께 불이 붙으며 하얀 불꽃이 튀었다. 성냥을 심지 하나하나 옮기면서 촛대에 꽂힌 초를 다 켰다. 할 수 있는 한 재빨리 움직였지만, 아홉 번째 심지를 붙일 때는 성냥이 손가락 있는 데까지 타들어갔다. 메린이 얼른 이름을 불렀고, 이그는 흔들어 껐다.

"맙소사, 이그. 괜찮니?"

"괜찮아."

이그는 손가락 끝을 꼼지락거리며 말했다. 정말 괜찮았다. 조금도 아프지 않았다.

메린은 성냥갑을 도로 끼워 넣고 치워버리려다 주춤했다.

"허."

"뭐?"

"아니야."

메린은 성냥갑을 서랍에 넣고 닫아버렸다. 이그는 그녀의 모습, 팽팽하고 하얀 맨살과 미끈한 가슴, 진홍색 머리카락에 숨이 막혔다. 일생 동안 지금처럼 벌거벗었다는 것을 의식한 적이 없었다. 처음으로 메린 앞에서 옷을 벗었을 때도 이렇지는 않았다. 이그가 기도문을 말하기를 차분하게 기다리는 모습에 달콤하면서도 압도적인 감정이 물결처럼 밀려와 온몸을 뚫고 지나가는 기분을 느꼈다. 견딜 수 있는 이상의 사랑이었다.

함께 벌거벗은 채로 기도했다. 이그는 신에게 둘이 다정하게 지낼 수 있도록 해달라고, 다른 사람들에게도 친절하게 대할 수 있도록 해달라고 기도했다. 세상 위험으로부터 보호해달라고 기도하고 있을 때, 메린의 손이 그의 허벅지 위로 올라오더니 다리 사이로 부드럽게 미끄러졌다. 기도를 끝내기 위해서는 엄청난 집중력이 필요했다. 이그는 눈을 꽉 감았다. 기도를 끝내면서 "아멘"이라고 말하자, 메린은 이그에게로 몸을 돌리고 "아멘"이라고 한 다음 입술을 이그의 입술에 대고 자기 쪽으로 끌어당겼다. 둘은 또다시 사랑을 나누었고, 다 마치고 나서 서로의 팔에 안겨 잠들었다. 메린의 입술이 이그의 목에 닿았다.

마침내 메린이 일어나 앉았을 때는(그러면서 이그의 팔을 스르르 내렸는데, 그 와중에 이그는 다시 흥분했다), 한낮의 온기가 약간 사라졌고 나무 오두막은 그늘로 가득했다. 메린은 한 팔로 맨 가슴을 덮으며 웅크린 채 옷을 더듬더듬 찾았다.

"젠장." 메린이 말했다. "가야겠다. 엄마랑 아빠가 우리가 밥 먹으러 오길 기다리셔. 우리가 어디 있는지 궁금해 하실 거야."

"옷 입자. 내가 촛불 끌게."

이그는 나른하게 촛대 앞으로 가서 촛불을 끄려 했다. 그러다 불쾌한 기분에 움찔했다. 이상하고 역겨운 전율이 온몸을 휙 지나갔다.

못 보고 지나친 도자기 인형이 있었다. 악마. 나무 오두막이 나무 이파리 속에 얹혀 있듯이, 악마 형상도 촛대 바닥에 놓여 있어서 못 보고 지나치기 쉬웠다. 촛대로부터 떨어지며 줄줄이 녹은 촛농 뒤에 반쯤 가려져 있었다. 루시퍼는 요절복통 하는 모습이었다. 야위고 빨간 손을 주먹 쥐고, 머리는 뒤로 젖혀 하늘을 보았다. 작은 염소 발굽으로 춤추는 듯했다. 노란 눈은 환각적인 기쁨, 일종의 열락에 사로잡혀 거의 뒤집혔다.

그 모습에 이그의 팔과 등에 차가운 소름이 돋았다. 이 악마는 이그의 앞에 놓인 키치적인 장면의 한 부분이었겠지만, 그래도 어울리지 않았다. 이그는 너무 싫은 나머지 차라리 보지 못했더라면, 하는 마음이 들었다. 춤추는 작은 인형은 끔찍했고, 보기 흉했으며, 누군가 남기고 갔다는 것이 더 흉했다. 웃기지 않았다. 갑작스레 여기서 기도하지 말걸, 하는 후회도 들었다. 나무 오두막 안의 온도가 3도는 떨어진 듯한 상상에 오한이 들었다. 상상이 아니었다. 태양은 구름 너머로 숨었고 방은 어둡고 서늘해졌다. 거친 바람이 나뭇가지를 휘저었다.

"가려니까 아쉽다." 메린은 이그 뒤에서 반바지를 입으면서 말했다. "공기가 아주 달콤하지 않았어?"

"그래."

하지만 의외로 쉰 목소리가 나왔다.

"우리의 작은 천국은 이쯤 즐기자."

메린이 이 말을 했을 때, 뭔가 트랩 문을 쳤다. 소리가 얼마나 컸는지 둘 다 비명을 질렀다.

트랩 문이 그 위에 놓인 의자와 쾅 부딪쳤다. 엄청난 힘에 나무 오두막 전체가 흔들리는 듯했다.

"뭐야?"

메린이 부르짖었다.

"어이!" 이그가 소리쳤다. "아래 누구 있어요?"

트랩 문이 또 의자를 치는 바람에 의자가 몇 센티미터 위로 튀어 올랐지만, 넘어지지는 않았다. 이그는 질겁하며 메린을 쳐다보았고 둘은 서로의 옷을 부여잡았다. 이그는 반바지를 주섬주섬 주워 입었고 메린은 브라를 채웠다. 트랩 문이 의자 아랫부분을 다시 한 번 쾅, 이전보다 세게 쳤다. 작은 테이블에 놓인 인형들이 풀쩍 튀었고 마리아는 넘어지고 말았다. 악마는 촛농 동굴 가운데서 굶주린 얼굴로 내다보았다.

"씹할, 그만두지 못해!"

이그는 소리를 질렀다. 심장이 가슴에서 튀어나올 것 같았다.

애들이야. 망할 애새끼들이 장난치는 거지. 하지만 믿기지 않았다. 만약 애들이라면 왜 웃지 않는 거지? 왜 나무에서 뛰어내려 미친 듯 신이 나서 도망가지 않는 거지?

이그가 옷을 다 입고 채비를 갖춘 다음 의자를 옆으로 치우려고 잡았을 때, 자신이 두려워한다는 것을 깨달았다. 이그는 멈추고 메린을 쳐다보았다. 메린은 운동화를 신다 말고 얼어붙은 듯 꼼짝하지 않았다.

"계속해." 메린이 속삭였다. "밖에 누가 있나 봐."

"싫어."

이그는 정말로 싫었다. 의자를 치우고 밖에 있는 게 누구든(무엇이든), 안으로 들여보낸다는 생각만 해도 심장이 오그라들었다. 최악은 갑작스러운 고요였다. 트랩 문을 두드리는 게 누구든 안에서 자발적으로 문을 열어주기를 기다리고 있었다.

메린은 신발을 마저 끼우고 고개를 끄덕였다.

이그가 외쳤다.

"저기, 누가 거기 있는 거면…… 이제 장난은 다 쳤잖아요. 우린 정말 무섭다고요."

"그런 얘긴 하지 마."

메린이 속삭였다.

"이제 내려갈 거예요."

"세상에." 메린이 또 소곤거렸다. "그런 말도 하지 마."

두 사람은 시선을 교환했다. 이그는 두려움이 솟아나는 것을 느꼈고, 문을 열고 싶지 않았다. 문을 열었다간 회복할 수 없을 만큼 어마어마하게 둘을 해쳐버릴 무언가를 안으로 들여보내는 결과를 불러오리라는 불합리한 확신에 사로잡혔다. 그렇지만 문을 여는 수밖에 다른 도리가 없었다. 이그는 메린에게 고개를 끄덕이고 의자를 치웠다. 그러자 트랩 문 안쪽에 하얀 페인트로 알파벳 대문자가 쓰여 있는 게 보였다. 하지만 이그는 뭐가 쓰여 있는지 읽어보지 않고 빗장을 벗겼다. 생각할 시간을 주지 않기 위해 트랩 가장자리를 붙잡고 다리를 내밀었다. 누가 나뭇가지에 앉아 있기라도 한다면 발에 맞고 떨어져서 목이라도 부러지길 바랐다. 메린이 뒤에 남아 있을 거라고 짐작한 이그는 남자로서 메린을 보호하는 게 자신의 역할이라고 생각했지만, 메린 역시 트랩 문으로 나왔고 실제로 나무 오두막 아래 나뭇가지에 먼저 발을 내린 쪽도 메린이었다.

이그의 심장은 어찌나 빨리 뛰는지 전 세계가 주변에서 펄쩍 뛰고 움찔거리는 듯했다. 이그도 나뭇가지 위 메린 옆에 발을 내렸지만 손은 아직도 위로 뻗어 문 가장자리를 붙들고 있었다. 이그는 숨을 세차게 쉬면서 밑의 땅을 잘 살폈다. 메린도 숨을 거세게 쉬고 있었다. 아무도 없었다. 발을 구르는 소리, 사람들이 도망가는 소리, 덤불에서 부스럭대는 소리가 들리나 귀를 기울여보았지만 오로지 바람 소리와 나무 오두막 바깥을 스치는 나뭇가지 소리뿐이었다.

이그는 나뭇가지에서 주춤주춤 내려와, 나무 주위를 점점 넓게 돌면서 지나가는 사람의 흔적을 찾아 덤불 숲 안을 들여다보기도 하고 오솔길을 따라가보기도 했지만, 아무것도 찾지 못했다. 나무 밑동으로 돌아와보니 메린은 아직도 위, 나무 오두막 밑 가장 긴 가지 위에 앉아 있었다.

"아무도 못 찾았네."

메린이 말했다. 질문이 아니었다.

"아무도 못 찾았어. 커다랗고 나쁜 늑대였나 봐."

농담으로 무시해버리는 게 올바른 대응처럼 느껴졌지만 아직도 불편했고 신경이 날카로웠다.

메린도 날카로웠는지 몰라도 전혀 내색하지 않았다. 메린은 마지막으로 애정 어린 눈길을 나무 오두막에 보낸 다음 문을 당겨 닫았다. 나뭇가지에서 풀쩍 뛰어 내려와서는 자전거 핸들을 잡고 일으켜 세웠다. 두 사람은 걷기 시작했다. 한 걸음씩 뗄 때마다 온전한 공포를 느꼈던 나쁜 시간들이 조금씩 뒤로 물러났다. 한낮의 마지막 온기가 남아 있는 길은 괴괴했지만, 이그는 좀 더 유쾌하고 만족스러우며 신선하고 들뜬 기분을 느꼈다. 메린의 옆에 바짝 서서 걷고 있으려니 좋았다. 엉덩이가 닿을락말락했고, 해는 어깨 위에 떨어졌다.

"여기 내일 다시 와보자."

메린이 이 말을 함과 동시에 이그도 말을 꺼냈다.

"저길 어떻게 해볼 수 있을 것 같아. 그렇지 않아?"

둘은 함께 웃었다.

"저기에 쿠션 소파를 가져다놓자."

이그가 말했다.

"해먹은 어때. 저런 데는 해먹이 어울려."

메린의 대답이었다.

두 사람은 조용히 걸었다.

"어쩌면 쇠스랑을 갖다놓아야 할지도 몰라."

메린이 말했다. 이그는 메린이 쇠스랑 이야기를 꺼낸 것만이 아니라 그걸로 뒤에서 쿡 찌르기라도 한 양 비틀거렸다.

"난데없이 웬 쇠스랑?"

이그가 물었다.

"그 정체 모를 것을 겁줘서 쫓아버려야지. 우리가 벌거벗고 있을 때, 또 와서 덮칠 걸 대비해서."

"좋아." 이그는 다시 한 번 저 위에서, 서늘히 불어오는 바람 속에서 메린을 가질 생각을 하니 입이 말랐다. "그것도 계획을 세우자."

이그는 두 시간 후에 혼자 숲으로 돌아와 숲을 가로지르는 길을 서둘러 걸었다. 저녁을 먹다가 둘 중 누구도 촛대의 촛불을 끄지 않았다는 사실이 떠오른 것이었다. 그 나무가 불에 휩싸이고 불붙은 나뭇잎들이 주변의 참나무들 우듬지로 떨어질지 모른다는 상상을 하면서 내내 전전긍

궁했다. 이그는 언제라도 연기 냄새가 끼쳐올지 모른다는 공포에 사로잡혀 숲길을 뛰었다.

하지만 초여름 태양에 익은 풀의 향긋한 냄새와 언덕 아래 어딘가 흐르고 있을 놀스 강의 차갑고 청명한 물 냄새만 다가올 뿐이었다. 어디로 가면 나무 오두막이 있는지 정확히 알고 있다고 생각하면서 대충 근처에 이르자 발길을 서서히 늦추었다. 침침하게 빛나는 촛불을 찾아 나무 사이를 헤맸지만 벨벳 같은 6월의 어둠 외에는 아무것도 보이지 않았다.

그 나무, 수종은 모르겠지만 거대하고 나무껍질이 비늘 같았던 나무를 찾으려 해봐도 밤에는 잎이 무성한 나무들을 분간하기 어려웠고, 낮에 봤을 때와는 길도 사뭇 달라 보였다. 마침내 지나치게 멀리 왔다는 사실을 깨닫고 숨을 헉헉 몰아쉬며 천천히 집으로 돌아가기로 했다. 두서너 번 길을 왔다 갔다 했지만 나무 오두막의 흔적은 전혀 찾을 수 없었다. 결국 바람이 촛불을 껐거나 저절로 꺼졌다는 결론을 내렸다. 촛불을 끄지 않는 바람에 산불을 일으킬지도 모른다는 생각은 언제나 약간 편집광적이었다. 무거운 철 촛대에 꽂혀 있었으니 넘어지지 않는 한 다른 것에 불붙을 가능성은 별로 없었다. 나무 오두막은 다른 날 찾으면 된다.

하지만 다시는 찾을 수 없었다. 메린과 함께라도, 자기 혼자라도. 여남은 번 정도 오후에 와서 큰 오솔길도 걸어보았고, 옆길로 잘못 들어가 헤맸을지도 모를 경우에 대비해 샛길도 걸으면서 주변을 둘러보았다. 이그는 꼼꼼하고 참을성 있게 나무 오두막을 찾았지만 찾을 수가 없었다. 두 사람이 그 장소를 상상한 건지도 몰랐다. 이윽고 메린은 바로 이런 결론을 내려버렸다. 이상하지만 둘 다에게 맞는 이론. 그곳은 두 사람이 필요로 할 때, 서로 사랑할 장소가 필요했을 때, 어느 하루 딱 한 시간만 나타났다가 사라졌다는 것이었다.

"우리가 필요했어?"

이그가 물었다.

"뭐." 메린이 대답했다. "난 필요했어. 미치도록 하고 싶었거든."

"우리가 필요했더니 나타났다 이거지. 마음속의 나무 오두막이 말이야. 이그와 메린의 사원이."

이그가 말했다. 환상적이고도 황당무계한 생각이었지만 미신적인 기쁨으로 몸이 떨렸다.

"그게 내 짐작이야." 메린이 말했다. "성경에 나오는 거랑 같아. 원하는 걸 항상 가질 순 없지만 절실히 필요로 하면 찾게 되잖아."*

"성경 어디에 그런 말이 나오는데?" 이그가 물었다. "키스 리처즈의 복음성가?"

---

* '원하는 것을 항상 가질 수는 없어You can't always get what you want' 롤링 스톤스의 노래 제목.

교정자
THE FIXER

31

어머니는 옆방에서 죽어 있었고, 리 토르노는 약간 취해 있었다.

아침 10시밖에 되지 않았지만 집은 벌써 찜통 같았다. 집으로 들어오는 길 가장자리에 어머니가 심어놓은 장미의 향기가 열린 창문을 통해 들어왔다. 가벼운 꽃향기의 달콤함이 인간 배설물의 고약한 냄새와 불쾌하게 섞여 집 안 전체가 향기 나는 똥 덩어리 같은 냄새를 풍겼다. 리는 너무 더워 술에 취하지 않는다고 생각했지만, 맨 정신으로는 어머니의 악취를 견딜 수 없을 것 같았다.

에어컨이 있었지만 전원은 꺼져 있었다. 리는 그 주 내내 전원을 꺼두었는데, 몸을 내리누르는 습기 탓에 숨 쉬기가 더 힘들어지기 때문이었다. 리와 어머니, 단 둘만 집에 있을 때는 언제나 에어컨을 꺼놓고 늙은 할망구 몸 위에다 여분의 이불을 한두 채 더 얹어놓았다. 그런 다음 어머니의 모르핀을 끊어서 반드시 느끼도록 했다. 그 무게와 열기를. 리가 느꼈는지는 아무도 모를 일이었다.

늦은 오후가 되면 리는 벌거벗은 채로 집 안을 돌아다녔다. 땀에 젖은 몸은 끈적끈적했다. 열기를 견뎌낼 수 있는 유일한 방법이었다. 리는 어머니의 침대 옆에 양반다리를 하고 앉아 미디어이론을 다룬 책을 읽었고, 그동안 어머니는 이불 아래서 미약하게 몸부림쳤지만 의식이 없는 상태라서 왜 자기가 뜨거운 노란 피부 속에서 펄펄 끓고 있는지 알 수 없었다. 마실 물을 달라고 소리칠 때면('물'은 어머니가 노망이 나고 신부전에 걸렸던 말년에도 여전히 알고 있었던 유일한 말이었다), 리는 일어나서 찬물을 가져왔다. 유리잔 속에서 얼음이 짤랑거리는 소리가 나면 어머니의 목은 갈증을 잠재우리라는 기대에 기능하기 시작했고, 눈은 흥분으로 환히 빛나며 눈구멍 속에서 돌아갔다. 그러면 리는 어머니가 자기를 볼 수 있는 침대 앞에 서서 물을 전부 마셔버렸다. 열렬한 갈망이 어머니의 얼굴에서 빠져나가고 당황하며 버려진 표정만 남았다. 아무리 해도 질리지 않는 장난이었다. 매번 그렇게 하는데도 어머니는 처음 보듯이 쳐다보았다.

한번은 소금물을 가져와서 억지로 삼키게 해 거의 숨 막혀 죽게 할 뻔한 적도 있었다. 한 입만 먹여도 어머니는 뱉어내려고 몸부림치며 숨이 막혔다. 그렇게 오래 살았다는 게 신기할 따름이었다. 6월 둘째 주까지 버티지 못할 줄 알았다. 그러나 모든 악조건에도 불구하고 어머니는 7월까지 생명줄을 놓지 않았다.

리는 옷을 차곡차곡 개켜 손님방 문밖의 책장 위에 두었다. 이그나 메린이 예고 없이 들이닥칠 때를 대비해서 서둘러 입을 수 있도록 준비해두는 것이었다. 리는 그들이 어머니를 문병하는 걸 허락하지 않았고, 어머니가 막 잠드셨으니 휴식을 취해야 한다는 말로 둘러댔다. 그 안이 얼마나 더운지 애들에게 들키고 싶지 않아서였다.

이그와 메린은 디브이디나 책, 피자, 맥주를 가져다주었다. 같이 올 때도, 따로 올 때도 있었다. 둘은 리의 곁에 있어주려고 했으며, 그가 어떻게 버티고 있는지 궁금해 했다. 이그의 경우에는 질투일 거라고 생각했다. 이그는 부모님 중 한 명이 불구가 되어 그의 보살핌에 의지하게 된다면 오히려 좋아할 터였다. 그러면 자신이 얼마나 자기희생적인 사람인지 보여줄 수 있는 기회가 되지 않겠는가. 금욕적이고 고상한 사람이 될 수 있는 기회가 아니겠는가. 메린의 경우에는 뜨거운 집에서 자기와 함께 있는 게 좋아서일 거라고 생각했다. 마티니를 마시면서 블라우스 맨 위 단추를 풀고 맨 가슴에 부채질을 하고 싶어서. 리는 차도에 들어선 사람을 살피다가 메린일 때면 웃통을 벗은 채로 문을 열곤 했다. 집 안에 반쯤 벌거벗은 두 사람만 있는 게 짜릿했다. 뭐, 두 사람과 어머니가 있지만 어머니는 사람으로 칠 필요도 없으니까.

리는 어머니의 상태가 악화되면 의사를 부르라는 지시를 받았지만, 어머니의 경우에는 죽어가는 편이 실제로는 호전을 의미하는 것 아니겠냐고 생각했다. 그 생각을 염두에 두고 가장 먼저 부른 사람은 메린이었다. 전화를 할 때 역시 알몸이었는데, 침침한 부엌에서 아무것도 입지 않은 채 메린의 위로하는 목소리를 듣고 있노라니 기분이 괜찮았다. 메린은 옷만 챙겨 입고 곧 가겠다고 말했고, 즉시 리는 메린이 자기 침실에서 거의 옷을 벗고 있는 모습을 상상했다. 작은 실크 팬티만 입고 있겠지. 분홍색 꽃무늬가 있는 소녀다운 팬티. 메린은 리에게 뭐 필요한 것 없느냐고 물었다. 리는 그저 친구가 필요할 뿐이라고 답했다.

리는 전화를 끊은 뒤 럼과 코크를 섞어 한 잔 더 마셨다. 메린이 치마를 주워 입고 이쪽으로 돌아 벽장문 뒤에 붙은 거울에 자기 모습을 비춰보는 상상을 했다. 그렇지만 곧 상상을 그만두어야 했다. 지나치게 흥분이 되었기 때문이었다. 자기도 옷을 입어야 할지 모른다고 생각했다. 셔츠를 입을까 말까 마음속으로 따져보다가, 결국 오늘 아침에는 맨 가슴으로 나서지 않기로 했다. 어제 입었던 얼룩진 하얀 버튼다운 셔츠와 청바지가 세탁실에 있었다. 위층으로 올라가서 새 옷을 입을까 생각해보았지만, 뭐하러 그러나 싶어 그냥 입었던 옷을 입기로 했다. 구깃구깃하고 세탁하지 않은 옷을 입고 있는 편이 어머니를 여의고 괴로워하는 아들의 전체적인 그림을 완성해줄 테니까. 리는 거의 10년 동안 '뭐하러 그러나'라고 자문하며 자신의 행동을 통제해왔다. 그 덕에 지금의 삶을 얻었고 문제에서 빠져나갈 수 있었으며 스스로를 안전하게 지킬 수 있었다.

자기 자신으로부터.

　메린은 몇 분 후면 올 것 같았다. 전화를 좀 더 걸어야 할 때다. 의사에게 전화를 걸어 어머니가 마침내 깊은 잠에 드셨다고 했다. 플로리다에 있는 아버지에게도 전화했다. 의원 사무실에 전화를 걸어 의원 본인과도 잠깐 통화했다. 의원은 기도해줄까 하고 물었다. 전화상으로 잠깐 묵도하고 싶으냐고. 리는 그렇다고 답했다. 리는 어머니와 함께할 수 있는 지난 세 달을 주셔서 하느님께 감사하다고 말했다. 정말로 소중한 시간이었다고. 두 사람은 잠시 동안 말없이 있었다. 전화를 끊지는 않았지만 아무 말도 하지 않았다. 마침내 의원이 약간 감상적으로 헛기침을 하더니, 항상 리를 마음에 두겠다고 말했다. 리는 의원에게 감사하고, 작별 인사를 전했다.

　마지막으로 이그에게 걸었다. 이그라면 그 소식을 듣고 울지도 모른다고 생각했지만, 이그는 자주 그러듯이 놀라움만 표시할 뿐 침착하고 애정 어린 태도를 보여주었다. 리는 지난 5년간 대학을 휴학했다가 복학했다 하면서 심리학, 사회학, 신학, 정치학, 미디어이론 등의 과목을 들었지만 진정한 전공은 이그학이었다. 하지만 몇 년 동안이나 열심히 수업을 들었건만, 항상 이그의 반응을 제대로 예측할 수는 없었다.

　"어머니가 어떻게 이렇게 오랫동안 버틸 힘이 계셨는지 모르겠어."

　리는 이그에게 말했다.

　그러자 이그가 대답했다.

　"그 힘은 네게서 나온 거야, 리. 네가 있었으니까."

　리 토르노가 웃기다고 여길 만한 점은 별로 없었지만, 이그의 말에 리는 웃음을 터뜨렸고 그 다음에는 몸을 부들부들 떠는 거센 울음소리로 바꾸었다. 리는 몇 년 전 필요할 때면 자신이 언제든지 울 수 있고, 우는 사람은 원하는 방향 어디로든 대화를 바꿀 수 있다는 사실을 발견했다.

　"고마워."

이것 또한 몇 년 동안 이그에게서 배운 또 다른 점이었다. 감사를 받았을 때, 그것도 불필요하게 반복해서 받았을 때 사람들은 제일 흐뭇해 한다. 곧 리는 꽉 막힌 쉰 목소리로 바꾸어 말했다.

"이제 끊어야겠다."

이 특별한 순간에 완벽하게 어울리는 적절한 대사였지만 또한 사실이기도 했다. 메린이 아버지의 스테이션왜건을 몰고 차로를 올라오는 모습이 보였기 때문이었다. 이그도 곧 오겠다고 했다.

리는 부엌 창문으로 메린이 올라오는 모습을 쳐다보았다. 블라우스를 근사한 파란 마 스커트 속에 집어넣지 않고 빼서 내렸다. 하얀 블라우스 맨 위 단추를 잠그지 않아 황금 십자가가 보였다. 맨다리, 남색 슬링백 구두. 여기 오기 전에 뭘 입을까 미리 궁리를 한 듯, 어떤 모습을 내비쳐야 할지 생각해놓은 듯했다. 문으로 가면서 마지막 남은 럼 앤드 코크를 마시고, 메린이 노크하려고 막 손을 들자마자 문을 열었다. 리의 눈은 여전히 이그와 나눴던 대화로 붉게 물들었고 눈물이 고여 있었다. 뺨에 눈물도 몇 방울 떨어뜨릴까 생각했지만 그러지 않기로 했다. 실제로 눈물을 흘리기보다 눈물을 억누르는 척하는 쪽이 나았다.

"안녕, 리."

메린도 눈물을 억누르려고 애쓰는 모습이었다. 한 손으로 리의 얼굴을 감싸더니 그에게 안겼다.

짧은 포옹이었지만 리의 코가 메린의 머리카락 속에 닿았고, 그녀의 작은 손이 리의 가슴에 놓였다. 머리카락에서는 날카로운 레몬과 민트 향이 훅 끼쳤다. 리는 이제까지 맡아본 향기 중에서 가장 매혹적인 냄새라고 생각했다. 심지어 여자의 젖은 음부 냄새보다도 좋았다. 리는 수많은 여자들과 잤고 걔들의 냄새, 향기를 다 알지만 메린은 달랐다. 가끔 메린이 이런 냄새가 나지 않는다면 더는 메린을 걱정하지 않아도 될 텐데, 라고 생각할 때도 있었다.

"누구 왔어?"

메린은 집으로 들어오면서 물었다. 팔은 아직도 리의 허리를 감고 있었다.

"네가 처음……." 리가 말했다. "네가 처음으로 내가 전화한 사람이야"라고 말하려고 했지만 적절한 말이 아닐 것 같았다. 대답으로 "뭐라고?"가 나오기 십상이었다. 특이했다. 그 순간엔 적절하지 않았다. 대신 이렇게 말했다. "……여기 온 거야. 이그한테 전화한 다음에 너한테 했어. 생각이 없었나 봐. 아버지에게 먼저 했어야 하는데."

"아버지랑 얘기는 했어?"

"몇 분 전에."

"뭐, 그럼 됐잖아. 앉을래? 내가 사람들에게 대신 전화해줄까?"

리는 메린을 어머니가 있는 손님방으로 안내했다. 메린에게 가고 싶으냐고 묻지도 않고 그냥 앞장서서 걸었고, 메린은 리의 허리를 감은 채 따라왔다. 메린에게 어머니, 어머니의 얼굴을 보여주고 싶었다.

두 사람은 열린 문 앞에 섰다. 리는 어머니가 죽었다는 사실을 알자마자 창문에 설치해둔 선풍기를 최고로 세게 틀었지만 방에는 여전히 건조한 열이 올라 있었다. 어머니의 시든 팔이 가슴에 놓여 있었고, 마른 손은 뭔가 밀어내려는 듯 앞발처럼 구부러져 있었다. 아마도 섭씨 35도에 이른 온도 속에서 마지막까지 필사적으로 이불을 밀어내려고 노력했던 모양이지만 너무 약했다. 여분의 이불들은 벌써 개켜서 치워놓았다. 홑겹의 빳빳한 파란 이불만이 어머니의 몸에 덮여 있었다. 죽음을 맞은 어머니는 둥지에서 떨어져 죽은 새끼 새 같았다. 머리는 뒤로 젖혀졌고 입을 크게 벌려서 속이 들여다보였다.

"아, 리."

메린은 자기 손으로 리의 손가락을 꽉 쥐었다. 그녀는 울기 시작했다. 리는 어쩌면 지금 이 시점에 자기도 울어야 할지 모른다고 생각했다.

"어머니 얼굴에 이불을 덮으려고 했는데." 리가 말했다. "하지만 그러면 안 될 것 같아서. 어머니는 오랫동안 싸워 오셨잖아, 메린."

"알아."

"어머니 시선이 불편하다. 네가 눈 좀 감겨드릴래?"

"그래. 가서 앉아, 리."

"나랑 술 한 잔 할래?"

"그래. 곧 갈게."

리는 부엌으로 가서 메린에게 줄 독한 술 한 잔을 탔고, 자기 모습이 비치는 벽장 앞에 서서 울 준비를 했다. 평소보다 힘들었다. 사실 약간 흥분해 있었다. 메린이 부엌에 들어와 그의 뒤에 서자 눈물이 막 리의 얼굴에서 흐르기 시작했고, 그는 몸을 앞으로 숙인 채 격렬하게 숨을 내쉬며 흐느낌 같은 소음을 냈다. 그런 눈물을 밀어내기란 손에 박힌 가시를 빼내는 것처럼 힘들고 고통스러운 일이었다. 메린이 다가왔다. 메린도 울고 있었다. 얼굴은 보이지 않았지만 부드럽게 숨을 몰아쉬는 것만 봐도 알 수 있었다. 메린은 한 손을 리의 어깨에 얹었다. 메린은 리를 자기 쪽으로 돌렸고, 리는 이제 격격 숨을 쉬며 거세고 화난 흐느낌을 내뱉었다.

메린은 두 손을 리의 머리에 대고 가까이 끌어당긴 다음 속삭였다.

"어머니는 너를 아주 사랑하셨어." 메린이 말했다. "매일 어머니 곁에 있어드렸잖아, 리. 그게 어머니에게는 큰 의미였을 거야."

기타 등등, 기타 등등. 계속 그런 말을 중얼거렸다. 리는 듣고 있지 않았다.

리는 메린보다 30센티미터가량 컸기 때문에 가까이 안기 위해 메린은 리의 머리를 잡아당겨야 했다. 리는 얼굴을 메린의 두 젖가슴 사이의 골에 파묻고 눈을 감은 후 그녀에게서 나는 톡 쏘는 민트 향을 들이마셨다. 그러면서 한 손으로 메린의 블라우스 밑단을 잡고 끌어내렸다. 그 바람에 블라우스가 몸에 착 달라붙었지만 동시에 단추를 잠그지 않은 부분이 벌어져 살짝 주근깨가 나 있는 가슴 위쪽, 브라 컵이 보였다. 다른 손은 메린의 허리에 두었다가 엉덩이 위아래로 움직였지만 메린은 그만두라는 말을 하지 않았다. 리는 메린의 가슴에 대고 울었고, 메린은 리에게 속삭이면서 살살 흔들며 달랬다. 리는 메린의 왼쪽 가슴 위에 키스했다. 그녀가 알아차렸는지 알 수 없었다. 리의 얼굴이 온통 젖어버린 바람에 메린이 알 수 없었는지도 몰랐다. 리는 고개를 들어 메린이 좋아하는지 표정을 보려고 했다. 하지만 메린은 리의 얼굴을 다시 내리며 가슴에 꼭 안아주었다.

"그대로 있어." 메린은 속삭였다. 목소리는 부드러웠고 속삭임은 흥분한 듯했다. "그냥 그대로 있어. 지금은 괜찮아. 여기 우리밖에 없잖아. 볼 사람 아무도 없어."

메린은 리의 입을 그녀의 가슴에 갖다 댔다.

리는 바지 속이 딱딱해지는 것을 느꼈고, 그제야 메린이 서 있는 자세를 의식했다. 리의 왼다리가 그녀의 허벅지 사이에 들어가 있었다. 리는 메린이 죽은 시체를 보고 흥분했는지도 모른다고 생각했다. 시체의 존재를 최음제처럼 느끼는 심리적 기질이 있다고 한다. 시체는 감옥에서 풀어주는 석방 명령서, 미친 짓을 해도 좋다는 허락이었다. 리와 일을 벌이고 난 후에, 메린은 자기가 느끼는 죄책감(리는 죄책감이라는 개념을 확실히 믿지는 않았다. 사회적 기준을 충족하기 위해 사물을 맞추는 것이라 믿었다), 혹은 느껴야 할 것 같은 생각을 둘 다 슬픔 때문에 정신이 없어서 필사적인 욕구에 휩쓸렸던 거라 말하면서 완화할 수 있을 터였다. 리는 또다시 메린의 가슴에 키스했고, 세 번째로 했는데도 메린은 몸을 빼려 하지 않았다.

"사랑해, 메린."

리는 속삭였다.

이 시점에 하기 적절한 말이라는 것을 리는 알았다. 이제 모든 것이 더 쉬워지겠지. 리에게도, 메린에게도. 그 말을 하면서 한 손을 엉덩이에 대고 몸을 기울였는데, 그 힘에 메린은 뒤로 비틀비틀 밀려나면서 엉덩이가 부엌 한가운데에 있는 조리대에 부딪쳤다. 리는 손으로 스커트를 잡은 다음 허벅지까지 밀어올리고 다리를 허벅지 사이에 넣었다. 메린의 가랑이 사이 열기가 다리에 느껴졌다.

"나도 널 사랑해." 메린이 대답했지만 어조는 초연했다. "우리 둘 다 그래, 리. 이그와 나도."

이상한 말이었다. 지금 하고 있는 짓을 생각하면 이그를 끼워 넣는 건 이상했다. 메린은 리의 머리를 놓더니, 두 손을 리의 허리로 떨어뜨렸다가 엉덩이에 가볍게 댔다. 리는 메린이 자신의 허리띠를 풀려는 건가 생각했다. 리도 손을 들어 메린의 블라우스를 잡아당겨 열려고 했다. 단추 두 개만 뜯어내면 그렇게 될 것 같았다. 하지만 리의 손은 메린의 목에 걸린 작은 황금 십자가를 잡았고, 동시에 완전히 계획하지 못한 발작적 흐느낌이 그를 스치고 지나갔다. 리가 한 손으로 십자기를 홱 잡아당기자 부드러운 금속성의 딸랑 소리가 나며, 십자가가 풀려나와 메린의 블라우스 앞으로 미끄러져 떨어졌다.

"리." 메린은 리를 밀었다. "내 목걸이."

목걸이는 바닥에 살짝 떨어졌다. 두 사람은 선 채 내려다보았다. 리가 허리를 굽히고 십자가를 집어 메린에게 건넸다. 햇빛 속에서 십자가는 환히 빛나며 메린의 얼굴을 황금색으로 비추었다.

"내가 고칠 수 있어."

리가 말했다.

"지난번에도 네가 해줬지?"

메린은 미소 지었다. 얼굴이 붉어졌고 눈에 눈물이 고였다. 메린은 블라우스 자락을 여몄다. 단추 하나가 풀렸고, 리가 안겼던 가슴 위쪽이 젖어 있었다. 메린은 손을 앞으로 내밀어 두 손으로 리의 손, 십자가를 쥔 손가락을 감쌌다.

"여유 있을 때 고쳐서 내게 줘. 이번에는 이그를 중개인으로 이용할 필요 없어."

리는 자기도 모르게 움찔했다. 메린이 말한 게 자기가 생각한 것과 맞을까 의아했다. 물론 그랬다. 메린은 리가 어떻게 받아들일지 정확히 알고 있었다. 메린이 한 말의 많은 부분은 이중 의미를 품고 있었다. 하나는 대중이 받아들일 만한 의미, 다른 하나는 오로지 그만이 이해할 수 있는 의미. 메린은 이제까지 몇 년 동안 리에게 메시지를 보내고 있었던 것이다.

메린은 따져보는 눈으로 리를 살피더니 말했다.

"이 옷, 얼마나 오래 입었어?"

"모르겠어. 이틀인가."

"그렇구나. 너 그 옷을 벗고 샤워했으면 좋겠다."

리는 가슴이 죄어드는 느낌이었다. 리의 물건이 다시 허벅지 사이에서 뜨거워졌다. 그는 현관문을 보았다. 섹스하기 전에 씻을 시간은 없었다.

"사람들이 올 텐데."

리가 말했다.

"괜찮아. 아직 아무도 없잖아. 시간은 있어. 내가 마실 걸 가져다줄게."

리는 앞장서서 뒤 복도를 따라 내려갔다. 평생 이처럼 단단하게 발기한 적이 없었고, 속옷이 다리 사이에서 눌러줘 다행이라고 생각했다. 리는 메린이 욕실까지 따라와서 손을 뻗어 바지를 내려줄 거라 생각했지만, 리가 욕실 안으로 들어서자 메린은 부드럽게 문을 닫아버렸다.

리는 옷을 벗고 샤워 안으로 들어가 메린을 기다렸다. 뜨거운 물이 그에게 내렸다. 김이 모락모락 솟아올랐다. 맥박이 빨리, 세차게 뛰었고 기이하게 발기된 물건이 물보라 속에서 흔들렸다. 메린의 손이 커튼 너머로 럼 앤드 코크를 넘겨주었을 때, 리는 메린이 옷을 벗고 뒤따라 들어올 거라고 생각했지만 리가 술을 받자 메린은 손을 거두어들였다.

"이그가 와 있어."

메린의 목소리는 부드럽고 후회로 가득했다.

"기록적으로 빨리 달려왔지." 이그가 어딘가 뒤에서 말했다. "좀 어때?"

"안녕, 이그." 뜨거운 물이 갑자기 뚝 끊긴 듯 이그의 목소리가 달갑지 않았다. "괜찮아. 여건을 고려해보면. 와줘서 고마워."

이번에는 고맙다는 말이 적절하게 나오지 않았지만 이그가 목소리에 숨은 가시를 느껴도 감정적인 긴장이라고 일축하리라 생각했다.

"입을 옷 좀 가져다줄게."

메린이 말하더니 이그와 함께 나가버렸다. 문이 딸깍 닫히는 소리가 들렸다.

리는 뜨거운 물속에 서서 이그가 여기 온 데 대해 거의 분노에 가까운 감정을 느꼈다. 뭔가 눈치챘을까. 아니지, 혹시나 생각을, 아니, 아니야. 이그는 친구가 필요로 하니까 속도를 내서 달려온 것이다. 속속들이 이그다웠다.

리는 얼마나 오래 서 있는지 미처 깨닫지 못하다가 문득 오른손이 따끔거린다는 걸 깨달았다. 손을 들여다보니 아직도 십자가를 쥐고 있었다. 황금 사슬을 손에 감고 있어서 십자가에 베인 것이다. 메린은 블라우스 단추가 반쯤 풀린 채로 리의 눈을 똑바로 들여다보며 그 십자가를 주었다. 이보다 더 솔직하게 자기를 바칠 수 있었겠는가. 리의 다리를 허벅지 사이에 끼고 항복해 있는 상태에서 그런 행동을 하는 것보다 더?

감히 대놓고 말할 수 없는 것들이 있었지만 리는 메린이 보낸 메시지를, 그녀를 완벽하게 이해했다. 리는 십자가를 샤워 꼭지에 감았고, 흔들리는 늦은 아침 햇살에 맑게 빛나는 모습을 바라보았다. 곧 이그는 영국으로 갈 테고, 이제 조심할 이유는 없었다. 두 사람의 갈망을 막을 것은 하나도 없었다.

32

리의 어머니가 죽은 후로 메린은 단지 리가 어떻게 지내는지 확인한다는 핑계로 이전보다 자주 전화하고 메일을 보냈다. 어쩌면 정말로 자기 마음이 그렇다고 믿고 있었는지도 모른다. 리는 보통 사람들이 지들 멋대로 자기기만을 하는 능력을 과소평가할 수 없었다. 메린은 이그의 도덕성의 많은 부분을 내면화했기 때문에, 리는 그렇게 암시만 주는 정도가 메린이 할 수 있는 최대의 접근이리라 생각하고 자기가 주도권을 잡아야겠다고 결심했다. 또 이그가 영국에 가 있는 동안에는, 꼭 처음부터 길을 확 터놓을 필요가 있는 것도 아니었다. 메린은 고귀한 지위에 있는 사람이라면 어떻게 행동해야 한다는 일련의 규정들을 세워놓았다. 다른 사람이랑 섹스한다면 그게 이그한테 가장 이롭기 때문이라는 설득을 받아야만 했다. 리는 이해했다. 그 점에서는 자기가 한몫 도울 수 있었다.

메린은 리의 집과 의원 사무실에 메시지를 남겼다. 어떻게 지내는지, 뭐하고 지내는지, 누구 만나는지 알고 싶어 했다. 리에게 여자가 필요하다고, 여자와 잘 필요가 있다고 말했다. 그를 생각하고 있다고도 했다. 메린이 무슨 작업을 하는지 뻔히 보였다. 리는 종종 메린이 술 몇 잔 하고 전화하는 것 같다고 생각했다. 목소리에서 티가 난다고, 섹시하게 느릿한 어조가 느껴진다고 생각했다.

그때 이그가 국제 엠네스티에서 연수를 받으러 뉴욕으로 갔고, 며칠 후 메린은 자기를 만나러 오라며 리를 쪼아대기 시작했다. 룸메이트가 이사를 나가 개 침실까지 차지할 수 있어서 공간이 두 배라는 것이었다. 리에게 이메일을 써서 기드온 집에 서랍장을 놔두고 왔다며, 다음에 네가 뉴욕에 올 때 가져다줄 수 없느냐고도 했다. 맨 아래 서랍에 빅토리아 시크리트 속옷들을 넣어놨으니 굳이 찾느라고 수고할 필요 없다고도 했다. 예쁜 속옷을 입어봐도 좋지만, 사진을 찍어서 자기에게 보내줘야 한다고도 했다. 한번은 서랍장을 가져오면 여자애를 소개해주겠다고 문자를 보냈다. 리처럼 금발에 얼음여왕 같이 도도한 애라고 했다. 둘이 섹스하면 거울에 대고 자위하는 거나 마찬가지로 멋지겠다고 썼다. 하지만 리의 반사상엔 가슴이 달렸으니 훨씬 좋을 거라고. 또한 자기 룸메이트가 나가서 아파트에 빈방이 있으니 개랑 잘되면 써도 좋다고도 알려주었다. 분명 자기가 혼자 있다는 사실을 말해주려는 속셈이겠지.

그때쯤 되자 리는 메린의 암호 메시지를 거의 완벽하게 읽는 법을 깨우쳤다. 다른 여자애 얘기를 할 땐 자기 자신, 두 사람이 고대하는 것을 말하는 거였다. 그래도 아직 서랍장을 가져가야 하는지 결정을 내릴 순 없었다. 이그가 아무리 수백 킬로미터 떨어져 있다 한들 여전히 미국에 있을 때 자기랑 만나고 싶은지는 확실히 알 수 없었다. 두 사람은 충동을 억제하지 못할 수도 있었다. 이그가 간 다음에 하는 편이 훨씬 좋았다.

리는 항상 메린을 버리는 쪽은 이그일 거라고 짐작했었다. 메린이 두 사람 관계에 진력이 나서 마침내 사이를 끝내자고 통보할 준비를 하고 있고, 메린이 이그가 6개월 동안 떠나 있는 기간을 두 사람 사이를 깨끗이 정리할 기회로 여긴다는 생각은 한 번도 리의 마음속에 스쳐간 적이 없었다. 이그는 돈과 지위가 있는 가문에 가족의 인맥 또한 넓기 때문에 게임을 이끄는 건 이그 쪽이라는 게 훨씬 말이 되었다. 리는 늘 두 사람이 고등학교를 졸업할 때쯤이면 이그가 메린을 찰 거라고 생각했고, 그걸로 모든 게 바로잡힐 거라고 여겼다.

이제 자기가 메린을 차지할 차례가 오는 것이었다. 메린은 하버드에 갔고, 이그는 다트머스에 갔다. 눈에서 보이지 않으면 마음에서도 멀어지는 법. 하지만 이그는 다른 생각을 했는지, 매 주말마다 메린과 섹스하러 보스턴에 왔다. 자기 영역을 표시하는 개처럼.

　리가 생각해낼 수 있는 이유가 있다면, 이그는 메린이 리에게 가지 못하게 막으려는 변태적 욕망으로 그녀를 붙들고 있다는 것이었다. 이그는 리를 부하처럼 달고 다니기 좋아했다. 리 토르노를 개심하게 만드는 작업은 이그의 고등학교 시절 취미였다. 또한 이그는 두 사람의 우정에 선을 명확히 긋곤 했다. 메린을 얻은 사람이 누군지 리가 잊지 않길 바랐다. 하지만 리는 오른쪽 눈을 감고 세상이 침침한 그림자나라가 될 때마다, 유령이 암흑 속으로 기어오고 태양이 차갑고 먼 달로 변해버릴 때마다 그 사실을 기억했다.

　리의 마음 한쪽 면으로는 둘 다 메린에게 똑같이 추파를 던지던 그때, 이그가 그녀를 빼앗아간 방식에 대한 존경심도 있었다. 이그는 단지 그 빨강머리 계집을 리보다 훨씬 원했을 뿐이지만, 압박을 받으니 완전히 다른 사람, 꾀가 많고 느물스러운 사람이 되었다. 천식과 나쁜 머릿결, 온갖 성경 잡학 상식으로 가득 찬 머리를 가진 이그를 아무도 무모하다거나 교활하다고 생각하지 않았다.

　리는 10년 가까이 이그의 뒤에서 바짝 따라다녔다. 리는 두 사람의 관계를 좋은 교훈, 겉으로는 무해하고 안전하게 보이는 법에 대한 교훈이라고 생각했다. 어떤 윤리적 궁지에 봉착할 때면 리는 '이그라면 어떻게 할까?'라고 물어보는 것이 가장 좋은 방법임을 깨우쳤다. 그 대답은 보통 사과나 자기비하, 혹은 전적으로 불필요한 착한 척을 하는 것이었다. 리는 이그에게서 잘못하지 않았을 때도 잘못했다고 말하고, 필요 없을 때도 용서를 구하며, 자기에게 온 것을 원치 않는 척하는 법을 배웠다.

　열여섯 살 때, 잠시 메린이 명목상 리의 것이었던 적이 있었다. 며칠 동안 메린의 십자가를 목에 걸고 다니면서, 가끔씩 그 목걸이를 꺼내 입을 맞추며 이것을 목에 건 메린과 키스하는 상상을 했다. 오로지 십자가에만. 하지만 그때 메린의 십자가를 자기 손으로 놓았고, 그 애와 잘해볼 기회를 놓치고 말았다. 단지 메린의 창백한 얼굴과 어둠 속에서 벗은 육체를 자기보다 더 보고 싶어 하는 사람이 있다는 이유만으로. 뭔가 부서지는 걸 보고 싶어서, 귀가 멍멍한 폭발음을 듣고 싶고, 차에 불이 붙어 확 터지는 것을 보고 싶어서. 어쩌면 어머니의 캐딜락을, 어머니가 탄 채로 폭파할 수 있을지도 몰랐다. 이런 생각을 하니 메린에 대한 공상을 할 때와는 도저히 비교가 되지 않을 정도로 맥박이 빠르고 이상하게 뛰었다. 그래서 메린을 포기하고 도로 주었다. 이그와 바보 같은 거래를 했다. 정말로 악마와의 거래였다.

단지 여자 하나만 대가로 치른 게 아니었다. 한쪽 눈도 대가로 내놓았다. 여기에 의미가 있다고 느꼈다. 리는 한번 기적을 만들어낸 적이 있었다. 하늘을 만져 달이 떨어지기 전에 잡았던 것이다. 그 후로 하느님은 리에게 고쳐야 할 필요성이 있는 다른 것들을 가르쳐주셨다. 고양이, 십자가, 선거운동, 노망난 할머니들. 리가 고친 것은 영원히 그의 것이며 자기 마음대로 할 수 있는 것이었는데, 딱 한 번 하느님이 손에 넣어주신 것을 남에게 주어버렸더니 다시는 그런 짓을 하지 말라는 경고의 표시처럼 한쪽 눈이 멀어버렸다. 그리고 이제 그 십자가가 마치 필요했던 것처럼 손에 되돌아왔으니, 이것이야말로 그와 메린이 어떤 이유가 있어서 함께하게 되었다는 증거였다. 리는 이 십자가를 고치고 어떤 식으로든 메린을 고칠 의무가 있다고 느꼈다. 어쩌면 단순히 메린을 이그로부터 해방시켜주는 것만으로도 고칠 수 있을지 몰랐다.

리는 여름 내내 메린에게서 거리를 두려 했지만, 이그가 메린을 만나러 가는 일을 더 쉽게 만들어주었다. 뉴욕에서 이메일을 보냈던 것이다.

메린이 서랍장이 필요한데 차가 없고 아버지는 일하러 가셔야 한대. 너에게 가져다달라고 부탁하겠다고 했더니, 메린은 네가 자기 머슴이 아니라고 하더라. 하지만 너와 나 둘 다 네가 메린 머슴인 거 잘 아니까 다음에 의원님 일 때문에 보스턴에 가거든 가지고 와줘. 게다가 메린이 너한테 소개해주려고 근사한 금발 미인을 꿍쳐두었대. 이 여자랑 네가 결혼해서 애라도 낳으면 남극 대양 같은 눈을 가진 꼬마 바이킹들이 태어나겠다. 지금 메린에게 가. 메린 잔소리에서 빠져나갈 수도 없잖아. 걔한테 맛있는 저녁 사달라고 해. 내가 자리를 피해줄 테니 네가 덤벼들어 걔 더러운 일 좀 해줘야겠다.

　　잘 버티고 있지?

　　이그

　

　　리는 이그가 보낸 이메일의 마지막 부분을 몇 시간 동안이나 이해할 수 없었다. 잘 버티고 있지? 아침 내내 영문을 모르다가 마침내 어머니가 죽었다는 사실, 죽은 지 2주가 지났다는 사실을 깨달았다. 리는 그보다는 덤벼들어 메린의 더러운 일 좀 해주라는 부분이 더욱 흥미로웠다. 그 자체로 하나의 메시지였다. 그날 밤, 리는 과열되고 성적으로 복잡한 꿈을 꾸며 괴로워했다. 꿈속에서 메린은 벌거벗은 채 리의 침대에 누워 있었고, 그는 그녀의 팔을 깔고 앉아 꼼짝도 못하게 누르며 입에다 빨간 플라스틱 깔때기를 쑤셔 넣고 휘발유를 흘려보냈다. 메린은 리의 몸 아래서 오르가슴을 느끼는 것처럼 버둥거렸다. 리는 성냥갑을 입에 문 채로 성냥에 불을 붙여 깔때기 안에 떨어뜨렸고, 휙 소리와 함께 빨간 불꽃의 태풍이 구멍에서 솟아올랐다. 메린의 놀란 눈에도 불이 붙었다. 깨어나 보니 침대보가 흠뻑 젖어 있었다. 10대 때도 이렇게 강렬한 몽정을 한 적이 없었다.

　　이틀 후 금요일, 리는 메린의 집에 가서 서랍장을 가져왔다. 리는 트렁크에 서랍장 넣을 자리를 마련하기 위해 먼저 넣어두었던 무겁고 녹슨 연장 상자를 뒷자리로 옮겼다. 그래도 뚜껑을 닫고 서랍장을 제자리에 넣기 위해 메린의 아버지에게 가죽 끈을 빌려야만 했다. 보스턴으로 가는 중간지점에서 리는 휴게소에 차를 세우고 메린에게 문자를 보냈다.

오늘 밤 보스턴에 감 이 개같이 무거운 걸 트렁크에 실었음 집에서 받는 게 좋을걸 얼음여왕이 근처에 있으면 만나보고 싶다

한참 기다린 후에 메린의 답장이 왔다.

헉 리 여기 오다니 너 진짜 짱이다 하지만 온다고 말을 했어야지 얼음여왕은 오늘 밤 아르바이트 넌 나랑 대충 때워야겠네

33

메린은 운동복 바지에 헐렁한 후드티를 입고 문을 열었다. 룸메이트도 같이 있었다. 동성애자 같이 생긴 동양계 여자애로 짜증 나게 실실 웃어댔다. 여자애는 거실을 돌아다니면서 휴대폰으로 통화했다. 비음이 섞인 목소리가 괴로울 정도로 명랑했다.

"대체 이 안에 뭘 넣으려고?"

리가 물었다. 리는 서랍장에 기대어 숨을 헉헉대며 얼굴에 흐르는 땀을 닦았다. 리는 메린의 아버지가 챙겨준 바퀴 달린 발판에 서랍장을 끈으로 묶어 아파트까지 밀고 들어왔고, 그런 다음에는 등에 이고 열일곱 단이나 되는 계단을 올랐다. 두 번이나 넘어질 뻔했다.

"사슬갑옷 속옷?" 메린의 어깨너머로 룸메이트가 넘겨다보면서 말했다. "철제 정조대 같은 거 있나 보죠."

그러면서 껵껵대는 거위 같은 웃음소리만 남기고 가버렸다.

"네 룸메이트 이사 간 줄 알았는데."

룸메이트가 듣지 못할 곳까지 멀어지자 리가 말했다.

"이그랑 같은 날 떠날 거야." 메린이 말했다. "샌디에이고로. 그 다음에 나는 잠깐 여기서 혼자 지낼 거야."

리의 눈을 보면서 살짝 생긋 웃었다. 또 다른 메시지다.

두 사람은 서랍장과 씨름하며 안으로 겨우 들어놓았다. 메린은 일단 놔두라고 하더니 인도 요리를 데우러 부엌에 들어갔다. 메린은 거리가 내려다보이는 창문 아래 놓인 둥글고 얼룩진 식탁 위에 종이 접시를 놓았다. 여름밤의 아이들은 스케이트를 타고 그림자 바깥으로 미끄러져 나가, 염분 증기를 내뿜는 가로등 불빛이 만드는 오렌지색 웅덩이 안으로 들어갔다.

테이블에 어질러져 있는 공책과 논문들을 메린이 주섬주섬 치웠다. 리는 메린의 공부를 보는 척하면서 메린의 어깨너머로 몸을 숙이고 향기 나는 머리카락 위에 달콤한 숨을 길게 내뿜었다. 낱장으로 돌아다니는 공책 종이에 모눈이 쳐 있고 그 안에 점과 선이 그어져 있었다.

"줄긋기 놀이하니?"

"아." 메린은 종이를 모아서 교과서에 끼워놓더니 창틀에 세웠다. "내 룸메이트랑. 우리 그 게임하거든. 너도 알아? 점이 있는 곳을 사각형으로 만들어서 사각형이 많은 사람이 이기는 거야. 진 사람이 빨래해. 쟨 몇 달 동안이나 자기 옷을 직접 안 빨았다니까."

리가 말했다.

"내가 한번 볼게. 나 이 게임 잘하거든. 다음번엔 어디로 가야 할지, 훈수를 주지."

흘끔 보았을 뿐이지만 리가 보기에는 심지어 모눈도 맞게 그려져 있는 것 같지 않았다. 아마도 리가 알고 있는 게임과 다른 형태인 듯했다.

"그건 부정행위 같은데. 내가 부정한 짓을 하길 바라?"

메린이 물었다.

두 사람은 잠시 시선을 교환했다. 리가 대답했다.

"난 네가 바라는 걸 바라지."

"뭐, 나는 정정당당하게 게임에서 이기고 싶어. 농담 아니고."

두 사람은 마주 보고 앉았다. 리는 아파트를 살피면서 주위를 둘러보았다. 그다지 대단한 아파트는 아니었다. 케임브리지에 흔한, 다섯 가구가 아무렇게나 붙어 있는 건물 2층에 거실 하나, 작은 부엌, 침실 두 개가 있는 아파트였다. 댄스 음악이 아래층에서 쿵쿵 들려왔다.

"룸메이트가 없으면 집세를 혼자 못 내나?"

"응. 결과적으로는 같이 살 사람을 찾아야 할 거야."

"이그가 집세를 좀 도와줄 수도 있잖아."

메린이 말했다.

"이그라면 다 내줄 수도 있겠지. 그러면 난 걔의 정부가 되는 거잖아. 그런 제안 한번 받았었어."

"무슨 제안?"

"가르치는 교수 중 한 명이 몇 달 전에 점심 같이하자고 하더라. 난 레지던트 자리에 대해 이야기하려는 줄 알았는데, 대신 200달러짜리 와인을 사주면서 백 베이에 있는 집을 빌려주고 싶다고 하는 것 있지. 나보다 두 살 어린 딸이 있는, 예순 살 먹은 할아버지가."

"유부남이야?"

"물론."

리는 의자에 기대앉으며 잇새로 휘파람을 불었다.

"이그가 길길이 날뛰었겠는데."

"이그한텐 말 안 했어. 그러니까 너도 아무 말 하지 마. 이 말 괜히 꺼냈다."

"어째서 말 안 했는데?"

"그 교수 수업을 들어야 하니까. 이그가 교수를 성추행이니, 뭐니로 고발하면 안 되잖아."

"이그는 고발 안 할걸."

"응, 안 할 거야. 하지만 그 교수 과목 신청하지 말라고 하겠지. 난 그렇게 하긴 싫고. 그 교수가 교실 바깥에서 어떻게 행동하든 간에 이 나라에서 가장 뛰어난 종양학자고, 그땐 그 사람한테서 뭘 배울지 알고 싶었거든. 중요하게 보였으니까."

"이제는 중요하지 않고?"

"중요하긴 개뿔. 난 이제 어떤 수업에서도 1등으로 졸업해야 할 필요가 없어. 어느 날 아침에는 그냥 졸업하는 것만도 다행이다 싶어."

"야, 농담 마라. 너 잘하고 있잖아." 리는 잠깐 틈을 두고 말했다. "늙다리가 어떻게 받아들이디? 네가 엿이나 먹으라고 했을 때."

"좋게 받아들였어. 와인도 좋았고. 이탈리아의 작은 가족 포도원에서 나온 90년대 초반 와인이라나. 아마 다른 여자애들에게도 똑같은 와인을 샀을 거란 예감이 들더라. 어쨌든 그 교수에게 엿이나 먹으라고 하진 않았지. 난 사귀는 사람이 있는데다, 그분 밑에서 공부하니까 적절한 행동 같진 않다고. 하지만 다른 환경에서라면 기쁘게 그 생각을 고려해봤을 거라고 했어."

"참 친절도 하시지."

"사실이야. 내가 그 교수의 학생이 아니고, 이그를 만나지 않았더라면 어땠을 것 같아? 교수랑 외국영화 같은 것 보러 가는 상상도 되더라."

"웃기고 있네. 그 교수, 늙은이라고 하지 않았어?"

"전미퇴직자협회에 가입해도 될 만큼 늙었지."

리는 의자에 깊숙이 기대앉아 익숙지 못한 감정을 느꼈다. 혐오. 놀람.

"농담이지?"

"진짜야. 그 교수가 나한테 와인을 가르쳐줬을지도 모르지. 책도. 내가 모르는 것도. 망원경의 다른 끝에선 인생이 어떻게 보이는지도. 부도덕한 관계를 맺는다는 게 어떤 건지도."

"그건 실수가 될걸."

리가 말했다.

"너도 실수 몇 번은 하고 살아야 할 것 같다." 메린이 말했다. "실수를 안 한다면 너무 많이 생각한다는 거지. 그게 저지를 수 있는 가장 큰 실수야."

"늙다리 부인이랑 딸은 어쩌고?"

"그래. 그 부분은 잘 모르겠어. 물론 세 번째 아내니까 그 여자도 아주 심하게 충격받진 않겠지." 메린은 실눈을 떴다. "모든 남자들이 늦든 빠르든 언젠가는 자기 아내에게 진력이 난다고 생각하니?"

"대부분의 남자들은 자기가 갖지 못하는 걸 꿈꾼다고 봐. 나도 이제껏 여자들이랑 사귀면서 다른 여자애를 꿈꾸지 않은 적이 없었거든."

"어느 시점에서? 관계의 어느 시점에서 남자들은 다른 여자를 생각하지?"

리는 고개를 뒤로 젖히고 천장을 보면서 생각하는 척했다.

"모르겠어. 첫 데이트를 시작하고 15분 후? 웨이트리스가 섹시하냐, 아니냐에 달렸지."

메린은 싱긋 웃더니 말했다.

"언젠가는 이그가 다른 여자애를 쳐다보는 모습을 보게 되겠지. 그렇게 자주는 아니더라도. 걘 내가 주위에 있는 걸 알면 눈을 머릿속에 가만히 고정하려 하니까. 하지만 이번 여름에 케이프 코드에 갔을 때, 내가 차에 선탠로션 가지러 갔었거든. 그런데 생각해보니까 윈드브레이커 안에 넣어놓은 거야. 이그는 내가 그렇게 금방 올 거라고 생각하지 않았나 봐. 비키니 브라 끈을 푼 채 엎드려 있는 여자애를 쳐다보고 있더라. 예쁜 여자애였어. 열다섯 살에서 스무 살 정도. 우리가 고등학생이었다면 다른 여자애 힐끔거린다고 바가지 긁었겠지만, 이젠 아무 말도 안 해. 뭐라고 할 말을 모르겠어. 걘 나 말고 다른 사람 사귄 적이 없으니까."

"그게 진짜야?"

리는 놀랍다는 투로 물었다. 하지만 벌써 답을 알고 있었다.

"이그가 서른다섯 살쯤 되면, 내가 개를 젊었을 때 너무 옭아맸다고 생각할 것 같니? 재미로 했던 고등학교 섹스에 속았다고 생각하면서, 놓쳐버린 다른 여자애들을 마음속으로 꿈꿀 것 같아?"

"걘 분명히 지금도 다른 여자애 꿈꿀걸."

메린의 룸메이트가 한 손에 인스턴트 파이를 들고 다른 손으로는 휴대폰을 귀에 댄 채 지나갔다. 여자애는 자기 방으로 들어가며 문을 쾅 닫았다. 화가 났거나 자기가 뭘 하는지 의식해서 하는 행동은 아니었다. 이 여자애는 그냥 아무런 경고 없이 문을 쾅 닫는 종류의 사람일 뿐이었다.

메린도 팔짱을 끼고 의자에 기댔다.

"진실 혹은 거짓. 리, 쟤가 한 말이 사실일까?"

"그렇게 진지하게 그러진 않을 거야. 그냥 해변에 있는 여자애 쳐다보는 정도겠지. 아마도 그런 생각하는 걸 즐길지도 모르지만 단지 생각일 뿐이잖아. 그러니까 그게 뭐 중요해?"

메린은 앞으로 몸을 숙이더니 말했다.

"이그가 영국에서 다른 여자들과 좀 자고 돌아다닐까? 평소 생활에서 일탈해보려고 말이야. 아니면 나와 애들에게 용서받지 못할 방식으로 잠깐 외도한 거라고 생각할까?"

"애들?"

"우리 애들. 하퍼와 찰리. 내가 열아홉 살 때부터 우린 애들 얘기를 했는걸."

"하퍼와 찰리?"

"하퍼는 딸이야. 하퍼 리의 이름을 따서 지었어. 내가 제일 좋아하는 책 한 권만 쓴 소설가. 남자애면 찰리. 이그는 내가 '촐리, 촐리'라고 말하는 걸 좋아하더라고."

메린이 그렇게 말하자 리는 그녀가 싫어졌다. 메린은 정신이 산란하면서도 행복해 보였다. 리는 메린의 눈에 갑작스레 떠오른 아련한 표정을 보고, 메린이 실제로 이 아이들을 상상하고 있다는 사실을 깨달았다.

"아니야."

리가 말했다.

"뭐가 아니야?"

"이그는 널 두고 바람피우지 않을 거야. 네가 먼저 바람을 피우고 걔한 테 그 사실을 알리기 전에는. 그러면 혹시 걔가 다른 여자애랑 잘지도 모르지. 그렇겠네. 잠깐만 이걸 반대로 생각해. 넌 네가 서른다섯 살이 되었을 때, 뭔가를 놓쳤다고 생각할 것 같아?"

"아니." 메린은 단호하고도 무심하게 확신을 담아 말했다. "서른다섯 이 돼도 뭔가를 놓쳤다고 생각할 것 같진 않아. 그거 정말 끔찍한 생각 이다."

"뭐가?"

"단지 이그에게 말하기 위해서 다른 사람과 자는 거." 메린은 리를 보지 않고 창문 밖만 쳐다보았다. "그 생각만 해도 토할 것 같아."

웃기게도 메린은 정말 지금 이 순간 토할 것처럼 보였다. 처음으로 리는 메린이 얼마나 창백한지 깨달았다. 눈 아래 탁한 분홍색 원이 생겼고, 머리카락에는 윤기가 없었다. 메린은 손으로 종이 냅킨을 계속 만지작거리며 더 작은 사각형으로 계속 접었다.

"너 괜찮니? 약간 아파 보이는데?"

메린의 입가가 실룩이며 작은 미소가 떠올랐다.

"감기 기운이 좀 있나 봐. 걱정하지 마. 우리가 혀를 나누지 않는 한 네게 옮길 일은 없을 테니까."

한 시간 후, 리는 집으로 차를 몰고 가며 열을 내뿜었다. 메린은 이런 식으로 수작을 부리는 것이었다. 자기를 꾀어서 보스턴에 오게 해놓고, 단둘만 있을 거라고 상상하게 해놓고, 트레이닝 바지 차림 같은 구질구질한 행색으로 문을 열지 않나, 룸메이트는 돌아다니질 않나. 게다가 밤새 이그 얘기만 했다. 만약 2주 전 가슴에 키스하게 놔두지만 않았더라면, 십자가만 주지 않았더라면 리도 메린이 자기한테 전혀 관심이 없다고 생각했을 터였다. 리는 자기가 질질 끌려 다녔다는 생각에 메스꺼웠고, 메린의 얘기에 구역질이 났다.

하지만 자킴 다리를 건널 즈음 리의 맥박은 느려졌고 호흡도 좀 더 정상으로 돌아왔다. 그제야 메린이 리가 있는 동안 한 번도 얼음여왕 얘기를 꺼내지 않았다는 데 생각이 미쳤다. 또 다른 생각이 따라왔다. 얼음여왕 같은 애는 없다. 오직 메린뿐. 자기가 얼마나 작업을 걸어 리를 꾀어낼 수 있나, 자기 생각을 계속하게 할 수 있나 알아보려고 했던 것이다.

물론 리는 계속 생각했다. 리는 이그가 곧 가버릴 거라고 생각했고, 그 룸메이트도 갈 거라고 생각했다. 그러니 조만간 가을에는 메린의 문을 두드릴 수 있을 것이다. 메린이 그 문을 열었을 땐 혼자일 테지.

34

리는 늦은 밤까지 메린과 함께 있고 싶었지만, 10시가 지날 무렵 뉴햄프셔로 들어가는 경계선을 넘어가다가 의원에게서 음성 메시지가 와 있다는 사실을 알아챘다. 의원은 느리고 피곤하고 편두통이 있는 목소리로 의논하고 싶은 소식이 있으니 내일 아침에 들러줄 수 없느냐고 물었다. 의원의 말투로 봐서 오늘 밤에 만나면 달가워할 듯싶어 I-95 주간 고속도로에서 벗어나 기드온 서쪽으로 가는 대신에 북쪽으로 계속 향하다 라이로 빠지는 출구를 탔다.

11시에 리는 으깬 하얀 조개를 깔아놓은 의원의 집 차도 위에 차를 댔다. 주랑 현관이 있는 조지 양식의 집이 널따랗고 꼼꼼하게 다듬은 녹색 잔디밭 위에 서 있었다. 의원의 쌍둥이들은 남자들과 함께 앞마당에 나와 야간 조명 아래서 크로케*를 하고 있었다. 샴페인 잔이 소녀들의 하이힐과 나란히 길에 놓였고, 소녀들은 맨발로 뛰어다녔다.

리는 캐딜락에서 나와 옆에 선 채 소녀들이 게임하는 모습을 쳐다보았다. 몸매가 나긋나긋하고, 다리가 갈색으로 그을린 소녀들은 여름 드레스 차림이었다. 둘 중 하나가 크로케 망치를 들고 허리를 숙였고, 그녀의 데이트 상대가 도와주겠다는 구실로 허리를 뒤에서 안았다. 바다 냄새가

---

* 야외에서 하는 나무망치와 나무공을 이용하는 구기 레크리에이션 종목.

어렴풋하게 풍기는 공기 속에서 소녀들의 웃음소리가 실려왔고, 리는 다시 원래 자신의 모습으로 돌아온 느낌을 받았다.

의원의 딸들은 리를 좋아했고, 그가 차도를 걸어오는 모습이 보이자 곧장 달려왔다. 케일리는 팔을 리의 목에 둘렀고 데일리는 얼굴 옆에 키스했다. 스물한 살에 검게 그을리고 행복한 소녀들. 하지만 둘 다 남에게 말 못할 문제들이 있었다. 폭음, 거식증, 성병.

리도 두 사람을 안아주고 장난치며, 가능하다면 나와서 같이 크로케를 하겠다고 약속했지만 쌍둥이들의 손길이 닿자 피부에 소름이 돋았다. 여자애들은 미끈하고 고왔지만 초콜릿 씌운 바퀴벌레처럼 악취가 났다. 둘 중 하나는 스피어민트 껌을 계속 씹고 있었는데, 담배나 마약, 혹은 남자 거시기 냄새를 가리려는 것이 아닐까 의심스러웠다. 메린과 하룻밤 보내는 대신 이 둘과 동시에 잘 수 있다고 해도 그럴 마음이 없었다. 메린은 어떤 면에서는 여전히 깨끗하고, 여전히 열여섯 살 처녀의 육체를 간직하고 있었다. 메린은 오직 이그하고만 잤고, 리가 이그를 잘 아는 한 그건 별로 심각한 문제도 아니었다. 이그라면 아마도 줄곧 두 사람 사이에 이불을 대고 하고도 남았을 것이다.

의원의 아내는 문 앞까지 리를 마중 나왔다. 작은 체구에 희끗희끗한 검은 머리가 깃털 같은 여자로 보톡스를 얼마나 맞았는지 얇은 입술이 딱딱한 미소로 고정되었다. 부인은 리의 손목을 건드렸다. 이들은 모두 리를 건드리기 좋아했다. 의원 부인, 자식들, 의원 본인 역시. 리가 마치 행운의 토템, 토끼발이라도 되는 양. 실제로 리는 그들에겐 그런 존재였다. 리 또한 그 사실을 알았다.

"그이는 서재에 있어요." 부인이 말했다. "리를 보면 기뻐할 거야. 가는 길은 알지요?"

"압니다. 두통이세요?"

"끔찍한가 봐요."

"그렇군요. 걱정하지 마세요. 의사가 왔으니까."

리는 서재가 어딘지 알고 있어서 그리로 향했다. 쪽미닫이문을 두드리고는, 들어오라는 말을 듣기도 전에 밀고 들어갔다. 텔레비전 외에 다른 조명은 없었고, 의원은 어둠 속에서 젖은 습포를 접어 띠에 넣고 눈 위에 대고 있었다. 텔레비전에서는 〈핫 하우스〉가 흘러나왔다. 소리를 줄여놓았지만 리는 테이블 뒤에 앉은 테리 페리시가 검은 가죽 재킷을 입은 말라깽이 영국인을 인터뷰하는 모습을 볼 수 있었다. 아마도 록스타겠지.

의원은 문이 열리는 소리를 듣더니 습포 모서리를 들고 리를 보며 살짝 미소 지었다. 그는 습포를 도로 눈 위에 내려놓았다.

"왔군." 의원이 말했다. "메시지를 남기지 말까 생각했었지. 자네가 걱정한 나머지 오늘 올 것 같아서. 금요일 저녁에 방해하고 싶지 않았거든. 내가 자네 삶을 너무 차지하고 있어. 자네도 여자하고 데이트도 하고 그래야지."

그는 부드럽고 자상한 어조로 말했다. 임종 직전의 남자가 가장 사랑하는 아들에게 하는 말투와 비슷했다. 의원이 이렇게 말하는 게 처음도 아니었고, 그가 편두통으로 고생할 때마다 리에게 더욱 다정해지는 것도 처음이 아니었다. 의원의 두통은 선거자금 모금 혹은 나쁜 여론 조사 결과와 밀접한 관련이 있었다. 최근에는 이 두 가지가 함께 닥쳤다. 이 주에서 그 사실을 아는 사람은 열 명 남짓이었지만, 내년 초에 의원은 주지사 선거에 출마한다고 공표할 예정이었다. 적수는 현직 주지사로 지난 선거에서 압도적인 표 차로 승리를 거두었으나 매년 조금씩 지지율이 떨어지고 있었다. 여자 주지사의 지지율이 3포인트 이상 솟구치기만 하면 의원은 물도 없이 두통약을 삼키고 드러누워야 할 판이었다. 의원은 지금처럼 리의 침착함에 기댄 적이 없었다.

"그럴 계획이었는데요. 여자가 바람을 맞히더군요. 게다가 의원님이 그 여자보다 두 배는 귀여우니 손해 볼 건 없습니다."

의원은 킥킥 웃었다. 리는 낮은 테이블 위, 의원으로부터 대각선상에 앉았다.

"누가 죽기라도 했습니까?"

리가 물었다.

"주지사 남편."

의원이 대답했다.

리는 망설이다가 말했다.

"이런, 농담이셨으면 좋겠는데요."

의원은 습포를 다시 들었다.

"그 사람, 루 게릭 병이라는군. 근위축성측삭경화증. 그렇게 진단받았대. 내일 기자회견이 있을 예정이야. 다음 주면 결혼 20주년이 된다는군. 정말 끔찍하지 않은가?"

리는 몇 가지 내적인 지지율 하락 요소들에 대해 들을 각오를 하고 왔다. 혹은 〈포츠머스 헤럴드〉가 의원에 대해서(혹은 여자들에 대해서. 몇 명 이상 있었으니까), 깎아내리는 기사를 실으려 한다는 소식에도 대비했다. 하지만 이 소식을 소화하기까지는 약간 시간이 걸렸다.

"맙소사."

"내 말이. 처음엔 엄지손가락이 꿈틀하지 않는 증상으로 시작한다더군. 그 다음엔 두 손. 이 병의 경과가 아주 빠르다는 것 같던데. 그날과 그때는 아무도 모르는 거지.*"

"모르죠."

두 사람은 침묵 속에 앉아 있었다. 텔레비전이 돌아갔다.

"초등학교 시절 가장 친한 친구 아버지가 이 병이셨어." 의원이 말했다. "그 불쌍한 남자는 텔레비전 앞 안락의자에 계속 앉아 있었다는군.

* 마가복음 13장 2절에 나오는 말.

낚싯바늘에 걸린 물고기처럼 꿈틀대기만 할 뿐, 투명인간에게 목이 졸리기라도 한 양 목이 막혀서 거의 소리도 내지 못했던 모양이야. 그런 사람 생각하면 참 마음이 아프지. 우리 딸애 중 하나가 그런 병에 걸리면 내가 어떻게 될지 상상도 못하겠네. 그들을 위해 나와 함께 기도하겠나, 리?"

조금도 하고 싶지 않아. 리는 생각했으나 테이블 옆에 무릎을 꿇고 두 손을 모아 기다렸다. 의원도 마룻바닥으로 내려와 고개를 숙였다. 리는 집중하기 위해 눈을 감고 해결 방안을 모색했다. 분명 처음에는 주지사의 지지율이 오르겠지. 개인의 비극은 항상 동정표 몇 천 정도 모으기 좋다. 게다가 건강보험 법안은 주지사가 중점적으로 밀고 있는 공약이니까 이것 또한 작용해서 이 사안을 개인적으로 이용할 수 있는 방법이 있으리라. 결국 남성우월주의자, 약자를 들볶는 강자처럼 보이지 않게 여성을 상대하기란 어려웠다. 그런 판에 병들어 운신을 못하는 배우자를 영웅적으로 돌본 여성을 상대한다니, 그게 선거에 어떻게 작용할지 누가 알겠는가? 어쩌면 언론이 어떤 각도로 조망하느냐에 달려 있었다. 현재의 주지사에게 총체적 이득이 되지 않을 만한 각도가 있기는 할까? 어쩌면. 리는 적어도 기도할 만한 한 가지 가능성이 있다고 생각했다. 적어도 이 상황을 교정할 수 있는 한 가지 방법.

잠시 후, 의원은 한숨을 쉬었다. 기도시간이 끝났다는 신호였다. 두 사람은 아주 다정하게 무릎을 꿇은 채 계속 앉아 있었다.

"내가 출마하지 말아야 한다고 생각하나?" 의원이 물었다. "경의를 표하는 차원에서?"

"주지사 부군의 병환은 일종의 비극이죠." 리가 대답했다. "하지만 주지사의 정책은 별개의 문제입니다. 단순히 주지사만의 문제가 아니에요. 이 주에 있는 모든 사람의 문제죠."

의원은 몸을 떨더니 말했다.

"심지어 그런 생각을 했다는 것만으로도 부끄럽군. 오직 나의 하찮은 정치적 야심만이 중요한 문제인 양 말이야. 오만의 죄악이야, 리. 오만의 죄악."

"무슨 일이 일어날지 우리 모두 모릅니다. 어쩌면 주지사가 남편을 돌보겠다고 스스로 사직하겠다고 나설지도 모르죠. 다음 선거에 출마하지 않겠다고 할 수도 있고요. 어떤 경우든 누구보다 의원님께 유리합니다."

의원은 몸을 떨었다.

"이런 식으로 말하면 안 돼. 적어도 오늘 밤에는 정말로 점잖지 못한 느낌이 드네. 이건 한 사람의 생명과 건강이 달린 문제야. 내가 주지사에 출마하든 말든, 그건 이 세상에서 전혀 중요하지 않은 문제지." 의원은 무릎을 꿇은 채 몸을 까닥거리며 멍하니 텔레비전을 바라보았다. 그러고는 말했다. "하지만 만약 주지사가 사퇴한다면, 출마하지 않겠다고 하는 건 무책임한 행동이 되겠지."

"세상에, 그럼요." 리가 대답했다. "의원님이 출마하지 않으셔서 빌 플로레스가 주지사에 당선되면 어떻게 합니까? 그럼 유치원에서 성교육을 하고 여섯 살짜리들에게 콘돔을 나눠줄 걸요. 자, 애들아. 너희 중 '동성애'를 어떻게 쓰는지 아는 사람 손 들어보렴."

"그런 말 말게." 의원은 점잖게 타일렀지만 웃음을 터뜨렸다. "정말 몹쓸 친구로군."

"앞으로 다섯 달 안에 출마 선언을 하실 것도 아니었잖습니까." 리가 말했다. "1년 안에도 여러 가지 일이 일어납니다. 남편이 아프기 때문에 주지사에게 투표를 하지 않을 수도 있습니다. 우리 주에서는 아픈 배우자가 있다고 해서 존 에드워즈에게 도움이 되지 않았잖아요. 이런, 오히려 해가 되었죠. 아내의 건강보다 자기 장래를 더 앞에 두는 사람처럼 보였으니까요."

벌써부터 남편이 연단 옆 휠체어에서 춤을 추듯 발작을 일으키고 있는데도, 연설을 하는 여자가 끔찍하게 보일 거라는 생각이 들었다. 시각적으로도 보기 좋지 않은데, 사람들이 그런 장면을 텔레비전에서 2년씩이나 더 보기 위해 표를 주려고 할까? 남편을 보살피는 일보다 선거에서 이기는 게 더 중요하다고 생각하는 여자에게?

"사람들은 공약을 보고 투표하는 거지, 동정으로 투표하는 게 아닙니다."

거짓말이었다. 사람들은 자신들의 신경말단으로 투표한다. 이게 바로 교정하는 방법이었다. 조용하게, 주지사 남편의 병을 이용해서 간접적으로 그 여자가 가정을 잘 돌보지 않는 여자, 부인답지 않은 여자처럼 보이게 만드는 것. 항상 교정할 방법이 있었다.

"의원님이 활동할 때쯤에는 이미 옛날 뉴스가 되어버릴 겁니다. 사람들은 곧 화제를 바꿀 준비가 되어 있겠죠."

하지만 리는 의원이 계속 듣고 있는지 알 수 없었다. 그는 눈을 가늘게 뜨고 텔레비전을 쳐다보고 있었다. 테리 페리시는 의자에 푹 쓰러져서 죽은 척하고 있었다. 머리가 부자연스럽게 꺾였다. 초대 손님, 검은 가죽 재킷을 입은 말라깽이 영국 록스타는 테리의 몸 위로 성호를 그었다.

"자네, 저 사람이랑 친구지? 테리 페리시?"

"동생이랑 더 친합니다. 이그죠. 다들 아주 좋은 사람들이에요. 페리시 집안 사람들은 제게 아주 중요한 존재들이었어요. 제가 자라날 때."

"한 번도 만나본 적 없는데. 페리시 가족을."

"아마도 민주당을 좀 더 지지할 겁니다."

"사람들은 당을 보기보다는 친구를 보고 투표하지." 의원이 말했다. "어쩌면 우리 모두 친구가 될 수도 있을 거야."

의원은 갑작스레 생각이 났다는 듯 리의 어깨를 쳤다. 편두통은 까맣게 잊어버린 듯했다.

"내년에 테리 페리시의 쇼에 나와 주지사 자리에 입후보하겠다고 공표하면 대단하지 않겠나?"

"그렇겠군요. 분명 그럴 겁니다."

"그런 자리를 마련할 방법은 없을까?"

"다음에 테리가 근처에 오면 같이 외출해보도록 하죠. 그리고 의원님에 대해서 좋은 말을 전하겠습니다. 어떻게 되는지 한번 봐야죠."

"그래. 그렇게 하게. 이 마을을 돌아다니면서 흥청망청 놀도록 해. 경비는 내가 댈 테니까." 의원은 한숨을 쉬었다. "자네가 있으니 기운이 나는군. 나는 정말 복받은 사람이야. 자네도 그 사실을 알지. 게다가 자네가 그 복 중 하나고, 리."

의원은 할아버지처럼 눈을 반짝이며 리를 쳐다보았다. 의원은 언제든지 큐 신호만 떨어지면 산타클로스 할아버지 같은 눈을 할 수 있었다.

"자네도 알겠지만, 리. 자네도 이제 나이가 찼으니 의원직에 입후보할 수 있어. 앞으로 2년 후면 내가 주지사가 되든 안 되든, 지금 내 자리는 공석이 되네. 자넨 아주 자석 같은 매력을 지녔지. 잘생겼고 솔직하잖아. 예수를 통해 구원받았다는 무척 좋은 사연도 있고. 게다가 저급한 농담도 잘하지."

"과연 그럴까요. 저는 지금 하는 일에 만족합니다. 의원님 밑에서요. 관직 선거에 나가는 건 제 천직이 아닌 거 같습니다." 리는 아무런 거리낌 없이 덧붙였다. "주님께서 제게 그런 일을 바라신다는 믿음이 없습니다."

"그것 참 안됐군." 의원이 말했다. "당이 자네를 이용할 수 있을 텐데. 자네가 얼마나 높이 올라갈 수 있을지 예측하기가 힘들 정도야. 왜, 스스로한테 기회를 한번 줘보지 그러나. 자넨 우리의 다음번 레이건이 될 수도 있어."

"아닙니다." 리가 대답했다. "전 차라리 다음번 칼 로브*가 되는 편이 낫겠습니다."

---

* 칼 크리스천 로브. 조지 W. 부시 전 대통령의 수석 고문이자 책임 보좌관.

35

　마지막 순간 리의 어머니는 별로 할 말이 많지 않았다. 마지막 몇 주 동안 리는 어머니가 얼마나 인식하고 있는지 확실히 알지 못했다. 대부분은 오로지 한 가지 단어의 여러 변이형만을 말할 따름이었다. 미친 사람 같은 목소리는 부글부글 끓었다.

　"물! 무울!"

　눈알은 구멍에서 튀어나올 것 같았다. 리는 열기 속에서 벌거벗은 채 침대 옆에 앉아 잡지를 읽었다. 한낮이 되면 침실은 35도 가까이 올랐고, 아마도 겹겹이 쌓인 이불 아래는 그보다 8도는 높을 터였다. 어머니는 리가 방에 함께 있다는 사실을 늘 깨닫고 있는 것 같지는 않았다. 천장만 바라보았고, 힘없는 팔을 이불 아래서 가련하게 꿈틀거렸다. 배 위에서 균형을 잃고 떨어지는 여자처럼 간신히 팔만 휘둘렀다. 이따금 커다란 눈알이 눈구멍에서 돌며 리가 앉아 있는 방향 쪽으로 애걸하듯 두려움에 찬 눈빛을 보내기도 했다. 리는 아이스티만 홀짝홀짝 마실 뿐 별다른 신경을 쓰지 않았다.

　어떤 날은 어머니의 기저귀를 갈아준 뒤 새것을 채우는 걸 잊고, 허리 아래부터 알몸으로 이불 밑에 놔둔 적도 있었다. 어머니는 오줌을 싸면 이렇게 외쳤다.

　"축축해! 축축해! 오, 맙소사! 리, 축축해!"

리는 결코 서둘러 시트를 갈지 않았다. 고되고 진 빠지는 과정이었다. 어머니의 오줌에서는 나쁜 냄새, 당근이나 신부전의 냄새가 났다. 리는 시트를 갈면서 젖은 이불을 동그랗게 만 다음 어머니가 당황하고 질식한 목소리로 고함을 지르는 것도 아랑곳하지 않고 이불을 얼굴에 내리눌렀다. 결국 이것도 리의 어머니가 했던 짓이었다. 리가 이불에 오줌을 쌌을 때, 얼굴을 시트에 문지르던 짓. 어린 시절 이불에 오줌 싸는 버릇을 단단히 고쳐놓기 위한 교정 방식이었다.

5월 말쯤, 딱 한 번 어머니의 정신이 또렷했던 순간이 있었다. 띄엄띄엄 이어지는 흐릿한 정신으로 지낸 지 몇 주 후에 아주 위험하게 맑았던 한 순간. 그날 리는 새벽이 되기도 전에 2층에 있는 침실에서 깨어났다. 무엇 때문에 마음이 뒤숭숭했는지 알 수 없었지만 뭔가 잘못되었다는 사실만은 알았다. 리는 팔꿈치로 몸을 일으키고 정적에 아주 열심히 귀를 기울였다. 5시도 되기 전이라서 바깥 하늘을 회색으로 물들이는 가짜 새벽빛이 비쳤다. 창문이 살짝 열려 있어 그 틈새로 갓 자른 풀, 막 돋아난 새순의 냄새가 풍겼다. 흘러 들어온 공기는 따뜻하고 습기 있는 중량감을 지녔다. 벌써부터 따뜻하다면 오늘은 찜통더위가 될 것이다. 특히 손님방은 더할 테니까, 이제 저 할망구를 뭉근히 익혀 죽일 수 있는지 알아보아야 했다. 마침내 리는 어떤 소리, 아래층에서 부드럽게 쿵 떨어지는 소리를 들었다. 그 다음에는 누가 플라스틱 매트를 신발로 긁는 소리가 났다.

리는 일어나서 서둘러 아래층으로 내려가 어머니를 살폈다. 리는 어머니가 자고 있거나 멍하니 천장을 볼 거라 짐작했다. 어머니가 모로 누워 시든 앞발 같은 손으로 전화기를 더듬고 있으리라는 생각은 꿈에도 하지 못했다. 어머니가 수화기를 들다가 거치대를 밀어 넘어뜨리는 바람에 꾸불꾸불한 베이지색 전선이 바닥까지 대롱대롱 매달려 있었다. 어머니는 한 손에 전선을 그러모아 쥐고, 손이 닿는 곳까지 수화기를 끌어당기려

하는 중이었다. 수화기는 앞뒤로 흔들리며 바닥을 긁었고 가끔 테이블에 가볍게 부딪쳤다.

어머니는 문간에 서 있는 리를 보자, 더는 전선을 잡아당기지 않았다. 어머니의 불안하고 푹 꺼진 얼굴은 침착했으며 심지어 기대감까지 서려 있었다. 어머니는 짙은 벌꿀색 머리카락을 몇 년 동안 계속 짧고 풍성하게 유지해 컬이 어깨에 가볍게 닿았었다. 일명 파라 포셋* 머리였다. 그런데 지금은 거의 대머리에 가까웠고, 가는 은색 머리카락을 갈색 기미가 돋아난 만질만질한 머리 옆으로 빗어 넘겼다.

"뭐하고 있어요, 엄마?"

리가 물었다.

"전화하려고."

"어디다 전화하시게?"

리는 어머니의 목소리에 깃든 명확한 기운을 알아차리고 어머니가 불가능하지만 순간적으로 치매에서 깨어 올라왔다는 사실을 깨달았다.

어머니는 리에게 한참 멍한 눈길을 주더니 말했다.

"넌 뭐니?"

부분적으로 다시 가라앉은 모양이었다.

"리예요. 나 몰라요?"

"넌 리가 아니야. 리는 울타리 위를 걸었어. 엄마가 하지 말라고 했는데도. 그것 때문에 악마에게 대가를 치르게 될 거라고도 말했는데, 자제를 못한 모양이지."

리는 방을 가로질러서 수화기를 도로 거치대에 걸었다. 팔이 닿을 수 있는 곳에 작동이 되는 전화기를 놓아두다니 백치처럼 조심성이 없었다. 어머니의 상태를 신경 쓰지 않은 건 물론이었고.

---

* 1970~80년대 유명했던 여자배우. 원조 〈미녀 삼총사〉에 출연했다.

리가 허리를 굽혀 전화기 코드를 뽑았을 때 어머니가 손을 뻗어 손목을 잡았다. 리는 비명을 지를 뻔했다. 어머니의 야위고 옹이 진 손이 격렬한 힘을 내는 것에 깜짝 놀랐다.

"난 어쨌든 죽을 거야." 어머니는 말했다. "어째서 나를 괴롭히려고 하는 거냐? 어째서 가만히 뒤로 물러나서 두고 보질 못해?"

리가 대답했다.

"그냥 두고 보면 아무것도 알아낼 수 없을 테니까요."

리는 또 다른 질문을 기대했지만, 대신 어머니는 흐뭇하다고 할 어조로 이렇게 말했다.

"그래, 그 말은 맞아. 뭘 알아내려고?"

"한계가 있는지."

"내가 어디까지 살 수 있는지?" 어머니는 묻더니 계속 말을 이었다. "아니, 아니. 그게 아니겠지. 네가 어디까지 할 수 있는지 한계를 말하는 거겠지."

어머니는 베개에 머리를 뚝 떨어뜨렸다. 리는 어머니가 알겠다는 듯 빙그레 웃자 깜짝 놀랐다.

"넌 리가 아니야. 리는 울타리 위에 있어. 그 울타리를 걷다가 나한테 또 한 번 잡히면 엄마 손맛을 똑똑히 볼 거라고 했는데. 그렇게 타일렀는데."

어머니는 숨을 깊이 들이마셨고 눈꺼풀이 떨어졌다. 리는 어머니가 진정하고 잠이 들지도 모른다고 생각했다. 어머니는 종종 급속도로 의식을 잃곤 했다. 하지만 어머니는 입을 열었다. 가늘고 늙은 목소리는 생각에 잠긴 어조를 띠었다.

"통신판매 카탈로그에서 커피메이커를 주문한 적이 있지. 그게 샤퍼 이미지 제품일지도 모른다고 생각했거든. 아주 작은 것이었지. 구리로 가장자리를 장식하고. 두 주를 기다렸는데, 드디어 집 앞에 배달되었지.

상자를 열었더니 뭐가 있었는지 알아? 포장 말고 아무것도 없었어. 발
포 포장지와 스티로폼 말고는. 에스프레소 머신 공장에서 누가 졸았나
보지."

어머니는 길고 만족스러운 숨을 내쉬었다.

"그게 뭐 어쨌다고요?"?

리가 물었다.

"왜냐면 그게 너랑 똑같으니까."

어머니는 멋지게 반짝거리는 눈을 뜨고 고개를 돌려 리를 바라보려 했
다. 미소가 점점 커져 그나마 남아 있는 작고 노랗고 삐뚤빼뚤한 치아들
이 드러났다. 어머니는 큰 소리로 웃기 시작했다.

"너도 환불해달라고 요청해야 해. 넌 사기를 당한 거야. 넌 그저 포장
뿐이지. 단지 보기 좋은 상자일 뿐, 안에는 아무것도 없어."

어머니의 웃음소리는 거셌고 숨이 차서 뚝뚝 끊어졌다.

"나를 비웃지 마요."

리의 말에도 어머니는 더욱 크게 웃었고, 멈출 줄 몰라서 리는 모르핀
양을 두 배로 늘렸다. 그러고는 부엌으로 가서 블러디메리에 후추를 많
이 타서 마셨다. 잔을 든 손이 떨렸다.

어머니에게 팔팔 끓는 소금물을 부어버리고 다 삼키도록 하고 싶다는
충동이 너무도 강했다. 그게 목을 막아 죽었으면 좋겠다고 생각했다.

하지만 리는 그렇게 하는 대신 되는대로 두었다. 별다른 게 있었다면
일주일 동안 특별히 심혈을 기울여 보살폈다는 것이었다. 종일 선풍기를
틀어두고, 시트도 정기적으로 갈아주고, 꽃병에 새 꽃도 꽂았으며, 텔레
비전도 틀어두었다. 특히 모르핀을 규칙적으로 투여하도록 신경 썼다.
간호사가 집에 있을 적에 어머니 정신이 맑아지면 큰일이었다. 아들과
단둘이 있으면서 어떤 대접을 받는지 누설할지도 몰랐다. 하지만 기우였
다. 어머니의 머릿속은 그날 이후 다시는 맑아지지 않았다.

36

리는 울타리를 기억했다. 가족이 메인 주 웨스트 벅스포트에 살았던 2년 동안의 기억은 별로 없었다. 가령 왜 거기로 이사 갔나 하는 사연은 기억나지 않았다. 아무것도 없는 궁벽한 촌구석에 부모님도 아는 사람 하나 없던 데로. 어째서 기드온으로 돌아왔는지도 기억나지 않았다. 하지만 그 울타리와 옥수수밭에서 나왔던 야생 고양이, 달이 하늘에서 떨어지는 것을 막았던 밤은 기억났다.

고양이는 황혼 무렵 옥수수밭에서 나왔다. 두 번째인가, 세 번째로 뒷마당에 나타나 야옹야옹 울자, 리의 엄마가 밖으로 나가 고양이를 맞이했다. 어머니는 정어리 깡통을 땅에 놓고 고양이가 가까이 다가오기를 기다렸다. 고양이는 며칠 동안 먹지 못한 것처럼 깡통에 덤벼들었다. 어쩌면 정말로 굶었는지도 모른다. 머리를 몇 번 재빨리 휙 움직여 은색 생선을 꿀꺽꿀꺽 삼켜버렸다. 그러더니 캐시 토르노의 발목 사이로 매끄럽게 파고들어 만족스럽게 가르랑거렸다. 고양이는 행복한 상태에 익숙하지 않은 양 가르랑거리는데도 녹슨 소리가 났다.

하지만 리의 어머니가 귀 뒤를 긁어주려고 허리를 굽히자, 고양이는 어머니의 손등을 할퀴어 살에다 긴 빨간 줄을 남겼다. 어머니는 비명을 지르며 고양이를 발로 찼고, 고양이는 서두르다 정어리 깡통을 엎어버리고 도망갔다.

어머니는 일주일 동안 손에 하얀 붕대를 감았고 심한 흉터가 남았다. 어머니는 평생 그 고양이와의 만남에서 생긴 자국을 지니고 살게 되었다. 그 후에 또다시 고양이가 옥수수밭에서 나와 관심을 바라며 야옹거리자, 어머니는 프라이팬을 던져버렸고 고양이는 옥수수밭 속으로 사라져버렸다.

벅스포트 집 뒤에는 키가 작고 쥐가 많이 나오는 옥수수밭이 4000제곱미터가량 있었고, 이랑이 여남은 줄 있었다. 부모님은 그곳에 옥수수를 심지도 않았고 가꾸려는 노력도 하지 않았다. 그들은 농부가 아니었고 원예를 좋아하지도 않았다. 리의 어머니가 8월에 몇 개 뽑아서 쪄보려고 했지만, 먹을 수 있는 옥수수는 하나도 없었다. 아무 맛이 없고 쩐득쩐득하며 딱딱했다. 리의 아버지는 웃어버리며 이건 돼지나 먹는 옥수수라고 했다.

10월이 되자 줄기가 마르고 갈색으로 변해 죽어버렸다. 대부분이 부러지고 기울었다. 리는 차가운 가을 공기에 실려 오는 향기를 사랑했고, 이랑 사이의 좁은 길을 걸으며 주변의 바짝 말라 바삭해진 이파리를 차고 다니는 게 즐거웠다. 몇 년 후, 이젠 그 사랑이 어떤 기분이었는지 정확히 기억할 수 없음에도 사랑했던 기억이 났다. 리 토르노라는 어른이 옥수수밭에 대한 열정을 기억하려는 것은, 맛있는 식사에 대한 기억으로 배를 채우려는 것과 다름없었다.

고양이가 어디서 시간을 보내는지는 알 수 없었다. 이웃집 고양이는 아니었다. 누구의 고양이도 아니었다. 리의 어머니는 야생이라고 말했다. 어머니는 '야생'이라는 단어를 '윈터 하우스'를 가리킬 때처럼 침을 뱉듯 흉한 어조로 말했다. '윈터 하우스'는 리의 아버지가 퇴근하고 오는 길에 술 한 잔(혹은 두 잔이나 세 잔) 하러 들르는 술집이었다.

고양이는 옆구리에 갈비뼈가 보일 정도였고, 군데군데 검은 털이 빠져 분홍색 딱지들이 지저분하게 보였으며, 털이 난 불알은 구슬치기용 구슬처럼 커서 걸을 때마다 뒷다리 사이에서 앞뒤로 덜렁거렸다. 리의 어머니는 외동아들에게 이 동물을 멀리하고 어떤 경우라도 쓰다듬어주지 말고 믿지 말라며 단단히 일렀다.

"저 고양이는 절대 너를 좋아하게 되지 않을 거야." 어머니가 말했다. "저건 사람들에게 감정을 느끼는 법을 배울 수 있는 단계를 지났어. 너에게도, 다른 사람에게도 관심이 없고 앞으로도 없을 거야. 오로지 우리가 뭔가 줄까 싶을 때만 나타나겠지. 우리가 먹이를 안 주면 주변을 서성거리지도 않을 테고."

하지만 고양이는 계속 서성거렸다. 매일 밤, 해가 진 다음에도 구름이 아직도 햇빛으로 빛날 때면 고양이가 마당으로 돌아와 울었다.

리는 가끔 학교에서 집에 오자마자 고양이를 찾으러 나가곤 했다. 고양이가 하루를 어떻게 보내는지 궁금했다. 어디로 가는지, 어디서 오는지. 리는 울타리 위에 올라 가로대 위를 걸으며 고양이를 찾아 옥수수밭을 들여다보려고 했다.

리가 울타리 위에 오르자마자 어머니가 그 모습을 보고 내려오라며 소리소리 질렀다. 울타리는 까끌까끌한 통나무들을 세워놓은 기둥의 구멍에 끼워서 만든 분리 가로대 울타리로, 뒷마당 전체와 옥수수밭을 둘렀다. 맨 위 가로대는 땅에서 꽤 높아 거의 리의 머리 높이였고, 리가 걸을 때면 통나무들이 흔들렸다. 어머니는 나무가 말라서 썩은데다가, 울타리 연결 부분 중 하나가 발밑에서 부서지기라도 하면 곧장 병원행이라고 말했다(아버지는 그런 말 관두라는 듯 허공에 손을 흔들면서 말했다. "애 좀 가만 놔두고 애들답게 놀게 하지그래?"). 하지만 리는 울타리를 멀리할 수 없었다. 어떤 아이도 그럴 수 없는 법이다. 리는 그냥 기어오르거나 평균대처럼 그 위를 걸을 뿐 아니라, 가끔은 양쪽으로 손을 펼치고 마치 이륙하려는 호리호리한 학처럼 뛰기도 했다. 울타리 위를 뛰는 일은 기분 좋았고, 발밑의 기둥이 흔들리면 피가 솟구쳤다.

고양이는 계속 나타나서 캐시 토르노의 신경을 긁었다. 고양이는 옥수수밭에서 뒷마당에 도착하면 나 왔다는 듯 구슬프게 음도 안 맞는 소리로 길게 울어댔다. 귀에 거슬리는 한 음을 끈질기게 반복해서 불러대면 리의 어머니는 결국 참지 못하고 뒷문으로 뛰어나와 뭔가 고양이에게 던졌다.

"세상에, 너 뭐 달라는 거야?" 어머니는 어느 날 밤 검은 고양이를 향해 소리 질렀다. "밥 안 줄 거니까 썩 꺼져버려!"

리는 어머니에게 아무 말하지 않았지만 고양이가 매일 밤 나타나는 이유를 알고 있었다. 어머니의 실수는 고양이가 먹이를 달라며 운다고 믿어버린 데 있었다. 하지만 리는 고양이가 토르노 가족 이전에 이 집에 살았으며 고양이 뜻대로 대접해주었던 사람들을 찾아 우는 거라 생각했다. 리는 자기 나이 또래의 주근깨 소녀를 상상했다. 멜빵바지를 입은, 길고 곧은 빨강머리 소녀. 검은 고양이를 위해 고양이 먹이가 든 대접을 놓아두고 고양이를 괴롭히지 않도록 멀찌감치 떨어져서 바라본다. 어쩌면 고양이에게 노래를 해줄지도 모르지. 리의 어머니 생각(고양이가 그들을 괴롭히기로 작정하고 끊임없이 날카롭게 울어 그들이 어떻게 받아들이는지 보려고 한다는 생각)은 리가 보기엔 불가능한 이론 같았다.

리는 고양이와 친구가 되는 법을 배우겠다고 결심하고, 어느 날 밖에 앉아 고양이를 기다렸다. 어머니에게는 학교 갔다 오자마자 큰 대접으로 시리얼을 먹어서 배가 부르니 저녁을 먹지 않고 잠깐 밖에 나갔다 오면 안 될까요? 하고 물었다. 어머니는 아버지가 귀가하실 때까지는 나가 있어도 좋지만 그 다음에는 바로 잠옷을 입고 잠자리에 들어야 한다고 했다. 리는 고양이를 만날 계획이라든가, 정어리 깡통을 챙겨놨다든가 하는 얘기는 하지 않았다.

10월 중순에는 금방 깜깜해졌다. 밖에 나갔을 때는 6시도 채 되지 않았는데, 하늘에 남은 빛이라고는 저 길 끝 들판 위 진분홍색 한 줄뿐이었다. 기다리는 동안 리는 노래를 불렀다. 그해에 유행해서 라디오에서 자주 나오던 노래였다.

"저들이 가는 것을 보라……." 리는 속삭이듯 불렀다. "저들이 차는 걸 보라……."*

별이 몇 개 나왔다. 리는 고개를 뒤로 젖혔다가 별 중 하나가 하늘로 직선을 쭉 그리면서 올라가는 모습을 보고 놀랐다. 잠시 후, 비행기 혹은 인공위성이라는 것을 깨달았다. 아니면 유에프오일지도! 멋진 생각 아닌가. 시선을 내렸을 때는 고양이가 앞에 있었다.

양쪽 눈이 짝짝이인 고양이는 키 작은 옥수숫대 사이에서 머리를 빼쭉 내밀고, 리를 한참 동안 말없이 쳐다만 보고 있었다. 처음으로 울지도 않았다. 리는 주머니에서 손을 빼고 고양이가 겁먹지 않도록 천천히 움직였다.

"안녕, 친구야아." 리는 마지막 음절을 음악적으로 질질 끌었다. "안녕, 친구야아."

정어리 깡통을 따자 날카로운 금속이 찍 긁히는 소리가 났고, 고양이는 옥수숫대 속으로 휙 뛰어 들어가 사라져버렸다.

"아, 안 돼. 친구야."

리는 벌떡 일어났다. 이건 공평하지 않았다. 줄곧 이 만남을 계획했었다. 부드럽고 친근한 노래로 고양이를 가까이 꾀어내고 깡통을 앞에 놓아준다. 오늘 밤에는 손대지 않고 그냥 먹게 놔둔다. 그런데 고양이는 리에게 기회도 주지 않고 저렇게 사라져버렸다.

바람이 일어 옥수수들이 불안하게 바스락거리자, 리는 냉기가 코트 속을 파고드는 것을 느꼈다. 리는 너무 실망해서 움직이지도 못한 채 멍하니 옥수수들을 바라보기만 했다. 그때 다시 고양이가 시야에 나타나 울

---

* 1987년에 인엑시스(INXS)가 발표한 '내 안의 악마The Devil Inside'라는 곡 중 일부.

타리 꼭대기로 풀쩍 뛰었다. 고양이는 고개를 돌리더니 초롱초롱하고 잔
뜩 마음이 동한 눈으로 리를 보았다.

리는 고양이가 돌아보고도 도망가지 않아서 안도했고 근처에 있어줘
서 고마웠다. 리는 갑작스레 움직이지 않았다. 걸었다기보다는 기었고
고양이에게 또다시 말을 걸지 않았다. 리는 가로대 가까이 가면 고양이
가 또 옥수수밭으로 튀어서 사라질 거라 생각했다.

하지만 고양이는 리가 울타리 가까이 오자, 맨 위 가로대를 따라 몇 발
걷더니 재차 멈추고 돌아보았다. 일종의 기대감이 눈 안에 어렸다. 리가
따라오기를 기다리는 듯, 따라오라고 초대하는 듯했다. 리는 기둥을 붙
잡고 꼭대기 가로대로 올랐다. 울타리가 흔들리자 리는 생각했다. 지금
이야, 지금 고양이는 풀쩍 뛰어서 사라지겠지. 그러나 고양이는 울타리
의 흔들림이 멎기를 기다리더니 검은 똥구멍과 커다란 불알이 보이도록
꼬리를 허공에 쳐들고 여유 있게 걸어갔다.

리는 고양이를 따라 줄타기하듯 걸었다. 두 팔은 균형을 잡기 위해 양
쪽으로 뻗었다. 고양이를 겁주어 쫓을까 봐 감히 서두를 엄두도 못 내고
천천히 조금씩 움직였다. 고양이는 나른하게 자기 길을 가면서 리를 집
으로부터 멀리, 더 멀리 이끌었다. 옥수수가 울타리 바로 위까지 자라 있
어, 마르고 두꺼운 잎이 리의 팔을 치고 쓸었다. 가로대 중 하나가 발밑
에서 미친 듯 흔들렸을 때는 큰일 날 뻔했으나 엎드려서 한 손으로 기둥
을 잡은 덕에 간신히 떨어지지 않았다. 고양이는 다음 연결 모서리에 웅
크리고 앉아 리를 기다렸다. 리가 일어서서 비틀거리는 통나무 위를 걸
어 다가가는데도 고양이는 움직이지 않았다. 대신에 등을 동그랗게 구부
리며 털을 곤두세우더니 긴장되고 녹슨 소리로 가르랑대기 시작했다. 리
는 흥분으로 제정신이 아니었다. 마침내 고양이에 가까이, 만질 수 있을
정도로 가까이 다가갈 수 있게 되다니.

"야."

리가 속삭였고 고양이의 가르랑거리는 소리는 더욱 강렬해졌다. 고양이는 등을 리에게 갖다 댔는데, 사람이 만지는 걸 싫어한다고는 믿기 어려웠다.

리는 고양이를 쓰다듬지 않겠다던 자신만의 약속을 떠올렸다. 적어도 오늘은, 처음 접촉해서는 만지지 않겠다고 다짐했었다. 하지만 예뻐해달라고 아양을 부리는 게 눈에 보이는데, 그런 요청을 거절하는 일도 무례할 터였다. 리는 부드럽게 손을 내려 고양이를 쓰다듬었다.

"안녕, 친구야아."

리는 부드럽게 노래했고, 고양이는 눈을 꼭 감고 순수한 동물적 기쁨을 표현했다. 그러더니 눈을 뜨고 한쪽 앞발을 획 휘둘렀다.

리는 벌떡 일어났다. 앞발은 리의 왼쪽 눈알에서 2센티미터도 떨어지지 않은 허공을 할퀴었다. 난간이 발밑에서 격렬하게 달가닥거렸고, 리의 다리가 고무처럼 흐물거렸다. 리는 옆으로 쓰러져 옥수수밭으로 떨어지고 말았다.

대부분의 꼭대기 가로대는 땅에서 1.2미터밖에 떨어져 있지 않았지만, 울타리 이쪽은 왼쪽으로 경사진 땅에 세워져 있어서 리가 추락한 높이는 거의 2미터에 육박했다. 옥수수밭에는 10년 가까이 그 자리에 놓여 있던 쇠스랑이 있었다. 이 쇠스랑은 리가 태어나기 전부터 그를 기다린 것처럼, 구부러지고 녹슨 날을 위로 꼿꼿이 세우고 그 자리에 놓여 있었다. 리는 그 위로 곤두박질쳤다.

37

잠시 후, 리는 일어나 앉았다. 옥수수밭은 정신없이 속삭이며 리에 대한 헛소문을 퍼뜨렸다. 고양이는 울타리에서 사라졌다. 한밤이었고 고개를 들어보니 움직이는 별들이 보였다. 별들은 이제 모두 인공위성이 되어 죄다 다른 방향으로 씽 날아가며 여기저기로 떨어졌다. 달이 꿈틀하다 몇 센티미터 떨어지고 또다시 꿈틀했다. 흡사 하늘의 장막이 떨어져서 그 뒤의 빈 무대가 드러나기 직전에 처한 듯했다. 리는 손을 들어 달을 바로잡고 원래 자리로 올려놓았다. 손 안에 집은 달이 너무도 차가워서 고드름을 쥔 듯 손가락에 감각이 없었다.

리는 달을 고쳐놓기 위해 키가 아주 커진 모양으로, 그 위에 있는 동안 자기가 사는 웨스트 벅스포트의 작은 모퉁이를 내려다볼 수 있었다. 옥수수밭에 있을 때는 볼 수 없었던 것들도 볼 수 있었다. 하느님이 세상을 내려다보는 것과 마찬가지 방식으로.

아버지의 차가 픽포켓 레인을 따라와서 집으로 향하는 자갈길을 오르는 장면이 보였다. 조수석에는 맥주 여섯 개들이 포장이 놓여 있고, 차가운 맥주 하나는 무릎 사이에 두었다. 리는 할 수만 있다면 손가락으로 차를 튕겨 길 밖으로 굴려 고속도로와 집을 가로막는 상록수림으로 떨어지게 만들고 싶었다. 리는 차가 옆으로 누워 있고, 후드 밑에서는 불길이 타오르는 상상을 했다. 사람들은 아버지가 음주운전을 하다가 앞을 못

봤다고 하겠지.

리는 모형 철도를 보듯이 아래의 세계와 동떨어진 기분이 들었다. 작은 나무, 작은 장난감 집, 작은 장난감 사람들이 있는 웨스트 벅스포트는 바로 그렇게 명랑하고 소중했다. 원하기만 하면 자기 집을 집어서 길 건너로 옮겨놓을 수도 있었다. 발뒤축으로 집을 밟아 뭉갤 수도 있었다. 팔 한 번 휘둘러서 테이블 위에 있는 온갖 잡동사니를 쓸어낼 수도 있었다.

옥수수밭에서 무언가 움직였다. 살아 있는 그림자가 다른 그림자 속으로 미끄러져 갔다. 리는 고양이를 알아보고, 자기가 단지 달을 고치려고 높은 위치로 올라간 게 아니라는 사실을 깨달았다. 집 없는 고양이에게 먹이를 주고 친절을 베풀었건만, 고양이는 애정을 보여주는 양 리를 꼬이더니 할퀴고 울타리에서 떨어뜨려 죽일 뻔했다. 다른 이유가 아니라 그냥 그렇게 생겨먹었기 때문에. 그래놓고 지금은 아무 일 없었다는 듯 유유히 걸어가고 있다. 어쩌면 고양이에게는 아무 일 없었는지도 모르지. 벌써 리를 잊었는지 모른다. 그래서는 안 될 일이다. 리는 거대한 팔을 내려서(마치 존 행콕 타워의 꼭대기에서 유리 건물 아래로 땅을 내려다보는 기분이었다), 손가락을 고양이에 대고 흙바닥으로 눌러버렸다. 채 1초도 되지 않을 미친 듯한 한순간, 리는 손가락 아래에서 부들부들 발작적으로 떠는 생명을 느꼈고, 고양이가 풀쩍 뛰어 도망가려는 것을 느꼈다. 하지만 너무 늦었다. 리는 고양이를 으깨버렸다. 마른 콩깍지처럼 산산이 부서지는 것을 느꼈다. 아버지가 담배를 재떨이에 짓눌러 끄는 것처럼 손가락을 앞뒤로 돌려가며 눌렀다. 리는 일종의 조용하게 잦아든 만족감을 느끼면서 고양이를 죽였다. 자신과 약간 멀어진 기분, 색칠 공부하면서 느꼈던 것과 비슷한 느낌을 받았다.

잠시 후, 손을 들어 바라보자 한 줄기 피가 손바닥에 길게 묻어 있고, 검은 털 몇 개가 붙어 있었다. 손 냄새를 맡아보니 여름 풀 냄새와 섞인 곰팡이 낀 지하실 내가 풍겼다. 이 냄새에 리의 흥미가 돋았고, 땅속에서 쥐들을 잡고 길게 자란 풀 속에서 같이 한 판할 짝을 찾아 나섰던 사연이 펼쳐졌다.

리는 손을 무릎에 놓고 멍하니 고양이를 바라보았다. 리는 다시 옥수수밭에 앉아 있었지만, 언제 앉았는지도 기억나지 않았다. 언제 작아졌는지도 기억나지 않는데, 본디 크기로 돌아가버렸다. 고양이는 비틀린 잔해로 남았다. 누군가 전구를 돌려 빼려고 했던 것처럼 머리가 뒤로 꺾여 있었다. 고양이는 놀라서 눈을 크게 뜨고 하늘을 올려다보고 있었다. 두개골은 으깨져서 일그러졌고, 한쪽 귀에서 뇌가 새어나왔다. 불운한 검은 고양이는 납작 석판 옆에 피로 흠뻑 젖은 채 누워 있었다.

리는 희미하게 오른쪽 팔이 따끔거리는 것을 느끼고 들여다보았다. 손목과 팔뚝이 온통 할퀴어 있었다. 쇠스랑으로 팔을 긁은 듯 세 줄이 나란히 나 있었다. 리는 자기가 그처럼 커졌는데 어떻게 고양이가 할퀼 수 있었는지 알지 못했지만, 너무 피곤하고 머리가 아팠기 때문에 그 이유는 그만 생각하기로 했다. 신처럼 되었기 때문에, 고칠 필요가 있는 것들을 고칠 만큼 커졌었기 때문에 기진맥진했다. 후들후들 떨리는 다리로 간신히 일어서서 집으로 돌아갔다.

어머니와 아버지는 거실에서 또 싸우고 있었다. 아니, 사실 아버지는 맥주와 〈스포츠 일러스트레이티드〉를 들고 앉아서 대꾸도 안 할 뿐이었고, 캐시 혼자 앞에 서서 낮고 목 졸린 소리로 재잘거리고 있었다. 리가 달을 고칠 만큼 커졌을 때, 완벽한 깨달음이 번쩍 밀려들었다. 아버지가 '윈터 하우스'에 매일 밤 가는 이유는 술을 마시려는 게 아니라 웨이트리스를 보기 위해서였고, 그곳에는 특별한 친구들이 있다는 것을. 어머니는 차고에 있는 잡동사니 때문에, 아버지가 거실에 장화를 신고 들어왔기 때문에, 집안일이 많아서 화를 내고 있었지만 진정한 싸움의 원인은 이 웨이트리스라는 것을. 또, 곧(어쩌면 몇 년 안에) 아버지가 그들을 떠날 것이며 리를 데리고 가지도 않으리라는 사실을.

부모가 싸워도 심란하지 않았다. 정말로 심란한 것은 배경에 틀어놓은 라디오였다. 라디오는 귀에 거슬리는 불협화음을 발산했다. 계단 아래로 내던진 냄비처럼, 누군가 식식대고 침을 튀기며 말을 하는데 주전자가 끓기 시작하듯이. 이 소리가 리의 신경을 긁기에, 리는 몸을 돌려 라디오 소리를 줄이려 했다. 볼륨으로 손을 뻗는 순간, 그 노래가 '내 안의 악마 The Devil Inside'라는 사실을 알았다. 어째서 그 노래를 좋아했는지 자기도 알 수 없었다. 그 후로 몇 주 동안 리는 배경에 흐르는 어떤 음악도 참을 수 없었고, 이제 노래들은 아무런 의미가 없이 그저 짜증 나는 잡음일 뿐이었다. 리는 라디오를 켜둔 채, 자기 생각에 더 어울리는 고요를 찾아 방을 나갔다.

멍한 상태의 리는 계단을 올라갔다. 벽은 가끔 맥박처럼 고동치는 것 같았고, 밖을 내다보면 또다시 하늘의 달이 꿈틀거리는 게 보일까 두려웠다. 이번에는 고칠 수 없을 것 같았다. 달이 떨어지기 전에 누워버리는 게 최선의 방법이리라 생각했다. 리는 계단에서 잘 자라는 인사를 했다. 어머니는 알아채지 못했다. 아버지는 신경 쓰지 않았다.

다음 날 아침 리가 깨어났을 때, 베갯잇은 마른 핏자국으로 흠뻑 젖어 있었다. 리는 놀라지도 무서워하지도 않고 한참 동안 쳐다보았다. 냄새, 오래된 동전 같은 쇠 냄새가 특히 재미있었다.

몇 분 후, 리는 샤워를 하다가 우연히 자기 발 사이를 내려다보았다. 불그스름한 갈색 줄기가 물을 따라 흐르며 하수구에서 빙빙 돌았다. 흡사 물에 녹이 섞여 있는 듯했다. 하지만 녹이 아니었다. 멍하니 한 손을 들어 머리에 갔다 대면서, 전날 밤 울타리에서 떨어질 때 부딪친 걸까 생각했다. 손가락이 정수리의 말랑한 부분을 뚫고 들어갔다. 살짝 움푹 팬 곳이 만져졌다. 그 순간 누가 헤어드라이어를 샤워에 떨어뜨린 것처럼 강한 전류가 흘러, 세상에 번쩍 불이 들어오고 네거티브 사진처럼 반전된 형태로 보였다. 메스꺼운 충격이 지나가고 손을 보니 손가락에 피가 묻어 있었다.

리는 어머니에게 머리를 다쳤다고 말하지 않았다. 중요한 일 같지 않았다. 또 베개에 어쩌다 피가 묻었는지도 설명하지 않았다. 하지만 어머니는 그 난장판을 보고 겁에 질렸다.

"이거 봐라! 이거 버렸잖아. 완전히 버렸어!"

어머니는 피에 젖은 베갯잇을 한 손에 들고 부엌 한복판에 서서 소리쳤다.

"작작 좀 해."

아버지는 부엌 식탁에 앉아 두 손으로 머리를 괴고 신문을 읽으면서 말했다. 아버지는 창백하고 수염이 돋아 거칠했으며 속이 쓰려 보였지만 아들에게는 여전히 미소 지을 준비가 되어 있었다.

"애들이 코피도 흘리면서 자라는 거지. 누가 보면 리가 사람이라도 죽인 줄 알겠네. 애 아무도 안 죽였어." 아버지는 리를 향해 윙크했다. "어쨌든 아직은."

38

메린이 문을 열었을 때, 리는 미소 지을 준비를 하고 있었지만 메린은 그 미소를 받아들이지도 않았고 쳐다보지도 않았다.

리가 말했다.

"이그한테 오늘 의원님 일 때문에 보스턴에 갈 거라고 말했더니, 너를 근사한 식당에 데려가서 맛있는 거 사주지 않으면 절교하겠다더라."

두 여자애가 소파에 앉아서 텔레비전을 보고 있었다. 〈그로잉 페인스〉 재방송을 보면서 소리를 한껏 키워놓았다. 두 여자애 사이와 발치에는 판지 상자가 가득 쌓여 있었다. 메린의 룸메이트처럼 가는 눈의 동양인이었다. 룸메이트는 의자 팔걸이에 앉아 휴대폰에 대고 명랑하게 소리를 질러댔다. 리는 일반적으로 동양인을 좋게 생각하지 않았다. 전화나 카메라에 붙어사는 군집 생물체들. 하지만 동양인 여학생 모습은 좋아했다. 검은 버클 구두에 무릎까지 올라오는 양말, 주름치마. 룸메이트 침실문은 열려 있었고, 매트리스 위에 상자가 더 쌓여 있었다.

메린은 상황이 어떻게 돌아가는지도 모르겠고, 손도 쓸 수 없다는 표정으로 주변을 찬찬히 살피더니 리에게로 몸을 돌렸다. 메린이 구정물처럼 우중충한 꼴일 줄, 화장도 안 하고 머리도 감지 않고 헐렁한 운동복을 입고 있을 줄 알았더라면 오지 않았을 터였다. 완전히 김이 샜다. 리는 벌써 여기 온 것을 후회하는 중이었다. 그렇지만 아직도 자기가 미소를 짓고 있다는 사실을 깨닫고 적당한 말을 찾았다.

"이런, 너 아직도 아프니?"

리가 물었다.

메린은 멍하게 고개를 끄덕이고 말했다.

"지붕 위로 갈래? 덜 소란스러워."

리는 메린을 따라 계단 위로 올라갔다. 메린은 냉장고에서 하이네켄 두 병을 가지고 왔다. 아무것도 없는 거보다야 나았다.

8시에 가까운 시각이었지만 아직도 어둡지 않았다. 스케이트보드 타는 사람들이 길 위에 나와 있었다. 보드가 아스팔트에 부딪혀 덜거덕 쿵쿵 소리를 냈다. 리는 옥상을 가로질러 가장자리 너머 사람들을 내려다보았다. 정수리의 머리를 세운 스타일에 넥타이를 매고 목 부분에만 셔츠 단추를 채운 두 명이었다. 리는 스케이트보드 자체에는 전혀 관심이 없지만 외모에는 조금 관심이 있었다. 겨드랑이에 보드를 끼면 전위적으로 보일 수 있기 때문이었다. 약간 위험하지만 약간 운동을 좋아하는 것처럼. 하지만 추락 자체는 좋아하지 않았다. 추락한다는 생각만 해도 머리가 돌고 얼얼했다.

메린이 리의 목덜미를 건드렸다. 순간 리는 메린이 자기를 지붕 너머로 밀어뜨리려 한다고 생각하면서, 몸을 획 돌려 창백한 목을 잡아 같이 끌고 가려고 했다. 메린은 리의 얼굴에 떠오른 충격을 본 모양인지, 그날 처음으로 웃으며 리에게 하이네켄 한 병을 건넸다. 리는 고개를 끄덕이고 한 손으로 받으며 다른 손으로는 담뱃불을 붙였다.

메린은 자기 맥주를 들고 에어컨 외부 환풍기에 앉았지만 마시지는 않은 채 축축한 병목을 잡고 손가락으로 돌리기만 했다. 메린은 맨발이었다. 작은 분홍색 발은 어쨌든 귀여웠다. 메린이 한쪽 발을 리의 다리 속으로 넣어 발가락으로 가랑이를 부드럽게 문지르는 상상이 쉽사리 떠올랐다.

"네가 말한 거 해보려고 생각 중이야."

메린이 리에게 말했다.

"공화당에 투표하는 것?" 리가 물었다. "마침내 진보했네."

메린은 웃었지만 음울하고 힘없는 미소였다. 메린은 시선을 돌렸다.

"이그에게 영국에 가면 우리 사이도 휴가를 가져보자고 말할 참이야. 일종의 시험이별이지. 우리 둘 다 다른 사람 만날 수 있게."

리는 꼿꼿이 서 있음에도 순간 뭔가 발에 걸려 넘어진 기분이 들었다.

"그 말을 언제 할 작정인데?"

"이그가 뉴욕에서 돌아오면. 전화로 하고 싶진 않아. 넌 아무 말 마, 리. 눈치도 줘선 안 돼."

"안 할게."

리는 흥분했지만 티를 내지 않는 게 중요하다는 것을 알았다.

"이그한테 다른 사람 만나봐야 한다고 말할 거야? 다른 여자들을?" 메린은 고개를 끄덕였다. "그리고…… 너도?"

"난 다른 사람과 관계를 가져보고 싶다고 말할 작정이야. 그 이상은 말 안 할 거야. 무슨 일이 일어나든, 이그가 가 있는 동안에는 우리 둘 다 매인 몸이 아니라고 할 거야. 이그가 누구를 만날지 알고 싶진 않아. 나도 이그에게 내 관계에 대해서 보고하지 않을 거고. 그게…… 그게…… 여러 가지로 편할 거야."

메린이 올려다보았다. 눈에는 서글픈 유머가 떠올라 있었다. 바람에 머리카락이 흩날려 더욱 예쁘게 보였다. 하루의 끝, 희미한 보랏빛 하늘 아래서 메린은 이제 덜 아프고 덜 힘없어 보였다.

"벌써부터 죄책감이 드는 것 있지."

"뭐, 그럴 필요 없어. 있잖아, 너희 둘이 서로 사랑한다면 여섯 달 후에는 알게 될 거 아냐. 재결합하고 싶을 테고."

메린은 고개를 젓고 말했다.

"아니야. 일시적인 것보다는 좀 더 오래갈 것 같다는 생각을 하고 있어. 올해 여름에 나 자신에 대해 알게 된 게 좀 있거든. 나와 이그의 관계에 대한 내 감정을 변하게 할 만한 것. 난 이그와 결혼할 수 없다는 걸 알았어. 이그가 영국에 잠깐 갔다 온 후에, 다른 사람을 만나 시간을 보낸 후에는, 우리 관계를 영원히 끝내버릴 거야."

"맙소사."

리는 부드럽게 말했다. 메린의 말을 머릿속에서 재생해보았다. 올해 여름에 나 자신에 대해 알게 된 게 좀 있거든. 부엌에서 그녀와 함께 있었던 일이 떠올랐다. 메린의 다리 사이에 집어넣었던 다리, 완만한 곡선을 그리는 엉덩이 위에 놓았던 손, 리의 귀에 불어오던 그녀의 부드럽고 빠른 숨결.

"두 주 전만 해도 아이를 낳으면 어떤 이름을 붙일지까지 말했잖아."

"하지만 뭔가 알게 되면 알게 되는 거야. 나는 이제 이그와 아이를 가지는 일은 없다는 걸 알았어." 메린은 더 침착해 보였고 약간 긴장을 푼 듯했다. "이제 네가 나서서 가장 친한 친구를 방어하고 나를 욕할 차례야. 나한테 화났지?"

"아니."

"나를 나쁜 애라고 생각해?"

"네가 네 마음속에 두 사람을 위한 미래가 없다고 생각하면서도, 여전히 이그랑 같이 있으려고 했다면 나쁜 애라고 생각했겠지."

"그거야. 바로 그거야. 그래서 이그가 다른 관계를 맺길 원하는 거야. 다른 여자를 만나서 행복하기를. 걔가 행복하다는 걸 알면 나도 새 출발하기 훨씬 쉬울 거야."

"맙소사, 하지만. 너희는 영원히 함께 있었잖아."

담뱃갑에서 두 번째 담배를 꺼내는 리의 손이 거의 덜덜 떨렸다. 일주일만 있으면 이그는 떠나고, 메린은 혼자 있게 된다. 그리고 누구랑 섹스하는지 이그에게 보고하지 않을 작정이라고 한다.

메린은 담뱃갑을 향해 고갯짓을 했다.

"나도 하나 줄래?"

"진짜야? 나보고도 끊으라면서."

"이그가 끊으라고 한 거지. 난 항상 궁금했어. 하지만, 알잖아. 이그가 반대할 거라고 생각하니까. 이젠 나도 피워볼 수 있지." 메린은 두 손을 무릎에 문지르고 말했다. "자, 그럼 오늘 밤에 나한테 담배 피우는 법 가르쳐줄 거지?"

"물론이지."

거리에선 스케이트보드 하나가 쿵 부딪쳤고, 타고 있는 사람이 바닥에 대자로 뻗자 10대 애들 몇 명이 찬탄과 절망이 섞인 소리를 질렀다. 메린은 옥상 너머로 내려다보았다.

"스케이트보드 타는 법도 배우고 싶어."

메린이 말했다.

"저능아들이나 하는 스포츠야." 리가 말했다. "어디 한군데 부러지기 딱 좋지. 목이라든가."

"내 목에 대해서는 별로 걱정 안 해."

메린은 몸을 돌려 발꿈치로 서더니 리의 입 한쪽에 키스했다.

"고마워. 내가 헤쳐나갈 수 있게 충고해줘서. 신세 졌네, 리."

메린의 탱크톱이 가슴에 딱 붙었고, 차가운 밤바람 속에 메린의 젖꼭지가 오그라들어 천이 오목하게 들어갔다. 리는 손을 뻗어 그녀의 엉덩이를 잡아볼까 생각했다. 오늘 밤부터 약간의 애무를 시작하면 뭔가 느낄 수 있을지 궁금했다. 그렇지만 리가 손을 뻗기도 전에 옥상 문이 쾅 열렸다. 메린의 룸메이트가 껌을 짝짝 씹으면서 미심쩍게 곁눈질하고 있었다.

"윌리엄스, 네 남자친구 전화 왔다. 오늘 개랑 개 국제 엠네스티 친구들이 서로서로 물고문을 해준 모양이야. 어떤 느낌인지 시험하려고 했나 봐. 잔뜩 흥분해서 너한테 보고하려는 것 같더라. 걔 하는 일, 참 대단하기도 하다. 나 때문에 방해됐니?"

"아니야." 메린은 리에게 몸을 돌리더니 속삭였다. "쟨 네가 나쁜 남자 부류라고 생각해. 물론 사실이지만. 가서 이그랑 이야기 좀 해봐야겠다. 저녁식사는 나중으로 예약해놓을게."

"이그하고 통화할 때, 말할 거야? 우리, 그러니까 우리가 오늘 한 얘기를?"

"아, 야. 아니야. 나도 비밀을 지킬 줄 아는 여자라고, 리."

"알았어."

리는 메린을 원하는 마음에 입이 말랐다.

"나도 하나 피워도 돼?"

뚱뚱하고 동성애자 같은 동양인 여자애가 이쪽으로 다가왔다.

"물론."

리가 대답했다.

메린은 한 손을 들어 살짝 흔들고는 옥상을 내려갔다.

리는 윈스턴을 하나 꺼내 룸메이트에게 주고 불을 붙여주었다.

"샌디에이고로 간다고?"

"그래." 여자애가 대답했다. "고등학교 동창이랑 같이 살기로 했어. 정말 재미있을 것 같아. 걔 위Wii 게임기도 있고, 없는 게 없으니까."

"그 고등학교 동창도 줄긋기 놀이를 하나, 아니면 이제 자기 빨래는 자기가 할 건가?"

동양인 여자애는 리를 흘겨보더니 두 사람 사이에 피어오른 연기를 통통한 손을 저어 날려 보냈다.

"무슨 얘기하는 거야?"

"그 놀이 알잖아. 한 줄에 점을 찍어놓고 선을 그어서 사각형을 만드는 놀이? 빨래 당번을 정하기 위해 메린이랑 그 놀이하지 않았나?"

"우리가?"

동양인 여자애가 물었다.

39

리는 멀쩡한 눈으로 앞뒤를 보면서 주차장에 그녀가 있나 살폈다. 모든 것이 위에 우뚝 솟은 빨간 네온사인, '피트'에서 나오는 이상하고 지옥 같은 불빛을 받고 있어 안개 낀 밤공기 속 비도 빨갛게 보였다. 그때 그녀가 빗속 나무 아래 서 있는 모습이 보였다.

　"저기다, 리. 저기야."

　테리가 말했을 때, 리는 이미 차를 대고 있었다.

　메린은 '피트'에서 집에 갈 즈음 태워줄 사람이 필요할지도 모른다고 했었다. 만약 이그가 너무 화가 났다면. 그 '중요한 얘기'를 한 다음에. 리는 자기가 살펴보러 가겠다고 약속했지만 메린은 그럴 필요 없다고 했다. 하지만 미소를 지으면서 고마워하는 표정이었기 때문에 리는 메린이 진심으로는 자신을 데리러 오기를 원한다는 사실을 알 수 있었다. 메린의 습관이라면, 항상 진심과 말이 다르고 종종 의도와는 정반대로 말한다는 것이었다.

　젖은 블라우스에 딱 달라붙는 치마를 입고 울어서 붉은 눈을 하고 있는 메린을 보았을 때, 리는 몸속이 초조한 흥분으로 오그라드는 것 같았다. 메린이 그곳에서 리를 기다리고 있었다는 생각, 자신과 함께 있기를 바랐다는 생각을 했다. 상황이 고약하게 흘렀고, 이그가 심한 말을 하며 그녀를 버리고 갔으니 기다릴 이유가 없는 것이다. 리는 메린에게 같이 집에 가자고 하면 좋다고 할 가능성이 높다는 생각을 했다. 부드러운 목소리로 순순히, 그래 하고 대답하겠지. 리가 속도를 줄이자 메린은 리를 보고 한 손을 들었고, 벌써 차 옆으로 걸어오고 있었다. 리는 테리를 여기 오기 전에 먼저 집으로 데려다주지 않은 것을 후회했다. 메린과 단둘이 있고 싶었다. 두 사람만 차에 있다면, 메린이 젖은 옷을 입은 채로 온기와 위안을 찾아 리에게 기대올지 몰랐고, 그러면 자신은 한 팔을 그녀의 어깨에 두를 수 있었으리라. 어쩌면 손을 블라우스 안에 넣을 수 있었을지도.

리는 메린을 앞에 태우고 싶어서, 테리에게 뒤로 가라고 말하려 했지만 테리는 벌써 일어나서 앞좌석을 넘어가고 있었다. 테리 페리시는 약에 취해 정신이 없었다. 지난 두 시간 동안 멕시코 사람 반이 피울 만한 약을 마신 탓에 진정제 맞은 코끼리처럼 뒤뚱뒤뚱 움직였다. 리는 테리 앞으로 손을 뻗어 메린이 탈 수 있도록 조수석을 열어주었고, 동시에 테리가 빨리 움직이도록 팔꿈치로 엉덩이를 쳤다. 테리는 뒷좌석에 떨어졌고 바닥에 열려 있는 연장 상자에 박는 통에 부드럽게 금속이 부딪치는 소리가 들렸다.

메린이 젖은 머릿단을 얼굴에서 넘기면서 차에 탔다. 작은 하트 모양 얼굴(여전히 소녀다운 얼굴)은 젖었고 하얬으며 추워 보였다. 리는 메린을 만지고 싶은, 뺨을 부드럽게 쓰다듬고 싶은 충동에 사로잡혔다. 블라우스는 속까지 흠뻑 젖어서 비쳤고, 브라에는 작은 장미무늬가 있었다. 자기가 무슨 짓을 하는지 깨닫기도 전에 리는 메린을 만지려고 손을 뻗었다. 하지만 그때 시선이 다른 데로 쏠리며 테리의 마약 담배를 보았다. 손가락 모양 과자처럼 길고 통통한 담배가 조수석에 놓여 있어, 리는 손을 그 위로 뚝 떨어뜨리며 메린이 보기 전에 손바닥으로 감쌌다.

대신 메린 쪽에서 그를 만졌다. 얼음 같은 손가락을 가볍게 리의 손목에 대었다. 리는 몸을 떨었다.

"태워주러 와서 고마워." 메린이 말했다. "방금 내 목숨 구했어."

"이그는 어딨어?"

테리가 탁하고 바보 같은 목소리로 물으며 그 순간을 망쳐버렸다. 리는 뒷거울로 테리를 쳐다보았다. 테리는 앞으로 몸을 웅크렸다. 눈에는 초점이 없고 한 손은 관자놀이에 대고 있었다.

메린은 손목으로 배를 눌렀다. 이그 생각만 해도 신체적인 아픔이 느껴지는 듯했다.

"나, 난 잘 모르겠어. 갔어."

"말했어?"

리가 물었다.

메린은 고개를 돌려 창문 밖 '피트'를 내다보았지만, 리는 유리에 비친 메린의 모습을 볼 수 있었다. 울지 않으려는 노력으로 턱이 떨렸다. 그녀는 속수무책으로 몸을 떨어 무릎이 거의 부딪칠 정도였다.

"걔가 뭐래?"

리는 억누르지 못하고 물었다.

메린은 머리를 재빨리 흔들더니 대답했다.

"그냥 가면 안 돼?"

리는 고개를 끄덕이고 차를 빼서 왔던 길로 돌아갔다. 이제 남은 밤시간은 차근차근 순서를 밟아가면 되겠다는 것이 훤히 보였다. 테리를 집에 내려준다. 그 다음에 상의하지 않고 메린을 집으로 데리고 간다. 젖은 옷을 벗고 샤워하라고 한다. 어머니가 죽은 날 아침에 메린이 침착하고 단호한 목소리로 자기에게 샤워하라고 했던 것과 똑같이. 메린에게 마실 것을 한 잔 가져다주면서 커튼을 한옆으로 젖히고 물보라 속에 있는 그녀를 본다. 아마 이미 옷을 벗고 있겠지.

"야, 내 코트 입을래?"

테리가 말했다.

리는 언짢은 눈길로 뒷거울을 통해 테리를 쏘아보았다. 샤워를 하는 메린 생각에 너무 빠져 테리가 있다는 사실을 잊어버리고 말았다. 이 미끈하고 웃기고 유명하고 잘생긴, 그렇지만 기본적으로는 눈치 없고 둔감한 테리에 대한 혐오감이 마음 바닥부터 밀려왔다. 재능이라고는 얄팍한 주제에, 가족 인맥과 유명인 아들이라는 이름을 이용해 부를 얻고, 이 나라에서 가장 근사한 구멍을 가진 여자애들을 마음대로 골라잡을 수 있다니. 테리를 살살 구슬려 의원에게 유명세를 안겨주거나, 하다못해 돈이라도 얻어낼 방법이 있는지 알아봐야 합당할 테지만 실상 리는 한 번도 테리를 좋아한 적 없었다. 주둥이만 나불대고 남의 관심을 얻으려 안달하는 새끼. 처음 만난 날에는 글레나 니콜슨도 있는 앞에서 일부러 자기에게 망신을 주었다. 이 느끼한 새끼가 동생 여자친구에게 끼를 부리는 꼴을 보고 있노라니 욕지기가 치밀어 올랐다. 둘이 깨진 지 10분도 안 됐는데, 지가 무슨 자격이라도 있다는 양, 지가 무슨 권리라도 있다는 양. 리는 에어컨에 손을 뻗으며 좀 더 일찍 끄지 않은 자신에 대해 화를 냈다.

"괜찮아." 메린이 이렇게 대답했지만 테리는 벌써 코트를 벗어 앞으로 건넸다. "고마워, 테리 오빠."

메린의 목소리는 비위를 맞추려는 듯하고, 너무 빈곤해 보여서 리는 손등으로 한 대 치고 싶었다. 메린은 품격이 있었지만 본질적으로 다른 여자들처럼 여자 아닌가. 지위와 돈 앞에서는 흥분하고 순종적이 된다. 신탁예금과 집안의 명성을 빼면 메린이 한심한 이그 페리시를 애초에 두 번이나 만났을까 싶었다.

"오빠가 어떤 생각할지는 알지만……."

"아무 생각도 안 해. 그러니 마음 편히 가져."

"이그는……."

"이그는 괜찮을 거야. 걱정할 필요 없어."

메린은 여전히 몸을 심하게 떨었다. 아마 약간 흥분하기도 했겠지. 떨리는 가슴을 보면 알 수 있었다. 하지만 메린은 몸을 돌려 한 손을 뒷좌석으로 뻗었다.

"오빠 괜찮아?" 메린이 손을 다시 거두자, 손가락 끝에 피가 묻어 있는 게 보였다. "반창고라도 붙여야 해."

"괜찮아. 걱정할 것 없어."

테리는 대답했고, 리는 그도 손등으로 한 대 치고 싶었다. 대신 서둘러 테리를 집에 던져놓고 이 구도에서 가능하면 빨리 빼버리려고 페달을 밟았다.

캐딜락은 올랐다가 떨어지면서 젖은 길을 따라가며 커브 길을 돌았다. 메린은 테리의 코트로 몸을 감쌌지만 여전히 심하게 떨고 있었다. 초롱초롱하지만 충격을 받은 두 눈은 뒤엉킨 새둥지, 젖은 빨간 밀짚 덩어리 같은 머리카락 사이로 밖을 내다보고 있었다. 갑자기 메린은 한 손을 들더니 팔을 곧게 뻗어 계기판을 짚었다. 마치 차가 길 위에서 마구 기우뚱거리기라도 하는 것처럼.

"메린, 괜찮아?"

메린은 고개를 저었다.

"아니. 으응. 리. 잠깐만 차 좀 세워. 저기 차 좀 세워."

목소리는 긴장했는지 가늘었다.

리는 메린을 흘끔 쳐다보고 토하기 직전임을 알았다. 밤이 그의 주위를 돌며 걷잡을 수 없이 미끄러졌다. 메린이 캐딜락에 토한다는 생각만 해도 솔직히 소름이 쫙 끼쳤다. 어머니가 병들고 곧바로 죽고 나서 가장 좋았던 점은 캐딜락을 독차지할 수 있다는 것이었다. 만약 메린이 차 안에 토하기라도 한다면 정말 열받겠다 싶었다. 무슨 짓을 해도 냄새가 빠지지 않겠지.

리는 옛날 주물공장으로 빠지는 갈림길이 오른쪽에 보이자 그리로 꺾었다. 여전히 속도가 너무 빨랐다. 오른쪽 앞바퀴가 길 어귀 진창에 빠져

차 후미가 옆으로 휙 돌아갔다. 조수석에 토하기 직전인 여자애를 태우고서는 바람직한 상황이 아니었다. 리는 속도를 줄이면서 캐딜락을 바퀴 자국이 많이 난 자갈길로 몰고 갔다. 차 옆에 덤불이 타다닥 부딪쳤고, 차대 아래에 돌들이 튀었다. 길 끝에 쳐놓은 쇠사슬이 전조등 불빛에 드러나 앞으로 돌진했다. 리는 브레이크의 압력을 유지하면서 천천히 일정하게 속도를 줄여나갔다. 마침내 캐딜락은 끽 소리를 내며 부드럽게 멈췄다. 범퍼가 쇠사슬 바로 앞에 닿을 정도였다.

메린은 문을 열고 꺽꺽 토하는 소리를 냈다. 가래 끓는 기침 소리 같았다. 리는 기어를 주차에 놓았다. 리도 기분이 언짢은 나머지 약간 전율을 느꼈고, 내적인 침착함을 찾기 위해 의식적으로 노력했다. 오늘 밤 메린을 샤워로 끌고 들어가려면 그녀의 손을 잡고 차근차근 밟아나가야 했다. 리는 할 수 있었다. 메린을 두 사람이 언젠가는 가야 할 방향으로 조종해갈 수 있었다. 하지만 그러려면 자기 자신과 이제 이울어가는 밤을 통제해야만 했다. 아직까지 고칠 수 없는 일은 무엇도 일어나지 않았다.

리는 밖으로 나가 차를 돌아갔다. 빗방울이 텀벙텀벙 떨어져 셔츠의 등과 어깨를 적셨다. 메린은 땅에 발을 딛고 머리를 무릎 사이로 수그리고 있었다. 폭풍우는 벌써 잦아들어 흙 위를 드리운 나뭇잎에서 물방울만 조용히 떨어질 뿐이었다.

"괜찮아?"

리가 물었다.

메린은 고개를 끄덕였다. 그는 계속 말을 이었다.

"먼저 테리 형을 집에 데려다주자. 그 다음에 우리 집으로 가서 무슨 일이 있었는지 얘기해줘. 내가 술 한 잔 타주면 마음속 짐을 내려놓을 수 있을 거야. 그러면 마음이 훨씬 가벼워질 테고."

"아니야, 리. 난 그저 집에 가서 마른 옷으로 갈아입고 혼자 있고 싶어. 조금 생각할 시간이 필요해."

"오늘 밤 혼자 있을 필요 없어. 지금 네 마음 상태로 봐서는 그게 최악이야. 참, 우리 집에 꼭 가야 할 이유도 있다. 내가 네 십자가 고쳤어. 너한테 걸어주고 싶어."

"아니야, 리. 난 그저 집에 가서 마른 옷으로 갈아입고 혼자 있고 싶어."

리는 또 한 번 치미는 화를 느꼈다. 자신을 영원히 미뤄놓을 수 있다고 생각하다니 참 메린다운 짓이었다. 리가 착실하게 '피트'로 와서 원하는 대로 자기를 태워다주고, 그 대가로 아무것도 원하지 않는다고 생각하다니. 하지만 리는 그 감정은 일단 제쳐두었다. 그는 젖은 치마와 블라우스를 입고 계속 바들바들 떠는 메린을 쳐다보다가 트렁크 뒤쪽으로 돌아갔다. 리는 운동복가방을 가지고 와서 메린에게 내밀었다.

"운동복 있어. 셔츠랑 바지랑. 마르고 따뜻해. 병균 같은 것도 없고."

메린은 망설이다가 가방 끈을 잡고 차에서 일어섰다.

"고마워, 리."

그와 눈은 마주치지 않았다.

리는 가방을 놓지 않고 계속 붙들고 있었다. 잠깐이라도 메린을 붙들고 싶었다. 그녀가 옷을 갈아입기 위해 밤의 어둠 속으로 성큼성큼 걸어 들어가지 못하게 하고 싶었다.

"어차피 했어야만 하는 일이야. 미친 짓이었지. 그럴 수 있다고 생각하다니. 너희 둘 하나라도……."

메린이 말했다.

"옷이나 갈아입자, 알겠니?"

메린은 가방을 리의 손에서 낚아챘다.

메린이 몸을 돌려 딱딱하게 걸어가자, 통 좁은 치마가 허벅지에 착 달라붙었다. 전조등 불빛 속을 지날 때는 블라우스가 유산지처럼 투명해졌다. 메린은 쇠사슬을 넘어 길 위쪽 어둠 속으로 계속 올라갔다. 하지만 완전히 사라지기 전에 고개를 돌려 리를 보더니 찡그리는 표정을 지었다. 질문하는 듯 한쪽 눈썹을 치켰다. 아니, 초대를 하는 듯했다. 나를 따라와. 그러더니 메린은 사라져버렸다.

리는 차 옆에 서서 담배에 불을 붙여 들이마시고 그녀를 따라가도 좋을지 생각했다. 테리가 보고 있는데도 숲 속으로 향하고 싶은지 확실히 알 수 없었다. 하지만 1~2분 후, 리는 테리가 뒷좌석에서 한쪽 팔을 눈에 댄 채 완전히 뻗어 있는 모습을 확인했다. 머리를 심하게 부딪친 모양인지 오른쪽 관자놀이에 빨갛게 찢긴 상처가 있었고, 그전에도 이미 약에 취해 인사불성이었다. 추수감사절 칠면조처럼 바짝 익었다. 이곳 주물공장에 있으려니 웃겼다. 테리가 에릭 해니티와 그 커다란 냉동 칠면조를 날려버리던 날에 처음으로 이그와 만났던 곳이 아니던가. 리는 테리의 마리화나 담배를 떠올리고 주머니를 더듬어보았다. 아마도 두어 번 빨고 나면, 메린의 위도 가라앉고 신경도 덜 날카로워질지 모른다.

리는 테리를 좀 더 바라보았지만 꼼짝도 하지 않자, 태우던 담배꽁초를 젖은 잔디에 던지고 메린을 따라 길 위를 오르기 시작했다. 자갈길을 따라가다 커브를 살짝 돌아 언덕을 올라가자, 끓어오르는 먹구름이 낀 하늘을 등진 주물공장이 보였다. 우뚝 솟은 굴뚝이 달린 공장은 악몽을 대량으로 생산하기 위해 지어진 듯 보였다. 비에 젖은 잔디가 번득이며 바람에 흔들렸다. 리는 어쩌면 메린이 무너져가는 검은 벽돌 아성의 뒷그늘까지 걸어가 그곳에서 옷을 갈아입고 있을지 모른다고 생각했지만 왼쪽 어둠 속에서 작은 소리가 들려왔다.

"리."

리는 길에서 360미터 떨어진 자리에서 메린을 보았다.

메린은 오래된 나무 아래 서 있었다. 껍질이 다 벗겨져 하얀 바탕에 문둥병 같은 반점이 있는 죽은 나무의 속살이 드러나 있었다. 메린은 리의 회색 운동복 바지를 입었지만 얇은 맨 가슴에는 테리의 스포츠 코트를 부여잡고 있었다. 그 광경은 선정적으로 충격적이었다. 나른한 오후에 자위하면서 공상하는 장면에서나 나올 법했다. 창백한 어깨와 가는 팔, 무엇에 홀린 눈을 한 메린. 반라에 숲에서 떨고 있었다. 리를 기다리며.

운동복가방이 메린의 발치에 놓여 있었고, 젖은 옷은 개켜서 한쪽에 치워두었다. 하이힐도 단정하게 옷 위에 올려두었는데, 신발 한 짝에는 뭔가 끼워놓았다. 남자의 넥타이. 여러 번 접은 듯했다. 메린은 뭔가 접는 습관을 참도 좋아했다. 리는 가끔 메린이 자신을 몇 년 동안 작게, 더 작게 접어놓았던 게 아닌가 생각할 때도 있었다.

"가방에 셔츠는 없던데." 메린이 말했다. "운동복뿐이었어."

리가 말했다.

"맞아. 까먹었네."

리는 메린에게로 걸어갔다.

"이런, 제길. 네 셔츠 줘."

"내 옷을 벗으라고?"

메린은 웃으려 했으나 짜증 섞인 한숨만 내뱉었을 뿐이었다.

"리, 미안해. 난 그냥…… 그냥 그럴 기분이 아니야."

"아니겠지. 물론 아닐 거야. 넌 술 한 잔 하고 같이 얘기할 상대가 필요해. 어이, 네 긴장을 풀어줄 게 필요할까 싶어 마리화나 좀 가져왔는데."

리는 마리화나를 들어 보이며 웃었다. 메린이 바로 지금 미소가 필요할 거라는 느낌이 들었기 때문이었다.

"우리 집으로 가자. 오늘 밤 그럴 기분이 아니면, 다음번에라도."

"무슨 말을 하는 거야?" 메린은 얼굴을 찡그리고 눈살을 찌푸리며 말했다. "내 말은, 오늘은 농담할 기분이 아니란 뜻이었어. 넌 대체 무슨 기분 얘기하는 거니?"

리는 앞으로 몸을 숙이며 메린에게 키스했다. 그녀의 입술은 축축하고 차가웠다.

메린은 움찔하며 화들짝 놀라 뒤로 한 발짝 물러섰다. 재킷이 미끄러져 떨어지려 하자, 얼른 붙들며 단단히 여몄다.

"무슨 짓이야?"

"널 기분 좋게 해주려고. 네 기분이 비참한 건 적어도 부분적으로는 내 탓이니까."

"네 탓, 아무것도 없어."

메린은 눈을 휘둥그레 뜨고 놀랍다는 표정으로 쳐다보고 있었다. 그녀의 얼굴에 이제야 알겠다는 듯한 끔찍한 표정이 서렸다. 흡사 작은 소녀의 얼굴처럼. 메린을 보면서 스물네 살이 아니라, 아직 열여섯 살, 아직도 처녀라는 상상이 쉽게 들었다.

"너 때문에 이그랑 헤어진 거 아냐. 너랑은 아무 상관없어."

"이제 우리가 같이 있을 수 있다는 것만 제외하면 그렇겠지. 이 모든 연습은 그게 이유 아니었어?"

메린은 다시 한 발 불안하게 뒤로 물러섰다. 얼굴에는 어이없다는 표정이 떠올랐고 소리를 지르려는 듯 입을 벌렸다. 메린이 비명을 지를지도 모른다는 생각에 리는 정신이 번쩍 났고, 앞으로 나가 그녀의 입을 막고 싶다는 충동이 들었다. 하지만 메린은 소리 지르지 않았다. 웃었다. 긴장되고 못 믿겠다는 웃음이었다. 리는 얼굴을 찌푸렸다. 순간 노망난 어머니가 자기를 비웃는 것 같았다. 너도 환불해달라고 요청해야 해.

"아, 씹할." 메린이 말했다. "아, 세상에. 씹할. 야, 리. 그런 개소리하기에는 지금은 정말 때가 안 좋다."

"나도 그렇게 생각해."

메린은 리를 뚫어져라 쳐다보았다. 역겹고 혼란스럽다는 미소가 얼굴에서 스러지고 윗입술에 조소가 떠올랐다. 리를 혐오스러워 하는 추한 비웃음이었다.

"너 그런 생각했니? 내가 이그랑 헤어진 게…… 너랑 섹스하려고? 넌 개 친구야. 내 친구고. 이해가 안 되니?"

리는 한 발 다가가서 메린의 어깨를 잡았지만 메린은 밀쳐버렸다. 기대하지 못했던 반응이라 발이 나무뿌리에 걸렸다. 리는 축축하고 딱딱한 땅에 쿵 엉덩방아를 찧었다.

메린을 올려다보자, 뭔가 리의 마음속에서 일어났다. 천둥과도 같은 노호, 터널을 지나는 지하철 같은 것. 리는 메린이 그런 말을 했다고 해서 미워지진 않았다. 물론 그것만으로도 충분히 나쁘긴 했다. 몇 달씩이나 리를 끌어들여놓고, 이제 와서 자기를 원한다고 비웃다니. 하지만 리가 가장 미웠던 것은 메린의 얼굴에 떠오른 표정이었다. 혐오감의 표정. 살짝 올린 윗입술 아래로 드러나는 날카로운 작은 치아.

"그럼 우리가 이제까지 무슨 얘기했던 건데?" 리는 축축한 땅에 앉은 채로 참을성 있게, 익살맞게 물었다. "지난달 내내 의논했던 건 뭔데? 다른 사람이랑 섹스하고 싶다며. 네 자신에 대해 알게 된 게 있다고 생각했는데. 네가 어떻게 느끼는지, 네가 처리해야 할 게 있다면서? 나에 대한 것."

"아, 세상에." 메린이 말했다. "하느님 맙소사, 리."

"저녁 같이 먹자고 오라고 했잖아. 있지도 않은 금발 여자애 얘기 지어내서 음란한 문자 보냈잖아. 계속 전화해서 내가 뭐하고 있는지, 내가 어떻게 지내는지 캐물었잖아."

리는 한 손을 뻗어 깔끔하게 갠 메린의 옷가지 위에 올려놓았다. 이제 일어설 준비가 되었다.

"걱정이 돼서 그랬던 거지. 네 어머니가 막 돌아가셨으니까."

"내가 바보천치인지 알아? 어머니가 돌아가셨던 날 아침에 너, 내 몸 위에 올라타다시피 했잖아. 어머니가 옆방에 시체로 누워 있는데도 내 다리를 문지르면서."

"내가 뭐?"

메린의 목소리가 높아졌다. 날카롭고 새된 소리였다. 너무 큰 소리를 내고 있어 테리가 들을지도 몰랐다. 두 사람이 왜 말다툼하고 있는지 궁금해 할지도 몰랐다. 리는 메린이 신발에 박아놓은 넥타이를 손에 감고 주먹을 쥐면서 몸을 일으켰다. 메린은 말을 이었다.

"너 술 취해서 내가 안아줬더니, 내 몸 더듬었을 때 얘기하는 거니? 내가 가만 놔둔 건 네가 너무 넋이 나가 있었기 때문이야, 리. 그날 있었던 일은 그게 다라고. 그게 다야."

메린은 울기 시작했다. 한 손은 눈 위에 댔고 턱이 떨렸다. 다른 손으로는 여전히 스포츠 코트를 가슴 앞으로 부여잡고 있었다.

"이거 너무 엉망진창이야. 어떻게 내가 너랑 자고 싶어서 이그하고 헤어졌다는 생각을 할 수 있어? 그러느니 차라리 죽겠어, 리. 죽겠다고. 모르겠니?"

"이제 알았다, 쌍년아."

리는 코트를 메린의 손에서 낚아채며 땅에 내던져버렸다. 그러고는 넥타이를 둥그렇게 말아 그녀의 목에 감았다.

40

리가 돌로 친 후에야 메린은 그를 떨쳐버리려던 반항을 멈췄다. 이제 리는 원하는 대로 할 수 있었기 때문에 목에 넥타이를 감았던 힘을 늦췄다. 메린은 고개를 옆으로 돌렸다. 눈알이 뒤로 돌아갔고 눈꺼풀은 이상하게 파닥거렸다. 핏방울이 이마 선에서 새어나와 더럽고 얼룩진 얼굴로 흘러내렸다.

리는 메린이 완전히 정신이 나갔다고 생각했다. 너무 어지러운 나머지 자기가 강간해도 받아들일 뿐 아무것도 할 수 없다고 생각했다. 하지만 그때, 메린이 이상하게 아련한 목소리로 말했다.

"괜찮아."

"뭐?"

리는 더 힘을 줘서 밀어 넣으며 물었다. 기운이 수그러들지 않게 하려면 이 수밖에 없었기 때문이었다. 기대만큼 좋진 않았다. 메린은 말라 있었다.

"그래, 너도 좋아?"

하지만 이번에도 리는 메린을 오해했다. 메린은 어떤 느낌인지 말하고 있는 게 아니었다.

"나 탈출했어."

메린이 말했다.

리는 그녀의 말을 무시하고 다리 사이에서 계속 움직였다.

메린이 머리를 살짝 돌리더니 그들 위에 넓게 뻗은 나무 우듬지를 올려다보았다.

"난 나무로 올라가서 도망쳤어." 메린이 말했다. "마침내 돌아갈 길을 찾았어, 이그. 괜찮아. 난 안전한 데 있어."

리는 나뭇가지와 흔들리는 이파리 속을 올려다보았지만 그 위에는 아무것도 없었다. 메린이 뭘 보고 있는지, 무슨 이야기를 하는지 상상할 수 없었지만 물어볼 마음도 들지 않았다. 메린의 얼굴을 다시 보았을 때, 뭔가 눈에서 날아가고 없었다. 메린은 더 말하지 않았다. 잘된 일이었다. 리는 메린이 하는 헛소리가 모두 역겹고 지겨웠으니까.

믹과 키스의 복음성가

THE GOSPEL ACCORDING TO MICK AND KEITH

여전히 벌거벗은 이그가 주물공장에서 쇠스랑을 챙긴 다음 강으로 돌아왔을 때는 이른 아침이었다. 이그는 무릎까지 차오른 물속으로 첨벙첨벙 걸어 들어가, 태양이 구름 없는 하늘에 높이 솟아 햇빛이 어깨를 데울 때까지 꼼짝도 하지 않았다.

얼마나 시간이 지났는지도 모르고 있다가, 왼쪽 다리 1미터쯤 떨어진 자리에서 갈색 송어를 보았다. 송어는 모래바닥 위에 떠서 꼬리를 앞뒤로 흔들며 멍청하게 이그의 발을 바라보았다. 이그는 삼지창을 든 포세이돈처럼 쇠스랑을 쳐들어 손에서 자루를 돌리며 던졌다. 몇 년 동안이나 작살낚시를 한 사람처럼, 수천 번 던져본 사람처럼 단번에 물고기를 맞혔다. 갈릴리 캠프에서 가르쳤던 투창과 딱히 다르지 않았다.

이그는 강둑에서 입김으로 송어를 구웠다. 폐에서 내뱉는 뜨거운 열기가 공기를 비틀 만큼 강했다. 펄떡펄떡 뛰는 물고기를 검게 익혀 생선 눈알이 노른자가 될 정도로 강했다. 아직 용처럼 불을 내뿜을 수는 없었지만 그것도 곧 할 수 있을 듯했다.

열을 앞으로 내보내기는 쉬웠다. 유쾌한 증오에 정신을 집중하기만 하면 됐다. 대부분 리의 머릿속에서 보았던 광경에 집중했다. 찜통 같은 방에서 어머니를 천천히 쪄 죽였던 리. 메린이 고함치지 못하도록 목을 졸랐던 리. 이제 리의 기억은 이그의 머릿속에 꽉꽉 들어차서 마치 한 입

가득 머금은 커피 혹은 유독하고 타는 듯 뜨거우며 쓰디써서 뱉을 수밖에 없는 그 무엇과도 같았다.

생선을 먹은 다음 송어 기름을 씻어내기 위해 강으로 돌아오자, 물뱀들이 발목으로 모여들었다. 이그는 몸을 풍덩 담갔다가 일어났다. 차가운 물이 얼굴에서 주르륵 떨어졌다. 야위어진 빨간 손등으로 눈을 씻어내고, 한 번 깜박인 다음 강 위에 비친 자기 모습을 쳐다보았다. 흘러가는 물 때문에 생긴 환영인지는 모르지만 뿔은 더 커지고 밑동이 굵어진 듯했다. 뾰족한 끝은 더욱 안으로 휘어, 머리 위에서 양 끝이 맞닿을 것만 같았다. 피부는 전체적으로 진한 붉은색이었다. 물개 가죽처럼 몸에는 아무런 표시가 없었고 말랑말랑했다. 머리도 문손잡이처럼 매끈했다. 설명할 수는 없지만 비단 같은 염소수염만이 타지 않고 남아 있을 뿐이었다.

이그는 고개를 이리저리 돌리며 옆모습을 가늠해보았다. 낭만적이고 비속한, 젊은 아스모데우스*의 형상 그대로였다.

이그의 반사상이 고개를 돌리며 교활하게 쳐다보았다.

어째서 여기서 낚시를 하는 게냐? 물속의 악마가 말했다. 너는 인간 낚시꾼이 아니었던가?

"잡아서 놔주려고?"

이그가 물었다.

이그의 반사상이 웃음을 터뜨리며 일그러졌다. 재미있다는 듯 더럽고 발작적으로 까악거리는 소리. 연속적으로 터지는 작은 폭죽처럼 사람 놀라게 하는 소리. 고개를 젖히고 올려다보니, 정말로 코핀록에서 날아올라 강 위를 휙 스치는 까마귀 소리였다. 이그는 턱에 난 작은 수염을 쓰다듬으며 숲에, 메아리치는 정적에 귀를 기울이다가 마지막으로 강 상류

---

* 유대 기독교에 등장하는 악마로 색욕이 강한 것으로 알려져 있다.

에 떠도는 또 다른 소리를 인식했다. 멀리서 경찰 경광등이 짧게 앵 울리다가 스러졌다.

이그는 옷을 입기 위해 언덕으로 올라갔다. 주물공장에 가지고 온 건 모두 그렘린 안에서 타버렸다. 하지만 이벨 크니벨 길 꼭대기에 늘어졌던 참나무 가지에 곰팡이 낀 옛날 옷들이 걸려 있었던 게 기억났다. 안감이 찢어지고 얼룩이 묻은 검은색 코트와 검은 양말 한 짝, 80년대 초 마돈나 뮤직비디오에나 나왔을 법한 파란 레이스 치마. 이그는 더러운 의상들을 가지에서 걷었다. 치마를 엉덩이에 걸치면서 신명기 22장 5절을 떠올렸다. 남자는 여자의 의복을 입지 말 것이라. 이같이 하는 자는 네 하나님 여호와께 가증한 자이니라.

새싹 같은 젊은 지옥의 신으로서 이그는 자신의 책무를 진지하게 받아들였다. 일단 시작했다면 돈이 얼마나 들든, 사람 목숨이 얼마나 걸려 있든 해내야지(걸어봤자 자기 목숨이겠지만). 그래도 양말 한 짝은 치마 밑에 끼웠다. 짧은 스커트였던데다가, 아직 자의식이 남아 있었기 때문이었다. 마지막으로는 방수포 안감이 너덜너덜해진, 뻣뻣한 검은 코트를 걸쳤다.

파란 레이스 치마의 층층 주름 장식이 허벅지로 내려와 맨 엉덩이가 훤히 드러난 채 이그는 쇠스랑을 진창 속에 질질 끌면서 떠났다. 이그가 나무들이 있는 자리에 도착하기도 전에 오른쪽 풀숲에서 황금빛이 번쩍였다. 빛이 어디에서 나오나 몸을 돌려 찾아보았다. 빛은 자꾸만 반짝이며 잡초들 사이에서 뜨거운 불꽃을 발산해 이그에게 긴급 메시지를 보냈다. 여기야, 멍청아. 여길 봐.

이그는 허리를 굽히고 메린의 십자가를 주웠다. 아침 햇볕을 받아 따뜻했고, 표면에는 수천 개의 미세한 상처가 나 있었다. 이그는 십자가를 코에 대며 그녀의 향기를 맡을 수 있을 거라고 생각했지만 아무런 냄새도 나지 않았다. 걸쇠는 또다시 부러져 있었다. 이그는 부드럽게 따뜻한 입김을 불어 금속을 연하게 만들고 뾰족한 손톱으로 섬세한 황금 고리를 폈다. 이그는 한동안 십자가를 살피고 나서, 자기 목에 걸고 걸쇠를 채웠다. 십자가가 그의 붉은 살에 닿으면 부글부글 타올라 검은 십자가 모양의 흉터를 남기며 녹아 들어가지 않을까 하는 걱정도 막연히 들었다. 하지만 십자가는 가볍게 이그의 가슴에 놓였다. 물론 메린의 것이라면, 그어떤 것도 이그에게 해를 입힐 리 없었다. 이그는 달콤한 아침 공기를 들이마시며 길을 나섰다.

차는 발견되었다. 그렘린은 올드페어 로드 다리 밑 모래톱까지 물살을 타고 흘러갔다. 동네 아이들이 매년 여름 끝자락에 모닥불을 피우는 자리였다. 그렘린은 강 밖으로 올라가려는 것처럼 보였다. 앞바퀴는 부드러운 모래 속에 박혔고, 뒷부분만 물에 잠겼다. 경찰차 몇 대와 견인 트럭이 차가 박힌 모래톱을 향해 세워져 있었다. 다른 차들(순찰차도 있었지만 주로 구경하러 멈춘 동네 촌놈들의 차)은 나무 아래 자갈밭에 흩어져 있었다. 다리 위에는 더 많은 차들이 서 있고, 사람들이 난간에 줄지어 선 채 아래를 내려다보았다. 경찰 무전기가 삑삑거리며 웅얼댔다.

그렘린은 제 모습 그대로 보이지 않았다. 페인트는 익어서 다 벗겨졌고, 그 밑의 강철 차체는 검게 그을렸다. 장화가 달린 방수복을 입은 경찰 한 명이 조수석 문을 열자 물이 쏟아졌고, 물살에 개복치 한 마리도함께 나왔다. 늦은 아침 햇살 속에서 개복치의 비늘이 영롱하게 반짝였는데, 이내 철썩 소리와 함께 젖은 모래톱에 떨어졌다. 고무장화를 신은 경찰들이 도로 차서 얕은 물속으로 집어넣자 개복치는 기운을 되찾고 쏜살같이 사라졌다.

정복 경찰 몇 명은 모래톱 위에 모여 커피를 마시고 웃으면서 차에는 눈길도 주지 않았다. 경찰들이 나누는 대화가 맑은 아침 공기를 타고 이그에게 토막토막 들려왔다.

"이런, 씹할. 시빅 아니겠어?"

"몰라. 오래된 똥차 같은데."

"모닥불을 이틀 전부터 하려고 했나."

경찰들에게서는 여름의 청량한 활기와 편안함, 남성적 무관심이 뿜어져 나왔다. 견인 트럭이 기어를 넣고 앞으로 구르면서 그렘린을 끌어내기 시작했다. 산산이 부서진 뒷창문에서는 물이 콸콸 쏟아졌다. 이그는 뒷번호판이 사라지고 없는 것을 보았다. 아마 앞번호판도 없겠지. 리는 이그를 용광로에서 끌어내 차에 태우기 전에 이미 번호판을 떼어낸 모양이었다. 경찰은 자기들이 건진 차가 누구의 것인지 몰랐다. 아직까지는.

이그는 나무 사이로 나아가, 소나무 틈으로 대략 20미터 정도 거리에서 모래톱을 내려다볼 수 있는 가파른 바위에 자리를 잡았다. 바로 밑에서 부드러운 웃음소리가 들려왔다. 바위 너머로 쳐다보니, 정복을 입은 스투츠와 포사다가 나란히 서서 서로의 페니스를 잡고 풀숲에 오줌을 싸고 있었다. 두 사람의 입이 얽혔다. 이그는 바위에서 굴러 두 사람 위로 떨어지지 않도록 옆에 있는 나무를 바짝 붙들어야 했다. 곧바로 들키지 않을 만한 곳으로 물러섰다.

누가 소리쳤다.

"스투츠, 포사다! 거기서 뭐하고 빈둥대는 거야? 다리 위 정리할 사람 필요하다고!"

이그는 다시 한 번 옆으로 고개를 내밀어 두 사람이 가는 모습을 확인했다. 두 사람이 원수지게 할 작정이었지, 흥분하게 할 의도는 없었다. 그래도 이런 결과가 크게 놀랍지는 않았다. 어쩌면 악마의 고전적인 계율은, 죄악은 언제나 한 사람에게서 가장 인간적인 부분을 확실히 드러내준다는 것일지도 모른다. 가끔은 사악한 부분뿐만 아니라 좋은 부분도 나타내는 것이다. 두 남자가 서로의 옷매무시를 고쳐주며 속삭이고 쓰다듬는 소리와 포사다의 웃음이 들렸다. 그런 후에 둘은 돌아갔다.

이그는 비탈길 위 더 높은 자리로 이동했다. 거기서는 모래톱과 다리를 한층 정확히 볼 수 있었다. 바로 그때 데일 윌리엄스를 보았다. 메린의 아버지가 다른 구경꾼들과 함께 다리 난간 위에 서 있었다. 머리를 바짝 깎고 줄무늬 반팔 셔츠를 입은 창백한 남자.

움푹 우그러진 차의 모습에 데일은 흠뻑 빠져 있었다. 그는 뚱뚱한 손가락을 깍지 끼고 녹슨 난간 위로 몸을 내민 자세로 차를 바라보고 있었다. 다소 충격을 받았지만 공허한 표정이었다. 경찰들은 발견된 차의 정체를 모르겠지만 데일은 알았다. 데일은 차를 잘 아는 사람이고 20년 동안이나 차를 팔았으며 이 차도를 6년 동안 매일같이 다녔다. 이그는 데일이 지금 뭘 보고 있는지 상상할 수 없었다. 데일은 모래톱 위에 놓인, 불에 검게 그을린 그렘린 잔해를 다리 위에서 내려다보며, 딸이 마지막으로 탄 차라고 생각할 것이었다.

다리 위와 그 일대의 길 양쪽 끝에 차들이 쭉 주차해 있었다. 데일은 다리의 동쪽 끝에 서 있었다. 이그는 언덕을 가로질러 나무 사이를 지나 길로 향했다.

데일도 움직였다. 데일은 오랫동안 불에 탄 그렘린 껍데기와 그 안에서 쏟아져나오는 물만 쳐다보았다. 구경꾼 정리를 하기 위해 언덕을 오르는 스투츠의 모습이 보였을 때에야 마침내 환각 상태에서 깨어났다. 데일은 다른 구경꾼 사이를 비집고 들어가 버펄로처럼 느릿느릿 다리에서 내려갔다.

이그가 길 가장자리에 도착하자 데일의 차가 보였다. 푸른색 BMW 스테이션이었다. 자동차 영업소 번호판을 보고 데일의 차임을 알았다. 차는 자갈 갓길 위, 소나무 숲 그늘 아래 주차되어 있었다. 이그는 숲에서 성큼성큼 나와 뒷자리에 올라타고 문을 닫은 다음 쇠스랑을 무릎 위에 올려놓고 앉았다.

뒷창문은 선팅을 했지만 어차피 상관없었다. 데일은 너무 서두르느라 뒷좌석을 들여다보지도 않았다. 이그는 데일이 어슬렁거리는 모습을 남에게 들키고 싶지 않은 심정을 충분히 이해했다. 기드온에서 이그 페리시가 산 채로 타 죽는 모습을 보고 싶어 하는 사람 목록을 만든다면 데일은 분명히 5위 안에 들 터였다. 자동차 판매원은 문을 열고 운전석에 털썩 주저앉았다.

데일은 한 손으로 안경을 벗더니 다른 손으로는 눈을 가렸다. 잠시 동안 그렇게 앉아 있었다. 호흡은 토막토막 끊겼지만 부드러웠다. 이그는 방해하고 싶지 않아서 잠시 기다렸다.

계기판에 사진들이 붙어 있었다. 하나는 예수의 유화 초상이었다. 금발 턱수염을 기르고 금발머리를 뒤로 넘긴 예수. 영감을 받은 듯 하늘을 응시하고 있는데, 하늘 위에서는 황금 빛살이 구름을 뚫고 나왔다. "애통하는 자는 복이 있나니." 그림 아래에 그렇게 쓰여 있었다. "그들이 위로를 받을 것임이요."

그 옆에는 열 살 때의 메린 사진이 붙어 있었다. 아버지의 모터바이크 뒷좌석에 탄 모습이었다. 메린은 비행사 안경을 끼고 빨간 별 모양과 파란 줄이 그어진 헬멧을 썼으며 팔로 아버지의 허리를 감고 있었다. 체리 같은 빨간 머리의 예쁜 여자가 모터바이크 뒤에 서서 한 손을 메린의 헬멧 위에 올려놓고 카메라를 보며 미소 지었다. 처음에는 메린 어머니라고 생각했지만 그렇다고 하긴 너무 어렸으니 메린의 언니, 로드아일랜드에 살 때 죽었다고 한 리건일 터였다. 두 딸 모두 가버렸다. 애통하는 자는 복이 있나니. 다시 일어서려고 하면 불알을 걷어차일 것임이요. 성경에 있는 말은 아니었지만 이렇게 쓰여 있어야 할 것이었다.

데일은 자제심을 되찾자 열쇠를 돌려 시동을 건 다음 차를 빼면서 운전석 옆 거울을 마지막으로 곁눈질했다. 그는 손목으로 뺨을 닦고 다시 안경을 썼다. 한참을 그렇게 운전했다. 그러더니 엄지에 입을 맞추고 모터바이크 사진 속의 작은 소녀에게 댔다.

"그놈 차더라, 메리." 메리는 아버지가 메린을 부르던 애칭이었다. "깡그리 타버렸어. 걔도 죽었겠지. 나쁜 사람은 그렇게 가는 법이야."

이그는 한 손을 운전석 뒤에, 다른 손은 조수석 뒤에 놓고 그 사이를 넘어 데일의 옆으로 가서 앉았다.

"실망시켜드려서 죄송하네요." 이그가 말했다. "오직 착한 사람만 일찍 죽는 것 같아요."

이그가 앞으로 넘어오는 모습을 보자 데일은 화들짝 놀라 숨넘어가는 소리를 내며 운전대를 획 돌렸다. 차가 오른쪽으로 획 돌아 자갈 갓길로 떨어졌다. 이그는 계기판에 쾅 부딪쳐서 바닥에 떨어질 뻔했다. 돌들이 차체 밑에서 우두둑 부서지는 소리가 들렸다. 차가 멈추자, 데일은 차에서 뛰어나가 길 위를 달리며 비명을 질렀다.

이그는 몸을 일으켰다. 이해할 수가 없었다. 다른 사람들은 뿔을 봐도 비명을 지르거나 도망가지 않았다. 이그를 죽이고 싶어하는 경우는 있었지만 비명을 지르고 도망가지는 않았다.

데일은 길 한가운데까지 비척비척 뛰어나갔다가 어깨너머로 자기 스테이션왜건을 보고 새 같은 비명을 질렀다. 센트라를 타고 가던 여자가 획 스쳐가면서 경적을 빵 울렸다. 길에서 꺼져. 데일은 고속도로 가장자리의 잡풀이 자란 도랑으로 떨어지는 진흙길로 휘청휘청 걸어갔다. 땅이 데일의 오른발 밑에서 무너지면서 그대로 굴러떨어졌다.

이그는 운전대를 잡고 천천히 뒤따라갔다.

이그가 차를 옆에 대자, 데일은 불안정하게 일어섰다. 데일은 도랑에서도 달리려 했다. 이그는 조수석 창문을 열고 운전석 밖으로 몸을 내밀면서 그를 불렀다.

"윌리엄스 아저씨. 차에 타세요."

데일은 속도를 늦추지 않고 헐떡대면서 심장을 부여잡고 계속 달렸다. 땀이 턱밑 살로 흘러내렸다. 바지 밑자락이 뜯어졌다.

"가버려!" 데일이 외쳤다. 하지만 단어가 엉켜서 "갑려"처럼 들렸다. "가설려줘요!"라는 말을 두 번째로 말했을 때에야, 이그는 공포에 질린 "살려줘요!"가 앞 단어와 뭉쳤음을 깨달았다.

이그는 계기판에 붙은 예수의 사진을 멍하니 쳐다보았다. 큰형님 예수가 자신에게 충고를 주기라도 바라듯이. 그제야 문득 십자가가 떠올랐다. 이그는 쇄골 사이의 가슴에 가볍게 얹혀 있는 십자가를 내려다보았다. 리가 십자가를 걸었을 때는 뿔을 보지 못했다. 이제 이그가 십자가를 걸고 있으니, 아무도 뿔을 보거나 그 효과를 느낄 수 없다고 한다면 논리가 섰다. 놀랄 만한 명제, 이그의 상태에 대한 치료책이었다. 데일 윌리엄스에게 이그는 그 자체였다. 자기 딸의 머리를 돌로 쳐 죽인데다, 치마를 입고 쇠스랑을 들고서 뒷좌석에서 나타난 강간살해범. 이그의 목에 걸린 채 아침 햇살에 환히 타오르는 황금 십자가는 그 자신의 인간성이었다.

하지만 이그의 인간성은 이제 아무런 쓸모가 없었다. 이런 상황이건, 다른 상황이건. 메린이 죽던 날 이래로 그에게 아무 소용이 없었다. 되레 약점이었다. 이제 이그는 악마가 되는 편이 낫다고 생각하는 자신에 익숙해졌다. 십자가는 보통 인간 조건의 상징이었다. 고통. 이그는 고통이라면 신물이 났다. 누군가 나무에 못 박혀야 한다면 이그는 망치를 든 사람 쪽이 되고 싶었다. 이그는 십자가를 풀어 조수석 물품함에 넣어두었다. 그러고는 운전석에 꼿꼿이 앉았다.

이그는 속도를 내 데일을 앞지르고 나서 차를 세웠다. 이그는 손을 뒤로 뻗어 쇠스랑을 주섬주섬 집어 들고 차에서 내렸다. 데일은 도랑 속, 발목까지 차오른 진흙탕 안을 비척비척 걷고 있었다. 이그는 뒤에서 두 걸음 내딛고 쇠스랑을 던졌다. 쇠스랑이 데일의 앞에 있는 질척한 물속에 박히자 그는 비명을 질렀다. 데일은 재빨리 돌아가려 하다가 엄청나게 큰 첨벙 소리를 내면서 주저앉았다. 데일은 허우적거리며 일어서려 했다. 얕은 물에 똑바로 박힌 쇠스랑 자루는 던진 힘 때문에 아직도 바르르 떨리고 있었다.

이그는 이파리 사이를 헤치고 기어가는 뱀처럼 우아하게 둑을 미끄러져 내려가서 데일이 일어서기도 전에 쇠스랑을 집었다. 이그는 쇠스랑을 진흙에서 뽑아 앞부분으로 데일을 가리켰다. 민물새우 같은 생물이 쇠스랑 한쪽 날에 찍혀 죽음의 고통으로 몸부림쳤다.

"이제 충분히 뛰셨잖아요. 차에 타세요. 할 얘기가 많으니까."

데일은 힘겹게 숨을 쉬며 진흙탕 속에 앉아 있었다. 그는 쇠스랑 자루를 올려다보며 눈을 가늘게 뜨고 이그의 얼굴을 들여다보았다. 그러면서 한 손으로 자기 눈을 가렸다.

"모자를 벗었네." 잠시 뜸을 들이다가 나중에 생각났다는 듯 덧붙였다. "게다가 뿔도 났고. 자네 뭔가?"

"뭐 같아 보여요?" 이그가 물었다. "푸른 옷을 입은 악마*죠."

* 월터 모슬리의 소설이자, 칼 프랭클린이 감독하고 덴젤 워싱턴이 주연한 동명의 영화 제목.

42

"네 차인 줄 금방 알아봤지."

데일은 운전대를 잡고 차를 몰면서 말했다. 이제 침착성을 되찾았고, 자신만의 악마와 함께 있는 게 편안했다.

"차를 보자마자 누가 불을 질러서 강에 집어넣었다는 걸 알았어. 그때 네가 차 안에 있었을지도 모른다는 생각을 하니까 기분이, 기분이 너무……."

"행복했나요?"

"안타까웠어. 기분이 안타까웠지."

"정말로요?"

"그 짓을 한 사람이 내가 아니라는 사실이 안타까웠어."

"아."

이그는 시선을 돌렸다. 쇠스랑이 이그의 무릎 사이에 껴 있어서 날이 지붕 천에 박혀 있었지만, 차를 타고 시간이 좀 흐르자 데일은 그 사실조차 잊어버린 듯했다. 뿔은 비밀 음악을 연주하면서 제 역할을 다했고, 이그가 십자가를 걸지 않는 한 데일은 속수무책으로 그 음악에 맞춰 춤을 출 수밖에 없었다.

"너무 두려워서 널 죽일 수 없었어. 총이 있는데도. 널 죽이려고 하나 샀거든. 하지만 내가 죽일 수 있는 사람이 있다면 그건 나 자신밖에 없을 거야. 어느 날 밤 입에 넣고 어떤 맛이 나는가 봤지." 데일은 말없이 그 장면을 회상하더니 덧붙였다. "맛이 형편없더군."

"아저씨가 자기를 쏘지 않아서 다행입니다."

"그렇게 하는 것도 두려웠어. 자살해서 지옥에 갈까 봐 두려웠던 게 아냐. 지옥에 가지 않을까 봐 두려웠어. 갈 수 있는 지옥이 없을까 봐. 천국도 없고. 그저 아무것도 없어. 난 대체적으로 우리가 죽은 뒤에는 아무것도 없다고 생각해. 가끔은 그게 차라리 안심이 되지. 어떨 때는 이보다 더 끔찍한 상상이 없고. 자비로운 주님이 내 두 딸들을 내게서 데려가셨을 리는 없다고 생각해. 하나는 암으로, 다른 하나는 숲 속에서 그렇게 죽다니. 기도할 가치가 있는 신이라면, 그 애들 중 하나라도 개네가 겪었던 고통 속으로 그렇게 몰아넣진 않았을 거야. 하이디는 아직도 기도하지. 그 여자가 어떻게 기도하는지 믿지 못할걸. 네가 죽었으면 좋겠다고 기도해, 이그. 1년 내내. 네 차를 강에서 봤을 때, 난…… 내 생각은…… 음. 주님이 마침내 뭔가 대답을 해주셨구나 했지. 하지만 아니었어. 아니야. 메리는 영원히 사라졌는데. 너는 아직도 여기 있어. 여기 있다고. 너는…… 너는…… 씹할 악마가 되었구나."

숨을 헐떡였다. 더 말을 이으려 애썼다.

"그게 뭐 나쁜 일이라도 되는 양 말씀하시네요." 이그가 말했다. "좌회전하세요. 아저씨네 집으로 가요."

길가에 자란 나무들은 화창하고 구름 한 점 없는 파란 하늘에 선을 그렸다. 드라이브하기 좋은 날씨였다.

"의논할 일이 있다면서." 데일이 말했다. "하지만 우리가 할 얘기가 뭐가 있겠니? 네가 하고 싶은 말이 뭔데?"

"제가 아저씨만큼 메린을 사랑했는지는 모르겠지만 내가 사랑할 수 있는 한 사랑했다는 말을 하고 싶었죠. 제가 메린을 죽이지 않았다는 사실도. 제가 경찰에게 했던 이야기, 던킨 도너츠 뒤에서 술 취해 잠들었다는 말은 사실입니다. 리 토르노가 '피트' 앞에서 메린을 태웠어요. 리가 주물공장으로 메린을 데려갔고요. 메린을 거기서 죽였어요." 잠시 후, 이그가 덧붙였다. "제 말을 믿어달라는 기대는 안 하지만요."

하지만 기대가 있었다. 아마 당장은 아니지만 곧 믿게 될 터였다. 요새 이그는 남들을 설득하는 데 아주 능했으니까. 사람들은 자신에게 속한 악마가 하는 끔찍한 말은 뭐든 믿게 된다. 이번 경우에는 사실이었지만, 이그가 마음만 먹는다면 메린이 '피트' 앞에서 자그마한 광대 차를 타고 온 광대들에게 끌려가 죽었다는 얘기로도 데일을 믿게 할 수 있을 것 같았다. 공정하지 않은 일이었다. 물론 공정함과 싸우는 건 옛날의 이그나 할 일이다.

데일의 반응은 놀라웠다.

"어째서 네 말을 믿어야 하지? 이유를 대봐."

이그는 손을 뻗어 데일의 팔뚝에 잠깐 댔다가 곧 치웠다.

"아저씨는 아버지가 돌아가신 다음에 로웰에 있는 아버지의 첩을 찾아 가셨었네요. 그 여자에게 2,000달러를 주면서 떠나달라고 했죠. 또다시 술 취해 어머니한테 전화하면 당신을 찾아낼 거고, 찾아내면 이빨을 모두 날려버리겠다고 경고했죠. 자동차 영업소의 비서와 하룻밤 바람피운 적 있으시죠. 메린이 죽기 전해 크리스마스였네요. 메린이 엄마에게 욕했다고 입을 때린 적도 있어요. 아저씨가 평생 후회하는 일이죠. 지금까지 10년 동안은 아내에게 사랑을 느끼지 않고요. 사무실 책상 왼쪽 맨 아래 서랍에는 술병이 들어 있고, 집 차고에는 포르노 잡지가 있어요. 또 아저씨는 동생하고 연을 끊었는데, 그 집 애들은 다 멀쩡히 살아 있는데 아저씨네 애들은 다 죽었다는 사실을 견디기 힘들었기 때문에……."

"그만. 그만해."

"아저씨에 대해서 아는 것과 똑같은 방법으로 리에 대해서도 압니다." 이그가 말했다. "사람들에게 손을 대면 알게 되죠. 몰라야 하는 사실들을. 그리고 사람들이 내게 털어놓아요. 하고 싶은 일들을 털어놓죠. 억제하지 못하고."

"나쁜 일들이지." 데일은 두 손가락으로 오른쪽 관자놀이를 누르면서 부드럽게 문질렀다. "하지만 너를 보고 있노라면 그게 별로 나쁜 일처럼 여겨지지 않는단 말이야. 어쩌면…… 재미있을 것 같아. 하이디가 오늘 밤 기도하려고 무릎 꿇을 때, 내가 그 앞 침대에 앉아서 어차피 무릎 꿇은 김에 나를 입으로 좀 해달라면 어떨까 생각했던 것처럼. 아니면 그 여자가 또 한 번 주님은 우리에게 견딜 수 없는 시련을 주지 않는다는 말을 하면 한 대 쳐줄까 봐. 신앙으로 환해진 표정이 눈에서 사라질 때까지 계속 두들겨주는 거야."

"아니, 그런 짓은 하지 않으실 거예요."

"아니면 오늘 오후 일을 빼먹으면 어떨까. 한두 시간 정도 깜깜한 데 누워 있고 싶어."

"그게 더 낫네요."

"낮잠을 잔 후에 총을 내 입에 넣고 이 상처를 끝내버리는 거지."

"아니, 그런 짓도 하지 않으실 거예요."

데일은 전율하듯 한숨을 내쉬고 집 앞 차도로 올라갔다. 윌리엄스 가족의 농장식 가옥은 똑같이 우중충한 농장식 가옥들이 줄지어 늘어선 거리에 있었다. 상자 모형 단층집에, 뒤에는 네모난 마당이 있고, 앞에도 더 작지만 네모난 마당이 있는 집.

윌리엄스의 집은 병실처럼 탁한 연녹색으로 칠했고 이그의 기억보다 허름했다. 비닐 외벽용 판자가 콘크리트 기초와 닿는 부분에 갈색 곰팡이가 얼룩덜룩하게 피었고, 창문에는 먼지가 더덕더덕 끼었으며, 잔디는 손질할 때가 일주일은 지난 듯 웃자랐다. 거리는 여름 열기에 익었고, 쥐새끼 하나 얼씬거리지 않았다. 길 아래에서 들려오는 개 짖는 소리는 심장박동, 편두통, 께느른하고 과열된 여름이 비척비척 끝을 향해 가는 소리 같았다. 이그는 충동적으로 생긴 비뚤어진 마음에 메린의 엄마한테 어떤 비밀이 있는지 알아내고 싶었지만 하이디는 집에 없었다. 이 동네에 집에 있는 이는 아무도 없는 듯했다.

"일을 빼먹고 정오까지 곤드레만드레 취해 있으면 어떻게 될까? 내가 잘리지 않는지 한번 보자고. 나 5주 동안 한 대도 못 팔았어. 회사에선 호시탐탐 흠잡을 기회만 찾고 있지. 이제까진 그냥 불쌍해서 봐준 거야."

"그거예요." 이그는 말했다. "그런 게 바로 계획이라는 거죠."

데일은 이그를 안으로 들였다. 이그는 쇠스랑을 들고 가지 않았다. 지금은 필요할 것 같지 않았기 때문이다.

"이그, 술장에서 술 하나만 꺼내 따라줄래? 어디 있는지 알지? 너랑 메리가 거기서 몰래 술을 훔치곤 했으니까. 나는 어둠 속에 앉아서 좀 쉬고 싶다. 머릿속이 뒤죽박죽이야."

보풀이 인 초콜릿색 양탄자를 깔아놓은 짧은 복도 맨 끝에 안방이 있었다. 복도에는 메린의 사진이 쭉 걸려 있었지만 지금은 전부 없애버렸다. 대신 예수의 초상화가 있었다. 이그는 그날 처음으로 화가 났다.

"어째서 메린을 내리고 예수를 걸어놓은 거예요?"

"하이디 생각이야. 메리 사진을 치웠어." 데일은 검은 구두를 차서 벗고 복도를 걸어 다녔다. "석 달 전에 메린의 책이며 옷이며 네게 받은 편지며 전부 싸서 다락방에 처박아버렸다. 메린의 침실은 하이디가 서재로 쓰고 있지. 거기서 기독교 전도용 선전물을 봉투에 집어넣고 있어. 나보다는 물드 신부와 훨씬 오랜 시간을 보내지. 아침마다 성당에 가고, 일요일에는 온종일 죽치고 있어. 책상 위에도 예수의 초상을 올려놓고. 내 거나 죽은 딸들 사진 같은 건 없는데, 예수의 초상만 갖고 있단 말이지. 그 여자, 집에서 쫓아버리고 싶어. 딸들의 이름을 외치면서. 있잖냐, 다락방에 가서 상자를 내려와라. 메리와 리건의 사진을 꺼내고 싶으니까. 하이디가 울 때까지 사진을 내던지고 싶구나. 우리 딸들 사진을 치워버릴 거라면 차라리 먹어버리라고 말해야지. 한 번에 하나씩."

"더운 오후에 하기엔 일이 많은데요."

"재미있을 것 같아. 끝내주게 즐거운 시간이 되겠지."

"진토닉만큼 기운이 나진 않겠죠."

"그래." 데일은 침대 문간에 서 있었다. "나한테 가져다주렴, 이그. 독하게 타서."

이그는 거실 안의 작은 공간으로 들어갔다. 한때 메린 윌리엄스를 주제로 한 작품들을 전시하는 화랑 역할을 했던 곳으로, 메린의 사진이 가득 걸려 있었다. 얼굴과 피부에 인디언 전투 분장을 한 메린, 자전거를 타면서 교정기가 드러나도록 활짝 웃는 메린, 허리까지 놀스 강물 속에 빠진 이그의 목말을 타고 있는 원피스 수영복 차림의 메린. 그 사진들은 전부 사라져서 이제 이 방은 부동산 중개인이 일요일 집 공개를 위해 가장 흔해빠진 장식을 해놓은 상태처럼 보였다. 더는 아무도 살지 않는 듯.

더는 아무도 살지 않았다. 아무도 살지 않은 지 여러 달이 지났다. 이제는 단지 데일과 하이디 윌리엄스가 물건을 쟁여놓은 곳, 호텔 방처럼 그들의 내적인 삶과는 동떨어진 곳 같았다.

하지만 술은 항상 있던 자리, 텔레비전 위의 벽장에 있었다. 이그는 부엌에 있는 냉장고에서 토닉 워터를 꺼내 데일에게 줄 진토닉을 만들었고, 민트와 자른 오렌지를 넣고 얼음도 띄웠다. 하지만 침실로 돌아가다가 천장에 대롱대롱 매달린 끈에 오른쪽 뿔이 스쳐 떨어뜨릴 뻔했다. 이그는 올려다보았다. 그때⋯⋯.

거기 있었다. 머리 위 나뭇가지 속에. 나무 오두막 바닥. 밤에도 희미하게 보이도록 하얀 물감으로 트랩 문에 칠해놓은 글자. '들어와도 복을 받으리라.' 이그는 비틀거렸다, 그런 후에⋯⋯.

예기치 못한 어지러움에서 머리를 흔들어 깨어났다. 아무것도 들지 않은 손으로 이마를 문지르며 머리가 맑아지기를, 메스꺼운 느낌이 잦아들기를 기다렸다. 잠깐 동안, 그게 있었다. 술에 취한 채 주물공장으로 가서 괴성을 지르고 망가뜨렸을 때 나타났다. 하지만 이제는 사라졌다. 이그는 잔을 양탄자에 내려놓고 줄을 당겨 트랩 문을 내렸다. 다락으로 향하는 문은 끼익 용수철이 튕기는 소리를 내며 시끄럽게 열렸다.

거리가 더웠다면, 낮은 지붕에 마감이 되지 않은 다락방은 숨이 막혔다. 서까래 위에 합판 몇 장을 깔아 조악한 바닥을 만들어놓았다. 머리 위의 공간이 얼마 없어, 가파르게 기운 지붕 아래 제대로 서 있을 수도 없었고 그럴 필요도 없었다. 옆면에 빨간 매직으로 '메린'이라는 글자를 써놓은 커다란 판자 상자 세 개가 트랩 문 바로 왼쪽에 쑤셔 박혀 있었다.

이그는 한 번에 한 개씩 상자를 내려 거실에 있는 커피 테이블 위에 올려놓고 안을 뒤졌다. 이그는 메린의 유품들을 살펴보면서 데일 윌리엄스의 진토닉을 마셨다.

메린의 하버드 후드 티셔츠와 가장 좋아했던 청바지에 얼굴을 묻고 냄새를 마셨다. 중고 문고판 책 더미를 살폈다. 이그는 소설을 별로 읽지 않았고, 주로 금식禁食이나 관개, 여행, 야영, 재활용 재료를 이용한 건축 등에 대한 비소설들을 좋아했다. 하지만 메린은 소설 쪽, 그것도 고급 취향의 독서클럽 유의 소설들을 좋아했다. 메린은 짧고 추악하며 비극적인 삶을 산 작가들이 쓴 이야기나, 적어도 영국인이 쓴 소설을 좋아했다. 소설이 감정적이고 철학적인 여행이 되기를 바랐으며 새로운 어휘를 배우고 싶어 했다.

메린은 가브리엘 가르시아 마르케스나 마이클 셰이본, 존 파울즈, 이언 매큐언을 읽었다. 책 한 권이 이그의 손 안으로 떨어져 펼쳐지며 밑줄 친 문구가 보였다.

"어떻게 죄책감이 자기 고민의 방법을 더욱 단련하고, 세밀한 사실들을 영원한 고리에 끼워 평생을 세어야 할 묵주로 만드는가."*

다른 책에서 따온 구절도 있었다.

"인물을 빠져나올 수 없는 상황에 빠뜨리는 건 미국 서사의 기질에 어긋나지만 난 인생에서는 아주 흔한 일이라 생각한다."**

이그는 메런의 문고본들을 넘겨보는 일을 그만두었다. 보면 볼수록 불편했다.

이그의 책 몇 권도 메런의 책과 섞여 있었다. 몇 년 동안 보지 못했던 책들이었다. 통계학 입문, 야영자의 요리책, 뉴잉글랜드의 파충류. 이그는 남은 진을 다 마셔버리고 파충류 책을 넘겼다. 백 페이지쯤 넘기자 방울이 달리고 등에 오렌지색 줄이 나 있는 갈색 뱀 사진이 나왔다. 크로탈루스 호리두스라는 살무사아과로, 대개 서식지는 뉴햄프셔 경계 남쪽이었다. 펜실베이니아에서는 흔한 뱀이지만 화이트 산처럼 북쪽에서도 종종 나타난다고 했다. 일반적으로 사람을 공격하진 않고 천성적으로 온순하다. 작년에 번개 맞아 죽은 사람이 1세기 동안 호리두스에 물려 죽은 사람보다 훨씬 많을 정도였다. 그럼에도 호리두스의 독은 미국 독사 중에서 가장 위험하고, 신경독성이 있어 폐와 심장을 마비시킨다고 알려져 있었다. 이그는 그 책을 도로 넣었다.

메런의 의학 교과서와 링바인더 공책은 상자 바닥에 쌓여 있었다. 이그는 하나씩 열어보며 샅샅이 읽었다. 메런은 연필로 필기했는데, 꼼꼼하고 딱히 여성적이지 않은 필기체는 얼룩지고 바랬다. 화학 합성물의 정의. 손으로 그린 가슴의 단면도. 이그를 위해 인터넷으로 찾은 런던 아파트 목록. 상자 바닥에는 커다란 마닐라 봉투가 있었다. 이그는 그 봉투에 별로 신경을 쓰지 않다가 봉투 위쪽의 왼쪽 모서리에 연필로 적어놓은 표시에 눈길이 가서 멈칫했다. 몇 개의 점. 몇 개의 짧은 선.

* 이언 매큐언의 《속죄》에서 발췌.
** 커트 보네거트의 말이다.

봉투를 열고 초음파 사진을 꺼냈다. 푸른색과 하얀색의 눈물방울 세포. 날짜는 작년 6월쯤이었다. 종이도 들어 있었다. 줄이 쳐진 공책 종이. 이그는 종이에 자기 이름이 적힌 것을 보았다. 종이 위에도 온통 연필로 점과 짧은 선이 그려져 있었다. 종이와 초음파 사진을 다시 봉투에 넣었다.

진토닉을 또 한 잔 만들어 복도로 걸어갔다. 침실에 들어가자, 데일이 이불 위에서 뻗어 있었다. 검은 양말을 무릎까지 당겨 신었고, 하얀 사각 팬티의 앞섶에는 오줌 자국이 남아 있었다. 그 밖에 다른 부분은 남자의 하얀 살덩이 그 자체였다. 검은 털로 덮인 배와 가슴. 이그는 침대 옆으로 살짝 다가가서 술을 놓았다. 얼음이 달각거리는 소리에 데일이 뒤척였다.

"아, 이그." 데일이 말했다. "안녕. 믿기지 않겠지만 네가 여기 있다는 걸 잠깐 잊어버렸다."

이그는 대답하지 않았다. 이그는 마닐라 봉투를 들고 침대 옆에 섰다.

"암이었어요?"

데일은 고개를 돌렸다.

"메리 얘기는 하고 싶지 않아." 데일이 말했다. "그 애를 사랑하지만 걔 생각을 하면 견딜 수가 없어…… 조금이라도. 내 동생 알지, 말도 안한 지 몇 년이나 됐어. 동생은 새러소타에서 오토바이하고 제트스키 영업소를 하거든. 가끔은 거기 가서 동생 밑에서 오토바이나 팔고 해변에서 여자애들 구경이나 하면 어떨까 생각해. 동생은 아직도 나한테 크리스마스카드를 보내 놀러오라고 하지. 때로는 하이디에게서, 이 마을에서, 이 끔찍한 집에서 벗어나고 싶어. 개똥 같이 엉망진창이 된 삶 때문에 내가 얼마나 우울한지 생각하지. 새 삶을 시작하고 싶다고. 신이 없고 이 모든 고통에도 아무런 이유가 없다면, 나는 늦기 전에 새로운 삶을 시작할 수 있을 거야."

"데일 아저씨." 이그는 부드럽게 불렀다. "메린이 자기가 암이라고 말했어요?"

데일은 고개를 베개에서 들지도 않고 가로저었다.

"유전적인 거야. 가족 대대로 전해오는 거지. 메리한테는 듣지 못했어. 개가 죽은 후에야 알았지. 검시관이 말해주더라."

"신문에는 메린이 암이었다는 내용은 전혀 나오지 않았어요."

"하이디는 신문에 싣고 싶어 했어. 그러면 동정을 사서 사람들이 한층 너를 미워할 거라고. 하지만 내가, 메리가 다른 사람이 아는 걸 원치 않았으니 우리도 그 뜻을 존중해야 한다고 했어. 메리는 우리에게도 말 안 했으니까. 너한텐 말했던?"

"아니요."

이그가 대답했다. 그 대신 메린이 한 말은 둘 다 다른 사람을 만나야 한다는 것이었다. 이그는 봉투에 든 두 장짜리 쪽지를 읽지 않았지만 벌써부터 무슨 말인지 알 것 같았다.

"큰따님 있잖아요, 리건. 아저씨랑 그 이야기를 한 적이 아직 없는 것 같지만요. 제가 상관할 일이 아니라고 생각했어요. 큰따님을 잃고 힘드셨죠?"

"그 애는 너무도 큰 고통에 시달렸어." 데일이 내뱉은 숨이 이상하게 떨렸다. "병 때문에 리건은 끔찍한 말들을 했지. 많은 얘기가 진심이 아니었을 거야. 걘 정말 착한 애였거든. 얼굴도 정말 예뻤지. 난 그런 걸 기억하려고 하지만, 대부분…… 대부분은 마지막에 어땠는지만 기억나더라. 마지막엔 36킬로그램도 안 나갔고, 그중에서도 30킬로그램은 증오였을 거다. 메리에게 용서받지 못할 말들을 했어. 아마 메리에게 화가 났나 봐. 동생은 너무도 예쁘고…… 리건은 머리카락을 잃었거든. 또 유방 절제 수술도 받았고. 장에 생긴 암을 제거하는 수술도. 그러니 느꼈겠지…… 자기가…… 프랑켄슈타인, 공포영화에 나오는 괴물 같다고. 리건은 우리에게 자기를 사랑한다면 얼굴을 베개로 틀어막고 이 고통을 끝내달라고 했어. 나보고 죽는 게 메리가 아니라 자기라서 다행이라고 생각하지 않느냐고 물었지. 나보고 항상 메리를 더 편애했다면서. 그런 기억들을 마음속에서 몰아내고 싶지만, 가끔 자다가 깨서 그 생각을 해. 혹은 메리가 어떻게 죽었는지. 사랑했던 사람들이 어떻게 살았는지 기억하고 싶은데, 나쁜 기억이 너무 많아서 나머지를 밀어내지. 아마 심오한 심리적 이유가 있을 거야. 메리는 심리학 수업을 들었으니까 왜 나쁜 일들이 좋은 일들보다 더 깊은 자국을 남기는지 알겠지. 이봐라, 이그. 내 딸이 하버드에 다녔다는 거 믿어지니?"

"네." 이그가 대답했다. "믿어요. 메린은 아저씨와 저를 합친 것보다 똑똑했죠."

데일은 여전히 고개를 돌린 채 코를 훌쩍였다.

"넌 모를 거야. 난 2년제 대학을 다녔다. 우리 아버지가 학비를 대주려고 한 곳은 거기뿐이었거든. 참, 난 아버지보다 훨씬 좋은 아빠가 되고 싶었어. 아버지는 내게 무슨 과목을 들을지, 어디 살지를 정해주고 졸업한 다음에는 당신에게 빚을 갚기 위해 어떤 일을 해야 할지도 사사건건 간섭했지. 하이디에게 아버지가 우리 결혼식 날 밤에 침실로 와서 어떻게 밤일을 치르는 게 좋은지 가르쳐주지 않은 게 이상하다고 했을 정도니까." 데일은 기억을 떠올리며 미소 지었다. "그때는 하이디와 그런 농담도 했었네. 하이디는 예수쟁이가 되기 전에는 웃기고 음란한 농담도 잘하는 여자였어. 세상이 하이디에게서 피를 다 빨아먹기 전에. 가끔은 하이디를 버리고 싶은 마음이 너무나 간절하지만, 그러면 아내한테는 아무도 없게 되니까. 혼자가 되지…… 예수 말고는."

"뭐, 모를 일이죠."

이그는 끓어오르는 입김을 천천히 내뱉으며 어떻게 하이디 윌리엄스가 메린의 사진을 끌어내렸는지, 딸의 기억을 먼지와 어둠 속에 처박으려 했는지를 생각했다.

"아줌마가 아침에 교회에서 몰드 신부님이랑 일한다고 하면 한번 들러 보세요. 깜짝 놀래주세요. 그러면 아저씨가 알고 있는 것보다, 아줌마가 훨씬 활동적인 관계를 맺으며 살고 있다는 걸 아시게 될 거예요."

데일은 의아한 표정으로 눈을 깜박였지만 이그는 태연한 얼굴로 더 말하지 않았다. 마침내 데일은 엷은 미소를 띠고 말했다.

"몇 년 전부터 머리를 밀고 다니지 그랬니, 이그. 더 낫다. 나도 그렇게 밀고 싶은데, 하이디가 항상 말리면서 그러면 결혼생활 끝날 줄 알라고 했었지. 리건이 화학치료를 받기 시작했을 적에 응원해주고 싶어서 머리를 밀려고 했을 때도 못하게 했어. 어떤 가족들은 그렇게 한다더라. 가족들이 전부 한마음이라는 것을 보여주려고. 하지만 우리 가족은 아니었지." 데일은 얼굴을 찡그렸다. "그런데 어쩌다 얘기가 여기로 흘렀지? 무슨 얘기하고 있었더라?"

"아저씨가 대학에 갔을 때요."

"아, 그래. 아버지는 내가 듣고 싶었던 신학 강의를 못 듣게 했어. 물론 청강까지 막진 못했지. 그때 선생님이 기억난다. 흑인 여자인 탠디 교수님이었는데, 사탄은 여타 많은 종교에서 착한 존재로 등장한다고 했어. 보통 다산의 여신을 침대로 끌어들이고 몸을 섞자, 세계가 존재하게 되었다고. 아니면 풍작을 의미하기도 했다나. 이야기 속에서 사탄은 무가치한 인간을 속여 그들을 파멸에 이르게 하거나 적어도 술이라도 빼앗지. 심지어 기독교인들조차 사탄을 어떻게 해야 할지 확실히 정하지 못했어. 생각해봐라. 사탄과 하느님은 전쟁을 벌이도록 되어 있지. 하지만 하느님이 죄악을 혐오하고 사탄이 죄인들을 벌한다면, 어째서 같은 편 먹고 싸울 수 없는 거냐? 심판관과 집행자가 같은 편 아니야? 로맨틱스. 내 생각에 로맨틱스는 사탄을 좋아했던 것 같다. 이유는 왠지 생각 안나. 어쩌면 사탄의 턱수염이 멋지고 여자들과 섹스에 탐닉했으며 노는 법을 잘 알았기 때문이겠지. 로맨틱스가 사탄을 좋아하지 않았나?"

"당신은 내 귓가에 속삭이네." 이그가 속삭였다. "내가 듣고 싶은 말을 다 해줘요."

데일은 웃었다.

"아니, 그런 로맨틱스 말고."

이그가 말했다.

"내가 아는 로맨틱스는 그것뿐이에요."

이그는 밖으로 나가면서 부드럽게 문을 닫았다.*

---

* 앞에서 데일이 말한 '로맨틱스'는 낭만파 시인들을 의미하고, 이그의 말은 1977년 디트로이트에서 결성된 뉴웨이브 밴드 '더 로맨틱스'를 가리킨다. 이그가 부른 노래는 '더 로맨틱스'의 '내가 당신에게서 좋아하는 것 What I Like About You'이다.

43

이그는 굴뚝 바닥, 뜨거운 오후의 햇살이 만든 동그라미 속에 앉아 반들거리는 초음파 사진을 머리 위로 치켜들었다. 8월의 하늘이 뒤에서 비쳐와 사진 속 세포들은 초신성이 되기 직전의 검은 태양, 지구 최후의 날처럼 보였고 하늘은 상복 같았다. 악마는 자신의 성경을 폈다. 구약도 신약도 아닌 맨 뒷페이지. 몇 년 전에 모스 부호 알파벳 표를 형의 백과사전에서 베껴 그곳에 적어놓았다. 봉투 안에 있는 종이들을 번역하기도 전에 이그는 이게 다른 종류의 성서임을 깨달았다. 최후의 성서. 메린의 마지막 유언.

봉투 앞에 적힌 점과 선부터 시작했다. 간단한 조합이었다. '꺼져버려, 이그' 라고 쓰여 있었다.

이그는 웃었다. 즐거워하는 까마귀처럼 더럽고 발작적인 소리였다.

이그는 두 장짜리 공책 종이를 꺼냈다. 양쪽 다 빽빽하게 점과 선으로 쓰여 있으니 몇 달에 걸친, 아마 여름 내내 걸렸을 작업이었다. 성경을 참조하며 이그는 번역에 착수했다. 가끔씩 목에 걸린 메린의 십자가를 만지작거리면서. 이그는 데일의 집에서 나오자마자 목걸이를 걸었다. 그러면 메린과 함께 있는 느낌, 이그의 목 오목한 곳에 그녀의 차가운 손가락이 닿을 만큼 가까이 있다는 느낌이 들었다.

더딘 작업이었다. 점과 선을 글자와 단어로 변환하는 일은. 이그는 개의치 않았다. 악마에게는 시간밖에 없으니.

이그에게

내가 살아 있는 동안에는 이 글을 읽지 못하겠지. 내가 죽은 다음에도 네가 이 글을 읽었으면 하는 마음이 정말로 있는지나 모르겠어.

휴, 이것 쓰는 일 정말 더디다. 하지만 괜찮아. 어쨌든 이런저런 검사결과를 기다리면서 로비에 처박혀 있어야 하니까 시간 보내기 좋네. 또 필요한 말만 딱 하고 더는 말할 수 없게 되니까.

내가 걸린 암은 언니를 쓰러뜨린 암과 똑같은 거야. 우리 가족에 전해 내려오는 암. 온갖 유전학 지식을 지겹도록 늘어놓진 않을게. 아직 진행이 많이 되진 않았지만, 네가 알게 되면 내가 싸우길 바라겠지. 그렇게 해야 한다는 건 알고 있지만 하지 않기로 했어. 나는 언니처럼 되지 않기로 마음먹었어. 내 몸이 온통 추해질 때까지, 내가 사랑하는 사람과 나를 사랑해주었던 사람들, 이그 너와 부모님을 상처 입힐 때까지 기다리지 않을 거야.

성경 말씀에 따르면 자살하면 지옥에 간다고 하지. 하지만 우리 언니가 죽어갈 때 겪었던 게 바로 지옥이야. 넌 몰랐겠지만 우리 언니는 진단받았을 때 약혼 중이었어. 언니의 약혼자는 언니가 죽기 몇 달 전에 떠났어. 언니가 밀어낸 거야. 한 번에 하루씩. 언니는 자기가 묻히고 난 다음에 약혼자가 얼마나 오래 버티다가 다른 사람과 섹스할지 궁금하다고 했어. 아마 자기의 비극을 이용해 다른 여자애들에게 동정심을 살 거라고 했지. 언니는 끔찍했어. 나라도 언니를 떠났을 거야.

난 곧 이런 과정을 다 뛰어넘겠지. 다행이야. 하지만 아직은 어떻게 해야 할지 모르겠어. 어떻게 죽어야 할지. 하느님이 나를 위해 예상치 못했을 때 한 번에 끝낼 수 있는 방법을 마련해주셨으면 좋겠어. 나를 엘리베이터 안에 넣고 줄이 뚝 끊어지도록 하시는 거야. 20초만 추락하면 끝나겠지. 어쩌면 덤으로 나쁜 사람 위에 떨어질지도 몰라. 아동성추행범인 엘리베이터 수리공 같은 사람. 그러면 좋을 텐데.

아프다는 얘기를 너한테 하면 네가 미래를 포기하고 청혼할까 두려워. 나는 마음이 약해져서 좋다고 할 테고, 그럼 너는 내게 쇠사슬로 묶이겠지. 의사들이 내 몸을 잘라내 점점 졸아들고 대머리가 돼서 너를 지옥에 몰아넣는 장면을 전부 지켜보게 될 거야. 그렇지만 난 어쨌든 죽을 거고, 그 과정에서 네 안에서 가장 좋은 것을 망가뜨리겠지.

넌 세상이 좋다는, 사람들이 착하다는 믿음을 간절히 원하잖아. 내가 정말로 아프면 난 착하지 않게 될 거라는 걸 알아. 언니처럼 되겠지. 그게 내 안에 있어. 난 사람들을 상처 입히는 법을 알아. 나 자신을 어쩌지 못할 거야. 네가 내게서 좋았던 것만을 기억해주길 바라. 가장 끔찍한 게 아니라. 네가 사랑하는 사람이 최악의 모습은 숨길 수 있도록 허락해줘.

이런 얘기를 너한테 하지 않는 게 얼마나 힘든지 넌 모를 거야. 그래서 이걸 쓰는 거지. 그런 것 같아. 너에게 얘기할 필요가 있지만 이 방법만이 유일하니까. 하지만 약간 일방향의 대화지, 하?

넌 영국에 간다고, 세상에 풍덩 빠지게 될 거라고 아주 들떠 있지. 이벨 크니벨 길과 쇼핑카트 얘기했던 것 기억해? 그게 매일의 너야. 맨몸으로 인생의 가파른 길 위를 날고, 인간의 시냇물 속에 뛰어들 준비가 되어 있어. 부당한 세계에서 빠져 죽는 사람들을 구하고.

난 너를 밀어낼 만큼만 상처를 줄 거야. 나한테도 달갑지 않은 일이지만 저절로 풀리게끔 놔두는 것보다 그게 더 친절한 행동이겠지.

네가 쓰레기 같은 코크니 억양의 여자애를 만나서 걔를 네 아파트에 데리고 가서 신나게 섹스했으면 좋겠다. 귀엽고 부도덕적이고 문학적인 애. 나만큼 예쁘진 않아야 해. 난 그 정도로 너그럽진 않아. 하지만 못생기지 않은 정도는 괜찮아. 그 다음에는 걔가 냉정하게 널 차서 네가 다른 애로 옮겨갔으면 좋겠어. 더 나은 애. 진지하고 다정하고 암 가족력 같은 것 없는 애. 심장병이나 알츠하이머, 다른 나쁜 병 하나도 없는 애. 그때쯤이면 나는 이미 오래전에 죽어서 걔에 대해 아무것도 몰랐으면 좋겠다.

　내가 어떻게 죽고 싶은지 아니? 이벨 크니벨 길 위에 올라 나 자신의 카트를 타고 미끄러져 내려가는 거야. 눈을 감고 네 팔이 나를 감싸 안는다고 상상할 거야. 그런 다음 곧장 나무 위로 날아가지. 무엇에 부딪칠지 모르겠지. 그렇게 죽는 거야. 믹과 키스의 복음성가를 정말로 믿고 싶다. 그 노래에서는, 내가 원하는 걸 항상 얻을 순 없다잖아. 내가 원하는 건 바로 너인데, 이그. 그리고 우리 아이들. 우리의 우스꽝스러운 공상들. 하지만 적어도 내가 필요로 하는 건 얻을 수 있겠지. 빠르고 갑작스러운 최후와 무사하게 나를 떠나리라는 걸 아는 것.

　그리고 넌 미래의 아이들에게 어울리는 튼튼한 현모양처 감을 찾게 될 거야. 너는 정말 자상하고 행복하고 활기찬 아버지가 될 테고, 온 세계를 속속들이 보고, 온갖 고통을 만날 테지만, 세상에서 고통을 없앨 수 있도록 싸울 테지. 손자들도, 증손자들도 얻을 거야. 애들을 가르치겠지. 숲 속에서 오래 산책할 테고. 어느 날 이 산책길의 끝, 네가 아주 늙었을 때 넌 가지 속에 집이 있는 나무 한 그루를 만나게 돼. 내가 거기서 너를 기다릴게. 우리 마음속의 나무 오두막에서 촛불을 켜놓고 기다릴게.

　선과 점이 많기도 하구나. 여기까지 쓰는 데 두 달 걸렸어. 처음 쓰기 시작했을 때는 한쪽 가슴의 암이 콩알만 했고, 왼쪽 겨드랑이 아래는 콩보다 작았어. 마무리하는 이 시점엔…… 음. 작은 것으로부터, 엄마, 어느 날 큰 것들이 오는 거예요.*

　정말 이렇게나 많이 써야 할 필요가 있었는지 모르겠다. 어쩌면 수고를 줄이기 위해서 너한테 보낸 첫 번째 메시지만 베껴도 충분했는데. 십자가로 쏴 보낸 것 있잖아. **우리**. 그게 내가 하고 싶은 말의 대부분인데. 여기 나머지 말이 있어. 널 사랑해, 이기 페리시.

　네 여자, 메린 윌리엄스가

* 브루스 스프링스틴의 노래 제목.

44

메린의 마지막 편지를 읽고 치워두었다가, 또 읽고 치워둔 다음에 이그는 굴뚝 밖으로 기어나갔다. 잠깐이라도 깜부기불과 재 냄새로부터 멀어지고 싶었다. 이그는 그 너머 방에 서서 늦은 오후의 공기를 깊이 들이마시다가 뱀들이 모여들지 않았다는 사실을 깨달았다.

이그는 주물공장에 홀로 있었다. 아니, 혼자는 아니었다. 독사 한 마리가 외발 수레 옆에 두터운 똬리를 틀며 자고 있었다. 가까이 가서 쓰다듬어주고픈 충동을 느끼고, 심지어 한 발짝 뗐지만 이내 멈췄다. 하지 않는 게 좋아. 이그는 목에 걸린 십자가를 내려다 본 후, 마지막 남은 낮의 붉은빛으로 벽에 길게 드리워진 그림자에 시선을 돌렸다. 길고 마른 남자의 그림자가 보였다. 여전히 관자놀이에 돋은 뿔, 그 무게, 차가운 바람을 가르는 뾰족한 끝을 느낄 수 있었으나 그림자에는 오롯이 자신의 모습만 보였다. 메린의 십자가를 목에 건 채로 뱀에게 다가갔다간 자칫 송곳니가 몸에 박히는 수가 있었다.

이그는 벽돌 벽을 타고 길게 드리워진 그림자를 한참 바라보다가, 자신이 원한다면 집에 갈 수 있다는 사실을 깨달았다. 목에 십자가를 걸고 있으면 그의 인간성은 원래의 자신으로 돌아가는 것이었다. 원하기만 한다면. 지난 이틀은 병과 고통의 악몽 같은 시간이었다고 치부해버리고, 과거와 다름없는 모습이 될 수 있었다. 그 생각을 하니, 고통스러울 정도로 강렬한 안도의 감각과 함께 거의 관능적인 즐거움까지 밀려왔다. 악마가 아닌 이그 페리시가 된다. 걸어 다니는 용광로가 아니라 사람이 된다.

이그가 여전히 심사숙고하고 있을 때, 외발 수레에 있던 뱀이 고개를 쳐들었다. 하얀빛이 뱀 위로 쏟아졌다. 누군가 길 위에서 다가오고 있었다. 맨 처음 든 생각은 리가 왔다는 것이었다. 잃어버린 십자가나 놔두고 갔을지도 모르는 범죄 증거들을 찾으러 돌아왔다고.

하지만 차가 주물공장 앞으로 굴러와, 이그는 글레나의 우그러진 에메랄드색 새턴임을 알아차렸다. 180센티미터 정도 높이에 난 출입구가 열린 틈으로 차가 보였다. 글레나는 연기 면사포를 뒤로 질질 끌며 차에서 나왔다. 그녀는 담배를 풀숲에 던지고 발로 비벼 껐다. 이그와 같이 살면서 글레나는 두 번 담배를 끊었다. 일주일씩이나 금연한 적도 있었다.

이그는 창문으로 글레나가 건물을 돌아오는 모습을 보았다. 글레나의 화장은 너무 진했다. 글레나는 항상 지나치게 화장했다. 검은 체리색 립스틱을 칠하고 머리는 파마로 부풀렸으며 아이섀도와 반짝이는 분홍색 볼터치를 발랐다. 글레나는 안으로 들어오려 하지 않았다. 이그는 표정만 봐도 알 수 있었다. 화장한 가면 밑에는 불쌍하고 두려워하는, 예쁜 진짜 얼굴이 있었다. 글레나는 밑위가 낮아 엉덩이 골이 보이는, 몸에 딱 달라붙는 검은 청바지를 입었고 징 박힌 허리띠를 했다. 하얀 홀터넥 셔츠 아래로 나온 부드러운 배와 엉덩이에 새겨 넣은 〈플레이보이〉 토끼 문신이 드러났다. 이그는 글레나의 모습을 보고 마음이 아팠다. 이 모든 요소들을 합치면 일종의 필사적 애원이 된다는 사실을 깨달았기 때문이었다. 나를 좀 봐줘. 누가 나를 좀 봐줘.

"이그?" 글레나가 불렀다. "이기! 거기 있니? 여기 있어?"

글레나는 소리를 높이기 위해 한 손을 동그랗게 모아 입에 댔다.

이그가 대답하지 않자 글레나는 손을 내렸다.

이그는 창문에서 창문으로 옮겨가며 글레나가 풀숲 사이를 지나 주물공장 뒤로 돌아오는 모습을 보았다. 건물 반대편에 뜬 태양은 하늘의 투명한 커튼에 빨간 담뱃불이 오지직 타오르는 듯했다. 글레나가 이벨 크니벨 길에 가까이 가자, 이그는 열린 문으로 쓱 내려가 글레나 뒤로 돌았다. 이그는 풀숲과 스러져가는 한낮의 호박빛 햇빛 속을 기어갔다. 여러 그림자 중에서 선홍빛 그림자는 딱 하나였다. 글레나는 등을 돌리고 있어 이그가 다가오는 모습을 보지 못했다.

글레나는 길 꼭대기에서 속도를 늦추고 땅 위의 불탄 자국을 보았다. 폭발이 일어났던 자리의 흙만 하얗게 익어 있었다. 붉은 금속 휘발유통이 아직도 키 작은 덤불 속에서 옆으로 쓰러져 뒹굴었다. 이그는 글레나 뒤의 들판을 계속 기어가, 길 오른쪽에 있는 나무와 덤불숲으로 들어갔다. 아직 늦은 오후였지만 주물공장 주변 들판의 나무 아래에는 벌써 땅거미가 깔리고 있었다. 이그는 십자가를 엄지와 검지 사이에 끼고 초조하게 문지르면서 어떻게 글레나에게 접근해야 할지, 뭐라고 말해야 할지 궁리했다. 그녀에게 어울리는 말을.

글레나는 진흙 속에 불탄 자국을 보다가 빨간 휘발유통을 유심히 쳐다보더니 마침내 물 아래로 향하는 길을 내려다보았다. 이그는 글레나가 여러 부분들을 짜 맞추며 사태를 이해하려고 한다는 걸 알았다. 글레나의 숨소리가 좀 더 빨라졌다. 오른손이 지갑 속을 더듬었다.

"아, 이그." 글레나가 말했다. "젠장할, 이그."

글레나의 손에서 휴대폰이 나왔다.

"하지 마."

이그가 말했다.

글레나는 비틀거렸다. 비누처럼 미끈한 분홍색 휴대폰이 손에서 스르르 떨어져 땅에 부딪치고 튀어 풀숲 속으로 사라졌다.

"여기서 뭐해, 이그?"

몸의 균형을 잡는 동안 글레나의 태도는 슬픔에서 분노로 바뀌었다. 그녀는 앞을 가리는 블루베리 덤불 너머 나무 그늘을 들여다보았다.

　"간 떨어지는 줄 알았잖아."

　글레나는 이그 쪽으로 걸어왔다.

　"그 자리에 가만히 있어."

　이그가 말했다.

　"어째서 나보고……" 글레나는 말을 시작했다가 멈췄다. "너 치마 입고 있는 거니?"

　옅은 장밋빛이 나뭇가지 사이를 뚫고 들어와 치마와 맨 가슴에 떨어졌다. 하지만 가슴 위는 그늘에 가려 보이지 않았다.

　글레나의 얼굴에 떠오른 홍조와 화난 표정은 곧 믿을 수 없다는 미소로 바뀌었지만, 그 웃음의 의미는 즐거움보다 공포에 가까웠다.

　"오, 이그." 글레나는 숨을 내쉬었다. "아, 자기."

　글레나가 한 발 더 내밀자, 이그가 한 손을 들었다.

　"여기 돌아오지 않았으면 좋겠어."

　글레나는 더 가까이 오지 않았다.

　"왜 주물공장까지 온 거지?"

　"너, 우리 집을 아수라장으로 만들었더라. 왜 그랬어?"

　이그는 대답하지 않았다. 할 말을 몰랐다.

　글레나는 시선을 떨구고 입술을 깨물었다.

　"누가 지난밤, 리와 나 사이에 있었던 얘기를 한 줄 알았지."

　물론 글레나는 자기 입으로 말했다는 사실을 기억하지 못했다. 그녀는 억지로 또 한 번 고개를 들었다.

　"이그, 미안해. 날 마음껏 미워해도 좋아. 난 미움받아도 싸. 그냥 네가 괜찮은지 확인하고 싶었어." 글레나는 부드럽게 숨 쉬며 작은 목소리로 말했다. "부디 널 도울 수 있게 해줘."

이그의 몸이 떨렸다. 도움을 주겠다는 다른 이의 목소리를 듣자니, 애정과 걱정이 어린 목소리를 듣자니 견디기 어려웠다. 이그는 이틀 동안 악마였고 사랑받는 게 어떤 기분이었는지 알았던 시절은 어렴풋이 기억나는 과거에만 존재하고 오래전에 다 지나가버린 듯싶었다. 완벽하게 정상적으로 글레나와 이야기하고 있다는 사실이 새삼 놀라웠고, 더운 날 시원한 레모네이드 한 잔을 마시는 것처럼 단순하지만 좋은 일상의 기적 같았다. 글레나는 최악의 부끄러운 충동을 불쑥 털어놓고자 하는 충동을 느끼지 않았다. 죄책감 어린 비밀들은 그저 비밀로 남아 있었다. 이그는 목에 걸린 십자가에 손을 댔다. 인간성을 작고 소중하게 감싸고 있는 메린의 십자가.

"어떻게 내가 여기 있는 줄 알고 왔어?"

"직장에서 지역뉴스를 보고 있었는데, 모래톱에서 불탄 차의 잔해가 나왔다고 하더라. 텔레비전 카메라가 너무 뒤에 있어서 그렘린인지 분간할 수 없었고, 여자 아나운서도 경찰이 아직 제조사나 모델을 확인하진 못했다고 했어. 하지만 예감이 들었어. 나쁜 예감이. 그래서 와이어트 파머에게 전화를 걸었지. 와이어트 기억하지? 우리 어렸을 때 사촌 게리에게 수염을 붙였던 애야. 그렇게 변장하고 맥주 사려고 했지."

"기억나. 왜 걔한테 전화를 걸었는데?"

"모래톱에서 차 잔해를 끌어낸 게 와이어트의 견인 트럭이었거든. 걔가 지금 하는 일이 그거야. 자동차 수리소 운영해. 걔는 무슨 차인지 알려줄 수 있을 것 같아서. 와이어트 말로는 차가 새카맣게 타서 아직 구분할 순 없다고 했어. 차체와 문 말고는 아무것도 남아 있지 않아서. 하지만 호넷이나 그렘린인 것 같다고 하더라. 요새는 그렘린이 더 흔하니까 아마 그렘린일 거라고. 그래서, 아, 누가 네 차를 태웠구나 싶었어. 만약 불이 났을 때 네가 그 안에 있었으면 어쩌나 싶어서. 네가 스스로 태웠을 수도 있을 것 같고. 네가 했다면 이곳에서 했을 거라고 생각했어. 그 애 옆에 가까이 있고 싶어서." 글레나는 다시 한 번 수줍고 겁에 질린 눈길로 이그를 쳐다보았다. "우리 집을 아수라장으로 만든 이유를 알겠어……."

"네 집이지. 우리 집이었던 적은 한 번도 없어."

"난 우리 집으로 만들려고 노력했어."

"알아. 네가 최선을 다했다는 걸 알아. 난 아니었지만."

"왜 네 차를 태운 거야? 왜 여기에 와서…… 그런 것을 입고 있는 거야?" 글레나는 꽉 쥔 주먹으로 가슴을 꼭 눌렀다. 웃으려고 애썼다. "아, 이그. 너 지옥이라도 갔다 온 사람 같아."

"그렇게 말해도 되겠다."

"이리 와. 내 차에 타자, 이그. 아파트에 가서 그 치마 벗고 씻자. 그럼 원래의 너로 돌아갈 수 있을 거야."

"예전처럼 돌아갈 수 있을 거라고?"

"그래, 예전으로 똑같이 돌아갈 수 있을 거야."

바로 여기에 문제가 있었다. 목걸이를 걸고 있는 한, 이그는 옛날 모습으로 돌아갈 수 있었다. 원한다면 전부 그대로 가질 수 있었다. 하지만 예전의 삶은 가질 가치가 없었다. 땅 위의 지옥에서 살아가야 한다면, 악마가 되어 산다는 것에 이로운 점이 있었다. 이그는 목 뒤로 손을 돌려 메린의 십자가를 풀어 머리 위 나뭇가지에 걸고, 덤불을 헤치고 나가 불빛 아래 서서 현재 자신의 모습을 글레나가 볼 수 있도록 했다.

글레나는 질겁했다. 비틀비틀 불안정하게 물러나다 물렁물렁한 땅에 힐이 박혀 획 도는 바람에 발목을 접질릴 뻔했지만 간신히 균형을 찾았다. 공포영화에 나오듯 고문받는 사람처럼 뱃속 깊이 비명을 지르려고 입을 벌렸다. 하지만 결국 비명은 나오지 않았다. 통통하고 예쁜 얼굴이 즉시 스르르 풀어졌다.

"넌 예전 모습 싫어했잖아."

악마가 말했다.

"싫어했어."

글레나의 얼굴에 또다시 어떤 슬픔이 덮쳤다.

"다 싫어했잖아."

"그건 아냐." 글레나가 대답했다. "두어 가지 좋아한 것도 있었어. 우리가 몸을 섞을 땐 좋았어. 넌 눈을 감았고, 난 네가 그 애 생각을 한다는 걸 알았지. 하지만 상관없었어. 널 기분 좋게 해줄 수 있다면 그걸로 좋았으니까. 또 토요일 아침에 같이 아침을 만드는 일도 좋았어. 베이컨이랑 달걀, 주스를 곁들인 거한 아침식사. 멍청한 텔레비전 프로그램을 보는 것도 좋았어. 그러면 넌 내 옆에 종일 앉아서 행복한 것처럼 보였거든. 하지만 내가 실은 하찮은 존재라는 사실을 깨닫기는 싫었어. 우리가 미래가 없다는 것도 싫었고, 네가 그 애가 어떤 재미있는 얘기를 했고 어떤 똑똑한 얘기를 했다면서 떠드는 소리를 듣기도 싫었어. 난 경쟁할 수 없으니까. 난 앞으로도 경쟁할 수 없을 테니까."

"정말 내가 그 아파트로 돌아가길 바라니?"

"나도 그 아파트에 돌아가기 싫은걸. 그 아파트가 싫어. 거기서 사는 게 싫어. 멀리 떠나고 싶어. 어디 가서 새로 시작하고 싶어."

"어딜 갈 건데? 어딜 가면 행복하겠어?"

"리의 집."

이 말을 하면서 글레나의 얼굴은 환히 빛났고, 마치 디즈니월드를 처음 본 여자아이처럼 귀엽고 놀란 표정으로 미소 지었다.

"알몸에 비옷만 걸치고 리 집에 가서 진짜 흥분을 주고 싶어. 리가 나보고 언제 자기 집에 놀러오랬어. 오늘 오후에 문자 메시지를 보냈는데, 네가 나타나지 않으면 우리가……."

"안 돼."

이그의 목소리는 거칠었고, 콧구멍에서 검은 연기가 나왔다.

글레나는 움츠리며 한 발짝 뒤로 물러났다.

이그는 숨을 들이마셔 연기를 삼켰다. 글레나의 팔을 잡고 차 쪽으로 돌려 걷기 시작했다. 처녀와 악마는 하루의 끝에 용광로 속을 걸었고, 악마는 그녀에게 경고했다.

"리하고는 아무런 관계도 맺지 마. 너한테 재킷 훔쳐다 준 거랑 창녀 취급한 것 말고 개가 해준 게 뭐 있어? 개한테 꺼지라고 해. 너에겐 리보다 나은 사람이 필요해. 좀 덜 주고 더 받을 생각을 해야 해, 글레나."

"난 사람들에게 잘해주는 게 좋아."

글레나는 창피하다는 듯 작은 목소리로 용감하게 말했다.

"너도 사람이야. 너 자신에게 잘해줘." 이 말을 하면서 이그는 뿔에 의지력을 모았고 충격적인 순수한 기쁨이 그 안의 신경을 통해 흘러가는 것을 느꼈다. "게다가 네가 이제껏 어떤 대접을 받았는지 봐. 난 네 아파트를 다 부수어놓았고, 넌 날 며칠씩 보지도 못했잖아. 그리고 여기 왔더니 나는 변태처럼 치마나 입고 돌아다니고. 리 토르노랑 잔다고 해서 앙갚음하는 게 아니야. 그보다 더 크게 생각해야 해. 작은 복수를 해야 한다고. 집에 가서 은행카드를 가지고 계좌를 다 털어. 그리고…… 휴가를 떠나는 거야. 너 항상 소박하게라도 휴가를 즐기고 싶다고 하지 않았어?"

"그거 정말 멋지겠는데?" 글레나의 미소는 곧 스러졌다. "그러다 큰일 나면 어째. 난 한번 유치장에 간 적 있어. 30일 동안. 다시는 가고 싶지 않아."

"누구도 널 신경 안 쓸 거야. 네가 주물공장에 와서, 내가 여기서 짧은 레이스 치마를 입고 계집애 놀이를 하는 걸 본 이후로는. 우리 부모님이 너를 고소하지도 않을 테고. 부모님이 일반 대중을 상대로 할 만한 행동이 아니지. 내 신용카드도 가져가. 장담하는데 우리 집에서는 몇 달 동안 정지신고도 안 할 거야. 누군가에게 복수하는 가장 좋은 방법은 더 나은 것을 찾아 떠나면서 뒷거울로 그 사람의 모습을 보는 거야, 글레나."

둘은 글레나의 차 옆에 섰다. 이그는 문을 열고 글레나가 타도록 잡아주었다. 글레나는 이그의 치마를 내려다보더니 얼굴을 들여다보았다. 그녀는 미소 지었다. 또한 울고 있었다. 눈물에 검은 마스카라가 전부 번졌다.

"그게 네 취향이었어, 이그? 치마가? 그래서 우리 사이가 그렇게 재미없었던 건가? 알았더라면, 나도 노력했을 텐데…… 모르겠어. 하지만 잘 되도록 노력했을 거야."

"아니야." 이그가 말했다. "이걸 입은 건 그냥 빨간 타이즈와 망토가 없었기 때문이야."

"빨간 타이즈와 망토?"

글레나의 목소리는 몽롱하고 약간 느렸다.

"악마들은 그런 옷을 입게 되어 있잖아. 흡사 슈퍼영웅 의상처럼. 여러 면에서 사탄은 최초의 슈퍼영웅이었어."

"슈퍼악당 말하는 것 아냐?"

"아니, 분명 영웅이지. 생각해봐. 첫 번째 모험은 뱀으로 변신해서, 권력을 독점한 과대망상증 환자에게 잡혀 제3세계 정글에서 벌거벗고 생활하는 두 노예를 풀어준 일이었어. 동시에 그들의 식생활을 넓혔고, 자기 자신의 성에 대해 눈뜨게 해주었지. 내게는 애니멀맨*과 필 박사**의 결합처럼 보이는데."

글레나는 웃었다. 괴상하고 툭툭 끊기며 혼란스러운 웃음이었다. 그러다 딸꾹질을 하더니 웃음이 지워졌다.

"어디로 갈 작정이야?"

---

* DC코믹스의 슈퍼영웅. 폭발하는 우주선 근처에 있다가 동물들의 힘을 빌릴 수 있는 능력을 갖게 된 버디 베이커가 주인공이다.
** 오프라 윈프리 쇼에 등장해 개인의 문제를 상담해주는 정신과의사.

이그가 물었다.

"모르겠어. 항상 뉴욕에 가고 싶었어. 밤의 뉴욕. 창문 밖으로 이상한 외국 음악이 흘러나오는 택시. 길모퉁이에서 달콤한 땅콩을 파는 사람들. 요새는 뉴욕에서 땅콩 팔지 않나?"

"지금도 파는지는 모르지만 예전에는 팔았어. 메린이 죽기 직전에 갔던 이후로는 나도 가보지 않았으니까. 가서 직접 알아보면 어때. 멋질 거야. 네 인생 최고의 시간이 되겠지."

"떠나는 게 그렇게 멋지다면," 글레나가 말했다. "너한테 복수하는 게 그렇게 멋지다면, 내 기분이 왜 이렇게 거지 같지?"

"아직 가지 않았으니까. 넌 지금도 여기 있잖아. 멀리 떠날 때쯤에 네가 기억할 수 있는 것이라고는, 내가 제일 예쁜 파란 치마를 입고 무도회에 갈 치장을 했다는 것뿐일 거야. 다른 건 다…… 잊어버릴 거야."

명령 뒤에 뿔의 무게와 힘을 실어, 그 생각을 머리 깊숙이 밀어 넣었다. 두 사람이 이제껏 침대에서 같이한 어떤 행동보다 친밀한 삽입이었다.

글레나는 충혈된 눈으로 홀린 듯이 쳐다보며 고개를 끄덕였다.

"잊어버린다, 좋아." 글레나는 차에 타려다가 멈칫하고 문 너머로 이그를 보았다. "너랑 처음 말을 해본 게 여기였지. 기억나? 우리 무리가 똥을 굽고 있었잖아. 대단하지, 하?"

"우습네." 이그가 말했다. "내가 오늘 밤 계획하고 있는 일이 그거니까. 자, 이제 가봐. 글레나, 뒷거울로만 돌아보는 거야."

글레나는 고개를 끄덕이고 차에 타려다 말고, 몸을 쭉 펴서 문 너머의 이그 이마에 키스했다. 이그는 지금까지 몰랐던 글레나의 나쁜 비밀들을 보았다. 글레나는 종종 죄를 저질렀다. 언제나 자기 자신을 향해서. 이그는 화들짝 놀라 물러섰다. 이마에 닿은 입술의 감촉은 차가웠고, 담배와 박하 향이 섞인 숨결이 이그의 코로 들어왔다.

"어이."

이그가 말했다.

글레나는 미소를 띠었다.

"여기서 다치지 마, 이그. 넌 주물공장에 올 때마다 꼭 반나절도 못 버티고 죽을 뻔하더라."

"그래." 이그가 대답했다. "그 얘기 꺼내니까 말인데, 일종의 습관이 된 것 같다."

이그는 이벨 크니벨 길로 돌아가서 연기 나는 석탄 덩어리 같은 태양이 놀스 강으로 가라앉아 흘러가는 모습을 바라보았다. 웃자란 풀숲에 서서 이상하게 짹짹대는 음악 같은 곤충 울음을 들었지만, 이그가 아는 벌레는 아니었다. 울음소리는 아주 똑똑히 들렸다. 매미들은 황혼 속에서 잠잠해졌다. 그들은 어쨌든 죽을 것이다. 웅웅거리는 이 정욕의 기계들은 여름이 끝남과 동시에 생을 마칠 것이다. 다시 소리가 왼쪽 잡풀 사이에서 났다.

뭔지 찾아보려고 기어가보니, 분홍색 반투명 케이스 속에 든 글레나의 휴대폰이 떨어뜨린 그대로 밀짚색 풀 위에 놓여 있는 게 보였다. 이그는 휴대폰을 들어 플립을 열어보았다. 리 토르노에게 온 문자가 바탕화면에 떠 있었다.

뭘 입고 있어?

이그는 염소수염을 꼬면서 초조하게 생각했다. 전화로 할 수 있는지, 뿔의 힘을 라디오 송출기처럼 쏘아 올려 위성으로 전달할 수 있는지 아직도 확실히 알지 못했다. 하지만 한편으로는 휴대폰이 악마의 도구라는 것은 널리 알려진 상식이 아닌가.

이그는 리의 문자를 선택하고 통화 버튼을 눌렀다.

벨 두 번 만에 리가 전화를 받았다.

"뭔가 화끈한 것 입고 있다고 말해. 아무것도 안 입고 있다고 해도 돼. 난 그런 척하는 데 달인이니까."

이그의 입에서 글레나의 부드럽고 숨 가쁘며 알랑거리는 목소리가 흘러나왔다.

"난 진흙이랑 먼지 흠뻑 뒤집어썼어. 지금 입고 있는 게 그거야. 문제가 생겼어, 리. 도와줄 사람이 필요해. 망할 차가 빠졌어."

잠시 망설인 리가 입을 열자, 그 목소리는 낮고 계산한 듯했다.

"어디 빠졌는데, 아가씨?"

"씹할 주물공장 바깥에."

이그가 글레나의 목소리로 대답했다.

"주물공장? 거긴 왜 갔는데?"

"이기를 찾으러 왔어."

"왜 그런 짓을 하는데? 글레나, 그런 건 생각 좀 하고 해. 걔가 얼마나 불안정한지 알잖아."

"알아. 하지만 어쩔 수 없었어. 걱정되잖아. 걔 가족도 걱정하고 있어. 이그가 어디 있는지 아는 사람도 없고, 할머니 생일에도 빠지고. 전화를 걸어도 받지도 않아. 이것저것 따져보면 죽었을지 몰라. 난 참을 수가 없어. 이그의 정신이 약해진 게 내 탓인 것 같아서 괴로워. 부분적으로는 네 잘못도 있잖아, 멍청아."

리는 웃었다.

"뭐, 그럴지도 모르지. 하지만 아직도 네가 왜 하필 주물공장으로 갔는지 모르겠는데."

"이그가 이맘때에 여기 나와 있는 걸 좋아하니까. 여기가 메린이 죽은 데잖아. 가서 찾아봐야겠다 하고 차를 타고 왔는데 빠진 거야. 물론 이그는 보이지도 않고. 너 요전 날 밤에 친절하게 나를 집에까지 태워다줬잖

아. 기사도 두 번 발휘하면 안 돼?"

리는 잠깐 동안 말이 없었다.

"다른 사람한테 전화했어?"

"네가 가장 먼저 떠오르더라." 이그는 글레나의 목소리로 대답했다.
"그러지 말고. 내가 싹싹 빌었으면 좋겠어? 옷이 온통 진흙투성이라 벗
어서 빨아야 해."

"물론 그렇겠지." 리가 말했다. "좋아. 내가 보고 있는 동안에 해. 빨래
말이야."

"그거야 네가 얼마나 빨리 오느냐에 달렸지. 주물공장 안에서 기다릴
게. 내가 차를 어디에 빠뜨렸는지 보면 날 놀리겠지. 여기서 나갈 때쯤엔
너 완전히 죽을 거야."

"정말 기대된다."

"서둘러. 여기 혼자 있으려니 소름 끼쳐."

"그렇겠지. 거긴 유령 말고는 아무것도 없으니까. 기다려. 갈 테니."

이그는 작별 인사도 없이 전화를 끊었다. 그러고는 이벨 크니벨 길의
불탄 자국 위에 잠깐 웅크렸다. 신경 쓰지 않고 있는 사이 해는 벌써 저
버렸다. 하늘은 짙은 자두 같은 자주색으로 물들었고, 첫 저녁 별들이 핀
으로 뚫은 구멍처럼 빛나기 시작했다. 마침내 이그는 일어나서 주물공장
으로 돌아가 리를 맞을 준비를 했다. 가다 말고 참나무 가지 아래 걸어두
었던 메린의 십자가를 도로 챙겼다. 또 빨간 휘발유통도 챙겼다. 여전히
4분의 1쯤 남아 있었다.

45

리가 여기까지 오려면 적어도 반 시간은 걸릴 테고, 포츠머스에서 온다면 더 걸릴 것이었다. 오랜 시간 같진 않았다. 되레 기뻤다. 시간이 많을수록 무엇을 해야 할지 생각해야 할 테고, 실제로 실천할 가능성은 더 적어질 것이었다.

이그가 주물공장 앞으로 돌아가 열린 문을 통해 큰 방으로 막 올라가려 했을 때, 뒤의 고랑 진 길에서 차가 우당탕탕 달려오는 소리가 들렸다. 아드레날린이 얼음처럼 차갑게 솟구쳐 온몸을 냉기로 채웠다. 사태가 빠르게 진전되긴 했지만 이렇게 빨리 올 수는 없었다. 이그가 전화했을 때 리가 벌써 차에 타서 어떤 이유로든 여기 오고 있지 않았다면. 하지만 도착한 차는 리의 커다란 빨간 캐딜락이 아니라 검은 벤츠였다. 웬일인지 테리 페리시가 운전대 뒤에 앉아 있었다.

이그는 풀숲에 주저앉으며 4분의 1이 찬 휘발유통을 벽에 세워두었다. 형의 모습을 볼 각오는 되어 있지 않았다. 지금, 여기서는. 눈앞의 광경을 받아들이기 힘들었다. 형이 여기 있을 리 없었다. 지금쯤이면 테리 형이 탄 비행기는 캘리포니아 땅에 착륙해야 했고, 테리는 반 열대의 열기와 로스앤젤레스의 태평양 햇빛 속으로 나가야 했다. 이그가 형에게 가라고 명령했다. 가장 하고 싶은 일에 굴복하라고. 그건 이 동네에서 튀어 도망가는 것 아니었나. 그것만으로 충분했어야 했다.

벤츠가 건물로 가까이 다가와 천천히 속도를 줄이고 높이 자란 철사 같은 잡초를 기어왔다. 테리의 모습을 보자, 이그는 분통이 터지고 경계심이 들었다. 형은 여기 있어야 할 사람이 아니었다. 그리고 형을 보낼 시간도 거의 없었다.

이그는 몸을 낮춘 채 콘크리트 바닥을 후다닥 뛰어갔다. 이그는 벤츠가 삐거덕 다가왔을 때 주물공장 모퉁이에 와 있다가 얼른 조수석 문을 획 열고 올라탔다.

테리는 비명을 질렀고, 운전석 문 쪽을 향해 뒤로 쓰러지며 손잡이를 더듬어 찾았다. 그러다 이그를 알아보고 진정했다.

"이그." 테리는 숨을 헐떡였다. "너 뭐……."

형의 눈이 더러운 치마로 떨어졌다가 얼굴로 올라왔다.

"도대체 뭔 짓을 한 거냐?"

처음에 이그는 영문을 알 수 없었고, 테리의 충격을 이해하지 못했다. 그러다 여전히 십자가를 오른손에 쥐고, 사슬을 손가락에 감고 있다는 사실을 깨달았다. 십자가를 들고 있었기 때문에 뿔의 힘이 죽은 것이었다. 테리는 집에 오고 나서 처음으로 이그를 본 셈이었다. 벤츠는 웃자란 여름 잡초를 헤치며 나아갔다.

"차 좀 세우지그래, 형?" 이그가 말했다. "이벨 크니벨 길로 들어가서 강으로 떨어지기 전에?"

테리의 발이 브레이크를 찾았고 곧 차가 멈췄다.

두 형제는 앞좌석에 나란히 앉았다. 테리의 벌린 입에서 가쁜 호흡이 쏟아졌다. 테리는 오랫동안 입을 떡 벌리고 이그를 쳐다보았다. 얼빠진 얼굴이 난처해 보였다. 그러다 웃음을 터뜨렸다. 흔들리고 겁에 질린 웃음소리였지만, 초조하게 움찔대는 입은 미소에 가까운 표정을 띠었다.

"이그. 여기서 뭐해…… 이런 꼴로?"

"나야말로 묻고 싶은데. 형은 여기서 뭐해? 오늘 비행기 타기로 되어 있잖아."

"네가 어떻게……?"

"형은 여기서 도망쳐야만 해. 우린 시간이 별로 없어."

이그는 말하면서 뒷거울로 길을 확인했다. 리 토르노가 언제 올지 몰랐다.

"무슨 시간? 무슨 일이 일어나는 거냐?" 테리는 망설이다가 물었다. "그 치마는 또 뭐고?"

"다른 사람은 몰라도 형이라면 이게 모타운* 표시라는 건 딱 보면 알아야지."

"모타운? 말이 되는 소리를 해라."

"말이 안 되긴. 난 형한테 여기서 빨리 튀어야 한다고 말하는 거야. 그것보다 더 말 되는 소리가 어디 있어? 형은 아주 잘못된 시간에 잘못된 장소에 와 있는 잘못된 사람이야."

"대체 무슨 말을 하는 거야? 너 때문에 겁난다. 무슨 일이 생기는데? 왜 계속 뒷거울을 힐끔거리는 거야."

"누굴 기다리고 있어."

"누구?"

"리 토르노."

테리의 얼굴이 하얗게 질렸다.

"아, 그렇구나. 왜?"

"알잖아."

"아." 테리는 말했다. "너 아는구나. 얼마…… 얼마나?"

"다 알아. 형이 차에 있었다는 것도. 기절해 있었다는 것도. 그래서 리가 형이 말 못하게 뒤집어씌웠다는 것도."

* 흑인 팝스타들을 다수 보유한 레코드회사 이름.

테리의 손이 운전대를 꼭 쥐었다. 엄지가 위아래로 움직였고 주먹 관절은 하얬다.

"다 안다고? 리가 여기 오고 있다는 건 어떻게 알아?"

"그냥 알아."

"그 자식을 죽일 작정이군."

테리가 말했다. 질문이 아니었다.

"무슨 일이 있어도."

테리는 이그의 치마와 더러운 맨발, 특히 심한 일광욕을 한 듯 붉어진 피부를 찬찬히 살폈다.

"집에 가자, 이그. 집에 가서 얘기해보자. 엄마랑 아빠도 걱정하셔. 집에 가면 부모님도 네가 괜찮은지 보실 수 있을 테고. 다 같이 얘기해보자. 대책을 고민하면 돼."

"내 고민은 끝났어." 이그가 말했다. "형은 떠났어야 해. 내가 가라고 했잖아."

테리는 고개를 저었다.

"무슨 말이야, 가라고 했다니? 집에 온 이후로 너 처음 보는데. 너랑 말한 적도 없잖아."

이그가 뒷거울을 보니, 전조등 불빛이 보였다. 앉은 자리에서 몸을 뒤틀어 뒷창문 너머를 보았다. 차 한 대가 고속도로를 지나쳤다. 주물공장과 길 사이에 좁게 뻗어 있는 숲 반대편이었다. 전조등 불빛은 빠른 스타카토로 나무 밑동 사이에서 깜박였고, 셔터가 열렸다 닫히는 것처럼 깜박깜박 메시지를 보냈다. 서둘러, 서둘러. 방금 차는 안으로 꺾지 않고 그냥 지나쳤지만, 곧 어떤 차가 길을 지나치지 않고 자갈길에 올라 그들이 있는 쪽으로 향하는 건 시간문제였다. 이그의 시선이 떨어졌다. 뒷좌석에 여행가방과 그 옆에 놓인 트럼프 상자가 보였다.

"짐을 쌌네." 이그가 말했다. "갈 계획이었구나. 그런데 왜 안 갔어?"

"갔었어."

테리가 말했다.

이그는 묻는 표정으로 형을 보았다.

테리는 고개를 저었다.

"중요하지 않아. 잊어버려."

"아냐. 말해봐."

"나중에."

"지금 말해. 무슨 뜻이야? 이 동네를 떠났는데, 어떻게 다시 왔어?"

테리는 동생을 밝지만 멍한 눈으로 쳐다보았다. 잠시 후, 그는 조심스레 입을 뗐다.

"이건 말이 안 돼, 알겠어?"

"안 되지. 나한테도 말이 안 돼. 그러니까 형이 말해봐."

테리의 혀가 쑥 나와 마른 입술에 닿았다. 목소리는 차분했지만 약간 조급했다.

"로스앤젤레스로 돌아가려고 했었어. 이 정신병원에서 빠져나가려고. 아버지가 화를 내시더라. 베라 할머니가 입원해 있고, 네가 어디 있는지 아무도 모르는데 떠난다고. 하지만 나는 기드온에 있어봐야 아무 소용이 없고, 로스앤젤레스로 돌아가서 바쁘게 리허설을 해야 한다는 생각만 떠오르는 거야. 아버지는 여기 상황이 이런데 나 혼자 가겠다는 것만큼 이기적인 행동이 어디 있냐고 하셨어. 아버지 말이 옳다는 건 알았지만 솔직히 중요한 것 같진 않았지. 차를 타고 떠나니까 기분이 좋더라.

그런데 기드온에서 멀어질수록 기분이 나빠졌어. 라디오로 좋아하는 노래도 듣고 밴드와 어떻게 편곡하면 좋겠다는 계획도 짜기 시작했어. 그때 더는 내게 밴드가 없다는 생각이 난 거야. 같이 리허설 할 사람이 없다는 게."

"같이 리허설 할 사람이 없다는 게 무슨 뜻이야?"

"난 이제 일자리가 없어." 테리가 말했다. "그만뒀어. 〈핫 하우스〉 하차했거든."

"무슨 소리하는 거야?"

이그가 물었다. 지금 얘기는 테리의 머릿속에 들어갔을 때 보지 못했다.

"지난주였어. 더는 견딜 수 없었어. 메린에게 그런 일이 일어난 후에는 조금도 재미있지 않더라. 재미와는 정반대였지. 지옥이었어. 지옥은 비명을 지르고 싶을 때 미소 짓고 소리 내어 웃고 파티 노래를 연주하는 거야. 트럼펫 불 때마다 속으로 비명을 질렀어. 폭스 방송국 사람들은 일주일 시간을 줄 테니 생각해보라고 하더라. 곧바로 속마음을 내보이면서 내가 다음 주에 일하러 나타나지 않으면 계약위반으로 고소하겠다고 협박하진 않았지. 하지만 그런 분위기는 떠돌았어. 그러거나 말거나. 그 사람들이 갖고 있는 것 중에 내가 필요한 건 하나도 없어."

"그러면 언제 쇼가 없다는 게 기억난 거야? 언제 차를 돌려 돌아온 거야?"

"바로는 아니었어. 무서웠지. 마치…… 두 사람이 동시에 있는 것 같았어. 한순간은 주간 고속도에서 빠져 집으로 돌아가야 한다는 생각을 했지. 다음 순간에는 있지도 않은 리허설로 돌아갔고. 드디어 로건 공항에 거의 도착했는데, 거대한 십자가가 서 있는 언덕 알지? 서폭 다운스 경마장 바로 지나서?"

이그의 팔이 차가워지며 소름이 돋았다.

"6미터짜리 말이지. 나도 알아. 돈 오르실로라는 이름이라고 생각했었는데, 아니었어."

"돈 오리오네야. 그 십자가를 관리하는 요양원 이름이지. 거기에 차를 댔어. 병원단지를 지나서 십자가로 올라가는 길이 있더라. 거기까지 올라가진 않았어. 잠깐 생각 좀 해보려고 차를 세웠지. 그늘 속에."

"십자가 그늘 아래?"

형은 모호하게 고개를 끄덕였다.

"여전히 라디오를 켜놓고 있었어. 알지, 대학채널? 거기 남쪽에서는 수신이 안 좋았지만 바꿀 겨를이 없었어. 그런데 지역뉴스가 나오더니 기드온에 있는 올드페어 로드 다리의 통행이 재개됐다는 거야. 경찰들이 불탄 차를 모래톱으로 끌어내느라 한낮에 몇 시간 동안 교통을 통제했었다나. 차 얘기를 들으니까 왠지 속이 메스꺼운 기분이 들었어. 그냥 그뿐이야. 모래톱은 주물공장 하류에 있잖아. 너한테 이틀간 아무 소식도 못 들은데다, 요샌 메린의 기일 즈음이고. 모든 게 연결되는 느낌이 들더라. 그러자마자 갑자기 서둘러 기드온을 떠날 이유를 모르겠어. 이곳을 떠나는 게 중요했던 이유를 모르겠더라고. 그래서 차를 돌려 돌아왔지. 마을로 들어가려다가, 주물공장부터 확인해봐야겠다는 생각이 들었어. 네가 메린 곁에 가까이 있고 싶어서 여기 나와 있을까…… 또 너한테 무슨 일이 생겼을까 싶어서. 네가 무사한 걸 확인하기 전까지는 아무 할 일이 없는 기분이었어. 그래서…… 그래서 여기 온 거야. 하지만 너 무사하지 않구나."

테리는 다시 한 번 이그를 쳐다보았다. 입을 열었을 때의 목소리는 더 듬거렸고 두려워하는 기색이 있었다.

"너 어떻게…… 리를 죽일 건데?"

"빨리. 개한텐 그것도 아깝지만."

"그럼 너, 내가 한 짓을…… 알겠구나. 그런데도 나를 놔주는 거야? 왜 나는 안 죽이냐?"

"두렵다는 이유로 일을 그르친 사람이 형만은 아니니까."

"그게 무슨 뜻이야?"

이그는 대답하기 전에 잠깐 생각해보았다.

"난 메린이 형을 보는 눈빛을 싫어했어. 형이 공연에서 트럼펫을 연주할 때. 항상 메린이 나 대신 형한테 반할까 두려웠지. 그걸 참을 수 없었어. 형이 베네트 수녀 놀리려고 만들었던 순서도 기억나? 그거 이른 쪽지 쓴 사람이 나야. 형이 윤리학에서 빵점 맞고 연말 연주회에서 잘린 이유."

테리는 이그가 이해할 수 없는 외국어로 말한 것처럼 잠시 동생을 보면서 눈알을 굴렸다. 그러다 웃음을 터뜨렸다. 긴장한 기색이 역력한, 가는 웃음소리였지만 진짜 웃음이었다.

"아, 젠장. 그때 몰드 신부에게 맞은 볼기짝이 아직도 얼얼하다." 하지만 오래 웃을 수는 없었다. 테리는 말했다. "하지만 내가 네게 한 짓과 똑같지는 않아. 종류도 다르고 정도도 다르지."

"다르지." 이그도 동의했다. "단지 원칙을 설명하고자 그 일을 언급한 거야. 사람들이 두려울 때는 형편없는 결정을 내린다는걸."

테리는 웃으려 했지만 이번에는 울음에 가까웠다.

"우리, 가자."

"안 돼." 이그가 거절했다. "형만 가. 당장."

이그는 말을 하면서도 벌써 조수석 창문을 내리고 있었다. 십자가를 둥글게 말아 잔디 위로 내던져 없애버렸다. 동시에 뿔 뒤로 온갖 무게와 의지력을 실으며 숲 속의 모든 뱀들을 불러 모았다. 주물공장으로 와서 합류하라고 명령했다.

테리는 목 아래에서부터 신음을 냈다. 놀라서 길게 식식대는 소리.

"뿌우우우우울. 너…… 너 머리에 뿔이 있구나. 세상에, 이그…… 너 정체가 뭐냐?"

이그는 몸을 돌렸다. 테리 형의 눈은 고양된 공포가 서린, 경이에 가까운 공포로 빛나는 등불 같았다.

"나도 몰라. 악마, 혹은 인간이겠지. 알 수 없어. 진짜 미칠 노릇은, 아직도 확실히 결정 내릴 수 없다는 거야. 하지만 이건 알아. 메린은 내가 인간이 되길 원했어. 인간은 용서를 아니까. 악마는…… 별로 그렇지 않지. 내가 형을 놔둔다면 그건 형이나 나를 위해서기도 하지만 메린을 위해서기도 해. 메린도 형을 사랑했으니까."

"난 가야 해."

테리는 가늘고 겁에 질린 목소리로 말했다.

"맞아. 형은 리 토르노가 올 때 여기 있고 싶지 않아. 일이 잘못되면 형이 다칠 수도 있고, 다치지 않더라도 평판에 해가 될 수 있다는 걸 생각해봐. 이건 형하고는 아무 상관없어. 이전에도 없었어. 사실 형은 이 대화를 잊을 거야. 여기 온 적도 없고, 나를 오늘 밤 본 적도 없어. 이제 다 사라졌어."

"사라졌다." 테리는 누가 찬물을 얼굴에 끼얹기라도 한 듯 움찔하며 눈을 빠르게 깜박였다. "맙소사, 나 여기서 나가야 해. 다시 일하려면, 이곳에서 빠져나가야 해."

"맞아. 이 대화는 사라졌어. 형도 마찬가지야. 떠나. 집으로 가서 엄마랑 아빠한테 비행기를 놓쳤다고 말해. 형을 사랑하는 사람들과 함께 있다가 내일 신문을 봐. 신문에는 좋은 소식이 나지 않는다고 하지만, 내일 1면을 보면 형 인생이 훨씬 좋아진 기분을 느낄 수 있을 거야."

이그는 형의 뺨에 키스하고 싶었지만 두려웠다. 형을 보내버리고 싶은 욕망을 재고할 만한 숨겨진 비밀을 발견할까 봐 걱정이 되었다.

"잘 가, 테리 형."

차에서 내린 이그는 형의 차가 움직이기 시작하자 뒤로 물러났다. 벤츠는 앞에 난 잡초들을 깔아뭉개면서 천천히 앞으로 굴러갔다. 차는 나른하게 큰 원을 그리며 쓰레기와 벽돌, 오래된 판자, 깡통들이 쌓여 있는 거대한 더미를 돌아서 나갔다. 이그는 벤츠가 가운데에 쌓인 더미의 반대쪽으로 돌아가는 모습조차 보지 않고 돌아섰다. 준비해야 할 것들이 있었다. 이그는 재빨리 주물공장의 외벽을 따라 움직이며, 길에서 공장을 가려주는 나무들 쪽으로 시선을 돌렸다. 이제부터 언제라도 전나무 사이에서 전조등 불빛과 함께 리 토르노가 나타날지 몰랐다.

이그는 용광로 너머에 있는 방으로 들어갔다. 누군가 뱀 두 양동이를 던져놓고 도망간 듯했다. 뱀들은 구석에서 기어오거나 벽돌 더미에서 떨어져 내렸다. 목재 방울뱀은 외발 수레에서 똬리를 풀고 귀에 들리도록 쿵 소리가 나게 바닥으로 떨어졌다. 모두 백 마리 정도 되는 듯했다. 좋다. 이 정도면 충분했다.

이그는 웅크려서 방울뱀의 배 아래로 손을 넣어 공중에 들어 올렸다. 더는 물리는 게 겁나지 않았다. 뱀은 나른한 애정의 표시로 눈을 가늘게 뜨더니 이그를 향해 검은 혀를 날름거렸다. 뱀은 차갑고 고요한 교언을 그의 귀에 속삭였다. 이그는 뱀의 머리에 상냥하게 키스하고 용광로로 안고 갔다. 이 동물에게서는 어떤 죄책감이나 죄악도 느껴지지 않았고, 나쁜 짓을 한 기억조차 없었다. 뱀은 결백했다. 물론 모든 뱀이 그러했다. 풀숲을 기어 다니는 것, 사람을 물면 독과 턱으로 재빨리 으깨 충격을 주어 마비시키는 것, 포동포동하고 털이 많으며 매끄러운 들쥐 덩어리를 삼켜 목 아래로 내려보내는 것, 어두운 구멍에 떨어져 나뭇잎 침대 위에서 몸을 말고 자는 것. 모두 다 순수 선, 세상의 이치였다.

이그는 굴뚝 안으로 몸을 기대고 뱀을 매트리스에 깐 냄새나는 이불 위에 놓았다. 그러고는 촛불을 죄다 켜 친밀하고 낭만적인 분위기를 조성했다. 뱀은 만족해서 똬리를 틀었다.

"그자들이 나를 잡으면 어떻게 해야 하는지 알지?" 이그가 말했다. "다음으로 이 문을 여는 사람. 물고, 물고, 또 물어라. 알겠지?"

뱀의 혀가 입 밖으로 쑥 나와 공기를 한 바퀴 달콤하게 훑었다. 이그는 이불 모서리를 접어 뱀을 덮어 가리고, 분홍색의 매끈한 비누처럼 생긴 글레나의 휴대폰을 그 위에 올려두었다. 만에 하나 이그가 리를 처단하지 못하고, 반대로 리가 이그를 죽이기라도 한다면 그는 촛불을 끄기 위해 이 안으로 들어올 것이다. 그러다 글레나의 휴대폰을 보면 가지고 가려 할 터였다. 이 휴대폰은 자기에게 전화할 때 쓰인 물건이니, 증거가 돌아다니도록 놔둘 수는 없겠지.

이그는 해치 문을 거의 빠져나왔다. 문을 닫으려는데 용광로에 불이라도 붙은 양, 용광로가 되살아나기라도 한 양 촛불 빛이 문 가장자리 주위에서 깜박거렸다. 이그는 해치 문 바로 오른쪽 벽에 세워두었던 쇠스랑을 집어 들었다.

"이그."

테리가 뒤에서 속삭였다.

이그는 몸을 휙 돌렸다. 심장이 몸 안에서 쿵 떨어졌다. 형이 문지방에서 안을 들여다보기 위해 까치발을 하고 있었다.

"아직도 여기서 뭐해?"

이그는 형의 모습에 당황했다.

"저거 뱀이냐?"

이그가 문을 통해 밖으로 나올 동안 형은 뒤로 물러섰다. 이그는 여전히 손에 들고 있던 성냥갑을 옆으로 휙 튕겨 휘발유통 위에 올려놓았다. 그러고는 몸을 돌려 쇠스랑으로 테리의 가슴 쪽을 겨냥했다. 이그는 형 너머 어두운 들판을 보기 위해 머리를 쭉 뺐다. 벤츠는 보이지 않았다.

"차는 어디 있어?"

"저기 쓰레기 더미 뒤에."

테리는 특히 커다란 쓰레기 둔덕 뒤를 손으로 가리켰다. 그러면서 한 손을 뻗어 쇠스랑 날을 옆으로 밀었다.

"난 가라고 했어."

테리의 얼굴이 8월 밤의 땀으로 번득였다.

"싫어."

테리의 믿을 수 없는 답변을 받아들이기까지 한참 걸렸다.

"가야 해." 이그는 뿔로 밀어붙였다. 어찌나 세게 밀어붙였던지, 그 안의 압박과 열기가 처음으로 고통스러울 정도였다. 불쾌하게 따끔거렸다. "형은 여기 있길 원하지 않아. 나도 형이 여기 있기를 원하지 않고."

테리는 이그가 밀기라도 한 듯 실제로 비틀거렸다. 하지만 곧 두 다리를 딛고 그 자리에 남아 있었다. 그의 모습에서 엄숙한 긴장이 엿보였다.

"난 싫다고 했어. 날 억지로 보낼 순 없을 거다. 네가 내 머리에 무슨 짓을 했든 그건 한계가 있어. 넌 단지 제안을 할 뿐이지. 나는 받아들여야 하고. 하지만 난 받아들이지 않겠어. 이 장소에서 차를 타고 떠나 너 혼자 리를 상대하도록 놔두진 않겠어. 그게 바로 내가 메린한테 한 짓이야. 그래놓고 그 이후로 나는 지옥 속에서 살았어. 나를 보내고 싶으면 너도 내 차에 타고 나랑 같이 가. 이 일을 같이 해결해보자. 아무도 죽지 않는 방법으로 리를 어떻게 처리할지 알아낼 수 있을 거야."

이그는 분노로 목구멍이 꽉 막힌 소리를 내며 쇠스랑을 들고 형에게 다가갔다. 테리는 날을 피해 주춤주춤 물러났다. 원하는 대로 형을 움직일 수 없다는 사실에 화가 났다. 쇠스랑을 들고 형에게 다가갈 때마다 테리는 얼굴에 띠었던 약하고 불확실한 웃음을 서서히 지웠다. 이그는 원치 않는 레슬링을 억지로 해야 하는 열 살 때로 돌아간 것처럼 무력한 기분이 들었다.

주물공장이 길에서 보이지 않도록 가려주는 나무들이 늘어선 건너편에서 전조등 불빛이 흔들렸다. 누군가 진입하려고 서서히 속도를 줄이는 것이었다. 이그와 테리는 동시에 멈추고 길을 올려다보았다.

"리야." 이그는 또 한 번 성난 눈빛을 테리에게 맞췄다. "차를 타고 내 눈앞에서 사라져. 형은 나를 도울 수 없어. 일을 망칠 뿐이야. 고개를 숙이고 목숨을 부지할 수 있을 만큼 멀리 떨어져 있어."

형을 또다시 쇠스랑으로 밀어붙이는 동시에 마지막 의지력을 다해 뿔 뒤로 몰아넣었다. 테리의 의지를 굽히기 위해.

테리는 이번에는 저항하지 못하고 몸을 돌려 뛰어갔다. 웃자란 잡초들을 지나 쓰레기 더미를 돌아갔다. 이그는 형이 건물 모서리에 이를 때까지 기다렸다. 그러고는 높은 출입구로 몸을 들어 올려 주물공장 안으로 들어갔다. 이그의 뒤로 리 토르노의 캐딜락에서 나오는 전조등 불빛이 검은 봉투를 뜯는 종이칼처럼 어둠을 가르며 미끄러져 들어왔다.

46

이그가 방 안으로 들어가자마자 전조등 불빛이 창문과 문을 쓸고 지나 갔다. 하얀 네모 빛이 낙서가 덮인 벽 위를 흐르며 고릿적 메시지들을 비추었다. **테리 페리시 꺼져라, 평화 '79, 신은 죽었다.** 이그는 빛을 피해 출입구 한쪽으로 기어갔다. 코트를 벗어 바닥 한가운데에 던졌다. 그러고는 구석에 웅크리고 뿔을 이용해 뱀들을 불러 모았다.

뱀들은 구석에서 나오거나, 벽에 난 구멍에서 떨어져 벽돌 더미 밑에서 기어나왔다. 뱀들이 코트 쪽으로 스르르 미끄러지면서 허겁지겁 몸을 겹쳤다. 뱀들이 밑에 모이는 바람에 코트가 꿈틀거렸다. 곧 코트가 일어나 앉았다. 코트가 위로 올라가 쭉 펴졌고 어깨가 넓어졌으며 투명인간이 팔을 꿰듯 소매가 움직이며 부풀어 올랐다. 마지막으로 머리가 일어서며 머리카락이 배배 꼬여 옷깃 위로 쏟아졌다. 긴 머리 남자, 혹은 여자가 바닥 한가운데에 앉아 고개를 숙여 명상하는 듯했다. 계속 몸을 떨고 있는 사람.

리가 경적을 울렸다.

"글레나?" 리가 불렀다. "여기서 뭐해?"

"여기 안에 있어." 이그가 글레나의 목소리로 대답했다. 이그는 문 바로 오른쪽에 쭈그리고 앉았다. "아, 리. 발목을 삐었나 봐."

차 문이 열렸다 쾅 닫혔다. 잔디를 걸어오는 발소리가 들렸다.

"글레나?" 리가 말했다. "무슨 일이야?"

"바로 여기 앉아 있어, 자기." 글레나 목소리의 이그가 말했다. "바로 여기 앉아 있어."

리는 콘크리트에 한 손을 대고 문으로 훌쩍 몸을 들어 올렸다. 그는 이그가 마지막으로 봤을 때보다 45킬로그램이나 몸무게가 불었고 머리를 빡빡 밀고 있었다. 뿔이 자란 것만큼이나 놀랍기 그지없는 변모였다. 이그는 얼른 이해하지 못했고, 지금 보고 있는 광경에 적응할 수 없었다. 리가 아니었다. 파란 라텍스 장갑을 끼고 곤봉을 들었으며 머리가 온통 짓무르고 타버린 에릭 해니티. 전조등 불빛에 비친 에릭의 동그란 두 개골은 이그만큼이나 빨갰다. 왼쪽 뺨에 난 물집은 깊었고 넓었으며 고름으로 가득 차 있었다.

"안녕, 아가씨."

에릭은 부드럽게 말하며 이쪽저쪽 두리번거려 광대하고 캄캄한 방을 살폈다. 에릭은 쇠스랑을 든 이그가 오른쪽 가장 깊은 그늘에 웅크리고 있는 모습을 보지 못했다. 에릭의 눈은 아직 어둠에 익지 않았다. 전조등 불빛이 문 주변으로 쏟아져 들어왔기 때문이었다. 리는 바깥 어딘가 있을 터였다. 분명히 리는 안전하지 않다는 것을 알고 에릭과 함께 왔다. 어떻게 알았을까? 리에게는 이제 그를 지켜줄 십자가가 없었다. 영문을 알 수 없었다.

에릭은 코트를 입은 형체를 향해 조금씩 버스럭버스럭 발을 떼었다. 오른손에 든 곤봉이 나른하게 호를 그렸다.

"무슨 말이라도 해, 이년아."

에릭이 말했다.

코트가 흔들려 한 팔이 약하게 펄럭이고 고개를 저었다. 이그는 숨을 죽이고 움직이지 않았다. 어떻게 해야 할지 아무 생각이 나지 않았다. 문으로 들어오는 사람은 리여야 했다. 그때 이그는 이것이 악마와 거래한 자신의 짧은 삶의 이야기라고 생각했다. 이그는 멋지고 단순한 살인을 계획하기 위해 사탄으로서 최선을 다했다. 하지만 바람에 차가워진 재가 날리듯 모두 날아갔다. 어쩌면 항상 그랬는지도 모른다. 악마의 모든 계획은 인간이 생각해낼 수 있는 것에 비하면 하찮은지도 몰랐다.

에릭은 앞으로 가다가 코트를 입은 형체 바로 뒤에 섰다. 그는 두 손으로 곤봉을 들어 형체의 뒤를 내려쳤다. 코트가 무너지며 뱀이 쏟아져나왔다. 거대한 자루가 터져 사방팔방으로 흘러넘치는 모양새였다. 에릭은 소리를 질렀다. 목이 졸려 질색하는 듯한 비명 소리였다. 그렇게 뒷걸음치면서 자기 부츠에 걸려 넘어질 뻔했다.

"뭐야?" 리가 바깥 어딘가에서 소리쳤다. "무슨 일이 생긴 거야?"

에릭은 한쪽 발을 들어 다리 사이에서 꿈틀대는 뱀의 머리를 밟았다. 전구가 깨지듯 연약하게 아작 소리가 났다. 그는 혐오감이 들었는지 소리를 지르며 물뱀을 발로 차면서 뒤로, 이그가 있는 뒤쪽으로 자꾸 물러섰다. 에릭은 뱀들이 온천처럼 쏟아져나오는 바닥을 헤쳐나갔다. 밖으로 빠져나가려고 몸을 돌릴 때 뱀 한 마리를 밟아 발목을 삐끗하고 말았다. 그는 놀랄 만큼 우아하게 빙그르르 돌더니 균형을 잃고 한쪽 무릎으로 세게 주저앉았다. 그 바람에 에릭과 이그가 마주 보게 되었다. 화상을 입은 얼굴 안에 박힌 에릭의 눈은 작고 돼지 같았다. 이그는 에릭에게 쇠스랑을 내밀었다.

"이런, 망할 노릇을 봤나."

에릭이 말했다.

"망하기야 너랑 나 둘 다 마찬가지지."

이그가 대꾸했다.

"뒈져버려, 씹할 새끼."

에릭은 왼손을 올리려 했다. 그때 처음으로 이그는 총신이 짧은 리볼버 권총을 보았다.

이그는 생각할 겨를도 없이 몸을 앞으로 날리며 쇠스랑을 들어 에릭의 왼쪽 어깨에 내리박았다. 나무 밑동을 찌르는 것과 비슷했다. 떨리는 진동이 자루와 이그의 손에 느껴졌다. 날 하나가 에릭의 쇄골을 산산이 부수었고, 다른 날은 삼각근을 뚫었다. 가운데 날은 가슴 위쪽에 박혔다. 총알은 하늘로 날아갔다. 체리 폭탄이 터지듯 와장창 깨지는 소리, 미국 여름의 소리가 났다. 이그가 계속 밀어붙이자 에릭은 균형을 잃고 엉덩방아를 찧었다. 그 바람에 왼손에 들고 있던 총이 어둠 속으로 날아가 바닥에 떨어지며 또 한 번 발사됐다. 뱀 한 마리가 두 개로 쪼개졌다.

에릭은 끙끙댔다. 끔찍이도 무거운 물건을 들어 올리려고 애쓰는 사람 같았다. 꽉 다문 입에, 그렇지 않아도 빨간 얼굴은 진홍색에 가까워져 하얀 물집이 점점이 도드라졌다. 그는 곤봉을 떨어뜨리고 오른손을 몸 위에 뻗어 쇠스랑의 강철 머리를 잡았다. 몸에서 뽑아내려는 듯했다.

"놔둬." 이그가 말했다. "널 죽이고 싶지 않아. 그걸 빼내려다간 상처만 더 심해질 뿐이야."

"나는," 에릭이 헉헉댔다. "이걸, 빼내려는, 게, 아냐."

에릭은 몸을 왼쪽으로 돌리며 쇠스랑 손잡이를 잡고 있는 어둠 속의 이그를 햇빛이 환히 비치는 문간으로 끌고 갔다. 이그는 무슨 일이 벌어지고 있는지 몰랐다. 이그는 중심을 잃고 그늘 속에서 비틀거리며 끌려나왔다. 이그는 뒷걸음치며 쇠스랑을 뽑았다. 뾰족한 끝 부분이 근육과 살에 걸렸다가 튕겨져 나왔고, 에릭은 비명을 질렀다.

이그는 앞으로 어떤 일이 닥칠지 확신했고 문간에서 벗어나려 했다. 계속 서 있으면 자신이 검은 종이에 그린 빨간 과녁처럼 선명하게 보일 터였다. 하지만 너무 늦었다. 귀가 멀 듯한 탕 소리와 함께 산탄총이 쏘아졌고, 총알의 첫 번째 희생자는 이그의 청력이었다. 산탄총은 붉은 불길을 내뱉어 이그의 멍멍한 고막을 죽였다. 즉각적으로 세계가 부자연스럽고 완벽하지 못한 침묵에 싸여버렸다. 이그의 오른쪽 어깨는 지나가는 학교 버스에 부딪쳐 떨어져 나간 것 같았다. 이그는 앞으로 비틀거리다 에릭과 쾅 부딪쳤다. 에릭은 가래가 끓는 듯 거친 기침 소리, 개 짖는 소리를 냈다.

리는 한 손으로 문틀을 잡고 몸을 들어 올려 안으로 들어왔다. 다른 손에는 산탄총을 들고 있었다. 리는 서두르지 않고 천천히 일어섰다. 이그는 리가 슬라이드를 잡아당기는 모습, 다 쓴 탄피가 빈 약실에서 튀어나와 어둠 속에서 포물선을 그리며 날아가는 모습을 보았다. 이그는 왼쪽으로 피하면서 움직이는 표적이 되기 위해 나름대로 호를 그리며 뛰어오르려 했지만 누군가가 팔을 잡았다. 에릭이었다. 에릭은 이그를 잡고 일어설 목발로 쓰려는지, 아니면 자기 앞을 가려줄 인간 방패로 쓰려는지 몰라도 이그의 팔꿈치를 붙잡고 늘어졌다.

리가 다시 한 번 총을 발사했고, 삽 하나가 이그의 다리를 쳐서 다리가 구부러졌다. 잠시 동안은 제 발로 서 있는 게 가능했다. 바닥에 박은 쇠스랑 자루를 잡고 몸을 지탱했다. 하지만 에릭이 여전히 팔을 붙잡고 있었고, 이그의 다리가 아니라 가슴에 꽉 달라붙었다. 에릭은 등을 쭉 펴면서 이그를 잡아당겼다.

이그는 소용돌이치는 검은 하늘과 빛을 발하는 구름을 보았다. 약 한세기 전에는 지붕이 있던 자리였다. 다음 순간 뼈 전체를 흔드는 털썩 소리가 울려 퍼졌고, 이그는 콘크리트 바닥에 뒤로 쿵 쓰러졌다.

이그는 에릭 옆에 쓰러졌다. 머리가 에릭의 엉덩이 근처에 놓였다. 오른쪽 어깨와 무릎 밑의 감각이 전혀 없었다. 머리에서 피가 솟았고 하늘의 어둠이 위험하게 짙어졌다. 이그는 의식을 붙들려고 뒤척거리며 필사적으로 노력했다. 지금 기절하면 리가 죽일 것이다. 또 다른 생각도 들었다. 의식이 들든, 아니든 크게 문제가 아닐 터였다. 어차피 자신은 여기서 죽음을 당할 테니까. 이그는 희미하게 멀어져가는 생각 속에서 문득 여전히 쇠스랑을 들고 있다는 사실을 깨달았다.

"날 쐈잖아, 씹할 새끼!"

에릭이 비명을 질렀다. 그의 목소리가 먹먹하게 들렸다. 오토바이 헬멧을 쓰고 세상의 소음을 듣는 기분이었다.

"그나마 다행으로 알아. 죽을 수도 있었어."

리가 에릭에게 말했다. 그러고는 이그 위에 서서 총신을 이그의 얼굴로 향했다.

이그는 쇠스랑을 내밀어 날 사이에 총신을 끼웠다. 이그가 쇠스랑을 오른쪽 위로 비트는 순간 총이 발사됐다. 총알은 에릭 해니티의 얼굴에서 폭발했다. 때마침 고개를 돌린 이그는 에릭 해니티의 머리가 까마득하게 높은 곳에서 떨어진 수박처럼 터지는 것을 보았다. 피가 이그의 얼굴에 흠뻑 튀었다. 어찌나 뜨거웠는지 델 것 같았다. 이그는 자기도 모르게, 급작스러우면서도 엄청난 파괴력으로 산산조각이 났던 칠면조를 떠올렸다. 뱀들이 허물을 벗듯 핏속을 기어 방구석으로 피했다.

"아, 씹할." 리가 말했다. "그나마가 안 되었네. 미안해, 에릭 형. 이그를 죽이려고 했을 뿐이야. 맹세해."

그러면서 리는 발작적으로 웃음기 없는 웃음을 터뜨렸다.

리는 한 발짝 뒤로 물러서며 총신을 쇠스랑 날에서 빼냈다. 리는 총을 낮추었고 이그는 또다시 쇠스랑을 내밀었다. 총은 네 번째로 포효했다. 이번에는 총알이 높이 떠서 쇠스랑 자루를 맞추어 박살내버렸다. 쇠스랑의 삼지창 머리가 어둠 속을 빙글빙글 돌더니 콘크리트 바닥에 떨어졌다. 이제 이그는 아무 쓸모없어진 부러진 막대만 들고 있을 따름이었다.

"가만히 있어줄래?"

리는 다시 한 번 산탄총의 슬라이드를 당겼다.

리는 한 발짝 뒤로 물러나며 120센티미터 정도의 안전거리를 유지하고, 또다시 총을 이그의 얼굴에 들이댄 후 방아쇠를 당겼다. 딸깍하고 마른 소리를 내며 공이가 떨어졌다. 리는 얼굴을 찡그리면서 총을 들어보더니 실망한 얼굴로 쳐다보았다.

"뭐야, 총알이 달랑 네 개 들어 있었어?" 리가 말했다. "내 총이 아니거든. 에릭 거지. 언젠가도 너에게 총을 쓸 수 있었지만 법의학에 걸릴까 봐. 오늘은 걱정할 게 없지. 네가 에릭을 죽였고, 그놈이 널 죽였다고 하면 난 빠져나올 수 있잖아. 말이 되는 상황이거든. 총알이 떨어진 게 아쉽네. 그럼 총으로 너를 때려죽일 수밖에 없겠는데."

리는 총을 돌려 총신을 양손으로 잡고 어깨 위로 높이 쳐들었다. 이그는 리가 골프 연습을 꽤 한 것 같다고 생각했다. 리는 수월하고 깨끗하게 산탄총을 휘둘러 이그의 머리를 강타했다. 산탄총은 딱 부러지는 소리와 함께 뿔 한쪽을 쳤다. 이그는 에릭에게서 떨어져 매끄러운 바닥 위를 굴렀다.

이그는 얼굴을 똑바로 한 채 누워 숨을 헐떡였다. 한쪽 허파가 당겼고, 빙빙 도는 하늘이 멈추기를 기다렸다. 하늘이 흔들려 누가 잘 흔들어놓은 스노우볼 속의 눈송이처럼 별들이 흩날렸다. 뿔은 거대한 소리굽쇠처럼 웅웅 울렸다. 하지만 뿔 덕분에 충격이 흡수되었고 두개골이 온전하게 남아났다.

리는 이그를 쫓아와 산탄총으로 이그의 오른쪽 무릎을 내리쳤다. 이그는 비명을 지르며 한 손으로 다리를 부여잡고 똑바로 일어나 앉았다. 슬개골이 세 조각으로 갈라진 느낌, 부러진 뼈 조각이 피부 밑에서 움직이는 기분이었다. 그러나 리가 재차 덮쳐왔기 때문에 제대로 앉을 수가 없었다. 리는 이그의 머리를 스치는 일격을 날리고 다시 한 번 등을 내리쳤다. 이그가 들고 있던 쇠스랑 자루가 손에서 날아갔다. 하늘은 계속 구역질 나게 스노우볼 속의 하늘처럼 휘날렸다.

리는 있는 힘을 다 모아 산탄총 개머리판을 이그의 다리 사이로 휘둘러 불알을 쳤다. 이그는 비명을 지르지도 못했다. 비명을 지를 만한 공기를 찾을 수가 없었다. 그는 몸을 뒤틀며 모로 누워 허리를 굽혔다. 사타구니에서 단단하고 하얀 매듭 같은 고통이 일면서 공기를 채우는 유독 가스처럼 오장육부로 퍼져나갔다. 구토할 듯한 압도적인 감각이 생겨났다. 토할 것 같은 충동과 싸우느라고 온몸이 긴장되었고 주먹을 쥐듯 오그라들었다.

리가 산탄총을 던져 에릭 옆 바닥에 떨어지는 소리가 났다. 그런 후에 리는 여기저기 돌아다니며 뭔가를 찾았다. 이그는 말할 수 없었다. 공기를 허파 속으로 밀어 넣을 수 없었다.

"자, 에릭이 권총을 어쨌지?" 리는 곰곰이 생각하는 투로 말했다. "너, 나를 속여 넘겼지. 사람들 머릿속에 그런 짓까지 할 수 있다니 대단한데. 어떻게 사람들이 잊어버리도록 만드는 거지? 기억을 지우고, 또 목소리까지 흉내 내다니. 난 정말로 글레나인 줄 알았잖아. 여기 오는 길에 글레나가 미용실에서 전화 걸어 꺼지라고 하더라. 그런 거 비슷한 말이었어. 믿어져? 그래서 말했지. '알았어. 꺼지도록 하지. 그럼 너, 빠진 차는 어떻게 꺼낼 거야?' 그랬더니 글레나가 그러더라. '세상에, 너 무슨 말을 하는 거야?' 그게 어떤 기분인지 상상도 못할걸. 넋이 빠지는 느낌, 온 세상이 고장 나 무너진 느낌이었어. 옛날에도 그런 느낌 받은 적 있었지. 어렸을 적에 울타리에서 떨어져 머리를 다쳤거든. 일어나보니 달이 하늘에서 떨어질 듯 떨리더군. 이 얘기를 너한테 하려고 한 적 있었지. 내가 어떻게 고쳤지. 내가 달을 고쳤다고. 하늘을 원래대로 돌려놓았어. 그리고 너도 고쳐줄 거야."

이그는 강철 경첩이 삐거덕거리면서 용광로로 향하는 문이 열리는 소리를 듣고 안도감, 혹은 고통에 가깝게 밀려드는 희망을 느꼈다. 곧 방울뱀이 리를 물겠지. 이 방 안으로 들어온 독사가 리를 물어버릴 것이다. 하지만 리가 콘크리트 바닥에 신발을 질질 끌면서 멀어져가는 소리만 들렸다. 아마도 리는 빛을 더 잘 들게 하기 위해 문을 열었을 뿐, 여전히 권총을 찾고 있는 듯했다.

"에릭한테 전화해 네가 여기서 무슨 장난질을 치는 것 같다고 말했지. 너를 밟아줘야 하는데, 얼마나 세게 밟아야 할진 모르겠다고. 친구인 너를 공식적으로 신고하지 않고 처리해야 할 것 같다고 했어. 물론 너도 에릭을 알잖냐. 별로 힘들이지 않고도 쉽게 넘어오더라. 총을 가져오라고 할 필요도 없었지. 다 알아서 하더라고. 너, 내가 평생 한 번도 총 쏴 본 적 없다는 거 아냐? 장전된 총 같은 걸 만져본 적도 없어. 어머니가 항상 총은 악마의 오른손이니까 집에 두어선 안 된다고 했거든. 아아, 아무것도 없는 것보다야 낫겠지."

이그는 금속이 긁히는 소리를 들었다. 리가 바닥에서 뭔가 주웠다. 욕지기가 느리게 밀려 들어왔고, 아주 작게 침을 삼키면서 숨을 쉴 수가 있었다. 이그는 1분만 더 쉬면 일어나 앉을 힘이 생길지도 모른다고 생각했다. 마지막 노력을 다해볼 수 있는 힘. 또한 1분만 더 있으면 38구경 총알 다섯 발이 머리에 박힐 거라는 생각도 들었다.

"아주 잔재주가 장난 아니던데, 이기." 리가 이그에게로 왔다. "2분 전만 해도 그래. 저기 안에서 글레나 목소리로 고함치지 않았나? 진짜 글레나인 줄 알고 깜박 넘어갈 뻔했다니까. 이성적으로는 글레나가 미용실에 있다는 걸 알았는데도. 목소리, 대단했어. 하지만 흔적 하나 없이 불에 탄 차에서 빠져나온 게 더 대단하지."

리는 잠깐 말을 멈췄다. 리는 권총이 아니라 쇠스랑 머리를 들고 이그의 위에 서 있었다.

"어떻게 된 거야? 어쩌다 이렇게 됐어? 뿔은 어떻게 생겼고?"

"메린."

이그가 말했다.

"걔가 뭐?"

이그의 목소리는 약하게 흔들렸다. 내쉬는 숨결만큼이나 미약한 소리였다.

"내 삶에 메린이 없다면…… 나는 이거야."

리 토르노는 한쪽 무릎을 굽히고 진정한 동정 같은 표정으로 이그를 응시했다.

"나도 그녀를 사랑했어. 너도 알겠지만." 리가 말했다. "사랑이 우리 둘 다 악마로 만든 모양이군."

이그는 말하려고 입을 벌렸으나, 리는 이그의 목에 손을 댔다. 리가 이제껏 저지른 사악한 짓 전부가 얼음 같은 부식액이 되어 이그의 목구멍 안으로 흘러들었다.

"아니, 너를 더 지껄이게 놔두는 거 자체가 실수다." 리는 쇠스랑을 머리 위로 쳐들고 뾰족한 날로 이그의 가슴을 겨누었다. "그리고 이 시점에서 우리가 나눌 만한 얘기가 있는 것 같지도 않다."

우레 같은 트럼펫 소리가 날카롭게 울렸다. 귀를 찢는 아우성, 교통사고가 일어나기 직전의 소음 같았다. 리는 머리를 획 돌려 문간을 돌아보았다. 테리가 한쪽 무릎으로 중심을 잡고 앉아, 트럼펫을 입에 대고 있었다.

리가 돌아본 순간, 이그는 몸을 일으켜 리의 손을 밀었다. 이그는 리의 멱살을 잡고 리의 가슴에 박치기했다. 뿔이 리의 가슴에 박혔다. 그 충격이 이그의 척추까지 울려 퍼졌다. 리는 신음했고 온 숨이 몸에서 밀려나오는 부드럽고도 단순한 소리가 났다.

축축하게 빨려드는 느낌이 뿔을 사로잡고 붙들어 도로 빼기가 쉽지 않았다. 이그는 머리를 가로로 비틀며 구멍을 더 넓게 찢었다. 리는 두 팔로 이그의 머리를 밀어내려 했지만, 이그가 리의 속을 다시 한 번 찌르며 고무줄 같은 저항력을 헤집고 들어갔다. 피 냄새가 다른 냄새와 섞이며 풍겨왔다. 오래되어 썩은 쓰레기 악취, 구멍 뚫린 내장에서 나는 냄새였다. 아마도.

리는 두 손을 이그의 어깨에 대고 밀면서 뿔로부터 해방되려 했다. 빠진 뿔이 축축하게 빨아들이는 소리를 냈다. 깊은 진흙탕에서 장화를 뺄 때 나는 소리였다.

리는 몸을 굽히고 두 손으로 배를 감싸며 옆으로 굴렀다. 이그 역시 더는 일어날 힘이 없어 앞으로 고꾸라지며 콘크리트 바닥으로 쿵 쓰러졌다. 이그의 몸은 여전히 리 쪽으로 돌아가 있었다. 치명적 상처를 입은 리는 자신의 몸을 껴안았다. 눈을 꼭 감았고 입은 거대한 구멍처럼 벌렸다. 리는 더는 비명을 지르지 않았다. 비명을 지를 숨조차 남아 있지 않았다. 눈을 감고 있는 바람에 검은 구렁이가 자기를 향해 기어오는 모습도 보지 못했다. 검은 뱀은 이 소란에서 빠져나와 숨을 곳을 찾고 있었다. 뱀은 기어가면서 고개를 돌려 금박 눈으로 이그에게 광기 어린 시선을 보냈다.

거기야. 이그는 뱀에게 마음으로 명령하며 턱으로 리를 가리켰다. 숨어. 너를 구해.

구렁이는 속도를 늦추고 리를 쳐다보더니 또 이그를 돌아보았다. 이그는 구렁이의 시선에 분명한 감사가 어려 있다고 생각했다. 뱀은 구불구불 방향을 틀더니 매끈한 콘크리트 바닥의 먼지를 우아하게 헤치고 나가 머리부터 리의 벌린 입으로 슬쩍 들어갔다.

리가 번쩍 눈을 떴다. 멀쩡한 눈과 보이지 않는 눈, 둘 다. 두 눈은 열락적 공포로 환히 빛났다. 리는 턱을 닫으려고 했지만, 7.5센티미터 두께의 밧줄 같은 뱀을 물게 되자 오히려 뱀이 놀라고 말았다. 뱀의 꼬리가 격렬하게 앞뒤로 흔들리더니 서둘러 목구멍으로 쓱쓱 들어갔다. 리는 신음하며 목이 막혀 꺽꺽대더니 뱀을 잡기 위해 훼손된 배를 놓았다. 하지만 손바닥이 피로 젖어 뱀은 손가락 사이로 미끄럽게 꿈틀거렸다.

테리가 방 저편으로부터 비척비척 뛰어왔다.

"이그? 이그, 너……."

테리는 리가 바닥에서 몸부림치고 있는 모습을 그 자리에 우뚝 서서 내려다보았다.

　리는 돌아누워 비명을 질러댔지만 목이 뱀으로 꽉 차 있어 소리를 내기 힘들었다. 발꿈치가 바닥을 쳤다. 한밤의 검은색처럼 얼굴이 점점 짙어졌고, 관자놀이엔 핏줄이 불거졌다. 보이지 않는 눈, 파멸의 눈은 여전히 이그를 향했다. 그 눈은 경이에 가까운 표정을 띠고 이그를 쳐다보았다. 그 눈은 바닥없는 검은 구멍으로, 그 안에는 희미한 연기가 피어오르는 원형 계단이 있었다. 따라 내려가면 영원히 돌아올 수 없는 곳에 이르게 되는 계단. 리의 손이 옆으로 툭 떨어졌다. 20센티미터는 될 법한 구렁이 꼬리가 열린 입에 매달려 있었다. 인간 폭탄에 붙은 검은 도화선 같았다. 뱀 또한 움직이지 않았다. 자기가 거짓말에 속았다는 것을, 리 토르노의 목구멍이라는 축축하고 비좁은 터널 속에 숨으려던 게 심각한 실수였음을 깨달은 듯했다. 뱀은 더 나아가지 못했고, 빠져나오지도 못했다. 이그는 미안했다. 죽음의 방식치고는 비참했다. 리 토르노 안에 갇혀 죽다니.

　고통이 돌아와 사타구니와 다친 어깨, 뭉개진 무릎으로 쏟아졌다. 오염된 지류 네 곳이 전부 아픔이 가득 찬 깊은 저수지로 모이는 느낌이었다. 이그는 눈을 감고 고통을 감당하는 데 집중했다. 그렇게 인간과 악마가 같이 누워 있는 잠시 동안 옛날 주물공장은 고요했다. 어느 쪽이 인간이고, 어느 쪽이 악마인지는 아마도 신학적 논의의 문제가 되겠지만.

47

어둠이 파도처럼 밀려오자, 그림자가 불안정하게 오르락내리락 벽 위로 겹쳐졌다. 세상이 주위에 밀물과 썰물처럼 밀려들었다 밀려갔고, 이그는 그 세상을 붙들려고 안간힘을 썼다. 한편으로는 고통에서 탈출하기 위해 그 아래로 가라앉아 망가진 육체의 볼륨을 줄이고 싶었다. 벌써 자기 자신에게 멀어져 떠다녔고, 꿈꾸는 듯 부유하는 감각이 점점 커져 아픔과 균형을 이루었다. 별들이 머리 위에서 천천히 헤엄쳤고, 왼쪽으로 오른쪽으로 떠가서 마치 놀스 강 위에 등을 대고 물결에 따라 하류로 일정하게 떠내려가는 것 같았다.

테리가 동생 위에 몸을 숙였다. 고통스럽고 혼란스런 얼굴이었다.

"괜찮아, 이그. 괜찮을 거야. 누굴 불러올게. 차로 가서 내 휴대폰 가져와야겠다."

이그는 안심시켜주고자 하는 의도의 미소를 지으며, 원하는 건 오직 내 몸에 불을 붙여주었으면 하는 것뿐이라고 말하려 했다. 휘발유통은 바깥 벽에 세워두었다. 무연휘발유를 몸에 뿌리고 성냥을 던져주면 괜찮을 거다. 하지만 숨이 막혀 그 말을 해낼 수 없었다. 목이 다 벗겨지고 갑갑해서 아무 말도 할 수 없었다. 리 토르노도 이그에게 치명상을 입힌 것이다. 잘했네.

테리는 동생의 손을 꽉 잡았다. 문득 이그는 형이 7학년 지리시험 때

앞에 앉은 소년의 답안지를 베꼈다는 것을 알았다. 테리가 말했다.

"곧 돌아올 거야. 내 말 들리니? 금방 돌아올게. 1분이면 돼."

이그는 테리가 일을 처리해주는 데 감사하며 고개를 끄덕였다. 테리의 손이 이그에게서 빠져나갔고 형은 곧 시야에서 사라졌다.

이그는 고개를 뒤로 젖히고 오래된 벽돌 위를 붉게 물들인 촛불들을 쳐다보았다. 촛불들이 규칙적으로 일렁이는 움직임에 마음이 안정되었고 부유의 느낌, 떠다니는 기분이 늘어났다. 두 번째 떠오른 생각은 촛불이 보인다면 용광로를 향하는 해치 문이 열려 있는 것이 분명하다는 것이었다. 맞았다. 리는 콘크리트 바닥에 빛이 더 많이 들어오게 하려고 해치 문을 열었다.

그때 이그는 무슨 일이 벌어질지 깨닫고, 충격으로 인해 몽롱하고 떠다니는 무감각 상태에서 퍼뜩 깨어났다. 테리는 용광로 안의 이불에 조심스럽게 놓아둔 글레나의 휴대폰을 발견하기 직전이었다. 거기에 손을 대서는 안 된다. 누구보다도 테리는(열네 살 때, 벌에 쏘여 거의 죽을 뻔했던 형은), 용광로에서 멀리 떨어져야만 했다. 이그는 형에게 고함을 질러 경고하고 싶었지만 갈라지고 단조로운 휘파람 소리 말고는 아무것도 낼 수 없었다.

"1분이면 돼, 이그." 테리가 방 건너편에서 말했다. 형은 혼잣말을 하는 듯했다. "버티고 있어. 잠깐! 어이, 이그. 운이 좋았다. 휴대폰이 여기 있는데."

이그는 고개를 돌려 다시 한 번 시도했다. 형을 말리려고 했고 실제로 한 마디를 내뱉을 수 있었다.

"테리 형."

하지만 또다시 목이 꽉 막히고 고통스러워 더는 말할 수 없었다. 어쨌든 테리 형은 이름을 부르는데도 돌아보지 않았으니까.

테리는 해치 문 안으로 몸을 숙이고 들어가 울퉁불퉁한 담요 위에 놓인 휴대폰을 집었다. 전화를 집어 올린 순간 담요 한 겹이 뒤로 젖혀졌다. 테리는 망설이며 담요 아래 똬리 튼 뱀을 내려다보았다. 촛불에 비친 비늘이 마치 무늬가 있는 구리 같았다. 갑자기 메마른 캐스터네츠 소리가 들렸다.

독사는 똬리를 풀고 테리의 손목을 물었다. 7미터가량 떨어져 있는 이 그에게도 살덩어리를 콱 무는 소리가 들렸다. 휴대폰이 날아갔다. 테리 형은 비명을 지르면서 곧바로 일어나 뒤로 물러서다가 해치 문의 강철 틀에 머리를 쿵 부딪쳤다. 충격이 테리에게로 떨어졌다. 형은 두 손을 뻗어 얼굴부터 매트리스로 떨어지기 직전에 멈췄다. 하체가 해치 문 밖으로 처졌다.

뱀은 여전히 테리의 손목을 물고 있었다. 테리는 뱀을 잡아 떨쳤다. 방울뱀은 테리의 손목을 갈라놓았고, 독니가 빠지자 뱀은 다시 똬리를 틀었다가 이번에는 얼굴로 달려들어 이빨을 왼쪽 뺨에 박았다. 테리가 뱀의 몸 위쪽을 잡아 끌어당기자, 뱀은 테리를 놓으면서 몸을 말았고 세 번째, 네 번째로 덤벼들었다. 테리를 물 때마다 체육관에서 펀칭백을 두들기는 소리가 났다.

이그의 형은 해치 문 바깥으로 물러나며 무릎부터 털썩 주저앉았다. 테리는 뱀의 끝 부분, 꼬리 쪽에 가까운 부분을 잡고 있었다. 뱀을 떼어 내 허공에 휘두르며 바닥에 내리쳤다. 먼지를 털려고 빗자루로 양탄자를 내리치는 사람 같았다. 검은 피와 뱀의 뇌가 콘크리트 위에 흩뿌려졌다. 테리는 뱀을 홱 내던져버렸고, 뱀은 돌돌 말려 뒤집힌 채로 떨어졌다. 꼬리가 미친 듯 찰싹거리면서 바닥을 쳤다. 뱀의 몸부림이 조금씩 잦아들더니, 마침내 꼬리만 앞뒤로 조금씩 흔들리다 완전히 멈춰버렸다.

테리는 용광로 문 앞에 고개를 숙인 채 무릎을 꿇었다. 기도하는 사람, 신성하고 영원히 지속되는 굴뚝의 교회에서 회개하는 독실한 신자 같았다. 어깨가 호흡에 따라 오르내리며 들썩였다.

"테리 형."

이그는 애써 불렀지만 테리는 머리를 들어 동생을 돌아보지 못했다.

테리는 동생이 부르는 소리를 들었든, 못 들었든 대답할 수 없었다. 허파 가득 산소를 채우려면 귀중한 숨 하나하나를 아껴야 했다. 만약 과민성 충격이라면 몇 분 안에 에피네프린 주사를 맞아야 한다. 아니면 목의 세포가 부어올라 질식할 것이다.

글레나의 휴대폰이 용광로 어딘가에 있었지만, 이그는 형이 휴대폰을 정확히 어디에 떨어뜨렸는지 알지 못했기 때문에 형이 숨 막혀 죽는 동안 몸을 질질 끌면서 찾아다니고 싶진 않았다. 이그는 기절할 듯 힘들어, 바닥에서 80센티미터 떨어진 용광로 해치 문까지 몸을 일으킬 자신이 없었다. 반면 휘발유통은 바로 바깥에 있었다.

이그는 처음이 가장 힘들 거라는 사실을 알았다. 그냥 옆으로만 굴러도 어깨와 사타구니에 있는 광대하고 복잡하게 얽힌 고통의 네트워크에 불이 붙어 수백 개의 미세한 섬유가 타오르는 듯했다. 생각할 시간을 더 많이 줄수록, 고통은 더 심해질 터였다. 몸을 모로 돌리자 어깨에 갈고리 날이 꽂혀 앞뒤로 움직이는 듯했다. 꿰뚫기 형刑이 끊임없이 집행되는 느낌이었다. 이그는 소리를 질렀다. 자기가 소리를 지를 수 있다는 것조차 몰랐으나 소리가 나왔다. 그러고는 눈을 감았다.

머리가 맑아지자, 멀쩡한 팔로 콘크리트 바닥을 짚으면서 몸을 30센티미터 정도 질질 끌었다. 다시 비명이 나왔다. 다리로 밀어서 앞으로 나가려고 했지만 다리에 아무 감각이 없었다. 무릎 밑으로는 날카로운 통증만 지속될 뿐 아무것도 느껴지지 않았다. 치마가 피로 푹 젖어 있었다. 아마도 거의 찢어진 듯했다.

"내가 제일 좋아하는 옷이었는데." 이그는 코를 땅에 박은 채 말했다. "무도회에 입고 가려고 했단 말이다."

그러고는 웃어버렸다. 메마르고 쉰 소리로 킬킬대는 웃음이 미친 사람 같았다.

또다시 30센티미터쯤 오른팔로 나아갔지만, 왼쪽 어깨에 또 한 번 칼들이 박혔고 고통이 가슴까지 뻗어나갔다. 문간은 영 가까워진 것 같지 않았다. 이 헛된 노력이 너무도 웃겨서 이그는 웃어버릴 뻔했다. 이그는 형을 한 번 쳐다보았다. 테리 형은 여전히 해치 문 앞에 무릎을 꿇고 있었지만 고개가 뚝 떨어져 이마가 거의 무릎에 닿을 지경이었다. 이그가 있는 자리에선 더는 해치를 통해 굴뚝 안이 들여다보이지 않았다. 대신 반쯤 열린 철문과 그 주위에서 일렁이는 촛불 빛을 볼 수 있을 따름이었다. 그때 —

저 위에 문이 하나 있었고, 그 주위에서 불빛이 하나 일렁거렸다.

그는 꽤 취해 있었다. 메린이 살해당했던 날 이후로 이렇게 취한 것은 처음이었다. 그래도 더 취하고 싶었다. 그는 성모 위에 오줌을 누었다. 십자가 위에도 오줌을 누었다. 자기 발에도 꽤 많이 쌌고 그걸 보고 웃었다. 한 손으로 바지를 추키고 병나발을 불려고 고개를 뒤로 젖혔다가 위에 있는 그것을 보았다. 오래된 죽은 나무의 죽은 가지 속에 얹혀 있는 그것. 나무 오두막의 바닥 부분이었다. 땅에서 4.5미터도 떨어져 있지 않아서, 희미하게 일렁이는 촛불 빛으로 외곽선이 표시된 넓은 직사각형 모양의 트랩 문을 볼 수 있었다. 문에 쓰인 글자가 그늘 속에서 간신히 보였다. 들어와도 복을 받으리라.

"허."

그는 멍하니 와인 병에 코르크 마개를 끼우다가 병이 손에서 스르르 빠져나가는데도 그냥 놔두었다.

"저기 있었네. 올라가서 보자."

마음속의 나무 오두막은 그를 재치 있게 속여 넘겼다. 그와 메린 둘 다. 그동안 내내 이곳에 숨어 있었던 것이다. 이전에는 여기 있지 않았다. 전에 몇 번 메린이 죽었던 장소를 찾아왔지만 보이지 않았다. 아마도 항상 거기 있었는데, 이곳을 발견하기에 적합한 마음가짐이 아니었는지도 모른다.

한 손으로 지퍼를 올리고 흔들흔들 걸음을 뗐다. —

— 매끄러운 콘크리트 바닥을 30센티미터 더 나아갔다. 얼마나 왔는지 보기 위해 고개를 들고 싶지 않았다. 몇 분 전보다 조금도 문에 가까워지지 않았을까 봐 두려웠다. 오른손을 뻗었다. 그리고 —

가장 낮은 나뭇가지를 붙잡고 오르기 시작했다. 한쪽 발이 미끄러져서 떨어지지 않으려고 큰 나뭇가지에 매달려야 했다. 눈을 감고 방금 닥쳐온 심한 어지럼증이 가시기를 기다렸다. 나무가 이제라도 곧 뽑혀 자기와 함께 쓰러질 것만 같은 기분이었다. 그러다 조금 나아져서 다시 올라갔다. 술주정뱅이 특유의 생각 없고 흐늘흐늘한 동작으로 꼴사납게 올랐다. 이윽고 트랩 문 바로 아래 나뭇가지에 이르자 그는 손을 쭉 뻗어 문을 열려고 했다. 하지만 위에 무언가 얹혀 있었고, 트랩 문은 문틀에 시끄럽게 쾅 부딪치기만 했다.

누군가 안에서 외쳤다. 아는 목소리였다.

"뭐야?"

메린이 부르짖었다.

"어이!"

이번에는 더 잘 아는 목소리였다. 자기 자신의 목소리. 나무 오두막에서 나오는 소리는 먹먹했고 멀게 들렸다. 하지만 그래도 즉시 알아들을 수 있었다.

"아래 누구 있어요?"

잠시 동안 그는 움직일 수 없었다. 그들이 거기 있다. 트랩 문 반대편에. 메린과 그 자신이. 아직 어리고 다치지 않았으며 서로 완벽하게 사랑하던 두 사람이. 그들이 거기 있었다. 그러니 앞으로 닥쳐올 최악의 일로부터 둘을 구하긴 아직 그다지 늦지 않았는지도 모른다. 그는 벌떡 일어나서 트랩 문을 다시 한 번 어깨로 쳤다 —

— 눈을 뜨고 흐린 눈으로 주변을 둘러보았다. 아마도 족히 10분간은 깜박 정신을 잃은 모양이었다. 맥박은 느리고 무거웠다. 왼쪽 어깨는 이전처럼 뜨겁지 않았다. 차갑고 축축했다. 냉기 때문에 걱정이 되었다.

죽은 시체는 차가워지니까. 이그가 고개를 들어 어딘지 보니, 출입구로부터 1미터밖에 떨어져 있지 않았다. 문을 나가자마자 곧 2미터는 족히 아래에 있는 땅으로 떨어져야 하지만 그 생각은 하고 싶지 않았다. 휘발유통이 그곳에 있었다. 바로 오른쪽에. 이그는 문을 통과하기만 하면 되었다. 그리고 —

— 두 사람에게 앞으로 무슨 일이 벌어질지 말해줄 수 있었다. 경고를 해줄 수 있었다. 어린 자기에게 메린을 더 사랑해주고 신뢰하며 가까이 있어주라고 말하고 싶었다. 두 사람의 시간은 짧다고. 그래서 그는 문을 치고 또 쳤다. 하지만 매번 문은 2.5센티미터 정도만 튀어오를 뿐 다시 쿵 내려앉았다.

"씹할, 그만두지 못해!"

어린 자신이 나무 오두막 안에서 소리쳤다.

그는 멈추었다가 준비하고 한 번 더 트랩 문을 쳤다. 그 다음에 물러서서 자기가 문 안쪽에 있었던 때를 떠올렸다.

문을 열기가 두려웠다. 바깥에 있는 것이 안으로 밀고 들어오려는 시도를 멈췄을 때에야 간신히 용기를 내 문을 젖혔다. 그런데 거긴 아무것도 없었다. 그는 거기 없었다. 아니면 그들이 거기 없었다.

"저기, 누가 거기 있는 거면…… 이제 장난은 다 쳤잖아요. 우린 정말 무섭다고요." 안에 있는 사람이 말했다. "이제 내려갈 거예요."

의자 다리가 뒤로 밀리면서 쿵쿵, 삐걱삐걱 소리가 났다. 그는 어린 이그가 문을 확 열어젖히는 순간에 밑에서 트랩 문을 쳤다. 한순간 두 연인의 그림자가 뛰어나와 그를 지나쳐가는 모습을 볼 수 있을 거라 생각했지만, 안에는 어둠에 짧은 생명을 불어넣는 촛불의 속임수뿐이었다.

두 사람은 촛불 끄는 것을 잊어버리고 갔다. 그가 열린 문으로 머리를 들이밀었을 때 촛불은 여전히 켜져 있었다. 그래서 —

— 이그는 문으로 머리를 내밀고 몸을 굴렸다. 어깨부터 흙바닥 위로 떨어졌고 검은 전기 충격이 왼쪽 팔을 타고 흐르며 폭발했다. 추락의 충

격으로 몸이 터져서 부서질 것만 같았다. 사람들은 나무에서 내 신체 부분들을 찾겠지. 이그는 등을 대고 누웠다. 크게 뜬 눈으로 앞을 응시했다.

충격의 힘으로 세상이 바르르 떨고 있었다. 이그의 귀에 무음조로 웅웅 울리는 소리가 가득 들어찼다. 밤하늘을 들여다보자, 무성영화의 마지막 장면 같았다. 검은 원이 줄어들어 닫히면서 세상을 닫아버리고 이그를 떠난다 ―

― 나무 오두막의 어둠 속에 혼자 앉아 있었다.

양초는 다 녹아서 모양이 일그러진 7.5센티미터짜리 마개가 되어 있었다. 촛농이 굵고 반짝이는 기둥으로 흘러내려, 촛대 바닥에 쭈그리고 앉아 있던 악마의 모습을 거의 가려버렸다. 촛불이 방 안에서 깜빡였다. 곰팡이가 긴 안락의자가 열린 문 왼쪽에 있었다. 도자기 인형들의 그림자가 벽에 일렁였다. 주님의 천사 둘과 외계인. 성모상은 그가 놔두고 갔다고 기억한 대로 옆으로 쓰러져 있었다.

그는 주위에 시선을 던졌다. 마치 이 장소를 떠난 지 몇 년이 아니라 겨우 몇 시간밖에 되지 않은 듯했다.

"이게 무슨 소용이야?"

그가 물었다. 처음에는 혼잣말한다고 생각했다.

"내가 두 사람을 도울 수 없다면 어째서 여기로 데려왔지?"

말을 하다 보니 점점 화가 났다. 가슴에서 열기가, 연기를 뿜을 만큼 갑갑한 심정이 느껴졌다. 연기는 초에서도 났다. 방 안에 냄새가 가득했다.

반드시 이유가 있어야 했다. 그가 해야 할, 찾아내야 할 일. 어쩌면 두 사람이 놔두고 간 것. 그는 도자기 인형이 놓인 낮은 테이블을 보다가 작은 서랍이 아주 살짝 열려 있는 것을 알아챘다. 그리로 가서 서랍을 빼보았다. 거기 뭐가 있을지도 모른다고 생각했다. 사용할 수 있는 무엇, 알아낼 수 있는 무엇. 하지만 작은 직사각형 성냥갑 말고는 없었다. 머리를 뒤로 젖히면서 껄껄 웃고 있는 검은 악마가 표지 위에 튀어나왔다. '루시퍼 성냥'이라는 단어가 19세기 장식체로 쓰여 있었다. 그는 성냥을 집어 천천히 바라보다가 뭉개버리고 싶은 마음으로 주먹을 쥐었다. 하지만 뭉개버리진 않았다. 그곳에 성냥을 든 채로 서서 작은 인형들을 내려다보았다. 그때 그 아래 두루마리에 눈길이 갔다.

마지막으로 이 나무 오두막에 왔을 때, 메린이 살아 있고 세상이 아직 선했을 때는 두루마리의 글자가 히브리어로 쓰여 있어서 뭐라고 되어 있는지 전혀 알 수 없었다. 그 말이 성경 말씀이라고, 필락터리(성구함)에서 나온 두루마리라 생각했다. 하지만 일렁거리는 촛불 속에서 검은 장식 글자는 살아 있는 검은 그림자처럼 흔들리면서, 마술적으로 종이에 박히며 평이하고 단순한 영어로 메시지를 썼다.

뉴햄프셔 기드온 03880
옛날 주물공장 길 1번지
선악의 나무
마음속의 나무 오두막
규칙과 단서:
여기 있는 동안에는 원하는 것을 취한다
떠날 때는 필요한 것을 가진다
문밖으로 나가면서 아멘이라고 말한다
흡연은 금지되어 있지 않다
주인 L. 모닝스타 백

그는 글을 쳐다보았다. 거기 쓰인 메시지를 봤지만 무슨 영문인지 제대로 이해했는지 확신할 수 없었다. 그가 원했던 것은 메린이었다. 그런데 이제 다시 그녀를 가질 수 없다. 그녀가 없다면 이 망할 곳을 불태워버리고 싶었다. 흡연은 금지되어 있지 않다고 했다. 그래서 무슨 짓을 하는지 깨닫기도 전에 한 손으로 테이블을 쓸고, 불붙은 촛대를 방 건너로 던져버리며, 작은 인형들을 박살냈다. 외계인이 넘어지면서 튀어 테이블 아래로 떨어져 굴렀다. 테리를 닮은, 입술에 트럼펫을 대고 있는 천사는 테이블 안에서 떨어져 반쯤 열린 서랍 속으로 들어갔다. 냉담하고 오만한 빛을 띠고 마리아 위에 서 있던 두 번째 천사는 딱 소리를 내며 탁자에 부딪쳤다. 냉담하고 오만한 머리가 굴러떨어졌다.

그는 분통을 터뜨리며 빙 돌았다 —

— 이그의 몸이 고통스럽게 빙 돌았다. 휘발유통이 놓아두었던 자리, 문 오른쪽 아래 돌벽에 그대로 놓여 있었다. 이그는 높은 풀숲을 헤치고 나가 한 손으로 통을 탁 쳤다. 뎅 울리는 소리와 액체가 철썩 흔들리는 소리가 났다. 이그는 손잡이를 찾아 잡아당겼다. 꽤 무거워 새삼 놀랐다. 액체 콘크리트로 가득 찬 듯했다. 이그는 휘발유통 위를 더듬으며 '루시퍼 성냥'을 찾아 한쪽으로 치웠다.

최후의 필요한 행동을 하기 위해 힘을 그러모으느라 잠시 가만히 누워 있었다. 오른쪽 어깨 근육이 끊임없이 떨려서 할 일을 제대로 할 수 있을지 알 수 없었다. 마침내 시도할 준비가 되었다고 결심하고 휘발유통을 들어 자기 몸 위에 부었다.

휘발유는 고약한 냄새를 풍기는 반짝이는 비가 되어 그의 몸 위로 쏟아졌다. 갑자기 훼손된 어깨가 찌르는 듯 타올랐다. 이그는 비명을 질렀고 회색 연기구름이 입술에서 분출되었다. 눈물이 났다. 고통이 타는 듯해서 휘발유통을 놓고 몸을 반으로 구부렸다. 우스꽝스러운 파란 치마를 입고 격렬하게 몸을 떨었다. 떨림이 연속되어 전면적인 발작으로 확대될 조짐이 보였다. 이그는 오른손을 마구 휘둘렀지만 무엇을 찾고 있었는지는 막상 손에 잡힐 때까지 몰랐다. 흙 속에 떨어진 '루시퍼 성냥'이었다.

8월 밤, 귀뚜라미 울음과 고속도로를 웅 지나가는 차 소리는 매우 어렴풋했다. 이그는 성냥갑을 쳐서 열었다. 손이 떨려 성냥들이 날아갔다. 이그는 얼마 남지 않은 성냥개비 중 하나를 집어 성냥갑 옆에 찍 그었다. 하얀 불꽃이 성냥 대가리에 일었다 —

— 초가 바닥에 떨어져 사방으로 굴렀다. 대부분 여전히 불이 붙어 있었다. 회색 고무 외계인 인형이 초 하나와 붙었다. 하얀 불꽃이 외계인의 옆얼굴을 검게

그을리며 녹였다. 검은 눈 한쪽은 벌써 녹아서 그 속의 텅 빈 구멍이 드러났다. 다른 초 세 개는 벽으로 굴러가 얇고 하얀 커튼이 8월 바람에 살랑거리는 창문 아래 닿았다.

그는 커튼을 한 움큼 잡아 창문에서 뜯어내 불붙은 초 위에 걸었다. 불길이 싸구려 나일론을 타고 올라가 그의 손까지 돌진했다. 그는 의자에 던져버렸다.

뭔가 탁 튀더니 발밑에서 박살났다. 꼭 작은 전구를 밟은 듯했다. 아래를 내려다보니 도자기 악마 인형을 밟았다. 몸 부분이 박살 났지만, 머리는 온전히 남아 나무 바닥 위에서 까딱거렸다. 악마는 염소수염 속에서 이가 드러나도록 광적으로 웃고 있었다.

그는 몸을 숙여 머리를 집고 들어 올렸다. 타오르는 나무 오두막 안에 서서 사탄의 도시적이고 잘생긴 외모와 작은 바늘 같은 뿔들을 찬찬히 쳐다보았다. 불의 시내가 벽을 타고 올랐고, 검은 연기가 경사진 천장 아래 모였다. 불꽃은 안락의자와 테이블 위에서 부글부글 끓었다. 작은 악마는 그를 기뻐하듯, 찬성하듯 쳐다보았다. 악마는 불태울 줄 아는 남자를 칭찬했다. 하지만 여기서 그가 할 일은 끝났으니 이제는 움직일 때였다. 세상에는 질러야 할 불이 많이 있었다.

그는 잠시 작은 악마 머리를 손가락으로 굴리다가 테이블로 돌아갔다. 그는 성모상을 집어 올리고 작은 얼굴에 입 맞추며 말했다.

"안녕, 메린."

그는 성모상을 바로 놓았다.

그는 그 옆에 서 있던 천사를 들었다. 도도하고 무심한, 너보다 내가 더 신성해, 네 따위가 어디 날 만져, 하는 표정을 띠고 있던 얼굴이었지만 머리가 뚝 떨어져 나가 어디로 굴러가버리고 없었다. 그는 악마의 머리를 그 몸 위에 대신 올려놓고, 마리아가 재미있게 노는 법을 아는 사람과 같이 있는 게 훨씬 좋을 거라고 생각했다.

연기가 그의 폐로 파고 들어와 속을 태웠고 눈을 찔렀다. 삼면의 불이 발산하는 열 때문에 피부가 팽팽해졌다. 그는 트랩 문 쪽으로 나가려 했지만 발을 내리기 전에 안쪽에 쓰여 있는 글씨를 보려고 문을 일부분 들었다. 분명 하얀 물감으로 뭔가 쓰여 있다는 게 기억났다. '나가도 복을 받을 것이니라.'

그는 웃고 싶었지만 웃을 수 없었다. 대신 한 손으로 트랩 문의 미세한 결을 쓸며 "아멘"이라고 말했다. 그러고는 구멍을 통해 나갔다.

두 발을 트랩 문 바로 아래 넓은 나뭇가지에 내려놓은 후, 잠깐 머뭇거리며 마지막으로 휙 돌아보았다. 방 안은 이제 휘몰아치는 불꽃, 태풍의 눈이었다. 문손잡이는 열 때문에 튀었다. 의자는 노호하며 식식댔다. 그는 대체적으로 만족했다. 메린이 없다면 이곳은 그저 불쏘시개일 따름이었다. 그건 전 세계가 마찬가지였다. 그에게 있어서는.

그는 트랩 문을 닫고 천천히 조심스럽게 아래로 내려가기 시작했다. 집에 갈 필요가 있었다. 쉴 필요가 있었다.

아니, 정말로 필요한 건 메린을 빼앗아 가버린 사람의 목을 조르는 것이었다. 마음의 나무 오두막에 있던 두루마리에 뭐라고 쓰여 있었더라? 떠날 땐 필요했던 걸 가지게 될 거라고 했나? 사람이 꿈이야 꿀 수 있지.

땅에 반쯤 내려왔을 때 딱 한 번 멈추고 나무에 기대어 두 손바닥을 관자놀이에 문질렀다. 둔하고 위험한 통증이 그곳에서 일어나고 있었다. 압박감, 뾰족한 것이 머리를 뚫고 나오는 느낌. 하느님 맙소사. 지금 이런 기분이라면, 아침에는 숙취 때문에 엄청 고생하겠군.

그는 숨을 내쉬었다. 희미한 연기가 자기 콧구멍에서 새어나오고 있다는 사실은 깨닫지 못했다. 그런 후에 불타는 하늘을 이고, 계속 내려가 나무를 빠져나갔다. ─

─ 이그는 정확히 2초간 타오르는 성냥을 들여다보았다. 하나, 둘. 성냥이 손가락까지 바지직 타고 내려와서 휘발유에 붙었고, 이그는 탕, 식식하는 소리와 함께 불이 붙으며 체리 폭탄처럼 터졌다.

48

이제 이그는 불꽃 인간, 불의 의상을 입은 악마가 되었다. 바람 속에서 순식간에 불길이 이그로부터 사납게 퍼져나갔고 살에서 김이 올랐다. 얼마 있지 않아, 아우성치는 생명을 빨리 얻었던 만큼 불길은 급격히 약해져 퍼덕거리며 탁탁 꺼져갔다. 몇 분 만에 다 꺼져버려 검고 기름진 연기만 탁하고 숨 막히는 기둥이 되어 이그의 몸에서 솟아올랐다. 아니, 다른 사람이라면 숨이 막혔겠지만 그 중심에 있는 악마에게는 높은 산의 산들바람처럼 달콤했다.

이그는 연기 가운을 벗어던지고 완전히 벌거벗은 채 밖으로 걸어 나왔다. 오래된 살은 타서 사라졌고, 그 아래의 새 살은 더 진하고 풍부한 진홍색이었다. 왼쪽 어깨는 여전히 딱딱했지만 상처는 이미 아물어 하얀 흉터 덩어리가 되었다. 머리는 맑았다. 이그는 회복된 기분이었다. 마치 1.5킬로미터를 뛰어 수영할 준비를 마친 듯했다.

주변의 풀은 검게 그을렸다. 타오르는 빨간 선이 마른 잡풀과 잔디 더미를 건너서 행진하며 숲으로 향했다. 이그는 그 너머 죽은 체리나무를 보았다. 배경의 상록수에 대비되어 더 창백해 보였다.

이그는 마음의 나무 오두막을 불길에 휩싸인 채로 놔두고 떠났다. 하늘까지 다 태워버렸지만 체리나무는 온전히 그대로 있었다. 뜨거운 돌풍이 일고 이파리가 마구 휘날렸다. 이 자리에서는 그곳에 있는 나무 오두막이 보이지 않았다. 하지만 우습게도 불이 웃자란 풀숲을 지나 나무 밑 동까지 길을 만드는 걸 보면, 그 체리나무를 목표로 삼아 나아가는 듯했다. 바람이 들판 건너부터 곧장 불길을 몰고 가서 동네의 옛날 숲에 불을 쏟아부었다.

이그는 주물공장의 문으로 올라갔다. 이그는 형의 트럼펫 위에 섰다.

테리는 용광로의 열린 문 앞에 고개를 숙인 채 무릎 꿇고 있었다. 이그는 형의 얼굴에서 완벽한 고요, 집중하는 듯한 침착한 표정을 보고 형은 심지어 죽음에 이르러서도 잘생겼다고 생각했다. 넓은 등을 주름 없이 매끄럽게 감싼 셔츠, 손목에서 조심스럽게 접은 소맷단. 이그는 테리 형 옆에 무릎을 꿇었다. 신도석에 앉은 두 형제. 형의 손을 잡으니 테리가 열한 살 적에 학교 버스에서 이그의 머리에 껌을 붙였던 장면이 보였다.

"제길." 이그가 말했다. "가위로 잘라내야 했는데."

"뭘?"

테리가 물었다.

"머리에 붙은 껌 말이야. 19번 버스에서."

테리는 공기를 조금 삼키면서 휘파람 소리처럼 숨을 쉬었다.

"숨 쉬는구나." 이그가 말했다. "어떻게 숨을 쉬는 거야?"

"난 말이지." 테리가 속삭였다. "아주 강한, 폐를, 가졌거든. 난 그렇지. 트럼펫을 연주하니까. 지금, 그리고 그때도."

잠시 후, 테리가 말했다.

"이건 기적이야. 우리 둘 다. 여기서, 빠져나왔어, 살아서."

"그렇게 자신하지 마."

이그가 말했다.

글레나의 휴대폰이 용광로에 있었다. 벽에 부딪쳐서 깨졌지만. 배터리 커버가 떨어져나가 전화가 되리라 생각하지는 않았는데, 이그가 플립을 열자 삑 전원이 들어왔다. 악마의 행운이었다. 이그는 사무적인 교환수에게 뱀한테 물렸으며 17번 국도에서 떨어진 주물공장에 있다고 긴급 구조요청을 했다. 죽은 사람도 있고 화재도 났다고 덧붙였다. 그러고는 전화를 끊고 굴뚝에서 내려와 테리 옆에 웅크리고 앉았다.

"전화했구나." 테리가 말했다. "구조요청을 했어."

"아니야." 이그가 대답했다. "구조요청을 한 사람은 형이지. 네 말 잘 들어, 테리 형. 이제부터 형이 기억할 일을 말해줄 거야. 그리고 잊어버려야 할 것도."

이 말을 할 때 뿔이 쿵쿵 뛰며 동물적 기쁨으로 세차게 흔들렸다.

"이 이야기에는 딱 한 사람의 영웅만 들어갈 자리가 있어. 그리고 악마가 착한 사람이 되지 않는다는 건 누구나 알지."

이그는 부드럽고 달래는 목소리로 형에게 이야기를 해주었다. 좋은 이야기였다. 테리는 들으면서 특히 좋아하는 노래의 박자에 맞추듯 고개를 끄덕였다.

몇 분 후, 이야기가 다 끝났다. 이그는 좀 더 오래 형과 앉아 있었다. 둘 다 아무 말하지 않았다. 테리 형이 자기가 지금 어디 있다는 것을 여전히 알고 있는지는 확실하지 않았다. 형은 잊어버리라는 명령을 받았다. 이제는 무릎을 꿇은 채 자고 있는 듯했다. 이그는 저 멀리서 트럼펫 소리, 사람 약 올리는 단음의 경광등 소리, 공포에 질린 긴박감의 음악이 들려올 때까지 그렇게 앉아 있었다. 소방차가 왔다. 이그는 형의 머리를 두 손으로 잡고 관자놀이에 입 맞추었다. 그때 본 것은, 그때 들었던 느낌보다 중요하지 않았다.

"넌 좋은 사람이야, 이그나티우스 페리시."

테리 형이 눈도 뜨지 않고 속삭였다.

"신성모독이야."

이그가 대답했다.

49

이그는 열린 문으로 내려가다 말고 손을 뻗어 형의 트럼펫을 집었다. 그 다음에는 몸을 돌려 펼쳐진 들판 너머를 보았다. 불의 대로大路가 체리나무 아래까지 직선으로 뻗어 있었다. 순간적으로 화염이 나무 둥치 주변에서 펄떡 뛰며 깜박거렸다. 그러고는 나무 자체가 휘발유에 적셔진 듯 불길 속에서 폭발했다.

나무 우듬지가 굉음을 내며 빨갛고 노란 불길들이 낙하산처럼 떨어졌다. 그 나뭇가지에 마음속의 나무 오두막이 있었다. 불길 장막이 창문에서 굽이쳤다. 숲에서는 체리나무만이 타오를 뿐 나머지 나무들은 불길 속에서도 온전했다.

이그는 불이 들판에 터놓은 길을 따라 성큼성큼 걸어갔다. 붉은 양탄자를 밟고 자신의 장원으로 가는 젊은 주인. 어떤 시각적 속임수에 의해 리의 캐딜락에서 나오는 전조등 불빛이 이그의 위로 떨어졌고 끓어오르는 연기 앞에 거대하게 우뚝 솟은 4층 높이의 그림자를 던졌다.

가장 먼저 도착한 소방차가 고랑 진 흙길을 천천히 굴러왔다. 소방차 운전수인 서른 살 먹은 참전군인 릭 테라핀은 주물공장의 굴뚝만큼이나 키가 큰, 뿔 달린 검은 악마를 보고 비명을 지르며 운전대를 꺾었다. 그 바람에 소방차가 길에서 벗어나 자작나무를 들이받았다. 연기 속의 악마와 주물공장 안에서 본 두려운 광경에 릭은 더는 불을 끄고 싶은 생각이 들지 않았다. 이 쓰레기들이 다 타버리면 차라리 기쁠 지경이었다.

　이그는 훔친 트럼펫을 든 채 노란 불꽃 속을 걸어갔고 드디어 나무에 이르렀다. 머뭇거리지 않고 나뭇가지로 이루어진 불의 사다리를 곧장 오르기 시작했다. 위에서 목소리가 들린 것 같았다. 부적절하게 명랑한 목소리, 그리고 웃음소리. 축하 음악도 있었다. 케틀드럼과 활기 넘치는 좌충우돌 트럼펫 소리. 트랩 문은 열려 있었다. 이그는 그리로 들어갔다. 그의 새 집, 그의 불의 탑. 불꽃의 왕좌가 있는 곳.

　이그의 생각이 맞았다. 그 안에서는 축하잔치가 한창이었다. 결혼파티, 그의 결혼파티였다. 그의 신부가 그곳에서 기다리고 있었다. 그녀의 머리에도 불꽃이 붙었다. 헐렁한 불의 가운을 감았을 뿐 벌거벗은 몸이었다. 그는 그녀를 두 팔로 안았고, 그녀의 입이 그의 입을 찾았다. 두 사람은 함께 불타올랐다.

50

테리는 10월 셋째 주에 집으로 돌아왔다. 처음으로 할 일이 없는 따뜻한 오후라서, 테리는 한번 돌아보러 주물공장까지 차를 몰고 나갔다.

검은 들판 위에 모닥불처럼 다 타버린 거대한 벽돌 건물이 이제는 재와 연기에 그을린 유리, 타버린 전선의 언덕이 되어버린 쓰레기 더미 한가운데 서 있었다. 건물 자체는 검댕으로 줄무늬가 났고, 그곳 전체에서 숯 냄새가 어렴풋이 풍겼다.

하지만 뒤로 돌아가서 이벨 크니벨 길 꼭대기에 서면 풍광이 멋졌다. 볕도 좋고, 핼러윈 의상 같은 빨강과 금색의 이파리를 입은 나무들 옆을 걷는 것도 좋았다. 나무들은 거대한 횃불로 불붙여놓은 듯했다. 그 아래 강물은 부드럽게 졸졸 소리를 내며 산드러운 바람 소리와 기분 좋은 화음으로 어우러졌다. 테리는 종일 그곳에 앉아 있어도 좋겠다 싶었다.

지난 몇 주 동안, 많이 걸었고 앉았고 보았고 기다렸다. 9월 말에 로스앤젤레스 집을 부동산에 내놓고 뉴욕으로 이사 가서 매일같이 센트럴파크에 갔다. 쇼도 끝난 마당에 더는 계절도 없고, 차가 없으면 아무 데도 갈 수 없는 곳에 버티고 있을 이유가 없었다.

폭스 방송국에서는 여전히 테리가 돌아오기를 기다렸지만, 테리가 동생 살인사건의 여파로 휴식기를 갖기로 했다고 공표했다. 이 성명서는 편의상 테리가 주물공장에서 사건이 일어나기 몇 주 전에 공식적으로 사임했다는 사실을 무시해버렸다. 방송국 사람들은 자기들이 하고 싶은 말만 할 수 있었다. 그는 돌아가지 않을 작정이었다. 한두 달 클럽에서 연주할지도 모르겠다는 생각은 들었다. 하지만 서둘러 다시 일할 마음은 없었다. 너무 많이 생각하지 않으려고 짐도 아직 풀지 않았다. 다음에 무슨 일이 일어나든 정해진 바 없이 될 대로 되겠지. 언젠가는 무언가에 이르는 길을 찾을 것이었다. 아직 새 트럼펫을 사지도 않았다.

그날 밤 주물공장에서 무슨 일이 일어났는지 아는 사람은 아무도 없었다. 테리가 공식적인 입장 표명을 거부한데다, 그 밖에 현장에 있었던 사람들도 전부 죽었기 때문에 에릭과 리가 죽은 사건에 대해 온갖 허황된 이야기가 오갔다.

그중에서도 TMZ 연예뉴스가 제일 허황된 설명을 내놓았다. 테리가 동생을 찾으러 주물공장에 갔더니, 에릭 해니티와 리 토르노가 말다툼을 하고 있었다. 테리는 두 사람의 대화를 엿듣고는, 두 사람이 동생을 산 채로 차에 실어 바비큐를 해버렸고 혹시 놔두고 갔을지 모르는 증거를 찾으러 왔다는 사실을 알았다. TMZ에 따르면 리와 에릭은 도망치려는 테리를 잡아 주물공장 안으로 질질 끌고 들어갔다. 둘은 테리를 죽일 작정이었지만 먼저 테리가 누구에게 전화했는지, 그가 여기 있다는 사실을 아는 사람이 있는지 알아내려고 했다. 둘은 테리를 독사와 함께 굴뚝에 가두고 겁을 주어 털어놓게 만들려고 했다. 하지만 테리가 갇혀 있는 동안 리와 에릭이 싸움을 벌였다. 테리는 비명과 총소리를 들었다. 테리가 굴뚝에서 간신히 빠져나오니, 모든 게 불길에 휩싸여 있었고 두 남자는 죽어 있었다. 에릭은 총을 맞고, 리 토르노는 쇠스랑으로. 마치 16세기 복수극의 줄거리 같았다. 빠져 있는 건 악마의 출현이었다. 테리는 TMZ가 어디서 정보를 얻었는지 궁금했다. 경찰에 돈을 주고 샀는지도 모른다. 아마 카터 형사겠지. TMZ에 난 기이한 기사는 테리가 직접 서명한 진술서와 거의 정확히 일치했다.

카터 형사는 테리가 병원에 입원한 지 이틀째 되던 날에 찾아왔다. 테리는 첫날에 대해서는 별로 기억나는 바가 없었다. 테리는 들것에 실려 응급실에 왔을 때를 회상했다. 누가 산소 마스크를 얼굴에 씌웠다는 것과 희미한 약 냄새가 나는 차가운 공기가 밀려 들어왔다는 사실이 기억났다. 나중에 환각 상태에서 눈을 뜨고, 자기 침상 가장자리에 앉아 있는 죽은 동생을 봤던 기억도 있었다. 이그는 테리의 트럼펫을 들고 있었고, 약간의 비밥 리프를 연주했다. 메린도 있었다. 진홍색 실크로 만든 짧은 원피스를 입고 맨발로 피루엣*을 돌았다. 메린이 음악에 맞추어 빙글빙글 도는 바람에 그녀의 진한 빨강머리가 휘날렸다. 트럼펫 소리가 심전도 기계의 일정한 음으로 바뀌자, 두 사람은 사라지고 없었다. 그로부터 한참 후, 아침 이른 시간에 베개에서 고개를 들고 주위를 돌아보니 아버지와 어머니가 벽에 붙은 의자에 기대어 꾸벅꾸벅 졸고 계셨다. 아버지는 머리를 어머니 어깨에 기대고 있었다. 두 분은 손을 꼭 잡고 있었다.

테리는 두 번째 날 오후에 단지 아주 심한 독감을 앓다가 회복되는 듯한 기분을 느꼈다. 관절이 쿡쿡 쑤셨고, 아무리 물을 마셔도 갈증이 가시지 않았으며, 전신에서 기력이 다 빠져나간 게 느껴졌다. 하지만 그 외에는 평소의 자기와 다르지 않았다. 묘안석 안경을 쓴 매력적인 동양인 여의사가 회진을 하러 테리의 병실로 들어왔다. 테리는 자기 상태가 얼마나 위독했냐고 물었다. 의사는 회복 확률이 3분의 1이었다고 답했다. 테리가 어떻게 그런 확률이 나왔느냐고 물었더니 의사는 쉽다고 대답했다. 목재 방울뱀은 세 종류가 있었다. 테리는 가장 약한 독을 가진 뱀에게 물렸다. 나머지 둘에 물렸으면 전혀 가망이 없었을 터였다. 3분의 1.

의사가 나가자 카터 형사가 들어왔다. 카터는 테리의 진술서를 무표정하게 받아 적었다. 몇 가지 질문은 했지만 경찰이 아니라 비서라도 된 듯

---

* 발레에서 한쪽 발을 축으로 팽이처럼 도는 동작.

한 태도로 테리가 이야기를 구성하도록 놔두었다. 형사는 진술서를 테리에게 도로 읽어주었고 군데군데 수정했다. 그러고는 노란 괘선지에서 고개도 들지 않고 말했다.

"이 개소리 하나도 안 믿습니다." 분노나 유머, 어떠한 억양 변화도 없었다. "당신도 알고 있겠죠? 빌어먹을, 한 마디도 안 믿어요."

사정을 전부 짐작한 듯한 탁한 눈이 테리를 쳐다보았다.

"정말요?" 테리는 병원 침대에 누워 있었다. 얼굴이 깨진 베라 할머니가 누워 있는 병실 바로 아래층이었다. "그럼 무슨 일이 일어났다고 생각합니까?"

"다른 설명 여러 개를 만들어봤죠." 형사가 말했다. "근데 그것들 모두가 당신이 내게 준 이 새빨간 거짓말보다 말이 안 돼. 망할, 무슨 일이 일어났는지 전혀 감이 와야 말이지. 어쨌든 망할 노릇이요."

"다들 그런 것 아닙니까?"

테리가 말했다.

카터는 매섭고 적대적인 눈으로 테리를 쏘아보았다.

"나도 형사님에게 다른 얘기를 하고 싶군요. 하지만 그게 진짜 일어난 대로라서요."

테리가 말했다. 대부분의 시간 동안, 적어도 해가 떠 있는 동안에는 정말로 그게 진짜 일어난 일이라고 믿었다. 하지만 어두워진 후, 잠을 청하려 애쓸 때는…… 어두워진 후에는 간혹 다른 생각도 들었다. 나쁜 생각이.

테리는 자갈길을 굴러오는 타이어 소리에 회상에서 퍼뜩 깨어났다. 고개를 들고 주물공장 쪽을 돌아보았다. 에메랄드색 새턴이 덜컹덜컹 모퉁이를 돌아 황폐한 풍경을 유유히 가로질렀다. 테리를 본 운전자는 차를 끽 멈췄다. 차는 잠시 공회전 상태로 서 있었다. 그러다 차가 다시 움직였고, 결국 테리와 3미터도 떨어지지 않은 자리에 섰다.

"안녕, 테리 오빠."

글레나 니콜슨이 운전대 뒤에서 나왔다. 테리를 보고도 전혀 놀라지 않았다. 마치 여기서 만나기로 계획이라도 했던 것처럼.

글레나는 좋아 보였다. 굴곡 있는 몸매가 예쁜 애로, 물 빠진 회색 청바지에 민소매 검은 셔츠를 입었고 징이 박힌 검은 허리띠를 했다. 드러난 엉덩이 위로 〈플레이보이〉 토끼 문신이 보였다. 쓰레기 같은 솜씨였지만 누군들 실수하지 않겠는가? 다들 나중에 되돌리고 싶다고 후회하는 짓들을 하지 않는가?

"안녕, 글레나." 테리가 인사했다. "웬일이야?"

"가끔 점심 먹으러 여기 와." 글레나는 하얀 유산지에 싼 서브 샌드위치를 들어 보였다. "조용하잖아. 생각하기 좋은 곳이야. 이그나…… 뭐 그런 일."

테리는 고개를 끄덕였다.

"뭐 가져왔어?"

"가지 파르마 산 치즈 샌드위치. 닥터 페퍼도 있어. 반 나눠 먹을래? 난 항상 큰 걸 사는데 이유를 모르겠어. 어차피 큰 거 사도 다 못 먹는데. 먹으면 큰일 나기도 하고. 가끔 너무 많이 먹는 것 같거든." 글레나는 코를 찡그렸다. "적어도 5킬로그램은 빼야 하는데."

"왜?"

테리는 글레나를 다시 훑으며 물었다.

글레나는 웃었다.

"빈말은 됐어."

테리는 어깨를 으쓱했다.

"내가 반 먹을게. 다이어트에 도움 된다면. 하지만 걱정하지 마. 지금도 괜찮아 보여."

두 사람은 이벨 크니벨 길 옆에 쓰러진 통나무 위에 앉았다. 강물은 늦은 오후의 햇살을 받아 금빛으로 반짝였다. 테리는 배가 고픈지도 몰랐지만, 글레나가 잘라준 샌드위치 반을 먹기 시작하자 허기를 깨달았다. 금세 샌드위치는 다 없어졌고 테리는 손가락을 빨았다. 두 사람은 마지막 남은 닥터 페퍼도 나누어 마셨다. 말은 하지 않았다. 말이 없어도 괜찮았다. 테리는 시시한 잡담을 하고 싶지 않았고, 글레나도 그 마음을 아는 듯했다. 글레나는 침묵 때문에 불편하지 않았다. 이상하기도 했다. 로스앤젤레스에서는 입 다물고 가만히 있는 사람이 없으니까. 잠시라도 말이 끊기면 모두들 겁을 집어먹는 것 같았다.

"고마워."

마침내 테리가 말했다.

"천만의 말씀."

테리는 한 손을 뒤로 돌려 머리카락 속을 쓸었다. 지난 몇 주 사이에 문득 정수리 부분의 머리숱이 허해졌다는 걸 발견했지만, 별다른 조치 없이 머리카락이 덥수룩하게 자랄 때까지 놔두었다.

"미용실에 들려야 했는데. 네가 내 머리 잘라줄 수 있나 보게. 머리가 정말 까치집처럼 엉망이다."

"나, 이제 미용실에서 일 안 해." 글레나가 대답했다. "어제가 마지막 커트였어."

"설마."

"으흠."

"그럼 새 출발을 할 수 있게 된 걸 축하하는 의미로 건배하자."

"새 출발을 할 수 있게 된 걸 축하하는 의미로 건배."

두 사람은 각각 닥터 페퍼를 한 모금씩 마셨다.

"마지막 커트는 유종의 미를 거뒀어?" 테리가 물었다. "마무리로 어떤 사람의 머리카락을 정말 근사하게 다듬어줬냐?"

"그 손님, 머리를 밀었어. 좀 나이가 많은 남자 손님이었어. 보통 나이든 분들은 머리를 미는 법이 별로 없는데. 젊은 애들이 많이 하는 머리잖아. 오빠도 아는 분일 거야. 메린 윌리엄스 아빠. 데일 아저씨."

"응. 아는 사이라고 할 수 있지."

얼굴을 찡그린 테리는 완전하게는 이해할 수 없는 슬픔이 파도처럼 밀려오자 억누르려고 애썼다.

물론 이그는 메린의 일 때문에 살해된 것이었다. 리와 에릭은, 이그가 메린에게 해를 입혔다고 믿고 동생을 태워 죽였다. 이그의 마지막 한 해는 너무도 나쁘고 불행해서 테리는 동생을 생각하는 일조차 견딜 수 없었다. 테리는 이그가 그런 짓을 하지 않았다고, 메린을 죽였을 리가 없다고 확신했다.

이제는 정말 메린을 죽인 사람이 누군지 아무도 알아낼 수 없을 것이었다. 테리는 메린이 죽던 밤을 기억하며 몸을 떨었다. 그날 리 토르노 새끼, 혐오스러운 소시오패스와 같이 있었고 심지어 즐겁기까지 했다. 술을 두어 잔 마시고 싸구려 마약을 모래톱에서 피웠다. 그 후에 테리는 리의 차 안에서 잠에 빠졌고 새벽이 될 때까지 깨지 않았다. 가끔은 그날이 자기가 정말로 행복했던 마지막 밤이었던 것처럼 느껴졌다. 이그와 카드놀이를 하고, 그 다음에는 차를 타고 기드온을 정처 없이 돌고 돌았던 밤. 강물과 불꽃 냄새가 나던 8월의 밤이었다. 테리는 전 세계에 그처럼 달콤한 향기가 또 있을까 생각했다.

"왜 그런 거래?"

테리가 물었다.

"윌리엄스 아저씨는 새러소타로 이사하실 거래. 거기 가면 맨머리에 햇볕을 쬐고 싶다고. 또 아저씨 아내가 밀어버린 머리를 싫어하기 때문이라나. 아, 어쩌면 이젠 전부인일지도 모르겠다. 아저씨는 새러소타에 아내 없이 혼자 가려고 하시는 것 같더라고."

글레나는 무릎에 붙은 이파리 하나를 펴더니, 줄기를 잡아 산들바람에 띄우며 잎이 저 멀리 떠가는 모습을 바라보았다.

"나도 이사할 거야. 그래서 그만뒀고."

"어디로?"

"뉴욕."

"뉴욕 시?"

"응."

"헉, 뉴욕 오면 나 찾아라. 그럴 거지? 좋은 클럽 데려가줄게."

테리는 벌써 주머니에 있던 옛날 영수증에 자기 휴대폰번호를 적고 있었다.

"무슨 뜻이야? 오빤 로스앤젤레스 살지 않아?"

"아니, 〈핫 하우스〉도 안 하는데 그 근방에서 어슬렁거릴 이유가 없지. 게다가 난 원래 로스앤젤레스보다 뉴욕이 낫다고 생각했어. 알아? 거기가 좀 더…… 진짜 같거든."

테리는 휴대폰번호를 건넸다.

두 팔꿈치를 통나무에 대고 앉은 글레나는 종이쪽지를 받아들고 미소 지었다. 햇빛이 얼굴 위에서 무늬를 그렸다. 예뻐 보였다.

"뭐," 글레나가 말했다. "우리는 다른 동네에 살게 되지 않겠어."

"그래서 하느님이 택시를 발명하신 거지."

"택시를 하느님이 발명했었나?"

"아니, 인간이 발명한 거지. 밤새 술 먹고 떠들썩하게 놀다가 집에 안전하게 가려고."

"그렇게 말하자면, 대부분의 좋은 발명들은 죄악을 훨씬 쉽게 저지르려고 생겨나는 거네."

"그 말도 사실이지."

두 사람은 먹은 샌드위치도 소화시킬 겸, 일어나 걸으며 주물공장 주변을 느긋하게 돌았다. 앞문 쪽에 이르자 테리는 발길을 멈추고 넓게 탄 자리를 쳐다보았다. 바람이 어떻게 불을 몰았는지, 불길이 곧장 숲으로 가서 정확하게 나무 한 그루만 태웠다. 이상한 일이었다. 그 나무, 그 나무는 아직도 서 있었다. 까맣게 되어버린 거대한 영양의 뿔처럼 무시무시하게 하늘을 할퀴고 있었다. 그 광경을 보고 테리는 멈춰 섰고 잠깐 동안 못에 박힌 듯 옴짝달싹 할 수 없었다. 테리는 몸을 떨었다. 공기가 갑자기 더 차가워진 느낌, 뉴잉글랜드의 10월 하순에 더 걸맞게 변한 느낌이었다.

"저거 봐."

글레나가 타버린 풀숲 속으로 허리를 굽히더니 뭔가 주웠다.

섬세한 사슬에 걸린 황금 십자가였다. 글레나는 들어 올리더니 앞뒤로 흔들었다. 황금빛이 그녀의 매끈하고 예쁜 얼굴을 반짝반짝 비추었다.

"예쁘다."

글레나가 말했다.

"갖고 싶어?"

"내가 이런 걸 걸었다간 몸에 불이 붙을걸." 글레나가 말했다. "오빠가 가져."

"무슨 소리. 이건 여자 거야."

테리는 십자가를 받아들고 주물공장에 자라나는 어린 묘목으로 가져가 가지에 걸었다.

"잃어버리고 간 사람이 누구인지 모르겠지만 찾으러 오겠지."

두 사람은 말없이 그저 햇볕과 그날을 즐기면서 주물공장을 돌아 글레나의 차까지 계속 갔다. 언제 그랬는지 모르지만 새턴에 이르렀을 때 두 사람은 서로의 손을 잡고 있었다. 글레나의 손가락이 머뭇거리는 기색을 역력히 보이면서 테리의 손에서 빠져나갔다.

가벼운 바람이 마당을 건너오며 재 냄새와 가을의 냉기를 가져왔다.

글레나는 기분 좋게 몸을 떨며 자기 몸을 끌어안았다. 저 멀리서 나팔 소리 같은 생기 있고, 쾌활한 소리가 들렸다. 테리는 머리를 살짝 숙여 귀를 기울였지만 고속도로를 지나치는 차 소리였던 듯 순식간에 사라져버렸다.

"있잖아, 나 이그가 보고 싶어." 글레나가 말했다. "말할 수 없을 정도로."

"나도 그래." 테리도 말했다. "하지만 이상하지. 가끔, 가끔은 이그가 아주 가까이에 있어서 몸만 돌리면 볼 수 있을 것만 같아. 나를 보고 씩 웃고 있을 것만 같아."

"그래, 나도 그런 기분이야." 글레나는 미소 지었다. 강하고 너그러운 진짜 웃음. "나 가야겠다. 뉴욕에서 만나. 어쩌면."

"어쩌면이 아니지. 꼭."

"그래, 꼭."

글레나는 차에 타서 문을 닫고, 테리에게 손을 들어 보이며 후진했다.

테리는 글레나가 간 후에도 그곳에 서 있었다. 바람이 테리의 코트를 잡아당겼다. 다시 한 번 그는 텅 빈 주물공장과 불로 황폐해진 들판을 바라보았다. 이그를 위해 무언가 느껴야만 한다는 것은 알았다. 슬픔과 같이 묶여야 하는 무엇…….

하지만 그 대신에 글레나가 뉴욕에서 전화하기까지 얼마나 오래 걸릴까, 글레나를 데리고 어디 갈까 하는 생각이 들었다. 몇 군데 갈 만한 데가 있었다.

다시 바람이 일었다. 이번에는 쌀쌀할 뿐만 아니라 순전히 춥기까지 한 바람이었다. 테리는 다시 한 번 고개를 기울였다. 또다시 멀리서 나팔 소리, 죽이는 예포 소리가 들린 것 같았기 때문이었다. 아름답게 연주한 짧은 악절이었다. 그 소리를 들었다고 생각한 순간, 몇 주 만에 처음으로 연주하고 싶다는 충동이 들었다. 곧 나팔 소리는 산들바람에 실려 사라져버렸다. 이제 그도 가야 할 시간이었다.

"불쌍한 악마 같으니."

테리는 이렇게 중얼거린 후, 렌터카에 올라타고 그 자리를 떠났다.

감사의 말, 후기 혹은 고백

음악 전문가는 더 로맨틱스의 1980년대 획을 긋는 히트곡 '내가 당신에게서 좋아하는 것'의 가사에 대해 이의를 제기할지도 모르겠다. 이그는 "당신은 내 귓가에 속삭이네"라고 불렀지만, 일부 음악 팬들은 짐 마리노스가 "내 귓가의 따뜻한 속삭임"이라고, 혹은 "내 귓가에 속삭이던 전화"라고 불렀다고 할 것이다. 이처럼 많이들 가사를 혼동하므로 나도 이그에게 마음대로 부르게 해도 될 것 같았지만, 내가 잘못했다고 생각하는 록 순수주의자들에게는 사과한다.

이 책의 교정자가 매미는 7월에 죽는다고 바로잡아주었지만 작가로서 아닌 척 설정하기로 결정했다. 우리가 귀에 못이 박히도록 듣는, 유명한 예술적 이유 때문에 말이다.

먼저 메린의 언니가 걸렸던, 줄거리가 다른 방향으로 진행되지 않았더라면 메린 또한 죽음으로 이끌었을 유방암의 대략적 묘사를 도와준 앤디 싱 박사에게 고마운 마음을 전한다. 의학적 사실에 관해 어떤 실수가 있다면 그건 전적으로 저자의 잘못이다. 또 이 소설을 쓰면서 내가 좌절해 안절부절못해도 다 받아주면서, 여러 날 저녁 만나주었던 케리 싱과 싱 집안 사람들에게도 고맙다는 인사를 드리고 싶다.

다니엘 아데스와 알린 아데스 박사에게도 깊은 감사의 마음을 전한다. 아무도 방해하지 않는 곳에서 일할 장소가 필요했을 때, 두 분이 그곳을 찾아주셨다. 넉 달 동안 나를 먹여주고 재워주었던 리 맥스에게도 감사한다. 원고 상태의 이 책을 읽어주고 도움 되는 충고를 많이 해준 친구, 제이슨 치아멜라와 셰인 레너드에게도 고마운 마음뿐이다.

돈 오리오네 십자가에 대한 정보를 알려준 레이 슬라이먼, 성경에서 유용한 구절을 짚어준 목사님이시자, 내 여동생인 나오미 킹에게도 감사한다. 벤 에어만이 지은 《신의 문제: 성경은 어떻게 우리의 가장 중요한 질문(왜 우리는 고통받는가?)에 대답하지 못했나? God's problem: How the Bible Fails to Answer Our Most Important Question - Why We Suffer》는 유용한 참고문헌이었다. 5고를 쓰면서 벽에 부딪쳤을 때 이 책을 읽었다. 이 책을 좀 더 빨리 읽었더라면 이 소설은 아주 다른 내용이 되지 않았을까 싶다. 좋거나 나쁘다는 뜻이 아니라, 그저 다른 소설이. 《뿔》이 세상에 나오기까지 윌리엄 모로, 하퍼 콜린스 출판사의 열정적인 출판인들이 한 팀으로 헌신해주셨다. 메리 슈크, 벤 부르턴, 타비아 코월칙, 린 그레이디, 리아트 스텔릭, 로리 영. 니아메키 왈리아야와 교정자 모린 서그든. 나를 이처럼 멋지게 보이도록 많은 애를 써주신 직원 모두에게 심심한 감사를 드린다.

또한 조디 호치키스와 션 데일리에게도 감사를 드려야 할 것이다. 두 분 모두 열정적인 출판인이며(열정적인 영화인처럼), 이 이야기를 위해 열성적이고도 행복한 옹호자가 되어주셨다.

이 책 자체가 악마라는 기분이 든 때도 있었다. 내 편집자들, 젠 브렐, 조 플레처, 피트 크로우더와 내 에이전트 미키 초트에게 고마운 마음을 전한다. 다들 내가 작품을 가지고 씨름하는 동안 인내심을 가지고 참아주었고, 내 이야기의 가시밭길을 헤쳐나가는 동안 안내를 해주었다. 마지막으로 내 가족, 레어노라와 아들들에게 감사한다. 그들이 없었더라면 《뿔》을 끝내는 지옥 속에서 희망을 찾지 못했을 것이다.

2009년 8월
조 힐

사랑을 위해 악마가 된 남자

이그나티우스 마틴 페리시는 어느 날 아침 일어나 머리 양쪽에 돋은 뿔을 발견한다. 카프카의 《변신》을 연상하게 할 만한 시작이다. 바로 전날 밤에 신성모독 행위를 저지른 뒤라, 이 뿔은 그에게 내려진 징벌 같다. 하지만 이 불길한 뿔에는 또한 힘도 있었으니, 사람들은 마음속에 품었던 가장 추악한 욕망을 앞다투어 그에게 고백하며 허락을 구한다.

《뿔》은 조 힐의 전작 《하트 모양 상자》처럼 일종의 초자연적 스릴러이다. 일 년 전, 이별을 고한 연인이 성폭행 후 살해당하자 누명을 쓰게 된 남자가 뿔과 함께 초자연적 힘을 얻으며 진범을 찾아 나선다. 호러 소설적 구성에서 시작한 이 이야기는 놀랍게도 첫머리에 진범을 드러낸다. 범인을 먼저 알려주고 범죄의 방식과 해결을 구하는 일명 도서추리적 구성이다. 어떤 신문 리뷰에서는 이를 "푸른 드레스를 입은 콜롬보"라고도 표현하였다. 콜롬보 형사 시리즈에서처럼 범인은 비교적 일찍 알려지지만, 독자의 흥미를 끄는 부분은 그 범죄를 입증하는 과정이다. 죄를 저지른 자에게 응분의 대가를 주는 복수를 통해 사건의 진실이 드러난다. 주인공 이그는 사건의 피해자이자 형을 내리는 집행자이지만 동시에 탐정이기도 하다.

이처럼 흥미로운 스릴러적 구성 속에 조 힐은 신학적 논의를 펼치면서 다양한 상징들을 담았다. 머리에 난 뿔은 악마의 전형적인 상징이다. 가장 평범하고 선량했던 한 남자, 성인 이그나티우스의 이름을 가진 젊은 이가 친구의 배신과 형제의 묵인으로 연인을 잃고 그 죄를 뒤집어쓰고 손가락질을 받았다. 사람들이 그의 이름을 악마라고 불렀을 때, 그는 진정으로 악마로 다시 태어난 것이다. 그러면서 그는 사람들 마음속의 악을 볼 수 있게 된다. INXS의 노래 '내 안의 악마 The Devil Inside' 처럼 모든 이의 마음속에 악한 욕망이 있다. 악마는 이 욕망을 자유롭게 풀어주고 부추긴다. 악마가 된 그는 역시 성경대로 뱀을 마음대로 부릴 수 있게 되었고 불을 쓸 수 있게 된다. 또, 우연하게도 그의 무기는 악마의 삼지창 같은 쇠스랑이다.

물과 불이라는 재생의 원형도 이 작품에서는 플롯과 맞물려 쓰였다. 이그는 어렸을 때 물에서 한 번 죽고 인간으로 다시 태어난다. 잔인한 사이코패스로 그려지는 리는 불의 폭탄을 맞고 한쪽 시력을 잃으며 악을 감춘 선량한 인간으로 변모한다. 하지만 이그는 리가 자기 목숨을 구해줬다고 믿은 그 강에서 다시 리에게 살해당하고 불타는 차 안에서 다시 죽는다. 다시 물에서 나온 그는 악마에 더욱 가까운 존재가 되어 있다.

행동의 주체인 남성 캐릭터와 비교하면 이 소설에서 여성은 일견 피상적으로 그려지는 듯 보일 수도 있지만 실지로 그보다는 훨씬 더 주체적임이 밝혀진다. 이 책의 둘째 장인 체리는 소설에서는 폭탄의 이름인 이브의 체리를 의미하기도 하고, 속어로 처녀를 의미하기도 한다. 이브의 체리라는 표현 또한 사람을 유혹에 빠뜨리는 선악과의 상징일 수도 있다. 작품 초반에는 이그는 메린이 이별 선고를 한 이유를 알지 못하고 그녀의 불가사의한 태도가 모든 사건의 원인이라고 여긴다. 하지만 후에 마침내 진실을 알았을 때 메린은 그녀의 아버지가 부르듯 성녀 마리아 (메리)는 아니었을지 몰라도 수동적인 피해자나 남자를 유혹하는 악녀가 아니었다. 사랑을 위해 헌신하고 선을 믿는 인간으로 자기를 희생한다. 처음에는 몸가짐이 헤프고 의지력이 박약한 인간처럼 보였던 글레나

또한 실은 마음이 곱고 사랑을 갈구하는 여성이라는 사실이 드러난다. 이 소설에서 여성은 순결한 처녀의 모습에 국한되어 있지 않지만, 끝까지 사랑하는 사람을 지키고 보호하는 모습으로 나타난다.

"뿔(Horns)"의 중의성도 이 소설에서 큰 역할을 한다. 영어로 Horns는 이그의 머리에 돋아난 악마의 표식을 가리키기도 하지만, 이그의 아버지와 형이 연주하는 트럼펫을 의미하는 속어이기도 하다. 원래 트럼펫과 같은 관악기가 뿔나팔에서 유래했다는 것을 생각하면 이 중의성은 본연적이다. 마음속 나무 오두막에서 보았듯 테리를 닮은 천사들은 트럼펫을 연주하고 뿔나팔은 천사의 악기이다. 어쩌면 이그가 천식 때문에 트럼펫을 거부당했던 것조차 그의 비극적 운명을 암시했는지도 모른다. 트럼펫과 뿔의 대칭성은 여러 측면에서 보인다. 트럼펫 소리는 톰크라운 황금 약음기로 죽이고, 뿔의 힘은 메린의 황금 십자가로 죽인다. 뿔이 리에게 복수하기 위한 이그의 무기라면, 트럼펫은 동생을 리에게서 구하기 위한 테리의 무기이다. 결국, 이 두 가지가 이그의 복수를 완결짓는다.

인간 삶의 선과 악이 종교적 교리에서 이르듯 그렇게 딱 나누어떨어지지 않는다는 진실은 이 책의 여러 부분에 드러난다. 선량한 종교인은 뒤에선 부정을 저지르고 있다. 자식을 지키기 위해 맞섰던 부모는 실은 그를 원망하고 있다. 자기 이익을 위해 동생을 희생시킨 형은 그 과오를 보상하기 위해 자기 목숨을 바친다. 복수를 위해 악마가 된 이그는 누구보다도 선하다. 사람들이 죄악의 욕망에 굴복하려 할 때 만류하고 좀 더 나은 결과로 향하도록 방향을 바꾼다. 그렇다면 그를 과연 악마라 부를 수 있을까? 혹은 악마가 과연 신의 대적적인 존재라고 할 수 있을까? 이 소설은 계속 우리에게 윤리적이고 신학적인 질문을 던진다.

그러므로 《뿔》의 또 다른 주제가 믹과 키스의 복음성가, 롤링 스톤스의 '악마에게 동정을 Sympathy for the Devil'이 된다. 친구와 가족은 물론, 신에게까지 버림받은 악마. 이제 돌아갈 수 없을 정도로 흉측해진 남자.

노래 가사처럼 인류의 역사 속에 함께 도사리고 있었던 악마가 이제 이 가여운 인간에게서 나타났다. 사람들에게 자신의 마음속에 있는 악을 발견하게 하지만 그 악을 안고 살아갈 수 있게 해주는 이 악마는 두렵거나 혐오스럽다기보다는 우리 중 하나로서 동정할 수밖에 없는 존재이다.

전체적으로 초자연적 논리에 의해서 진행되는 이 소설에서도 가장 환상적인 장면 중 하나가 순진하고 어린 과거의 이그와 타락하고 버림받은 미래의 이그가 마음속의 나무 오두막에서 만나는 부분이다. 온전하고 무사했던 소년은 미래의 운명을 알지 못하고, 나락에 떨어진 청년은 행복했던 시절을 구하려 하지만 아무런 경고를 주지 못한다. 우리의 운명이 이와 같다는 것은 참 두렵고 안타깝다. 그러나 우리가 어떤 무지와 실수로서 인생의 파멸에 접어들더라도, 다시는 돌아갈 수 없는 길을 가더라도 그 끝에는 마음속의 나무 오두막이 있어 사랑하는 이를 기다리고 있다는 것을 안다면 위안이 된다. 존재를 뒤흔드는 역경 끝에 찾은 안식, 가슴 뭉클하면서도 안심되는 결말이다.

영화 〈해리 포터〉로 유명한 다니엘 래드클리프를 주연으로 하여 영화로도 만들어지는 《뿔》은 이처럼 호러로 시작해서 스릴러로 진행되다가 가슴 아픈 러브스토리로 끝난다. 불경한 감각, 가벼운 유머, 성장소설적 향수, 그에 드리운 어두운 그림자, 인생을 바꾼 첫사랑. 이처럼 모든 대중소설의 요소가 이 안에 있다. 작가 조 힐이 아버지의 뒤를 이을, 그러나 아버지와는 다른 의미로 뛰어난 대중소설가가 될 가능성이 만개한 작품이기도 하다. 이 소설을 읽으며 두려워하고 몸서리치고 피식 웃고 마지막에는 눈물도 흘리는 경험을 할 수 있으리라. 가장 신성모독적인 것이 우리의 가장 성스러운 것에 가깝다는 발견과 함께.

2012년 8월
박현주

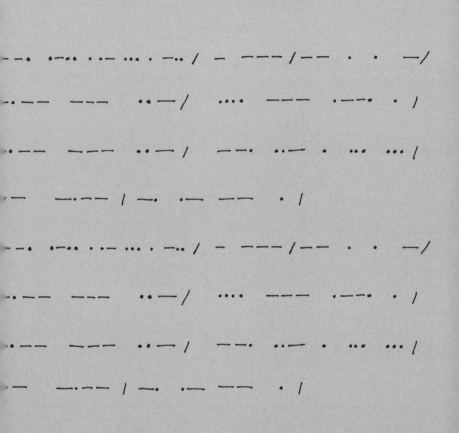